NARRATIVA Y LIBERTAD

CUENTOS CUBANOS DE LA DIÁSPORA

Volumen I

COLECCIÓN ANTOLOGÍAS

EDICIONES UNIVERSAL, Miami, Florida, 1996

Selección, Introducción y notas por

JULIO E. HERNÁNDEZ-MIYARES

NARRATIVA Y LIBERTAD

CUENTOS CUBANOS
DE LA DIÁSPORA

Volumen I

Copyright © 1996 by each author.
Of this edition by Julio E. Hernández-Miyares & Ediciones Universal

Primera edición, 1996

EDICIONES UNIVERSAL
P.O. Box 450353 (Shenandoah Station)
Miami, FL 33245-0353. USA
Tel: (305) 642-3234   Fax: (305) 642-7978

Library of Congress Catalog Card No.: 96-86365
I.S.B.N.:0-89729-665-6 (obra completa)
0-89729-810-1 (primer tomo)

Diseño de las portadas por Juan Abreu
Obra en la portada del primer volumen por Julio Hernández-Rojo.
Colección de Luis y Alicia Fernández Rocha.

Todos los derechos
son reservados. Ninguna parte de
este libro puede ser reproducida o transmitida
en ninguna forma o por ningún medio electrónico o mecánico,
incluyendo fotocopiadoras, grabadoras o sistemas computarizados,
sin el permiso por escrito del autor, excepto en el caso de
breves citas incorporadas en artículos críticos o en
revistas. Para obtener información diríjase a
Ediciones Universal.

DEDICATORIA

A Cuba, siempre.
A mis padres, que me enseñaron a amarla.
A Fefa, a nuestros hijos y nietos, unidos en el amor a la Isla.
A todos los que han luchado y luchan por su libertad.

NOTA DE AGRADECIMIENTO

A cada uno de los autores incluidos en este proyecto, por su generosidad y la confianza depositada en mí a través de los años para la realización del trabajo de recolección y divulgación de este aspecto de la labor creativa de gran parte de los escritores de la nación cubana del destierro.

Al editor Juan Manuel Salvat, por su apoyo incondicional para la publicación de estos volúmenes representativos de la cuentística cubana de la diáspora durante los últimos 30 años.

A Ana Rosa Núñez, quien desde el principio, con su tradicional generosidad y reconocido amor a todo lo cubano, nos suministró los primeros materiales y los primeros contactos con los narradores cubanos del exilio.

A mis colegas, los doctores Alfonso García Osuna y Eduardo Lolo, por la valiosa colaboración en la organización de materiales y revisión de pruebas.

A mis estudiantes auxiliares de Kingsboroubh College, María Sosa y Nancy Lee Sánchez, por su leal y devota ayuda en el ordenamiento y mantenimiento de los archivos de los autores comprendidos en estos volúmenes.

ADVERTENCIA AL LECTOR

Este libro no es una antología, sino una compilación de cuentos que busca presentar un amplio panorama de los escritores cubanos que han cultivado y cultivan este género fuera de Cuba desde 1959.

A pesar de los esfuerzos que hemos realizado, se notarán ausencias. A lo largo de los años que trabajamos en la preparación de este proyecto, se invitó a los escritores cubanos en el destierro a participar en el mismo, tanto de manera directa o a través de avisos en diarios y revistas. Pero siempre resulta inevitable que algunos no hayan respondido o no se hayan acercado, ya sea por indiferencia o por razones personales. No obstante, estimamos que el catastro que ahora ponemos en manos de los lectores y estudiosos de la narrativa corta posee amplitud y dimensión estéticas valiosas, muy demostrativas del quehacer, muchas veces heroico, de un pueblo en dispersión, de una nación en exilio, empeñada en legar a la patria y a la cultura hispánica mediante la prosa corta de ficción, un testimonio estético-literario de sus genuinas vivencias, anhelos y fantasías. Y por ende, otra prueba fehaciente de su voluntad indeclinable de vivir en libertad y en oposición a todo totalitarismo.

Este libro, por tanto, es más bien un mosaico de temas y estilos. No he seguido en su preparación y estructura ningún criterio de grupo o escuela. Lo presento al lector, por tanto, como un amplio panorama de tendencias estéticas y estilísticas, a través de las cuales se han movido dentro de este género los escritores cubanos durante casi cuatro décadas de exilio. Obviamente, sólo se incluyen narraciones escritas en español, aunque ya hoy comienzan a aparecer algunas valiosas obras narrativas de cubanos de la diáspora escritas en el idioma inglés.

Para muchos resultará sorprendente que estas páginas recojan materiales narrativos de más de doscientos escritores, muchos de ellos de vasta y valiosa labor reconocida ya por la crítica. Otros, han comenzado más recientemente su labor literaria fuera de la patria y todavía continúan con su actividad creadora. Quedará para estudios posteriores la precisa evaluación crítica de muchas de estas voces, especialmente, de las que continúen con su labor narrativa.

Hoy por hoy, estimamos que estos nombres y materiales creativos tienen un valor histórico básico innegable para las letras cubanas del exterior, que han mantenido, en libertad, la tradición de calidad literaria y genuina cubanía iniciada en el siglo XIX.

CUENTÍSTICA CUBANA DE LA DIÁSPORA: ACERCAMIENTO Y ANOTACIONES

Hoy día, con más de 35 años de haberse producido la violenta escisión ideológica y política que trajo como consecuencia el éxodo en masa del pueblo cubano, hecho sin precedentes en la historia del continente americano, resulta innegable para todo observador objetivo, que las figuras cimeras de la narrativa cubana salieron al exilio y han continuado su quehacer en el exterior dando testimonio vivo de una intelectualidad totalmente comprometida con la libertad.

Por tanto, todo este conglomerado está integrado por muchas firmas de fama reconocida, unidas a otras figuras que apenas habían comenzado su actividad creadora en la isla, y a un grupo de narradores nuevos que iniciaba sus primeros trabajos en el destierro, y cuya obra es resultado directo del mismo. Hoy, después de un período de más de siete lustros de expatriación, puede asegurarse que todos estos escritores, adscritos a diversas tendencias y estilos, e integrantes de heterogéneas promociones generacionales, han ido dejando testimonio de su quehacer esencial con una producción cuentística que, a pesar de sus lógicos desniveles, muestra claros ejemplos de seriedad, rigor y altos vuelos artísticos. Sin dudas, aquí se evidencia una vez más lo señalado en la antigüedad por los árabes, que un pueblo escribe "para poblar una soledad". Y así lo ha hecho y sigue haciendo la nación cubana en este largo camino de destierro.

Con la finalidad de facilitar el estudio de conjunto de la narrativa corta cubana del exterior y de la labor de sus figuras más destacadas, podríamos clasificar este conglomerado de autores en cuatro grandes grupos. El primero abarcaría a los narradores de más renombre y fama antes de salir al exilio, sin distingo del grupo generacional a que pertenecen, y cuya expatriación tuvo lugar en épocas y situaciones bien disímiles.

Un segundo grupo comprensivo de los narradores que comenzaban su carrera literaria en los años inmediatamente anteriores a la revolución castrista y que cobraron cierto nombre con sus creaciones publicadas durante los primeros momentos de la revolución en Cuba.

Un tercer grupo que contiene a los cuentistas que comienzan a publicar sus trabajos narrativos en el exilio—núcleo bien heterogéneo también por su edad, ideología y estética. Este último grupo creemos que constituye con propiedad la *cuarta generación literaria* cubana del siglo XX que, con motivo del éxodo, bien podría llamarse generación de *la escisión o generación de las dos vertientes*, por tener una en la isla, dogmática y marxista, y otra en el exterior, en lucha contra el desarraigo, la también denominada *generación del exilio o del destierro*.

Desde 1980, por cierto, año de la llegada de los expatriados por el puerto de Mariel, miles de cubanos, muchos de ellos jóvenes escritores y artistas, se asentaron en los Estados Unidos. Aquí bajo el capaz liderazgo del conocido narrador Reinaldo Arenas, tristemente fallecido hace varios años, se agruparon en torno a la revista Mariel, la que fundaron en 1983. Estos escritores se autoidentifican como integrantes de la llamada "generación del Mariel", aunque con mayor precisión constituyen la más joven promoción de la que antes hemos denominado *generación de las dos vertientes* (en su cantera de la isla), ya que con motivo de su expatriación por no haberse ajustado a los postulados marxistas-leninistas, se unieron a la vertiente del *destierro* o *exilio*, aportando nuevas vivencias y perspectivas.

Finalmente, un nuevo grupo generacional, el cuarto, que incluye en su mayoría a escritores cubanos nacidos en el destierro o salidos de la isla muy jóvenes, cuya formación se ha llevado a cabo fuera de Cuba, principalmente en los Estados Unidos y en lengua inglesa, y cuyas producciones aparecen escritas tanto en inglés como en español. Estos integran la *quinta generación* literaria cubana del Siglo XX.

Esta mezcla *intergeneracional* de narradores que hoy conviven en el exilio y en plena producción artística, ha traído como resultado lo que podría parecer como una producción masiva y a veces caótica; genuina labor de un pueblo en éxodo que cifra su supervivencia cultural en la continuación de una rica tradición literaria, con la que debe mantenerse entroncada, sin permitir que se extingan los lazos espirituales que todavía a ella la atan, a pesar del violento extrañamiento geográfico e ideológico. Ya que los escritores exiliados persiguen, con tesón encomiable, que sobrevivan las raíces más puras de la cubanía y exentas, lo más posible, de toda contaminación con el dogmatismo castrocomunista.

Si analizamos con detenimiento la producción cuentística cubana del exilio durante los últimos 35 años, podremos comprobar con facilidad, que la misma responde más a proyectos individuales aislados que a labor de grupos, con excepción quizás de los venidos por el Mariel. Es decir, que resulta difícil hallar indicios de que los autores se hayan agrupado alrededor de ciertos cánones estéticos, estilísticos o temáticos, para ofrecer una producción narrativa concertada y coherente en cuanto a metas y objetivos específicos de grupo o escuela. Así, en muchos empeños se aprecia la ausencia de guía y dirección, y la escasez de una crítica literaria cubana que, mediante el examen y el análisis reposado y sincero de dichas creaciones, y sin restar estímulo a los que se estrenan en estos esfuerzos narrativos, pueda orientarlos para situar sus producciones dentro del más amplio registro de las corrientes literarias del momento actual y de sus ensayos más innovadores y originales.

Como obra de exiliados, la cuentística cubana del destierro, está rodeada de peculiares características que deben tenerse muy en cuenta. Siendo creación de expatriados, esta prosa de ficción, en la mayoría de los casos, está cargada de una tajante denuncia contra del espurio sistema político que se adueñó de la isla y que ha obligado a los autores a abandonar el hogar y la patria. En otras palabras, muchas de las primeras muestras concebidas y escritas fuera de Cuba, llevan el sello indeleble del violento rompimiento con la *raíz telúrica*, así como del extrañamiento geográfico de sus creadores. Y por ello, a la vehemente acusación contra los causantes de la tragedia de todo un pueblo al que se le ha escamoteado la libertad, se une también el grito desolado del desterrado que abruptamente ha perdido su suelo natal por haber sido cruelmente arrancado de su *circunstancia vital*.

Muchos de los relatos han servido para legar testimonios personales de trágicas vivencias de su propios autores, erigiéndose, las más de las veces, en detallados documentos de carácter sociopolítico. Más que el deseo de producir una obra meramente estética, parece que sus autores buscan utilizar la ficción narrativa como arma de combate para atacar al opresor que los arrojó de su tierra y luchar contra el sistema e ideología que lo sustentan en el poder. De ahí que la labor narrativa de los cubanos exiliados, aun la que ha sido calificada de *escapista* por alguno que otro crítico, haya sido, es y seguirá siendo una narrativa comprometida con la libertad: verdadera literatura de *compromiso*, radicalmente opuesta al totalitarismo, en general, y al castrocomunismo, en particular.

No se desea implicar con lo anterior que la totalidad de la

narrativa corta cubana producida en el exterior en los últimos lustros tenga que ser ubicada exclusivamente dentro de este grupo. Por el contrario, con el transcurso del tiempo, los escritores cubanos han tenido que ir fijando residencia en medio de su amargura, y al escrutar la sociedad que les circunda, han descubierto en ella una angustia existencial a veces muy similar a la propia, aunque de origen y matices bien diversos. Esta toma de conciencia de la nueva realidad puede traducirse y de hecho así ha sido, en una mayor o menor evasión reflejada en los temas de sus creaciones y objetivada en la aparición de nuevos símbolos, diferentes paisajes, el alucinante y caótico devenir de la vida moderna, la prisa, los prejuicios, la corrupción y los excesos. En fin, que la obra literaria, va ahora madurando en el dolor y las nuevas vivencias, nutriéndose en fuentes de mayor intensidad interior, que le añadirán un temblor más general y una dimensión más universal. Y aunque parezca que en su temática se han evadido de la agónica realidad del exilio, en toda ella queda siempre impregnado el dolor permanente del destierro.

Ahora bien, este incipiente tono de protesta de la narrativa cubana de la diáspora, no ha llegado todavía a convertirse en un grito de rebeldía contra el sistema o algunos de los rasgos contradictorios de la sociedad norteamericana de nuestros días. Es decir, que no podría definirse aún como literatura anti-establishment, si se nos permite el uso de ese término en inglés, que tan bien precisa y califica muchas de las producciones de otros grupos hispánicos en su asociación vivencial con la cultura anglosajona. No obstante, ya existen algunas breves muestras literarias de cubanos, en que el tema lógico del choque de culturas aparece permeado por un leve barniz de rebeldía y crítica contra ciertos aspectos incongruentes e injustificables de la estructura socio-económica del país, que dificultan la más positiva interrelación de los diversos grupos étnicos y culturales que integran esta gran nación. Pero, todavía, ese tono es de carácter constructivo, alentado e inspirado por los más sanos principios e ideales de justicia y equidad democráticas.

Después de revisar la labor cuentística cubana del exterior del último tercio de siglo, debe significarse que este género es, a la vez, uno de los que mejor se ha prestado a sus autores para apartarse en algo de la literatura de compromiso, y el que más oportunidad ha brindado para la exploración de variados temas y estilos.

Por conveniencia de simplificación didáctica, podríamos enmarcar los más destacado de la narrativa corta cubana de este período en los siguientes grupos temáticos, teniendo en cuenta las tendencias que se han manifestado de manera más reiterada:

Cuentos de denuncia y testimonio

Relatos típicos de una narrativa de *catarsis*, de denuncia política, que pretenden legar un documento contentivo de hechos acaecidos y presentados como ficción, para servir de ejemplo, aviso y lección a los lectores de todas las latitudes. Por regla general, estas narraciones contemplan el pasado político desde los límites del destierro, y tratan de explicarlo o reinterpretarlo.

Cuentos del exilio o del destierro

Narraciones encaminadas a presentar la realidad del exilio en toda su dimensión y frustraciones con motivo del choque de culturas, y dificultades para abrirse paso e instalarse en un mundo de valores diferentes.

Cuentos infantiles y de ternura familiar

Textos inspirados en los más tiernos sentimientos de amor familiar, ligados a la más genuina tradición *juanramoniana*; cándida visión del mundo a través de los ojos infantiles de sus personajes

Cuentos negristas o del folklore afroantillano/viñetas costumbristas

Narraciones que ofrecen el sincretismo maravilloso de lo africano y lo hispánico, mezclando lo poético con el gracejo humorístico africano. También, junto a esta tendencia, ha comenzado a desarrollarse la viñeta costumbrista, que presenta nuevos personajes pintorescos del exilio y recrea tipos inolvidables de nuestro folklore tradicional.

Cuentos de tema campesino

Esta ha sido una constante típica de la narrativa corta cubana desde que la esbozó Jesús Castellanos a principios del siglo y, más tarde, llevada a su mejor expresión por Luis Felipe Rodríguez, maestro de la corriente nativista o criollista. Son muchos los relatos aparecidos en estos años basados en caracteres y situaciones de la campiña cubana; también aparece el guajiro como figura rebelde que se opone a las injusticias políticas y sociales de todos los tiempos.

Cuentos humorísticos

Aunque son los que en menos número se han producido, a pesar de la tradición del gracejo cubano, algunos escritores han dejado constancia de este tipo de relato humorístico, las más de las veces permeados de una ironía sutil que lleva una sólida carga crítica

Cuentos de reminiscencias personales

Este tipo de relato aparece con frecuencia entre las creaciones de la diáspora. Lleva una subjetiva carga emocional y pretende recrear atmósferas y anécdotas de épocas y vivencias ya desaparecidas que sólo quedan en el recuerdo de sus autores. Ellos buscan preservarlas del olvido conservándolas dentro de un marco más o menos artístico.

Cuentos fantásticos y del absurdo

Durante los últimos años se ha visto multiplicar este tipo de narración que se amolda a las características de la mejor narrativa corta de Hispanoamérica a la manera de Borges, Rulfo, Arreola, Cortázar y otros afamados cuentistas. Ya existen innumerables ejemplos contentivos de las más modernas técnicas y ensayos innovadores de la narrativa corta del momento.

Hasta aquí, en forma sintética, una visión panorámica del desenvolvimiento de la cuentística cubana del exterior, de sus tendencias temáticas y estilísticas más destacadas. Si bien no podemos declarar que todos y cada uno de los intentos realizados hasta la fecha sean de excelsa calidad, es justo proclamar que la labor de conjunto se hace merecedora del reconocimiento de la nación en el destierro y de los estudiosos de la literatura hispanoamericana, quienes deben ver en la constante dedicación de estas narradores expatriados, la firme decisión de mantener la alta tradición de calidad de la cuentística cubana, que se remonta a los *Cuentos Orientales* (1829) de José María Heredia, primer libro de relatos artísticos que apareció en el horizonte de las letras cubanas e hispanoamericanas a principio del siglo XIX.

Julio E. Hernández-Miyares
N.Y. 1996

CONTENIDO

VOLUMEN I
NARRATIVA Y LIBERTAD
Cuentos Cubanos de la Diáspora

Abreu, Juan
    El polvo y la noche 25
Abreu Felippe, Nicolás
    La cucaracha, la cucaracha... 28
Acosta, Tijero Alberto
    El Empleado 31
Acosta, Antonio A.
    Un Burgués Rural 36
Acosta, Iván
    El pez maldito de los ojos colorados 39
Adelstein, Miriam
    Viernes Santo 43
Aguiar, Ricardo J.
    Las tres Marías 49
Aguilar Taquechel, Juan E.
    Cazabes de un exiliado monki-lingüe (fragmento) 51
Aguilar León, Luis
    El Terrorista y El Babalao 53
Alarcón, Jorge A.
    El paisaje 60
Alcover, Wilfredo
    La leyenda del cuadro 63
Alea Lastra de Paz, Carmen
    La noche de Minú 67
Alomá-Velilla, Ana
    Las vecinas 73
Alonso, Luis Ricardo
    M.T.A. (fragmento) 77
Alvarado, Ana María
    Divagaciones del espíritu 86
Álvarez, Antonio R.
    La ciudad feliz 89
Álvarez, José Manuel
    Felipe el barbudo 96
Álvarez, Nicolás Emilio
    Reparación 99

Álvarez Bravo, Armando
    Un regalo, una lección 104
Álvarez de Villa, Rolando
    El hombre que se perdió a sí mismo 113
Álzaga, Florinda
    Lavando en el tiempo 122
Alzola, Concepción Teresa
    El villancico 126
Andino, Alberto
    Pobre Cuba 130
Anhalt, Nedda G. de
    La cárcel 133
Aragón Hernández Catá, Uva de
    La fuga 136
Arango, Rubén
    Conmovido recuerdo 140
Arcocha, José A.
    La oscuridad de la selva 144
Arcocha, Juan
    Por cuenta propia (Fragmento) 146
Arenas, Bibi A. de
    Sembrador 152
Arenas, Reinaldo
    Traidor 155
Arés, Mercedes
    El abrazo más cruel 162
Ariza, René
    El privilegiado 166
Armengol, Alejandro
    Diálogo 170
Arroyo de Arrillaga, Anita
    Los cinco enanitos negros de Nassau 173

Baeza Flores, Alberto
    El extraño 179
Barba, Jaime
    En las fronteras del miedo 183
Barquet, Jesús J.
    No culpo a nadie 186
Barrionuevo, Alicia G.
    Gato por liebre 195
Benítez-Rojo, Antonio
    Primer balcón 203
Bordao, Rafael
    El doncel Aciago 214
Bovi-Guerra, Pedro
    Lluvia en noviembre 217
Bryon, Leslie E.
    La nevada 220
Bustillo, Iraida
    Entre cabezas 225

Caballero, Juan
    Lleno de vida 228
Cabrera, Lydia
    La venganza de Jicotea 233
Cabrera, Rosa M.
    El maestro 236
Cabrera Infante, Guillermo
    Meta final 239
Cachán, Manuel
    El empleo 248
Calleiro, Mary
    Sueño de un niño pobre 253
Campins, Rolando
    Velorio de santo 258
Candelario, Andrés
    La visita 263
Canel, Fausto
    Melocotón del norte, Cleopatra del Caribe 268
Cárdenas, Esteban Luis
    Parábola 274
Casas, Luis Angel
    El ojo de vidrio 279
Casey, Calvert
    En el Potosi 282
Castillo, Inés del
    La cometa 287
Castillo Martín, Amelia del
    Superstición 291
Castro Martínez, Angel
    Las flores... Las Flores... 295
Cepero-Llevada, Nilda
    El cementerio de la 139 298
Cisneros, Álvaro
    La identidad nacional 302
Consuegra, Diosdado
    La casa naranja de portales blancos 308
Correa, Miguel
    Hilda 310
Cortázar, Mercedes
    Siempre contigo 311
Couto, Armando
    Gente que encuentro por ahí 314
Cuadra, Angel
    El preso que no quería recibir visita 317
Cueto, Emilio C.
    Bermúdez 321

Delgado-Jenkins, Humberto
    Ruta 26: Espejo retrovisor 328
Díaz, Carlos A.
    Las puertas de la noche 331

Díaz, Manuel C.
    La casona 338
Domínguez de Fariñas, Marta
    El nunca había visto el mar 348
Dorta-Duque Jr., Manuel
    Charada 356
Durán, Aleida
    La venganza 359

Echerri, M. Vicente
    La corbata manchada 364
Eli, Rafael
    Szetl 371
Entenza, Pedro
    No hay aceras (Fragmento) 375
Estrada, Hall
    Romeo, Julieta y la Muerte 379

Febles, Jorge
    Desenlaces: El encierro 382
Fernández, Daniel
    Ave María 384
Fernández, Félix
    El farol 389
Fernández, Roberto G.
    Entre juegos 393
Fernández Marcané, Leonardo
    Destellos 396
Fernández-Rocha, Carlos
    La casa 399
Fernández-Travieso, Tomás
    Regreso 403
Ferreira, Ramón
    Papá, cuéntame un cuento 410
Ferrer, Surama
    La invasión de la arena 417
Ferrer Luque, Rafael
    La trampa 424
Florit, Eugenio
    Cuento de navidad 428
Fox, Ofelia S.
    Venancio 431
Fuentes, José Lorenzo
    El cielo del general 435
Fundora de Rodríguez Aragón, Raquel
    Milagro en el mar 445

Galbis, Ignacio R. M.
    El duelo 450
Gálvez Jorge, Gilberto
    Vigilancia 455
García Iglesias, Raoul

    María Camión 458
García Osuna Gutiérrez, Afonso
    El viejo López 465
García Osuna Hidalgo, Alfonso
    El novicio 468
García Vega, Lorenzo
    Donde comprar es un placer 475
Geada, Rita
    La ceguera contagiosa 482
Gil, Lourdes
    Crónicas del Ghetto 486
Giraudier, Antonio
    Diálogo imaginario entre Walt Whitman y
    Emily Dickinson 488
Gironelly-Jiménez, Amanda
    El último vuelo 493
Gómez, Luis Marcelino
    El Kimbanda 496
Gómez-Vidal, Oscar
    Padre nuestro de todas las noches 500
González, Ana Hilda
    Un ojo en la niebla 506
González, Celedonio
    El capitán era inocente 509
González-Cruz, Luis F.
    Lázaro volando 513
González Monserrat, Ileana
    Inventario 518
González del Valle, Luis
    Un Juan Pérez cualquiera 522
Guigou, Alberto
    Ajusticiamiento 524
Guitart, Jorge
    En la ciudad de Buffalo 530
Gutiérrez Kann, Asela
    Morir de veras 532
Gutiérrez de la Solana, Alberto
    ¡Alabado sea Buda! 537

ILUSTRACIONES
VOLUMEN I

Wilfredo Alvover 64
Francisco Alomá 74
Randín Berta 123
Raquel Lázaro 127
María Badías 134
Vicente Brito 249
Berardo B. 254
Felipe Jiménez 264
Ramón Alejandro 269
Lourdes M. Sáenz 280
Miguel Ordoqui 385
José Rosado 390
Alberto Hernández 411
Joe Ferrer Fernández 418
Oscar Ortiz 446
Nelson Franco 459
Sinesio Fernández 469
Lázaro Lima 483
Antonio Giraudier 489
E. Estévez 538

JUAN ABREU

Nació en la Habana, en 1952. Estudió pintura e Historia del Arte en la Escuela de San Alejandro. En 1973 fue condenado a trabajo forzado en una granja agricola, por diversionismo ideológico. Salió de Cuba en 1980 por la vía del Mariel y se radicó en los Estados Unidos. Fue uno de los fundadores ,y director de la revista Mariel. *Muchas de sus creaciones han aparecido en diversas publicaciones de Estados Unidos e Hispanoamérica.*

EL POLVO Y LA NOCHE

Los bichos iniciaron su cantaleta nuevamente. La noche caía como una llovizna desde hacía un rato, sobre el trillo de polvo rojizo, sobre los matorrales, los marabúes, los cedros, la ceiba, los mangos, los jagüeyes y sobre el gran laurel que justo al comienzo de la pequeña explanada, goteaba en el silencio espeso en el que el chirriar de los insectos se abría paso a chasquidos, que llegaban al soldado con una nitidez infantil y centelleante. Una nitidez excesiva. La tierra roja parecía hervir. El gran árbol proyectaba una sombra sobre el polvo revuelto como cabellos y lleno de huellas, entre las que el muchacho distinguió las suyas. Las de las botas soviéticas, duras, claveteadas, con puntera de hierro; que aun le pesaban, pues llevaba apenas seis meses en el Servicio Militar Obligatorio, y no lograba acostumbrarse. Mirando las nubes ligerísimas, extrañamente iluminadas por un escozor que venía del cielo, pensó que le quedaban algunas horas por delante antes que llegara su relevo al amanecer. Entonces fue que sintió que otro amanecer era demasiado.

A la izquierda, la pared de concreto de un metro de espesor que delimitaba la gran puerta metálica que daba acceso al polvorín, brilló, cuando la claridad de las estrellas se expandió sobre su superficie. Dando unos pasos, el soldado se aproximó a ella y sacando un lápiz del gran bolsillo verde en su costado, y junto a los otros que ya cubrían parte de la pared, comenzó a dibujar un rostro. Un rostro agresivo, profusamente maquillado, y sin embargo, casi infantil, de ojos malignos y boca entreabierta y roja y mojada. Luego, hábilmente, como si la mujer no hiciera más que salir de la pared, contorneó el cuerpo acariciando los senos gruesos y duros de puntas erizadas, la curva del vientre el vello espeso y los muslos abiertos, tiernos al centro, en la abertura que goteaba por la superficie granulosa dejando un surco en el polvo.

El muchacho se quitó el casco de acero (el pelo castaño se lo agradeció con un murmullo), pasó la mano por el cuerpo caliente, se desabotonó la portañuela y dejando salir el miembro tenso se masturbó despacio (sin saberlo, en el mismo ritmo del cielo tembloroso) con la piel abierta en la que se introdujo el canto de los animales de la noche. Eyaculó fuertemente por entre los gemidos de la mujer que abría la boca y sacaba la lengua retorciéndose, y el líquido corrió por la pared polvorienta.

La noche resplandeciente se aproximaba a la tierra más y más. El cielo se retorció también en un deseo y era una sensación de plenitud, que se posó en la mano del soldado que aferraba aún el miembro que se aflojaba, y la hizo temblar.

El dibujo de la mujer se tornó brumoso.

Estremecido, contempló la explanada roja que bullía a sus pies. Era un agua en la que se vio:

Llegaban con ocho horas de pase, apenas tiempo para el viaje de ida y vuelta a la Unidad Militar Uno de sus hermanos se burló de su pelo muy corto. Estuvo una hora en el baño restregándose con agua bien caliente que sacaba de un cubo con una vieja lata de leche condensada. Muchos años atrás el agua había dejado de subir a la ducha. Cuando venía. La tierra colorada le salía de los poros como sangre. Calmó un poco su hambre perpetua con lo que halló en la casa pan duro, y una extraña sopa en la que flotaban fragmentos irreconocibles. Pensó que él tendría que volver volver a aquel infierno y todos ellos se quedarían allí como si nada estuviera pasando. Lo amaban, sí, pero, ¿para qué servía? Vagó lentamente por la casa en la que transcurrió su infancia y en la que no quedaba ya ni el más mínimo vestigio de la magia de aquellos días. Mientras se mecía en el viejo sillón comprendía que aquellos pelos largos y oscuros que brotaban ahora de su pecho eran una ofensa absolutamente intolerarle. Cuando se puso el odiado uniforme nuevamente, uno de sus hermanos estaba camino del cine, la hermana menor se apretaba en un rincón de la sala con el novio de turno, el padre se había ido a jugar dominó como todas las tardes. Solo la madre esperó de pie junto al muro rajado del portal a que llegara a la parada del ómnibus. Al despedirse le dijo que tenía los ojos más verdes. Será por el color del uniforme, le respondió él. Mientras aguardaba en la parada, el radio portátil ruso de alguien comentaba acerca de un asesinato cometido en algún país remoto. Lo decían como si se tratara de algo excepcional, como si a todos no nos asesinaran.

La noche descendió blanda sobre la figura que con el fusil terciado, ante la puerta blindada, permanecía inmóvil con el rostro erguido crispado y anhelante.

—El amanecer no— dijo, como hablando a la oscuridad y al sonido del bosque.

En el cargador curvo de los fusiles AK-M, cada cuatro proyectiles ordinarios, hay uno trazador. Ellos, después de hacer estallar la cabeza del muchacho, dejaron una estela luminosa en el cielo.

NICOLÁS ABREU FELIPPE

Nació en 1954, en La Habana, donde hizo sus estudios primarios y secundarios. En 1980 se asiló en la Embajada del Perú, en la Habana, junto con otros miles de cubanos que así lo hicieron en aquella oportunidad. Salió ese año para los Estados Unidos y se radicó en Miami, donde vive actualmente dedicado a su obra narrativa. Entre sus creaciones se cuenta Al borde de la cerca (1987). Tiene varias obras narrativas inéditas, que publicará próximamente.

LA CUCARACHA, LA CUCARACHA...

Buscando algo entre las cartas y documentos que me llegaron de Cuba tiempo atrás, descubrí una cucaracha que salía de un sobre donde guardaba un poema. Al verme se detuvo y me observó, movió sus antenas (me imagino que sonreía), y luego, levantando una pata me hizo esa seña obscena, que a diario se hacen los choferes en la calle, de un carro a otro, sacando la mano por la ventanilla. En algunas ocasiones esto ha ido más allá del dedo y un chofer ha mandado al otro para el cementerio de dos balazos, todo por defender su moralidad. Aunque yo diría que en muchos casos ha sido por defender su castidad o por la añoranza de un dedo parecido. No me molesté en lo absoluto, más bien me dio gracia. Lo que más me llamó la atención fue que ya hasta las cucarachas tratan de burlarse o de enfurecerlo a uno. Pero no estaba dispuesto a perder la ecuanimidad por esa tontería. No concebía cómo esa estúpida no llevaba en cuenta que con cogerla en la mano y darle un apretón le iba a sacar los mondongos. La provocación le podía costar caro.

—Vaya, conque sacándome el dedo, ¡eh! —le dije— ¿eres guapa o tratas de ultrajarme?

—Ni una cosa ni la otra —me contestó mientras se sentaba en el borde de una libreta— sólo leía un poema tuyo, y has interrumpido mi lectura.

—¿Intentas suicidarte o eres uno de esos comentaristas que leen todo para documentarse y luego dárselas de sabios en la radio hablando boberias? Hace poco vi a uno en televisión que se jactaba de saberse el nombre de todas las calles de las capitales y ciudades más importantes de América Latina. El tedio total oírlo hablar.

—Nada de eso, soy de la seguridad del estado cubana.— Y echó una carcajada.

Hice todo lo posible porque no se diera cuenta del escalofrío que me recorrió de pies a cabeza.

—Te has salvado que fui yo el que te descubrió, si hubiera sido mi mujer, a estas alturas estuvieras desapareciendo junto con el agua del inodoro, después de un halón de cadena. Odia las cucarachas, no es capaz de acostarse a dormir si sabe que, al apagar la luz, alguna va a salir a buscar la sobra de comida en las cazuelas o a recorrer el tanque de la basura. Y yo no titubearía en matarla si me lo pide, porque sé que a ella le molestan. En fin, una cucaracha menos no significa nada.

—Si, para ti. Pero en realidad no es así. Lo que pasa, es que no te has percatado de que tú eres otra cucaracha, pero blancuza, de ojos azules, con patas enormes, y de cara grasosa y desdentada. Capaz de pensar, capaz de huir hacia otro país poniendo como pretexto que te persiguen, que te acosan; capaz de abandonarlo todo por miedo. Has sido tan ratón, que dejaste el lugar que te inspiró ese poema que acabo de leer hace un momento. Nada justifica que un hombre no sea capaz de enfrentarse a su vida. Todo lo has hecho por salvarte, por disfrutar, por aparentar. Todo lo has hecho porque alguien quería aplastarte, como ahora mismo tú puedes hacer conmigo. ¿Y hoy qué eres? Nada, un exiliado, un hombre sin patria. Cualquiera de los que allá en tu barrio esperan el final, para poder vivir en paz, te supera en todo. Y tú aquí pacientemente esperando a que otro exponga su cabeza por ti, para poder volver con tus dos patas grandotas, con tu ropa moderna y ese olor depurado de la inutilidad de un país grandioso. Pero al volver no hallarás nada, salvo tu cobardía. Todo lo has cambiado por preservar tu vida. Con la huida perdiste la oportunidad de ser un patriota, eso que desde lejos muchos presumen ser. Sin embargo yo, soy y seré una cucaracha.

Levanté mi mano con la intención de aplastarla. Pero se quedó inmutable en su sitio esperando el manotazo, sabia que mi gesto no era más que el impulso irracional del que tiene el poder al escuchar la verdad.

Sentí los pasos de mi mujer que se acercaba al cuarto.

—Huye, huye — le grité.

Y la cucaracha se escabulló entre dos sobres amarillos llenos de polvo. La puerta se abrió suavemente, pero yo volé agitando torpemente mis alas y me refugié en un rincón de la gaveta, a tiempo para que mi mujer no me aplastara al sentarse en la silla y ponerse a buscar algo en uno de los estantes del librero.

ALBERTO ACOSTA TIJERO

Nació en La Habana, en 1920. Allí estudió primaria y secundaria, y realizó estudios de Contador Público, Ciencias Sociales, Derecho y Filosofía y Letras. En los Estados Unidos cursó estudios literarios en diversas instituciones, graduándose en Montclair State College. Además de dedicarse a la enseñanza, ha cultivado la poesía y la narrativa corta. En Nueva York, publicó en 1971 el volumen titulado La pierna artificial y otros cuentos.

EL EMPLEADO

Ha llegado tarde al Ministerio donde trabaja y para mayor desgracia, al subir por la escalera, tropieza con su jefe, que espera el elevador. Le saluda lo más solícito de que es capaz. Y para hacerlo ha tenido que sobreponerse enormemente a su mal estado. Ha discutido en su casa con su esposa. La discusión ha sido agria. Ambos se han echado cosas muy duras en cara. Se acusaron mutuamente. Y todo porque los dos trabajan con el mismo jefe; y ella tiene que ir algunas veces por las tardes a hacer un trabajo especial. ¿Y por qué no lo escogen a él? ¿Por ser ella mujer?... Nunca a los hombres les ordenan trabajar por las tardes. Y ella le constestó mal, todo lo que le sucedía no era más que que celos. Sí. Estaba celoso, y no tenía razón. Los celos surgían porque ganaban lo mismo, pero ella siempre a fin de mes recibía una gratificación por esos trabajos fuera de hora. Y eso le hacía ponere así. Y ella no tenía la culpa que la prefirieran. Y sus palabras se tornaron fuertes. Tal vez fuera más inteligente o estuviera más capacitada. El caso era que ganaba más... Y no debía protestar. Disfrutaba también del dinero que producía ese tiempo extra. En cambio él, las tardes las pasaba durmiendo y nunca traía a fin de mes ningún dinero aparte de su sueldo. ¿Por qué protestaba? ¡Celos! Nada más que celos. Y se le hizo tarde y tuvo que correr y se había contrariado mucho. Por eso le costó trabajo ser amable al saludar al jefe. Y tampoco ella vendría hoy a trabajar. Se sentía mal desde ayer que se había quedado por la tarde y después salió con unas amigas, para festejar el santo de una de ellas, y se tomaron unos tragos en un bar. Y él tenía que informar al jefe sobre su esposa. Y le molestaba tenerlo que hacer. Tenía la impresión de estar haciendo un papel ridículo. Y sobre todo, preguntarle si quería que ella fuera por la tarde.

Terminó de subir la ancha escalera y después de marcar su tarjeta de horario fue a su mesa y se sentó. Saludó de mala gana a los compañeros; y, a las mujeres que le preguntaban por su esposa, les contestaba que había amanecido sintiéndose mal. Y le pareció ver en una compañera que también se quedaba algunas tardes y que tenía un hermoso cuerpo, cierta sonrisa que le mortificó. Y más todavía cuando la vio hablar bajito con la amiga que se sentaba a la misma mesa. En todos los gestos creía ver que hablaban de él. Y la sangre se le fue subiendo a la cara y la sentía pesada, como si se le fuera a reventar.

—Tú tampoco te sientes bien hoy —le dijo su compañero de trabajo.

—Creo que estoy enfermo --le respondió sin ganas de hablar. Y ya se había determinado ir a ver al jefe y explicarle todo, cuando otro empleado que se dedicaba a dar recados y hacer mandados, se le acercó.

—El jefe quiere que vayas a su despacho.

Se levantó y con paso rápido y decidido se dirigió a la oficina privada/. Y sin esperar nada empujó la puerta y se presentó ante su superior.

—Buenos días —saludó. No obtuvo respuesta. Esperó un rato. Después repitió el saludo. Tampoco le contestaron. Y veía al jefe que despachaba con una joven que tenía a su lado. Y pensando que no se ocuparía de él, comenzó a explicarle lo de su esposa. Entonces fue que los dos le miraron.

—Está bien —dijo el jefe. La joven sonrió. Ahora sí reparaban en él—. Te madé a buscar para decirte que estás trasladado a otro departamento. No es que no esté conforme contigo. Es porque te he ascendido, a un puesto mejor. Ganarás más.

Tardó en reponerse. La sorpresa lo había cogido de lleno.

—Gracias —pudo decir con dificultad.

—Ve a ver al jefe de personal. Ya él tiene la orden. Te he dado ese ascenso porque tu esposa me ha hablado de lo mucho que vales. Y a mí me gusta ser justo con los que se sacrifican en el trabajo. Y a ella que no hace falta que venga por la tarde. La se-

ñorita Mantilla — se refería a la muchacha que estaba a su lado comenzó hoy a trabajar y se quedará esta tarde para adquirir más práctica— terminó de hablar, y como veía que el empleado no se movía tuvo que decirle —puedes retirarte.
—Felicidades— le dijo la señorita Mantilla.
—Gracias —le contestó él y ni siquiera se acordó de darle las gracias al jefe.
Y cuando se iba cerrando la puerta, oyó la risa ahogada de ellos.
Seguía desorientado después de realizar todos los trámites de su traslado. El aumento era de treinta pesos al mes. Se sentía raro, no lograba alegrarse. Algo giraba en torno a él que no le gustaba. Y se contrarió con él mismo, por no poder salir de ese estado. Podía gastar más dinero en cervezas, e iría con mayor frecuencia al cine. Pero no lograba despejarse.
Así pasó la mañana. Y cuando salió del Ministerio, algunos amigos enterados de su ascenso le felicitaban.
—Tendrás que pagarnos el trago —dijo sonriendo uno.
Llegaron a la bodega de la esquina y pidieron cervezas. Allí acostumbraban todos los días tomar unos tragos el grupo de amigos antes de irse cada cual a su casa. Su esposa siempre iba con él. Y el grupo lo componían varios hombres con dos mujeres más además de su esposa. Jugaban una partida de cubilete. Y cuando su esposa tenía que trabajar por las tardes, ella no iba a almorzar a su casa. Se quedaba con alguna amiga que tenía que trabajar también y almorzaban en el Ten Cent. Entonces él se iba para la casa y antes de llegar tomaba otra cerveza en algún bar. Y en esa casa se preparaba cualquier cosa, o se comía un pan con bistec por la calle, y dormía hasta que ella llegaba. Esa era toda su vida.
Pagó la invitación y comenzaron a jugar. Como no estaba su esposa, hizo pareja con una de las jóvenes que era divorciada. Ganaron, y comenzó la broma de la buena suerte que ella le había dado, y lo decía él entre risas. Vio que a ella le agradaba la broma. Y en un descuido, al coger el cubilete, se apretaron las manos. Todos estaban entusiasmados. A la bodega llegaron dos empleados del Ministerio, que aunque no eran amigos de él, se conocían. Uno de ellos vestía de manera muy rara y se comentaban cosas de él, que se dedicaba a determinados negocios. Entonces él, entusiasmado por las cervezas y su ascenso, quiso invitarles, pero se dirigieron a la vidriera de cigarros. El tipo de vestir raro escogió un tabaco grande y mientras lo mordía para quitarle la perilla y encenderlo, le dijo a su amigo.
—Si yo tuviera una mujer como la de ése —comprendió clara-

mente que se refería a él—, llegaba por lo menos a jefe de despacho.

Sintió que la sangre se le agolpaba en la cara, y cuando fue a protestar, vio que se alejaban y como ninguno de los que estaba a su lado se había dado por enterado, pensó que nadie más lo había oído. O quizá todo no fuera más que una ilusión de él. Mejor era no preocuparse de nada. Ya se sentía bien y el malestar se le había pasado. No iba ahora a disgustarse de nuevo.

—Te toca tirar. ¿Qué te parece?...

El miró a su compañera y ella le contestó con una sonrisa. Entonces tiró y ganó. Estaba de suerte, no había duda. Pidió que repitieran las cervezas y como había ganado varias veces, invitó él. Hoy era su día y de nuevo se apretaron las manos disimuladamente. Pero algo se abría paso dentro de él impetuosamente.

"Si yo tuviera una esposa así, llegaría a jefe de despacho". Y todas sus sospechas vagas se aclararon. Y le pareció de pronto, que había vivido en una habitación oscura y que de momento, se habían encendido las luces. Ahora dentro de él era de día. "Seré jefe de despacho".

¿Qué dices?... —preguntó uno de los amigos.

—Oh, nada —sintió el temor que hubieran oído lo que había dicho. Su pensamiento se había troncado en palabras.

—Juguemos otra partida —propuso.

—Ya es tarde. Por tu ascenso te has entusiasmado. Yo me voy dijo uno.

Y todos se fueron despidiendo poco a poco. Sólo quedaron él y la joven.

—Tomemos tú y yo una cerveza en dos vasos —le propuso él.

—Está bien —dijo ella.

El se sentía conquistador. Ahora era otro por completo. Y comprendió que ella deseaba quedarse con él.

—¿Vas a hacer algo esta tarde?... —le preguntó a ella.

—No tengo ningún plan —dijo la muchacha con abandono.

—Entonces seguimos junto. Tengo ganas de beber y divertirme.

—¿Y tu mujer?...

—Que se quede esperándome —le lució raro como lo dijo. Le parecía que había empleado demasiada autoridad en sus palabras.

—Entonces acepto.

Terminaron de beber la cerveza y salieron. Fueron entrando en distintos bares. La bebida ya les hacía efecto y sin hablar nada, subieron a un automóvil de alquiler; seguirían la fiesta. El se sentía cada vez más conquistador y ella se veía ganada totalmente, totalmente entregada.

Cuando llegó a su casa, estaba satisfecho, feliz. Ahora no se burlaban de él, él era quien se burlaba.

—¿Qué te pasó?... —le preguntó su esposa cuando entró.

—Nada. Me reuní con los amigos y bebimos unos tragos como siempre, pero además les invité porque me ascendieron en el Ministerio.

—¡Qué bueno! —dijo ella fingiendo entusiasmo.

—Si quieres podemos salir esta noche y lo celebramos.

—Has bebido mucho.

—Entonces mañana.

—Está bien. ¿Quieres que te sirva la comida?

—No, Ve a la bodega y tráeme jamón serrano. Es lo único que deseo —se sentía muy importante a la vez que la borrachera lo envolvía cada vez más.

—Si lo deseas mejor —dijo ella algo extrañada. Ambos se miraron pero alejaron sus ojos rápidamente.

Y mientras ella iba a la bodega, él fue hasta el comedor y se sentó en la mesa. Por efecto de la bebida comenzó a cabecear. Iba sumiéndose en una inconsciencia que lo arrastraba. Y con una sonrisa que parecía una mueca, fue diciendo en palabras entrecortadas por la borrachera. "Llegaré a jefe de despacho".

ANTONIO A. ACOSTA

Nació en 1929, en Consolación del Sur, Pinar del Río. Estudió en la Escuela Normal para Maestros de dicha provincia y se doctoró en Pedagogía en la Universidad de la Habana. Se radicó en los Estados Unidos y obtuvo títulos en Montclair State College y en Yeshiva University. Actualmente es profesor de lengua española y literatura en Union City, New Jersey. Sus poemas han sido incluidos en varias antologías. Entre sus libros deben mencionarse: Mis poemas de otoño *(1982),* Imágenes *(1985),* La inquietud del ala *(1986), y* Más allá del entorno.

UN BURGUÉS RURAL

¿Por qué defienden a Juan?— Ya se acabaron los burgueses rurales. Ahora son ustedes los dueños de la tierra. Este es el gobierno de los pobres del mundo, de los necesitados. Él era el magnate, el poderoso. Y ustedes, ¿quiénes eran?... los desvalidos, los humillados.— ¿Tienen ustedes un jeep, o un medio de transporte que no sea un caballo?

Oiga señor miliciano, ¿y es malo tener un jeep?— Compañero, déjeme explicarle.— Mire compay, no me diga compañero, yo a usted no lo conozco. Mis compañeros son los campesinos de estas tierras, que Dios las bendiga siempre, y que juntos hemos formado familias decentes y trabajadoras. Y además compay, a mí me parece que usted sabe muy poco de lo que está hablando. ¿Sabe usted de las inundaciones de hace cinco años cuando las aguas enloquecidas del Río Hondo invadieron todos estos conucos?...¡Qué va usted a recordar compay, si usted no es de aquí!

Esa noche Río Hondo estaba más furioso que nunca. Las biajacas mareadas por la fuerza de la corriente viajaban aturdidas por los pajonales, y las jicoteas no acostumbradas a tanta agitación buscaban un lugar apropiado donde secar sus carapachos adormecidos de tantos machucones producidos por la violencia de las aguas. Los conejos asustados por la furia de la corriente se subieron en la barbacoa del maíz, donde compartían este refugio con una familia de guayabitos, que previamente habían fijado su residencia en ese lugar. Los campos parecían una versión contemporánea del diluvio universal.

Las yaguas navegaban como canoas indias en competencia acuática. —esto es el fin, le decía Alejo a Teresa.— Los maizales en el suelo; el bejuco de boniato estará podrido en tres días, y las semillas de arroz quién sabe adónde irán a parar.— ¿Cuándo terminará esta lluvia torrencial?... parece eterna...

Mientras Alejo conversaba con su esposa, ella parecía ajena de aquella realidad. Sólo pensaba en el tesoro que llevaba en sus entrañas, y en la inminencia del parto. No podría más disimular los dolores.— Teresa, no pareces escucharme.— Sí, te escucho Alejo, ¿pero tú no crees que el tiempo mejorará pronto? ¿Mejorar?... pero, ¿es que no has visto los nubarrones negros por encima del arroyo del Caguazal?... Mujer, tú estás chiflada. Esto es cuando menos para una semana larga. Pero, Alejo, ¿y qué haremos?... ¿Qué haremos de qué?... esperar pacientemente; si es que podemos, buscar paciencia para tanta calamidad que se aproxima. Pero, tú sabes,...yo no te lo he dicho... ¿dicho qué?... mujer, termina. Tengo dolores, Alejo, y muy fuertes. No puedo más, yo no quería decírtelo... como está la noche. El médico me advirtió que podría adelantarme. Pero, ¡Teresa, con este tiempo!

Unicamente Juan; pero él en estos días se siente muy mal de la columna. Sería una desconsideración. No Teresa, no iré. Pero Alejo, es que este dolor es insoportable. Por favor, suplícale. Anda ves Alejo; yo me quedaré rezando para que todo salga bien. Y ¿qué hora es?— Las tres de la madrugada. No, no, no iré... Es tu hijo Alejo... y yo.

La tranquilidad reinaba alrededor de la amplia casa de campo de Juan. Sólo una sinfonía de grillos rompía el profundo silencio de la noche, y una que otra rana toro con su áspero ruido discordante de barítono retirado se oía en el arroyo de la laguna del Majagual. La lluvia había cesado, pero en los niveles más bajos las aguas alcanzaban varios pies de profundidad.

Juan despertó a la voz de Alejo que le decía: Vine a esta hora Juan porque Teresa está de parto. Usted sabe... no sé qué hacer. Lo que se hace en estos casos, costestó rápidamente Juan. Llevarla al hospital, incorporándose de la cama medio encorvado por su padecimiento de la espina dorsal con una vértebra fosilada a causa de un accidente que sufriera hacia algunos años.

—La llevaremos primero al médico; él nos dirá cómo proceder. Pero, con estas inundaciones será imposible llegar al pueblo, decía Alejo.— Vamos, no hay tiempo que perder; despierten a Pancho y a Jacobo, que necesitaremos ayuda. Pero Juan, el jeep no podrá llegar hasta mi casa; el agua es demasiado. Pues tendrá que llegar, ¡qué remedio!...

Perdone Juan, yo sé que no se siente bien de la espalda. Pero, vamos, Alejo, ¿no harías tú lo mismo por mí?— ¿no haría lo mismo mi padre si estuviera vivo?

—Si no hubiera sido por Pancho y Jacobo; ellos son fuertes como robles de tierra gorda..., y el jeep con la doble fuerza. Al fin se hizo el milagro. Dios hizo la mejor parte. El cordón umbilical la hubiese ahogado.

Todos los médicos debían ser como el Dr. Díaz; ni un reparo. Y a usted, Juan, ¿cómo pagarle lo que hace por nosotros?— si, pueden. Quiero ser el padrino de... y ¿cómo se llamará ese melocotoncito rosado que será mi ahijada?

Josefa Lina, como la santa madre de ustedes que por muchos años nos cobijó con su cariño maternal para todos nosotros.

El Señor la tenga en la gloria.

—Después de escuchar mi relato, ¿todavía, señor miliciano, pretende usted convencerme de que es muy malo de que Juan tenga un jeep?

Finita, ahí viene tu padrino. Corre al camino a darle un beso. Después, él estará muy ocupado hablando con estos señores que nos vienen a defender de los despiadados burgueses rurales.

IVÁN ACOSTA

Nació en Santiago de Cuba, en 1943 y cursó sus estudios primarios y secundarios en su país natal. Llegó a los Estados Unidos en 1962 y se estableció en la ciudad de Nueva York, donde realizó estudios universitarios y se especializó en dirección y producción cinematográfica y arte moderno. Ha sido director de tres festivales de Arte Cubano en dicha ciudad, Director del Taller de Drama Español del Henry Street Playhouse, y fundador del Centro Cultural cubano de Nueva York. Ha escrito y dirigido obras teatrales y guiones cinematográficos; también escribe poesía y cuentos.

EL PEZ MALDITO DE LOS OJOS COLORAOS

Estábamos lejos, en un lugar muy lejos, como a tres horas de Santo Domingo. Solamente los dominicanos que vivían en esa zona la conocían.

El techo de la casita del Capitán Marte, se estremecía al compás de viento. El Capitán Marte mismo la había construído con sus propias manos. El viento la estremecía, pero nunca se caía. Yo pensé que se iría volando, pero solamente se estremecía.

El me contó de una vaca que fue levantada por el viento y aterrizó a tres millas de la finca; al otro día, unos haitianos que por allí vivían, comieron bistek y celebraron toda la noche, dándole gracias al viento por haberles regalado una vaca. El también me contó de la vieja negra vestida de color calabaza, que un día, sé lé apareció en la orilla del camino, donde el lloraba solitariamente.

El tenía cáncer y los médicos le habían dado tres meses de vida. Hacía seis años que la negra se le había aparecido. Ella lé dijo que tomase agua del arroyo frío; que sumergiese la cabeza y que una noche de luna llena se tirase al arroyo vestido de blanco y que amaneciese en él. El lo hizo y cogió tremendo catarro, pero habían pasado seis años desde el día que el arroyo le lavó el cáncer. Eso él mé lo contó mientras bebíamos ron dominicano al compás de un Perico Ripiáo y comiéndonos una palangana repleta de langostinos del arroyo frío que le había lavado el cancer hacía seis años. Esa noche el Capitán Marte, sentado en un banquito, hecho con maderas de un cajón de bacalao, me contó su historia preferida. El Pez Maldito de los Ojos Coloraos.

El llegó a un pueblecito, casi una aldea. Varias mujeres lloraban desconsoladamente en la puerta de la choza donde vivia Lolina, la bruja del batey. El, preguntó qué pasaba. Las treinta personas le contestaron a la vez: el pez maldito de los ojos coloraos se comió a otro niño. Todos gritaban, todos lloraban. Una mujer muy gorda, con el pelo negro azabache y sin dientes, se revolcaba violentamente en la tierra; ya no lloraba, pero de su garganta brotaban chillídos que opacaban los llantos, de los demás.

El Capitán Marte se acerco al ciego que desplumaba una paloma.. El ciego se lo contó sin llorar: Ya van cuatro que se ha tragaó el pescao. Primero fué Tobino, el hijo bobo de Miga, la vendedora de mamajuana. El segundo fué Cajuíl, a él se lo comieron de noche, el lago amaneció rojo, bien rojo.

El tercero fue Anajuato el barbero, Yo le dije que no se lanzara, que el pez era mas inteligente que él. No me hizo caso el condenao; me entregó su tijera y su sombrero, de ese, dijeron los que veían, que no quedó ni un pelo. Y ayer el pez maldito de los ojos coloraos se jartó a Pusíto el manco, era el hijo de la chillona. Yo soy ciego pero no soy bobo. Yo nunca me acerco al lago. Sé que el pez puede brincar y tragarme de sopetón.

El Capitán Marte había sido experto buzo. El había buceado en Grecia, en España, en Turquía, en La Habana y en Samaná, Me contó, cómo se quitó la ropa y se quedó en calzoncillo, cogió un machete y caminó hacia la orilla del lago. Toda la gente de la aldea comenzó a caminar detrás de él, menos el ciego, que nunca se acercaba a la orilla del lago. Las mujeres continuaban su coro de llanto al compás de los chillidos. En menos de cinco minutos, todos los hombres de la aldea comenzaron a aparecer por detrás de las matas de cacao. Uno de los hombres trató de cortarle la cabeza con un machete al Capitán Marte, pero el más fuerte lo sujetó y lo amenazó con tirarlo al lago, si intentaba atacar al Capitán. Todos querían ver lo que el Capitán iba a hacer. Ellos estaban seguros que el pez maldito de los ojos coloraos lo devoraría en un dos por tres.

El Capitán Marte cogió una piedra bastante grande y la lanzó al lago, así mediría la profundidad del lago. Luego miró hacia el ciego y hacia la chillona, que desde el piso, levantaba la cabeza para no perderse el suceso, entonces sin decir nada, se lanzó al agua. Las mujeres pararon de llorar.

El Capitán Marte se sumergió por espacio de dos minutos. Las mujeres comenzaron a llorar de nuevo, y la chillona, a chillar más alto que nunca. pero de pronto, lo vieron salir a la superficie; pararon de llorar otra vez. El Capitán Marte los miró a todos y les dijo: Ya encontré al Pez Maldito de los Ojos Coloraos. Ahora lo voy a liquidar para siempre. Todo el mundo empezó a gritar:— Que lo mate, que lo mate, que lo mate. El ciego pegó un grito que posiblemente se escuchó hasta en Santo Domingo; y hasta, la chillona, paró de chillar, y también empezó a corear fuera de compás. — Que mate al pez maldito de los ojos coloraos, ¡carajoooooooooooooo!

El Capitán Marte se volvió a sumergir. Pasaron dos minutos, que a esa gente, les pareció dos horas. Al tercer minuto, las mujeres empezaron a llorar de nuevo y los hombres comenzaron a desaparecer por detrás de las matas de cacao.

De pronto el ciego grito, ahí está, ahí estáaaaaa. El no veía, pero lo sentía. El Capitán Marte salió del agua con varios rasguños en la frente, en la espalda, en la barriga y en las manos, que le sangraban levemente. Todo el mundo lo rodeo en silencio. El Capitán Marte se vistió sin decir una sóla palabra. El ciego se le acercó y le dijo: Lo invito a una sopa de paloma. El Capitán Marte le dió una palmada en el hombro y emprendió su rumbo hacia el camino; se detuvo por unos segundos y le gritó a todos los que lo seguían: Ya, pueden bañarse en el lago sin miedo. Ya no hay más pez maldito de los ojos colorao. Yo les saque los ojos; le arranqué los dientes y lo corté en pedazos. Todos gritaron de alegria, menos la chillona, que había perdido las esperanzas de recuperar a su hijo.

Cargaron en sus hombros al Capitán Marte, y lo llevaron hasta el camino. Lolina la bruja del batey se le acercó y le dijo al oído. Yo sabía que tú vendrías, yo lo sabía e hice un trabajíto para que tú pudieras derrotar a ese maldito pescao.

El ciego lanzo la paloma desplumada hacia el aire y gritó: Desde ahora en adelante no comeré más sopa de paloma, comeré sopa de pescao.

El Capitán Marte me contó lo que había visto debajo del lago...Tres esqueletos enganchados a una alambrada de puas y devorados por los ambrientos pecesitos y langostinos del lago. El cortó la alambrada en varios pedazos, terminando así con la vida del Pez Maldito de los Ojos Coloraos.

El Capitán Marte terminó su historia, el ron se había acabado y en la palangana sólo quedaban los carapachos de los langostinos del arroyo frío.

El viento ya había cesado de soplar. Todo el mundo se había ido a dormir, menos Teresa y yo que estámos de luna de miel. La sinfonía nocturna interpretada por ranas y zapos enamorados y acompañados por un inmenso coro de grillos, se fué opacando, poco a poco, opacándose...

Nunca pude averiguar, qué sucedió con la cuarta víctima del Pez Maldito de los Ojos Coloraos.

MIRIAM ADELSTEIN

Nació en Matanzas, en 1927. Se doctoró en Pedagogía en la Universidad de La Habana, donde también obtuvo el título de Profesora de Inglés. Fue profesora del Instituto de Matanzas hasta 1962, fecha en que renunció a dicha plaza. Se trasladó al Canadá, donde enseña desde 1966. Actualmente es Profesora de Lengua y Literatura españolas de la Universidad de Guelph (Ontario), Canadá. Ha publicado varias obras, entre ellas una novela titulada Los intrusos (1978) También ha contribuído con artículos y reseñas a diversas publicaciones especializadas.

VIERNES SANTO

El graznido estridente de una lechuza entró por la ventana abierta. Eso lo despertó.

—Sola vaya— dijo, con los ojos cerrados aún.

Encendió la lamparita colocada en el velador y buscó los espejuelos. Se los puso. Miró al reloj despertador. Eran apenas las cinco de la mañana. Volvió a apagar la luz para no despertar a su mujer. Se levantó, salió del cuarto y se dirigió a la pequeña sala.

Descorrió las cortinas de la ventana. Una luz tenue empezaba a filtrarse detrás de las nubes que se tenían de varios colores. Mario miró al cielo y pasó unos instantes contemplando aquel amanecer. Una extraña sequedad se hizo en su garganta. Cada día se le hacía más imposible vivir en un mundo que le asfixiaba. A su memoria vino aquella tarde, no muy remota, cuando unos amigos le invitaron a casa de los del Pino.

En la sala de estar de la familia se hallaban reunidas varias personas. José del Pino hizo las presentaciones y después le señaló a Mario una silla vacía en el círculo en que estaban sentados los concurrentes. Era evidente que habían estado esperando por él para iniciar aquella conversación.

Un joven de unos veinticinco años, muy bien vestido, y con unos ademanes que indicaban a todas luces su refinada educación, tomó la palabra. Informó a los presentes que se había organizado una sociedad secreta, con el único propósito de destituir al gobierno del país. Explicó la táctica que se usaría para lograr el derrocamiento del régimen que no sólo dilapidaba el tesoro público, sino que estaba llevando al país al peor baño de sangre que había sufrido la pequeña nación.

Mario no se podía explicar cómo era que él, abogado de oficio de la audiencia de su ciudad, se hallara en aquella reunión. José del Pino, adivinando tal vez los pensamientos que cruzaban por la mente de Mario, le dijo:

—Licenciado, usted puede sernos de una ayuda valiosísima. El sesgo que han tomado los acontecimientos, nos llevan a la insurrección. Usted podría ser nuestro punto de enlace con la capital.

Mario estudió detenidamente el rostro de aquel hombre que le hablaba y a quien sólo conocía de vista. Le llamaba la atención su aire silencioso y lento. Ahora le recordaba, y dando un salto atrás en el tiempo, le veía llegar a la bodega del gallego Tuñón, saludar con una sonrisa amplia al bodeguero y tomar nota del pedido de chocolates, galleticas y confituras, que éste le indicaba. Terminada la factura, José del Pino se colocaba el lápiz detrás de la oreja derecha y se encaminaba al camioncito que, con grandes letras en cada costado, tenía grabado el nombre *La Gloria*. Cuando regresaba al mostrador, apenas podían vérsele los ojos detrás de las cajas que cargaba.

Mario sintió más vivo que nunca el mirar profundo y sereno de José del Pino, en cuyos ojos cualquiera podía asomarse y descubrir todo un mundo de honradez.

Terminada la reunión, los miembros de la reciente organizada sociedad secreta fueron saliendo, uno a uno, de casa de los del Pino. Una lluvia densa comenzó a caer de repente, con sorda intensidad, empañando los cristales de los espejuelos de Mario. Muy cansado, sintiéndose habitar un mundo triste, llegó a su casa.

Josefina ya estaba acostada. Mario atravesó la sala en puntillas, dejando tras si la huella de sus pies mojados. Pasó frente a los dormitorios de sus hijas y, de pronto, se le aceleraron los latidos del corazón. Se acostó muy calladamente, para no despertar a su mujer. Ella trabajaba afanosamente el día entero y los niños demandaban mucha atención. Emperezado por el ruido perenne del agua que caía, Mario acabó por dormirse.

Se despertó muy cansado. De buena gana se hubiera quedado acostado un rato más, pero no podía. Había contraído un compromiso y tenía que cumplirlo. Un olor a café recién colado le sacó de la cama.

Contemplándose en el espejo mientras se afeitaba, descubrió unos hilos de plata que comenzaban a asomarse en sus sienes. Se dio cuenta de que la primavera se escapaba de su vida. Sonrió cuando pensó que el hombre es como la hoja. Primero verde, brillante. Después, esa hoja comienza a secarse, tornándose quebradiza. Y un día cae del árbol y el mundo continúa su marcha, apenas sin notar su desaparición.

Josefina ya tenía dispuesto del desayuno cuando Mario llegó al comedor.

—No dormiste muy bien anoche-- le señaló su mujer.

—Tal vez el calor— le dijo él. Nada de importancia, te aseguro.

Mario tomó su desayuno, sin saborearlo. Se mostró más apurado que de costumbre pues, según él, tenía pendiente un caso importante.

—Pero hoy es Viernes Santo— le recordó Josefina. La audiencia no abre hoy sus puertas.

—Lo sé, mujer. Lo sé. Pero Dios ha de perdonarme si violo un día tan sagrado.

Josefina no se atrevió a hacer pregunta alguna. Su discreción era lo que Mario valoraba más en ella.

—No me esperes para comer. No sé a qué hora regresaré.

Josefina iba a decir algo, pero el llanto del pequeño Mayito la hizo correr a su lado.

—Que Dios te acompañe— le gritó a su marido desde el cuarto del niño.

Antes de salir de su casa, Mario se dirigió a la pequeña pieza que le servía de biblioteca. Quería llevar un libro para entretenerse durante el tiempo que demorase el viaje a la capital. Recorrió con la mirada los lomos de los libros dispuestos en fila. Tomó uno donde se leía, con letras doradas, *El Contrato Social*, Juan Jacobo Rousseau, y salió a la calle.

La brisa marina le batió el rostro. Respiró profundo, como para hartarse del olor a salitre que le llegaba del mar. Atravesó la ancha calle y caminó por el malecón hasta el sitio donde debía esperar el tranvía. Dos señoras, con mantillas negras que les caían sobre los hombros, llegaron junto a él. Mario se quitó el sombrero de paja blanca, inclinó levemente la cabeza y les dio los buenos días.

El tranvía llegó a la esquina donde se encontraba la catedral. Se detuvo. Mario y las dos señoras se bajaron. El reloj en lo alto del templo dio siete campanadas. Las dos damas con mantillas negras, subieron los escalones de la entrada principal de la iglesia. Mario se encaminó hacia la estación de ómnibus frente a la catedral. Compró un boleto de ida y vuelta para la capital. Se sentó en una de las sillas, en la sala de espera. El tiempo se le hacía muy largo. Pensó en la tarea que le habían encomendado. Entonces se levantó, cruzó la calle y entró en el majestuoso templo. Un Cristo que sangraba por sus clavos y las espinas de su corona, estaba colocado junto a la entrada principal. Mario se arrodilló y se persignó ante la sagrada estatua.

Dentro de la gran nave se respiraba un aire cargado de ceras derretidas. Bajo este mismo techo él y Josefina habían quedado unidos en matrimonio. En ese momento, el pasado volvió a estar allí, más fuerte y más presente.

Las notas de la marcha nupcial que lanzaba el órgano desde el balcón en lo alto de la entrada principal, llenó el ambiente. Los concurrentes a la ceremonia se pusieron de pie y se volvieron para ver aparecer a la novia, toda vestida de blanco. Con paso solemne marchaba del brazo del padrino. En el altar principal, todo sonriente, estaba el sacerdote. A su lado, Mario.

Josefina lucía muy bella. Toda ella parecía envuelta en un halo de felicidad. Después que el sacerdote hubo repetido los deberes de cada contrayente, los novios intercambiaron sus anillos. Las arras pasaron de las manos de Mario a las de Josefina, y de las de ésta, a las del cura, quien declaró a la pareja, marido y mujer. A la salida de la iglesia, una lluvia de arroz cayó sobre los recién casados, quienes penetraron en la volanta que aguardaba.

No hubo una recepción grande. Sólo los parientes y amigos más allegados celebraron el acontecimiento. Fue una fecha feliz en las vidas de Mario y Josefina. La dicha de Mario parecía completa. Cuando terminó su carrera de abogado, no pudo ejercer su profesión porque sólo tenía veinte años y la ley requería veintiuno. El trabajo que consiguió en las oficinas de los Ferrocarriles Unidos sería sólo temporal, pues se había propuesto forjarse un destino, y presentía que su destino le llevaba, a toda velocidad, por sobre la vía férrea.

El reloj colocado en lo alto de la catedral, dio una campanada que retumbó dentro del gran recinto. Mario se incorporó, y presuroso, salió del templo. El autobús para la capital doblaba ya la esquina y corrió tras el vehículo, gritando y haciéndole señas al chofer para que parara. Jadeante, subió al ómnibus, caminó por el pasillo entre los asientos, tratando de mantener el equilibrio, y se sentó en el primer puesto que encontró vacío. Se quitó su sombrero de paja, lo puso a su lado, y recostó la cabeza contra la ventanilla. Así permaneció por unos instantes.

Después que hubo recobrado el aliento perdido por la carrera, Mario se acomodó y abrió el libro que había traído con él. Aquel libro lo conocía muy bien, y cada vez que lo leía, lo encontraba más informativo.

—Es lástima que nuestros gobernantes no lo conozcan— dijo. A Mario no se le ocurrió que había hablado en voz alta, hasta que se dio cuenta de que los dos pasajeros que iban sentados delante de él, sacaron la cabeza por encima de sus asientos, y le observaron con aire extrañado. Mario sólo atinó a ponerse el sombrero y hundírselo hasta los ojos.

El ómnibus atravesó las calles estrechas de la antigua sección de la capital y llegó a su paradero. Mario descendió del vehículo y pronto escuchó el grito, tan familiar, de los vendedores de periódicos y de los vendedores ambulantes. Caminó hasta la esquina donde había un puesto de flores. Allí esperó una guagua que le llevaría a su destino.

Una mujer de semblante triste le abrió la puerta. Los dos atravesaron en silencio la sala de la bella mansión y entraron en un estudio donde un hombre muy joven aguardaba la llegada de Mario. La mujer los dejó solos y el joven le estrechó la mano a Mario.

—Soy Alfredo— le dijo. Los dos se entregaron a la tarea de discutir los planes para una huelga general en el país. Mario escuchaba atentamente las órdenes que debía trasmitir a José del Pino, cuando de pronto se escuchó el fuego de unos rifles. Mario y Alfredo corrieron al balcón junto al estudio. Desde allí se podía ver el castillo que servía de prisión. A la izquierda de la casa, colina abajo, se destacaba la silueta de un hospital. El sol tropical resplandecía en las calles y los edificios parecían más blancos de lo que eran. Desde el balcón vieron a un hombre que corría. Estaba solo en la calle y su sombra era lo único que se movía. Corría de un lado para otro, como sin saber a dónde ir. De pronto, el hombre se detuvo y alzó los brazos.

—No tiren más, no tiren— fue el grito que se escuchó. Varios soldados apostados cerca del hospital, apuntaron sus rifles. La primera descarga le dio al hombre en la espalda. La segunda le destrozó la cabeza y los hombros.

Mario sintió una oleada de sangre en la cabeza. Permaneció inmóvil, con la mirada fija en aquel cuerpo inerte que cayó frente a la estatua de uno de los presidentes que había tenido el país. Pensó en la versión *oficial* que se daría del caso:

—Muerto mientras trataba de escapar.

Un asco, un inmenso asco, le abrasó por dentro.

RICARDO J. AGUIAR

Nació en 1920, en Matanzas, donde completó sus estudios de bachillerato. En la Universidad de La Habana obtuvo los doctorados en leyes y ciencias sociales, además de las licenciaturas en derecho administrativo, diplomático y consular. Fue miembro del servicio exterior de la República y, en 1960, renunció al cargo de primer secretario de la misión diplomática cubana en la República Federal de Alemania, por disentir de la política e ideología que empezaba a seguir el gobierno castrista. En los Estados Unidos trabajó en la biblioteca de la Universidad de Princeton y fue profesor de la Universidad de Rutgers, New Jersey, hasta 1985, año en que se jubiló como profesor Emérito. En 1987 publicó Veinte cuentos breves de la Revolución Cubana. *Actualmente reside en Miami.*

LAS TRES MARÍAS

Nacidas en el mismo año y en la misma vecindad, las circunstancias determinaron entre ellas, desde niñas, una estrecha relación. Aunque había diferencias fundamentales, en algunos aspectos la trilogía funcionaba como una verdadera fraternidad. Siempre juntas, desde los días escolares hasta la primera juventud, el pueblo, con esa tendencia provinciana a las identificaciones alentadas por el buen humor, las había bautizado como las tres Marías, muy acorde con el nombre de pila común.

María Valiente se destacó siempre por su carácter enérgico que en modo alguno afectó nunca su encantadora femineidad; era, además, inteligente y en la escuela sobresalía entre las primeras. María de Armas trataba de capitanear al pequeño grupo; dominante, poco inteligente, pero de una tenacidad a toda prueba, procedía de un hogar destruido por el divorcio, accidente familiar que la había hecho un tanto resentida. En cuanto a María Covarrubias, era la más bonita; aunque en el fondo tímida, su belleza la dotaba de una aparente seguridad que se desmoronaba en seguida ante situaciones difíciles, pero su simpatía y su gracia eran arrolladoras y le captaban el afecto de todos.

Cumplían la veintena en 1959, cuando la revolución cubana conmovía al país de un extremo al otro. Durante la luna de miel del movimiento, las relaciones entre las tres Marías marcharon a las mil maravillas. Pasado el primer año, comenzaron a notarse algunas señales inequívocas de una realidad política teñida de rojo que muchos habían sospechado desde el principio. Bien pronto sería afectada la unidad monolítica del trío. La revolución castrista se especializó, desde el primer momento, en mutilar lazos familiares y amistosos, enfrentando la sangre y el afecto con singular sadismo.

La acritud de las discusiones entre María Valiente y María de Armas se agudizaba por día y la amistad se rompió, inevitablemente, cuando esta última vistió el uniforme de miliciana y asumió una jefatura militar femenina de la provincia de Matanzas, situación que las otras dos amigas repudiaron sin contemplaciones. Dos años después la estrecha relación había dejado de existir. María Covarrubias, de poco carácter, se fue al exilio con su familia. atemorizados por la insoportable coacción represiva del gobierno contra todos aquellos incapaces de comulgar con ruedas de molino.

A partir de entonces, María Valiente ocupó un lugar prominente en la lucha clandestina y su nombre, aureolado por un creciente prestigio, fue un símbolo de rebeldía cada vez más respetado en los círculos de oposición a la dictadura. La alta jerarquía del partido comunista se dio cuenta de la importancia de su liderazgo y se dedicó a perseguirla encarnizadamente.

La persecución ganó la desigual batalla; María Valiente fue confinada en distintas prisiones del país, y por último remitida a un centro especial, cuyo objetivo era la rehabilitación del condenado. Las torturas más sofisticadas eran la práctica habitual para el convencimiento forzoso. María Valiente tenía, en su carne y en su espíritu, huellas indelebles de esta agonía interminable. la jefatura del mencionado centro estaba bajo control de una figura cumbre en el campo de la más refinada represión a quien el pueblo conocía por María La Sanguinaria y el mundo oficial identificaba como la capitana María de Armas.

JUAN E. AGUILAR TAQUECHEL

Nació en 1921, en Santiago de Cuba, donde cursó sus estudios primarios y secundarios. Salió al exilio en 1961 con rumbo a Miami y luego a Rochester, Nueva York, donde vivió hasta 1978. Ese año se trasladó a Miami, donde reside actualmente. Ha publicado dos poemarios: Los Peros de Naishapur e Imágenes (1972). Está preparando un volumen narrativo titulado Andanzas de un exiliado Monki-Lingüe.

CAZABE CASI IV

"Un jesuita sin conocimientos de artillería, jamás podría sermonear sobre el por qué la humanidad se entra a cañonazos"

(San Ignacio de Loyola)

Antes del desembarco de los pálidos "caras-españolas", la Península de la Florida era una inhóspita región infestada de rojos indiospadios "caras-seminolas"; escuadrones de cocodrilos, rojos también de comer tanto indio, y un ceremil de venenosas culebras en colores que hacían caminar a los nativos dando brincos como los canguros.

Los bidones de pólvora, y las enormes pirámides de bolas de hierro consumidas en la tarea civilizadora de indios, cocodrilos, y culebras floridanas, fueron aportados por los tres siguientes contingentes de serafines humanos: españoles, ingleses, y por último, artilleros nativos americanos. Quedan excluidos, los bondadosos franceses, cuya pequeña cuota de muertecitos durante esta colonización, apenas si alcanzaría para rellenar el desfiladero de las Termópilas.

A continuación, los telegramas-relatos, basados en años-pólvora, de las históricas habilidades cañoneras de estos tres equipos de desintegradores de esqueletos humanos al por mayor:

TELEGRAMAS-RELATOS

AÑO POLVORA 1513 DESEMBARCAN PENINSULA FLORIDANA ARTILLEROS 772 BAILADORES PASODOBLE ESSTOP INDIOS SEMINOLAS CONOCEN TRONCOS FUEGOS, GRANDES TRUENO, JEFES INDIO PREFIERE COHETICOS CHINOS ESSSTOP CIVILIZACION INAUGURA PRIMEROS HOYOS, SEMINOLAS DENTRO ESSSTOP HERREROS CATALANES AUMENTAN TAMAÑOS BOLAS HIERRO, SUCESOR JEFE INDIO DICE PARECN COCOS NEGROS.

AÑO POLVORA 1565 AIRADO SAN AGUSTIN BAJADO CIELO ALCALDE IN MEMORIAN CIUDAD ESSSTOP CIUDAD SAN AGUSTIN RECIBE HAMACAS MORTUORIAS SEGUNDO Y TERCER JEFE INDIO DESCABEZADOS PUROS BOLAZOS.

AÑOS POLVORA 1763 A 1781 CHUPADORES TE FRIO ARRECIAN BOLEO ESSSTOP INGLESES CAÑONEAN ESPAÑOLES DERECHA SEMINOLAS IZQUIERDA OBLIGO SAN AGUSTIN CENTRO ESSSTOP ALPARGATAS ESPAÑOLES DENTRO ESPANTAN MULA PANTANOS; ATERRADOS COCODRILLOS ESPANTAN MULA GOLFO MEXICO.

AÑO POLVORA 1783 REGRESO DRACULAS ESSSTOP ESPAÑOLES VERDES HOMBRES SALEN PANTANOS CAÑONEANDO INGLESES DERECHA, AHUMADO GRUPITO SEMINOLAS IZQUIERDA; SAN AGUSTIN ECHANDO UN QUINTO CENTRO VEREDA CELESTIAL ESSSTOP COCODRILOS DESCENDIENTES PANCHO VILLA REGRESAN PANTANOS SIN GALLEGOS.

AÑO POLVORA 1819 COMISION TEJANOS MANGAS CAMISAS BOTAS LLENAS ORO NEGRO COMPRAN PENINSULA FLORIDA ESPAÑA EN LLAMAS ESSSTOP MONARCA ESPAÑOL DECLARA ¡PARDIEZ NOS JODIERON! ESSSTOP INICIAN MONTAJE FUERTE PREFABRICADO FORT DALLAS.

AÑO POLVORA 1870 FUNDAN CIUDAD MIAMI MISTER FLAGUER INSAID ESSSTOP SENADO AMERICANO IMPONE VEDA ULTIMAS PAREJAS SEMINOLAS FINES TURISTICOS ESSSTOP CIVILIZACION CRISTIANA AUMENTA ALCANCE CAÑONES PROXIMA GUERRA.

DI EN

LUIS AGUILAR LEÓN

Nació en Manzanillo, Oriente, en 1925. Creció en Santiago de Cuba, donde hizo sus estudios en el Colegio de Dolores. Terminó el bachillerato en el Colegio de Belén, en La Habana, y obtuvo su doctorado en Derecho en la universidad de esa ciudad. Además posee un doctorado en Filosofía de la Universidad de Madrid; en Ciencias Sociales, de Toulousse, Francia, y en Relaciones Internacionales, de American University, en Washington. Recientemente se jubiló como catedrático de la Universidad de Georgetown y reside ahora en Miami. Sus artículos y relatos han aparecido en diversas publicaciones en los Estados Unidos. Entre sus libros deben mencionarse: Marxism in Latin America *(1972);* Cuba 1933: Prologue to Revolution *(1972)* Cuba: Conciencia y Revolución *(1971) Y* De cómo se me murieron las palabras *(1984)*

EL TERRORISTA Y EL BABALAO

Apoyado en la pared, disipándose bajo el dolor el hombre sintió que se moría. Nadie en el barrio pobre y rumoroso, ni los que se arrellenaban en las puertas intercambiando saludos ni los transeúntes parecían prestarle atención. Con creciente debilidad pensó que la prisa por escapar le había confundido la dirección que le había susurrado "el Torcido". Iba a morir como un perro abandonado.

Una palabra remota, "sígueme", le alertó la conciencia: por la acera, una negra de paño en la cabeza y amplia cadera penduleaba la falda alejandose de él. Renqueando, la siguió hasta un cafetucho esquinero, donde la mujer desapareció tras una cimbreante cortina de cuentas aledaña al mostrador. Tras la cortina, en un cuarto grande, cinco negros sentados fumaban aguardando. El herido se derrumbó en una silla y trató de examinarse la herida, en la pierna, pero las manos se le desmadejaron; sigilosamente, los negros se esfumaron.

Aletargado se abandonaba a la fatiga, cuando el contacto de unas manos le hincó un sobresalto. En cuclillas, la mujer le lavaba la herida con paños húmedos. Ante el respingo del hombre la mujer alzó la vista y, sin prisa, le ofreció una jícara humeante; "pa el dolor", le dijo, y siguió limpiándole la herida. El brioso brebaje devolvia pulsaciones y el hombre atinó a mirar a la mujer, la blusa curvada insinuaba la visión de unos pechos espaciosos y firmes. Sin mirarlo, la mujer se irguió, recogió la jícara y desapareció por una puerta al fondo.

El herido examinó su circunstancia. El cuarto con sillas y unas estampas baratas de San Lázaro y sus perros lamedores, no le dijo nada. Una súbita alarma le disparó las manos hacia la cintura: la presencia de la pistola le sosegó el ánimo. Iba a asegurarse de que la pistola estaba cargada, cuando la negra reapareció en la puerta del fondo y le hizo una seña. Al erguirse, el hombre notó, con tenue sorpresa, que la pierna apenas le dolía.

Sesgada bajo el dintél de la puerta, la mujer lo dejó pasar sin hurtarle ni insinuarle el contacto; del sólido cuerpo emanaba el efluvio de carne limpia y baño reciente.

Sentado tras una tosca mesa, en la suave penumbra que creaba el intenso resplandor de una ventana, un negro vestido de blanco parecía esperarlo. Esgrimiendo una cautelosa sonrisa, y con la mano al alcance de la pistola, el hombre se sentó frente a la mesa y lo examinó.

Era un negro de nobles arrugas, ojos profundos y edad indefinida. De las mangas cortas, emergían unos brazos delgados y recios; una muñequera de fibras de palma le cercaba la muñeca derecha; sobre el pecho, tres collares de cuentas insinuaban sus colores.

En silencio, el negro se dejaba escrutar. Al rato, habló con una voz suavemente cadenciosa.

"Hijo, ya no estás en peligro. Tus perseguidores no te van a buscar aquí, tus compañeros, incluyendo al que llamaban "Torcido", están muertos. Estás solo, pero estás a salvo".

Bajo la mesa, el herido despejó la pistola. El negro continuó.

"La pistola no te hace falta. Nadie te la ha quitado ni te la va a quitar. Yo no tengo nada que ver con la violencia. Tus preguntas serán contestadas. Pero debes saber que hace tiempo te estaba esperando. Tú eres el último hijo que me faltaba recoger para mi paz. Déjame explicarte el por qué estás aquí, y cuál es el sentido de tu vida y tu destino".

Con un esfuerzo, el hombre afectó sorpresa. La oculta pistola seguía firme en dirección al negro.

"Mire amigo, aquí ha habido un error. A mí no me busca la policía, ni yo conozco al "Torcido" que Ud. menciona ni tengo preguntas que hacerle. Yo soy albañil y me herí esta mañana trabajando, y un amigo me recomendó que viniera a verlo. Me imagino que pensó que Ud. era médico, o que sabía curar, o algo de eso...Pero mire, yo le agradezco mucho lo que Ud. y su señora, o la señora, han hecho por mí pero yo no necesito este tipo de ayuda. Si Ud. me llama un taxi, o me indica donde conseguirlo, le pago las molestias que le he dado y esta...consulta... me voy y quedamos en paz."

Impasible, el negro habló de nuevo.

¿Para qué quieres engañarme?. Tú no eres albañil. La policía te hirió hace unas horas. Tu naciste en Guantánamo, y te educaste en un colegio católico. Pero eres descendiente, por parte de madre, de Oduduwa. Tu abuela lo sabía y te regaló una estampa que todavía tú guardas. Tu querías ser médico y curar gente. Pero luego ocurrió lo del cine, cuando te arrestaron a ti y a tu novia acusándolos de terroristas. Te golpearon duro. Por eso tu usas bigote, para disimular la cicatriz que tienes en el labio de arriba. Te dijeron luego que se habían equivocado. Pero te habían golpeado duro y habían abusado de tu novia".

El "babalao" pausó como esperando reacción.

"Tres noches más tarde tú mataste a ese teniente. Nadie supo que fuiste tú. Nadie lo sabe. Pero cambiaste el signo de tu vida, y aprendiste a matar y huiste de tu otro destino."

El babalao volvió a caer en silencio. Invisible, la pistola había vuelto a su refugio.

En el mismo tono de voz, el babalao continuó.

"Tu destino no es matar. El abuso fue una jugada maligna de Echú. Pero aún puedes recuperar tu camino. Yo puedo ayudarte. Pero tienes que renunciar a la violencia. Yo soy sólo un intermediario. Tú puedes irte si quieres. Pero entonces caerás en los brazos de Echú, y entonces ya nadie podrá hacer nada por ti. El tiempo que tienes para volver a ti mismo es limitado."

Con una punta de ironía, el hombre preguntó:

"¿Y qué se supone que yo haga?".

"Nada", respondió el babalao. "Ya yo hice las oraciones para que se vayan de tu cabeza la violencia, el odio y la mala sangre. Por un tiempo Efú no puede hacer nada. Los poderes estan contigo. Pero piénsalo bien. Si mientes o quiebras la promesa, el castigo será terrible."

El hombre sacudió la cabeza, se puso de pie, caminó hacia la ventana y miró el patio pequeño, soleado, dominado por una enorme ceiba de hinchadas raíces que parecían agarfiar la tierra. Oscuras emociones le aturdían la mente, ¿cómo sabía este negro todo eso? Pensó en su "otro" destino, y tuvo recuerdos arcanos de su abuela, acariciándole la frente y murmurando vocablos ... y luego el acoso del miedo, los sudores que hielan la frente y estrujan el estómago, la muerte crispada en rostros sin rasgos: el teniente, el traidor ajusticiado en solitario camino, el rugido de la pistola dispensando la muerte, aullidos transidos de plomo...túneles ciegos, sin luz ni reposo.

Una añoranza de paz le flaqueó el ánimo. El patio soleado y la ceiba, firme como una verdad antigua, le hablaban de otro destino sin túneles ni vértigos...

Al fin tornó a la mesa, se quitó los espejuelos oscuros, y miró largamente al "babalao". Al cabo, musitó una sola palabra:

"Acepto".

"Bueno", respondió el babalo, "ahora hay que ocuparse de librar a tu cuerpo de los que le quieren hacer daño".

El babalao llamó quedamente, "Eperanza", y la mujer de amplias caderas emergió en la puerta. "Llévate a mi hijo. Dale ropa limpia, déjalo reposar y luego que se bañe me lo traes de vuelta al anochecer."

Y le dijo al hombre: "Acércate", le colgó del cuello un collar de cuentas rojas y le adosó una muñequera como la que él usaba.

"Ahora ve con ella. Ella te traerá de nuevo a mí cuando llegue la hora fijada. Descansa el cuerpo y el espíritu. Todo se va a resolver. Tú me traes paz, yo te voy a dar paz."

Anochecía cuando Esperanza trajo de nuevo al hombre. Las ropas eran limpias, el bigote había desaparecido, sin los espejuelos, los ojos mostraban más azorada inquietud que dureza.

En el cuarto, la luz de un quinqué hacía vacilar las sombras en las paredes. Detrás de la mesa, bordeada ahora de tinieblas, el hombre percibió una borrosa figura sentada. La sombra habló con la misma cadencia.

"Escucha. Mañana temprano sale un barco para Nueva York. Tú vas a estar en ese barco...No, no me interrumpas...yo sé que la policía vigila. El barco se llama "Guanabara". Tú vas a tener dinero y un nuevo pasaporte. pregunta por José Cabral. El sabe qué hacer."

La voz apuntó con inusitada firmeza. "Recuerda que has prometido".

El hombre adivinó el sentido de la frase y titubeó una respuesta.

"Quisiera quedarme con la pistola hasta que llegue al barco".

"Mañana", respondió la voz, "llegarás al barco con una vida nueva. Tal es la promesa. La pistola ya no es tu destino. Escucha como te vamos a, librar para siempre de tus perseguidores. Ve a buscar tu carro...".

"Mi carro tiene que estar vigilado", adujo el hombre con un asomo de suspicacia.

"Los vigilantes no te van a ver. Cuando entres en tu carro espera. Allí sabrás lo que vas a hacer después. Ve".

En la sombra, la figura pareció crecer como si se hubiera levantado. "Ve, ten confianza en los poderes que te acompañan."

En la calle, el hombre tuvo tientos de dudas. ¿Y si todo era una trampa? Pero ¿para que una trampa si lo habían tenido indefenso y herido a merced de la policía? Se apoyó en la pierna y comprobó que no le dolía. Cuando el taxista le preguntó la dirección, el hombre vaciló. ¿A dónde?" demandó el chofer. A dónde. ¿A qué lugar podía ir, donde esconderse? Dejandose caer en el asiento dió la dirección adecuada.

Al bajarse del taxi, a tres cuadras de donde estaba parqueado su carro, un terror seco le atenazó la garganta. Seguro que el barrio estaba repleto de policías secretos, seguro que ya lo estaban vigilando, seguro que lo iban a atrapar, a torturar, a matar. ¿Quien lo mandaba a hacerle caso a un negro insensato que se decía "babalao"? Las piernas se le aflojaron. Pensó en empuñar la pistola y se sintió las manos empapadas de miedo.

Al llegar a la esquina, vió a su carro bajo un farol, tal como lo había dejado. La cuadra lucia llena de amenazantes oquedades. En un rescoldo, en la acera frente al carro, dos tipos parecían discutir. Agentes pensó. Por un poco da vuelta y se fuga. Pero siguió caminando despacio, con los ojos casi cerrados, esperando oir a cada momento la descarga fatal. Delante de él, ecurriéndose como un presentimiento, su propia sombra se le adelantaba. Los dos tipos seguían discutiendo. Les pasó tan cerca que pudo desentrañar las voces; hablaban de una mujer.

Al llegar al carro, las trémulas llaves apenas si acertaron con la puerta. Se sentó, las puso en el arranque y trató de calmarse. El aliento no le llegaba al pecho. Un pánico reprimido le tensaba los nervios... ¿Y ahora que?, se preguntó anhelante.

"Ahora escucha", dijo una voz.

Con un respingo, el hombre miró al asiento trasero. En la oscuridad blanqueaba un traje y braseaban unos ojos "Mira hacia adelante", susurró la voz, "Cuando yo me baje espera un momento. Vas a oír un tumulto allá fuera. No mires, ni averigües qué pasa, vete a los muelles. Deja el carro lejos de la bahía y camina al barco. Ya tú sabes qué hacer después. Ahora fija tu mirada en la calle. No mires para atrás".

El hombre sintió que la puerta trasera se abría sigilosamente. Una mano se le apoyó en el hombro. "Recuerda que has prometido", musitó la voz, y la puerta se cerró calladamente.

Aferrado al timón, sin saber por qué esperaba, el hombre esperaba. De pronto oyó un grito de "¡alto!" y el tronar de unos disparos. Instantáneamente arrancó el motor: el carro saltó como aguijoneado por el miedo. Controlando el pánico, el hombre lo hizo doblar y tomó rumbo a los muelles. Cerca de la bahía abandonó el carro y caminó hacia su destino.

La brisa nocturna le heló el sudor en la frente y le despejó la mente. Como en vuelta a sí mismo, pensó que nada había pasado, que había sufrido un vértigo. ¿Y si todo había sido imaginación? ¿Qué recordaba de lo ocurrido? Un bar con música y risotadas le tentó los pasos. En la puerta una puta joven de falda estrecha y amplia sonrisa le incitó el acercamiento. El hombre encendió un cigarrillo y caminó hacia el bar: las piernas estaban firmes. Al lanzar el cigarrillo notó la extraña cinta en la muñeca y vaciló. Sueño o no sueño, alguien lo podía reconocer en el bar. Era mejor seguir.

En el barco todo fue perfecto. José Cabral lo esperaba y lo condujo a un camarote pequeño, pero confortable. Había una maleta con ropa y accesorios. No hubo diálogo ni preguntas. Cuando cayó en la litera, el sueño se derrumbó sobre él.

Lo despertó el ronronear de unos motores y el vaivén de la litera. Se levantó despacio, aturdido, y se lavó la cara. Al mirarse en el espejo se sonrió de veras por primera vez. Sin bigotes, sin espejuelos y sonriente lucía otra persona.

Subió hacia la cubierta ávido de espacio. Una mañana gloriosa, diáfana, virgen de nubes, se estrenaba sobre el paisaje; el lejano perfil de la Habana, era una línea de menudos escollos que apenas si mordían el horizonte. Sobre la estela del barco, haciendo giros en el ámbito azul, las gaviotas picoteaban la espuma.

Al aproximarse a la baranda, un periódico abandonado sobre una silla le llamó la atención. Lo recogió con calma y vió su foto desplegada en la primera página. Allí estaba él, tendido en la acera sobre una mancha oscura, con el rígido gesto de la muerte violenta, la pistola engarfiada en una mano, los espejuelos oscuros rotos sobre el pavimento. Era su foto, era él. El titular anunciaba "Mata la policía a conocido terrorista". Y daba los datos de cómo había sido muerto, cerca de donde esa misma mañana habían sido ultimados otros terroristas. "Al fin", concluía el artículo, "se puede cerrar el expediente de un criminal a quien la policía perseguía hacia años".

El hombre caminó despacio hasta la baranda de la popa, se apoyó en ella e inhaló hondo el aire inmaculado. La Habana no era más que una linea insinuada en el paisaje. Ondulando incansables, apremiándose con sus rituales gritos, las gaviotas iniciaban su retorno a la costa.

Inclinado sobre el barandal, el hombre contempló su foto y dejó que, una a una, las hojas del periódico volaran a posarse efímeramente sobre el mar oscuro. Luego esgrimió la pistola, le acarició los flancos mortíferos, y fingió apuntarle al horizonte. Finalmente la dejó caer en la estela del barco.

Entonces giró y se encaminó erguidamente hacia la proa. A sus espaldas, las gaviotas eran puntos oscilantes en móvil repliegue hacia la costa. Frente a él, ávida de horizonte, la proa del barco piafaba sobre las olas levantando ráfagas de espuma.

JORGE A. ALARCÓN

Nació en Regla, Habana, en 1930, donde hizo sus estudios primarios y de comercio. Años más tarde, en la Universidad de Miami estudió periodismo. Ha publicado A través de la rendija *(Testimonio), en l992, en donde narra su agónica experiencia por haber estado escondido con su hermano por más de una década en su propia casa de Regla sujeto a la persecusión del régimen marxista de Cuba. Esta obra había recibido Premio en el Concurso Internacional de la Asociación de Críticos y Comentaristas de Arte, (A.C.C.A.) de 1987. Tiene en imprenta y a punto de publicación su segundo libro,* A través de la reja, *en donde describe sus sufrimientos en las prisiones políticas castristas. Sus cuentos han aparecido en* Círculo: Revista de Cultura *y en publicaciones de la Florida. Ganó premios periodísticos en concursos del Liceo Cubano de Miami y otro de ensayo del Municipio de Cárdenas en el Exilio. Reside en Miami, en donde continúa su digna labor en pro de la libertad de Cuba.*

EL PAISAJE
CUENTO

Descendió lenta y majestuosamente las escaleras. Respondía con una sonrisa y leve inclinación de su blanca cabeza, los saludos de su servidumbre. El mayordomo, separó la silla para que élla tomara asiento.

—Buenos días señorita Matilde. ¿Va a desayunar?

—Sí, Antonio, por favor.

Este ordenó la servidumbre le fuera servido el desayuno a la dueña de aquella mansión. Cuando terminó, fue como todas las mañanas hasta su butacón preferido. Del suelo, tomó la cesta con los estambres y las agujas y comenzó a tejer como todos los días. En aquella hermosa mansión, llena toda de muebles, tapices, cuadros y lámparas antiquísimas, parecía, que el tiempo se había detenido, ya que día a día, año tras año, esta escena no variaba a no ser el día domingo, cuando la Señorita Matilde iba a misa acompañada de su más fiel sirvienta. Una vez que se acomodaba, contemplaba absorta y como esperando algo, el paisaje que tenía frente a élla. Era un largo camino de tierra roja escoltado por esbeltas palmeras que con sus penachos, parecían querer acariciar aquellas nubes blancas cual algodones albos que se destacaban en un cielo azul. Tejía sin mirar lo que hacía, pues ya la experiencia le avisaba cuando se equivocaba en algún punto del tejido. Los ojos, siempre fijos en el camino. Ella esperaba algo; y ese "algo", venía todos los días menos el domingo.

Los sirvientes, ya acostumbrados a las "manías" de la dueña de casa nada comentaban. Sólo miradas inteligentes se cruzaban cuando la veían colocar el tejido en el suelo, arreglarse con coquetería sus cabellos, y lucir la mejor de sus sonrisas y repetir esa misma frase que por años venían escuchando.

—Ya viene Julián, abrió el portón. ¿Escuchan el ruido que producen los cascos de su hermoso alazán?

Ella veía avanzar por el camino de tierra roja escoltado por palmeras, al joven apuesto y arrogante que calzaba botas lustrosas, vestía blanca camisa y cubría su negra caballera con un fino sombrero de ala ancha. Cuando lo veía bien cerca se ponía de pie y tomando con sus delgadas manos las puntas de su saya, hacía una reverencia y sus ojos se iluminaban con un raro fulgor. Seguía con la vista a la varonil figura y luego se quejaba de que ni siquiera la miraba. Aquello sucedía todos los días.

Luego, dejaba su cesto en el sitio acostumbrado y subía a sus habitaciones. Ya no bajaría de ellas hasta el siguiente día.

O-O-O-O-O-O-O-O-O-O

El tiempo transcurrió, y a la hermosa casona de muebles, lámparas y cuadros antiquísimos, llegó una bella joven. La recibió el Mayordomo con la elegancia acostumbrada y sus finas maneras.

—Soy la sobrina de la Señorita Matilde.

—La esperábamos. Bienvenida, y reciba nuestro más sentido pésame. Ya el abogado nos informó que ha tomado Ud. posesión de la herencia de la Señorita Matilde. ¿Dispone Ud. algo?

La bella joven caminó con paso firme y lo miraba todo con curiosidad. No contestó a la pregunta del Mayordomo. Hizo un gesto de enfado y preguntó a la servidumbre reunida junto a las escaleras de mármol que conducían a las habitaciones altas.

—Bien, ¿sabe alguno de Uds. cómo murió mi tía?

Una vieja sirvienta se adelantó y dijo:

—Como todos los días, la Señorita despúes de desayunar, se

acomodaba en ese butacón que Ud. ve ahí, y frente a ese cuadro gigantesco, comenzaba a tejer.

—¿Lo hacía siempre?

—Todos los días, y durante muchos años. Ella se ponía a contemplar esa pintura, y al poco rato se transformaba. Se ponía— perdone Ud. la forma de decir — de lo más coqueta y hasta le hacía reverencias a "algo" que ella creía ver en ese cuadro. El día que murió, al parecer se emocionó mucho pues estaba bien alegre y casi gritaba:

(—Me besó... Julián me besó...Sabía que me amaba.

Cayó al suelo desmayada y dos de nosotras acudimos en su ayuda y la sentamos en el butacón; en su butacón preferido. Parecía feliz; estaba sonriente y nos dijo:

—(Me voy... Julián me espera.)

Hubo un profundo silencio, y la sobrina de la Señorita Matilde, miró a los ojos de los allí reunidos comprobando que todos asentían respaldando lo relatado por la vieja sirvienta.

—¿Alguna orden, Señorita? — preguntó el Mayordomo —

—No, todo seguirá igual que en vida de mi tía. Quiero eso sí, hacerle una pregunta. ¿Hay muchos caballos en esta ciudad?

—No Señorita, nunca he visto caballos, a no ser en las afueras; pero no en este sitio.

—¿Están todos seguros?

—Sí, como nó, — respondieron casi al unísono—

La joven llevó el dedo índice de su mano derecha a los labios y dijo bajando la voz:

—Silencio, hagan silencio... ¿No escuchan las pisadas de un caballo?

WILFREDO ALCOVER

Nació en La Habana, en 1919. En su país natal trabajó como laboratorista en el Instituto del Radium del Hospital Mercedes de esa ciudad. Pintor autodidacto, tuvo muchas exhibiciones de sus dibujos y acuarelas en diversos centros artísticos habaneros y fue ilustrador de libros médicos, hasta su salida al exilio en 1961. Se radicó en Miami donde además de seguir dedicado al periodismo y a la pintura, fundó la Asociación Cubana de Artes Plásticas y el Museo de Arte y Cultura. Ha contribuido con muchos artículos y cuentos a varias revistas y periódicos. Fue editor y director de la revista cultural Resumen. *Actualmente es miembro de la Academia de la Historia de Cuba en el Exilio y Director de Arte y Cultura de la CAMACOL.*

LA LEYENDA DEL CUADRO

Había conocido a la muchacha en un encuentro casual, y a pesar del tiempo transcurrido, desconocía todo su pasado. Siempre hablaron del presente como si a ninguno de los dos les importara el pasado ni el futuro.

No podía decir que estuviera enamorado de ella, pero le atraía y a su vez le atemorizaba. Sentía una fuerza interna que le frenaba los sentimientos. Asi transcurrió el tiempo. Hasta que recibió aquella llamada por teléfono de un amigo:

Necesito que me hagas una ilustración para mañana. No puedo leerte el texto, pero te daré una idea: Se trata de una princesa que vivió en el siglo XVI en Europa.

—Está bien, trataré de hacerte una ilustración para mañana.

¿Como sería una princesa de aquella época? No tenía la menor idea, pero en eso se acordó de su amiga.

Después de todo era una simple ilustración y ella representaría a la princesa del dibujo y la leyenda. A su mente vino una escena que comenzó a bocetar rápidamente. Esa noche terminaba el trabajo, y

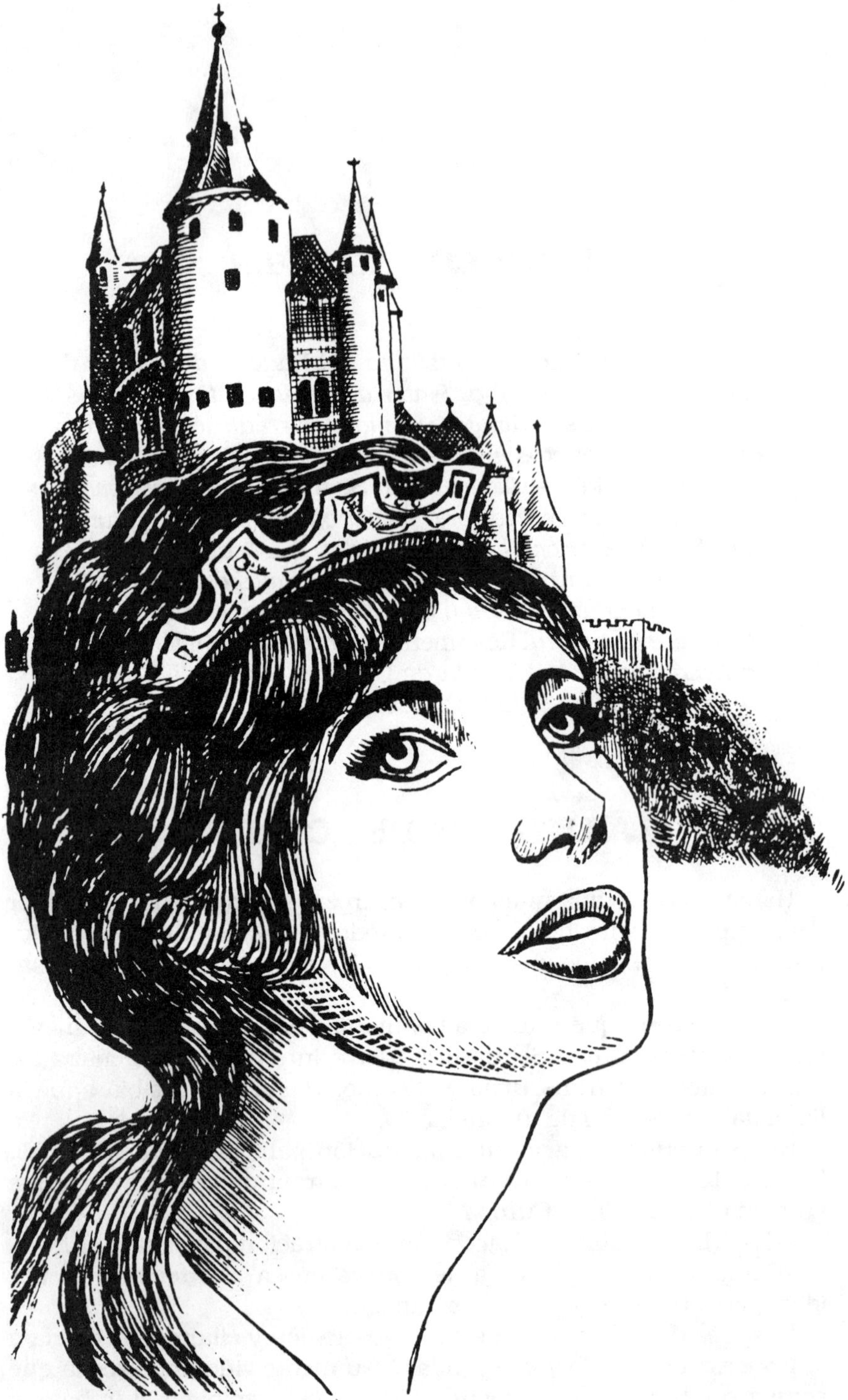

al otro día se lo entregaba al amigo. No sabía porqué, pero sintió una inquietud que le hizo retirarse de todas las actividades.

Una semana más tarde, llegaba el amigo muy excitado, mostrándole los diarios de esa mañana:

—Mira esto, te felicito, has hecho algo fantástico, increíble.

Él sonreía por la actitud agitada de su amigo. tomó uno de los diarios y su vista se fijó en una de las fotos que había provocado tanta agitación. Su sonrisa se desvaneció ante lo que tenía a su vista. Leyó en alta voz un fragmento del texto:

"Y según la leyenda, el cuadro y los amantes serían hallados el día que la obra fuera reproducida".

—Bien, ¿qué me dices ahora?

El levantó la vista del diario, iba a contestarle algo, pero sintió que sus fuerzas se desvanecían. El amigo de nuevo insistía:

—Por favor, dime quién es ella, ¿dónde está, ¿dónde vive? Sé que es amiga tuya, y quizás esta coincidencia me permita terminar felizmente la leyenda.

Nada él le contestó. Por su mente pasaba vertiginosamente aquel encuentro con ella, las veces que habían hablado y la inquietud que sintió cuando terminó la ilustración. Se sintió confuso y todo comenzó a nublarse a su alrededor...

La Princesa aun se hallaba reclinada en el enorme arco del corredor del castillo, cuando él se dirigió a ella:

—Alteza, he terminado vuestro retrato y debo de partir. Creo, esto pondrá fin a todo.

Ella le sonrió, y mirándole casi con indiferencia estudiada le contestó:

—Más bien el principio de todo. Mi padre está informado de nuestras relaciones.

... Regresaba de aquel ensueño y volvía a leer parte de las noticias: "Enterado el Rey de los amores del pintor con la Princesa, la encerró a ella en una de las alas del castillo, y a él en castigo le mandó sacar los ojos por fijarse en ella y que, además, fuera encerrado por vida en una de las mazmorras del castillo junto con el cuadro."

Al cerrar la puerta que le privaría de la libertad, cuenta la leyenda que el Rey le dijo en tono de burla:

—Si eres capaz de volver a reproducir una imagen igual, te haré Principe y te casarás con ella.

Jamás se volvió a tener noticias de los amantes ni del cuadro, excepto ahora que al producirse un derrumbe por las recientes lluvias, dejó al descubierto una pequeña mazmorra donde los escombreadores hallaron la obra perdida durante siglos. El amigo de nuevo insistía:

¿Comprendes ahora la importancia que tiene mi artículo y tu ilustración sobre la leyenda? Es el hecho de haber reproducido tú en una ilustración lo que fuera la obra perdida y encontrada ayer en esa mazmorra.

—Te ruego me dejes solo, luego te explicaré.

Esa tarde fue directamente a buscarla a la casa. Se sentía como si hubiera acabado de salir de una pesadilla. Sabía que pronto todo se aclararía.

—Lo siento, pero ella se marchó esta mañana muy temprano, no dejó dicho cuál sería su nueva dirección.

En el trabajo le daban una información similar:

—Ayer renunció a su puesto dejando muy preocupado a sus, compañeros de trabajo, lucía muy palida y distraída.

Ya nada podía hacer para hallarla. Se sintió confuso, perdido y molesto. Ahora sabía que la había amado pero ya era tarde. Caminó sin rumbo fijo, y oscurecía cuando llegó a aquel solitario parque, donde se sentó en espera de no sabía qué.

De pronto sintio como un zuzurro la voz de ella a sus espaldas:

—¿Me buscabas?

Se volteó bruscamente y quedó alelado al verla. Estaba vestida como la Princesa del cuadro y acompañada por un anciano que le sostenía la mano y se la ofrecía. Cerró los ojos, no quería darle crédito a lo que estaba viendo, aquello tenía que ser una alucinación. Fue entonces cuando sintió descansar sobre su hombro, un pesado y frío metal y la voz del anciano decir:

Ya puedo marcharme, he cumplido mi palabra de Rey ...

CARMEN ALEA LASTRA DE PAZ

Nació en La Habana, donde hizo sus estudios primarios y secundarios. Colaboró en diversas revistas y diarios de La Habana. Salió al exilio en 1962 y se radicó en Los Angeles, California. Allí continuó sus estudios y obtuvo un B.A. y una Maestría en lengua y literatura hispánica en la Universidad Estatal de California. Ha publicado el poemario El Caracol y el Tiempo (1992), y obtuvo el Primer Premio en el Concurso de Cuentos Enrique Labrador Ruiz, del Círculo de Cultura Panamericano (1993). Actualmente es catedrática de español de la Universidad Estatal de California, en Northridge. Tiene varias obras inéditas en prosa y verso.

LA NOCHE DE MINÚ

Cuando la secretaria salió del despacho, salió también con ella la voz de un hombre pidiéndole que le comunicara con alguien y le pasara la llamada en seguida. La secretaria se acerco a la joven que aguardaba en la antesala del despacho y le informó que tendría que esperar a que el jefe del departamento terminara de hablar por teléfono, leyera su resumé y la solicitud de empleo que ella había llenado. La joven miró el reloj, hizo un gesto de resignación y agradeció las disculpas de la secretaria. En realidad su pensamiento, desde que oyó la voz del desconocido, había comenzado a reconstruir un pasado lejano donde vivencias infantiles, emociones y sentimientos ingenuos aleteaban como pájaros impulsados por los aires peligrosos de la imaginación. Aquella voz era conocida, familiar. Tal vez por la caída suave de la última palabra con que concluyó su orden a la secretaria. El hombre tenía una forma muy personal de hablar, como un "deje." Un acento característico, regional y muy marcado en su caso, al extremo que lo transfería al idioma en el cual se había dirigido a su asistente. Pero no, no podía ser, pensó la joven, que ella pudiera reconocer su voz después de veinticinco años. Bueno, pensándolo bien era posible. Se conocían desde niños, habían estudiado juntos desde el kindergarten hasta la secundaria, y el hogar de su infancia quedaba sólo a tres puertas de la de él. Además, habían sido muy buenos amigos, casi "noviecitos". Hasta un día... No, no puede ser, repitió otra vez mentalmente. ¿Después de tantos años? ¿Y aquí? ¡Suerte la suya! En una ciudad como Los Angeles, a sólo una semana de su llegada, encontrarse con la única persona que seguramente no quería verla jamás. Y en qué circunstancias. Cuando con un simple "Lo siento, la posición ya está ocupada," él podía negarle el pan nuestro de cada día que, después de todos los gastos que le había ocasionado el traslado de costa a costa, no podría comprar si no encontraba trabajo pronto. Pero sí, era él, estaba segura. Lorenzo, Lorencito... ¡Lorenz! El nombre, claro estaba, se lo había "americanizado.', Y el apellido también: White. El tiovivo de su imaginación se detuvo de pronto cuando la secretaria se le acercó para ofrecerle una taza de café y otra revista. Por lo visto la espera iba a extenderse. Le agobiaron nuevas conjeturas. Estuvo a punto de marcharse pero no pudo hacerlo. Ahora era algo más que su necesidad económica lo que se lo impedía: ardía en curiosidad. Agueda dio las gracias a la secretaria y se enredó de nuevo con Lorenzo, con Sofia, con Matildita, y, ¡basta! se dijo a sí misma. Le estaba poniendo nerviosa el trajín de su imaginación. ¿Y, si después de todo, no era él? ¡Esa costumbre suya de mortificarse por cosas insignificantes! Reconocer una voz después de tantos años. ¿Sería posible? Entonces eran adolescentes, pensó ella. Y a los muchachos les cambia la voz. Lorencito tenía su misma edad, diecisiete años, cuando se fue del pueblo a principio de los sesenta. Nadie supo jamás adonde había ido a parar. Nunca escribió, ni siquiera a Matildita para disculparse. Poco después la madre de él se esfumó también. Bueno, más o menos así escapaban todos. Ya en aquel entonces el cambio Político se iba solidificando y la gente volviéndose cada vez mas traidora. Una no compartía opiniones con nadie y menos sus planes futuros. Había que hacerlo todo subrepticiamente. A veces ni a los parientes se les mencionaba el proyecto de viaje. Así ocurrió que se desconectaron familiares y amigos. Matildita era de las pocas que se había quedado en el pueblo, le habían contado. Todavía estaba soltera, viviendo en la misma casa que casi se le caía encima por falta de reparaciones, y atendiendo a sus padres ancianos y enfermos. Buen destino le había tocado a la infeliz. A lo mejor Lorenzo ni se acordaba de ella.

—Agueda, muchacha, ¡quién me lo iba a decir!— El vino hacia ella con los brazos abiertos en un gesto de cordial bienvenida. La joven saltó al oírlo.

—¡Gitano—exclamó Agueda, dejando escapar el mote que cariñosamente le había puesto en el Instituto, cuando la amistad entre ellos se hizo más íntima y soñaba con ser su novia. Lorenzo, Lorenzo Blanco. ¡No se había equivocado! Lo habría reconocido entre mil. La avergonzó que los punzantes azabaches de sus ojos la examinaran de arriba abajo sin discreción alguna. Así había sido siempre, indiscreto, burlón. Ella aceptó el abrazo efusivo y el beso en cada mejilla con fruición. El la apartó entonces para apreciarla mejor. — "Kresto," —dijo él, retrotrayendo bromas del pasado— todavía necesitas "Kresto". ¿Cómo te las arreglas para no engordar?—. Ella se ruborizó.

En cambio él, apreció Águeda, tenía unas libras de más y hasta había crecido, le pareció. Pero lucía divinamente. Estaba como siempre le pareciera: arrebatador. Agueda sintió un correntazo sacudirle el cuerpo cuando él la atrajo de nuevo hacia sí. Hacía mucho tiempo que no sentía el calor de un hombre. No tenía suerte. Sus relaciones con el sexo opuesto siempre eran breves y nunca habían cristalizado en matrimonio. Tal vez ahora. . . Lorenzo había sido su primer amor. Nunca, a pesar de todo, dejó de gustarle. Rodeándole los hombros con su brazo Lorenzo la condujo a su despacho. Apenas entraron sonó el teléfono, y el volvió a enfrascarse en una larga conversación de negocios. Cada vez que trataban de recobrar el hilo perdido, una nueva llamada les interrumpía. Por último la secretaria le recordó la junta de directores a que tenía que asistir esa mañana. Decididamente no podían conversar allí. El miró el reloj y le dijo que quería invitarla a cenar esa noche. En su casa. Y agregó que le encantaba cocinar "gourmet." —Te prometo que no te pesará, pues soy un verdadero "chef." Te espero. No dejes de venir. Tenemos que ponernos al día—. Ella creyó que él no había notado su ansiedad, pues de trabajo no habían hablado. Pensó que inventaría una excusa. Como si estuviera leyéndole el pensamiento, él explicó:

—Mira, Águeda, aquí no tengo nada ahora, pero te voy a mandar a una de nuestras sucursales donde necesitamos una persona con tu capacidad, experiencia y. . . discreción.— A ella le volvió el alma al cuerpo, pero le intrigó que usara la palabra discreción. Bueno, si él destapaba la lata de gusanos era asunto suyo. Con tal que le diera trabajo. Tendría que tener mucho tacto. Necesitaba el empleo desesperadamente. A New York no quería volver. Aunque muriese de hambre en Los Angeles. Lorenzo le dio su tarjeta y un papel con instrucciones de como llegar a su casa en ómnibus. Ella iba a sugerir "Sería mejor dejarlo para otra ocasión," pero apresuradamente, él volvió a besarle las mejillas, dejándola al cuidado de su asistente que ya tenía preparadas papeles de empleo que ella debía leer. Mientras le indicaba donde firmar y le daba explicaciones relacionadas con el trabajo que iba a desempeñar, la secretaria le comentaba lo encantador que era Mr. White, la importancia de la posición que ocupaba y la gran amistad que tenía con el presidente de la firma. Águeda pensó que la que la secretaria hablaba demasiado, pero no rechazó la información. Por lo visto Lorenzo estaba, como decían en su tierra, "bien encajado" en la empresa. Súbitamente Águeda comprendió algo: aquel pecador seguía gustándole, a pesar de todo. Por eso le había llamado "gitano," porque todavía le atraían su buena figura, su arrogancia, aquella manera de tratarla, de dominarla. ¡Qué curioso! Después de tantos años ver aflorar una pasión de adolescente. Sin embargo, la duda estaba vigente. Todavía recordaba la fuerza de sus manos al apresar las de ella, mientras le obligaba a jurar por Dios y todos los santos, por sus padres y hermanos, antepasados y generaciones futuras que nunca divulgaría el secreto. Aquel terrible secreto de Lorenzo que la casualidad la llevó a conocer la noche que su gata Minú estaba de parto. Águeda recordó como su madre, pese a sus protestas, había llevado a la gata para la caseta de las herramientas que tenían al final del patio. No quería que ocurriera lo que otras veces, que la Minú había parido al pie de la cama de Águeda. Desvelada, angustiada por la suerte de aquel animal tan querido, ella se había escapado del lecho para socorrerla si era preciso. Cuando empujó la puerta de la caseta y dirigió la luz de la linterna que llevaba en la mano, la escena la dejó muda. Avergonzada, asustada, temblando, regresó a su cuarto pero no pudo dormir. Desde aquella noche todo cambió entre Lorenzo y ella. Ella esquivaba, y si irremediablemente no podía eludirla, él fijaba su mirada intensa en ella y le recordaba: "No vas a mencionar a nadie, jamás, lo que viste. ¿Me entiendes? ¡A nadie! Si hablas provocarás un escándalo y tu serás responsable de lo que ocurra." El secreto de Lorenzo comenzó a pesarle como una roca sobre la conciencia. Sobre todo cuando oía a su padre quejarse de que alguien había estado usando su propiedad indebidamente. Poco después surgió el problema con Matildita, su amiga de la infancia, cuando ésta le anunció que Lorenzo y ella eran novios y que Sofía, la madre de él, había prometido ayudarles si decidían casarse antes de terminar los estudios. Ella no podía contarle a su amiga lo que sabía de Lorenzo, pero trataba de descorazonarla diciéndole que Lorenzo era un engreído, un tonto, un malcriado hijo único que no abandonaría nunca las faldas de su madre, y que si se casaba con él. tendría que hacer cuanto la madre exigiera mientras que ella pagara los gastos. Los consejos y sugerencias afectuosas se convirtieron en una cotidiana letanía que finalmente hizo estallar a Matildita. "Lo que ocurre, Águeda, es que estás enamorada de Lorenzo y quieres quitármelo. Hasta mi mamá se ha dado cuenta de tu envidia." El asunto trascendió. La familia de Matildita dijo cosas horribles de ella. Finalmente la antigua amistad de las dos familias se enfrió también. Sin duda, más por la rivalidad de las adolescentes que por las diferencias de criterio político entre los mayores. Lorenzo era un buen partido. Su madre tenía dinero, propiedades, negocios heredados. Lo triste fue que después de disgustarse las familias y de ella perder la amistad de su mejor amiga, un buen día Lorenzo desapareció dejando plantada a Matildita que ya comenzaba a preparar su ajuar de boda. Con la desaparición de Lorenzo, las viejas amigas se hablaron de nuevo, pero la amistad nunca volvió a tener el calor de antes. Águeda no lograba olvidar la forma en que la había tratado la familia de Matilde. Poco después ella también abandonó el pueblo en la forma silenciosa. que se habían ido otros anteriormente.

El encuentro inesperado con Lorenzo, pensó Águeda al salir del banco, lejos de alegrarla le había removido amargos recuerdos. Repentinamente le acosaron resentimientos contra aquel amigo de la niñez que tantas veces la había atormentado, amenazado y además provocado un complejo de culpa sin razón. Águeda pensó que era mejor no aceptar la invitación, pero al mismo tiempo le urgía la curiosidad. ¿Estaría Sofía con él? ¿Se habría casado? Por otra parte al no aceptar la invitación corría el riesgo de perder el empleo que necesitaba urgentemente. Decidió ir. Lorenzo vivía en un barrio elegante. A Águeda le impresionó el área, el apartamento, la decoración interior. La cocina de Lorenzo era algo espectacular, como esas que aparecen en las grandes revistas de gastronomía: moderna, cómoda, bien provista. Águeda observó que él se había cambiado el arete que llevaba e la mañana. Ahora lucía uno largo, en forma de péndulo, cubierto de chispitas de brillante. A su vez, él notó el impacto que su ambiente de lujo había hecho en la vieja amiga, y la invitó a que curioseara cuanto quisiera. Ella no pudo menos que admitir que allí era todo de la mayor exquisitez y buen gusto. Precisamente estaba admirando el arreglo de la mesa del comedor cuando le pareció oír unos pasos suaves a su espalda, acompañados de un delicado perfume. ¡Su mujer!, imaginó ella. Agueda se volvió y. . .no supo que decir. Lorenzo apareció a tiempo para presentarlos. Por primera vez él se dirigió a ella en inglés:— Águeda, dear, this is Marion, my partner.— Ella aceptó la mano blanca, suave, enjoyada que le tendió, y la copa de champán y los deliciosos canapés con una sonrisa. Minutos más tarde los tres disfrutaban de una comida y un vino delicioso. Pero la conversación, si bien agradable e interesante, no tenía nada que ver con lo que ella y Lorenzo tenían en común: la Patria, la familia, los amigos de la infancia y de la adolescencia. Se sintió incómoda, ajena a todo aquello. Para colmo, cada vez que su mirada y la de Lorenzo se encontraban volvía a su mente el recuerdo de aquella noche del parto de Minú. Se despidió temprano pretendiendo obligaciones que en verdad no tenía. Pero Águeda sí sabía lo que iba a hacer tan pronto saliera de allí. —Me gustaría tomar fotos de esta noche inolvidable.— les había dicho antes. Ninguno de los dos se opuso. Marion los retrató a ellos en varios ángulos de la lujosa sala. Después prepararon la cámara para retratarse los tres juntos. Por último ella se atrevió a pedir una foto de ellos dos. Lorenz y Marion se acomodaron en el sofá y ella les sugirió que se acercaran un poco más. Entonces sucedió lo inesperado. Marion posó sus labios en los de Lorenzo y los estrechó fuertemente. Ella no perdió tiempo y tiró una, dos, tres veces sintiendo crecer en su alma un intenso deseo de venganza. Comprendió que estaba enojada, que temblaba de ira, como si aquello que había ocultado en la conciencia tantos años se derramara ahora como lava ardiendo para manchar la blancura, la elegancia, el lujo de aquel nido. Salió de allí a toda carrera y directamente hacia el taller donde en una hora podían tener listas las fotos. Cuando se las entregaron separó la mejor de Lorenzo y Marion, la puso en un sobre que compró allí mismo y escribió una nota para Matildita, exponiendo en voz alta su pensamiento mientras escribía, como si la amiga, tantas millas lejana, pudiera oírla:

"Aquí tienes a nuestro gran amor. Ya no tengo por qué guardarle el secreto. Lorenzo ha hecho pública su preferencia. Como dicen por acá, "salió del closet".

Águeda.

Corrió, sobre en mano, hacia el buzón de correo mas cercano, pero cuando iba a depositarlo se detuvo. ¿Qué era este sentimiento oscuro y molesto, tan parecido a lo que había experimentado años atrás? ¿Celos? Sí, celos. El dolor y la rabia de no poder poseer lo que se desea. ¿Y qué culpa tenía Matilde, después de todo? ¿Qué iba a lograr ella ahora, mostrándole algo que a lo mejor ya sabía? Además, ¿qué importancia tenía todo aquello en el mundo de hoy cambiante, rebelde y liberal? Águeda sintió que su nueva y comprensiva actitud le aliviaba la mente y su corazón de una carga innecesaria: del recuerdo de la noche en que descubrió a Lorenzo y a Macario, el jardinero de Sofía, envueltos en una situación que lastimó su pudor e inocencia de adolescente. Aunque rendida por los inesperados acontecimientos de ese día, Águeda pensó que necesitaba caminar para soltar la tensión acumulada durante la visita. Desistió de conseguir un taxi y echó a andar bajo la peligrosa noche de Los Ángeles, rumbo a donde estaba viviendo. Sus manos mientras tanto, hacían pedazo las fotos de esa noche, pero su mente elaboraba nuevos planes para encontrar trabajo al día siguiente.

ANA ALOMÁ-VELILLA

Nacida en Ranchuelo, Las Villas, en 1925, aunque se crió en Sancti Spiritus. Graduada de Filosofía y Letras en la Universidad de la Habana. En el exilio enseñó por 5 años en Boston University, y desde 1971 es profesora y directora del Departamento de Español del Regis College, en Weston, Mass. Entre sus publicaciones se cuentan un poemario publicado en Buenos Aires bajo el título de Versos claros como el agua *(1962) y en Miami, un pequeño volumen de cuentos titulado* Una luz en el camino *(1976).*

LAS VECINA

Desde hacía varios días Abuelo venía quejándose y diciendo que no se sentía bien. Eso me preocupaba porque yo lo quería mucho. Abuelo me llevaba al Malecón y me sujetaba para que pudiera patinar sobre el muro. En el Malecón me compraba globos de colores y cucuruchos de maní tostado. Otra cosa que me gustaba de él era que sabía las respuestas a todas mis preguntas. Bueno, a casi todas, porque nunca me contestaba claro las que le hacía sobre la casa grande de la esquina.

—¿Por que cierran las ventanas? ¿Por que tiene una ventanita chiquita abierta en la puerta de la ventana grande?

—Mm... tal vez no les guste el fresco. Yo juraría que Abuelo se había sonreido. Pero esa era una respuesta tonta porque con el calor que hacía en verano todo el mundo abría las ventanas de par en par a la brisa.

Cuando Tía Felicia y yo pasamos una vez por frente a la casa camino de la botica, le pregunté si conocía a la familia que vivía ahí.

—¿Yo? ¡Dios me libre! Ahí viven mujeres de la vida . . . de mal vivir.

—¿De mal vivir? Pero tía, la casa no parece peor que las otras.

—Deja eso, deja eso y apúrate... Papá necesita la medicina.

F. Alimá '92

El misterio de la situación empezó a fascinarme. Una vez alcancé a ver en la ventanita un rostro pintado y mi imaginación se llenó de princesas prisioneras y aventuras mágicas. Me dediqué a vigilar la famosa casa.

—Un día, tía Asunción estaba bordando, sentada en el balcón de la casa, y yo, en el suelo, jugaba a los jackies.

—Tía, ¿Los hombres son más guapos que las mujeres?

—No sé . . . no lo creo. Tal vez en algunas ocasiones. ¿Por qué me lo preguntas?—añadió distraídamente.

—Porque sólo entran hombres en la casa de la esquina.

—¿Susana?—exclamó tía, abriendo tamaños ojos.

Pensando que no me creía, exclamé—Pero sí es verdad, tía. Yo los veo desde la azotea. Solamente hombres entran en esa casa.

Tía se levantó rápidamente y muy agitada la oí conversando con Mamá, Abuela y las otras tías... Yo oía cosas como: "es una vergüenza . . . una niña pequeña . . . un vecindario decente . . ." No sé exactamente lo que pasaba, pero la agitación cundió entre ellas como fuego en un pajar. La situación se ponía más y más candente y sólo se enfrió cuando Abuelo llamó quejándose y la atención de todas se volcó en él.

Pero a pesar de todos los esfuerzos del médico y de la familia, Abuelo murió esa tarde. La familia se sumió en el duelo y en los preparativos para el velorio. Por la noche ya Abuelo descansaba en su caja rodeado de velas y de flores en la saleta de la casa y en espera de las visitas que vendrían a dar el pésame. El velorio duraría toda la noche y el entierro estaba fijado para las diez de la mañana siguiente. Yo estaba sentada quieta y llorando bajito en el primer cuarto de la casa, un tanto asustada por todo el aparato que rodeaba a la muerte. Alguien hizo sonar el aldabón de la puerta: la primera visita de la noche. Un poco temprano pero bien recibida. Tía Felicia se dirigió a la puerta y la abrió. Desde el primer cuarto tía Asunción vio a los primeros visitantes.

—¡Dios mío! ¡Las mujeres malas de la esquina!

La curiosidad me hizo olvidar momentáneamente la pena y corrí a la puerta. Cinco mujeres, todas vestidas de oscuro y sin maquillaje alguno, se presentaban a tía:

—Somos las vecinas de la esquina. Venimos a acompañarles en su sentimiento y a ayudarles en todo lo posible.

Tía, pasmada, o recobró a tiempo su buena educación, o se turbó demasiado para impedirles el paso porque, medio atontada, las mandó a pasar.

—¡Qué desilusión! Las misteriosas mujeres de la esquina ni eran misteriosas ni se diferenciaban en nada al resto de la gente.

Vestidas de oscuro y sin pintarse, ¡hasta se parecían a las tías Corrientes, corrientes, como todas las demás . . . Toda la noche se la pasaron atendiendo a las visitas y ayudando en la casa. Le dieron tilo a Tía Felicia que no dejaba de llorar y le prepararon manzanilla a Abuela que tenía un salto en el estómago. A mí me arrullaron en los brazos hasta que el sueño venció al llanto. Por la madrugada sirvieron galletas con jamón y queso y un espumoso chocolate caliente a los amigos que velaron durante la noche. Mi familia no tuvo que hacer otra cosa que aliviar su pena con la simpatía de los amigos.

Las vecinas se quedaron con Abuela y las tías hasta que los hombres regresaron del entierro. Después dijeron que tenían que retirarse. Abuela y las tías las abrazaron y besaron llorando y dándoles las gracias. Pero a pesar de mis suplicas por que volvieran, y de los famosos dulces de leche de la abuela que esta les mandaba regularmente, las vecinas no volvieron a visitarnos. Se encerraron de nuevo en su casa de la esquina, la que tiene una ventanita chiquita abierta en una puerta de la ventana grande.

LUIS RICARDO ALONSO

Nació en Asturias, España, en 1929, de familia cubano-española. Desde niño vivió en La Habana. Estudió la primaria y el bachillerato en el Colegio de Belén, donde se graduó en 1947. Se doctoró en Derecho en la Universidad de La Habana, en 1952. Con el advenimiento al poder de la revolución contra Batista, fue embajador de Cuba en el Perú, Noruega y Londres. Finalmente renunció a su cargo y se asiló en los Estados Unidos desde hace años. Obtuvo su doctorado en 1975, en Boston University. Es profesor de lengua española y director del departamento en Franklin Marshall University. Se ha dedicado a la narrativa, y varias de sus creaciones han sido galardonadas internacionalmente y traducidas al inglés. Entre sus novelas deben mencionarse: Territorio libre *(1967,* El Candidato *(1970),* Los dioses ajenos *(1971),* El Palacio y la furia *(1976) y* El Supremísimo *(1981).*

MTA
(FRAGMENTO DE LOS DIOSES AJENOS)

—¿Y cuántos latinos hay aquí en MIami? Can you tell me?
—Latinos, lo que se llama latinos, ninguno. Todos se quedaron allá, en Roma, mamando de la loba de Rómulo y Remo. Aquí lo que somos doscientos mil que pensamos en español.

Carlos echó un real con la imagen de Roosevelt — un poquito gastada —, movió una palanquita y salió una barra de chocolate Nestlé.

—Esto es lo que más admiro en su país. De verdad — le dijo a Mr. Jones, mientras crujía entre sus dientes el chocolate con almendras --. Allá sería distinto. El primer mes es probable que todo iría bien, usted echaría su real y la máquina le daría el chocolate. Pero al segundo mes, si uno echaba la moneda, la máquina igual podría servirle el chocolate, que una alocución a las masas, que un condón chino; de esos que se rompen.

Durante el mes de diciembre han sido relocalizados 4.326 refugiados en cincuenta Estados de la Unión, Puerto Rico y las (once mil) Vírgenes.
Algunos han obtenido ofertas de empleo muy ventajosas.

El hombre no conocía a nadie, pero había recibido la invitación. Los Sample tienen el honor de invitarle, etc., etc. La invitación estaba muy bien impresa y venía acompañada de un planito, indicando las diferentes rutas de acceso a la mansión de los Sample. Desechó la ruta por automóvil. Hacía dos meses que se lo habían quitado. Falta de pago de unas letras. Si se prefería el *subway*, que era lo más razonable en esta época del año — el hombre advirtió esta nota de cortesía como dirigida especialmente a él —, lo mejor era bajarse en la estación de Terryvale y preguntar allí a cualquiera. La mansión de los Sample estaba a cuatro cuadras y era bien conocida. El traje era informal. Otra nota de cortesía. El sólo tenía dos trajes, ambos formales e informales.

Había venido a la gran ciudad porque no tenía empleo en otra parte y ya estaba avergonzado de recibir la asistencia social, *welfare*, y los Alimentos para la Paz. Extrañaba a sus amigos. La ciudad le era totalmente ajena. Más que hostil, aburrida. En invierno iba del trabajo a la cama, leía, dormía, iba al trabajo. En verano, iba con el perro a dar de comer a los patos, junto al estanque. Un día, el guardaparques echó al perro porque estaba oliendo a una pareja de enamorados que retozaban en la yerba. El hombre no volvió mas.

Los Sample... le sonaba el nombre. Eran los reyes de algo. Observó que la cubierta de la invitación tenía impreso el nombre Mr. and Mrs. Thoreau Sample III. Sí, tenían que ser importantes para ponerle números romanos a la familia. En la esquina superior derecha había un grabado que parecía una corona de nobleza. Como corona era un poco extraña. La observó con detenimiento. Parecía una faja de señorita impresa en oro, pero no podía ser. Pues sí, eso mismo era, recordó haber visto por televisión a una rubia tentadora, las dos manos sobre el pecho desnudo, exponiendo las virtudes de la faja-pantalón Sample, indispensable para la mujer moderna.

Apenas conocía más que las frases fundamentales del idioma extraño. Y hasta éstas las había ido olvidando. Sólo recordaba las imprescindibles para conversar con la máquina. La fiesta sería su gran oportunidad. Siempre se conocía gente interesante. Bien en un sentido, bien en otro.

Fue a la farmacia a comprar pulimento para los zapatos. Se bañó. Se afeitó por segunda vez. Se vistió. Se ajustó el par de zapatos de gala, Florsheim. Estaban en buenas condiciones. Un alma caritativa, tesorero de una sociedad anónima de productos de caucho, los había dejado el domingo a la puerta de la iglesia de San Mateo, apóstol. Alegre, tomó el Metro. Lo primero que le llamó la atención fue que Terryvale Station no aparecía en el plano enfrente de su asiento. Experimentó cierto desasosiego. Sacó de su bolsillo la invitación de Mr. and Mrs. Thoreau Sample. Confrontó cuidadosamente los dos planos. Era la línea indicada. Las estaciones eran las mismas, salvo que el plano de los Sample tenía una estación más, entre la última y la penúltima, la de Terryvale.

Podía ser un paradero nuevo. Pero no quedó satisfecho, su sentido vital lo intranquilizaba por dentro. Quería preguntar a los otros pasajeros, pero temía que no le entendieran la pronunciación y se rieran de él. Su inquietud iba en aumento. Estuvo quince minutos discutiendo consigo mismo. Se decidió a hacer la pregunta. Escogió a un señor de aspecto serio y educado — parecía profesor universitario — que iba leyendo *Playboy*.

—*Terryvale Estation en this línea?*
—*What do you say?*
—*Si Terryvale Estación está en this línea?*
—*I don't know what are you saying. Don't bother me.* El profesor siguió contemplando las ancas de una pelirroja, de cuyo *research* la pregunta lo había distraído.

El hombre necesitó diez minutos para reponerse. Volvió a la carga. Esta vez decidió escoger a una mujer. Las mujeres, pensaba, son más dulces, más caritativas, dispuestas siempre a socorrer al prójimo si no es pariente cercano de Boris Karloff. ¿Escogería a una joven o a una vieja? Desechó a la joven, porque podría imaginarse que se trataba de otra cosa y él no podía arriesgarse a un segundo fracaso. Desechó a una vieja, porque podría ser sorda. Se decidió por una dama protomenopaúsica, todavía de mal ver. Gastaba minifalda rosada, no sabía uno para qué.

—*This going a Terryvale Estation?*
—*What?*
—*Terryvale Station.*

Imitó, lo mejor que pudo, el movimiento del tren parando y arrancando, y volviendo a parar. La dama lo miraba con ojos asombrados.

—Si me sigue molestando, llamaré a la policía. Descarado. Latin sátiro.

Cayó en una depresión irremediable.

Pasaron la penúltima estación. Ya pronto saldría de dudas. Se decidió a probar de nuevo. Se santiguó. Hizo su pregunta en alta voz, para que lo oyera todo el vagón. No iba a ser tan fatal que nadie entendiera su súplica.

—*Nest is Terryvale Station?*
—¡Qué mal educados son!
—¿Qué dice?
—Insultando a este país, me imagino.
—Debían expulsarlos a todos.
—Mi hermano, ¿qué bagazo estás *saying*?

Gracias a Dios, un puertorriqueño.

El puertorriqueño le escuchó con simpatía. El había experimentado dificultades similares, años atrás, a pesar del Estado Asociado.

—Mira, mi sangre — contestó en inglespán —, en este país todo el problema consiste en no amargarse la *life*. En el *beginning* yo era como tú, tenía siempre una *desperation* del caraho. Pero ya me voy *guetiando accustomed*. Yo la Terryvale no la *noguo*, pero tampoco sé cómo se llama la de al lado de mi casa. Lo que hago es fijarme en algún *guy* que se baje donde yo. Después de la tercera *time*, lo sigo, y lo que sea, mi hermano, que la *life* es *very shorta*. Y aunque ya están operando el *heart*, todavía no han operado a ningún *puerto rican*.

—Pues tienes tu lógica...

—Y no te pongas *bitter*, que el azúcar de nuestra sangre siempre es dulce. Lo que no se puede perder es el *enyoyin*.

Dio las gracias por los consejos. Se dispuso a esperar. No podía hacer otra cosa. El Metro no da indicaciones de paisaje. La luz, en el interior. Afuera, el túnel. La luz sin objetos no guía al hombre. El puertorriqueño debía tener razón. Todo estaba en mantener el azúcar en la sangre, que ya el *hamburger* se nos daría por añadidura. La fiesta de los Sample debía estar como a la mitad.

"Sí, esta película no la echan ni muy lejos de mi casa ni muy cerca. Mi marido nunca pasa por ahí." "Si yo fuera el presidente electo, le diría a los chinos y a los rusos (por separado, desde luego) lo siguiente... Señor, conoce usted a Mr.Horn...?" "No, no tengo el gusto, pero acabo de estar hablando con su esposa, me dijo que el *hobby* de usted eran los peces de colores." "Efectivamente, señor, tiene que venir por casa, tengo unos peces tropicales preciosos." El puertorriqueño tenía razón, todo el problema consistía en no hacerse uno mismo mala *milk*.

La parada final del tren interrumpió el curso de sus pensamientos. Miró con esperanza para el cartelito de Terryvale Station. Decía Green River.

La mala *milk* le inundó, implacable, los conductos. Estaba seguro de no haber perdido una sola parada. Había mirado, uno por uno, todos los nombres, aunque muchos no los podía pronunciar. El tren no paraba en Terryvale Station. Tal vez Terryvale Station no existía siquiera. Tal vez...

Para aminorar la impresión que hicieron sus cuerdas vocales, dejó pasar delante a todos los pasajeros ansiosos. Ahora va a salir. Preguntará al taquillero dónde queda Terryvale. Es su obligación contestarle. No tiene dinero para un taxi, pero caminará. O quizá haya bus. Caminar con esta nieve es como para perder uno todo el azúcar para siempre.

Se agarra del estribo. Pone el pie en el aire. Una fuerza lo rechaza hacia atrás. Vamos a ver, no te pongas nervioso. ¿Qué ha pasado? Sonríe para espantar la imaginación. Pone el pie en el aire. Una fuerza lo rechaza hacia atrás. Prueba, con toda su soledad, por tercera vez. Se sienta derrotado, en su puesto. El tren, vacío, comienza a colocarse en la carrilera marcada *Inbound*.

Y comienza la vía al revés.

No se atreve a levantarse en las estaciones intermedias. Confía que el fenómeno, o lo que sea, desaparezca para cuando el tren arribe a la estación de su casa. Para qué tentar la suerte ahora. Para qué invitar a la desesperación. En cada estación, observa, con envidia, a los que bajan, confiados.

Fairview Station. Alegría. Un temor agonizante que sepulta en entusiasmo valeroso. Se aproxima a la puerta. Una fuerza lo...

Se sienta y explica su caso a un pasajero. Llame a la policía o algo. No joda, le contestan en inglés.

Sosiégate, recupera fuerzas, has ido a la fiesta y vienes borracho, da gracias a Dios que te quitaron el automóvil, te hubieras matado por la carretera. Pero no huelo a alcohol. Los americanos han inventado el alcohol sin olor. Para uso de ejecutivos responsables. Aquí la técnica está a la cabeza. ¡Lo cogí!, están probando un arma secreta conmigo, eso es lo que pasa, ya se cansarán, escribiré al *New York Times*. Su cerebro comienza a funcionar como un computador tornado esquizofrénico por descuido del programa.

Otro viaje completo. Otra prueba. Otro morderse las manos. Otro vecino. Una mujer. Tal vez sería la mujer piadosa que en esta estación enjugara su angustia. Le sonríe. El hace su mejor esfuerzo por sonreír también. Conversación. Es secretaria de una empresa importadora de café y sirvientas colombianas. Habla su idioma. ¡Qué suerte! Conversar en español es como tocar la mano de la madre. Otro fallo lo llevaría al suicidio. La observa con detenimiento, es bonita y parece dulce. La invita a salir el sábado. La muchacha acepta. Sonrisa de micro-minifalda. El se anima. Le explica con la mayor frialdad posible, con estos americanos hay que ser muy fríos, si nos ven apasionados creen que no tenemos razón. La sonrisa se ha ido congelando en los labios hermosos, es una oración en el infierno. Mi profesor es colombiano, tiene un acento distinto. Creo que no lo entiendo bien a usted, si quiere suspender la cita del sábado... La agarra por el cuello y la sacude, ¡tienes que hacerlo, sabes!, ¡tienes que avisar a la policía, a la SDS, al Pentágono, al presidente, a las Panteras Negras, a Mr. Wallace, al cardenal Cushing, pero que me saquen de aquí, lo oyes!

La chica promete con lágrimas en los ojos. La suelta, le acaricia una mano, perdóname, pero estoy desesperado; me ayudarás, ¿verdad? Dice que sí con la cabeza, una cabeza bonita, de llamas rojas y color de miel. El le seca las lágrimas con sus labios. *They are looking at us.* Perdóname, es que me estás haciendo tan feliz, terminarás mi pesadilla.

—Mejor me bajo aquí, cuanto antes empiecen a actuar, mejor.
—Gracias, mi amor.
—I'll see you, darling.

La muchacha baja, le tira un beso de lejos y sale corriendo.

Él sabe que no volverá a verla.

Era culpable. No sabía de qué, pero tenía que serlo. Ahí estaba todo. Utilizó su memoria, de cuando era un hombre educado, en recorrer los caminos de la culpa. Los halló vacíos. Se sintió culpable de no haber dado con la culpa. Cayó en la desesperación final. La que sufre Dios, que está en todas partes, en el infierno.

—Han pasado seis semanas. Le han crecido la barba y el cabello. Se ha acostumbrado a dormir en su banco. Nadie se sienta a su lado y puede estar cómodo. No sabe cómo ha sobrevivido, pero se lo imagina. Hay algo que, cada noche, le hace beber, comer y descomer. Lo descubrió por imprudencia de la fuerza o lo que fuere. O no, aquello lo hizo adrede para que él estuviera siempre consciente de estar en sus manos. Una madrugada despertó viendo junto a sí un cartucho con cortezas de su queso favorito, Gruyerè, lo menos media libra. Dos días después sorprendió de mañana el cartucho de descomer. Estaba entrado el día y lo arrojó en la primera parada. Oyó los gritos de protesta de una abuelita dulce que lo amenazaba con un paraguas negro. *I'm sorry*, le gritó apenado.

—Con nostalgia pensaba en Amigo. ¿Quién lo atendería? Le aliviaba el reconocer que, a excepción de algún guardaparques, la gran ciudad era amable con los perros. No tenía más que el vestido puesto. Lo que fuere atendía a sus necesidades básicas. Excepto una. La muchacha lo miró. Y él miró a la muchacha. No había vuelto a mirar la cara de las mujeres desde que perdió a la niña de los cabellos de llama y miel. Eso sí, a muchas las conocía por los muslos. Hecho un banco del Metro, no podía por menos que ver a las mismas horas a aquellas que acudían a su trabajo, a sus estudios, o a su psiquiatra. Gracias a la falda corta sabía la hora. Esta es la morena de los muslos como macetas. Deben ser las siete y cincuenta, va para la oficina muy temprano. Los muslos huesudos. Esta es la profesora de sánscrito. Tiene clase en la Universidad a las diez y media. Hoy debe ser sábado, hay muchos muslos gruesos. Hebreas hermosas acuden a la sinagoga. El domingo era el día de muslos gruesos — italianas —; muslos término medio — irlandesas —; y muslos más bien delgados, pero firmes, alemanas y anglosajonas surtidas. Los viernes montaban dos muchachas árabes, de muslos hebreos. Era la primera cara de mujer que miraba en seis semanas. Los dos se miraron a la vez y esto les hizo reír. Pensó que estaba sucio, no se había bañado, ni afeitado, ni cambiado de ropa en seis semanas. Recordó, finalmente, que estaba a la última moda. Le volvió el valor. Se sentó al lado de la muchacha.

Era rubia y tímida. El le tomó los senos para entrar en confianza. No, nooooo. Así, no, que me haces cosquillas. Auuuuuu. *Daaaarling.*

Era muy tarde. Los dos estaban solos en el vagón. Los asientos laterales del subway son moderadamente cómodos. El los utilizaba todas las noches. Además, la muchacha era menuda. Fue la primera noche que pudo dormir bien. La muchacha lo despertó acariciándolo, ya estaba vestida, miraba con ojos tiernos. Levántate, vienen los repartidores de periódicos. —A qué hora entras tú a trabajar? El dio una respuesta evasiva. Ella creyó entender. ¿Es tu día libre, no? El dijo que sí, bien mirado todos sus días eran igualmente libres. ¡Qué bueno, es el mío también! Podemos ir a mi apartamento y jugar el día entero. Mi compañera está en el de su *boy friend*. No puedo, contestó avergonzado. ¿Tienes otra? No es eso. Te has aburrido ya de mí. Así son los hombres.

You have raped me. Sí, me violaste. Está una sola en el tren y... La escuchó con júbilo. Esto podría ser la solución. La muchacha denunciaría el caso y la policía lo rescataría, algún invento tendrían que tener para estos casos. Pues sí, te violé porque me dio la gana. No, darling, yo no quise decir eso, es que estaba lastimada, por qué no quieres venir conmigo? Pues porque no sería violación, y entonces ya no me interesas. ¡Un hombre prehistórico!, si quieres hago resistencia, vámonos, *how exciting*! La vio marchar desalentada. Por varios días acarició la esperanza de la denuncia. Sobrevino la abulia. Ya ni siquiera era capaz de distinguir las hebreas de las alemanas, ni las italianas de las sajonas surtidas. Castidad sin virtud.

Sólo tenía conciencia del tiempo por la ropa de los pasajeros y los anuncios en los costados del Metro. En invierno, un anuncio lo convenció de que debía comprarse un gorro de oveja sintética. No pudo salir a adquirirlo. Se sintió separado de la mayoría. Más extranjero que nunca.

Un día ocurrió aquello. En la soledad había concebido un plan siniestro. ¿Le pasa algo, señor? Era una muchacha de cabellos sucios, sandalias turcas, pulsera hindú, collares congoleses, poncho peruano. Fumaba un cigarrillo, al parecer de marihuana. Usted perdone, señorita, tenía sueño y como no había nadie. No importa, dijo ella, si lo desperté fue porque temía le pasara algo. Pues no, lo que se llama pasar, no me pasa nada... total, si no me va a creer... Es usted un hombre raro, me gustan los hombres raros. Es usted una mujer que se preocupa por su prójimo, me gustan las mujeres así. Hubiera preferido alguna mujer más desagradable. Tal vez una vieja para la cual el asunto no representara pérdida de mayor cuantía. Esta vez sí tendría que venir la patrulla y hasta la brigada especial. Sus labios acariciaron el pezón rosa. Mordió con forzado sadismo, con tanta energía que se tragó — inadvertidamente — el pezón. Luego le hizo un agujero muy curioso en la ropa, para que no rozara la herida.

En la próxima parada bajó una muchacha con un agujero en la blusa. El esperó a la policía con anhelo.

Pasó el día sin otros incidentes. Por la noche comenzó a maldecirla. A lo mejor le dio pena, o tiene miedo, o Dios sabe qué, o cree que yo soy su *guru*, o que yo soy un *radical male*. Estas *hippies* son muy extrañas, debí haber esperado por una señorita del Sagrado Corazón, aunque hoy en día cualquiera sabe. Pasaron años. Quizá estaciones nada más. Había perdido el hábito de calcular el tiempo. Renunció a hacer esfuerzo alguno por liberarse. Se limitó a contemplar la vida como una película.

Un día sintió la llamada. La barba le bajaba más allá del pecho, tenía los ojos hundidos de los iluminados, los labios libres del rebelde, la alegría del artista que va a su trabajo sin obligaciones. Sabía que la próxima parada era Terryvale Station. Se abrieron las puertas y sólo él bajó.

La interrupción del Metro
Muerto
Vagabundo
Extranjero

Un raro suceso se produjo en la mañana de hoy, cuando las puertas del tren 19 de la ruta Fairview-Green River se abrieron doce segundos antes de lo previsto. Como consecuencia del hecho perdió la vida un individuo desconocido — al parecer de la raza latina — que pretendió abandonar el vehículo en ese instante. El ingeniero-jefe del Metro atribuyó la apertura a una deficiencia en el mecanismo eléctrico, de explicación aún desconocida. Se ha dispuesto una amplia investigación y depuración de responsabilidades, según informó el alcalde a los reporteros del sector.
La autopsia no arrojo indicios de ingestión de bebidas alcohólicas. El occiso era viajero habitual de esta ruta y se afirma que, frecuentemente, pasaba gran parte de la noche en el tren. Ciudadanos que utilizan con regularidad este servicio, aseguraron haber visto al presunto indigente a todas horas, manifestando que por motivos caritativos no habían dado cuenta. El cadáver provocó la paralización del servicio hacia el centro por espacio de cuatro minutos y once segundos, con el consiguiente trastorno en las actividades.

ANA MARÍA ALVARADO

Nació en Placetas, Las Villas. Reside en Estados Unidos desde 1960. En el estado de New Jersey terminó sus estudios universitarios y ha enseñado en varias universidades del estado. Actualmente es Editora Ejecutiva del Departamento Bilingüe de una editorial norteamericana. Ha publicado varios ensayos sobre música. Sus ensayos críticos literarios se han publicado en Diorama de la Cultura *en México, en* Hispanic Journal *y en* Chasqui *en Estados Unidos. Su libro de cuentos* Crónica de una tierra en la distancia *se publicó en 1989.*

DIVAGACIONES DEL ESPÍRITU

El malecón quedó allá, a lo lejos. Sólo se veían las luces tenues que se apagaban lentamente. Ese es mi recuerdo, mi nostalgia, ese es mi dolor.

Cuando bajábamos las escalinatas de la universidad, llenos de juventud, ebrios de alegría y despreocupación, caminábamos por San Lázaro hasta el cafetín de Cheo donde nos comíamos una frita. Seguíamos camino abajo y frente a La Beneficencia cruzábamos la calle hasta el Malecón en cuyo muro nos sentábamos a conversar. Allí solíamos encontrar a Oppiano Licario que conversaba con José Cemí. Nos uníamos a la conversación sobre la locura de Foción.

El pobre Lezama murió de un ataque de asma casi sin atención médica. Reinaldo Arenas se suicidó en Nueva York. Siempre tengo en el alma las últimas luces que se apagaban a lo lejos, en esa tierra que quedó en el recuerdo.

Sentados en los bancos del Paseo del Prado se nos acercó un señor bien vestido y nos ofreció entradas para el programa "Reina por un día". A las dos horas nos encontrábamos sentados alrededor de una especie de escenario que más parecía un circo romano que un set de televisión. Estábamos en la semi-penumbra mirando hacia la pista iluminada cuando apareció Pumarejo en todo su volumen humano dando las buenas noches a su teleaudiencia. Comenzó el programa y se presentó a la reina del día. Era un señora de campo cuya ilusión era ir a la capital a retratarse frente al Capitolio. Ahora mostraban las cámaras su sueño hecho realidad. La señora con croquinol recién hecho, vestida de malva con cartera y zapatos de charol, sonreía frente al Capitolio. Estando Pumarejo hablando con la reina del día, se oyó una voz desde el público que enseguida reconocimos. Era Fronesis que trataba de explicar la inutilidad del capitolio porque en Grecia no había ni nunca hubo. Decía que si Platón hubiese visto tal cosa habría muerto de risa. Al fin y al cabo en ese mundo en que las ideas cobran formas, los capitolios son antros de perdición, vienen a ser como los prostíbulos del pueblo. Onetti, que visitaba la isla, callado escuchaba, y cobraba vida en su mente, la casita color de rosa en el litoral de Santa María.

Todo eso quedó atrás porque ya las lucecitas se apagaban totalmente. El mar ahora era un abismo que tragaba el recuerdo. El futuro se convertía en una incertidumbre y Lezama lloraba mientras que Valladares se consumía en los largos días sin sol en una isla de sol, de frescura, de ritmo de palmas y olor a café y azúcar. Sólo quedó el olor.

Las lucecitas vagas en la distancia se perdieron completamente y en el alma un dolor agudo pronosticaba la angustia de aquel recuerdo que sabía a llanto y las lágrimas al fin salieron y el mar se hizo más hondo. Detrás quedó el cisne hecho mujer y sóngoro cosongo no rompió el tambor mientras que Ecue-Yamba-O se paseaba por las calles de París. Se rompió el hilo pero no la tradición ni se destruyeron los valores, sólo se suspendieron en el aire.

Al regresar con Fronesis nos encontramos con Foción, que con una carretilla vacía hacía que vendía mangos de chupar, mangas blancas, mangos filipinos, guayabas, marañones, mamoncillos del Caney, mameyes colorados, caimitos, nísperos, anones y tamarindos. A los que no vimos fueron ni a Lezama ni a Reinaldo. Habían muerto las ilusiones y mi padre también murió.

Subimos las escalinatas, vacío todo, todo callado como en un letargo. La plaza Cadenas parecía un desierto. Fronesis comentó que Cemí había muerto de un ataque de asma o quizá de angustia. Sugirió entonces que fuéramos al Capitolio para ver si el brillante estaba ahí o se lo habían llevado. Pensaba que había que volver a las raíces para hacer reverdecer la palma de la esperanza que nunca pudieron destruir. Oppiano Licario nos abrió las puertas que estaban herméticamente cerradas. El brillante brilló como nunca antes cuando el sol lo inundó con sus rayos calientes que volvieron a traer ese olor a café y azúcar que había quedado flotando en la brisa isleña y que custodiaron las palmas por tantos años.

Hay cosas que ni el odio, ni la opresión, ni el poder absoluto pueden destruir. Renació entonces la ilusión y la esperanza y brilló la estrella solitaria en todo su esplendor.

ANTONIO R. ÁLVAREZ

Nació en Sagua la Grande, Las Villas, en 1941, donde completó su educación primaria y secundaria. Su vocación literaria fue temprana y especialmente se dedicó al género dramático. En Cuba, algunas de sus creaciones fueron estrenadas por la Sala Arlequín y el Grupo Prometeo. Salió al exilio en 1965 y se radicó en Nueva York, donde realizó estudios universitarios en Hunter College.

LA CIUDAD FELIZ

La ciudad gozaba hacía años de una marcada tradición liberal. Se hablaba, se actuaba con entera libertad. La libertad era el denominador común a jóvenes y viejos, a hombres y mujeres, sin importar en ellos ni la raza ni la condición social. Era el sentimiento por excelencia, el principio que con más vehemencia defendían todos los ciudadanos.

Por lo tanto era un gusto, asegurado este básico y fundamental principio de toda ciudad moderna (o que se precie de serlo), pasear por sus amplias avenidas, por sus nuevos y bien planificados repartos residenciales, por los diferentes centros comerciales, extraños los unos frente a los otros, que así de disímiles estilos arquitectónicos estaban construidos. Y porque, aunque parezca un poco extraño, parecían estar habitados por seres diferentes.

La ciudad poseía también sus sonidos peculiares. Por las mañanas, en las primeras horas, cornetas como sordinadas flautas que daban notas sostenidas, empecinadas. A medida que el sol se iba mostrando, subía hasta aquel cielo azul, amplio, prepotente, un murmullo desordenadamente arreglado, caóticamente compuesto, pero esto, no obstante, lleno de gracia y que tenía la virtud de llenarlos a todos de un sutil optimismo para empezar el día.

Los sonidos cambiaban en aquellas mañanas. Se hacían enérgicos, duros, decididos, rítmicos. Con un ritmo únicamente interrumpido, a veces, por unos altos e indescifrables, coros de voces agudas y rajadas, que pronto cesaban para repetirse lo mismo, inesperadamente, dos, tres o cuatro veces más, o quizá ninguna, hasta el nuevo día, el esperado, el por llegar, el ansiado, el prometido.

La tarde era una constitución de la mañana. Y de la tarde a la noche, con leves pasos un poco cansados, entraban la ciudad y sus habitantes al nocturno rito, al espectáculo del generoso adorno del cielo, a la obscura brisa, a la redondez de la luna.

Era la ciudad un reino de felicidad, plenitud y placidez.

Hasta un día. Uno como todos, sin diferencias, sin discordias. Salvo aquella rápida y garrapateada frase escrita con tiza, sobre la azul pared del Museo Nacional

¿Qué porciento de la feliz población reparó en ella? Demasiado ínfimo, demasiado incalculable el pequeño porciento. Nadie reparó en la corta frase; una consigna ingenua si se quiere, pero que iba a contra de las autoridades, de los gobernantes e intelectuales de la ciudad. Sólo la protesta de un airado ciudadano llegó al Palacio Municipal, pidiendo una respuesta inmediata por medio de la prensa, la búsqueda y el castigo de aquel espíritu disociador y mal intencionado.

Fue así como las autoridades llegaron al conocimiento de semejante suceso, porque por ellos mismos, tan ocupados como estaban siempre, nunca se hubieran enterado. Lejos de producirse en ellos cualquiera de esas clásicas reacciones que nos pudiésemos imaginar, el despacho principal del Palacio Municipal se llenó de risas, hasta que salieron todos, tomaron un auto, y fueron derecha y alegremente frente a la azul pared del Museo Nacional, donde estaba, aún visible, la blanca, corta, apurada frase.

Se apearon, se agruparon frente a las indecisas letras, rieron otro poco, comentaron, hasta descubrieron (según dijeron) un cierto sentido del humor.

Se fueron tras un breve instante más, pues algunas decenas de personas se sumaron al pequeño grupo de ellos formaban, y pasaron a comentar (a la vez que reparaban) la pequeña frase que fuera atención de tan distinguidos personajes.

Al día siguiente, el ciudadano airado envió un telegrama al periódico de más circulación y, nuevamente, una nota a las autoridades. Se recibieron en total ese día una veintena de notificaciones, entre llamadas telefónicas y telegramas.

No se referían solamente a la consigna que había aparecido el día anterior en la pared del Museo, sino a las que habían aparecido esa mañana en el costado del Viejo Teatro, en la pared de un banco, en la base de un recargado monumento nacional.

Aquel día se oyeron nuevamente risas y palmadas (sin duda menos que el día anterior) y esta vez con un cierto tono de comprometido desgano.

Se produjo una pequeña reunión después que todos los empleados se hubieron marchado a sus casas a través de las avenidas, hacia los repartos residenciales tan bien planificados, hacia los acogedores centros comerciales, ausentes todos, o casi todos, de los nuevos e intrascendentales sucesos que se venían produciendo.

La decisión unánime fue esperar unos días más. Ya al final de la reunión, fue opinión general que todo se debía a algún ciudadano bromista y sin mucho quehacer. Aquella tarde habían podido comprobar, revisando frase escrita tras frase escrita, que todas eran salidas de una misma mano. Y así, en la pared del Viejo Teatro, en la del banco, y a los pies del recargado monumento nacional, fueron quedando grupos de decenas de ciudadanos, que ya antes de que ellos abandonaran los lugares motivos de la inspección, comentaban y opinaban acerca del sentido de la anónima consigna escrita con tiza, al pasar, pero que, según comprobaron también, iba siendo escrita con más firmeza y decisión en los rasgo.

Al tercer día, la reunión se celebró sin esperar a que se fueran los empleados, y además asistió una representación de los intelectuales. Habían sido vituperados, ellos también, y hasta aparecieron algunas frases que evidenciaban obscenidad. Las autoridades municipales y los intelectuales, con agrias caras disgustadas, comprobaron que ya los ciudadanos prestaban atención, leían, dicutían y se divertían con los letreros, fueran éstos ofensivos o no. La reunión fue larga, agotadora. Salieron todos muy tarde, de noches, pero habían llegado a una decisión: combatirían, combatirían sin descansar. Aquello era demasiado. Y, además, entre las frescas y cada vez más extensas frases aparecidas aquella mañana, un detalle era inadmisible: ya no era, según demostraban los rasgos caligráficos, una sola persona; eran dos.

Se habían sugerido diversos métodos de lucha: Ripostar por medio de la prensa, hacer aclaraciones por radio, hablar a la ciudadanía desde altoparlantes para que no prestase atención, para que ignorase las frases perturbadoras, bien para que las borrasen, como eran los deseos de la inminente mayoría, etc.

Al intervenir los intelectuales, se recibieron otros métodos de lucha, entre ellos uno que despertó entusiasmo y admiración en todos. Nada de eso se haría, no se ripostaría por medio de la prensa, porque los autores (recuérdese que ahora eran dos) eran desconocidos, ignorados; duendes, como dijese uno de ellos, pues ninguno, ninguno había podido ser sorprendido y obligado a rendir alguna explicación. Por los mismos motivos, descartaban el uso de la radio. Combatirían sí, pero en el mismo campo, con los mismos medios, y en la misma forma que los autores de aquellas consignas. Además, ese método, considerado genial, estaría exactamente de acuerdo, subrayaría y haría cada día más patente, frente a los ojos de todos, la marcada tradición liberal que gozaba la ciudad desde hacía años.

Así pues, se celebró un pequeño brindis por el exito de la empresa y hubo discretos aplausos de nuevo. Uno de los miembros del municipio bajó al sótano, y fue entregando según salían de la reunión para sus casas, con el pecho abrasado en un bélico ardor, una buena provisión de tizas a cada uno.

A las cornetas como asordinadas, a las flautas empecinadas, a los murmullos desordenados, a los sonidos enérgicos, duros, decididos, a las interrupciones altas e indescifrables, se sumaban ahora los ecos de las discusiones, los diferentes matices de las exclamaciones, los cortos gritos de sorpresas, un corretear y pararse, corretear y pararse de letrero en letrero...

Todos los ciudadanos estaban impacientes en sus trabajos. Se hablaban de mesa a mesa, se llamaban por teléfono, de máquina, aquel estibador al compañero de la grúa, por medio de fuertes grito. La ciudad había amanecido llena de letreros. Todos comentaban, reían, decían que habían visto muchos, desde el ómnibus, cuando venían para el trabajo; que en el ómnibus mismo habían escrito diferentes consignas. Ese primer día, llegaron a sus casas mucho más tarde que de costumbres...

Se había iniciado la polémica, el diálogo. Durante las mañanas, los funcionarios del municipio salían por toda la ciudad, leyendo letrero por letrero. Justo al lado, o encima, o por un costado, donde pudiesen, dejaban su respuesta a los disidentes anónimos, a los críticos anónimos, a los habitantes aquellos, astucísimos, que se las ingeniaban para no ser descubiertos y que tan notablemente, y sólo por medio de sus letreros, se hacían notar.

Poco a poco la ciudad cambió de aspecto. Sobre todo en cuanto a lo que a color se refiere. Todas las paredes habían asumido tonos claros, diseños caprichosos. Unas parecían viejos papiros egipcios, otras como grandes páginas de libros renacentistas o iluminaciones medievales. Hasta poco más la altura de un hombre, las letras, los pensamientos, la controversia, la lucha, la lucha de aquellas dos facciones, era patentizada por medio de la tiza, la tiza que el viento se llevaba a veces, y que era vuelta a reponer, con ahínco, con decisión, entizando más y más las paredes. Por la ciudad, por el mantenimiento de su tradición, por el honor de todos.

Es cierto que ya los ciudadanos no reparaban en todas las frases y en la batalla que se sostenía sobre las paredes de la ciudad. Frecuentemente un día dedicaban a revisar el adelanto o el estado actual de las cosas, y bien podía ser el sábado o el domingo el que preferían dedicar a aquella lectura inusitada o que, por ser justos, aún resultaba una cosa poco frecuente.

Las fábricas de tiza malamente daban abasto al consumo cotidiano. El escribir con tiza se convirtió en una especialidad. Los invisibles, los duendes, los astutos, los que dieron origen a toda aquella locura de la tiza y las letras, se habían anotado un nuevo éxito. Habían incorporado a la lucha, la tiza de color.

Ellos fueron los primeros en cambiar sus tizas blancas por tizas azules, rosas, verdes y amarillos claros, que se destacaron, por lo menos aquel primer día de la sorpresa, magníficamente, sobre la costra (algo así como una pátina blanco-grisosa) de las tizas e ideas expresadas con anterioridad.

Y conoció la ciudad, ahora como nunca, la gloria del color, la exuberancia, los azules junto a los verdes, los rosas junto a los amarillos, las combinaciones de color más atrevidas e hirientes. Y siempre (desde luego, y siempre) un uso sabio dentro de su anarquía del blanco.

Fué por aquellos días que los colegios de enseñanza primaria reportaron una notable baja en la asistencia a clases. Se inquirió al respecto, y todos los padres no tardaron en informar. Salvo un caso (una niña de por siempre renuente asistir a clases), toda aquella ausencia se debía a la afección de la garganta que presentaban los escolares. Dos días después, la niña renuente a ir a clases sentíase en la gloria, pues también ella, al fin, gozaba de un irritante padecimiento en las vías respiratorias.

Las autoridades (y por tanto los duendes, los anónimos, los astutos) se mantenían firmes. Usaban, según se podía deducir a primera vista, altas escaleras, o andamios, o bien, en algunos casos extremos, las altas escaleras de los carros de los bomberos que, esto sea dicho aparte, se sentían muy complacidos de cooperar con eso a la sorda y callada lucha.

La ciudadanía toda empezó a padecer de la garganta, de problemas en los pulmones, de irritaciones en los ojos, de la caída del pelo, de infecciones en los oídos, El yeso estaba en todas partes, molestando, irritando, metiéndose en los delicados mecanismos de los relojes y semáforos, tapando el nombre de las calles, limitándolo los respiraderos de los millares de aparatos de aire acondicionado, obstruyendo las alcantarillas, ensuciando los cristales de los vehículos, manchando la ropa, tiznando los muebles, obligando a los comercios, oficinas e instituciones, a trabajar lo más cerrado posible.

La fresca brisa nocturna, antes tan esperada por todos los ciudadanos, levantaba ahora fantasmogóricos, coloreados, altos, alucinantes espirales que buscaban balcones y ventanas, bocacalles, un lugar por donde escapar, un espacio, unos ojos, una conciencia para que los reconociese, un darle a la ciudad una forma nueva, un nuevo paisaje, una dimensión de ciudad impasible, para que nadie creyera en ella, y para que luego, si algún día se produjera el despertar de ese sueño, pudiesen evocar con tranquilidad y paz en el corazón las terribles experiencias de ahora, la agobiadora desazón, la desesperante situación sin salida.

Un molesto hedor floreció con lentitud y frescura sobre las narices de los habitantes de la ciudad. Se negaban a respirar el aire, pero sólo por breves segundos. Pasados éstos, el pecho se les abría, aspiraban, en seguida se arrepentían, expiraban, decidían no respirar más, y a los breves segundos otra vez el pecho les obligaba a claudicar, aspirando, arrepintiéndose al instante de haberlo hecho, deseperando de aquella peste enérgica, pertinaz, insoportable. Millares de ratas, cucarachas, queridos animales domésticos, todo tipo de insecto adornaban bien pegados a los contenes, bien descaradamente patas arriba sobre las aceras y las calles, su muerte, la transformación de su materia, su adiós último y pequeño, ese adiós que en otras circunstancias se hubiese producido sin que nadie lo notase.

Una brigada de sanitarios de urgencia, a malas ganas, rechinando los dientes y maldiciendo de su suerte, se dedicó a recoger estos endurecidos cuerpecitos. Algunos tenían que arrancarlos de los brazos de algún chiquillo lloroso, que veía en ese cuerpo muerto que le llevaban, más que la posibilidad de su propio fin futuro, al amigo de años de juego y diversión, al depositario de un cariño que él le diese sin reservas, o que el otro se hubiese ganado en buena lid, parándose en dos patas, cuidándole, o bien ronrroneándo entre sus piernecitas en justas correspondencia.

Los acontecimientos se producían por sí mismos, como siempre, pero nunca antes con tan violentos principios y resultados, tan sorpresivos, tan decididos a sorprender a todos, a hacerlos reflexionar. Se oían gritos sueltos, disgregados, como un coro que se buscase, regado por toda la ciudad, gritándose los unos a los otros. Aquellos que todavía podían oír, por lo benigno de la enfermedad de sus oídos, se deshacían en conjeturas. Y pronto dejaron de formulárselas, porque fueron siendo menos los gritos, y porque fueron siendo menos aquellos mismos.

Las autoridades municipales recorrían las calles con sus largas escaleras al hombro, de dos en dos, o de tres en tres, según el peso o el largo de éstas. Usaban complicadas máscaras, cada vez más ineficaces, según tres bajas que el municipio reportó, al no presentarse aquel día los tres funcionarios que más tesonera y apasionadamente ripostaban, tiza en mano, de pared en pared; por la ciudad, por el mantenimiento de su tradición, por el honor de todos.

Ellos, todos ellos parecieron enloquecer. Los hechos de sangre en las colas frente a los hospitales, los diezmaban más que los contratiempos en su salud que los habían llevado allí, a verse urgentemente con psicólogos y especialistas médicos.

Todo era ahora irreconocible. Había desaparecido no sólo el verde de plantas y árboles, sino las plantas y árboles mismos. Con ellos, desaparecieron las flores, los frutos, los grillos, las hormigas, los insectos todos, sus sonidos, imprescindibles para una buena noche, para una noche plena y rica. Las fuentes estaban atascadas, y sus surtidores mandan débiles y trabajosos chorritos de agua sucia que se emposaba en otros charcos de agua más sucia y más corompida aún. De vez en vez, tan distanciados entre sí como un cumpleaños de otro que le sigue pasaba un ómnibus por alguna de aquellas calles, lentamente, levantando pesados giros de aire muerto, desconocido, irrespirable....

La ciudad gozaba desde hacía años de una marcada tradición liberal. Se hablaba, se pensaba, se actuaba con entera libertad. La libertad era el denominador común a jóvenes y viejos, a hombres y mujeres, sin importar en ellos ni la raza ni la condición social. Era el sentimiento por exelencia, el principio que con más vehemencia defendían todos los ciudadanos...

Y una tarde, una tarde que fue continuación de la mañana, una tarde que fue predecesora de una noche, entraron la ciudad y sus habitantes al nocturno rito, al espectáculo del generoso adorno del cielo, al obscuro aire, a la redondez de la luna...

De una luna que no entró en ningún cuarto, que no se reflejó en ningún ojo, que no perfumó ninguna flor, que no fue cantada por nadie, admirada por nadie, vista por nadie, por nadie, por nadie, por nadie...

JOSÉ MANUEL ÁLVAREZ

Nació en 1902, en Regla, La Habana. Hizo sus estudios universitarios de Derecho, Ciencias Sociales, Políticas y Económicas en esa ciudad. Desde joven se dedicó a la poesía y publicó en Cuba su primer libro de versos titulado Bajo el ala del chambergo. *En el exilio ha seguido su vocación literaria y entre sus publicaciones se destaca el volumen titulado* Cuentos y crónicas cubanas, *publicado en Miami. Actualmente reside en la ciudad de Nueva York.*

FELIPE EL BARBUDO

Aquel Felipe, con su gran estatura, su andar pausado y sus grandes ojos de mirada bovina, era la viva estampa de la indolencia. Sentado frente a su cajon de limpiabotas, lustraba los zapatos de sus clientes sin que nada le inmutara, no obstante que los chiquillos de barrio lo zaherían con sus gritos de "largo por gusto y flaco por necesidad". Sólo cuando Miguelito, el simpático vendedor de periódicos le lanzaba una de la suyas, era que Felipe levantaba pesadamente la cabeza y lo miraba largamente, no se sabe con qué ocultas intenciones. Porque aquel "periodista" lo conocía bien. Cuando Felipe se acercaba a la cantina de la bodega en cuyo portal tenía instalado su cajón de limpiabotas y se ponía a tirar los dados con Ramón el bodeguero, peninsular de nariz enrojecida por el alcohol, que gustaba de emborracharse a la par de sus clientes, era Miguelito el que se acercaba para decirle "Felipe... ¡guarapeta!"... Entonces Felipe aporreaba el mostrador con todas sus fuerzas con el cubilete y se soltaba a disertar. Era el único momento en que se le oía hablar. Sus palabras, mal coordinadas, siempre repetían lo mismo: "Igualdad... Mucha igualdad. Eso es lo que hace falta aquí.— Y a ese Miguelito cualquier día me lo voy a freir". Pero todo el mundo reía, sabiendo que Felipe era completamente inofensivo. Hasta hubo chiquillo que le prendiera a la camisa, allí junto al mostrador, un largo rabo de papel con su letrero que decía: "Felipe Igualdad".— Y desde entonces aquel humilde y casi analfabeto fue conocido por FELIPE IGUALDAD, como su homónimo el desdichado Príncipe de Orleáns que pagó con su cabeza en La Grave su liberalismo retórico. He aquí como cualquiera puede adquirir sin saberlo denominación nobiliaria....

Un dia corrió una noticia sorprendente: Felipe había dejado su sillón de limpiabotas y se había ido con los "barbudos" a la Sierra Maestra. Y en efecto, unos muchachos estudiantes del barrio que se sumaban a los rebeldes llevaron con ellos a Felipe. Felipe entonces reparó botas y trabajó en lo que pudo en el taller de zapatería instalado por los rebeldes de la Sierra. Seguían llamándole Felipe Igualdad porque los muchachos que lo llevaron popularizaron su apodo y el seguía repitiendo su famosa frase pese a que un rebelde no comunista, cierto dia le recitara unos versos que decian:

"Igualdad solia gritar —el jorobado Torroba— y yo quiero preguntar ¿Se quitará la joroba o nos querrá jorobar?....."

Felipe creía firmemente que aquel movimiento quitaría a todos la "joroba" del hambre y la descriminación. Más tarde, como muchos, sufriría la decepción de saber que el tipo de igualdad implantado por la revolución era la igualdad "por debajo" y que lo logrado fue "jorobar" a todo el mundo, hasta al mismo Felipe, "el jorobado por autonomasia".— Pasaron así los meses hasta que la corrupción administrativa, la incapacidad y el desconcierto hicieron caer al Régimen constituído y Felipe, como tantos otros, regresó a su barrio. Pero ahora su faz enjuta se adornaba con una hermosa barba rizada sobre la cual lucían sus ojos más despiertos. Como a todos los triunfadores, a Felipe lo recibieron con júbilo. Sus antiguos conocidos lo elevaron a la categoría de "héroe" y Ramón el bodeguero no le permitía pagar un trago en la cantina.—" "Métele a tu tocayo"... —le decía— y descorchaba una botella de Felipe II.— Con todo eso, Felipe, cubilete en mano, aporreaba el mostrador con mayores bríos y un día, entre el grupo de vecinos que lo rodeaban se escuchó de sus labios una extraordinaria afirmación.— Fue cuando Ramón el bodeguero, animado por los tragos, le preguntó "Dime, Felipe, aquí en confianza ¿tú eres comuñanga?"— A lo que contestó Felipe: "Nada de eso, Ramón, yo soy *macista-leninista*".— "Y eso qué es, Felipe? — preguntó Ramón entre sorprendido y curioso— "Ramón, dijo Felipe, ¡mira que tú eres bruto!. Eso quiere decir que estoy con Maceo y con Lenin". Y después de lanzar una mirada olimpica a unos cuantos del grupo que se destornillaban de la risa, le atizó un tremendo porrazo al mostrador con el cubilete...

Miguelito, que se había tornado admirador suyo, lo bautizó días después con el nombre de "Felipe el barbudo", y desde entonces fue conocido así, para su mayor orgullo.

Pero ¡Cuán efímeras son las glorias de este mundo! Pasado el tiempo la orden de una "afeitada general" bajó de la Superioridad y perdió Felipe sus hermosas barbas y con ellas su prestigios de "guerrero heroico". No fue más Felipe El barbudo y volvió a ser "Felipe Igualdad" y de nuevo a su sillón de limpiabotas. Nunca más Ramón le pagó un trago y hasta Miguelito parecía ignorarlo. Felipe estaba triste y decepcionado. Una cruel insidia se esparció por el vecindario: "Felipe Igualdad —decían— es un chivato de los comunistas". Los que estaban en la lucha que se iniciaba contra el marxismo, crearon en torno de Felipe una atmosfera que lo deprimía. Y un día ya no pudo aguantar más. Fue cuando Miguelito el "periodista" le dijo en alta voz desde la acera: "Oye, Felipe, ándate con cuidado, que ayer oí que te "mentaron por la corta..." Felipe que no tenía radio de onda corta, lo miró largamente en silencio. Pero al otro día, desapareció como por encanto. Parecía que se lo había tragado la tierra. Y nadie supo jamás adónde fuera Felipe Igualdad el ex-barbudo a esconder su desilusión y su tristeza.

NICOLÁS E. ÁLVAREZ

Nacido en La Habana, cursó la carrera de Estudios Hispánicos en la Universidad de Puerto Rico, Río Piedras, y luego obtuvo la Maestría en Español y el doctorado en Lenguas Románicas y Literatura de la Universidad de California-Berkeley. Actualmente es profesor de literatura hispanoamericana en Auburn University. En 1991 publicó Agua de fuego, *selección de su poesía. Es autor de* La obra literaria de Jorge Mañach *(1979) y de* Anális arquetípico, mítico y simbolólico de 'Pedro Páramo' *(1983). Ha publicado estudios sobre la literatura hispanoamericana y la española así como de crítica literaria. Ha sido miembro directivo de varias revistas profesionales de los Estados Unidos y de Mexico.*

REPARACIÓN

A mediados del nuevo siglo, la comunidad mundial apenas había rebasado otra etapa convulsiva. En la Universidad de Princeton, el profesor Milton Howard reposaba en su despacho tras haber meditado sus últimas anotaciones. Aún aletargado descolgó el auricular.
—Doctor Howard.
—Sí Señor.
—Se ha dispuesto que la nave parta y que se le ofrezca a usted toda clase de facilidades. Espero que su viaje nos sea fructífero.
—Gracias. Estoy listo.
En la pista, al pie del elevador de la nave, lo aguardaban dos consejeros. El sabio los saludó cortésmente y los tres hombres ascendieron al transportador. El viejo profesor se dirigió directamente al compartimiento privado que quedaban al fondo del aparato y se encerró. Tras escasas horas de vuelo la nave aterrizó en Hong-Kong.
En el hangar estaba esperándolo una charolada limosina que lo condujo sin perdida de tiempo a la quinta situada en el copo de la escarpada y solitaria colina, desde la cual se divisaba la dilatada y

populosa bahía, y más allá los confines montañosos. El tiempo, apenas lluvioso, permanecía caldeado en estos meses. El exótico jardín que circundaba la residencia palidecía envuelto en una atmósfera serena. Según se detenía el automóvil ante el alto pórtico de la señorial mansión inglesa, la puerta se abrió. Un señor alto y delgado, de pelo cano y finas facciones, vestido en un claro traje de percal, acudió a recibirlo.

—Bienvenido, doctor Howard. Le dijo mientras le extendía la mano morena al recién llegado.

—Encantado de verlo, Profesor.

—Confío que su viaje haya sido sin novedades. Cenaremos dentro de dos horas. Mañana nos reuniremos a las 6:30 a.m. de acuerdo con lo convenido. Espero que el paraje le parezca tan apropiado como a mí. La serenidad propicia el entendimiento y aun la imaginación.

—Sin duda así lo es.

—Entonces, lo veré más tarde.

Los dos científicos subieron a sus aposentos.

Las sesiones entre ambos emisarios se sucedieron por espacio de dos días. Se reunían en la mañana a la alborada y recesaban a eso de las diez a fin de gustar algún piscolabis. Continuaban al cabo de la hora las prolongadas disquisiciones hasta alrededor de la una de la tarde. Abríase entonces un silencioso hiato. A las nueve se reanudaban los coloquios nocturnos hasta las once. Al día siguiente se celebraría el último.

La comunicación entre ambos sabios había nacido al calor de un proceso de penosa figuración. Durante más de ocho años variados congresos mundiales se habían sucedido en tres continentes con resultados ambiguos. Las contrariedades de la política mundial se habían enconado y la historia parecía hallarse a merced de un tiempo huidizo e inexorable. La libertad hegeliana estaba recluida en empolvados estantes de bibliotecas, en tanto que la ilusión democrática se había esfumado del todo aun en el puñado de países que alguna vez la pretendieron. Esos gobiernos habían salvaguardado las libertades ciudadanas suspendiendo al por mayor los derechos humanos a fin de evitar el holocausto irremediable. La inmensa mayoría de los gobiernos había optado por esa paz humanística; aunque aún quedara por convencer a algunos enclaves extravagantes, empeñados en la insensatez del novecientos. Era, en fin, una cuestión de formulismo; en esencia, la casi totalidad de la comunidad mundial había asentado el nuevo orden universal y los paralelos y meridianos políticos demarcaban con regularidad científica hemisferios de fiera lógica. Residía incluso así en el ánimo de unos pocos hombres excéntricos una melancolía romántica que sólo alentaban en el más precavido clandestinaje.

—Creo que hemos logrado abarcar grandes porciones ideológicas durante este tiempo. ¿No sé que opinión pueda usted abrigar?

El gabinete en el que los dos hombres conversaban durante su última reunión estaba amueblado victorianamente. Dos sofaes opuestos junto a la estufa servían de acomodo a los cuatro consejeros, mudos espectadores del convivio. Al otro extremo de la habitación, arrellanados en butacas de piel oscura, se sentaban los interlocutores cerca de un ventanal luminoso.

—Me parece que ha resultado más fructífero de lo que esperaba. Hoy mismo habré de informar personalmente al Consejo. Ha de tranquilizarles que hayamos convenido un concordato de inquebrantable uniformidad; al fin se exterminará la extravagante incoherencia que ha carcomido ciertos poderes.

—Eso pienso. Se anunciará la resolución a la par en su hemisferio y en la mancomunidad nuestra. Sólo de tal forma el ser humano habrá de sosegarse sin riesgo de extraviar su continuidad.

—Dígame, Profesor Sahni. Ya que todo ha quedado definitivamente concluido, permítame el proponerle una cuestión sofística a tenor de mera curiosidad intelectual. ¿Qué ha dado lugar, en su estimación, a ello?

El anciano de inmaculadas vestimentas miró fijamente al norteamericano:

—Estimo que la respuesta la tiene usted en esos dos espejos que se reflejan encontrados. —Y señaló al que él tenía delante colgado en la pared, y que el profesor Howard podía ver por el otro que también colgaba de la pared opuesta del gabinete.

—¿No le parece?

—Por mi parte, asimismo quisiera que me disculpara el que consulte su parecer—tras lo cual transcurrió un rato sin que el profesor Sahni pronunciara palabra alguna. Al fin, dijo:

—¿Cuál podrá ser la evolución social del futuro?

Tras un instante de reflexión, contestó el norteamericano.

—Sobrevivirán, a no dudarlo, algunos resabios perniciosos por algún tiempo, en tanto que los pueblos se reajusten a los pormenores. Lo que cuenta es el beneficio global. Habremos de vivir más rápidamente, trabajar con labor. Sugiero que nuestro pueblo siempre ha sido diligente y ahora lo será más. Parece inconcebible que se haya vivido tan largamente en el vacío.

De improviso, se oyó un toque quedo en la puerta de la pieza. Uno de los consejeros se incorporó a abrirla. Tras un momento, un sirviente se adelantó unos pasos para informar que había llegado el doctor Nukum Okyere, quien solicitaba ser recibido. Los dos sabios se miraron sin pronunciar palabra. En lo profundo de sus inteligencias se había desatado una sensación de inquietud. El anciano de ropas blancas, sin dirigirse a su colega, salió de inmediato del gabinete. A los pocos minutos entró acompañado del doctor Okyere.

—Buenos días—saludó el recién llegado. Siento no haberles avisado de mi viaje apropiadamente, pero traigo un mensaje urgente que hasta anoche no se aprobó.

El profesor Howard se había adelantado a estrechar la mano del nuncio inesperado, diciéndole:

—Nos place su presencia, por supuesto. Aunque, como bien ha mencionado usted, no la esperábamos. Venga a sentarse con nosotros. Díganos si se le ofrece algo.

El doctor Okyere era de mediana estatura, tez negra, un rostro alargado y surcado por arrugas, vestía una túnica roja y su cabeza la recubría un tocado circular de color carmesí. Sus ojos eran de un negro penetrante y brillaban felinamente.

—Gracias—contestó—, pero no deseo nada.

—Pues, bien—dijo el profesor Sahni—estamos ansiosos de conocer el motivo de su presencia. Y mirando hacia los cuatro consejeros que permanecían de pie cerca de la estufa les insinuó que se retiraran.

El doctor Okyere se sentó en otra butaca, configurando los tres hombres una especie de triángulo, cuya base descansaba en el ventanal.

—A pesar de que a mí no se me ha invitado a participar en esta reunión, he querido venir a presentarles mis respetos. Se preguntarán cómo he podido conocer el lugar y la fecha; eso es en realidad lo de menos. Era de esperarse por más de tres años. Es más, lo que hayan acordado no hay que ser un zahorí para saberlo. La ANDA me ha comisionado para que les informe que se adhiere a sus proposiciones oficialmente, puesto que ya lo estaba en la práctica.

El profesor Howard que había estado escuchando atentamente, exclamó:

—Sepa usted lo mucho que nos place ese respaldo formal. Y esto merece un brindis.

En tanto, el profesor Sahni había permanecido en un actitud de cautelosa observación.

El doctor Okyere se levantó de su butaca, dirigiéndose al ventanal. Echó una mirada a lo largo de la bahía que se hallaba cubierta de una ligera neblina azulosa y luego miró más allá:

—En efecto, hay mucho que celebrar, puesto que en poco habremos alcanzado la paz definitiva que abogaban.

Ambos profesores se miraron atónitos.

—Sí, ustedes han sido magníficos e ilusos colaboradores. ¡Brindemos!

ARMANDO ÁLVAREZ BRAVO

Nació en La Habana, en 1938. Cursó estudios en la Escuela Profesional de Publicidad y en la Universidad de La Habana. Es miembro de número de la Academia Cubana de la Lengua y correspondiente de la Real Academia Española, y de la Academia Norteamericana de la Lengua Española. Salió al exilio en 1981. Trabaja como crítico literario y de arte de El Nuevo Herald, de Miami. Obra poética: El azoro; Relaciones; Juicio de residencia; Para domar un animal —*que ganó en España el Premio Internacional de Poesía José Luis Gallego, 1981—;* Las lejanías, *todos escritos en Cuba, y* El prisma de la razón, *su segundo libro de poemas escrito en el exilio. Tiene varios libros inéditos. Su obra crítica más conocida es* Orbita de Lezama Lima. *Tiene un volumen inédito de relatos,* El día más memorable.

UN REGALO UNA LECCIÓN

Nunca se debe pensar en ella. Nunca. La muerte es cosa de los mayores, de las clases de catecismo cuarenta y cinco minutos antes del término de la sesión de la mañana, a esa hora en que el sol entra hasta el mismo centro de la clase por los amplios ventanales que se abren sobre las copas de los perennes laureles, y la camisa azul sudada durante los juegos en los inmensos y reverberantes patios se pega a la piel. La muerte es la voz del Hermano, precisa, inalterable como el horario que se cumple a puntuales timbrazos; y es la voz del confesor, susurrante pero firme, en esas mañanas de jueves en que salir del aula a la confesión general es un alivio, una tregua, casi una prolongación del recreo o un anticipo de la salida. Y la muerte es una llamada telefónica, un telegrama, alguien que llega acaso precipitadamente, acaso con una demora en sus movimientos, en sus gestos, descubriendo, antes que se pronuncien las palabras del anuncio, el hecho inevitable. Y son los mayores, vistiéndose con ropas adecuadas a la trama mortuoria, multiplicando la noticia, cancelando compromisos, ordenando coronas, sudarios, cojines, apagando los radios, disponiendo misas, responsos. Y es también el luto que desconoce calores y humedades, los vestidos negros y, al cabo de los meses, dependiendo del carácter y cercanía de la pérdida, las blancas, moradas, grises telas, y los ahora sobrios, oscuros abanicos, el arte de cuyo manejo llegó del otro lado del mar e incorporó nuevos, lentos, sensuales giros. Y son las visitas de pésame y las misas y las conversaciones en que las palabras parecen dominadas por la lejanía y todo lo que se dice en la hondura de las salas o en el portal sombreado por las enredaderas parece ajeno, remoto, aunque a veces una voz se quiebra. Y es un ritual que se agrega sin sobresalto al ceremonial doméstico, porque los tiempos pueden cambiar, aunque casi nunca los cambios traen algo bueno, pero los que son como uno, aunque tú no sepas cómo es ni cómo debe ser uno, son fieles a las costumbres que se traspasan a semejanza de la sólida plata virreinal y la plata que tiene su historia minuciosamente grabada por nebulosos orfebres sajones; las hialinas porcelanas francesas y las vajillas de Indias, con sus soberbias iniciales y sus crepusculares coloraciones subtropicales; los muebles hechos para resistir la eternidad en maderas arrancadas a bosques que se trasladaron para construir el moblaje de una biblioteca imperial, esos muebles oscuros cuyas curvas y filigranas multiplican su dibujo en una eclosión de flores, frutas exóticas, quizas una leve reminiscencia marina; los bronces franceses e italianos, las porcelanas alemanas, el biscuit que colma las vitrinas y las mesitas; los retratos, los cuadros en que el gusto de varias generaciones expresa su continuidad en las variantes de la ejecución del paisaje y la figura; las inmaculadas ropas de cama y mantelerías bordadas con la precisión de las constelaciones; la acumulación de cosas y objetos que dan un sentido de permanencia, de bienestar. La muerte es una costumbre, una tradición, un estilo. Pero tú no tienes todavía una idea clara de lo que es la muerte, desconoces sus leyes. Ese conocimiento, que deberá serte tan familiar como el manejo de los múltiples cubiertos, vendrá, como todo lo demás con el tiempo. Lo aprenderás con otros deberes, será parte de tu modo de ser, de moverte, de hablar, algo tan semejante —pero ahora investido de gravedad— al lujoso y casi bárbaro rito de la Nochebuena, que congrega a toda la familia y constituye el recuento del año y el comienzo de una nueva continuidad. La Nochebuena con la llegada de los cerdos, guineos, las viandas, frutas, legumbres, granos, hojas y leños aromáticos, y los carbones amorosamente escogidos para la celebración. Días maravillosos en que todo se vuelve, para los muchachos, para ustedes, los primos, paseos y demoras en el patio del fondo, preparativos para el sacrificio y la gran cena de la que se saldrá (tantos prefiriendo ir a los almidonados y frescos lechos) a la Misa del Gallo. La muerte es todavía un horizonte, algo de lo que te separa una distancia infranqueable. Pero la muerte es también la hondura de los corredores, los salones y las habitaciones que casi cubren la superficie de una manzana, los retratos que inventarían presencias y ausencias; algún comentario, casi un susurro; la inteligencia de miradas cual la vertiginosa caída de la noche: algo en que estás sumido, pero que debes incorporar paulatinamente para que seas, para que vivas como es debido. Tú no has pensado demasiado en la muerte, aunque sí mucho más que los primos. Quizas ellos nunca le han dedicado una reflexión. Pero tú sabes que la muerte es algo más que los avisos, las misas, las flores, las conversaciones, las formalidades del pésame, el luto, el medio luto y la evocación. Sí, la muerte no puede ser sólo eso. Sería demasiado fácil, casi amable. Lo que sucede es que siempre se simplifica y la muerte deviene desaparición física. ¿Pero saben ellos tan pendientes de ti, cómo vienes arrastrando en silencio todo el peso de lo que significa morir? ¿Saben ellos que la inocencia y la dicha no son en virtud de cumpleaños, santos, regalos y cambios en la conversación cuando entras súbitamente en una dependencia? ¿Saben ellos que a ti no te han sido dadas las cartas de privilegio de las muertes asentadas en aniversarios? Quizá lo saben. Ellos lo saben todo. Para ellos no hay incógnitas, preguntas sin respuesta. Sin duda lo saben, pero no lo dicen y, callando, lo complican todo; o lo dicen de una manera que eres incapaz de comprender, una forma que impide asimilar el golpe, la gravitación de esa realidad. Porque tú empezaste a morir muy pronto, antes que los primos de tu edad, antes que tus compañeros de juego que tantas veces, un poco mayores que tú, no te hacían caso y sí objeto de sus bromas, de esa crueldad que forma parte consubstancial de la edad de la inocencia, la edad feliz como dicen ellos, los mayores. Ellos, tus primos, tus compañeros de juego y de escuela, no podían, no querían darse cuenta por qué preferías quedarte en casa leyendo a Salgari, hojeando las paginas del *Tesoro de la juventud*, viviendo en las palabras tantas vidas, tantos paisajes, tanto mundo, tanta realidad distinta. Tampoco podían entender la razón que te movía a pasar horas y horas en tu habitación, sentado frente a tu escritorio, fascinado —a pesar de que el día era espléndido, de que no diluviaba y era preciso quedarse en casa, eso sí, vigilando el aguacero para salir en cuanto escampase— en pleno ensimismamiento, armando barcos, aviones, castillos. Ellos, ellos que tantas veces te dejaban atras, no corrías bien, en manos de la pandilla enemiga, en una ocasión en el centro de una turba de timberos, ellos nada comprendían. Porque tú tienes cada cosa. Porque tú eres muy callado. Porque tú eres muy tranquilo. Porque tú eres distinto a los muchachos de tu edad. Y tú con unos deseos inmensos de estar lejos, muy lejos de los primos, de los amigos, de la casa, de la escuela, del barrio, de los mayores que no cesarán, así lluevan raíles de punta, de definir tolerantemente, compasivos. Y tú lejos, lejos, queriendo estar solo o con otros como tú y, también, secretamente, deseando ser como los primos, como los compañeros, en todo. Porque ser distinto es malo, es difícil, duele. Y tú lo eres, eres distinto aunque no quieras. Y no sólo es cuestión de gustos, de preferencias, de elecciones, no. Hay otra cosa que se añade a todo esto, que lo complica, lo ramifica, lo ahonda. Y es que ellos, tan seguros, tienen a su padre en la casa. Sus padres vienen a almorzar, a comer, a dormir. Sus padres despiertan en la casa, les hablan, tan distintos, y siempre se les puede encontrar en alguna parte de la casa cuando uno quiere verlos, y aunque no les hagan mucho caso o les digan que están ocupados, estan allí, palpables. Y tu padre no está nunca en la casa. La casa es tu madre, dulce, callada, protectora, pendiente día y noche de ti, leyéndote cuentos en la cama hasta que te rinde el sueño, cabeceas y le dices:

—Otro, lee otro cuento.

Pero él no esta. Él viene a verte, tan distinto a los padres de ellos, alto, fuerte, elegante, seguro de sí mismo, apareciendo en la tarde con una sonrisa, con un dulce, un regalo; llegando los domingos para llevarte al cine o a la playa —le gusta tanto la playa, tanto como a ti, y te enseñó a bucear, a no temer a las profundidades, lo hondo, el oleaje, la resaca, el peligro real de los mares tropicales, ese peligro que desboca la imaginación a pesar de la limpidez de las aguas. Y tú sabes que, no obstante las cortesías, él no les gusta a ellos, los mayores. A ti te es imposible comprender los motivos de esa actitud. Te duele que él no esté con tu madre, siempre, pero a pesar de ello, lo quieres. Cuando salen a caminar, marchando muy rápido, te enorgullece ver cómo lo saludan por doquier, cómo estrechan su mano, le dan palmadas en la espalda, hacen un breve aparte y le susurran algo. Te enorgullece de forma irracional ver cómo las mujeres miran a tu padre, cuántas mujeres conoce y, a la vez, te duele pensar que tu madre no sea la única mujer de la que se ocupe él —como los padres de los primos y de los compañeros con sus esposas— y saber que tu madre está en la casa, sola. Todo es tan complicado, tan difícil. ¿Pero a quién pedir explicaciones, a quién? Por eso te sentiste tan feliz aquel día de tu cumpleaños en que llegó él y te dijo:

—Vamos a dar una vuelta. Y cuando subiste a su lado en el coche viste a un cachorrito. Él te dijo:

—Es tuya. Cuando crezca te cuidará ¿la quieres?

Y tú no sabías qué decir y cogiste a la perrita, y pasaste tus dedos por su hocico achatado y miraste su diminuto rabo blanco y negro que semejaba un punto y una coma, y sonreíste. Y él te dijo:

—Es una Boston; no hay mejor animal.

Y ya el resto de la tarde, la merienda, las cosas que te compró, fueron nada mientras acariciabas a la cachorrita.

—¿Cómo le vas a poner?

—No sé.

—A los animales hay que ponerles un nombre corto.

—Es que no se me ocurre ninguno.

—¿No querías tener un perro?

—Sí, mucho.

—Entonces debes haber pensado un nombre.

—Pero es que nunca se me ocurrió que fuese una hembra.

—Las hembras son más cariñosas.

—Tú sabes más de eso, yo...

—Piensa un nombre, a ver.

—¿Qué nombre le pondrías tú?

—Pues si fuese mía su nombre sería...

—¿Cual?

—Eso es un secreto. Si te lo digo vas y se lo pones, y eso no puede ser, ella es tuya.

—¿Y si le pongo un nombre y después no me gusta?

—Pues es malo, pues ya se ha acostumbrado a que la llames de esa manera y no es fácil acostumbrarla a otro nombre. ¿Qué pasaría si ahora te empezaran a llamar, por ejemplo, Javier?

—Que no respondería.

—Es lo que te digo.

—Pero los nombres que se me ocurren no son bonitos.

—Los nombres, las cosas, las hacemos bonitas nosotros.

—¿De veras?

—Seguro.

—Hay unos muñequitos que tienen un nombre muy bonito, y es de mujer.

—Sí...

—Sí, Lady Luck. La muchacha ésa que es como una detective.

—Ah, la que lleva antifaz y se viste de verde y todo lo que tiene es verde.

—Esa misma.

—Pues a mí me gusta ese nombre, Lady Luck.

—No, Lady sólo.

—Lady... Lady... No puedes haber encontrado un nombre mejor.

Lady es muy fina. Ahí donde la ves, es hija de campeones.
—¿En serio?
—Claro. ¿Qué piensas que te iba a traer?
—Entonces te debe haber costado cara.
—Olvida lo que costó. El dinero no cuenta cuando se trata de amigos, de compañeros. Y ella te va a cuidar y a acompañar mucho, ya lo veras.
—Papi, no sé cómo decírtelo, pero...
—¿Pero qué?
—¿Me dejarán tenerla en la casa?
—No te preocupes. Tu madre lo sabe, sólo que no te lo dijo para darte la sorpresa. Lady es también su regalo.
—Yo sé que con mama no hay problema, pero los demás...
—Olvídate de los demás. Lo que importa es lo que diga tu madre, ¿entiendes?
—Sí, perfectamente.
¿Sabes lo que vamos a hacer? Dentro de unas semanas le compramos a Lady el mejor arreo que vendan y poco apoco le enseñamos a hacer cosas.
—¿Tú me ayudarás?
—Claro. Pero fijate, eres tú el que tiene que entenderse con ella, es tu perra.
—Sí. De verdad que no esperaba un regalo como éste.
—Me alegro que te guste tanto. Ella te acompañará siempre, siempre.
Y después llegaron los días maravillosos, los juegos. Lady metiéndose en el nacimiento. Lady cayéndose en la zanja. Lady trabándose bajo los muebles. Lady sentada en tus piernas. Lady acompañándote mientras estudias. Lady despertándote con su húmedo hocico. Lady persiguiendo los gatos. Lady comiendo helado, la pata sobre el palito para evitar que éste se moviese. Lady arañando la puerta, ladrando cuando sentía que llegabas. Lady acostada a tu lado al despertar o cuando enfermabas. Lady sin perderte ni pie ni pisada. Lady gruñendo y avalanzándose sobre cualquiera que se te acercase, hasta él, tu padre, que jugando te levantaba la mano como si fuese a pegarte para ver cómo ella, que lo adoraba, se le tiraba a destrozarlo. Lady, Lady, Lady... Y Lady creció y se convirtió en el más hermoso de los animales, en el más bravo, el más cariñoso, tan fiel y juguetona. Y todos querían ser dueños de Lady, jugar con ella. Y todos te envidiaban, y era más facil la compañía de tus primos, de los compañeros, de los amigos del barrio. Y si te sentías triste por algo, fuese lo que fuese, ahí estaba Lady. Y Lady era el olvido, y era todas esas cosas que uno empieza a nombrar cuando crece y, aunque casi

todo seguía igual, aunque tu madre no podía comulgar, aunque era difícil explicar que tu padre no vivía contigo y más difícil contestar las preguntas que la curiosidad ponía en los labios de los de tu edad, y aunque en la escuela, durante el catecismo, tantas palabras, todas las palabras eran la condenación, el fuego eterno para tu madre y para él, tú pensabas que mientras hubiese Lady nada, nada podía pasar, que todo se arreglaría. Porque estando Lady la crueldad —ya violenta como un golpe súbito, ya guarnecida con el ropaje de las buenas maneras, ya rebosante de frialdad— siempre tropezaría con ella, con ella, Lady que no demandaba palabras de ti, que siempre te esperaba para un juego sin diseño. Con Lady, la muerte se desdibujó, se pospuso, se asimiló, si tal cosa puede suceder. Así, resguardado por ese calor distinto que sólo puede dar un animal, por su fidelidad, por su compañía —que toda la intensidad del amor racional es incapaz de transmitir—, pasaron unos pocos años, tan vertiginosos, tan llenos de descubrimientos, de posibilidades, de comprobaciones: los días y las noches que debían hacerte uno más de ellos, uno más de la familia, de una tradición. Una mañana de sábado regresaste de un repaso y Lady no vino a tu encuentro. Ella no estaba, por primera vez, saltando tras la puerta, lamiendo tus manos, esperando que le pusieras el arreo y la sacaras a dar una vuelta o, simplemente, que jugases con ella. Sorprendido, fuiste corriendo a tu cuarto y allí, tu madre mirandola, estaba Lady, echada a los pies de tu cama, jadeante. Levantó la cabeza y te fijaste en su hocico: estaba seco. Sabías que eso era una mala señal. Y sus ojos, tan grandes, brillaban como nunca habían brillado, achicharrados por la fiebre. Tu madre te dijo que desde temprano estaba acostada allí, que no se había movido, que tan sólo bebía agua. Entonces reparaste en su vientre firme por el ejercicio constante, las carreras, y viste el terso vientre inflamado. Y volviste a correr, esta vez al teléfono, y llamaste a tu padre, y le dijiste:

—Lady esta muy mal, Ven enseguida, por favor, no te demores.

Y volviste junto a Lady. Le diste de beber, la acariciaste, cuanto tiempo, hasta que sentiste la llegada de tu padre. Lady no saltó a recibirlo, y cuando él entró en el cuarto y pasó su mano sobre el vientre dilatado, te miró y te dijo:

—Vamos a llevarla al veterinario.

Entonces cargó a Lady y la envolvió en una toalla que le dio tu madre y la acomodó en el asiento trasero del coche y te indicó que te sentases a su lado y, sin decir palabra, se dirigió a la consulta que tantas veces habían visitado para vacunar a Lady, para cortarle las uñas, para examinarla. El veterinario la reconoció en silencio. Practicó ciertas maniobras que jamas habías visto, y después llamó a tu padre a un lado. Hablaron en susurros mirándote, mirándola por encima del hombro, en una esquina del gabinete, y entonces tu padre se te acercó y te dijo:

—No debe seguir sufriendo, es mejor que el doctor.... Tú entiendes, ¿verdad, hijo? No queda otro remedio.

Y tú entendiste. Porque llega un momento en la vida en que es preciso entender y, aunque es imposible explicarse la razón de lo que sucede, aunque esta comprensión sea la especie más tremenda de la muerte, de otra muerte, de una pérdida fundamental, es preciso asumirla. Tu padre no dijo nada más. Quiso que salieras con él, que dejaran solo al doctor. Pero tú no quisiste y, sin derramar una lagrima, porque también habías aprendido que no se debe llorar, que los hombres no lloran, no lloran por nada, que aguantan callados, observaste cómo la larga y fina aguja hipodérmica se hundía en el pecho de Lady, y viste como su jadeo disminuía en intensidad, como el brillo de sus ojos se apagaba fijo en ti mientras tu mano acariciaba la suave, cortísima pelambre. El doctor dijo que él se haría cargo de Lady, y entonces fue cuando hablaste. Cada palabra doliéndote, un nudo en la garganta mientras decías:

—Papa, prefiero que nos la llevemos nosotros.

Tu padre asintió y el doctor envolvió a Lady y tú la cargaste, era tan pesada ahora, y los dos fueron hasta el coche. Mientras arrancaba tu padre te preguntó:

—¿Qué quieres que hagamos con Lady?

Y tú dijiste:

—¿Te acuerdas como le gustaba la playa?

Tu padre comprendió algo que quiza tu mismo no comprendías, tomó la carretera y durante media hora fueron otro coche más en una hilera que abandonaba la ciudad por el fin de semana. Cuando llegaron al río, tu padre detuvo el coche y buscó a Lucas, el patrón, y después vino por ti. Al verte, Lucas sólo te dijo:

—¿Qué hubo, muchacho?

No bromeó contigo, como tantas otras veces, cuando salían a la corrida de la aguja o a quedarse al pairo, hasta el amanecer, esperando que picase algo gordo. La embarcación enfiló el canal y salió hacia el horizonte, mucho mas alla de los veriles, y cuando la costa era una línea, Lucas detuvo el motor, miró a tu padre y envolvió a Lady en un trozo de lona, que amarró fuertemente con la potala. Entonces, Lucas te dijo:

—¿Te parece bien aquí?

Tú no respondiste. Tomando el bulto, lo sopesaste en tus manos, sin pensar en nada, y lo arrojaste a las aguas profundas, azules, interminables, limpias. Al regreso, tu padre y tú no cruzásteis una palabra. Pero cuando ya se aproximaban a la ciudad, él te acarició la cabeza y te dijo:

—No es verdad eso de que los hombres no lloran, a veces es necesario hacerlo.

Y entonces, con tanto trabajo, porque es difícil hacer aquello que uno ha aprendido a negarse a sí mismo, comenzaste a llorar, lentamente, en silencio, hasta que las copiosas, ardientes lagrimas desdibujaron el paisaje habanero el collar de blancos, clásicos edificios, el mar, mientras comprendías de una vez por todas lo que significaba la muerte.

ROLANDO ÁLVAREZ DE VILLA
(Álvaro de Villa)

Nació en La Habana, en 1915. Hizo sus estudios primarios en las Escuelas Pías y en el Colegio de La Salle. Terminó el bachillerato en el Instituto de la Habana y se doctoró en Leyes (1942) y en Pedagogía (1943) en la universidad de esa ciudad. Tuvo una amplia labor en Cuba como autor teatral, de radio y televisión, y columnista de revistas y periódicos. Salió al exilio en 1960 y se radicó en Miami, donde se dedicó a las labores periodísticas y radiales. Dictó cursos de literatura y cultura cubana en el Biscayne College. Entre sus publicaciones deben mencionarse: El olor de la muerte que viene *(1967);* Los pobrecitos pobres *(1972);* Mi Habana *(1972);* El alma cubana *(1972), y* Con ton y son *(1977). Falleció hace unos pocos años en Miami.*

EL HOMBRE QUE SE PERDIÓ A SÍ MISMO

Nunca podré olvidar aquel día en que me perdí a mí mismo. Quizás hasta aquel momento yo había sido feliz, aunque claro está uno desconoce realmente eso que llaman felicidad. Tal vez la felicidad resida en no darse cuenta. Lo malo es comenzar a hacerse preguntas. Mientras uno no se hace preguntas es porque cree tener las respuestas o simplente porque uno carece de tiempo para plantearse las cuestiones. Tampoco es eso. Uno siempre tiene tiempo para meterse dentro de uno mismo, cuando uno va en el "subway" sin hacer nada, mirando a la gente que va también para el trabajo como uno, con el sueño colgándole aún de los ojos como telarañas, con las miradas vacías, aquél ocupado en leer el diario —nada más que los cintillos, para enterarse de algo, o la sección deportiva—, o aquel otro un poco cerebral mirándole las piernas cruzadas a una oficinista que va pensando sabe Dios en qué, en que la madre está enferma y tiene ya 64 años pero aún no tiene derecho al Medicare. A veces la gente va mirándose sin verse y no se puede decir que van propiamente pensando en algo, lo digo por mí, porque claro que la mente no está vacía, pero los pensamientos fluyen desordenadamente, sin sentido, como corre a veces la basura por los charcos de agua que van hacia las alcantarillas. A veces uno ve a un tipo viejo y le recuerda al tío Miguel que era espiritista y creía ver espectros por todas partes y de pronto salta uno a mamá que hacía natilla los jueves, cuando había para comprar huevos, y que lloraba cuando se quedaba sola porque recordaba a papá, para saltar de pronto absurdamente al colegio cuando uno era chico y un ruso cabezón lo perseguía a uno porque era más grande y más fuerte, y al juego de pelota cuando uno tuvo ilusiones y los juegos que hacía con los retratos de los peloteros que intercambiaba con otros niños, pero que después se olvidó cuando llegó la adolescencia y de repente todo cambia cuando un viejo estornuda y uno recuerda que está en invierno y que en diciembre pasado tuvo pulmonía y recuerda a Miss Lucy, aquella enfermera solterona del Hospital y a una señora de 72 años que estaba recluida y que el marido iba a ver y se cogían de la mano como si fueran novios.. Nada. Basura que fluye hacia la alcantarilla mientras uno va hacia el trabajo, a pasar ocho horas en la factoría o más si uno tiene suerte y hay "overtime". Pero hacerse preguntas, nunca. A mí me gusta leer novelas de crímenes y de misterio. Últimamente le he tomado el gusto a las novelas de ciencia-ficción. A veces me paso el día entero anhelando llegar a la casa por la noche para terminar una novelita que comencé el día antes. La televisión también me entretiene. Mi primo Nicolás se hizo profesor de Español y da clases en una universidad del Sur ya no recuerdo cuál. A ese si le gustaba leer libracos serios y estaba siempre hablando de filosofía y otras cosas así, pero claro, su padre le daba de todo y le llenaba bien la barriga, tenía tiempo para eso. Yo en cambio tuve que trabajar desde muy pequeño y pasé mucha miseria. Cuando logré emigrar a este país conseguí trabajo que me pagan a 1.95 la hora y aunque no es muy seguro, siempre encuentra uno otra factoría que necesite un obrero y va uno tirando. A veces pensé casarme pero para eso hay que tener un poco más dinero y... total, ¿para buscarse más obligaciones? Mejor es vivir solo como yo lo hago, en una "boarding-house" decente, aunque sin pretensiones, a una cuadra del "subway". La verdad es que nunca me hice preguntas ni tuve dudas de ninguna clase. Yo soy yo, me decía, y ni siquiera me lo decía, era algo que estaba ahí. ¿Cómo dudar de que soy Juan González, --John para la gente del trabajo-- con mi número de Social Security y mi número de residente. Este año ya me podré hacer ciudadano. Por mi edad es muy difícil que me llamen del Ejército. Después de los treinta años uno está seguro. Yo soy yo. Tengo un dinerito guardado, no mucho claro está, lo suficiente para poder resistir un mes sin trabajo con lo del Social Security, pero cada vez ahorro más, vivo, como, leo unas novelitas, voy al cine los sábados,... No tengo muchos amigos. Es decir, tengo varios amigos, compatriotas, pero viven tan lejos que me cuesta trabajo ir a verlos. Tengo que ir un domingo de estos por casa de Carlos... Pero me he acostumbrado a vivir solo y sobre todo, a no hacerme preguntas. Bueno, todo eso fue así hasta aquel día, después....

Yo entré en el automático. Cuando iba con mi bandeja no pude pensar lo que me iba a suceder. Me senté y comencé a comer, como siempre. De pronto miré para la mesa de al lado y... No puedo explicar realmente lo que sentí, lo que me pasó. Bueno, a veces uno se mira al espejo mientras se afeita y de pronto ocurre algo raro, que no dura, afortunadamente, es un relámpago durante el cual uno percibe... ¿cómo diré? una extrañeza. Sí, es que mirándose uno al espejo se ve como desde fuera, como si aquél es uno, fuera todavía uno, pero otro... No sé, me confundo al explicar. Lo cierto es que aquel día me pasó lo mismo al mirar hacia la otra mesa y verme allí sentado frente a mí.

Parece una locura, pero no es así. Aquel hombre que estaba sentado en la otra mesa, que llevaba un traje muy parecido al mío, y que tenía un sobretodo sobre la silla, muy parecido también al mío, era igualito a mí. Eso no basta. Era yo, yo mismo, allí sentado. Ni siquiera me miró, es decir, su vista pasó sobre mi rostro pero pareció deslizarse suavemente como esas gotas de agua sobre los cristales de la ventana, sin percatarse de nada. No me reconocí. No, estoy diciendo tonterías. No me reconoció, pero yo sí me reconocí en él y me parece absurdo, porque uno nunca habla de sí mismo en tercera persona y aquel hombre era yo. Es más, por primera vez me estaba viendo yo realmente, tal y como soy yo. Porque en un espejo uno se ve muy distinto, incluso aparece la imagen al revés, es decir, que uno nunca se ve realmente como es, pero aquí no, aquí yo me veía. Quedé tan consternado que no pude probar bocado. Lo miraba y miraba de hito en hito, a veces cambiaba la vista pensando: a este hombre no le va gustar que otro lo esté mirando tan detenidamente, sabe Dios qué piensa, pero... creo que le pasaba lo que a mí: que tampoco pensaba. ¡Que impresión tan espantosa --esa es la palabra-- la de verme allí fuera de mi cuerpo. Porque ese era la sensación: que yo me estaba mirando fuera de mí mismo. Después de la primera impresión pensé que yo estaba desvariando, que realmente no podía haber tanto parecido, que aquel hombre era simplemente un hombre parecido a mí y eso era todo. Hasta recordé algo que leí una vez hacía mucho tiempo, ¿fué en una noveleta o en una revista? no recuerdo-- pero sí sé que decía que todo hombre tiene su sosias, es decir, otro que es igualito a él, pero claro eso es imposible, porque si así fuera uno dejaría de ser uno, es decir, más que uno, uno dejaría de ser único y eso, eso sí que no se pude tolerar. Lo miré otra vez detenidamente. Había elegido el mismo menú que yo y tomaba también un vaso de leche como yo. ¡Hasta fumaba los mismos cigarrillos que yo! Era realmente increíble. Cuando el hombre terminó de comer se levantó y yo lo seguí. Decidí seguirlo a ver qué pasaba. La verdad es que no quería perderlo, como si al perderlo me fuera a perder a mí mismo... ¡Tonto de mí! Era todo lo contrario. Quizás al encontrarlo a él, era cuando me perdía yo.

Se metió en un cine. ¡Ponían una película de misterio, como las que a mí me gustan! Claro que aquella película yo no pude verla, porque me pasé la hora y media de la función mirándolo entre las sombras del cine. Estaba allí sentado a cuatro asientos de mí y ¡se comía las uñas, como yo!

Cuando terminó la función yo salí tras él. Tomó el subway en la misma estación que yo lo tomo. Me senté frente a él. En ningún momento dió muestras de percatarse de mi presencia. En ningún momento se dió cuenta del parecido entre nosostros. Un detalle que se me olvidó, caminaba igual que yo, con el mismo paso cansado que yo tengo. ¡Se bajó en la misma calle que yo me bajo! y ví que entraba en una boarding-house que queda a tres cuadras de donde yo vivo.

Aquella noche no pude dormir. Ahí comenzó mi perdición. Comencé a hacerme preguntas.

A la mañana siguiente me aposté en la esquina de su casa y lo ví salir. Tome con él el "subway", me bajé detrás de él y comprobé que trabajaba en una factoría cerca de la factoría en que yo trabajo. ¡Era demasiado! Pasé un día negro porque mientras trabajaba sólo pensaba en aquel hombre, que era otro y sin embargo era yo. Y aquello no era posible. Claro que las preguntas se me atarugaban, porque como no estaba acostumbrado a hacérmelas, no sabía pensar ordenadamente. Pero me preguntaba insistentemente: ¿quién soy yo? Porque claro, es fácil de comprender que si uno se ve fuera de sí mismo, uno piensa quién es el otro y se pregunta quién es uno para poder encontrar las diferencias, esas diferencias que yo creía tener y que comprendía que eran tan sustanciales que me constituían. Pero yo lo daba todo por sentado, es decir, que yo era yo, pero ya comenzaba a atisbar la posibilidad de que yo no era yo, sino también otro. Esto es muy complicado y me confunde. No es que yo fuera yo y fuera el otro, es que...¡eramos lo mismo, iguales, exactos! Creo que hasta pensaba como yo. Y si eso era así pues ¿que cosa era yo? Es decir, si yo me moría no pasaría nada, no moría realmente nadie, porque estaba el otro vivo que era igual que yo entonces...

Esto me enloquece, es decir, me conduce a un vértigo. Quise olvidarlo todo, tal vez presentí que era la única salida, la única solución que tenía: olvidar. Pero no es fácil después que uno se ha visto, después que uno comienza a hacerse preguntas.

Cuando salí de la factoría aquella tarde tenía el firme propósito de ir a comer algo y después marcharme tranquilamente a mi casa y olvidarme de aquella tontería. Pero mis pies me condujeron hasta la factoría donde trabajaba el otro. Lo ví salir, y.., lo volví a seguir. Volvimos a comer en el mismo lugar, frente a frente. ¡El horror se incrustó en todo mi ser, es decir, en eso que me queda que ya no creo que es un ser sino...como una sombra. Eso. Me había convertido en una sombra. Era horrendo mirarlo, es decir, mirarme. Ver en él mi mirada de siempre, vacía, recordando sin orden pasajes olvidados de una vida que seguramente fue igual a la mía, ver aquellos ojos de perro abandonado, ojos aburridos, tristes, ojos de nadie. Me ví mi pelo que ya empieza a escasear, la frente abovedada, los surcos que se abren en la cara, que empiezan a ambos lados de la nariz y se pierden como ríos secos un poco más abajo de las comisuras de los labios exangües. Esos labios entreabiertos medio tontos, esa mirada sin objeto, ese cuello de nuez prominente. ¡Era tan horripilante verme y verme por fuera, verme allí en otro, porque él no era yo, era otro, que al mismo tiempo que era otro, era yo. Cuando me levanté para seguirlo me dió un vahido y caí al suelo. No sé qué tiempo estuve sin conocimiento. Cuando volví en mí un negro que cargaba los platos en el restorán me miraba. Lo primero que pensé fué: me ve tal y como yo veo al otro. Me ví en sus ojos tanto como me ví en la presencia del otro. Vino a verme el encargado del restorán, varias personas me hicieron preguntas, dijeron que si querían que llamaran a la policia. Dije que no, que no era nada, que eso era del hígado, es decir, dí una excusa cualquiera. "¿Se siente bien ya? Podrá caminar?" Sí, sí, como no. Y me fui. Ya el otro había desaparecido.

Tuve voluntad. Durante tres días no volví a verlo. Pero la vida se me hacía intolerable, tenía la sensación de que era una sombra que había perdido su cuerpo y vagaba locamente por la ciudad, entre aquellos rascacielos que por primera vez me abrumaban, entre aquellos miles y miles, millones en verdad, de seres que pasaban junto a mí sin percatarse de quién yo era, ni darme cuenta yo de quiénes eran ellos. Por primera vez comencé a mirar a las gentes, a pensar si ellos no tenían otros sosias como yo, a ver si pensaban en lo mismo que yo pensaba, a preocuparme por sus vidas, por esas vidas personales, que definen a cada uno. Por primera vez cuando iba a tomar un jugo y un mozo me servía lo miraba tratando de que fuera para mí una persona, no un mozo, una función, que fuera alguien, porque tenía que ser alguien aunque para mí nunca los mozos fueron otra cosa que mozos, gentes que sirven jugos o cafés, como otros son taxistas o venden los "tokens" en el subway, o son policías, funciones, no seres humanos. Pero ahora los estaba mirando de otra manera, penetrando la capa de esa función de trabajo, y mirando al mozo que me servía el jugo pensé si tenía un hijo, una mujer, si se había operado de apendicitis o le gustaba más el color azul y bañarse en la playa...No sé...quería tanto sentir cerca de mí a seres humanos, como si de ello dependiera la recuperación de mí mismo. Pero él estaba fuera de mí, allá en su factoría, trabajando como en la mía, pero...sin pensar como yo, pensando como yo pensaba antes, es decir, sin pensar.

Volví a verlo al cuarto día. Tuve la loca esperanza de que al volver a verlo encontraría diferencias que me salvaran, porque si yo encontraba diferencias, en una simple arruga de su rostro, o en una mirada suya diferente a la mía, entonces es que él era otro, y por tanto, yo era yo. Pero fué un sueño vano. Él era yo, de eso no cabía la menor duda.

Esa noche volví a pensar. La perdición. No puedo reproducir el laberinto de mi pensamiento, pero llegué a una conclusión: los dos no podíamos ser el mismo, y si él era yo, me estaba robando mi ser. Ya yo había dejado de ser Juan González, un ser único, como me imaginaba antes de haberlo visto. Ahora yo era su sombra. Es curioso, no pensé que él era la sombra mía. Claro. Yo a él lo veía frente a mí, sólido, corpóreo, y en cambio a mí mismo no me veía, me sentía como un hilo que se iba detrás de él.

Aquella noche lo decidí espantado. Pero no me quedaba otro remedio, era la única solución. No podíamos ser dos porque entonces ninguno de los dos éramos. Porque ...¿qué me dijo una vez mi primo Nicolás? Era un poco confuso entonces, y no sé cómo me acuerdo un poco de eso. Él dijo algo como que el ser --lo decía con mayúsculas-- se formaba por diferencias, que cuando no había diferencias, nada era, era...la nada. Así decía. A mí me parecía un trabalenguas, pero...ahora lo comprendo. Bueno lo comprendo hasta cierto punto. Yo sé que para ser tengo que ser diferente, porque si soy igual, simplemente no soy, ni los que son iguales, son. Cosas que hay. Cosas. Hay. Hay pero no son. Haber pero no ser. Mi mente no está hecha para esas disquisiciones. Sólo comprendí una cosa bien clara: que para ser yo, yo único, lo que necesito para . . . ser, para vivir, si uno quiere, es que no haya otro como yo, porque entonces yo no soy. Corolario inevitable: uno de los dos sobraba. Y era lógico qeu yo pensara que el que sobraba era él. Por tanto... tenía que matarlo.

El plan para matarlo ya resultó un tanto absurdo. No me parecía que iba a matar a otro, tampoco era una sensación de suicidio, como alguno podría imaginarse haciéndose el listo. No, no, yo aniquilaba algo, eral algo así como...como sacarme algo de mí, como extirparme algo que me sobra. Era más bien como nacer de nuevo. Quizás por eso el crimen no me resultó tan repugnante al principio. Después sí, lo confieso, pero después se mezclaron otras sensaciones y...vamos por partes. Decidí matarlo una noche. Ya yo sabía que su habitación daba a la calle, que había una ventana, que yo había visto encendida y a su través lo ví leer ¡ay! novelas de misterios, como yo. Leía hasta bastante tarde para un hombre que trabaja, justo como hago yo. Apagaba la luz a eso de las once de la noche. La calle estaba totalmente vacía a esa hora. En el "boarding house" todos dormían, porque había que trabajar mucho al día siguiente. En este país se trabaja mucho, tanto, que no hay tiempo para pensar. Descarté el arma de fuego para matarlo, por motivos obvios. Compré un cuchillo grande y afilado en una ferretería lejos de donde yo vivía y trabajaba. Era un cuchillo corriente y barato. Pero servía para mis propósitos. Además, que yo no pensaba usar el cuchillo más que si me era absolutamente necesario. Lo llevaba de repuesto. Para matarlo era más limpio y más propio utilizar mis propias manos que... también eran las suyas. Me pregunté si tendríamos las mismas huellas digitales. Pero, claro, eso era imposible de comprobar. Que era como yo, de eso estaba seguro, es decir, que era yo, por eso es que al pensar en matarlo no pensé: voy a aniquilar una vida humana. Más bien pensé: voy a recuperar mi vida. Por tanto fué un crimen sin asco, un crimen sin culpas a lo Raskolnikov, el personaje de aquella película que ví, hecha de una novela creo que rusa. Yo no podía sentir remordimientos, porque los remordimientos y la culpa uno la siente cuando uno va a atentar contra otra vida, pero ésta era la mía. Además que...él era como yo: no tenía a nadie, ni mujer, ni hijos, ni hermanos, nadie. Tenía que ser, claro está, si era yo. Yo no perjudicaba a nadie. No podía decir que lo perjudicaba "a él" porque el concepto "él" no existía para mí. "Él" era "yo". Vamos, que el crimen no aniquilaba una vida, refundía cuerpo y sombra. ¿Trataba de justificarme, de racionalizar mi crimen, de borrarme la posibilidad de culpas y remordimientos? No lo sé. Tan hondo no puedo ir, pero les afirmo que así sentía, aquella noche cuando apagó la luz de su habitación.

Esperé a que se hubiera dormido. Yo bien sabía cuánto se iba a tardar. Él tenía que conciliar el sueño igual que yo. Sabía hasta para qué parte de la cama se volvía. Lo comprobé al entrar en su habitación en sombras. No hice ruido alguno. No quería..."despertarme". Esto es un tanto idiota, pero así lo pensé. Antes de conocer yo vivía dormido, como en sueños, y él, su presencia, me despertó. Ahora yo no quería despertarlo a él, para poder seguir yo dormido, soñando que yo era yo. Me acerqué a su cama. Roncaba. Por poco largo la risa. Yo creía que no roncaba. A veces sentí una sequedad en la boca al despertar, pero no sabía a qué atribuirlo. Con que yo roncaba ¿eh? Lo miré. Me miré. No creo que nadie haya tenido la extraordinaria experiencia que yo tuve: la de verme durmiendo. Pero allí estaba yo. Me acerqué con los brazos extendidos hacia su cuello. Al acercarme no percibí un olor extraño, era ese olor un tanto agrio tan mío, que yo quería recuperar, porque la verdad es que... no se los había dicho, pero . . . al poco tiempo de conocerle, empecé a perder el olor de mí mismo, ese sabor de uno mismo que de un modo extraño uno tiene dentro de uno, ni siquiera me percibía, y no sé, pero nunca me pude ver más mi sombra. Todo aquello se volcó en aquel instante negro en que puse mis manos sobre su cuello. El horror estuvo cuando lo ví abrir los ojos y mirarme. Me miro tan consterno, tan desamparado, tan pobrecito, tan inerme, que sentí lástima de mí mismo, y estuve a punto de perderme, soltando la presión de mis dedos sobre mi propio cuello que era el suyo. Parecía implorarme con la mirada que no lo matara, creo que le corrieron unas lagrimas por los ojos o fue el reflejo de una luz de la calle. No sé, todo transcurrió en fracciones de segundo, la sensación de infinita piedad por mí mismo, claro está, la sensación también, por qué no decirlo, de asco, de desprecio, no, no, desprecio no, viscosidad, como antes el sapo, pero también tristeza, tristeza de verme desnudo allí sobre un lecho, tan poquita cosa, tan infeliz y desdichado, yo que me creía alguien. Apreté el cuello hasta que sentí que lo que tenía en las manos era como un muñeco desmadejado. Durante unos segundos miré. No debía haberlo hecho. Aquello selló mi destino. Ya no podría olvidarme jamás de mí mismo viéndome como me ví.

    Corri por las calles de la ciudad vacía hasta llegar a Broadway, quería encontrar gentes, seres humanos, que hablaran, rieran, que estuvieran vivos, que no fueran sombras. No puedo explicar lo que pasó por mí. No podía vivir. Ya no era el mismo. Me comencé a ver a mí como había visto al otro y sentía piedad de mí mismo, lástima, creo que un poco de asco también. Qué odiosa y qué triste era aquella mirada vacía de perro abandonado, aquella falta real de rostro, aquella conformidad estúpida que solamente pide limosnas, que no se atreve a reclamar derechos, que se forma de líneas esculpidas por momentos iguales, de imágenes iguales, sensaciones iguales, pensamientos iguales...

Decidí entregarme a la policía. Lo malo fue cuando entré en la estación y me llegué hasta la carpeta. Un policía estaba inclinado sobre el escritorio y cuando alzó el rostro para mirarme... me ví allí también. Sí, no lo había matado. Él estaba otra vez allí, mirándome, quizás esta vez con un poco más de suspicacia y arrogancia que le proporcionaba el uniforme, pero yo, él, el mismo. Dí un alarido como el de una bestia herida, y volví a perder el conocimiento.

Lo vine a recuperar aquí en este lugar. Estoy un poco más tranquilo. No es que haya vuelto a ser lo que era, que en realidad si se mira bien, no era, porque era nadie aunque yo me hacía la idea que era alguien. Desde cierto sitio se puede ver la ciudad lejana, las luces de los rascacielos, un puente. Hay relativa tranquilidad. Sobre todo, en este lugar es el único donde los que están saben que no son nadie, y por eso es que dicen ser alguien. Unos dicen ser Napoleón, otros dicen ser Eisenhower, aun hay uno que afirma ser Dios. Pero hay una diferencia con aquel otro mundo lejano de la ciudad. Aquí los que dicen ser Napoleón o Dios, lo dicen, pero como dicen los niños que son el cowboy o el Sheriff en sus juegos infantiles, sin creerlo realmente. Yo sí lo sé porque los veo de noche cuando se quedan solos que vuelven a ser lo que son o...lo que eran o . . . simplemente lo que no son. La diferencia con aquellos otros que habitan la gran ciudad es que aquéllos todavía no saben que no son nadie. Dios quiera que no se enteren nunca.

FLORINDA ÁLZAGA

Nació en Camagüey, en 1930. Estudió el bachillerato en el Instituto de Segunda Enseñanza de esa ciudad y se doctoró en Filosofía y Letras en la Universidad de La Habana. En el exilio obtuvo su Maestría en Filosofía, en la Universidad de Miami. Muchos de sus ensayos han sido premiados y han aparecido en antologías o libros colectivos. Ha publicado varios volúmenes, entre los que se destacan: Ensayo de Diccionario del Pensamiento Vivo de la Avellaneda *(1975),* Ensayo sobre el Sitio de Nadie de Hilda Perera *(1975),* Raíces del Alma Cubana *(1976),* Las ansias del infinito en la Avellaneda *(1979). Actualmente es Profesora de Español y de Filosofía en Barry University, Miami.*

LAVANDO EN EL TIEMPO

Ropa blanca, negra, azul, carmelita, verde. Ropa, más ropa. Era como si el cesto no tuviera fondo, no acabara de vaciarse nunca.. Voy separando lo blanco. Vestidos, blusas, pantalones, pull-overs, camisas, calzoncillos. Una, dos, tres, cinco, siete: camisas, más camisas. ¡Este muchacho no para de ensuciar camisas! ¡Qué calor! Es un calor sofocante. El sudor pegajoso no corre. En Cuba había brisa. Había brisa, pero no lavabas. No lavaba —alegría, brisa. Pero Brígida lavaba y era alegre. Parece presente. Kohly. Es sábado. Llega lenta con su lío de ropa. "Gueno día. Aquí etoy". Su manaza negra saca la ropa con esmero. Huele a limpio. "Mire, señora Nena, qué bien ha quedao el mantel!" Un sano orgullo en su oficio le trae la sonrisa franca. Cuentan la ropa sucia. La ponen en pilitas separadas: doce camisetas, ocho vestidos, diez pañuelos... Mi madre le paga sobre el precio. La manaza negra guarda el dinero. Con fácil acierto amarra el lío enorme en la sábana blanca, luego lo alza. Su voz fuerte resuena animosa. "¡Hata el sábado que viene!".

Brígida era alegre . Tenía una lavadora grande que una hija emigrada le mandara del norte. Pero no era eso. Caridad, muchos años

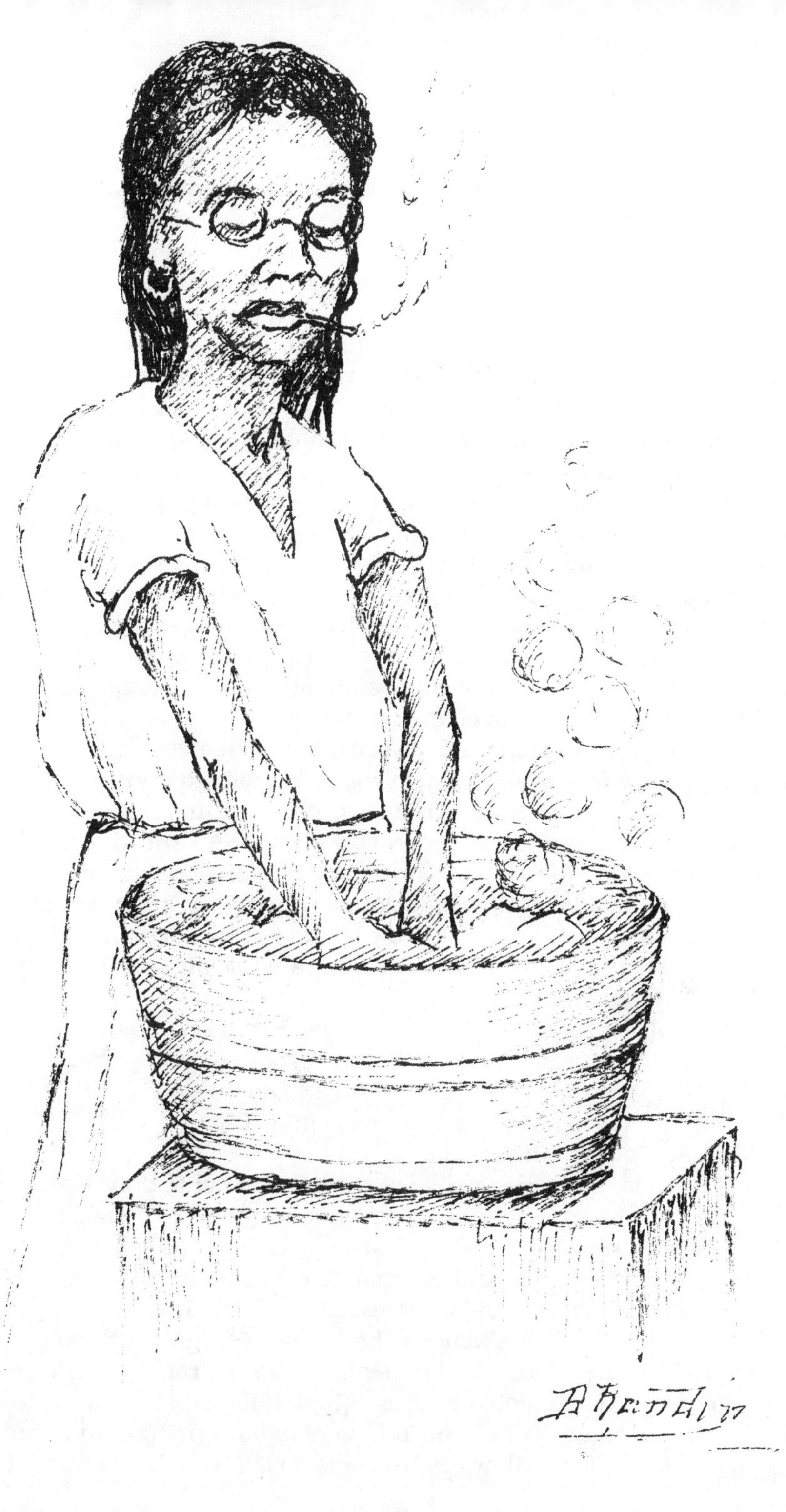

atrás, no tuvo lavadora nunca, y sonreía. ¡Lavadora en un ingenio azucarero! ¡Vaya desatino!

La espuma crecía blanca en la batea gigante. Con el puño cerrado restregaba la ropa contra la tabla de lavar. Chaca-chaca-chaca, chaca, chaca-chaca. No parecía cansarse. Con un cuchillo cortaba un trozo de la barra grande de jabón Candado. En una lata que fuera de aceite hervía la ropa buscando blanquearla. Una paleta de madera servía para moverla a ratos. Sobre el anafe, al fuego, esperaban su turno las planchas de hierro. Alta, escuálida, sonrisa bondadosa en la boca sin dientes—huesos, tendones, venas azules y gruesas, pellejo: así era Caridad. Las manos fuertes exprimían la ropa; era la única señal de su vigor. Una mirada de espera a veces cambiaba los ojos pequeños, usualmente alegres, tras los espejuelos que se deslizaban impertinentes sobre la nariz. La colilla perpetua de Trinidad en la comisura derecha denotaba tensión. Con Dita, mi muñeca, yo iba a visitarla con frecuencia...Me gustaba ver los copos de la espuma espesa, las pompas con pequeños arcoiris, oír el chasquido de la ropa al estregarla, la caída del agua al exprimir.

Era el mediodía. La mirada de espera, habitual a esa hora, se había ido acentuando. Lavaba con violencia. Un silbido fino vino como siempre del callejón cercano. Entonces, como siempre transformada, lo soltaba todo, secaba sus manos, y a grandes zancadas acudía a la cita tras el portón de zinc verde. El hombre la esperaba. Era aproximadamente diez años más joven. Aquel día argumentaron. Victor, imperioso, fingió ira. El problema no era hoy demanda de dinero. Ella gesticulaba descompuesta. Ahora él negaba con furia verdadera. Partió sin escucharla.

Caridad volvió a lavar. Sus ojillos chispeantes denotaban tormenta. Se fue muy temprano. Cuando Victor regresó ya no estaba.

Maldita, desgraciá, es mío. Tantos años. Dinero y yo a dar. Imbécil. Me duelen las manos. Mío na más, mio. Dinero. MEDUELENLASMANOS. Maldita. Míío, míiío.

Cruza la calle, bifurca, no coge el camino del bohío donde espera la vieja doña Carmen, mil años más vieja aunque sea su madre. Sube la pequeña cuesta más allá del arroyo. La mulata gorda con su andar cimbreante tiende, bajo el árbol de espaldas al trillo... Canturrea en el aire: "Toda una vida, me estaría contigo, no me im..." Caridad, jadeante, ciega se abalanza. Es hueso y fuego. Una mole informe y vociferante rueda por la cuesta." ¡Mio, ladrona!" Han caído al arroyo. Un sordo chapoteo y voces." ¡Mio, mío!" Las manos vigorosas sujetan la mulata por el cuello bajo el agua. Aprietan, aprietan; luego sueltan. Silencio. Ahora es una sola voz. ¡Mío, míío, la maté, la matéee, me alegro, me alegroo, laa matée, me aleegrooo, míío, mííío, me alegroooo, lamatéeeee....

Sssshhh.... El sonido automático de la secadora que termina su tarea me trae a la realidad. Hace mucho calor Miami. No hay brisa. Estoy en el destierro.

CONCEPCIÓN TERESA ALZOLA

Nació en Marianao, La Habana, en 1930. Escritora y folklorista, ex Consejera del Instituto Nacional de Etnología y folklore y del Guiñol Nacional, ambos de Cuba. Autora del Refranero familiar *(1987);* "Aportaciones a un léxico circuncaribe" *(1982);* El léxico de la marinería en el habla popular de Cuba *(1981);* La más fermosa *(1975);* Folklore del niño cubano, tomos I y II *(1961 y 1962);* "Habla popular cubana" *(1962). Su obra narrativa comprende:* Las conversaciones y los días *(1979); cuentos antologados en* 20 cuentistas cubanos *(1978) y* Narradores cubanos de hoy *(1975);* Firpo *(1957) y* Cuentos populares infantiles *(1955). Su cuento "Mariposas" obtuvo una mención en el concurso Hernández Catá de 1953. Reside en Miami.*

EL VILLANCICO

María Luisa (jijijí) Rodríguez (jajajá) era la madrina (cuicuicuí) de confirmación (cuacuacuá) de la madre. Reía, lloraba, cantaba, rezaba, hipaba y recitaba, meciéndose en el sillón gemelo del de la abuela, en unos vaivenes tan rápidos que llenaba a todo el mundo de sobresalto, de miedo de que el mueble fuera a volverse de revés y a caerle encima.

Jijijí, jajajá. No se sabe qué le provocaba esas hilaridades, esa euforia. Quizás el presentimiento de que este día, como cada vez que visitaba la casa, iba a comer soberbiamente, "como antes". Quizás el recuerdo de Carmela, la pobre, que la había acompañado siempre antaño.

Cuicuicuí, cuacuacuá. María Luisa tenía todavía el pelo con algún negror, aunque un poco ralo, y lo partía en dos y lo trenzaba y se colocaba las trenzas raquíticas como un emplasto sobre la frente, y sobre aquel desusado nido, un sombrero como un pájaro, con plumas y todo.

Jajajá. Sin dudas para aumentar su estatura minúscula —razo-

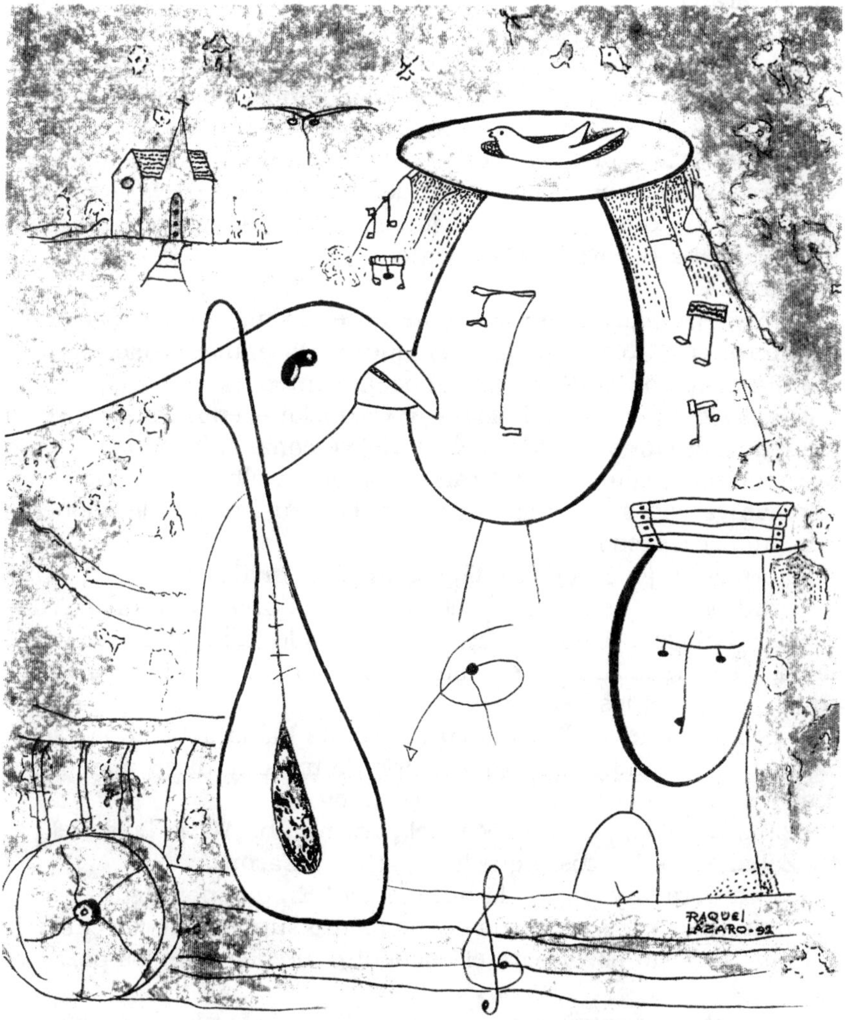
RAQUEL
LAZARO-92

naban en la casa—, minúscula, con extremidades largas y dobladas en ángulo de anca, que emergían como remos de un tronco redondito por un vientre pando, y le daban el aspecto batrocoidal de un feto humano.

Cuacuacuá. Se mecía y cantaba. Y recordaba. Tiempos felices, cuando eran dos los sombreros que se entraban por puertas. El otro el de la pobre Carmela, la madrina de la tía Filomena.

Jijijí. María Luisa tenía los ojos grandes, protegidos de gafas, el belfo protuberante y enormes dientes equinos. Por cierto, sí, era igualita a los caballos filósofos y lectores de las fábulas.

Cuicuicuí. Le quedaban, de las glorias pasadas, el sempiterno sombrero, unos rebuscados trajes de chantú, cien veces remodelados, y alguno que otro guante fino. Una gruesa cadena de plata donde colgaba la corte celestial entera, presidida por la medalla del escapulario.

Jajajá— pensaba la abuela. Que no es lo mismo. Que no es lo mismo un colgarejo de plata más, que un escapulario real, de tela, de cordón, como Dios manda. Y si no, al tiempo.

El caso es que María Luisa —¡y Carmela!— eran de esos seres que todo el mundo recordaba y de viejos, como si lo hubieran sido desde siempre, como si hubieran salido de un album familiar de fotografías ya con sus canas y arrugas, con sus malas digestiones y atracándose de todo.

Pero alguna juventud debieron de haber tenido, por fuerza. Una juventud por la que pasó, espectacular como una luminaria celeste, el padre Zabaleta. Un casi-obispo, un prelado, un alto prelado, que bajaba la calle de Cuarteles, todas las tardes, a las cinco, a tomar un refrigerio con las hermanas.

El primero que atisbaba al cura, apenas había doblado la esquina, era el loro de Carmela (que murió de tristesa, dicen que embuchado, animalito) y clamaba a todo clamor:

—¡María Luisa, pon el chocolate! ¡Gruuuuah! ¡María Luisa, el padre Zabaleta! — las cosas que le oía gritar a Carmela.

¡Época dorada y feliz de la humanidad! En que por algunos años exultantes se vivió en función del momento supremo de las cinco de la tarde; se vivió por y para el encuentro alrededor de los pozuelos de chocolate.

Chocolates y arenques y salchichón. Todo de lo mejor. Y bizcochitos caseros. En una mesa de servicio impecable: con Limoges, esterlina, cristales de Bohemia, sobre manteles de lino irlandés profusamente bordados. El día entero, la vida entera horneando, bruñendo, bordando para las cinco de la tarde. El padre Zabaleta las dirigía después en el rosario. Para lo cual naturalmente, tenían que cubrir la jaula del loro, no fuera a dar en la idea sacrílega de aprenderse los rezos para decirlos en su gangosa voz.

Hay aquí un lapso en la mente de María Luisa (cuicuicuí). No recuerda en qué orden desaparecieron de la sala de aquella casa los seres de su ternura. Si el orden fue Carmela, el cura, el loro. O: el cura, el loro, Carmela. Pero no, cuacuacuá, es más probable que el loro se haya muerto por Carmela, y Carmela por el cura, y el cura por la voluntada suprema de Dios.

María Luisa deshizo poco a poco la casa. Manteles para unos, vajillas para otros, la cubertería para los de más allá. Se reservó algunos trajes de salir, un sombrero, alguno que otro guante, y se metió en el asilito Carvajal, de monjas.

Hablaba, reía, cantaba, contaba, lloraba, rezaba y se mecía, cada vez que venía de visita, que solía ser por Pascua Florida y por Pascua de Natividad. Se adueñaba del Diario de la Marina y lo leía varias veces a gritos, al derecho y al revés. En este de hoy ha encontrado algo muy de su gusto, un villancico, y ya lo ha leído tantas veces que todos en la casa lo recitan a coro:

> Lucerito en pañales
> jijijí
> del plumón tierno
> jajajá
> de las aves
> cuicuicuí
> haré tu nido
> cuacuacuá.

ALBERTO ANDINO

Nació en Camagüey, en 1914. Allí comenzó su labor profesoral y de escritor. Fue Sargento maestro, profesor privado, y Catedrático de Didáctica de la Lectura por oposición en la Universidad Central de las Villas. Llegó a ser Jefe de la Sección de Enseñanzas Secundarias del Ministerio de Educación. Ya exiliado en Nueva York, estudió en la Universidad de Columbia, donde obtuvo su doctorado en Filosofía. Entre los libros que ha publicado se cuentan Polvos y lodos *(1968)* Frutos de mi trasplante *(1973)* Pero el diablo metió el rabo *(1985), y* Martí y España *(1973).*

POBRE CUBA

"Sí". Esa fue la respuesta dada por Pedrito Pérez, habitante de La Habana, Cuba, cuando su muy bella y muy honesta y muy enemiga del Castrismo tan certano al comunismo le preguntó si era cierto que, siendo él tan estupendo admirador del dictador presidencial y, habiéndole pedido a ella casarse con él, dador de tan afirmativa respuesta, casarse con él, estaba programando un exilio a los Estados Unidos de América cuando habiásele opuesto a que ella lo hiciese al tratar de obtener su influyente permiso con Castro para hacerlo.

Pedrito Pérez, enseguida, le respondió que, efectivamente, él no podía comprender cómo pudo ella haberse querido separar de él sin casarse y, después de hacerlo, continuar viviendo juntos en la tierra natal de ambos, donde tan felices podían continuar viviendo.

Ella, cuyo nombre era Marta, tuvo, de repente, un terrible cambio en sus facciones. Dicho cambio demostró, de súbito, lo mucho que la afectaba, horrorizándola, la obligación a tener que seguir viviendo en Cuba donde, de hecho, la vida de los seres humanos adoradores de la libertad era casi ciento por ciento imposible. Tal vez ello contribuyó a que Marta le explicara a Pedro que, con un tipejo como él, gran admirador de Fidel Castro, jamás se casaría y, mucho menos, si al hacerlo iba a tener que seguir junto con él en un país que había sido forzado a descender desde la prosperidad hasta la miseria y desde la libertad a la esclavitud. Tal cosa incluía hasta las ridículas medidas tomadas en relación con automóviles. Casi habían pasado a descender desde la abundancia, que de los tales había en Cuba cuando Fidel Castro empezó su dictadura, hasta la actual semitotalidad de escasez y cambios planeados de substituir ómnibus con carros tirados por caballos y todas las demás estupideces de transporte planeadas según lo informan las publicaciones que uno lee.

Marta continuó su exposición de las causas productoras del deterioro de sus bellas facciones haciéndole saber a Pedro lo triste que la ponía el estar ciento por ciento afectada por la inmensa cantidad de fusilamientos que se habían producido en el país para hacer perder sus vidas a todos aquellos ciudadanos que no demostraran estar a favor de lo que se les imponía por el gobierno. Entre esas cosas, la disminución del número de tiendas en las que los habitantes del país pudieran comprar todo lo que necesitaban, tal como antes de la dictadura castrista se podía hacer; pero, lo más absurdo era lo de lo difícil que resultaba alimentarse como antes del Castrocomunismo se hacía. Ello debido, hoy por hoy, a la enorme escasez de materiales imprescindibles para poderlo hacer. A frecuentísimas veces ni pan, ni leche, ni galletas, ni nada de lo que antes se consumía a diario para estar muy bien alimentado a tiempo se consigue normalmente hoy a no ser que se exceptúe la regla actual por ser un rico turista el comprador en la tienda indicada para ello.

Cuando Pedro terminó de escuchar todo lo expuesto por Marta, su presencia física dió la impresión de haber sido víctima de una explosión producida por un agresor dinamitero, de origen anticastrista, quien había colocado el petardo dinamitero contra un miembro del castrismo. Todo eso demostraba completamente que esa dama que nunca le había permitido disfrutarla sexualmente y ya, ni siquiera iba a casarse con él, tenía que ser acusada como peligrosa anticastrista, extremadamente a favor de la contrarevolución y, consiguientemente, era imprescindible eliminarla de la posibilidad de contribuir con sus actividades a la contrarrevolución que, sin duda, se estaba proyectando no solamente por los exiliados que habitaban en los Estados Unidos de América, sino por ciudadanos que vivían en Cuba y en no sólo otros países hispanoamericanos sino, además, no de habla española o inglesa sino de otras lenguas europeas.

Pedro le apuntó al pecho a Marta con el arma usada por él por ser miliciano confiable para dejarle usarla. Hizo a la dama alzar las manos con un sonorísimo "¡arriba las manos!", le puso unas esposas y, usando para ello el teléfono, hizo que viniera una de las ambulancias tiradas por caballo y forzó violentamente a Marta a, junto con él, tripular la tal ambulancia que los llevó al lugar donde él podía dejarla presa y hacerle la pretendida acusación de peligrosísima contrarevolucionaria.

Pasó el tiempo y pasó, se acusó a Marta de guerrillera contrarevolucionaria y se le buscó un abogado defensor que tratase de impedir problemas que le produjesen efectos negativos y no tratara de oponerse a que se aplicara a fondo la justicia defendiendo bien a la falsamente acusada Marta e impidiendo que los cargos del fiscal funcionaran ciento por ciento en contra de ella.

Se llevó a efecto el supuestamente legal proceso. Uno de los testigos más dañinos fue, por supuesto, Pedro, quien hasta testificó estar informado a plenitud de todas las actividades y pensamientos de esa dama llamada Marta, a quien él había conquistado para ser su esposa. No por estar enamorado de ella, sino por querer comprobar ciento por ciento su actitud de contrarevolucionaria que la hizo cometer actos inaceptables y propagar publicitariamente ideas contrarias a la actuación indiscutiblemente dictatorial del gobernante Fidel Castro, a quien él tanto admiraba y respetaba.

Por último, Pedro hasta dijo haber hecho capturar a Marta porque había estado con ella cuando, junto a otros posibles y muy peligrosos participantes en la lucha contra Fidel Castro, la terrible contrarevolucionaria se puso de acuerdo en otro proyecto que, llevado a efecto, podría producir grandes daños. Había, agregó, que hacer imposible tal cosa llevarse a cabo, tal como se hizo con los tres participantes en otro parecido proyecto que produjo el que dos de ellos fueran condenados sólo a 30 años de prisión y uno fusilado a muerte.

En el juicio de Marta, donde Pedro consiguió que varios amigos suyos le sirvieran a él de cómplices declarando contra ella en forma igual o muy parecida a aquella en la cual lo iba a hacer él no pudo lograr el maldito miliciano castrista que ella fuera fusilada, pero, de todos modos, sí que la dedicaran a estar en prisión veinte años.

Muy contento quedó Pedro, pese a su fusilatorio fracaso, en lograr, por lo menos, cárcel para Marta.

Lo más probable, piensan muchos, es que el tal Pedro, igual que muchísimos otros más inteligentes lo han hecho durante tantos años, llegue a convencerse de que lo mejor que puede el cubano realizar mientras estén Castro y los suyos en la Cuba que se han robado es exiliarse para poder vivir en un país libre mientras no se logre, bélicamente, libertar a la patria que el patriota José Martí tanto deseaba y tanto esfuerzo le costó hasta morir antes de lograr que fuera lo que llegó a ser hasta que acabara Fidel Castro con ello.

NEDDA G. DE ANHALT

Nació en 1934, en la Habana, en cuya universidad estudió Derecho Civil. Más tarde estudió literatura en el Sarah Lawrence College, de Nueva York. Posee también una maestría en Estudios Latinoamericanos de la Universidad de las Américas, donde impartió cursos de Literatura Hispanoamericana. Desde hace años reside en México y en 1968 obtuvo la nacionalidad mexicana. Su labor es amplia y variada. Ha publicado muchos artículos y ensayos en destacadas publicaciones internacionales. Además de literatura, se especializa en cine. Entre sus publicaciones deben mencionarse los volúmenes de relatos El Correo del Azar *(1984) y* El Banquete; *también,* Cine: La Gran Seducción *(1991) y* Rojo y Naranja sobre Rojo.

LA CÁRCEL

Ella y él se encontraron casualmente en una fiesta. Hacía calor y él propuso salir a la terraaa para disfrutar de la noche. Afuera el aire era frío; en un impulso, ambos se llevaron la mano al cuello. Ninguno habló de reproches, venganzas o perdones. Sólo acertaban a mirarse prolongadamente. Él la encontró más intensa de lo que la recordaba. Ella lo vio idéntico a pesar de los años transcurridos. Después del divorcio cada uno había elegido caminos opuestos pero semejantes.

La luna escondía su cara tras las nubes y las estrellas resignadas observaban la escena. Ninguno se atrevía a romper el silencio.

Al fin ella dijo:

—Hay algo que siempre he querido preguntarte. Cuando acaricias a otras, ¿piensas en nosotros... en mí?

Él desvió la mirada hacia una maceta con tulipanes, y como si se dirigiera a esas flores, respondió:

—Sí. Al comienzo hasta salí con mujeres que se vestían con tus colores. Las cortejaba por disciplina. Después, con algunas de ellas,

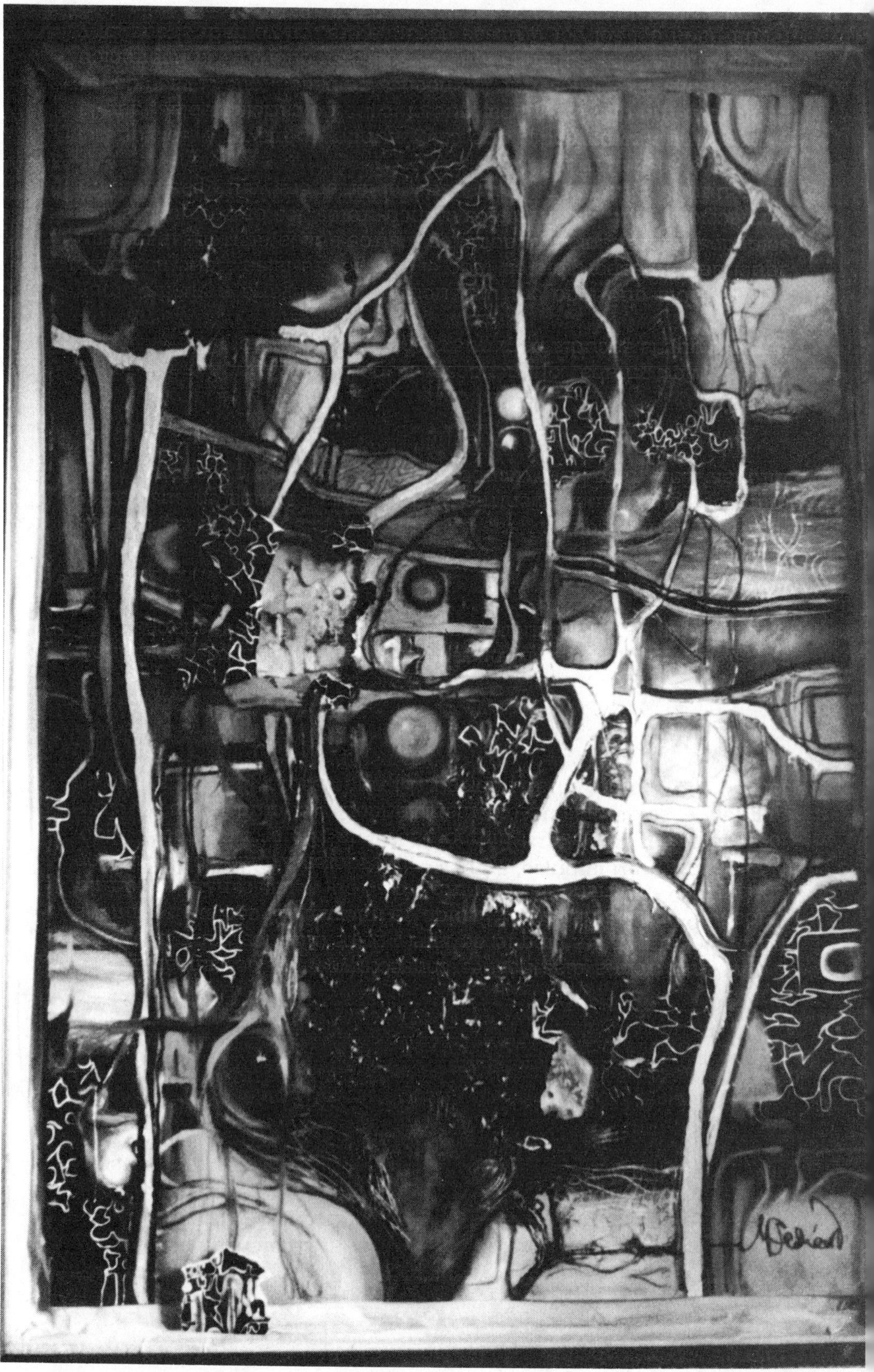

en la intimidad, me cuidaba para que no se me escapara tu nombre. Tuve tanto miedo que pensé que tu imagen iba a destruirme.

A través de los cristales el eco de las risas, la música, se escuchaban como desde muy lejos.

—A mí me sucedía algo similar —dijo ella—. Mi cuerpo se aferraba al otro pero mi mente a ti.

—¿Siempre?

—El deseo ha querido dirigir mi sueño hacia ti. ¿Te parece atroz?

De nuevo ninguno de ellos se atrevió a romper el prolongado silencio.

Al fin él murmuró:

¿Estamos condenados a este escarnio?

Ella no tuvo tiempo de contestar. Las puertas se abrían y el ruido inundaba la terraza.

UVA DE ARAGÓN HERNÁNDEZ CATÁ

Nació en la Habana, en 1944. Reside en Estados Unidos desde 1959. Es graduada de la Universidad de Miami donde obtuvo una Maestría y un doctorado en literatura Hispanoamericana.

Ha publicado Eternidad *(viñetas) (1972),* Versos de Exilio *(1976),* Ni verdad ni mentira y otros cuentos *(1977),* Entresemáforos, (poemas escritos en ruta) *(1981),* Tus ojos y yo *(1985) y* No puedo más y otros cuentos *(1989). Su obra de teatro "Con todos y para el bien de todos" ha sido traducido al inglés y aparece en una colección de obras escritas por cubanos fuera de Cuba. Mantiene hace varios años una columna semanal en Diario Las Americas. Ha recibido varios premios literarios y también la Beca Cintas.*

En la actualidad ocupa el cargo directora de relaciones públicas de la Universidad Internacional de la Florida (FIU), donde también imparte clases en el departamento de lenguas modernas.

LA FUGA

Al despertar la mujer tuvo la vaga sensación de que se había quedado dormida y se le hacía tarde. Por unos segundos no supo dónde se encontraba. Entonces recordó que la noche anterior había llegado al hotel y que éste era el primer día de vacaciones junto a su marido e hija.

Gruesas cortinas cubrían las ventanas. La habitación estaba fresca y oscura. Sólo por las rendijas se filtraba algún rayo de sol para anunciar el día.

Con la mirada recorrió la habitación. Sobre la cómoda, el reloj, los cigarros y la billetera de su esposo. En el piso las maletas aún por desempacar y un bolso con los juguetes de la niña. Allá las raquetas de tenis. El cesto de frutas que el hotelero había enviado adornaba la pequeña cocina. Bajo las mantas, en la camita, el cuerpo menudo de su hija del que asomaba la cabeza de pelo oscuro.

Junto a ella, a su lado, sentía el rítmico respirar de su compañero.

Una ola de felicidad tan sencilla y profunda a la vez la envolvió con tal fuerza que el llanto le subió a los ojos con brusquedad. Se volvió en el lecho, y secó las lágrimas en la camisa que cubría las espaldas del hombre. Cerró de nuevo los ojos e intentó dormir.

* * *

Somos sólo cien mujeres y hay más de seiscientos hombres y mujeres armados rodeando la prisión. Una vez tratamos de resistir. Unos sesenta guardias agarraron a veinte mujeres y comenzaron a golpearlas. Por fin, se las llevaron en un camión. A las que quedábamos nos contuvieron con mangueras de agua, con tanta presión, que nos hicieron rodar por el piso.

Con la muchacha embarazada fue con la que más se ensañaron. Querían que abortara. Estos hijos de puta odian la vida. Corrimos a protegerla y la cubrimos con nuestros cuerpos. Meses después teníamos aún las marcas que dejaron las mangueras. Irónicamente alguien recordó que era el Día de las Madres.

* * *

La mujer se despierta sudando. Ahoga el llanto para que no la oigan. Sabe que no podrá conciliar el sueño. Va al baño y se lava el rostro. El agua fresca sobre la piel la hace sentirse mejor. Se despoja de la bata de dormir y viste el traje de baño. Recuerda que la noche anterior el marido había insistido en comprar algunos víveres y abre el pequeño refrigerador. Bebe un vaso de jugo que humedece la reseca boca.

Sigilosamente, para no despertar al hombre y a la niña, abre la puerta y sale. El fuerte sol le hiere las pupilas.

* * *

Ordenó mandar mujeres a las "tapiadas". Estas son celdas con planchas de acero sobre puertas y ventanas donde no entra la claridad. Y como facilidad sanitaria sólo hay un hueco en el piso. Llamó nombres al azar. Las mantuvo tapiadas, sin ventilación, y en total oscuridad, sin una cama ni agua para lavarse, con el mismo uniforme, durante cuarenta días. Sólo hacían una comida de harina hervida y dos pequeño vasos de agua al día. Muchas fueron mordidas por insectos y ratas. Al salir, no pudieron resistir la luz en los ojos durante varios días.

* * *

La mujer caminó hacia el mar. La playa estaba desierta. Sintió la arena tibia bajo sus pies... los sonidos de las olas... el olor a mar... la brisa... Y el sol cálido, acariciante, que disipa miedos, recuerdos, angustias. Colocó la toalla en la arena y se acostó de cara al sol.

* * *

Una a dos veces al año nos llamaba para interrogarnos acerca de Dios, la política, los programas de rehabilitación, y, lo peor, qué nos gustaría hacer si fuéramos libres. En una ocasión un grupo de mujeres se negó a someterse una vez más a este tipo de tortura, pero las llevaron a la fuerza, torciéndoles los brazos todo el camino, los 250 metros desde la celda hasta el cuartel. A otras las golpearon y se las llevaron en unos camiones negros.

—¡Cobardes! ¡Asesinos! —las mujeres gritaban—. Más golpes. Una presa, que aún guarda prisión, recibió tantos golpes que durante cinco días estuvo tirada en el suelo, incapaz de moverse ni hablar. Durante meses sólo orinó sangre.

Es mediodía y la playa está llena de gente. Algunos toman el sol. Otros juegan a la pelota. Muchos se bañan en el mar. Se oyen voces alegres.

El hombre y la niña construyen un castillo de arena. De lejos, la madre los observa. Por fin se vuelven hacia ella y con un gesto la invitan a que admire la obra. Ella se acerca y aprueba. Ríen. La niña dice que tiene hambre y deciden es hora de almorzar.

* * *

Cada lunes había corte, siempre con un promedio de veinticinco condenadas. A mi me suspendieron las visitas, el correo y las jabas durante tres meses porque tomé una fruta, un mango, del suelo, que se había caído hacia tiempo de un árbol.

* * *

Bailan. Música suave y cadenciosa.
—Estás preciosa —le dice él.
Ella sonríe y recibe el beso en los cabellos. Tiembla entre sus brazos. El busca su mirada.
Ahora ha terminado la melodía y se oye el sonido metálico de las trompetas que hablan con voces de rock".

* * *

Durante treinta días-noches consecutivos, sin descansar un minuto, efectuaron un "toque de lata", golpeando los barrotes de las celdas con platos de zinc. El ruido es infernal. El cerebro se hincha en la cabeza queriéndola reventar. No se puede descansar ni dormir. No contentos con esto ponían amplificadores a todo volumen, con los sonidos marciales del himno partidista. De pronto cesó el Nido, aunque durante días seguía martillándonos el cráneo. Ahora el silencio tampoco nos dejaba dormir. El ruido se nos había clavado en las cabezas.

* * *

Estaban en la cama. El hombre acarició los hombros femeninos. Ella sintió que todo su cuerpo respondía al tacto de sus manos.

* * *

A una de mis compañeras en la prisión le separaron las piernas entre dos guardianes mientras un tercero la pateaba en sus partes íntimas. Esto duró largo tiempo, hasta las cinco de la mañana.

* * *

La mujer gritaba, queriéndose despertar. Sentía, a su lado, al hombre que la sacudía para que regresara de la pesadilla.

Ella sabía que todo era un sueño y que llegaría a su fin... que aquel dolor insoportable en todo el cuerpo era falso... que no había soldados golpeándola que aquellos rostros que la aterrorizaban eran una ficción... que la sangre, los cráneos rotos, los brazos quebrados, la oscuridad, el hambre, la angustia, el terror era ya un pasado para ella... que despertaría...

Hasta que comprendió que este mundo de playas y sol, que el hombre tierno que la amaba, que el lecho de caricias tibias, que la hija de suaves cabellos, que las noches de baile... que el vaso de jugo fresco... que las sábanas limpias sobre su cuerpo... la habitación reguardada del sol por gruesas cortinas era, en verdad, el sueño; y esta vida de dolor y miedo su única realidad, de la que no podía despertar.

Y entonces la mujer dejó de gritar.

RUBÉN J. ARANGO SUÁREZ

Nació en Matanzas, en 1907, donde hizo sus estudios primarios y secundarios. Se graduó de Doctor en Derecho Civil en la Universidad de la Habana, en 1930. En dicha ciudad ejerció como abogado y fue Letrado Consultor del Ministerio de Hacienda hasta la fecha de su salida al exilio en 1961. Se radicó en Nueva York y fue profesor de C. W. Post College de la Universidad de Long Island. Entre sus publicaciones se cuenta el volumen titulado Trece poemas y una epístola (1969). Falleció en Flushing, Nueva York, en 1971.

CONMOVIDO RECUERDO

La memoria retrospectiva es signo de senilidad. Así lo dicen médicos y sicólogos. Cabe afirmar, pues, dada la presencia de éste y otros síntomas, que nos encontramos ya bajo el dintel que da entrada al período en que esa enfermedad crónica que es la vida, inicia su agonía crisis, van aflorando en nuestra memoria, cual si removiéramos un desván, los más variados recuerdos; y nuestra vida se nos presenta, a veces, como una cinta cinematográfica proyectada a la inversa.

En el desfile de recuerdos se destacan algunos con singular relieve: los de aquellos hechos que, en la alborada de la vida, marcaron hondas huellas en nuestra conciencia. Otros aparecen indefinidos, brumosos, difuminados. . . Y algunos raudos y luminosos como lampos.

Tiene la vida, como el día, un orto y un ocaso. El orto es el ensueño y la esperanza de la luz; el ocaso, la premonición de la noche. Y así, como en la infancia despertamos en las mañanas a la alegría luminosa del día, en la vejez anhelamos la llegada de la noche, aun cuando sea para el reposo insomne.

¿Puede haber un recuerdo más concreto que el de nuestra primera morada? La que vivimos durante la infancia tiene en nuestra memoria una presencia vívida. Se asocia al despertar de nuestra conciencia y primeros anhelos. El techo con su viguetería de caoba que entonces nos parecía demasiado alto; el patio lateral, cubierto con un gran toldo donde jugábamos; el jardín del fondo colmado de rosales, claveles y moyas. Decía mi madre que en la mañana de mi nacimiento florecieron grandes macizos de moyas blancas.

El recuerdo de la casona se asocia a la fragancia nocturna de los galanes, de las murallas y de los jazmines de España. Verdor, albura y frangancia de las enredaderas asidas a las tapias del jardín ¡qué dulce es tu recuerdo!

Mi padre edificó la casona para sus primeras e infortunadas nupcias. Allí volvió después con la que fue mi madre, la noche de sus bodas. Hoy, en la doble estancia del espacio y del tiempo, juzgo que fueron todo lo felices que puede ser en este mundo una pareja humana.

Era de mediana estatura, frente amplia rematada por abundante caballera lacia, ojos castaños de risueño y amable mirar; la nariz recta; los labios como un trazo. Había un natural sosiego en su palabra y ademanes; y una cordial dulzura en su trato. Nacido en una aldea asturiana, había llegado a Cuba —provincia ultramarina entonces— cuando aún era un niño, consignado a un pariente.

Cierto día —septuagenario ya— me dijo con un cierto misterio: "acompáñame, tengo deseos de dar un paseo y de hablar contigo a solas".

¿A dónde quieres ir? —le pregunté— ¿Y porqué a solas? ¿Vas a revelarme algún secreto amoroso?

—Sí, algo de eso, ya lo sabrás —me respondió—

Tomamos un taxi. Le dijo al chofer que nos llevara a una villa cercana a la capital. Era una hermosa tarde de pascuas. Al llegar a la villa indicó al conductor que tomara por cierta calle, y a poco el vehículo se detuvo frente a una desvencijada casa de esquina circundada por un amplio colgadizo.

Nos apeamos. Miré unos instantes, intrigado, el decrépito edificio. Poco faltaba para que aquel caserón de paredes desconchadas y mohosas viniera al suelo. A pesar de ello, lo ocupaba una tienda de víveres.

"Mira —me dijo con gesto en el que mezclaba el misterio y la burla— en esta casa conocí a mi primera novia. ¿Ves esta edificación vencida, como yo, por los años? Pues en esta "bodega" que aún se llama como entonces, "La Ceiba", trabajé cuando era todavía un niño. Cuando vine, durante casi todo el primer mes sólo me alimentaba con pan y queso. Creía que el cocinero, un negro a quien quise mucho después, era un moro cubierto de mugre. Cuando rechazaba la comida que me servía, me miraba y sonreía. contrastaba el marfil de sus dientes con su rostro de ébano. . . . Aquí pasé el "vómito" —así llamaban a la fiebre amarilla—. Bernardo, mi pariente y Ramón, el cocinero, no se apartaban ni un instante de mi lado. Bernardo —lo recuerdo— corpulento y noblote me curaba. . . ¿No sabes con qué? Con aceite y vino. Ramón no sonreía ya cuando me miraba. Cuando la fiebre me hacía delirar, me friccionaba el cuerpo con alcohol y me ponía sinapismos de linaza. Dios me salvó la vida, sin asistencia médica. . . .

Durante años trabajé aquí doce, catorce, quizá más horas cada día. A veces, rendido por la fatiga y recordando a mi madre, me quedaba dormido con los ojos anegados en lágrimas. Después, la vida. Luchas, fracasos, apreciables éxitos a veces, también nuevos fracasos. Escúchamne: jamás te envanezcas con tus triunfos. Mantente siempre sereno en las alturas. Dan vértigos a los que olvidan que el árbol se alimenta por la raíz y que ésta ha de estar profundamente afirmada en la tierra. Y ante la derrota, ante el fracaso, conserva la integridad de tu decoro. Sé un hombre en presencia de cualquier circunstancia; que esa palabra "hombre" quiere decir mucho más que el mero sexo individual: significa la fuerza interna para enfrentarnos con el destino; para sostener los principios rectores de nuestras vidas, aunque vivamos rodeados de claudicantes. Y, sobre todo, para guardar en lo más íntimo del alma el concepto de la propia estimación —bien distinto del orgullo— como brújula que oriente nuestras vida. . . ."

Ecos de Séneca y de Kipling —a quienes mi padre jamás había leído— halagaron mi oído y le repuse:

Todo cuanto acabas de referirme me llena de orgullo. La tuya ha sido una verdadera vida, la vida de un hombre de bien. Alejado de los tuyos, un niño casi, pese a la adversidad, diste a tu existencia propósito y sentido. No te envaneció el éxito ni te arredró el fracaso. Cumpliste con tu deber "sencilla y naturalmente". ¿Y yo qué he hecho? —agregué— Nada que valga la pena. . . .

Anochecía cuando regresamos: silenciosos, ensimismados. Mi pensamiento puesto en su pasado; el suyo, quizá, en mi futuro. . .

El recuerdo de la casona en que nací y donde transcurrió mi infancia; y el del destartalado caserón donde mi padre trabajó en su adolescencia persisten concretamente en mi memoria. Del caserón pienso que sólo quede un montón de escombros. La casona de mi ciudad natal, que conservábamos en nuestro patrimonio como una reliquia, nos fue arrancada cuando tuvimos que abandonar la patria. No sabemos quién la habitará. Pero quizás sea una familia que rumie su angustia, su dolor callado, encarcelada en sus vetustas paredes encaladas. En el patio lateral quizá unos niños sigan jugando los mismos juegos de nuestra niñez. Quizá sobreviva aún, bajo la inmensa pesadumbre del presente, el alma acogedora y cordial de la vieja casona. Quizá florezcan todavía los rosales, claveles y moyas del jardín. Quizá florezcan también las murallas, los galanes y los jazmines de España. Pero en las noches de trágico silencio, cargadas de angustias y presagios, no se percibirán las fragancias de los terrales de antaño, sino la acre fetidez de un cadaver descompuesto.

JOSÉ ANTONIO ARCOCHA

Nació en Jagüey Grande (Matanzas) en 1938. Salió al exilio en 1961, graduado ya de Bachiller en Letras. Después de una estancia en Europa, se radicó en Nueva York, donde trabajó como librero. Poeta, articulista y crítico literario, ha publicado sus trabajos en revistas cubanas y extranjeras. Junto a Fernando Palenzuela dirigió la conocida revista literaria Alacrán Azul *en la que coloaboraron destacados escritores e intelectuales del continente. Ha publicado los volúmenes de poemas* El reino impenetrable *(1969), y* Los límites de silencio *(1975). Publicó en Miami su primer volumen de relatos bajo el título de* El esplendor de la entrada *(1975), al que pertenece la selección que aquí publicamos.*

LA OSCURIDAD DE LA SELVA

Nos fuimos adentrando en la oscuridad de la selva. La expedición había salido de un pequeño puerto en el Amazonas y, bajo la tutela del guía, habíamos recorrido los primeros ocho kilómetros hacia el interior de la jungla. Fue entonces cuando la totalidad de las personas que componían la expedición decidieron marcharse, es decir la totalidad de la expedición menos el guía y yo.

Supongo que tuvieron miedo de las numerosas bestias que existen en estos lugares; lo cierto es que recogieron sus bultos y regresaron por el camino que con tanto trabajo habíamos logrado trazar. Me despedí de ellos sin rencor y continuamos la marcha.

Esa noche hicimos una hoguera a pocos pasos del río, preparamos nuestra comida, y nos tendimos en la oscuridad de una noche sin luna.

—¿Hace mucho que se dedica a estas cuestiones? —le pregunté.

—Hace bastante tiempo, sí . . . Tanto como puede alcanzar mi memoria . . . Por lo menos 40 años.

—¿Y nunca ha ido a la ciudad?

—Mi padre me llevó una vez cuando tenía ocho . . . Me enseñó todo lo que había que ver. . . Nunca he sentido deseos de ir por mí mismo.

—Esta es la primera vez que vengo a la selva. ¿Es cierto que existe el peligro de ser atacado por las bestias salvajes?

—Únicamente atacan a los hombres cuando están solos. No se preocupe por eso. Vamos, ya es hora de dormir.

Sus palabras tuvieron el poder de tranquilizarme; cubriéndome con mi manta no tardé mucho en quedarme dormido.

Ya era tarde en la madrugada cuando el sonido de una rama al caer a tierra me despertó. Instintivamente busqué la presencia del guía; no quedaba en aquel lugar ni el recuerdo de su presencia. Supe, en ese momento, que lo único que me quedaba por hacer era esperar que las fieras alrededor reunieran el suficiente coraje para atacarme.

JUAN ARCOCHA

Nació en Santiago de Cuba, en 1927, donde hizo sus primeros estudios en el Colegio de la Salle. Luego estudió en la Escuela de Periodismo Manuel Márquez Sterling de La Habana. Más tarde hizo estudios de francés en la Sorbona de París, donde se graduó de profesor de francés. Trabajó hasta 1962 en Lunes de Revolución, *ese año fue enviado como corresponsal a Moscú. En 1966 regresó a Cuba y fue nombrado agregado cultural de la Embajada de Cuba en París, cargo al que renunció ese mismo año. Ha cultivado la narrativa y entre sus varias publicaciones deben mencionarse:* Por cuenta propia *(1970)* La bala perdida *(1973)* Operación viceversa *(1976)* Tatiana y los hombres abundantes *(1982) y* La conversación *(1983). Actualmente reside en París.*

POR CUENTA PROPIA
(Fragmento)

El "Tupolev 104" rozó la pista, encontró terreno propicio y se asentó pesadamente, estremeciendo de vibraciones toda la carlinga. Ante nuestra vista desfilaban a gran velocidad hangares, árboles, pequeños edificios, aviones ordenados uno junto a otro.

Una vaga expectación, un vacío en el estómago, un cierto nerviosismo. No era una llegada cualquiera a un lugar cualquiera, y cien versiones contradictorias se mezclaban en la incertidumbre con respecto a qué nos esperaba exactamente al bajar por la escalerilla, al abandonar aquel avión semejante a todos los aviones del universo, aquel último eslabón con el mundo conocido.

El avión se detuvo. Unos minutos de espera febril, poniéndonos abrigos y sombreros y agarrando los bultos de mano. Voces, chirridos metálicos, sonidos de ruedas. Se abrió, con solemnidad de caja fuerte, la portezuela del avión y unos pasos subieron por la escalerilla.

"Passaport, pozhálusta." Un ser uniformado y monumental, de rostro severo, recogió los documentos haciendo caso omiso de nuestras sonrisas. "¡Somos cubanos, hermanos!", queríamos decirle, pero su tiesa dignidad nos mantenía a distancia.

"Do svidania", dijo la sonriente azafata, la misma que me dio los buenos días en francés cuando subí al avión en Le Bourget.

Al pie de la escalerilla rodante recibimos el primer baño de cordialidad. Desconcertante. Surgieron intérpretes como moscas. Abrazos, besos en la mejilla, frases en idioma ininteligible y, junto al oído, una voz aplicada y sin expresión que las vertía al español. Ramos de flores, chasquidos de cámaras fotográficas, el micrófono de una grabadora portátil. "Doroguíe drusiá...", pequeño discurso de respuesta del presidente de nuestra delegación, palmadas, por aquí compañeros, por favor, pequeña etapa en un salón de espera, ¿para qué periódico trabaja?, presentaciones, nombres y cargos imposibles de retener, rostros nuevos que se agregan en sucesión vertiginosa, dientes de acero y oro, sonrisas metalúrgicas, ¿dónde carajo pondré este ramo de flores?, por aquí compañeros, pasillos, aire libre, árboles sin hojas, viento cortante, un coche negro y largo se detuvo, una portezuela se abrió, por favor compañeros, un apretujamiento en busca de acomodo y, por fin, el silencio, la paz.

Una carretera estrecha bordeada de abetos, pinos y troncos pelados de abedules cuyos lunares, como los de un perro dálmata, me despertaban deseos de acariciarlos. ¿Era aquello Moscú? Un bosque... Simples impresiones bucólicas y ni siquiera había nieve... El cansancio del viaje era más fuerte que mi deseo de mostrarme a la altura del momento histórico. Con tono aburrido y mecánico, la intérprete respondía a nuestras preguntas. No, todavía no empezaría a nevar. Sí, aquéllas eran isbas. No, ya nadie preparaba el té en un samovar, en Tula los seguían preparando para los turistas, pero ahora eran eléctricos.

"¿Cómo explican ustedes lo de Hungría?", le pregunté a bocajarro, lo cual provocó miradas coléricas de mis compañeros, escandalizados por un acto tan flagrante de lesa hospitalidad.

Ella no se inmutó. Con el mismo tono mecánico que utilizaba para explicarnos isbas y samovares, respondió: "Hubo que hacerlo. La frontera austríaca estaba abierta y por ella entraban armas norteamericanas: la revolución estaba en peligro."

Benditas palabras que nos hermanaban a través de los años, por encima de los idiomas y los kilómetros. Rusia era muchas cosas en mi imaginación, pero jamás había pasado por mi estúpida cabeza la idea de que aquella muchacha, al decir «revolución», estuviese pensando lo mismo que yo. La Revolución era Cuba. Para mí, la Unión

Soviética representaba otra cosa. Era el comunismo, era Stalingrado, los procesos del 37, Beria. Le sonreí y tendí una mano para apretar sus dedos pequeños y temblorosos. Se llamaba Rosanna.

La llanura sucedió al bosque. ¿Era aquello la estepa? No precisamente... Y ésas, ¿son dachas? Bueno, si... Tractores, grúas, un camino en construcción. Aquí se detuvo el avance de los alemanes... ¿Son éstas entonces "las puertas de Moscú"? Una risa traviesa. Edificios de varios pisos surgían al salir de una curva y avanzaban hacia nosotros a cien kilómetros por hora. No, todavía, éstos son solamente los suburbios. Ahora sí estamos en Moscú. Esas son viviendas recién construídas para los obreros. ¿Y ésas? Oh, simples tiendas de comestibles. ¡No, ya nadie viaja en trineo! Y su risa resonó de nuevo, mientras sus ojillos nos escudriñaban con malicia "¡Miren qué edificio más extraño!" Es una estación de trenes. Ahora entramos en la calle Gorki, el centro comercial de Moscú. Esta es la plaza de Maiakovski, compañeros, a su izquierda tienen el famoso teatro de marionetas y ésa es la estatua del poeta. ¿Cómo? ¡Eso es falso, se suicidó porque estaba enfermo! Ahora entramos en la avenida Sadóvaia, la más amplia de Moscú, le da la vuelta a toda la ciudad siguiendo el trazado de las antiguas fortificaciones. Ese es el "Hotel Pekín". ¡Eso también es falso! La amistad entre los pueblos soviético y chino es eterna e indestructible.

Su voz se convertía en sonsonete, el auto rodaba a lo largo de la avenida con vocación de potrero, los edificios se mezclaban en la retina y un sopor invencible hacía pesar mis párpados. Me sentía rodar hacia la inconsciencia. "Este es el río Moscú", y reaccioné ante lo que se me antojaba patente imposibilidad. Ese río no existe en las geografías, compañera... ¡El Moscova!, impronunciable Moskvá, primer contacto con irremediablemente antagónicas contradicciones de consonantes. ¡El Moscova! Natacha, Rasputín, la gran emperatriz. No, compañeros, no es una catedral, sino nuestro hotel. Gostínitza Ukraína.

Runrún de eficientes maleteros. Por aquí, por favor. Una jaqueca que amenazaba, más preguntas y papeleos. Zombie desvalido, alguien me empuja amablemente hacia un ascensor. "¡Todos en el vestíbulo dentro de media hora para un brindis!" El ascensor subía, subía, no se detendría jamás, no era un ascensor sino un Spútnik, piso diecinueve, por aquí, compañero, una puerta se abrió, gracias balbuceadas, la puerta se cerró al fin, yo era un trompo dando sus últimas vueltas, una cama, la nada.

Un timbre muy lejano logró penetrar en mi espíritu y me fue halando hacia una nueva consciencia. Está oscuro, donde me encuentro, he perdido el avión de Moscú. Llegué a encontrar a tientas el teléfono.

"¡Compañero, hace media hora que lo estamos esperando en el vestíbulo!", y la voz severa, vagamente familiar, me provocó asociaciones de samovares y catedrales góticas antes de perderse tras un tono de discar que me impidió confundirme en explicaciones. Encontré un interruptor, corri hacia el lavabo, lástima que no haya tiempo para afeitarme. La voz severa sonaba aún en mi memoria y me hacia sentirme subdesarrollado.

Un grupo, que a todas luces se completaba con mi llegada, se puso en movimiento hacia el comedor. Una sonrisa de dieciocho quilates se colocó junto a mí y me conducía por el brazo. He visto ya estos rostros, debe ser la gente que vino al aeropuerto. Latente desaprobación de mis compañeros; nunca falta en una delegación quien dé la nota, y la puntualidad es la cortesía de las personas bien educadas, no, eso quien lo decía era mi abuela. "Son las cinco." Debe ser un cóctel.

Desembocamos en un salón privado. Una araña de innumerables bombillas parecía que se iba a desplomar sobre botellas, platos, cristalerías, fruteros repletos y comestibles que no reconocía, en cantidad tal que, a su vez, amenazaban con hacer desplomarse la mesa de tres, seis, nueve, doce, doce por dos veinticuatro cubiertos. La sonrisa de dieciocho quilates se sentó a mi derecha y me reveló, en un inglés chapurreado, que trabajaba en Izvestia. Una presión sobre mi antebrazo izquierdo, volví el rostro y vi avanzar una mano. "Blublublu...off, vicepresidente del Comité Estatal para la Radio y la Televisión." Mucho gusto, compañero, hombre, pero qué bien habla usted el español, ja, ja, gracias, es que viví tres años en México, pues, mire, lo felicito, no tiene ningún acento, idioma español es muy difícil para nosotros, ja, ja, y qué diremos nosotros del ruso, ja ja ja. Me he sacado la lotería, con éste no necesito intérprete. "¿Qué le parece si brindamos?" "¡Magnífica idea!" Hizo una señal al sirviente, y un brazo sinuoso se infiltró bajo mis narices y vertió vodka en nuestras copas. Dos directores de periódico, un viceministro de Cultura, dos altos funcionarios del mismo Ministerio, otro de Asuntos Exteriores, dirigentes de la Unión de Periodistas. ¿Somos, pues, tan importantes? Me fascinaba el mastodonte que estaba sentado frente a mí; desbordaba de su silla y por encima de la mesa sobre Pepe Solís, quien me dirigía miradas angustiadas y parecía a punto de pedir auxilio. "Es el presidente del Comité Estatal para la Radio y la Televisión." Parecía un personaje escapado de Rabelais a bordo de un cohete; masticaba con deleite y se preparaba a chocar su copa con la de Pepe. A mi izquierda me llamaron al orden. "¡Por la amistad cubano-soviética!" Acepté halagado, me sentí invadido por oleadas invencibles de fraternidad universal. Mojé mis labios en el ardiente líquido. "¡No, compañero, tiene que vaciar la copa! Do dná decimos nosotros, hasta el fondo." Vaya usted a la mierda, me dieron ganas de decirle. "¿Y por qué, compañero?", le pregunté en tímida rebelión. "Porque, si no, el brindis no es sincero." Los ojos desorbitados de Pepe Solís, su muda petición de auxilio, me indicaban que acababa de recibir la misma explicación. El pobre, padece de una úlcera. Olegario Sánchez escrutaba mi opinión desde un extremo de la mesa, Fructuoso Rosales sonreía encantado, y Mendoza, que presidía nuestra delegación, ponía cara de circunstancias. La expresión de Pepe Solís habría hecho llorar a una piedra; se frotaba el vientre con una mano, argumentaba cosas patéticas. El mastodonte no se dejaba convencer y le llevaba dulcemente la mano hasta la copa de inexorable vodka; amante dotado de infinita ternura, encerraba en su garra gorda y velluda la manita temblorosa, envuelta en aquel cáliz de fraternidad proletaria que la constreñía a cerrarse tímidamente sobre el tallo de la flor de cristal tallado. Todos listos, las miradas se dispararon en fuego graneado de consultas recíprocas, un ruso se puso de pie, los demás lo imitamos. Brindis, traducción, las copas se alzaron, la lava derretida descendió por mi esófago, el universo se inflamó, nos sentamos.

El brazo uniformado se volvió a deslizar por mi izquierda blandiendo otra botella, las copas se llenaron, otro discurso se dejó oír en lengua bárbara, la operación se repitió. Las miradas se animaban, nuestros anfitriones iban perdiendo su almidón protocolario. "Mejor es que coma algo, así no se emborracha", me susurraron. Demasiado tarde. "Coma usted mantequilla", agregó la misma voz, y mi vecino me tendió un trozo de pan negro embadurnado de amarillo. Las copas se volvieron a llenar mágicamente, se apoderó de mi el pánico y empecé a comer con desesperación salmón ahumado, caviar, vodka, panecillos con mantequilla, tomates, rábanos, vodka, quesos, jamones, pescados en gelatina, vodka, vodka, vodka. El mundo ardía y danzaba, era una carcajada, los hombres son hermanos, viva la paz universal.

A tiempo se nos indicó la conveniencia de responder a los brindis y cada uno de los cubanos tuvimos que improvisarlos, pescando ideas entre nubes de alcohol. Las copas se volvían a llenar, una cadena sinfín de respuestas y contrarrespuestas do dná nos arrastraba al abismo. ¿Cuántas copas habíamos vaciado? ¿Cien? No tenía importancia. Todos estábamos ahítos. Llevábamos horas brindando y comiendo, se aproximaba el momento de la liberación. Los camareros retiraban los restos del banquete. Pepe estaba verde; Fructuoso, escarlata. Mendoza apretaba los dientes, la sonrisa de Izvestia tenía veintidós quilates, el mastodonte, triplicado en volumen, se acariciaba la panza y miraba al techo con sensual bonhomía. Un ejército de camareros irrumpió por una puerta lateral, se desplegó en dos alas alrededor de la mesa y se desmenuzó ordenadamente siguiendo la ubicación de los comensales. El mismo, sinuoso y fatal brazo uniformado colocó ante mí un humeante plato de sopa en el cual nadaba una pechuga de pollo.

"No, si sólo hemos comido los zakúskii", me tranquilizó mi vecino de la izquierda. Intenté explicarle que ya estaba satisfecho, y la mirada de fraternidad universal se volvió dura. ¡Los camaradas cubanos no serían capaces de semejante desaire!

La sopa y el pescado con salsa verde, los comimos con vino blanco, el filete y las papas con vino rojo. Tragamos todo heroicamente: éramos representantes de la heroica Cuba. Después del helado vino el café, acompañado de coñac armenio. El puesto de Pepe Solís estaba vacío y, cuando me disponía a buscarlo bajo la mesa, sonó una descarga. ¿Lo habían fusilado? No, era que aquella copa no había quedado olvidada y aguardaba el champaña que vendría a sellar con sus chorros de espuma —¡oh, rabiosa nostalgia del "Alka-seltzer"!— nuestra amistad eterna.

BIBI ARENAS
(Blanca Armas de Arenas)

Nació en Las Villas, en 1941. Se graduó en la Escuela Normal para Maestros de Santa Clara en 1959, donde ejerció su profesión hasta partir al exilio en 1962. Se radicó en San Juan, Puerto Rico y ejerció la docencia entre 1968 y 1976. Allí también fue directora de la sección de literatura del Círculo Cubano. Sus creaciones literarias han sido publicadas en diversos diarios y revistas de Miami y Puerto Rico, donde falleció hace algunos años.

SEMBRADOR

... Y había un señor que tenía grandes ambiciones. Casi todas las horas de su vida las pasaba pensando en cómo podría llegar a ser un gran propietario, hasta que un día, para él muy luminoso se dijo: —¡Ah! ya sé, abriré un surco, plantaré una semilla y luego un productivo árbol será mío y con sus frutos ascenderé escalones infinitos. Y así lo hizo. Plantó la semilla y ésta se alimentó con la tierra fértil. El ambicioso hombre tenía visión de futuro o quizás, sencillamente, buena suerte, pues supo escoger el lugar adecuado para sembrar su árbol. Pero esa tierra no la creó el sembrador.

Una, dos, diez, veinte ramas y ramas y ramas crecían, el árbol se erguía haciéndose cada vez más frondoso con la ayuda de una luz única, potente y radiante que lo coloreaba y hacía crecer. Pero esa luz, no la creó el sembrador que junto a "su" propiedad se deleitaba posesivo.

Las nubes, al desprender la preciada lluvia, bañaban la vida del amado árbol. Pero el regalo que ellas enviaban, no lo creó el sembrador.

El tiempo transcurrió y ya el árbol estaba en plena madurez y un día apareció un ruiseñor que aleteando entre sus ramas quería regalarle a la brisa sus sonoridades únicas, pero el sembrador, que no estaba de humores para trinos, dijo:

—Fuera de mi árbol, cantador,

Más tarde, llegó una golondrina friolenta que emigraba en busca de un refugio en su destino, al ver el árbol sonrió complacida, ¡lo había encontrado! pero pronto tuvo que huir desilusionada a la voz del sembrador que gritaba:

—No planté semilla para tibiar el frío de los mundos.

Cuando los violáceos y rojos del cielo anunciaban la huida de la tarde, un labriego, cansado del polvo del camino se tendió junto al árbol, para soñar que el polvo era de estrellas, pero el "propietario", que había vuelto nuevamente a su sitio predilecto, al encontrarse con el esperanzado labriego, dejó oír su voz furiosa.

—No para tejer sueños abrí surcos. Y tuvo así que despertar el soñador,

¡Qué hermoso estaba el árbol! apenas una rama verde, pues las flores parecían estar de acuerdo para tejerle un manto que todo lo cubriese. Entonces pasó junto a él una mujer temible —era poeta— se detuvo, embriagada ante tanta belleza y se dispuso a darle timbre de eternidad a lo contemplado; pero en ese momento llegó el "propietario" y se escucharon estas palabras:

—Alto, no quiero reproducciones de mi obra, Y mientras continuaba enfrascado en callar la pluma de la poetisa, llegó un niño corriendo que, quizás, travieso o hambriento, trepaba por el árbol y alcanzó uno de los primeros frutos que ya asomaba por entre las flores; pero el niño fue descubierto por el hombre que le gritaba:

—Fuera, fuera confianzudo, fuera, fuera de esas ramas, esos frutos no te pertenecen y ya pronto, cuando cientos de ellos posea, se encaminarán al afán que siempre he sostenido desde aquel iluminado día en que escogí el mejor surco para plantar mi semilla.

Éste es mi árbol, éstas son mis flores, éstos son mis frutos. ¡No lo duden!

A la voz de ¡No lo duden! surgieron desconocidos signos: No cantaba, retumbaba el ruiseñor; la fría golondrina fuego despedía; el cansado labriego su polvo convertía en estrellas; la joven poetisa volcó en imágenes todos sus sentires y el niño saboreaba los frutos en sazón. Y el sembrador, enloquecido gritaba junto al árbol:

—¡Es mío, es mío y sólo mío, Y apretaba sus oídos fuertemente, queriendo apagar aquellas voces que unidas le decían:

—¿Es tuyo? Solamente plantaste la semilla.

Recuerda que hubo luz, y agua y tierra fértil, nosotros no olvidamos tu idea, y tu visión y cuando tú decidas que las aves y hombres, los artistas y los niños compartan tus ideas e intuiciones, ese ruido tormentoso que te acosa tornará el estruendo en sinfonía y una nueva luz iluminará el horizonte, que se cubrirá con las notas de un ascendente coro que hará descender las manos que aprietan tus oídos, entonces las extenderás horizontalmente para escuchar vibrante, un himno de marciales armonías cantándote por siempre: ¡Sembrador, Sembrador, Sembrador!

REINALDO ARENAS

Reinaldo Arenas nació en Holguín, Oriente, en 1943. Contando apenas 15 años, se une a los rebeldes castristas en la Sierra de Gibara. Con el triunfo revolucionario, en 1959 regresa a Holguín y estudia Contabilidad Agrícola. En 1962 se marcha para La Habana, trabaja en la Biblioteca Nacional y hace estudios literarios en la Universidad. En 1965, su novela, Celestino antes del alba, *recibe Primera Mención en el Concurso Nacional de Novela. En 1973, al caer en desgracia con las autoridades cubanas, es condenado a prisión hasta 1976. En 1980 logra escapar hacia los Estados Unidos por la vía del Mariel y se radica en Nueva York. Recibió las Becas Cintas, Guggenheim y Woodrow Wilson. Su obra literaria es extensa y ha sido traducida a varios idiomas. Aquejado de penosa enfermedad puso fin a su vida en Nueva York, el 7 de diciembre de 1990. Entre sus obras, figuran:* Celestino antes del alba *(1967), titulada posteriormente* Cantando en el pozo *(1982);* El mundo alucinante *(1969), su novela más afamada; el volumen de relatos* Con los ojos cerrados *(1972), publicado más tarde con el título* Termina el desfile *(1981);* El palacio de las blanquísimas mofetas *(1980);* La vieja Rosa *(1980); el poema* El Central *(1981);* Otra vez el mar *(1982);* Arturo, la estrella más brillante *(1984); el volumen de teatro experimental* Persecución *(1986); el libro de ensayos* Necesidad de libertad *(1986);* La loma del ángel *(1987);* El portero *(1988), novela publicada primero en francés y en 1990, en español; los poemarios* Voluntad de vivir manifestándose *(1989) y* Leprosorio *(1991); y sus últimas creaciones narrativas,* Viaje a la Habana, *publicada en 1990, y las aparecidas póstumamente,* El color del verano *(1991) y* El asalto *(1991).*

TRAIDOR

Hablaré rápido y mal. Así que no se haga ilusiones con su aparatico. No piense que le va a sacar mucho partido a lo que yo diga, y después coserlo aquí o allá, ponerle esto o lo otro, hacer un mamotreto, o qué se yo, y hacerse famoso; a mis costillas... Aunque no sé, a lo mejor si hablo mal la cosa sea aún mejor para usted. Puede gustar más. Puede usted explotarlo mejor. Pues usted, ya lo veo, es el diablo. Pero ya que está aquí, y con esos andariveles, hablaré. Poco. Nada casi. Sólo para demostrarle que sin nosotros ustedes no son nada. El cenicero está ahí, encima del lavabo, cójalo si quiere... Mucho aparato, mucha camisa limpia —¿es seda? ¿Ahora ya hay seda?—, pero tiene usted que quedarse ahí, de pie, o sentarse en esa silla sin fondo —sí, ya sé que están vendiendo fondos—, y preguntarme.

¿Qué sabe usted de él? Qué sabe nadie... Ahora que Fidel Castro se cayó, lo tumbaron o se cansó, todo el mundo habla, todo el mundo puede hablar. El sistema ha cambiado otra vez. Ah, ahora todo el mundo es héroe. Ahora todo el mundo, resulta, que estaba en contra. Pero entonces, cuando en cada esquina había un Comité de Vigilancia; algo que observaba noche y día las puertas de cada casa, las ventanas, las tapias, las luces, y todos nuestros movimientos, y todas nuestras palabras, y todos nuestros silencios, y lo que oíamos por la radio, y lo que no oíamos, y quiénes eran nuestras amistades, y quiénes eran nuestros enemigos, y cuál era nuestra vida sexual, y nuestra correspondencia, y nuestras enfermedades, y nuestras ilusiones... También todo eso era chequeado. Ah, ya veo que no me cree. Soy vieja. Piense de ese modo si quiere. Soy vieja, deliro. Piense así. Es mejor. Ahora se puede pensar — no me entiende— ¿Es que no comprende que entonces no se podía pensar? Pero ahora sí, ¿verdad? Sí. Y eso sería ya un motivo de preocupación, si es que algo aun me pudiese preocupar. Si se puede pensar en voz alta es que no hay nada que decir. Pero, oigame, ellos están ahí. Ellos lo han envenenado todo y están por ahí. Y ya cualquier cosa que se haga será a causa de ellos, en su contra o en su favor —ahora no—pero por ellos. ¿Qué digo, qué estoy diciendo? ¿Es cierto que puedo decir lo que me de la gana? ¿Es verdad? Digamelo. Al principio me parecía mentira. Ahora, tampoco lo creo. Cambian los tiempos. Oigo hablar otra vez de libertad. A gritos. Eso es malo. Cuando se grita de ese modo "¡Libertad!" generalmente lo que se desea es lo contrario. Yo sé. Yo vi... Por algo ha venido usted, me ha localizado, y está aquí, con ese aparato. ¿Funciona, verdad? Mire que no voy a repetir. Ya sobrará por ahí quien invente...Ahora vienen los testimonios, Claro, todo el mundo cuenta, todo el mundo alborota, todo el mundo chilla, todo el mundo era, qué bonito, contrario a la tiranía. Y no lo dudo. Ah, pero entonces, quién no lucía un distintivo político, acuñado, lógicamente, por el régimen. Averigüelo bien, ¿su padre, acaso no fue miliciano? ¿Acaso no fue al trabajo voluntario. *Volun-*

tario, esa era la palabra. Yo misma, cuando el derrocamiento de Castro estuve a punto de ser fusilada por castrista. Qué horror. Me salvaron las cartas que le había enviado a mi hermana en el exilio. ¿Y si no hubiesen existido esas cartas?... Rápido me las tuvo que enviar, si no me la pelan... Yo, que no he vuelto a salir a la calle, porque algo (mucho) de aquello se ha quedado en el tiempo. Y no quiero olerlo. Yo... Así que me pide usted que hable, que aporte, que coopere —perdón, sé que ese lenguaje no es de esta época —con lo que sepa, pues pretende hacer un libro, o algo por el estilo, con una de las víctimas. Una víctima doble, tendrá que decir. O triple. O, mejor, una víctima víctima. O mejor, una víctima víctima de las víctimas. En fin, arregle eso. Ponga lo que se le ocurra. No es necesario que yo lo revise. No quiero revisar nada. Aprovecho sin embargo esta libertad de "expresión?" —¿aún se dice así?— para decirle que es usted una tiñosa. Auras le decía. ¿Las han eliminado a todas? ¿Ya no son necesarias? Qué pajaros: se alimentaban de la carroña, de los cadáveres, y después se elevaban hasta el mismo cielo. ¿Y cuál fue la causa de que los exterminaran? Higienizaban la Isla bajo todos los regímenes. Cómo engullían... Tal vez murieron envenenados al comerse los cadáveres de los criminales ajusticiados (*ajusticiados*, es ésa aún la palabra?) por ustedes... Pero, oiga, acerque más el aparato. Pronto, que estoy apurada, vieja y cansada, y, para serle franca, también estoy envenenada... Antes ese aparato (¿funciona?) tenía mucho uso aunque la gente, generalmente, no sabía cuándo ellos lo estaban utilizando... Usted me explica lo que va a hacer y para qué ha venido. Hablamos. Y nadie en la esquina vigila, ¿verdad? ¿Y no registrarán la casa luego de que usted se haya marchado —verdad? De todos modos, qué puedo yo esconder ya. Y puedo decir estoy en contra o a favor ¿es cierto? Puedo hora mismo hablar si quiero contra el nuevo gobierno— y nada pasaría?... Es posible. ¿Es posible?...Sí, todo es así. Ahí, en la esquina, hoy vendieron cerveza. Hubo ruido. Música, le dicen. La gente ya no se ve tan desgreñada, ni tan furiosa. Los árboles ya no sostienen consignas. Se pasea, lo veo, se puede ser auténticamente triste, con tristeza propia, quiero decir. Se come, se aspira, se sueña —¿se sueña? se ven telas brillantes. Pero yo no creo, ya se lo dije. Yo estoy envenenada. Yo vi... Pero, en fin, debemos ir al grano. Que es lo que a usted le interesa. Ya no se puede perder tiempo. Ahora se trabaja, ¿verdad? Antes, lo importante era aparentarlo. Se aspira... La historia es simple. Ya lo digo. Pero de todos modos, esas cosas usted no las va a entender. Ni nadie ya, casi. Esas son cosas que no se pueden comprender si no se han padecido, como casi todo... Escribió varios libros que deben andar por ahí. O no. Quizás al principio del aniquilamiento del comunismo, los quemaron. Entonces, muy al principio, claro, se hacían esas cosas. Vicios heredados. Trabajo ha costado, bién lo sé, superar esas "tendencias" —¿así se le llama todavía?—. Todos esos libros, usted lo sabe, hablaban bien del sistema derrocado. Y, sin embargo, todo eso es mentira... Había que ir al campo, y él iba. Nadie sabía que cuando más furiosamente trabajaba, no lo hacía por adepción al régimen, sino por odio. Había que ver con qué pasión escarbaba la tierra, cómo sembraba, desyerbaba, guataqueaba. Esos, entonces, eran méritos grandes. ¡Jesús!, y con qué odio lo hacía todo, con qué odio cooperaba en todo. Cómo aborrecía todo aquello... Lo hicieron —se hizo— "joven ejemplar", "obrero de avanzada" se le entregó el "gallardete". Había que hacer una guardia extra, él la hacía; había que irse a la zafra, él se iba. En el servicio militar, a qué podía negarse, si todo era oficial, patriótico, revolucionario, es decir, inexcusable. Y fuera del servicio militar todo era también un servicio obligatorio. Con el agravante de que entonces ya no era un muchacho. Era un hombre y tenía que vivir; es decir, necesitaba un cuarto, una olla de presión, por ejemplo, un pantalón, por ejemplo. No me creería si le digo que la entrega, la autorización para comprar una camisa, revestía un privilegio político? Ya veo que no me cree. Qué le vamos a hacer. Ojalá siempre pueda ser usted así ... Como odiaba tanto al sistema, se limitó a hablar poco; y como no hablaba, no se contradecía, como los otros, que lo que decían hoy, mañana tenían que rectificarlo o negarlo —problemas de la dialéctica, se decía—. Y, en fin, como no se contradecía, se convirtió en un hombre de confianza, de respeto. En las asambleas semanales, jamás interrumpía. Había que ver qué expresión de sentimiento lucía, miemtras navegaba, viajaba, soñaba que estaba en otro sitio, en "tierras enemigas" (como *ellos* decían), y que regresaba en un avión, con una bomba atómica; y allí mismo, en la asamblea, en la plaza repleta de esclavos, donde tantas veces él, ominosamente, había también asistido y aplaudido, la dejaba caer... Así que, "por sus disciplina y observancia en los Circulos de Estudios" (así se le llamaban a las clases obligatorias de adoctrinamiento político), se le entregó otro diploma. A la hora de leer el Granma (aún recuerdo ese título), él era el primero, no porque le atrayera, sino porque su aborrecimiento a ese diario era tal que para salir rápido de él (como de todo lo que se detesta lo hacía inmediatamente). Al levantar la mano para donar esto, aquéllo, lo otro —todo lo donábamos púbicamente—, cómo se reía por dentro de sí mismo; cómo, por dentro, reventaba...Cuatro o cinco horas extras siempre hacía "voluntarias" —pero no las hubiera hecho para que hubieses visto. En la guadia obligatoria, con el fusil al hombro, paseándose por el edificio que el régimen anterior había construido —custodiando su infierno—, cuántas veces no pensó en volarse los sesos, gritando "Abajo Castro", o algo por el estilo... Pero la vida es otra cosa. La gente es otra. ¿Sabe usted lo que es el miedo? ¿Sabe usted lo que es el odio? ¿Sabe usted lo que es la esperanza? ¿Sabe usted lo que es la impotencia?... Cuídese, no confíe, no confíe. Ni siquiera ahora, ahora menos. Ahora que todo ofrece confianza es el momento oportuno para desconfiar. Después será demasiado tarde. Después tendrá que obedecer. Es usted joven. No sabe nada. Pero su padre sin duda fue miliciano; su padre, sin duda... No participe en nada, váyase —¿se puede ir uno ahora?— Es increíble. Irse... "Si pudiera irme," me decía él, me lo susurraba, luego de haber llegado de una jornada infinita; luego de haber estado tres horas aplaudiendo, "si pudiera irme, si pudiera, a nado, otra cosa es ya imposible, remontar este infierno y perderme..." Y yo: cálmate, cálmate, bien sabes que es imposible, pedazos de uñas traen los pescadores. Hay orden de disparar en alta mar a boca de jarro, aunque te entregues. Mira esos focos...Y él mismo tenía a veces que cuidar de los focos, de las armas, limpiarlas, darles brillo, celar los objetos de su sometimiento. Y con cuánta disciplina lo hacía, con cuánta pasión, diríase que trataba de que su autenticidad no sobresaliese por sobre sus actos. Y regresaba fatigado, sucio, lleno de palmaditas y condecoraciones... "Ah, si tuviera una bomba", me decía entonces —me susurraba, mejor dicho—, "ya hubiese volado con todo esto. Una bomba potente, que no dejase nada. Nada. Ni a mí mismo". Y yo: cálmate, por Dios, espera, no hables más, te pueden oír, no lo eches a perder todo con tu furia... Disciplinado, atento, trabajador, discreto, sencillo, normal, natural, absolutamente natural, adaptado precisamente por sentir todo lo contrario, cómo no lo iban a hacer miembro del Partido. ¿Qué tarea no realizaba? Y rápido. ¿Qué crítica no aceptaba humildemente... Y aquel odio tan grande por dentro, aquel sentirse vejado, aniquilado, sepultado, y nada poder decir, sino acepar calladamente, qué calladamente, entusiastamente, para no ser aún más vejado, más aniquilado, absolutamente fulminado. Para poder, quizás un día, ser uno, vengarse: hablar, actuar, vivir... Ah, cómo lloraba, muy bajito, por las noches, en su cuarto, ahí, en ese que está al lado, a esta mano. Lloraba de furia y de odio. Jamás podré enumerar, aunque viva sólo para eso, las injurias que pronunciaba contra el régimen. "No puedo más, no puedo más", me decía. Y era la verdad. Abrazado a mí, abrazado a mí que era también joven, éramos jovenes, así como usted — aunque no sé, a lo mejor usted ya no es tan joven: ahora todo el mundo está tan bien alimentado.... Abrazado a mí me decía: "No voy a poder más, no voy a poder más. Voy a gritar todo mi odios. Voy a gritar la verdad, me susurraba ahogado. Y yo, ¿qué hacía yo? Yo lo calmaba. Le decía: ¿estás loco? —y le ajustaba las insignias—Si lo haces te van a fusilar. Aparenta, como lo hace todo el mundo. Aparenta más que el otro, así te burlas de él. Cálmate, no digas barbaridades... Siguió cumpliendo con sus tareas, siendo solamente él a veces, por las noches, sólo un rato, cuando venía a mi, a desahogar. Nunca, ni siquiera ahora que se tiene la benevolencia y el estímulo oficial, escuché a una persona hablar tan mal de aquel sistema. Él, como estaba dentro del mismo, conocía todo el aparato, sus atrocidades más sutiles... Por el día volvía enfurecido y silencioso a la guardia, a la asamblea, al campo, a la mano levantada. Se llenó de méritos...Fue entonces cuando el Partido le *orientó* — no sabe usted lo que significaba ese verbo en aquella época— que escribiese una serie de biografías de sus mas altos dirigentes. Hazlo, hazlo, le decía yo, si no todo lo que hasta ahora has conseguido se pierde.

Sería el fin... Se hizo famoso —lo hicieron famoso— Se mudó de aquí, le dieron una casa amplia. Se casó con la mujer que se le orientó. Yo tenía una hermana en el exilio... Venía sin embargo a visitarme —con mucha cautela—, sus libros bajo el brazo. Me los entregaba, y me decía la verdad: todos eran monstruos... ¿Eran? ¿O éramos?...¿Qué cree usted? ¿Ha averiguado algo sobre su padre? ¿Sabe algo más? ¿Por qué escogió para su trabajo precisamente a este personaje tan oscuro?. "En la primera oportunidad que tenga, me asilaré", me decía, "sé que la vigilancia es mucha, que prácticamente es imposible quedarse, que son muchos los espías, los criminales dispersos, que aún después en el exilio, seré asesinado. Pero antes hablaré. Antes diré al fin lo que siento, la verdad"... Cálmate, cállate, le decía yo —y ya no eramos tan jóvenes— no vayas a hacer una locura. Y él: ¿Es que creas que puedo pasarme toda una vida representando? ¿Es que no te das cuenta que a fuerza de tanto traicionarme voy a dejar de ser yo mismo? ¿Es que no vez que ya soy una sombra, un fantoche, un actor que no desciende nunca del escenario donde representa además un papel sucio? Y yo: espera, espera. Yo, comprendiendo, llorando también con él, odiando tanto o más que él —soy, o era, mujer—, aparentando coro todo el mundo, secretamente conspirando con el pensamiento, con el alma, y suplicando que esperara, que esperara. Y supo esperar. Hasta que llegó el momento.

El momento en que fue derrocado el régimen. Y él, procesado y condenado como agente directo de la tiranía castrista (todas las pruebas estaban en su contra) a la pena máxima por fusilamiento. Entonces, de pie ante el pelotón libertario que lo fusilaría grita: "¡Abajo Castro. Abajo la tiranía... 'Viva la libertad ..... Hasta que la descarga cerrada lo enmudeció estuvo repitiendo aquellos gritos. Gritos que la prensa y el mundo calificaron de cobarde cinismo. Pero yo, escríbalo ahí por si no funciona el aparatico, puedo asegurarle que fue lo único auténtico que dijo en voz alta durante toda su vida.

MERCEDES ARES

Nació en La Habana, en 1954 y emigró a los Estados Unidos en 1969. Desde entonces reside en Miami. Cursó estudios en Florida International University y obtuvo su Doctorado en Literatura Española e Hispanoamericana en la Universidad de Miami, en 1991. Ha merecido varias becas y distinciones académicas y premios por sus trabajos críticos y cuentos. Ha publicado un libro de poemas titulado Diario de un caracol *(1986). Actualmente trabaja en un libro de relatos muy breves titulado* Fugas, *al que pertenecen el cuento incluido.*

EL ABRAZO MÁS CRUEL

¡Bejnabééééé! ¡Bejnabéééééééé!
Bernabé andaba por ahí, viendo a ver si veía. De un tiempo a esta parte las cosas se le despintaban más cuanto más las miraba.
—¡Bejnabééééé! ¡Bejnabéééééééé!
Bernabé estaba recostado a la guásima, con los ojos cerrados, en medio de una luz blanca que se lo llevaba acurrucado por el cielo, de nube en nube, hasta un lugar lejano en el que ya jamás lo alcanzarían las voces de sus padres.
—Ay, comadre, qué cruj no'ja tocao con ejte muchacho.
—Ay, comadre, no se queje. Po'lo meno' jestá entoavia con ustés y se ha lograo. Ej muchacho no ej malo.
—No me diga eso, comadre. Si ej un vago, un haragán. Desde qu'era vejigo. Deja que yo lo coja. ¡Bejnabéééé!
Bernabé oía los gritos y los lamentos de su madre, pero no corría a su encuentro. Últimamente le tropezaban los pies con toda clase de obstáculos invisibles que se le encimaban cuando ya no podía evadirlos, y andaba por ahí chocando con todo. Trató de asomar la cabeza por el costado del corral para determinar si podría evadírse, pero todo fue inútil. A esta hora el sol lo cegaba de tal manera que no distinguía nada. Echó a andar con precaución, atento el oído a

los pasos de la vieja, que andaba como loca, buscándolo. Seguro que te van a dar. Seguro que te caen a golpes y mañana no te puedes mover.

Se escondió detrás del gallinero y se puso a mirar los pájaros posados en la tendedera, hasta que empezaron a despintársele. Entonces cerró los ojos y vio bajar al águila, que venía con las alas plegadas como un proyectil, disparada hacia abajo, hacia sus mismos ojos, venía, en picada, creciendo más cuanto más bajaba, y él se iba agachando más y más hasta casi incrustarse en la tierra, y ya le iba a caer encima cuando dio un salto y se le plantó delante, y sí, sí, señor, era un águila dorada enorme, lindísima...

—¡Bejnabé! ¡Bejnabéééééééé!

Se le disparó el corazón al oír la voz de su padre.

—Cuando te coja, te vaj' a'cordal de mi, carajo!

Sal, Bernabé, sal. Aconséjate y sal. Más te vale que salgas ahora. Si no sabes te van a encerrar en cueros y te van a dar fajazos hasta que se te caiga la carne. Pensando estas cosas se le olvidó que tenía delante al águila, y tanto se sorprendió de verla cuando volvió a mirar que casi se cae en un hoyo que de pronto se había abierto debajo de sus pies. Cuidado, Bernabé, cuidado, que si te caes ahí no haces el cuento.

—No tengas miedo—le dijo el águila.

El sobresalto fue tan grande, que se le olvidaron los gritos que todavía se oían, de sus dos padres, vueltos locos, llamándolo.

—Si quieres, te llevo—insistió el águila.

—Ej que ahora no pueo d'ilme—dijo Bernabé con precaución—. Tengo que'ayudal a mij padrej.

—Qué niño más tonto eres, Bernabé.

Y se fue, y Bernabé se quedó desolado, desolado. Tan desolado, que salió caminando sin darse cuenta de que su madre corría enfurecida hacia él. Corrió, corrió, corrió, corrió, hacia el campo, hasta que ya no veía nada, ni oía nada, ni podía apenas respirar. Entonces cayó de bruces sobre la hierba, que estaba altísima, y se quedó escondido, sin moverse. De la que te salvaste, Bernabé. Si te cogen te caen a golpes, y mañana no te puedes mover. Se quedó muy tranquilo, y aunque hacía un calor horrible y el sol le daba en plena cara, no se movió, y ahí se estuvo hasta que se quedó dormido. Cuando se despertó no veía casi nada, porque todo estaba nublado, y casi a tientas, con un miedo muy grande empezó a caminar hacia la casa. No hagas ruido, Bernabé. Si te oyen entrar te van a caer a golpes, y mañana seguro que no te puedes mover. Ni pasado. Pero, como no veía, tropezó, y aún no había tenido tiempo de levantarse cuando ya tenía encima a sus padres.

Golpes, Golpes, Golpes, Golpes,
Golpes, Golpes, Golpes, Golpes,
Golpes, Golpes, Golpes, Golpes,
Golpes, Golpes, Golpes, Golpes
Sintió un dolor tan fuerte, que se le doblaron las rodillas.
—Cabrón, media jora llamándote y tú como si ná, animal...
Palos, Palos, Palos, Palos, Palos,
Palos, Palos, Palos, Palos, Palos,
Palos, Palos, Palos, Palos, Palos,
Palos, Palos, Palos, Palos, Palos
Palos, Palos, Palos, Palos, Palos,
Palos, Palos, Palos, Palos, Palos

Se enrolló todo lo más que pudo, y se tapó la cara, para que no lo alcanzaran los golpes en los ojos, que ya estaban bastante mal. Cuando volvió a abrirlos era de noche, estaba desnudo, y la cabeza le dolía. Y las manos le dolían. Y la espalda le dolía. Y le dolían las piernas. Y el pecho le dolía, le dolía, le dolía. Empezó a llorar bajito, bajito, y todo se le fue poniendo oscuro, oscuro, oscuro, hasta que apareció el águila.

—Si quieres te llevo.

Pues sí que sería bueno irse, y bien lejos. Pero él no podía mover ni los párpados. Estaba todo frío y duro, y aunque tratara mil años no podría levantarse. De ninguna manera podría. Pero el águila se fue achicando, achicando, y cuando ya era casi del tamaño de una hormiga, se le metió por debajo del cuerpo y empezó a crecer, a crecer, y de buenas a primeras ya estaba él en el aire, y se iba elevando, elevando, elevando, y entonces sí que vio, y qué de cosas vio que nunca se imaginó que podría ver. Vio el mar como una tierra azul con muchos pies blancos que no dejaban de moverse atrás y alante sobre ella, la cosa más hermosa que había visto nunca, vio el sol saliendo de su madriguera de nubes, dando la vuelta y ocultándose como un gran señor que era, vió cómo la luna estiraba los brazos y levantaba las aguas, dándole las manos a la tierra, que también, qué cosa increíble, se estaba moviendo y bailando, y daba vueltas y vueltas, tocó tres estrellas y las manos se le teñían de una luz blanca, y vio las raíces rompiendo por debajo el suelo, y por dentro les iban creciendo los tallos y las hojas y salía la flor, de sus mismas manos le iban creciendo naranjas perfumadas y dulces, tan sabrosas, que se volvían globos y pelotas para jugar con su hermanita, que hacía tres años que no la veía, y ahí lo estaba esperando, y empezó a llorar de alegría cuando vio que ya estaba tan cerca, tan cerca, casi junto a ella, y entonces el águila le daba unas palmaditas muy cariñosas en la espalda con la punta del ala, pero bien suavecito, y entonces vio crecer a los terneros dentro del vientre de las vacas, y vio la digestión de los geranios que le habían comido los conejos a su madre, y se rió tanto, tanto, que se le salían las lágrimas de nuevo, y en eso miró hacia abajo, para la casa donde había vivido, y vio a su madre.

—Ay, mijo, probecito mijo. Ay, mijo...

Y llorando, lo abrazaba.

RENÉ ARIZA

Nació en 1941, en La Habana, donde desde muy joven se dedicó a la carrera teatral como actor y escritor. Su primera obra dramática de fama fue La vuelta a la manzana, que en 1968 le valió el premio de la UNEAC. Desde 1971, con motivo de una de las "purgas ideológicas y morales", comenzó a ser perseguido en Cuba, y en 1974 fue condenado a varios años de prisión. Llegó a los Estados Unidos en 1979 y residió en Miami, Nueva York y San Francisco. En esa ciudad permaneció por más de una década y allí falleció, en 1994. Entre sus obras se cuentan las piezas treatrales Después del ciclón, Una vendedora de estos tiempos *y* La Gran Estrella; *el poemario* Escrito hasta los bordes *(1994) y su libro póstumo de relatos,* El regreso de Alicia al país de las maravillas.

EL PRIVILEGIADO

Había un solecito perfecto. Ni una nube, el cielo estaba azul de punta a cabo. Un fresco delicioso. Era, en resumen, el día perfecto, el que durante meses esperé para ir a la playa. Cogí un taxi: no era de los que les gusta el amontonamiento de la gente en la guagua, la peste a grajo y el empuja-empuja. Llegué (con la esperanza de no encontrarme con ninguno de mis amigos: tírate, dale, ven, nada con nosotros hasta la boya, ah, ah, ven, comemierda, tírate) saqué mi ticket, para lo cual tenía ya, a flor de bolsillo, mi carnet de trabajo.

Me entregaron la llave, que era el número 634 me parece, ahora no podría estar seguro. Me desvestí, poniendo por el orden que me los quitaba, mis zapatos, mi ropa y el libro que traía. Saqué lo imprescindible y salí hacia la arena. Había otros muchachos con trusas muy ceñidas; me sentí muy incómodo en mi short, a pesar de que era bastante desahogado (la verdad es que me daba casi por las rodillas), me pareció que de un momento a otro se podría rodar, dejándome desnudo a la vista de todos. Por eso (aunque no estaba entre mis planes) me eché sobre la arena a coger el sol. Algo me molestaba. Sin saber bien por qué, pues no tenía deseos de fumar, encendí un cigarrillo. Pero. . . a quien se le ocurre ponerse así, a echar humo, cuando todos suponen que está cogiendo sol? (Una de las dos cosas parecería el pretexto de una tercera). Entonces apagué el cigarrillo (lo hundí bien la arena, pues podría quemar a algún niño distraído) y me eché para atrás. Trataba de pensar en otras cosas y sólo me veía allí, así mismo, en esa posición, así, tratando de pensar en otras cosas. Me pareció ridículo. Sólo entonces noté que dicha posición (con las manos sirviéndole de almohada a la cabeza, los codos hacia fuera, una rodilla arriba) era la clásica de los privilegiados y los vagos: y qué era yo, en definitiva, si ahora tomaba esa actitud? No sólo quien me viera, sino yo mismo para mí tenía una aire de quien roba el espacio de otro, de otro que quizás estaría haciendo sacrificios por mí, y yo en aquella pose, me hacía pensar que. . . Entonces me acosté de un lado, y con tan mala suerte que unas muchachas con las piernas alzadas (y muy cerca) me ponía en peligro de sentirme un rascabucheador. Del otro veía el mar dando golpes de espuma: esa contemplación sin sentido sería, para la mayoría, algo dudosa; de espaldas ni pensarlo!: me podrían confundir. No tuve otro remedio que levantarme entonces, caminando hacia el mar. El agua estaba fría, a pesar de lo bravo del sol. Allá, a los lejos, veía a los nadadores, que reían y gritaban, lanzándose de lo alto del trampolín. Donde yo estaba sólo había familias, niños, señoras gordas, viejos. . . esto era preferible. Me quedé en un lugar en donde me llegaba el agua hasta los hombros dos o tres horas. Luego salí en camino recto a las taquillas. Al llegar, tiritando, fui a buscar mi toalla. Cogí la llave, que me había amarrado, muy cuidadosamente, al cordón de mi short. Miré bien, (por si acaso) su número, igualito al número pintado en la pequeña puerta. Metí la llavecita, le dí vuelta. . . y nada. Pensé que era que estaba trabada, la humedad. . . Ni atrás ni alante: nada. No podía ver: volví a mirar el número en la puerta, en la llave, en la puerta: era el mismo. Traté otra vez, poniéndola al revés, hundiendola muy suave, primero por la punta, tratando más que nada de no perder la calma y ponerme nervioso. De pronto llegó un tipo sofocado, corriendo. —Que hace ahí? —me gritó. —Se trabó mi taquilla —le contesté con amabilidad. —Esa no es su taquilla! —me grito (y más desaforado todavía). —Cómo que no! Aquí están todas mis cosas!

—¿Sus cosas? —me volvió a gritar— ¡Qué descarao! Serán mis cosas. Esa es mi taquilla.

—¿Cómo? ¿Qué dice? —(yo también grité) — Demuéstremelo entonces! Y se empezó a zafar la llave que traía, como yo, amarrada al cordón de su trusa. La verdad es que esperaba divertido el momento en que, tras!, la llave se trabara. Pero ví que la hundía en la cerradura muy fácilmente y tras!, se abría la puertecita. Claro, de todos modos, estaba yo en ventaja, ya veía mi camisa en su perchero, mi pantalón azul, mi bolsa. El tipo éste tendría que desistir de su equivocación. Pero ahora se reía, ahora sacaba mis pantalones, mis camisa, todo, y lo enseñaba a otro. —Mira que hay caretúos en esta playa, viejo.

—Oigame, yo... —insistí, proque si no...

—No, no, no, no hay problema. Eso le pasa a cualquiera. Iba a decirle: "Oigame, es mi ropa", pero mirando bien esa camisa, cualquiera, la podría tener: una camisa blanca con cuadritos y círculos que yo mismo había visto en las vidrieras, en la calle, en la guagua, por montones. Un pantalón azul, así, sin más, sin otra distinción, también era posible que...unos zapatos como esos, unas medias agujereadas, negras, de nylon, sin elásticos, quién no podría tenerlas? Finalmente: ese libro...sí, era el mismo que yo traía: los cuentos de Edgar Allan Poe, y sin embargo...a quién no le gusta el misterio?... Y como yo me había quedado allí, junto al tipo, mirando cómo se ponía mi (mi?) ropa, y lo miraba más y más, y lo miraba, me dijo, ahora muy amable: "Seguro que éste no es el número e' su llave."

Se la tendí sin decir nada. El hombre la cogió y miró a todas partes. A veces no concuerdan con los números de las taquillas, sabe? No supe que decir, cogí la llave otra vez, sin mirarlo. No iba a ponerme a registrar en todas. Ahora sí (ahora, que no coincidiría de ninguna manera con las otras dichosas puertecitas) podrían creer que era un ladrón, un "lumpen", un detritus social incorregible (con el peligro que suponía la furia de los ocupantes verdaderos). El verdadero ocupante de la mía creo que adivinó mi pensamiento, porque entonces me dijo:

—También puede que sea de otra playa.

Pero cómo, si yo estaba seguro, segurísimo, que era de aquella misma. Ni quiera me había corrido del lugar que ocupara en el agua. De la taquilla al sitio donde había tirado a coger sol había muy poquita distancia. Por otra parte —me repetía—, siempre caminé en línea recta.

Salí otra vez hacia la arena. El hombre, como es de suponer no se ocupó ya más de mí. Pensé que si su llave funcionaba y la mía no, no había más que discutir. La posibilidad de que a mí se me hubiese perdido y él la hubiese encontrado, era nula pensándose que estaba entre dos nudos en el cordón del short, y que siempre había estado entre aquellas familias. El tipo parecía estar muy seguro, tan seguro como yo confundido.

Ahora, ¿qué haría? No me podía quedar allí, vagando, ahora sí afirmarían que era un espía, el portador de algún aram mortífera, que sé yo. . .cualquier cosa. Ya no entendía nada, volvía a pensar en el transcurso lógico de los hechos, trataba de encontrar la válvula de escape a mi problema, aunque ahora ni sabía cuál era mi problema. Se había hecho tardísimo mientras pensaba. Veía que la gente se iba a montones. Yo ahora tendría que salir taambién de allí (contra lo que hasta entonces había sentido, nadie se fijaba ya en mí). Hablaría con alguien de la administración, por intermedio de alguien, podría. . .pero no: quién me iba a creer? A quién confiarme ahora?, a quién? De pronto me dí cuenta que estaba solo (y nadie se había escandalizado por eso). Me sentía hasta bien en la playa! (qué raro!) si. . .tendría que salir. . .pero a dónde? Qué va, no me iban a dejar atravesar así el umbral, y aunque pudiese hacerlo, quizás saltando tapias, no llegaría muy lejos, donde me presentara en esta facha no querrían ni escucharme. Ya habían cerrado todo en la playa. Y si pudiera llegar hasta mi casa. . .quien me dice que no estaría ese tipo allí, el mismo de la llave, y no me botaría a caja destemplada, porque esa es su casa y que mi madre, saliendo de la cocina (puede que hasta tuviera puesto el mismo delantal de ovalitos con el que la dejé) me dijera: "al carajo!, está bueno de molestar a mi hijo!", y yo (él, él, perdón) se hubiese tirado otra vez en mi (en su, perdón) cama, volviendo la cabeza del mismo lado que yo cuando no quiero saber nada la vuelvo, cuando mi madre (su madre, perdón, no, volverá a pasar) me (le) gritase que es hora que saque a ese loco e' la casa y yo (otra vez!, perdón) él me tire hasta la puerta en la cara, mirándome con mis (perdón, con sus) ojos muy abierto?

Me eché sobre la arena, y hora (qué raro, eh?) no me sentí ridículo. Podía ponerme en cuanta posición se me ocurriera, nada (pero qué raro) me parecía inmoral ni grotesco.

Entonces empezó el desubrimiento. Empecé a caminar más y más rápido, a correr, casi ya que a trotar hacie el lugar de dónde se tiraban aquellos nadadores. Y llegué al trampolín más alto y me tiré. Y fue una formidable pirueta antes de caer y sentirme un nadador increíble, y bracear hacia todas direcciones y bucear luego, así, hasta lo más profundo, como un pez, y volverme a lanzar otra vez y otra y otra, de una ola a otra ola y luego hasta lo hondo otra vez, por debajo. . .

Y siento que ahora yo ya no podría respirar allá afuera, que estoy en mi elemento; soy un privilegiado y nadie ya más nunca me podrá disputar mi lugar en el mar.

ALEJANDRO A. ARMENGOL

Escritor nacido en 1949, ha publicado numerosos artículos en revistas, periódicos y publicaciones literarias de los Estados Unidos y Latinoamérica. En Cuba trabajó como sociólogo e investigador cultural. En varias ocasiones, la Universidad de La Habana premió sus trabajos ensayísticos. Desde su llegada a los Estados Unidos, en 1983, labora como periodista y traductor para diversas editoriales. Es graduado de sicología y sociología. Tiene inéditos un cuaderno de poesía y un libro de cuentos, Miamenses, al que pertenece esta relato. En la actualidad reside en Miami.

DIÁLOGO

El escritor cubano quiere aparentar seguridad, pero es imposible. Lleva en el bolsillo su pasaporte de ciudadano norteamericano, pero sabe que de poco ha de servirle. Desde que concibió la idea que lo ha traído a esa oficina —desde que le hicieron concebir la idea— supo que tenía que hacer concesiones, y éstas empezaron por el pasaporte. "Lo de siempre, no te dejan entrar con el pasaporte norteamericano, no importa cuánto tiempo lleves en el exilio y las relaciones que tengas en el extranjero; naciste en Cuba y Cuba es de ellos". Ha entrado al país con un pasaporte nacional otorgado bajo un nombre falso: Manuel Martínez, comerciante. "Es una trampa. Te pueden desaparecer sin que nunca se sepa que has estado aquí". No quiere pensar en que será criticado. En resumidas cuentas, ¿quiénes han promovido su gestión?: banqueros norteamericanos e ingleses que sólo piensan en los intereses que tienen en Cuba y en el dominio económico que seguramente establecerán sobre la isla en el futuro. Pese a todo trata de animarse pensando en que quizá ésta sea la última posibilidad de evitar un baño de sangre en la isla, de detener el deterioro que día a día se está produciendo en su país. "Como convencer a este hombre de su empecinamiento, ¿es que no le preocupa condenar a toda una nación a la ruina más extrema? ¿No se da cuenta que por el camino que llevan las cosas en la isla ni siquiera podrá terminarse la zafra? Que con su obstinación dentro de poco en Cuba sólo quedarán carretas de bueyes para tirar la caña y dos o tres carretones por las calles de las principales ciudades.

El Presidente habla, sonriente y afable, tratando de hacer la mejor impresión posible en el visitante que sabe es su enemigo. El escritor conoce por referencias esa doblez de la personalidad del hombre que tiene delante: Maneras encantadoras y temibles ataques de ira cuando escucha algo que se opone a sus planes o a sus ideas. De momento, el que habla sólo parece interesado en los temas más banales, como quien ha dormido bien durante el día y dispone de toda la noche para la entrevista. Pues la entrevista se efectúa por la noche, no por el misterio del asunto sino por la costumbre del gobernante de resolver los asuntos de Estado a esas horas.

El escritor poco a poco comienza a sentirse más relajado, sentado en un amplio sillón mientras el gobernante continúa hablando. Ahora éste indaga por algunos de los cubanos que se encuentran en el exilio, y cambia bruscamente el tono de su palabras para preguntar:

—Y bien, ¿cuándo ellos piensan dejar de hacernos la guerra? El escritor responde rápidamente, quizás para evitar que su rostro refleje el cambio que ha experimentado en su interior: —Déjeme decirle con todo respeto que no es a mi a quién usted debe hacer esa pregunta. Usted conoce el objeto de mi visita.

El visitante no dice más, no hace referencia a los trescientos millones que los banqueros están dispuestos a ofrecer a cambio de que los cubanos obtengan su independencia. Cree que en principio el gobernante está dispuesto a aceptar la proposición y que por ello él se encuentra ahí.

—Lo que yo quisiera saber de usted es hasta qué punto, si yo respondiera aceptando su plan, nuestros enemigos más beligerantes estarían de acuerdo con ello.

—Puedo asegurarle que es muy posible que quienes hoy son partidarios de la lucha armada podrían aceptar un arreglo de este tipo, sobre la base de la independencia absoluta de la isla. Pero si se espera algún tiempo más y las riquezas de Cuba son destruidas por completo, entonces será tarde para este tipo de solución.

Luego el escritor recordará estas palabras con orgullo, pero ahora es un alivio lo que siente al poder pronunciarlas ante un hombre tan tejido. La reacción del gobernante no se hace esperar. Se pone de pie y exclama:

—¡Quieren guerra, pues habrá guerra a mares! ¡Tanta que el mar de Cuba será rojo!

También el escritor se pone de pie y se dirige a la puerta. Entonces el Presidente se acerca al escritorio y aprieta un botón. "Van a detenerme", piensa el escritor y olvida el objeto de su entrevista y trata inútilmente de prepararse para el arresto. Por la puerta entra un oficial, el Presidente le entrega unas órdenes abandonadas sobre su escritorio y éste desaparece sin decir palabra. hay un momento de silencio, que el gobernante rompe con voz más callada.

—Siéntese usted y perdone el involuntario arrebato de mi sangre española.

El escritor sólo desea marcharse, abandonar el país, pero obedece. Se ha convencido de que lo que sospechaba es cierto, que todo ha sido una trampa más del gobernante para ganar tiempo y mantenerlo todo igual.

—Para concluir en paz, déjeme pedirle que influya usted a fin de que el amor propio nacional quede satisfecho, y no seré yo el hombre que va a vacilar ante ninguna solución, por radical que sea. Que cesen todo tipo de hostilidades y luego aceptaré ante la nación y ante la historia la reponsabilidad del abandono de la isla.

—Aceptaría el transmitir a los cubanos del exilio este mensaje con una condición.

—¿Cuál?

—Aquí hay un representante del gobierno americano. Llámelo usted para que los Estados Unidos garanticen su promesa.

Las palabras producen una nueva explosión:

—¿Los Estados Unidos? ¡Jamás! ¡Jamás! Esa nación de mercaderes garantizar nuestra palabra. Los Estados Unidos son los responsables de lo que pasa en Cuba. Ellos amenazan a Europa con la doctrina de Monroe. Pero España, a nombre de los intereses de Europa, recogerá el guante. No me hable usted de los Estados Unidos. Interviniendo ellos, España luchará y si quieren que la bandera española no tremole más en Cuba, tendrán que obtenerlo despues de un Trafalgar glorioso a las puertas de La Habana.[1]

NOTA

1. En agosto de 1895 el escritor cubano José de Armas-Cárdenas se entrevistó en secreto en Madrid con el presidente español Antonio Cánovas del Castillo, para gestionar la venta por España de Cuba a los cubanos. Meses después, el presidente Cánovas negó haber oído nunca ninguna proposición de ese tipo.

ANITA ARROYO DE ARRILLAGA

Nació en 1914, en Milán, Italia. Vivió con su familia en Cuba. Estudió el bachillerato en el Instituto de la Habana en 1941 y se doctoró en Filosofía y Letras en la universidad de esa ciudad. Posteriormente hizo otros estudios en arte, filosofía y literatura, además de obtener el título de Periodista en la Escuela de Periodismo "Manuel Márquez Sterling". Fue profesora de literatura española e hispanoamericana en la Universidad de la Habana. En 1959 fue electa Presidenta del Lyceum de la Habana y también Directora del INIT. Salió al exilio en 1961. Se estableció en Puerto Rico, donde fue profesora de la universidad desde 1962. Su obra literaria es muy abundante y variada, y ha recibido muchos premios y honores. Entre sus publicaciones más recientes se cuenta: Narrativa hispanoamericana actual *(1980),* El grillo gruñón *(1984), y* Cuentos del Caribe *(1992). Falleció en 1994.*

LOS CINCO ENANITOS NEGROS DE NASSAU

Habían nacido de un parto quíntuple de la bruja. La madre, sorprendida con el diminuto tamaño de sus estrambóticos hijos, los metió en una cajita de madera olorosa y los escondió mientras pensaba cómo se deshacía de ellos. Eran idénticos—los fue observando uno por uno mientras los metía en la cajita—, tendrían pulgada y media de estatura y parecían, a simple vista, los caballos negros de las piezas de ajedrez. Pero, a pesar de ser tan igualitos, cada uno tenía los ojos de un color diferente: verde, azul, amarillo, anaranjado y rojo, y les brillaban como piedras preciosas—esmeraldas, zafiros, topacios, jades y rubíes. Eran cinco joyitas negras guarnecidas de extrañas gemas. Sus miembros, aunque minúsculos, eran perfectos. Se diría, que fabricados por un artesano genial, acabadas obras de arte de un escultor maravilloso. La bruja estaba perpleja. A la verdad, que ella había propiciado y presenciado muchas cosas raras y prodigiosas, pero nunca nada como aquello, los cinco enanitos negros de Nassau. ¿Qué hacer con ellos? ¿Cómo alimentarlos? ¿Cómo mostrarlos al mundo incapaz de creer tales magias o milagros?

Los cincos enanitos negros de Nassau decidieron por sí mismos su destino. Esa misma noche, salieron de la cajita olorosa de madera y desaparecieron. Cada cual eligió su propio camino. Y cuando la bruja destapó la cajita a la siguiente mañana, no encontró nada, ni siquiera una nota de despedida. Los hijos—pensó—, de cualquier tamaño que sean, son siempre unos ingratos. ¡Que se las arreglen como puedan! A lo mejor, no son reales. Pude haberlos soñado, ser producto de una extraña pesadilla.

Pero no, los cinco enanitos negros de Nassau eran reales. Al separarse, a las cinco en punto de la madrugada, de común acuerdo, decidieron que todas las noches se reunirían dentro de la misma cajita de madera olorosa que les había servido de cuna. Y así lo hicieron noche tras noche, madrugada tras madrugada, sin faltar ni una sola. A esa hora exacta, se metían en la cajita y cambiaban sus curiosas y variadas experiencias. Para divertirse más, porque eran muy jocosos y tenían un agudo sentido del humor, diríase que un raro talento ajedrecístico inventaron que cada noche, cada uno de ellos contaría una aventura. Al final de las cinco noches decidirían quién había contado la aventura más maravillosa, lo que equivale a haber dicho la mayor mentira, aunque ellos no sabían lo que era mentir. Sólo sabían y podían imaginar, y la imaginación, ¿qué límites tiene?...

El primero en contar su aventura fue el negrito de los ojos de esmeralda. Le brillaban más que nunca aquella noche junto al mar apagado.—Lo mío ha sido extraordinario, emocionante y maravilloso. Entré en la habitación de una americana joven y bella que parecía una diosa. Dormía plácidamente sobre una sábana blanquísima. Estaba destapada y su cuerpo era algo indescriptible: una escultura bronceada por el sol; pecho y vientre parecían esculpidos por Praxiteles; las extremidades, por Rodin. Eran tan finas y bien torneadas y ofrecían una sensación tan lánguida y sensual, que se me pusieron los pelos de punta. El rostro era de una belleza angélica. Parecía sonreir y estaba seguro que, tras las largas pestañas doradas, dormían unos ojos verdes como los míos. Les juro que me quedé embobado mirando aquella beldad. Luego me acerqué sigilosamente para oler la fragancia floral que emanaba de su cuerpo y quedé embriagado como Grounville cuando asesinaba a las jóvenes púberes para extraer de sus cuerpos la esencia más perfecta: el verdadero secreto de la vida. —" ¿Y qué hiciste después, hermanito verde?", preguntaron ansiosos los otros cuatro enanitos negros de Nassau.—Pues no iba a perder aquella sublime ocasión. Volé hacia su almohada. Allí sentí su respiración, pura y perfumada. Allí quedé paralizado por el éxtasis: era la cara más bella que jamás había visto. Miré sus labios entreabiertos. Eran un delicioso estuche de coral o, mejor, una rosa de pétalos entreabiertos... eran... "Pero acaba de una vez, hermanito verde y déjate de tanta poesía", lo apremiaron los otros cuatro enanitos negros de Nassau. —Pues entonces, sin pensarlo más, enardecido, besé aquella boca con una pasión inigualable. No puedo explicarles la sensación que experimenté, era como si me hubiera tragado la aurora. La joven, naturalmente, se despertó y, sin lograr verme porque yo me había metido rápidamente en la gaveta de la mesita de noche que, gracias a Dios estaba entreabierta, dio varios manotazos en el aire y se levantó presa de una gran agitación. Poco después, sentí correr el agua del lavamanos en el baño próximo. Seguramente que trataba de desperezarse de un sueño apasionado. Mientras corría el agua, yo desaparecí por el mismo sitio por donde había entrado.—"Bravo, Bravo, gritaron los hermanitos. Estuviste sublime. ¡Hay que felicitarte!...

La noche siguiente, le tocó el turno al negrito de los ojos azules. Le brillaban como zafiros. "Pues yo, queridos hermanos, hice un largo viaje por mar. El mar es tan azul, a veces verde, es tan hermoso aquí en Nassau. Me decidí a cruzar el océano, como hizo Colón pero en sentido inverso, y llegué a ese viejo continente que llaman Europa, donde los hombres se creen superiores sólo porque son más viejos. Y obtuve un éxito rotundo: en París me eligieron "el personaje del año" y mi retrato, ampliado, apareció en todos los periódicos, revistas y pantallas de televisión. Fue algo tan sensacional que no tengo palabras con qué contárselos. En Alemania mi triunfo fue mucho más significativo: los alemanes del este y del oeste derrumbaron el muro de Berlín y se celebró la fiesta más grande desde la última guerra. Me coronaron como "el emperador de la paz" y llenaron mi pecho de toda clase de condecoraciones...—No sigas, hermano, no sigas, ya le ganaste a nuestro hermano verde.

Tu aventura es increíblemente maravillosa, el sueño de la paz hecho realidad. Hubo aplausos y tomaron unos vasitos minúsculos de ron antes que la aurora, extendiendo sus rosados brazos, comenzara a abrazar al nuevo día.

La noche siguiente, el tercer enanito negro de Nassau, el de los ojos amarillos, comenzó diciendo:—¿Qué puedo contar yo que supere las dos anteriores aventuras? Pero veamos. Yo experimenté algo que jamás hubiera soñado. Enfilé el vuelo hacia cabo cañaveral y logré—no me pregunten ahora cómo—introducirme como polizón en un cohete que dispararon hacia la luna. Las sensaciones que me sacudieron, la curiosidad y, a la vez, el miedo que sentí, no son para contárselas. Pero lo mejor sucedió cuando los cosmonautas descubrieron mi presencia dentro de un paquete de alimentos. Se quedaron boquiabiertos. "¡Miren quién viene aquí sin el equipo adecuado y sin ninguna clase de entrenamiento ¡miren, miren!" y me mostraban el resto de la tripulación, que no salía de su asombro. Y, lo más increíble, pude soportar mejor que los astronautas la falta de gravedad y ascendía al techo de la nave como un ave, sin dificultad alguna y volvía a bajar con la misma facilidad. Los ayudé mucho alcanzándoles los pequeños instrumentos, materiales y alimentos y todos se hicieron amigos míos. Llegamos a la luna y allí nos divertimos de lo lindo. Yo les bailé, les canté, les conté de nuestro querido Nassau y les di una serenata. Los ritmos tropicales resonaban en aquellas blancas praderas desoladas. Para hacerles el cuento corto, al regresar a tierra, los oficiales que nos recibieron, después de la inevitable sorpresa, me extendieron cálidamente sus enormes manos. Posteriormente, fui entrevistado por la prensa, que publicó mi increíble historia a través de todos los medios del país. Después recibí la orden más alta que concede el gobierno americano por mi heroísmo y colaboración al programa espacial. Grandes aplausos interrumpieron el fantástico relato del enanito negro de ojos azules. — Estás ganando, estás ganando, hermano!...

Los dos enanitos negros que quedaban por hacer sus cuentos se veían tristes y cabizbajos. Ni las gemas de sus ojos les brillaban. ¿Qué podemos inventar nosotros que supere tamañas aventuras? Pero ya los primeros destellos de la aurora apuntaban sobre el horizonte y se esfumaron, como todos los amaneceres diáfonos y hermosos de Nassau.

La madrugada siguiente habló, un poco inseguro, el cuarto enanito negro, el de los ojos color naranja:—"Hermanitos queridos—la voz era un tanto melancólica—yo quise explorar las profundidades abismales del mar y me enrolé en un equipo de buceadores, mejor dicho, me escondí dentro de la escafandra de uno de ellos, muy encogidito, para poder ver sin ser visto y sin moverme, casi sin respirar, para que no me advirtiera. Y ¡qué de maravillas presencié! Créanme que no hay belleza comparable a la vegetación submarina ni fauna más variada, rara y bella que la del mar. Mis ojos se extasiaron ante aquella variedad increíble de formas, movimientos y colores. Las suaves ondulaciones del buzo y las mucho más suaves de peces de todas las especies, desde los más pequeños hasta los más grandes, de todas las formas y colores imaginables, forman el más fantástico jardín de ensueños que pueda imaginarse.—Pero, ¿no te pasó nada a ti, todo fue mera complicación?—preguntaron los hermanitos ya impacientes—Pues sí, verán—hizo grandes esfuerzos por seguir inventando—empezamos a notar que nos faltaba el oxígeno y que se nos hacía difícil respirar. Yo no había contado con eso, ignorante como soy de este deporte que sólo veo practicar de lejos a los turistas en nuestras costas. El buzo parecía esforzarse por poner remedio a la grave situación, pero en vano fueron sus esfuerzos y vi como comenzaban a flaquear sus fuerzas. Había que hacer algo urgente. Obeservé cuando el buzo se puso la escafandra que debía atornillarse—pensé, en mi desesperación, que en ese momento habría que destornillarla y, ni tardo ni perezoso, me di a la tarea de abrir aquel aparato de vidrio que nos protegía y, a la vez, nos permitía ver tantas maravillas. Yo no sé de dónde saqué las fuerzas, aquel aparato estaba sumamente apretado; el caso es que, ya en el último momento, puede abrirlo y escapar como alma que lleva el diablo. No sé qué sería de mi pobre compañero, yo sólo tuve tiempo para nadar con la velocidad del rayo y volver a mi querida isla. ¡Nunca Nassau me pareció más bella y luminosa! ¡Bravo, bravo, hermanito no está mala tu historia! Al menos, te salvaste para poder contárnosla.

—¡Ja, ja, ja! rieron todos y comenzaron a bailar una rumbita pues de muy lejos venían los golpes de tambores que, a aquella hora, parecían tocados de magia. Bailando en comparsa, desaparecieron con la llegada de la rubia aurora. Faltaba el último cuento del quinto enanito negro de Nassau, el de los ojos rojos. Éste no había dormido la noche anterior anticipando su más completa derrota, pues era imposible inventar una mentira mayor que todas las que ya se habían dicho. Cariacontecido, casi derrotado de antemano y triste, comenzó su fúnebre relato: "Pues bien, hermanitos queridos, a mí se me ocurrió averiguar qué era de la vida de nuestra pobre madre, la bruja, que jamás nos ha visto el pelo ni hemos tenido un solo pensamiento para ella. A pesar de todo, ella es nuestra madre, y si ella no fuera maga, una maga de altura, no hubiéramos podido vivir y experimentar tan extraordinarias aventuras. —Los demás hermanitos se miraron entre sorprendidos y enternecidos: "Es verdad, es verdad que no nos hemos ocupado ni preocupado por nuestra madre. Y tú: ¿qué hiciste por ella?"—Pues verán. En vez de irme a parrandear por ahí, regresé a casa para hacerle una visita a mi madre. Allí, en su viejo camastro, dormía ella un sueño profundo. Exhalaba un fuerte olor a alcohol—la delataba una botella vacía en el suelo, junto al desvencijado lecho—observé a mi madre unos minutos. Era la bruja, la famosa maga que adivinaba el porvenir de mucha gente en la isla, pero que no había podido adivinar jamás el suyo propio. Hondas arrugas deformaban su cara y afeaban sus facciones, que pudieron haber sido finas y bellas en otro tiempo—. El cuerpo, antes esbelto, había engordado y perdido su antigua flexibilidad para la danza, que en otros tiempos la habían hecho famosa. Era ya una ruina humana, como si toda la magia se le hubiera escapado del cuerpo. Hasta roncaba. Me sentía consternado. Enormes lagrimones me rodaron por las mejillas. Tenía un nudo en la garganta. ¿Era aquel despojo humano la hermosa negra, llena de magia, que nos había dado la vida? Iba a marcharme con la misma cautela con que me había acercado al lecho de nuestra madre, cuando observé que ella apretaba entre su brazós, antes bien torneados y ahora flácidos, la cajita de madera olorosa que había sido nuestra cuna. Emocionado hasta el último poro de mi ser, tocada mi más honda fibra filial, me acerqué a la cabeza de mi madre y le di un beso en la frente y hasta me atreví a acariciarla. Ella despertó y, apresándome entero entre sus manos temblorosas, gritó: "hijo, hijo del alma, ¿dónde has estado? Y ¿dónde están mis otros cuatros negritos?...Yo me quedé mudo. No pensé nunca ser atrapado de esa manera. Traté de soltarme de la presión de aquellas manos, y no pude. —Mamá, ¡suéltame, te lo suplico! Todos estamos muy bien, muy requetebien.—Y ¿por qué se habían olvidado de su madre? ¿Por qué se fugaron de la cajita perfumada?... —Sin casi saber qué responderle, le contesté lo más amorosamente posible. "Pero mamá, ¿qué podías haber hecho tú con cinco enanitos negros tan chirriquiticos? No quisimos causarte penas ni problemas.—Hijo, hijito querido, ¿es que tú crees que una maga no puede ser una madre? Mientras hablaba me había ido soltando poco a poco y ya estaba en libertad para volver a mi mundo. —Antes de hacero—porque ese era mi destino—le dije a la maga: "tu magia nos ha salvado: nos ha hecho únicos, libres, felices y todopoderosos. ¿Quiénes crees tú que son los seres más felices de esta preciosa isla?" Ella, viéndome partir, gritó eufórica y sublime: "¡los cinco enanitos negros de Nassau!"

—¡Te has ganado el premio!—gritaron conmovidos y unánimes los otros cuatro hermanos, ¡te has ganado el gran premio...! En aquel momento un círculo de rubí que brillaba como los ojos del enanito rojo, se levantó luminoso sobre el horizonte, y desaparecieron, brillando, cantando, los cinco enanitos negros de Nassau.

ALBERTO BAEZA FLORES

Nació en Santiago de Chile, en 1914. Llegó a Cuba en 1939 y allí pasó gran parte de su vida y escribió muchos de sus mejores libros. Por esa intensa labor literaria se identificó con su cultura, razón por la cual se le ha adscrito a la cantera de la literatura cubana. Contribuyó con artículos, cuentos y poemas en las revistas inspiradas por José Lezama Lima. Orígenes, Nadie parecía, Espuela de Plata y Clavileño. *También colaboró asiduamente en los semanarios habaneros* Bohemia y Carteles. *Residió en la República Dominicana entre 1945 Y 1947. Vuelto a Cuba en 1947, permaneció en la isla hasta 1960 y allí ocupó diversos puestos docentes y bibliotecarios. En 1960 sale para México y luego se traslada a París, donde reside hasta 1965. Después ha residido por varios años en España y Costa Rica; actualmente vive en Miami. Su obra literaria es muy abundante y variada. Entre sus publicaciones narrativas más recientes, se cuentan* Caribe amargo *(1970),* Porque allí no habrá noche *(1972),* Pasadomañana *(1975); también sus novelas* La muerte en el paraíso *(1965),* La frontera del adiós *(1970),* El pan sobre las aguas *(1971).*

EL EXTRAÑO

No. Geometría. Abstractos colores sin habitantes, embuste liso de atlas.
Cientos de dedos del viento una tras otra pasaban las hojas —márgenes de nubes blancas— de las tierras de la Tierra, vuelta cuaderno de mapas.

Pedro Salinas. "Cero."

Era extraño a la gente que habitaba el planeta donde había llegado, ya no recordaba desde hacía cuándo. Y sin embargo su presencia parecía natural a los habitantes de la ciudad y de las ciudades vecinas y, seguramente, del resto del país. Había algo que impedía la comunicación, por mucho que él se esforzara en disminuir la distancia entre los otros y él, y ese «algo» —que era mucho— le obligaba a vivir solo. La gente también le era extraña, aunque lo disimulara en presencia de los demás.

Por otra parte no sabía si le sería posible cumplir su cometido puesto que el control-comunicador ya no le servía y el contacto personal nunca había llegado. No era extraño. Su misión estaba sujeta a estas contingencias.

Se le había ordenado incorporarse, como uno más, a la vida de los habitantes de ese planeta. Lo que su identificación decía no correspondía, naturalmente, a su origen verdadero, pero le permitía, en cambio, ocupar un pequeño apartamento en uno de los edificios-ciudades para funcionarios de clase P-7 y poder disponer de una tarjeta mensual que le daba derecho a retirar de los supermercados lo que podía necesitar para vivir y para distraerse.

La vida, sin embargo, se le hacía monótona. La gente vivía amándose y desenamorándose, haciendo amistades y olvidándose de ellas para volver a hacer otras y olvidarlas más tarde. A él le parecía que todos esos sentimientos eran postizos, insinceros y superficiales. No eran, ni el amor ni la amistad que él había conocido en otro tiempo, lejos de la Tierra.

Su cerebro funcionaba en un tanto por ciento varias veces superior al de los habitantes de la Tierra, que estaba aún poco ejercitado. Ésa era otra de sus causas de inadaptación.

No había podido habituarse a comer carne de animales y de peces, que era la alimentación predilecta de la gente que habitaba el planeta. Le parecía que milenios y milenios no le habían servido de mucho a los que vivían en la Tierra, pues no habían podido dejar atrás una alimentación parecida a la que consumían cuando eran seres que habitaban en las cavernas.

Ahora que, por el temor a un conflicto atómico, habían regresado a las cavernas, aunque acondicionadas, la Tierra continuaban consumiendo carne enlatada o concentrada de animales, pero carne al fin. Estaban aun muy lejos de haber conseguido programar la alimentación y necesitaban cocinar, oler, saborear, paladear. Se habían hecho perezosos como ciertos animales. Acudían a los gimnasios, a los baños de vapor, pero no dejaban de comer con avidez. Ahora, el temor, la abulia, la abundancia y las reyertas entre grandes potencias —que no habían conseguido ponerse de acuerdo para un gobierno mundial— había convertido a millones de seres en criaturas sonambúlicas y aburridas. Parecían arrastrar un tedio milenario.

No era gente previsora. Los deshechos y residuos industriales no habían sido convertidos en nueva energía y la mayoría de la agricultura marina, que hubiera sido la solución alimenticia, había sido contaminada.

La vida no era, realmente, dichosa —o no lo parecía— porque la gente tenía miedo. El temor era una enfermedad que abarcaba desde los dirigentes y administradores hasta los subalternos y oficinistas. Parecía que se había nacido con ese miedo, que el temor tenía una dimensión interior en las personas. A veces no se sabía a quién o a quiénes se temía, ni por qué, pero el miedo existía y se paseaba dentro de cada cual.

Se tenía miedo al mañana. Se había tenido miedo al ayer. Se temía al poder de las fuerzas destructoras que podían desencadenar la tormenta definitiva, donde todo giraría en torno a la expansión del átomo como fuerza destructiva.

El mal estaba en la mente de los hombres que continuaban, en una Era de aceleración técnico-científica, arrastrando pesadas edades en las cuales los hombres habían combatido, entre sí, con encono de fieras. Bajo las mareas de la mente se extendían esos campos oscuros.

Estas meditaciones le producían tristeza, pues pensaba que eran milenios los que faltaban a los habitantes de ese planeta para evolucionar hacia formas de vida menos peligrosas para el sistema donde giraba la Tierra.

En su planeta la vida no era así. Es verdad que su historia era distinta y que la armonía entre los habitantes había sido resuelta mediante la evolución interior que era casi desconocida en la Tierra, pues si habían avanzado las revoluciones técnicas y científicas, la evolución espiritual se había quedado estancada casi en los comienzos de la civilización. Era curioso. Esto le llevaba a pensar, largamente, en el destino de los habitantes de un planeta así.

No sabía, ahora, si sería rescatado algun día o nunca. No sabía si estaba condenado a morir en este planeta Tierra y a ser enterrado de esa manera extraña en que eran tratados los muertos que eran sepultados en algunos países, de pie; y, otros, acostados.

Él veía que casi todos eran devorados por los mitos tanto como por el temor. Unos pocos, muy pocos, habían podido escapar al férreo casquete de los dogmatismos.

También encontraba que la sensibilidad de los seres que le rodeaban era precaria y que el sentido moral era pequeño. Había algunos hombres que habían vivido en esta tierra, capaces de una visión no conformista, pero habían muerto angustiados y, los que habían venido más tarde eran capitanes o capataces de la técnica, pero no pensadores. Esto lo preocupaba.

Entró en un sitio donde giraba la mesa circular y era posible beber de acuerdo a lo que uno quisiera, mostrando la tarjeta mensual para que fuera computado el pedido.

El ambiente era ambiguo. Los hombres y mujeres vestían a la última moda. Sus trajes eran cómodos, de una sola pieza, adaptados a los cambios de temperatura, pero sus palabras eran las de antes, las que habían sido casi siempre así.

Flotaba una vaga música que parecía surgir del ambiente tibio donde hombres y mujeres hablaban y sonreían. Quien les miraba de pronto, podía pensar que se habían liberado del miedo, pero era al contrario: bebían para aturdir el temor.

Se sintió muy solo. Eligió un sitio. Mostró su tarjeta a la máquina. La estera móvil le trajo el pedido. No sabía si los otros asistentes eran verdaderamente humanos o eran dobles. Ya tampoco importaba.

Las pantallas ofrecían las informaciones de todas las partes, dichas por los mismos funcionarios, en el mismo tono de siempre. Se volvía a hablar de controles, de tensiones, de nuevas conferencias y de nuevas amenazas por la fuerza de la persuasión. Se volvía a hablar de poderío.

Se quedó pensando en el por qué lo habrían dejado allí y recordó, de pronto, una palabra olvidada que significaba contaminación y sonrió con amargura. Al cabo de tanto tiempo comprendía, ahora, por qué no había sido rescatado. En su país —o en su planeta— temían a la contaminación del miedo. El suyo era un planeta de paz y de armonía y cuya atmósfera se estaba deteriorando. Éste, que tenía una atmósfera aceptable, era un planeta de temor y de angustia.

"Deben haber temido —se dijo llevando, lentamente, la bebida a sus labios— que les llevara este germen extraño."

JAIME ELOY BARBA JORDI

Más conocido en el campo de las letras por Jaime Barba, nació en Pinar del Río, en 1910. Se doctoró en Derecho en la Universidad de la Habana y también obtuvo su título de Periodista de la Escuela Manuel Márquez Sterling. En Cuba ejerció como abogado, notario y Fiscal en Pinar del Río. Ha colaborado en muchos periódicos de Cuba y de Miami, adonde salió exiliado en 1962. Ha recibido galardones por muchas de sus creaciones literarias, entre otras, Yo pecador *(1987),* Meridiano *(1988),* Tierra sin agua *(1988). También sus cuentos y poemas han aparecido en diversas antologías. Ha dado a las prensas 15 poemarios y tiene inéditos varios libros de poemas y relatos. Actualmente esta retirado en Miami.*

EN LAS FRONTERAS DEL MIEDO

Desde Donde se hallaba sentado podía atrapar todo el paisaje. Llenar todos sus ojos y todo su corazón de tantísima belleza. Siempre que le fue permitido se llegaba hasta donde otro esclavo no podía acercarse y, desde aquella altura, contemplaba ahora la cordillera hasta donde ya su vista no alcanzaba más, pues el macizo se perdía en la distancia como si fuera el vuelo de un ave que se aleja.

Hubo veces en que no se contentaba. Entonces se esforzaba hasta sentir que le ardían las pupilas.

Casi a sus pies, el valle; todo verde, como si una esmeralda se hubiera desprendido del cielo para arrastrarse, luego, como la piel de un animal salvaje.

El río corría a lo lejos, y el alto de agua, como un muchacho travieso, se arrojaba de cabeza desde un peñasco negro.

La mañana iba creciendo y, como un extraño molusco de cien brazos, lanzaba a los cuatro puntos cardinales paletadas de piedras preciosas.

Apasionadamente una palma real parecía estar clavada en aquel pedazo de tierra como si un corazón lleno de vida la estuviera empujando hasta el infinito azul, al hallazgo de los primeros replandores de un sol que despertara dando grandes bostezos.

* * *

El joven negro descendió por la pendiente dando saltos precisos y seguros, hasta que sus pies descalzos sintieron bajo la planta la húmeda caricia de aquel silencio verde de su hermosa tierra.
La amaba. Allí había nacido.
Hijo de esclavos, él, también, sabía que era uno de ellos; pero el amo lo toleraba permitiéndole hacer otras cosas, porque en una ocasión le había salvado la vida, cuando se lo quisieron comer los perros jíbaros.
Pero eso, "Ñato", de dieciocho años escasos, gozaba de un poco de libertad, cosa que él no conocía ni de nombre. Podía corretear, una vez a la semana, por el ancho lado de esmeraldas que era su valle. Su amo así lo había ordenado, para que se volviera elástico como un ciervo y alerta como un halcón.
Como un potro que no tiene bridas ni prisa por llegar, porque sabe que llegará, emprendió un trotecito ligero, musculoso y felino, hasta sentir su corazón dándole saltos. La piel se le iba poniendo brillante como si la hubieran untado con betún y luego pasado franela... Sus blancos dientes, como coco rallado, recibían la caricia del viento que tropezaba con ellos cuando su bemba sonreía.
Por su cerebro pasaron mil pensamientos, fugaces como alas de palomas torcaces... Retenía algunos y otros los rechazaba con desconocido desdén.
—"¿Qué hermoso es todo esto!" — se decía, y galopaba, galopaba... Y su pecho se ensanchaba igual que los sonidos que salen de un tambor pequeño—. Pero antes que caiga el sol — prosiguió — tengo que regresar. Esa ha sido la orden del amo, pues si no, me suelta los perros... Eso me dice siempre que salgo.
Cuando el disco dorado empezó a peinarse su encendida melena, "Ñato" le había dado, corriendo, como veinte vueltas al valle.
—"¡Tengo que volver..., y rápido...; me he tomado más tiempo del que me fuera concedido por el amo! ¡Pero no! — se dijo-. Allí estaba la ceja del monte, y, un poco más adentro, la mata de güiras cimarronas...

Se adentró en la espesura. Quería que su padre le hiciera una jícara para tomar el café... Cuando fue a saltar el arroyo que discurría resbaloso como la piel de un jubo, cayó, fracturándose una pierna... Se arrastró igual que un perro con rabia, con el hueso fuera...; pero el dolor era tan intenso que perdió el conocimiento.

Cuando despertó estaba rodeado de perros furiosos, que le trituraban las carnes y le iban descuartizando vivo... Sus ojos, ya sin brillo, casi, no pudieron ver al amo que azuzaba a las bestias, pero sí oyó que gritaba:

—"¡Cómanselo, así no se aprovechará nunca más de mi generosidad, para escaparse!"

No sintió ni vio nada más que perturbara su sueño; pero en sus ojos abiertos por el terror, se quedó retratado todo aquello que había visto, y que él no comprendía del todo: el valle, el río, las montañas, los mogotes, las palmas..., y más que ninguna otra cosa, aquel oxigeno puro que le había llenado los pulmones, y que solamente lo llevaba dentro cuando el amo lo dejaba vagar solo, hasta las seis de la tarde no más, y que luego se le escapaba cuando entraba en el barracón.

JESÚS J. BARQUET

Nació en La Habana, en 1953. En esa ciudad hizo sus estudios y en su universidad obtuvo la Licenciatura en Lengua y Literatura hispánicas. También realizó estudios en el Centro de Investigaciónes Científicas de La Habana y en el Instituto Superior Pedagógico José Martí, de Camagüey. Salió de cuba en 1980 por la vía del Mariel. Se ha dedicado a la poesía, a la cuentística y al ensayo. Ha realizado estudios de post-grado en la Universidad de Tulane. Entre sus publicaciones deben mencionarse los poemarios Sin decir el mar *(1981) y* Sagradas herejías *(1985). Su poemario* Al borde la la luz *fue finalista en el concurso* Letras de Oro *de 1990. Su libro* Consagración de la Habana. Las peculiaridades del Grupo Orígenes en el proceso cultural cubano *(1992) ganó el concurso* Letras de Oro *de ese año. Actualmente es profesor de la Universidad Estatal de Nuevo México, en la ciudad de Las Cruces.*

NO CULPO A NADIE

Tenía que hacerlo, no le quedaba otra salida. Tanto había amenazado con lo mismo en cada ocasión que se le presentaba: con los amigos en el café dándose unos tragos que a todos atragantaban cuando le oían afirmar con tanta seguridad aquello de "un día de estos me suicido" en medio de una cena familiar ataviada de platillos típicos que nunca quedaban tan bien "como los hacía mamá", incluso delante de los sobrinitos que apenas entendían lo que aquel tío mujeriego y solterón que trabajaba en un parqueo de mala muerte del centro declaraba solemnemente poco antes del postre dejando estupefactos a los demás comensales: "Un día de estos me suicido"; durante las noches de amor o de placer con su amante preferida, una tal Claudia Cardenales de antecedentes nada recomendables en aquellos tiempos del cólera (oscura queridilla de teólogos liberados, hábil manipuladora de jefes alternos y subalternos, famosa actriz de videos amateurs disponibles en Beta y VHS y extensamente conocida en Amsterdam y Singapur): "Cl-au-dia", la llamaba él con crípticas sugerencias fonéticas, "una amplia abertura junto a dos agudezas", decía en medio del espasmo (infinito placer para él, entrenamiento cotidiano y mal pagado para ella), "aaaah, un día de estos me suicido"; de niño entre los padres jesuitas del seminario quienes al oírselo decir comprobaban su presentimiento de que aquel colegial impuesto por la fortuna de su padre —fortuna que más tarde el exilio extinguirá entre otras más refinadas mutilaciones— no sería nunca el líder, el hombre de empresa —no importaba si espiritual o material— que ellos esperaban de cada alumno, no quedándoles más remedio que, al no poder disuadirlo de su idea, sermonearle, alertarlo sobre el significado profundo de aquella terrible aseveración ("una herejía contra el Señor", inconcebible en un mocoso de apenas diez años con toda una vida por delante "con todo un destino por cumplir", le dijo una vez el Padre José Asbaje, cuya vocación verdadera era la poesía pero que por imperativos familiares y el qué dirán del barrio —una barriada pobre y malpensada en las afueras de Tunja— terminó por aceptar aquella toga cural y olvidar sus deseos de reescribir el *Paraíso*), pero aquel niño no hacía caso y de pronto, de manera refractaria en medio del refectorio (¡qué alivio poder usar al fin esta palabra aunque sea una vez!) o del urinario colectivo (damos el término equivalente para aquellos no versados en estas profundas venturas de la lengua), frente a los demás compañeros envueltos en tareas menos escolares y por tanto más placenteras, interrumpiéndolos, decía casi a gritos reclamando una atención que con mayor justeza merecían (según nos informa el pinguyllero Reinaldito A.[1]) los de grado superior: "Un día de estos me suicido"; o en la tenebrosa firma donde una vez trabajó antes de que lo expulsaran los mismos dueños, Pérez Serpa & Smith, quienes no le dejaban —literalmente hablando— levantar cabeza: "Son a los negocios lo que Marx y Engels a la ideología", comentó de sus amos una noche que trabajaba overtime (al escucharlo, el mojadito indocumentado de bigotito incipiente que limpiaba los residuos del día pensó que se refería a un par de judíos blancos de Miami Beach y continuó trabajando), "un día de estos me suicido", aseguró entonces entre dientes ante el tapatío que, confuso y algo temeroso, prefirió no hacerle mucho caso y tararear ensimismado una canción de José Alfredo; diariamente ahora en el parqueo ante cada cliente que le dejaba su baticarro (sólo atendía a los clientes regulares que, como ya lo conocían, no temían dejar su baticarro en manos de un suicida tan anunciado) y a diario también en su antigua oficina frente a la jefa de personal (Uva, quien anotaba cuidadosamente todo cuanto él decía), frente al fracasado de Mendieta siempre exquisitamente vestido ("su hermano gemelo, no de sangre sino de imagen", apuntaba así Uva en su cuaderno) frente al mismo Pérez Serpa y a veces a espaldas del propio Smith (o viceversa, pero nunca frente a ambos pues nunca se les vio juntos, por lo que se llegó a pensar que eran en realidad una misma persona, como los famosos Oscar Times de Manhattan), decía de pronto, informaba para tranquilidad de sus jefes quienes así no tendrían que preocuparse de futuras pensiones ni seguros de vida: "Un día de estos me suicido" (desde el principio Uva sintió esta expresión incompleta y con gran intuición le añadió: "No puedo más"); ante sí mismo en el baño, frente al espejo (curiosamente su doble lo secundaba en la empresa moviendo imitativamente los labios), en la ducha o el inodoro mientras se despojaba de sus miserias externas e internas, en medio de aquel rito purificador, montalviano, sintiéndose cada vez más libre, desprendido, más cerca de lograr su objetivo: "Un día de estos me suicido", se repetía a sí mismo y a los demás.

Pero, ¿qué lo ataba a la vida?, se preguntaban todos los que lo conocían: "¿Por qué no acabas de hacerlo, compadre?", le increpaban sus amigos en el café, cansados, aburridos, en realidad hastiados ya de aquel chistecito de mal gusto, de aquellas palabras aguafiestas lanzadas en medio del jolgorio más prendido. ¿Qué lo ataba a la vida?, esa era la incógnita, más inextricable aún cuando descubrimos que, con el paso de los años, sucederían en la ciudad otros suicidios "menos previsibles", según apunta Uva, como el de Claudia ("este que ves, engaño colorido" era el primer verso del desengañado soneto que escribió al dorso de una foto suya de juventud) y el del propio Padre Asbaje, entonces gordo en extremo y clandestinamente famoso por su poema *Paraíso*, escrito por fin en secreto durante unos ejercicios espirituales que realizaba de noche en el Castillo de la Chorrera ("Eran chorros que venían —confesó en carta sacada anónimamente del seminario— sobre mí, chorros de un espíritu juvenil y atrevido que movía mis manos como remos expertos sobre el papel en inefable transverberación mística donde se me confundían la tinta y Sus Jugos Nutricios", aseguraba el prelado utilizando unas mayúsculas nunca bien comprendidas). Otros suicidas imprevisibles iban a ser Mendieta (no pudo resistir *The Secret of My Success* y en plena proyección se lanzó del balcón al lunetario del cine; a la posteridad llegó consubstanciado con residuos mantecosos de rositas de maíz y pegajosos líquidos otrora refrescantes o seminales) y el indocumentado Manito (nombre que, de apodo familiar entre los empleados, pasó rápidamente a insulto y humillación en boca de Pérez Serpa y a veces de Smith, quien conoce las leyes antidiscriminatorias un poco más que su asociado: "No sirvés para nada, Manito", "Manito, fíjate cuánto churre hay aquí", "se te olvidó pasar la manito por aquel rincón"). Todos ellos, por una u otra causa particular, se fueron suicidando secreta y solitariamente, como debiera ser. Sus espectivas causas tan nítidamente discernibles los privan, sin embargo, de interés. Su aparición en esta historia se debe sólo a nuestro suicida declarado, eje central del relato, único personaje con posibilidades realmente literarias, como aquí intentamos demostrar.

"No puedo más", seguía diciendo nuestro personaje a sus amigos del café (una tarde, registrando por azar los apuntes de Uva, había encontrado esa adición a sus palabras y con inmensa satisfacción decidió incorporarla), "un día de estos me suicido". Sonaban la copas y con el licor embriagante digerían sus amigos la misma pregunta insatisfecha: ¿por qué no acaba de hacerlo? Ni remotamente se podía nadie imaginar que lo único que mantenía a nuestro hombre, no en La Vana (¿dijimos ya que estaba en "el duro exilio"?), sino en el reino de este mundo era un asunto estrictamente literario. La nota harapienta dejada a los oficiales de la migra por el joven tapatío revelaba su origen lego: "no culpo ha naiden". El folio timbrado de super lujo que encontraro después en el humilde cuarto de Mendieta —escritorzuelo de quinta, imitador malo de Bécquer en poesía y de Azorín en prosa— revelaba una atroz confusión entre auténtica expresión literaria y "exquisita presentación" (ahora recordaba cuánto Mendieta repetía esta última frase al describir sus informes para el señor Smith, muy atento a los detalles). Carente de verdadera imaginación creadora, Mendieta no pudo evitar repetir al ex-mojado: su papiro final, no obstante los arabescos ornamentales y la perfección gótica de su grafía, únicamente aportaba elementales correcciones ortográficas y un exótico españolismo: "¡No culpéis a nadie!" La nota final de Claudia fue un sinnúmero de cheques rebotados de diferentes clientes insatisfechos que se sumaba en su Debe a los astronómicos cargos pertinente a dicha frustrada transacción; antes de suicidarse había escrito encima de ellos y de su estado de cuentas bancario la repetida frase literaria de su ex-amante: "No puedo más". Joseíto, como lo llamaba su mamá, había dejado la carta ya mencionada, muy explicativa en unas ocasiones y muy elusiva en tras, como en aquellas palabras finales ("Recomencemos: espejo y médula de saúco, podemos terminar") que para nuestro suicida no lograban conformar por sí solas, no obstante su indudable valor literario, el género deseado. "A diferencia de la novela, la epístola y otros géneros, el género de la nota suicida que yo propongo no debe aventurarse tan abismalmente en explicaciones genesiacas y velados afanes resucitatorios", anotaba académicamente en cualquier servilleta o margen de cualquier revista o periódico que tuviera a mano, sin comentarlo nunca con nadie.

Notas suicidas como las anteriores no constituían pues, para nuestro exigente personaje, el cierre magistral de ninguna vida por muy burda que fuera. Esto lo tenía muy claro. Montalvo y aquel rastacueri de una novela colombiana de destino trágico ella misma, eran sus modelos para la escenografía: morir impecablemente vestido de frac, en una recámara perfectamente arreglada y perfumada (perfume eterno "más alla de la muerte", tratar por todos los medios de evitar el malolor que sobrevendrá, unas cortinas color azul turquesa, junto al lecho fatal un libro abierto (no un clásico antiguo, cosa tan remanida e impersonal, sino un autor relativamente joven descubierto por él; baraja la posibilidad del poemario *Los siete círculos*, por su homenaje indirecto al Padre Asbaje y su, si no exquisita, al menos correctísima presentación), el marcador del libro señalando con delicada insinuación los versos verdaderamente últimos ("que un ahogo puede ser el que te envíe") a los que les habrá hecho con una leve plumilla la consabida corrección acentual (envíe) para que todos perciban la rara fineza de su lectura (ha pensado incluso en la posibilidad de que los críticos futuros interpreten dicha cita como el encabezamiento de su nota final), al otro lado de la cama un Misal lleno de estampitas de santos varones (Sebastián entre ellos) preferiblemente en las versiones de Zurbarán (este requisito nunca lo había podido entender), un par de zapatos nuevos (pensó en las sandalias de Machado pero, previendo una gran polvareda —"polvo serás"—, pensó que mejores serían unos zapatos cerrados de cordón; nada le molestaba más que una piedrita o tierra en los zapatos que no pudiera, como la pajita en el ojo de la Mistral, eliminar de un solo lagrimón), de música varios discos compactos con misas de Bach ("Mozart, Hollywood mediante, ya pertenece a la infame música popular", sentencia nuestro personaje), pero... ¿qué nota definitiva y original, ya de su puño y letra, iba a dejarle al mundo como testimonio conclusivo de su infeliz existencia? ¿Qué iba a escribir y cómo? ¿Qué texto último dejar, que lo resumiera en esencia y no fuera una torpe repetición de aquel "no culpo a nadie" tan impersonal y literariamente ineficaz? Sí: un texto digno de Cervantes, que gane la atención internacional no sólo por sus valores estéticos sino también por su precisión para señalar, con un mínimo de palabras (siete, ocho máximo), su circunstancia; un texto que citen hasta el fin de los tiempos los sociólogos y estadistas preocupados por la cuestión social, los sicólogos interesados en la siquis individual, los ecólogos y moralistas más afanados en la mejor supervivencia física y moral del hombre, los teólogos que ya aceptan Su Verbo en los textos más profanos, los más profusos literatos de Occidente (en el fondo envidiosos por haber malgastado su energía creadora en miles de páginas que no podrían competir con la maestría literaria de esa sencilla y breve nota de despedida de un desconocido suicida caribeño y, para mayor desconcierto, desterrado). Una nota así era lo que deseaba, lo único que, por no lograr escribirla aún, lo ataba indefinidamente a la vida, no obstante la deuda moral que había contraido con todos sus interlocutores. Los amigos del café, sus sobrinos y otros familiares, sus antiguos compañeros de la oficina y de la escuela, los clientes del parqueo y hasta unos cuantos difuntos le reclamaban ya, muchas veces con palabras agresivas, otras sólo lanzándole una mirada de hastío, el pronto cumplimiento de su muerte anunciada.

¡Acaba de matarte ya, chico, a ver si nos dejas tomar en paz una taza de café!", le ripostaban cada vez que disparaba su proclama suicida. Para entonces era tanta la incredulidad colectiva ante sus palabras que a nadie le interesaba indagar, no ya las posibles motivaciones de su suicidio, sino las razones por las que no acababa de ejecutarlo. Por un tiempo, mientras Claudia era hermosa y disponible, se creyó que ella constituía su atadura a esta tierra. Luego Claudia, y otras como ella que él frecuentaba con mayor privacidad, murieron y él sin suicidarse. Lo mismo con el Padre Asbaje. Por otra parte la familia, una vez muerta su madre, nunca pareció ser una razón poderosa. El caso es que a nadie le había él confesado la verdadera causa que le impedía realizar su viejo proyecto infantil. Se habrían reído de él; habría tenido que vivir solo e incomprendido, como esos genios literarios ungidos de un destino ciclópeo. "En silencio ha tenido que ser", se decía a manera de consuelo, repitiendo las palabras que alguna vez escribiera el Apóstol J. J. Martí.

"Acaba de matarte...!", le disparaban ya constantemente por la calle, sólo de verlo pasar y aunque él nada dijera. Tenía, pues, que hacerlo, no le quedaba otra salida, pero... ¿qué escribir y... cómo?

Por fin, una tarde radiante de primavera, el 28 de abril de 2250 (recuerdo exactamente la fecha porque, por puro azar, ese mismo día el gran altavoz urbano de la estación Recubanísima de Miami anunciaba —esta vez de verdad— la súbita y sorpresiva caída del Retirano en la Isla), se suicidó nuestro suicida. Tras innumerables ahorros había alquilado y redecorado según sus requisito una espectacular suite frente al mar en un lujosísimo hotel de la playa. Su muerte, que sería asimismo un momento crucial de la cultura universal (como si de pronto tuviéramos el privilegio de poder dar testimonio directo de algo tan extraordinario como la muerte de Cristo o el primer salón impresionista francés o los Beatles en el Star-Club de Hamburgo), tendría de esta manera el espacio ideal (estética y físicamente hablando) para ser lamentada e igualmente celebrada por amigos, familiares, literatos, estadistas, sociólogos, sicólogos, ecólogos, artistas, periodistas y premios Nobel de las más diversas raleas.

Pero una vez más la Historia, frente a la Cultura, impone su autootorgada e injusta principalía. Nerviosos y entusiasmados por los vertiginosos sucesos que se estaban produciendo en la Isla, los amigos y familiares del reciente suicida apenas tuvieron tiempo par percatarse de su desaparición. Tantos que de pronto regresaban a Cuba para "participar" (esta era la palabra del día), súbitas desapariciones de caras conocidas en la cola del café y el parque Maceo (las mejores parejas de dominó se separaban hora por el arrebato de la fiebre inmediata: lágrimas en los ojo de aquellos que perdían a quien había sido su compañero de juego por más de cien años, partidos quedados sin terminar, el hielo aguando decenas bacardís abandonados, doblenueve y dobleblancos desprendiéndose lentamente del fondo de las mesas, la calle Ocho apagada.

Sociólogos, estadistas, sicólogos y periodistas también optaron por la Historia: se trataba de retomar un viejo mito olvidado, ponerlo —una vez destruido en nueva perspectiva, llegar a conclusiones, aventurar predicciones, volver a escribir sobre lo escrito. Sin dudas, habría material para un par de años más, suficientes para conseguir una plaza permanente en cualquier universidad o una columna fija de cualquier diario local. Por supuesto que, para ellos, la muerte de nuestro protagonista pasó prácticamente inadvertida.

De sus conocidos, apenas nadie tuvo tiempo de contemplarlo en su lecho final. Sólo un policía negro recién llegado de Harlem tuvo ese extraño privilegio y exquisito placer estético que significaba contemplar a nuestro suicida allí, sereno, satisfecho expectante, de impecable frac y mocasines (esta fue una sabia decisión de última hora, pues dedujo que al no tener cuerpo en la otra vida le sería difícil abrocharse unos zapatos de cordón), en aquella olorosa habitación mecida por un órgano barroco frente al mar, cuyo azul turquesa se confundía imperceptiblemente con las cortinas de la habitación creando una sensación de espacio abierto e infinito que invitaba a meditar sobre la grandiosidad del momento por testimoniar. Encargado del caso, el gente Denzell Jackson hizo un reporte de todo lo que le pareció de interés: prácticamente nada. Apagó la música, tomó sin flash las consabidas fotos, envió el cadáver ("¡Qué lástima de mocasines" se dijo, y procedió a cambiárselos por sus sucios y agujereados zapatos) de frac a la morgue, del Misal se guardó para sí la estampita de Sebastián recibiendo las flechas de sus antiguos camaradas, hojeó *Los siete círculos* (indescifrables para él que sólo hablaba inglés), con aburrimiento tomó un pequeño papel cuidadosamente doblado y escrito también en esa lengua —según le aseguraban sus brothers del ghetto "maldita" y, con unas flores que de sólo tocarlas se deshacían, tiró todo al cesto de basura.[2] Un reporte al vuelo:

DED BODY. NO GUN. SPICK. APROX 40 YR.
DENZEL 3 Pee Em

NOTAS

1. Sobre las "húmedas y sinuosas" sutilezas de este oficio "impenetrable y oscuro reservado sólo a algunos hombres, consúltese Los ríos profundos de José María Arguedas, pero en su edición cubana (La Habana: Casa de las Américas, 1965), p. 90.
2. Más tarde llegó la camarera. Limpiar aquella habitación le traía amargos recuerdos de su antiguo esposo, Manito. Tanto habían pasado juntos. Tanto había sufrido ella tras su trágica muerte. Tanta había sido su soledad. Ahora se sentía "un poco mejor", me llegó a confesar. Gozaba por fin de status legal gracias a una carta ficticia —"la vida es literatura", escribió una vez nuestro ya realizado suicida en una servilleta de un restaurancito chino-cubano-americano de la Octava Avenida— que el gerente del hotel había escrito en su favor para los agentes de la migra ("Yo..., declaro que la señora... bajo mi... en este hotel... más de cinco años...", etc.). Sin embargo, no le fue difícil hacer el aseo de aquel cuarto: en realidad el muertito había sido impecable. Inclusive la alfombra conservaba aún el estimulante olor primaveral de los polvos que el difunto había esparcido con tanto cuidado. Con religiosa consideración rescató del cesto el Misal (necesitaba uno para sus rezos nocturnos por el alma de su esposo) y el poemario (leyó con cierta dificultad algunos versos—"un espa-ci-o es dis-tin-to si es es-pa-cio"— y desistió; no obstante, lo entregaría a la biblioteca pública del condado de Dade). Le llamó la atención un pequeño papel medio estrujado (por su mente pasó rauda aquella nota absolutoria que dejó, como único testamento su querido esposo; recordó su terror al encontrarlo yacente y frío, sus lágrimas cada noche posterior, sus oraciones, los asedios de la migra, la soledad en aquella ciudad tan ajena). Toma el papel, lo lee con la consabida dificultad (desde aquí trato de hacerle señas para que me lo muestre o por lo menos me diga qué dice aquella nota genial, pero parece no percatarse de mí), hace una mueca indeterminada con los labios (ya no sé que hacer para llamar su atención), lo rompe (trato de impedírselo a gritos pero no me oye vuelve a lanzarlo al cesto, comprueba que todo el cuarto está en orden y se va.
Meses después la entrevisto. De ella depende el destino del género literario preconizado por nuestro personaje. Sólo me habla de su difunto esposo y de su perenne

dolor. Insisto en la nota, qué decía (mi omnisciencia no abarca las insondables alturas del arte y la literatura). No recuerda. Tras mucho insistir logro que, molesta, reaccione y me espete: —Por qué tanto asunto con ese señor? Si no sabía ni escribir: uso "todo el mundo" y es "todo mundo".

ALICIA G. BARRIONUEVO

Nació en La Habana. Cursó estudios de Medicina en la Universidad de La Habana y se graduó en Pedagogía en 1960. Enseñó Literatura Española en Puerto Rico. En 1966 se trasladó a Miami, donde continuó sus estudios y obtuvo una maestría como Consejera Escolar de la Florida Atlantic University, y la especialización del Barry University. Es la autora de una serie de folletos titulados "Niños-Adolescentes-Compréndalos Mejor," así como de artículos publicados en Miami y Panamá.

GATO POR LIEBRE

Mientras caminaba hacia el dormitorio Mike Martín no podía librarse de los pensamientos obsesionantes. Sus reflexiones lo llevaban del presente al pasado en loco recuento de eventos.

A medida que evaluaba la situación, crecía más su angustia. ¿Necesitaba ropa nueva? Un traje para la recepción en casa del presidente de la universidad. El acontecimiento más importante del año exigía un saco nuevo, pantalones, camisa y, corbata. Sabía que Bob, Marlene y Debra ya habían visitado la elegante tienda "Blooming and Fielding" y habían adquirido toda clase de ropa elegante.

¡Si él fuera rico como sus tres amigos!

Recordó las palabras de su madre el día que se despidieron en Miami.

El Monticello College es un lugar exclusivo...para ricos. No tienes ropa adecuada ni suficiente dinero para gastos...para la vida social..serás el pobretón de la universidad.

—No te preocupes, mamá, venceré todos los obstáculos, compartiré la misma vida del resto de los alumnos...seré un graduado del Monticello College.

Ahora comprendía que su madre tenía razón. Era difícil arreglarse con los setenta y cinco dólares que ella enviaba todos los meses. Casi todo se iba en entradas para el cine y refrescos en la cafetería.

Bob, su compañero de cuarto, era hijo de un corredor de bienes raíces del área de Nueva Inglaterra; Marlene, que desde hacía cuatro semanas era su novia, era la única heredera de un famoso abogado de Filadelfia y Debra, la novia de Bob, procedía de una familia de terratenientes que se dedicaba al cultivo el tabaco en Virginia.

Los cuatro eran inseparables. Sus únicos amigos en la universidad, pues con excepción de los miembros del equipo de béisbol, no había cultivado otras amistades en el centro de estudios.

Su amistad con Bob era tan íntima que éste lo había invitado a pasar el fin de semana de Acción de Gracias en su casa.

—¿Vas a Miami por las vacaciones? — preguntó Bob.

—No, mi madre viaja por Europa esa semana.

—Entonces ven conmigo, mis padres están ansiosos por conocerte.

Cuando Mike llegó a la casa de Bob en las afueras de Portland, no pudo creer lo que sus ojos veían: una señorial mansión de tres pisos en medio de un jardín que mostraba los últimos destellos del otoño, un lago artificial... y hasta una cancha de tenis.

Pasó gran parte del fin de semana caminando por la propiedad mientras soñaba despierto:

—Si él pudiera vivir en una casa como ésa. Si sus padres fueran los padres de Bob....

Mientras caminaba el aire frío le acariciaba el rostro. Le encantaba el clima invernal. De Miami odiaba hasta su zona tropical.

Tanto tiempo pasó bajo un viejo olmo abstraido en sus pensamientos, mientras hacía música con los pies al mover las hojas secas, que Bob le preguntó preocupado:

—Creo que no te diviertes aquí... ¿es que sientes nostalgia por Miami?

—¡Oh, no! por el contrario, me parece que estoy en el paraíso... disfruto mucho este paisaje.

—Sabes Mike, desde que te conocí, observo que en algunas ocasiones te absorbes en hondos pensamientos y te pones triste. ¿Es que sufres por ser huérfano de padre?

—Pues no sé, yo pienso que soy feliz. Mi madre ha llenado el gran vacío que dejó mi padre...pero tienes razón, me preocupo mucho por al futuro porque en mi vida hay muchas preguntas sin respuestas. Antes que termine mis estudios y salga al mundo a ejercer como letrado te contaré....son muchas las nubes que han cruzado mi vida.

—Oye, chico, parece que tienes un secreto. Ahora tengo curiosidad.

—No sé si llamarlo secreto o conflicto interior— dijo Mike bajando la cabeza,

Era cierto que en su vida existía un secreto, muchas preguntas sin respuestas... ¡y un hondo conflicto interior!

Para sus amigos era Michael Martín, rico heredero de Miami, alto, rubio, atlético, con una personalidad atrayente, siempre correcto y atento, siempre presto a compartir la vida social de "su grupo."

Ellos no conocían su verdadero origen. Mike había nacido en Ciego de Avila, Cuba, hijo del carpintero Miguel Martínez y de su esposa Juana Campos, y había llegado a los Estados Unidos cuando tenía seis meses.

—Por qué no apuraste el viaje, mamá, hubiera nacido aquí-preguntó muchas veces el niño Miguelito."

—¡Ay, hijo! Fue difícil salir de Cuba, gracias a Dios que al fin lo hicimos.

—¡Seis mesas, seis meses! por seis meses no soy americano-era la eterna respuesta.

Cuando cursaba la enseñanza elemental vivieron en Georgia. Miguel Martinez, padre, era un excelente ebanista y por mediación de un amigo consiguió un generoso contrato en una fábrica de muebles exclusivos.

En Forsyth, Georgia, le empezaron a llamar Miko. Alli surgió la idea del asesinato de Miguel Martínez.

—Por favor, papá, si vamos a vivir para siempre en este país, cambiemos nuestro nombre, vamos a "americanizarlo."

El buenazo de Miguel accedió al ruego de su hijo. Se hicieron ciudadanos americanos y mutilaron el apellido "Martinez" que se convirtió en "Martín". A la infeliz Juana la rebautizaron "Jane". El nombre Jane Martin no presentaba ninguna objeción en el mundo gringo.

Regresaron a Miami cuando se terminó el contrato de Georgia. Ya Mike Martín, Jr, hablaba el inglés con más corrección que el español. El ligerísimo acento georgigno causaba gracia, especialmente a sus maestros de Miami que conocían su origen cubano.

Michael Martín, Sr, no disfrutó mucho de su nuevo nombre y ciudadania. Cuando Mike terminaba el noveno grado murió víctima de un ataque fulminante de las coronarias.

Su muerte afectó mucho al joven estudiante y a su madre. Emocional y económicamente sintieron el impacto pues tuvieron que vivir del cheque del seguro social y de las casas que limpiaba "Jane Martín."

Mike se volvió más serio y se interesó mucho en los estudios y en el béisbol. Ya por entonces se distinguía como ágil jugador de la primera base y fuerte bateador. Leía con avidez todo lo relacionado con este pasatiempo y sobre los sueldos fabulosos de las grandes estrellas del béisbol. Su dedicación a los estudios le permitió graduarse de la escuela superior con un excelente expediente académico y su habilidad en el deporte le abrió las puertas del exclusivo Monticello College. La beca atlética cubría todos los gastos. Mike Martín, Jr. ascendía por el camino del triunfo.

Regresó a la realidad y al presente al cruzar el estadio y campo de pelota. Sólo por unos segundos porque la vista del gran terreno le recordó las palabras de su orgulloso entrenador.

—Si sigues jugando tan bien, tienes posibilidades de ser nominado como jugador "All American" en béisbol.

"All American", ¡qué otro honor pudiera ganar que fuera tan valioso para Mike Martin, Jr.!

Llegó al dormitorio y fue directamente a la habitación que compartía con Bob, Una vez más contó el dinero. Dieciocho dólares era todo su capital. Imposible comprar un traje, incluyendo una camisa y corbata con esa miseria, ¿Qué hacer? Tenía que asistir a esa fiesta. Toda la facultad, la junta de gobierno...la flor y nata del Monticello College habían sido invitados.

Surgió una idea de pronto. Justamente el día anterior cuando regresaba de la ciudad con Bob, tuvieron que cambiar un neumático frente a la tienda benéfica de la "Liga Contra el Cáncer". Recordó que Bob bromeó acerca de los objetos usados que exhibia la tienda.

—Mira, Mike, ¿quieres una butaca para nuestro cuarto? ¡qué belleza por $5.95!

—¡Caramba, cómo hay cosas viejas ahí! Fíjate, también tienen ropa usada.

La idea no era mala. Probaría su suerte en la tienda de baratillos. Con prisa se cambió de ropa. Se vistió con unos viejos pantalones azules y una camisa de franela de cuadros rojos y azules. Se subio el cuello de la camisa para que le cubriera bien la nuca. Sacó del armario su chaqueta de piel negra. Se encasquetó una gorra de béisbol vieja que le quedaba grande y le cubrió las orejas. El toque final: un par da espejuelos oscuros de aro grande.

Con este disfraz no sería reconocido.

Rápidamente recorrió los dos kilómetros de distancia a la tienda. Cuando llegó se detuvo ante la vidriera con cierto descuido, como si esperara a alguien. Escudriñó el interior, Eran cerca de las cinco, hora del cierre y sólo había una persona adentro, una anciana que examinaba una sombrilla roja. La abría y cerraba para comprobar su funcionamiento.

—Dichosa vieja que no se apura—pensó Mike—no entraré hasta que la tienda esté desierta.

Finalmente la dama de la sombrilla roja se dirigió a la caja registradora, pagó y con paso lento salió a la calle.

Mike miró a ambos lados de la calle. Ni un alma se acercaba. Entró. Los muebles viejos, amontonados; la alfombra raída que despedía un peculiar olor a humedad, le recordó su casa del "southwest" de Miami.

Al fondo y a la derecha descubrió la ropa de hombre amontonada en perchas y en grandes cajas de cartón. Amalgama de colores y medidas. Algunas parecían tener cien años. ¡Qué deprimente! Fue difícil localizar su talla. Al fin, entre aquel amasijo de ropa vieja, descubrió un saco gris oscuro, elegante y de estilo moderno, de ropa cara, Bob tenía uno parecido, excepto que era más claro el gris.

El espejo empañado y sucio, inclinado encima de una da las cajas, le indicó que era su talla exacta. El precio: 8.95, le pareció estupendo. Era su día de suerte, entre los pantalones encontró un par azul oscuro de lana, talle 36 por 4.95. La camisa blanca con rayas azules y grises le dio un toque de elegancia por $2.95. Todo el "ajuar" estaba en buen estado y limpio, aunque el saco despedía un ligero olor a tabaco y perfume masculino...agradable.

Mike salió a la calle con el mismo cuidado con que había llegado y se apresuró a regresar al dormitorio. Suerte, Bob no estaba en el cuarto! Feliz colgó su nuevo vestuario y respiró satisfecho.

Encima de su escritorio descubrió una carta. Sin duda, Bob había ido al correos. Reconoció la letra inclinada y pequeña de su madre. Él siempre se adelantaba en ir a buscar la correspondencia, le preocupaba que Bob supiera que la sección del suroeste de Miami donde vivía, era la más pobre de toda el área.

Rasgó el sobre, ¡Su pobre madre! Mike quería a Jane. ¡Era tan sacrificada y complaciente! Si por arte de magia pudiera transformarla en otra persona... ¡en una gran dama norteamericana como la madre de Bob! Soñaba y soñaba. Cuando retornaba a la realidad hacia todo lo posible por alterar el estilo de vida de la pobre mujer. Para complacerlo Jane había cambiado de empleo; ahora trabajaba como auxiliar de oficina en una escuela superior y acudía religiosamente a tomar clases de inglés. Ganaba mucho menos, pero cualquier cosa por contentar a su adorado hijo.

Mike leía la carta cuando entró Rob.

—Hoy tuviste más suerte que yo, sólo recibimos una carta. Creo que es de tu mamá, ¿cierto?

—Si— contestó Mike mientras hacia añicos las tres páginas de la carta.

—Mike, he notado que cuando recibes carta de tu casa, tan pronto la lees, la destruyes, ¿cómo puedes contestarla?

—Puedo recordar perfectamente lo que me escribe mi madre. Te aseguro que respondo fielmente a todas sus preguntas y preocupaciones...odio guardar cartas viejas o notas sin uso práctico.

Lo cierto era que no quería ningún documento escrito en español en su habitación del Monticello College.

* * *

Ese viernes todos viajaron en el lujoso automóvil de Bob.

La residencia del Dr. Leblanc, presidente del Monticello College era la más suntuosa de la ciudad universitaria. El camino circular en medio del jardín que ya empezaba a anunciar la primavera y las altas columnas de mármol blanco de la entrada, le añadían distinción a la enorme mansión.

Disciplinadamente los cuatro amigos se unieron a la larga fila de invitados que esperaban su turno para saludar a los anfitriones: el alto y apuesto presidente, Dr. Leblanc, y su atractiva esposa. Los cuatro formaban un bello grupo de alegancia, frescura y aire intelectual.

Mike miraba con admiración a Marlene. Nunca, ni aun en Miami, había salido con muchachas cubanas. Las encontraba rústicas, bulliciosas sin distinción.

La primera semana de clases, Mike había reconocido a cuatro estudiantes latinos. Evitaba acercarse a ellos, por el acento al oirlos hablar el español, había identificado a dos venezolanos, un argentino y una cubana. Habia cambiado una asignatura por no estar en la misma clase con la cubana,

La fila se movía lentamente. Cuando le tocó el turno a Mike, cordialmente intercambió un saludo con el Dr. Leblanc y su jovial esposa.

—Qué gusto saludar a nuestra estrella de béisbol.

—El honor es mío, gracias por invitarme a esta fiesta tan linda.

Al separarse de los esposos Leblanc, Mike notó que ambos lo siguieron con mirada curiosa y agradable.

—Bien que los he impresionado— pensó el joven con satisfacción.

Una hora después la fiesta estaba en todo su esplendor. La conversación giraba en torno a las actividades culturales de la primavera, El Departamento de Artes Dramáticas presentaría una obra de O'Neill, seguido de la actuación del Ballet de Houston y por último el famoso guitarrista español, Segovia, en concierto exclusivo.

—Un guitarrista español ¡Bah! — fue el comentario de Mike.

Los anfitriones paseaban por el salón y se detenían a charlar unos minutos con sus invitados. Finalmente se acercaron al grupo de Mike.

—¡Qué fiesta más agradable, Dr. Leblanc!

—Gracias, Marlene, me alegro que te diviertas. Forman ustedes un grupo encantador. Justamente hace unos días comentaba con mi esposa que pertenecen a la mejor clase de novatos que hemos tenido en mucho tiempo, Académicamente hay mucho talento y en lo que se refiere al grupo de atletas, aquí tengo frente a mi un ejemplo.

El Dr. Leblanc se volvió a su esposa y le preguntó:

—¿Querida, has notado el elegante traje que usa Mike?

—¡Qué si lo he notado, es bello!

—Gracias, gracias, tartamudeó, Mike.

La Sra. Leblanc sonrió y se dirigió a los jóvenes. Comprendía que les debía una explicación.

—Mi esposo tuvo un saco gris y unos pantalones azules muy parecidos a los de Mike. Era su ropa preferida. Tanto le gustaba que prácticamente lo usaba todos los días. En varias ocasiones le recordé que en la universidad iban a pensar que solamente tenía un traje.

—Créanme— continuó diciendo la Sra. Leblanc— estaba aburrida de ver el traje; no lo resistía... Así se lo informé un día cuando íbamos de tienda.

—Si,querida, delante de la empleada...

La Sra, Leblanc interrumpió a su esposo.

—...del departamento de porcelanas y exactamente el día que compramos una figurilla para regalársela a nuestra hija por su cumpleaños.

Ambos esposos pensaban que el cuento era muy gracioso; reían mientras hablaban y disfrutaban contando la anécdota.

Los muchachos escuchaban cortesmente y no notaron la palidez y el sudor copioso en la frente de Mike.

—Efectivamente, delante de la dependienta le dije: ese saco y esos pantalones van a desaparecer muy pronto de tu ropero.

—¡Amén!...cumplió su palabra.

Mike temblaba, Se llevó la mano al bolsillo derecho del saco en forma inconsciente. Buscaba un pañuelo o algo con qué secarse el sudor. Sus dedos tropezaron con un papel de textura suave. Desesperadamente lo sacó del bolsillo y sin mirarlo lo desdobló.

El ligero crujir del papel llamó la atención de todos que miraron a las manos de Mike que sostenían el papel abierto.

HOFSTETTER-AG.
ARTÍCULOS PARA REGALOS

Gran Vía # 234. Monticello.

Nombre: *Dr. A. Leblanc.*
Dirección: *Monticello College.*

Fecha: *18 de febrero* 19 89	Precio	
1	Figura de porcelana	$36.95

ANTONIO BENÍTEZ ROJO

Nació en La Habana, en 1931. Hizo sus estudios primarios y secundarios con los jesuitas en el Colegio de Belén, y se graduó de Ciencias Comerciales en la Universidad de La Habana (1956). Hasta su salida al exilio por el Mariel en 1980, desempeñó diversas posiciones oficiales en el Consejo Nacional de Cultura y en el Centro de Investigaciones Literarias de Casa de las Américas (1970-1975), de la que fue Director Editorial (1975-1978). En los Estados Unidos, se ha dedicado a la enseñanza; actualmente es profesor en Amherst College. Entre sus obras narrativas se cuentan: Tute de reyes (1967), El escudo de hojas secas (1969), Fruta verde (1979) y El mar de las lentejas (1979).

PRIMER BALCÓN

> Qué lástima
> que no salieras de aquel cuarto
> —donde asombrosamente, en diez minutos,
> se trasmutó el carbón en un diamante
> que siempre llevarás en la sortija—.
>
> Pedro Salinas

A Lauro lo recuerdo alegre, un poco presumido con su pulóver amarillo que iluminaba la puerta del instituto, las galerías sobre el gran patio central; lo recuerdo de regreso a la casa, bajando por Teniente Rey —él del lado de la calle y con sus libros al hombro, de perfil contra la torre del Cristo—, y aún me parece verlo en la penumbra del zaguán común, al final de la escalera, la mano en el aldabón y diciéndome hasta pronto y luego oírlo memorizar las familias de insectos de la Historia Natural, las esdrújulas saliendo a su pedazo de balcón, metiéndose en el mío por entre los hierros del guarda-vecinos pintado de blanco. Así me gusta recordar a Lauro, justo antes de la instalación de Marcela en el piso bajo de la esquina. Pero es mejor terminar de una vez y contar el resto. Hoy que a nadie le importa, que ha pasado el tiempo y la calle y las cosas han cambiado tanto.

Primero fue la crispación de la mudada al mediodía: el camión que interrumpía el tránsito, la dificultad del piano y la vastísima rotura de la luna colonial; al rato la llegada de Marcela del brazo de su padre, el laborioso descenso del automóvil de alquiler y el implacable "Pero es ciega..." de mamá, reclinada a la baranda codo a codo con tía Julia. Aquí me falla la memoria, se me van algunas horas (a lo mejor pensaba en Lauro o fui al parque con el perro). El hecho es que por la noche ya sabíamos que se llamaba Marcela. Me acuerdo por el comentario de la madre de Lauro mientras se esfumaba el vals de la novela de las diez, el radio en la mesita de caoba, del lado nuestro del balcón, sosteniendo la tertulia hasta los bostezos de mamá después del noticiero. Y de repente la madre de Lauro, alzando la vista del complicado punto que organizaba el estambre:

—¿Se han fijado en la novela que empezó hoy? Qué casualidad, la muchacha se llama Marcela y también es ciega.

Como programa *Con los ojos del alma* —ahora lo creo— no pasaba de ser un folletín radial, uno de tantos: el guión lo escribía Iris Chaillot, nombre que nadie conocía. Pero era la asociación de coincidencias la que nos cautivaba, incluso a Lauro, que siempre se había ido a la calle al terminar la comida. Yo me alegraba porque así lo tenía cerca, lo podía mirar más, mordiéndose las uñas igual que yo, esperando nuevas correspondencias entre Marcela y la otra, la de carne y hueso, que era igualmente rubia y tocaba al piano lo más lento de Chopin, como hizo resaltar tía Julia, persistente radioescucha de óperas y conciertos.

La hipótesis de Lauro nos entusiasmó enseguida: Iris Chaillot era el seudónimo de Marcela.

—Eso explica la inusitada concordancia —dijo como si ya hubiera hecho polvo el bachillerato, siempre extremándose delante de mamá.

Y al otro día, a la salida de las clases, junto al trozo de muralla que perduraba detrás del instituto dejé caer cruelmente que una célebre novelista se había mudado a mi barrio, casi frente a mi casa. Iris Chaillot, Marcela para sus amigas.

Me sentía orgullosa de que ella viviera allí, al final de la cuadra, y aunque no la conocía —apenas se asomaba a la ventana larga y azul— me gustaba que la novela fuera su propia historia. ella tan modesta y tan buena, tan valerosa, y curioso que a las diez y media se sentara al piano para repetir las notas que la otra Marcela acababa de dejar, un poco como si quisiera prolongar la comunicación con nosotros. como si adivinara que desde el balcón la seguíamos escuchando, y ella sola, allá abajo. del otro lado de las persianas cerradas, desgranando nocturnos dolorosamente, los sonidos sobre la calle oscura y dulce, desierta, y yo con doce años, ay Lauro, y tan enamorada.

Pero de pronto Marcela ya no se mantenía, resbalaba noche a noche y *Con los ojos del alma* se nos iba de la cuadra, a otro barrio, a otra fecha. a otra Marcela que amaba secretamente a Raúl de Montemar, médico fascinante que vivía en la esquina opuesta y que nada tenía que ver con Max, el judío polonés que comerciaba en corbatas y padecía una confusa calvicie.

A la semana únicamente yo insistía en que las dos Marcelas eran la misma persona: Iris Chaillot. Iris Chaillot hasta la muerte.

A Marcela la pude mirar de cerca la misma mañana en que se acabaron las clases. Yo repasaba geografía al lado del perro —teníamos un mes para los exámenes y en preparatoria eran un montón de signaturas—, la espalda contra el guardavecinos, cuando la vi en su ventana, detrás del enrejado, el sol en plena cara y ella sin pestañear, como el ángel que remataba la cúpula del panteón de los bomberos, al fondo del osario de papá. Me puse las sandalias y casi me tiré a la calle. Corrí hasta la ventana y sandalia y "Quiay —toda agitada—, me llamo Lidia Rosa y vivo en la otra acera, en los altos del quinientos tres." Pero ella se enderezó tendiendo los brazos blancos, apoyó una mano en el batiente y desapareció caminando de costado, sujetándose de la punta del piano y luego del borde de la consola, haciendo temblar vasos de flores al pie del marco desprovisto de luna, desconcertadamente hueco y yo allí parada y sin saber qué hacer.

Pensé escribirle pero el padre tendría que leerle mi carta. Decidí esperar por otro encuentro.

En el almuerzo tuvimos carne mechada y plátanos maduros fritos. Yo pasaba el pan por lo hondo de la fuente y de pronto oí el piano. Era Marcela —pude ver su pelo rubio por entre las persianas; pero Marcela tocando mal, una especie de himno, muy rítmico, populachero. También se cantaba a coro, sin mucha afinación. Dos mujeres con enormes carteras negras bajaron de un Ford brilloso; la puerta se entreabrió y pasaron con dificultad.

—A lo mejor dan clases de canto —dijo mamá por la noche, aprovechando el comercial de la novela.

—Yo sentí como si bailaran —dijo insegura la madre de Lauro.

Pero fue tía Julia la que aclaró el misterio: tía Julia al día siguiente, de regreso del taller de confecciones, agitando un molde de costura, un pedazo de periódico.

—Qué novelista ni qué ocho cuartos —decía metiéndome el papel en la cara—. Lee..., lee ahí.

Yo por poco me desmayo: Marcela se anunciaba en los clasificados como la única médium musical del mundo, las consultas de una a seis.

No había dudas. Era su misma dirección, su mismo nombre, sin apellidos en letras grandes, arriba del dibujito de un piano emitiendo ondas hacia una vaga multitud.

Al rato recuperé el habla y respondí dignamente:

—Muy bien, eso no prueba nada. No veo por qué Marcela no pueda ser Iris Chaillot. —Y esa noche Marcela-la-de-la-novela, después de buscar empleo en dos orquestas de mujeres, resolvió establecerse como adivina para pagar las medicinas de su padre.

Dicen que la felicidad sólo dura unos minutos, pero para mí fueron días. Súbitamente mi pecho empezó a crecer y la cintura a afinárseme. También en la casa me trataban distinto: mamá me daba cuarenta centavos cada vez que aprobaba una asignatura y hasta tía Julia, siempre tan reservada, me confió que tenía novio, un dependiente de la calle Sol que a las seis la iba a esperar al taller de confecciones. Yo estudiaba por las mañanas como una loca y veía mucho a Lauro, que pasaba los exámenes del último año y fumaba escondido en el balcón. Por las tardes salía con el perro y al regresar del parque me detenía junto a la puerta de Marcela: a veces los oía dando gritos allá adentro, pisando fuerte como si mataran cucarachas al compás del piano; luego las maravillosas noches, reunidos alrededor del radio, mamá atendiendo bien a Lauro y yo sentada en un cojín, acariciando al perro, devorando la novela y los bombones de licor que traía tía Julia en un cartuchito rosa. Entonces el concierto de Marcela.

Fue por aquel tiempo cuando llegaron los ruidos. Había noches en que los sentía cruzar por delante de mi cuarto, apenas un susurro. Otras en la sala, en el balcón. Yo me asustaba muchísimo y le rezaba a todo el almanaque. Me encomendé especialmente a la Caridad del Cobre y le encendí velas hasta el último centavo. Pero los ruidos siguieron y ni mamá ti tía Julia me hacían caso. Claro, ellas no se enteraban, dormían en los cuartos del fondo y allá no sucedía nada.

—Debe ser algún fantasma —dijo Lauro riéndose—. La Habana Vieja está llena de fantasmas.

Me quedé pensativa y lo solté de golpe:

—¿Tú crees que Marcela puede hacer algo?
—Yo tengo mente científica, voy a ser médico.
—Si creo en fantasmas es porque los oigo. Además, tú mismo lo dijiste.

Él se volvió a reír y dijo:
—Yo creo que a lo mejor pueda hacer algo, quién sabe.
—Entonces vamos esta tarde.
—¿Adónde?
—A lo de Marcela.

Yo me moría por verla otra vez.
—Ni lo sueñes. Si mi madre se entera no me da más dinero.
—Pues le digo que fumas y que te suspendieron de nuevo la Historia Natural.

Se pasó un dedo por el bigote.
—Bueno —dijo tirando el cigarro.
Y le dirigí una sonrisa soñadora.

En casa de Marcela entramos como a las tres, detrás de una vieja que golpeó la puerta con el puño. Había oscuridad y mucho calor. Olía a perfume y a sudor y a tabaco y a alcohol y a flores, sobre todo a flores, y a mí con la coriza que me daban. Las mujeres vestían de negro y unos hombres con cintas en las solapas fumaban en un sofá de mimbre. Además del piano y la consola, había una mesita redonda encima una paloma de yeso. un pebetero y un plato. Arrimado a la pared, junto a la entrada del corredor. estaba un biombo chino, plegado, y a lo largo de los rodapiés se alineaban latas y cubos llenos de flores, vasos con agua y estampas de santos.

El padre de Marcela andaba de un lado a otro con una vela en la mano; un traje de dril blanco muy deshilachado le daba un aire de primera comunión. Miró la hora, fue a la mesita y alzó el plato. cuando Lauro vio que la gente echaba dinero, se quiso ir, pero lo aguanté del cinturón y puso un billete de a peso con gestos conmovedores. El padre de Marcela encendió el pebetero y empezó a cantar. Algunas mujeres lo siguieron. En medio de una estrofa el canto fue decayendo y murmullo se abrió paso: era Marcela. Apenas la podía ver entre tanto humo y las ganas de estornudar. A mí me lució más pálida que la vez de la ventana. ahora estaba inmóvil, en el umbral del corredor, la pupilas blancas, vacías, y sin embargo era bella. El padre corrió a la pared desplegando el biombo. Yo la imaginaba detrás de los tigres chinos, deslizándose hasta el piano como una sonámbula, tanteando la banqueta, la tapa, el teclado; la veía levantar los codos antes del furioso manotazo en el registro grave, luego el tenue trazo de un suspiro, una sucia introducción de octavas y las notas inexactas del himno de siempre.

Enseguida la gente hizo una rueda. Cogidos de las manos cantaban "Dame la luz, Señor", el padre de Marcela guiándolos desde el centro. A mí se me fue un estornudo y de pronto estaba en la rueda. "Santigüenla, santigüen a la hermana", chilló la vieja del puño en la puerta. Un hombre se pasó la mano por detrás de la cabeza haciendo sonar los dedos —"Misericordia", exclamaron a coro—. y rociándome con agua de colonia me haló los brazos hacia abajo. Tenía las manos heladas. Me escurrí y llegué junto a Lauro, cerca de la consola.

Los de la rueda resoplaban y el canto se hacía más alto y entrecortado. Una mujer aulló largamente y rodó por el suelo. "Misericordia. Misericordia." Al rato Marcela dejó de tocar y la rueda se disolvió: la mujer se arrastraba por la sala aproximándose a la consola. Lauro y yo nos replegamos al corredor cuando ella. ayudándose del mueble, se levantó gimiendo. Entonces cogió del mármol gris una botella y, descorchándola con los dientes, bebió más de la mitad. Luego encendió un tabaco y se puso a girar sobre sí misma, con los brazos en cruz, el humo como un velo de tul, arremolinándosele alrededor del cuello. El padre de Marcela juntó las manos rezando una oración extraña: rogaba por el Anima Más Sola, la gente pidiendo luz y progreso y entrechocando los dedos. La mujer se detuvo: su cara parecía moverse como un reflejo en un charco. Pero no era su cara, al menos exactamente. Hizo unos visajes y avanzó hacia nosotros: se reía como un hombre: me guiñaba los ojos. Yo arrastré a Lauro detrás del biombo a ver si veía a Marcela, a ver si le hablaba para salir de aquella casa de locos. Ella estaba allí, tirada sobre la tapa del piano, el pelo derramado por las teclas amarillas.

—Déjenme tranquila —dijo levantando la cabeza.

—Soy Lidia Rosa, la de enfrente, ¿te acuerdas?

Del otro lado del biombo también se hacían preguntas; respondía una voz ronca, grosera.

—Por favor, no te vayas —supliqué—. Nosotros lo sabemos todo. Oímos tu novela desde el principio.

¿Novela?

—Sí, *Con los ojos del alma.*

—Ah, yo... ¿Pero quién está contigo?

—Es Lauro, vive al lado de mi casa.

—Yo... En fin. Me gusta mucho como toca el piano.

Por la noche —dijo Lauro.

¿Por la noche? Pero si...

—Nosotros lo sabemos todo, no tienes que darnos explicaciones.

Los dos estamos de tu parte y Lauro va a ser médico igual que Raúl de Montemar. Estudia todo el día y fuma muchísimo.

—Bueno, encantada de conocerlo —dijo ella, alzando una mano vaga que Lauro estrechó largamente.

Yo empezaba hablar del instituto cuando los cantos sonaron de nuevo.

—Mejor se van ahora tengo que tocar —dijo Marcela—, A papá no le gusta que haga amistades —añadió.

Nos despedimos y quedé en verla otro día, nos hablaríamos por la ventana.

Salimos a la luz de la calle: no había nadie en el balcón. Al entrar en la escalera Lauro me dijo:

¿Sabes una cosa? Se te olvidó contarle de los ruidos.

Ya tendré tiempo, ahora ella es mi amiga. ¿Te imaginas, Lauro? Iris Chaillot, mi amiga. ¿Verdad que es linda?

—Sí, es una lástima. Parece que no le gusta esa clase de música, la toca muy mal.

Esa noche no oímos la novela porque mamá recibió telegrama de tía Pola: abuelo estaba grave —el pobre tenía diabetes y el verano pasado ya había perdido una pierna y la cosa era urgente. Mamá le pidió a tía Julia que le sacara pasaje en el tren de las diez y yo la ayudé con las maletas. Luego la madre de Lauro nos ofreció café con leche y nos fuimos a la estación, mamá llorando a cada rato, recomendándole a tía Julia cómo debía llevar la casa, y a mí que tuviera fundamento, que tomara el agua hervida y fuera al doctor Incháustegui a vacunarme contra el tifus, que al doblar había un caso.

Después del adiós de mamá parada en el estribo caminamos hasta el barrio, tía Julia sin ganas de hablar de otro asunto que su novio, muy contenta porque pediría vacaciones en el taller y lo vería a la hora del almuerzo. Yo pasé la noche en el cuarto de mamá, registrándole la cómoda, las gavetas del escaparate, probándome sus vestidos y abriendo cajas olorosas. Por la madrugada me puse un ropón de seda y dormí en la cama grande rodeada de fotos, de retazos de encaje.

El doctor Incháustegui curaba a toda la familia desde los tiempos de papá, era alto y tenía bigotes de manubrio. Para entrar al gabinete tuve que esperar dos horas —nunca pedíamos turno y pasábamos al final— pero valió la pena porque me inyectó gratis. A la salida di una vuelta por el Tencén de Obispo: tía Julia no era rubia natural y se le había acabado el tinte. muchacha del anaquel creyó que era para mí y me preguntaba si padecía de alergia, a ella se le formaban ampollas en la piel del cráneo y a su novio que le gustaba el pelo rojo. Compré una edición en rústica de *La hermana San Sulpicio* y estuve leyendo en el balcón toda la tarde, hasta la otra novela. El capítulo de aquella noche nos hizo temblar a tía Julia y a mí: Raúl de Montemar, instigado por un vecino, resolvió cruzar la esquina y discutir con Marcela: se proponía desenmascararla delante de sus clientes, hacer triunfar la ciencia sobre la superstición.

—Desde ahora esa desgraciada joven es mi enemiga —dijo Raúl, vibrante; y enseguida el vals, el corto tema que precedía al locutor.

—La ciencia es la ciencia dijo García, el novio de tía Julia, que había decidido visitarla aprovechando la ausencia de mama.

Lauro sonrió y dijo:

—Le apuesto a que no pasa nada, a que se enamora de Marcela, a que después la opera y se casa con ella, y de paso cura al padre.

—¿Y si sabe lo que va a pasar para qué oye la novela? dijo García mirando atentamente el humo de su tabaco.

—La oigo. Bueno, da la casualidad que enfrente vive Marcela. Es una novela verídica, ¿comprende?

—No me diga. ¿Y quién es Raúl de Montemar, usted?

Lauro se paró de un salto y quiso decir algo, pero optó por irse adentro. Tía Julia trató de excusarlo alegando que estudiaba mucho, le daba pena con la madre que había soltado el tejido sin saber qué decir. Yo le di la razón a Lauro y me encerré en el cuarto, dije que me sentía mal por la inyección. y era cierto. Cuando estaba medio dormida me vino un pensamiento loco; García había dado en el clavo: Lauro podía ser muy bien Raúl de Montemar: Lauro, Raul, casi las mismas letras, luego aquella pasión por la medicina y al fin y al cabo vivía enfrente, todo igual que en la novela, y Lauro la oía porque también estaba enamorado, por eso la sonrisa de ella la otra tarde al despedirse, y él colorado, apretándole la mano y la fiebre subiéndome hasta la cabeza, por lo menos treinta y ocho, ella tan excepcional, yo lo comprendo, Iris Chaillot, mi amiga, y ahora ese imbécil de García riéndose en el balcón y mamá en Holguín sabe Dios por cuánto tiempo, la condenada vacuna, el doctor Incháustegui tenía razón y me olvidé de la aspirina, los quiero tanto a los dos, lo mejor es meterme a monja, Marcela y Lauro, yo nunca seré obstáculo, me alegra mucho que se casen y yo para el convento, la hermana san Sulpicio del Sagrado Corazón, Jesús, qué dolor de cabeza, Lauro, adiós para siempre. Adiós.

Claro que hacía tiempo que no veía a Marcela, ni después de la novela se escuchaba el piano; pero ¿quién se lo iba a imaginar? Y tuve que tirarme en un sillón cuando la madre de Lauro llegó con la noticia de que una ambulancia se la había llevado. La pobre murió sola, en el hospital; Lauro lo leyó en el periódico a los pocos días, una epidemia, tifus negro, filtraciones en el alcantarillado, las lluvias, el verano.

A partir de entonces Lauro no oyó más la novela, la madre le había dado llavín y lo sentía subir tarde, sus pasos resonando en los escalones y luego recorriendo el balcón, de un lado a otro, seguramente fumando una barbaridad, acordándose de Marcela. Yo también estaba triste y apenas probaba la comida, aunque por suerte recibimos carta de mamá y abuelo se reponía, ya andaba por toda la casa con sus muletas y mamá esperaba regresar la semana próxima, tía Pola, muy agradecida, le pagaría el viaje en avión.

Tía Julia se peleó con García la misma noche en que Marcela y Raúl se casaron. La cosa empezó porque dijo que éramos un par de idiotas, que sólo sabíamos llorar. En medio de todo yo me alegré, no era el hombre para tía Julia; igual me alegré de que Lauro no hubiera estado en el balcón: no habría resistido aquel último capítulo.

—A lo mejor lo escribió ya estando enferma —dijo tía Julia hecha un mar de lágrimas, después de insultar a García. Y estuvimos abrazadas mucho rato.

No sé si sería por la emoción de la novela, pero mientras me quitaba la ropa creí escuchar el piano.

—Unicamente que sea el padre— dijo Lauro al otro día—. Aunque tocaba muy parecido, lo mismo de Chopin.

Por la noche volví a sentir la música y sin molestar a tía Julia, que se había arrepentido de su ruptura con García, fui hasta el balcón. El piano ya no se oía pero Lauro estaba acodado a la baranda, en piyama.

—¿La oíste? —le pregunté.

Pero él; no dijo nada y se metió en su cuarto. La luz la tuvo encendida todo el tiempo que me quedé mirando la ventana de Marcela. Cerrada.

Tenía que hacer algo para salvar a Lauro le suspenderían otra vez la Historia Natural. O a lo mejor se suicidaba. Al final encontré la solución. Puse el depertador a las cinco de la mañana.

Cuando tía Julia se acercó a la puerta del baño avisando que ya estaba el desayuno, me di el último toque, safé el pestillo y salí al corredor. El alarido de tía Julia me asustó y me tranqué en el cuarto de mamá; abrí la ventana y me paré frente a la cómoda: estaba completamente rubia, del pelo me salía un violento olor a amoníaco. Detrás de la puerta tía Julia peleaba muchísimo:

—Si lo supiera tu madre... —gritaba. Y en realidad aquella misma tarde lo supo. Claro, como estaba contenta de vernos y de sentirse de nuevo en la casa, el castigo no pasó de tres días sin postre, y eso no rompía mis planes.

La tarde se prolongó excitantemente, mamá contándonos de Holguín, del alegre restablecimiento de abuelo y el viaje en avión. Después nos tocó a nosotras: los exámenes, *Con los ojos del alma*, García, la penosa muerte de Marcela y el padre aún sin salir de la casa. Al fin comimos un bocado y nos fuimos a la cama temprano, mamá se sentía cansada.

Yo, para hacer tiempo, me puse a repasar expresiones corporales con la luz apagada, a murmurar las frases escogidas deslizándome descalza por el cuarto, haciendo ondear el ropón blanco de mamá que para mayor efecto lo había soltado de cintura. "Lauro, soy yo. Marcela. Me tienes que olvidar. Debes sobreponerte y tratar de ser feliz. Yo te esperaré —y alzaba los brazos como ella— y algún día nos volveremos a..." Sólo que de repente vinieron los ruidos y de un salto me metí en la cama. Ahora se oían en la puerta de la escalera. Me tapé la cabeza con la almohada y así estuve un rato. Pero había resuelto hacerlo aquella noche y cuando volvió la calma salí del cuarto por la puerta del balcón. Había luna llena y eso no me ayudaba, y como si fuera poco el fantasma de Marcela tocando más triste que nunca. Yo me consolaba pensando que ella me perdonaría. que era por el bien de Lauro. Como el piano no paraba, decidí acabar de una vez. Al subir los hierros del guardavecinos se me enganchó el ropón y tuve que desgarrarlo. La puerta de Lauro estaba entreabierta.

No me acuerdo bien lo que pensé de momento, quizás que no lo podía creer. Pero allí estaba mamá, en bata de casa, sobre la cama de Lauro iluminada por la luna. Fue horrible sentir aquel asco, aquel desprecio tan grande la madre de uno. De pronto todo pareció volar: la música, mi sombra, las cornisas, el cielo; todo se iba rápido y dando vueltas todo menos la luna, quieta fría, como la mano de piedra que me estrujaba el estómago que me subía a la garganta cortándome el llanto: entonces la solución de la baranda, cerrar los ojos y dejarse ir sin remedio, tratar de desprenderme de Lauro, de mamá que por el pelo me halaba hacia adentro y allá abajo, del otro lado de la calle, la ventana de Marcela abriéndose de golpe y el padre sentado al piano, él sentado al piano mirándome como un loco, gritando que yo era su hija y que no se la llevaran.

Los párpados me empezaron a temblar y me desmayé de decepción y de rabia. Luego en mi cama, casi al amanecer después de los cuidados del doctor Incháustegui y las espléndidas aclaraciones de mamá, mientras tía Julia manoseaba mi cabeza repitiendo una vez más que yo estaba equivocada, que mamá era inocente y todo había sido idea mía, y la madre de Lauro me contaba entre bostezos que esa noche iban a dar Amor sagrado, que era también de Iris Chaillot, se me ocurrió que la calle ya no sería como antes, que luciría distinta desde el balcón cuando juntas y en silencio escucháramos la próxima novela.

RAFAEL BORDAO

Nació en la Habana, en 1951. Estudió lenguas y literatura hispanoamericana en Cuba y en Nueva York, ciudad donde radica actualmente y ejerce el magisterio. En 1988 obtuvo su Maestría en la Universidad de Columbia de dicha ciudad. Sus trabajos han aparecido en revistas literarias de los Estados Unidos, España y Hispanoamérica. Ha ganado varios premios internacionales de poesía y muchos de sus poemas han sido incluidos en antologías. Actualmente es director de la revista literaria La Nuez.

EL DONCEL ACIAGO

> ... iría oyendo el silencio
> de los abismos humanos.
>
> Miguel de Unamuno.

Se levantaba todos los días resoplando, lastimado por una flojedad perezosa de indisciplinado. Alguien observó cómo se estiraba para bostezar, cómo brotaba de entre las sábanas, y asoció esta escena a la de la rana obscura y subversiva, que habitaba en el patio de su casa. No obstante, parecía ser muy meticuloso en los asuntos que carecían de importancia; como cuando sobaba los cigarrillos, imaginándose apresar entre sus dedos, la masa de un pan caliente con el que siempre había soñado, a fuerza de oír hablar a sus progenitores de los pasados tiempos; o cuando lo encendía con destreza de prestidigitador, de artista cinematográfico, extrayendo del aflogístico supositorio de picadura, pedazos navegables de maderas. Pero, ¿quien evitaría que siguiera durmiendo en esa clásica cama de miserable? "¿Dónde comprar una?", se decía a sí mismo cuando en ella se desmayaba.

Desesperado, manifestó que rellenaría la colchoneta hasta con piedras si fuere necesario, ya que las quejas de sus huesos alcanzaban proporciones siderales (menos mal que no fue así), pues encontró en trance a su arrebato, un medio menos nocivo y más consolador. Se le ocurrió llenarla con todos los desperdicios que encontrara por la calle: así lo hizo.

Pasado algún tiempo, la colchoneta fue aumentando su volumen. Ahora ésta parecía el estómago de un "dirigente", alimentándose de revistas como "La URSS al día", "El Caimán Barbudo", "Semanario Pionero", etc., papeles bajo el efecto de la difusión comunista, periódicos mudos, entecos y censurados, planillas de "cuéntame tu vida", cartuchos reacios y penosos, y entristecidos envases desahuciados...

"Ahora nadie se atreverá a decirme que soy antisocial, que necesito reeducarme, que enveneno a la sociedad con mis ideas ca–pitalistas, que si tergiverso el Marxismo y me burlo de sus marxianos, que si esto, que si lo otro..., que si coño' me tienen más cansado que un zorro en Inglaterra", pensó. Por otra parte, se decía a sí mismo que, cuando tuviera el dinero, compraría la pintura con la que haría desaparecer de las cuatro paredes la extraordinaria obra de puntillismo que a fuerza de secreciones y esputos había creado sin proponérselo. En el piso, era obvio la presencia de heces y huevos de cucarachas; en un rincón del cuarto, como un tesoro en un pozo, seca, tal vez fosilizada, la taza del inodoro...

Casi todos los días por las tardes se vestía con lo mejor que tenía colgado en un palo de escoba, en uno de los ángulos del cuarto. Iba sonriente escaleras abajo tarareando una "Une histoire d'Amour". Naturalmente, había conocido a Oasis (joven coqueta) que vivía a tres cuadras de su casa, y como su frustración era tan grande, le dijo cómo hubiera querido ser, en vez de como realmente era. Le dijo que tenía una cuenta de banco, que ganaba un buen sueldo, que vivía en una casa digna y exóticamente solo, y que todo se lo hacía él mismo como un condenado a la soledad y el silencio, que desayunaba, almorzaba y cenaba como ha de ser, y aunque no conociera la vida conyugal, no pensaba morirse sin antes haber conocido otros países, y a una encantadora mujer que supiera (entre otros conocimientos) el saber culinario, como se lo había pedido su mamá a San Aparicio. Parecía estar más animado en cuanto a pulcritud se refiere, desde que se creía ser el Romeo que charlaba horas y más horas, sin llegar a concluir lo que él consideraba una honorable declaración de amor. Todo era dilación y pasividad; no acababa de construir la frase por la que Oasis se desvivía en lujuriosa añoranza. Se nutría tan solo con la idea de haber pintado el cuartucho, proporcionándose el mismo entusiasmo que causa el maíz en las gallinas.

Cuando supo que su novia (ella nunca supo que era su novia) era estomatóloga, comenzaron a invadirle nocturnos dolores de muelas y llegó a soportar [luego de consumir varios frasquitos de analgésico] noventa y siete agresiones. Sus dientes dejaron de ser aquellos aguerridos soldados de entonces, que defendían con ásperos mordiscos la principal puerta del palacio. El abandono tornó el heroísmo de antaño en un padecimiento oscuro y silencioso. Comprendió su estado y una desvergonzada tristeza se afilió a el, haciéndolo un excelente contrario, listo para lanzar al destierro.

Oasis se cansó de la prolijidad de palabras incoherentes que le propinaba su conocido, cual si fuese un púgil de la lengua castellana, y como no tenía defectos visibles y su cuerpo era tentador y óptimo, no demoró en hallar otro más práctico y menos charlatán. Al cabo de algún tiempo, volvieron los gorriones a su ventana con su importante cobardía, y hasta el gato cinéreo y sedicioso dejó su pausada melancolía, su letargo lucrativo sobre la despreciable colchoneta. Volvió a despertar como antes, callado y mustio de extrañamientos, bajo una pátina de sueños olvidados.

PEDRO BOVI-GUERRA

Nació en La Habana, en 1939. En dicha ciudad llevó a cabo sus estudios primarios y secundarios. Salió de Cuba en 1960 y se radicó en Nueva York, donde realizó sus estudios universitarios en Hunter College (CUNY). El relato aquí incluido se publicó en la revista literaria Mundo Nuevo.

LLUVIA EN NOVIEMBRE

Está sentada. Tranquila y cansada. Ha limpiado todo el apartamento con su aspiradora de $180,000 y se ha puesto, después de limpiar el baño (que siempre deja para lo último), a mirar, a hojear una revista, Llueve afuera, más ella no presta atención ni a la lluvia ni a las hojas de la revista que pasan frente a sus ojos.

Piensa. Piensa con letargo. En las cosas que ha vivido, en las que ha visto, y en los años que hace que no se siente con juventud y vida. Ya no quiere tirarse delante del metro, ya no sueña con no despertar un día, con dormir el sueño eterno. Se siente impersonal, que no siente. No está ni cansada en realidad. Sólo estropeada. No estropeada como la deja su marido de cuando en cuando (cuando hacen vida), sino estropeada mentalmente.

Lo mismo. Todo siempre igual, todo con la misma estampa, el mismo sello diario. El hastío, el aburrimiento, el tedio. Levanta los ojos hacia la ventana adornada con un ridículo canapé y una cortinita entreabierta. Mira sin interés cómo cae la lluvia mezclada con hielo. La lluvia-hielo que no es una ni otra y que queda, semidura, sobre la calle. Calle cubierta de lluvia-hielo sobre el cual hacen maromas los transeúntes.

Más maromas hace ella con su marido. Quiere y no quiere. Respeta y desdeña a su marido. Lleva un año de casada. Se siente aletargada y no acaba de tener un orgasmo satisfactorio con él. En la cama, vive a fuerza de satisfacciones mentales y se masturba después que él termina. Le falta algo cuando tiene vida con su marido. Como si no quisiera y como que sí, que quiere. Y sin embargo en un año de matrimonio, apenas si ha visto correr de ella y él, junta en ríos blancos, la vida. Que para eso es el matrimonio. No, no quiere quedar preñada. Encinta. Para eso tendría que sentir de que no cree que siente y sabe que siente algo. Pero ese algo no es mucho. ¿Qué la mueve? ¿Qué no la mueve? ¿Por qué quiere y no puede? ¿Por qué a veces cree que puede, pero no quiere?

Baja los ojos mientras piensa. Sobre la alfombra hay una boronilla, una especie de "lint". Y se siente extraña. Ha acabado de limpiar y sin embargo, rasura sobre la alfombra. Se siente enajenada. Y sola. Ni sus amigas la visitan. Tampoco las amistades de su marido. Total, ¿visitas para qué? Si no puede compartir con nadie, si se siente aislada de la conversación general. Que es siempre la misma. La oficina o la casa, el trabajo o los muebles nuevos, la perrita preñada o el gatito nuevo, lo costosa que se está poniendo la vida o la última ganga que compré, etc., etc., etc., que como los etcéteras son iguales al escribirse y significan casi siempre lo mismo en la conversación de estas gentes que se sabe de memoria. Gente joven-vieja. Se mira en el reflejo del vaso que tiene en la mano. Un pedazo de hielo flota en un Cuba libre. Libre de Cuba, pero no libre de ella, piensa y se sonríe ante el juego de palabras. Se lleva el vaso a la mejilla derecha y cierra el ojo izquierdo. Ve mayor, casi gigantes, el vaso y el hielo detrás del cristal empañado. Se quita el vaso de la mejilla y lo pone en contacto con su pecho. Un seno se le contrae un poco al contacto con el frío del cristal. Se quita el vaso y siente la blusa de algodón un poco húmeda.

Un sonido la sacude. El teléfono. Lo deja sonar. Sabe quién llama y a propósito no levanta el auricular. Placer semimorboso, placer total. Suena el teléfono una, dos, tres, cuatro, cinco veces... son ring-rines que ella casi ni oye. Al fin, se calla el aparato. No mas ring-rines. Más tarde, por la noche, cuando venga su marido, sabe que le hará las consabidas preguntas. Porque quien llamó es él seguro. Y le contestará con la verdad. No descolgué porque no quise. Sabe la reacción de él y que lo tirara todo a juego, a capricho de ella. Mental y físicamente, ella, aburrida, cansada, agotada; le sonreirá como la Gioconda ante el vano intento de pelear con su marido. Sabe que en su vida conyugal ya no hay ni la emoción de una pelea.

Se levanta del sofá. Sigue lloviendo. Con la cabeza al descubierto, sin más indumentaria que una blusa de algodón, una saya y sin zapatos, sale de su apartamento. Comienza a caminar. Se dice a sí misma que llegará a la esquina solamente. A la esquina del bulevar. De su apartamento a la esquina hay una cuadra completa. Y sabe que, con la lluvia que está cayendo, se empapará. Siente que su sangre le late un poco más aprisa. ¡Bravo!, se da ánimos a sí misma. Echa a andar lentamente. Poco a poco, siente el placer del agua que la va calando y le corre por el cuerpo. Ya empapada por la lluvia llega a la esquina. Se sitúa bien cerca del contén. En el bulevar, los automóviles corren como siempre, a velocidad máxima. El agua que desplazan la salpica, la moja, la baña a chorros. Ella no se opone; se sabe mojada, bañada, chorreando y también se sabe un espectáculo para quienes pasan corriendo protegidos con paraguas. Nada le molesta. Siente que ahora forma parte de algo, aunque no sabe de qué. Nada le molesta. Se siente casi viva y con un frío atroz, al mismo tiempo que una especie de resignación la llena.

No siente pena por si misma, pero se siente más fría que el frío que la cubre y llega a sus huesos. Sigue mirando los autos correr mientras su mente va despacio y queda casi en blanco. A poco, hecha un carámbano, vuelve la espalda al bulevar y recorre la calle que caminó de subida, ahora de bajada, rumbo a su apartamento.

Va hecha una sopa. Titiritando, abre la puerta del edificio en donde vive. Con un rastro de agua que la sigue, llega al 1-E; donde tiene su casa, en la planta baja. Abre la puerta. Empapada, chorreando agua, se desviste en el pequeño baño. Mira sus piernas, su cara, y se ve morada del frío. Abre de un golpe las llaves del agua. El vapor del agua caliente le llega a la nariz y la reanima un poco. Se mira en el espejo del gabinete donde tiene algunos afeites y cosa rara, así, hecha una calamidad, se sonríe, ríe casi. Se mete en la bañadera y acostada en ella, el agua caliente la va cubriendo poco a poco. Comienza, lentamente, a sentirse en paz.

En su bata de felpa sale del baño. Tiene ya el pelo en su lugar, recogido en una cola de caballo en la nuca. Casi se siente más tranquila. Ni letargo, ni cansancio, ni nada. Ya en la sala, se recuesta sobre el sofá. La revista, en el suelo, sobre la alfombra, le parece algo muerto y no le ofrece interés. Vuelve sus ojos hacia la ventana y aún sin interés, mira la lluvia caer. Lentamente sin sentirlo casi, cierra los ojos y en su semiinconsciencia sabe que si se salva de una pulmonía será un milagro. Y se promete volver a creer en sí misma, si se salva.

A poco, queda dormida

LESLIE E. BRYON

Nació en La Habana, en 1942. Licenciado en Lenguas y Literaturas Hispánicas por la Universidad de La Habana, en 1975. Obtuvo su maestría en Ciencias [Psicología] en el Miami Institute of Psychology, en 1987. Labora como Especialista y Consejero para Servicios Comunitarios Católicos [Programa para Ancianos]. Publicó cuentos y crítica literaria en varias revistas cubanas. Su libro Cuba Contemporánea: análisis de una revista [1913-1927] *fue censurado por las autoridades culturales cubanas.*

LA NEVADA

El hombre, delgado, de unos cuarenta años, se había sentado en la cama. Afuera el viento aullaba desconcertados alaridos contra los cristales de los dos rectangulares ventanales del cuarto. Minutos antes había escuchado cómo uno de los recién comprados toldos de aluminio se desprendía con gran estrépito en la planta baja. Encendió la lamparita de noche mientras atisbaba el incansable precipitar de la nieve contra las paredes, el techo y el patio trasero de la casa que pronto dejaría de constituir su pasado para convertirse en una mercancía más en el mercado local de bienes raíces. *Debe haber como dos metros de nieve*, pensó en voz alta. El calentador central funcionaba a máxima capacidad. Observó el radio-reloj en la mesita de cabecera, desde que se había separado de la esposa no podía sobrepasar la meta de las tres de la mañana, resultaba irrelevante que practicara trotar hasta el agotamiento físico antes de cenar, ni las píldoras somníferas, ni siquiera la botella de *scotch*. Apenas dormía tres o cuatro horas para despertar sobresaltado por alguna pesadilla en la cual inexorablemente aparecía ella o alguna otra de las mujeres que había amado en el atolondrado deambular de los años.

La tempestad encontrábase ahora en pleno apogeo. La casa adquirida hacía más de una década, cuando ambos comenzaron la labor de maestros, resistía el doble ataque del viento ártico y la agonía de la lenta desintegración. Se había levantado de la ancha cama tal como estaba, en calzoncillos y camiseta azules para llenarse un amplio vaso de *Chivas Regal*. *De aquí a las diez tendré tiempo suficiente para eliminar cualquier rastro de alcohol. Total, enseñar durante tanto tiempo el mismo curso de Literatura Española tiene la ventaja de la monotonía, la aburrida reiteración de los sempiternos datos año tras año.* Bebía despacio de pie ante el pequeño marco dorado que abrazaba la fotografía de sus dos hijos Leslie y Ralph. La hembra era ya una mujercita de quince años con una innata inteligencia para las ciencias aplicadas tal que era capaz de jugar con los complicadísimos programas que le había regalado el pasado verano para la computadora *Apple*. Ralph, el varón, acababa de cumplir diecisiete y era estrella en el equipo colegial de fútbol americano. Hacía varios meses que no los veía. Miriam se los había llevado a vivir a casa de los padres de ella en el soleado sur de la Florida, en donde había encontrado trabajo en una Escuela Media. *Está loca, ¿qué demonios van a hacer esos dos niños en semejante condado repleto de haitianos y latinoamericanos?* Le parecía cada vez que viajaba a Miami que abandonaba los Estados Unidos y penetraba en tierra de nadie, especie de zona tampón entre un planeta pletórico de riquezas y otro mundo empobrecido, un poco más al sur, a pocos minutos de vuelo. Aunque él mismo había nacido en la isla grande antes de que el loco del tabacón se hubiera apoderado de ella, sentía que una cosa era la cultura hispana, lo mejor de la raza, y otra el mundo híbrido que se había ido formando en las grandes ciudades. Nunca había tolerado la falta de urbanidad y la escasa educación de buena parte de los inmigrantes que se agolpaban en los barrios llamados latinos de Nueva York y Nueva Jersey. Mucho menos la jerigonza que los críos hablaban, esa etapa puente entre un castellano en olvido y un inglés pujante. *Bueno, allá ellos. Yo tengo mis propios problemas. Debo encontrar comprador para la casa y mudarme a un estudio de soltero, más pequeño.* En la calle, la nieve precipitándose sin ademán de querer parar. Vivir en una ciudad del nordeste tenía la desventaja de una virtual inmovilidad durante las fuertes nevadas de enero y febrero. Otro largo trago acabaría por desperezarlo del todo. Había depositado el vaso vacío sobre la mesita de noche para conectar la grabadora, la canción de moda que no se cansaba de oír, llenó todos los espacios libres de la habitación.

> "You know our love was meant to be
> A kind of love that lasts forever
> And I want you here with me
> From tonight until the end of time".

Detuvo el aparato y apretó la tecla de retroceso. Escuchó la canción una y otra vez, entre sorbos de un nuevo vaso de bebida, hasta que el despertador dejó escapar la electrónica señal de las seis en punto de la mañana. Es hora de comer algo. A pesar de todo, no había perdido el sentido de un respetable desayuno como principio de cada día de labor. Descendió despacio las escaleras para no caerse pues empezaba a sentir los efectos de las horas de insomnio y alcohol. La casa era amplia, le dolía separarse de ella. Allí habían crecido sus hijos. La planta alta encerraba cuatro dormitorios, el matrimonial, que desde mediados de 1983 él había abandonado luego de una violenta trifulca a golpes con Miriam para ir a refugiarse a la alcoba de los huéspedes, al otro extremo del pasillo. Entre ambos quedaban los pintorescos y adornados cuartos de los chicos. Dos baños completaban la planta. En los bajos, a partir de la entrada principal, se desafiaban en sucesión la saleta, la amplia sala de estar, la espaciosa cocina abarrotada de complicados equipos electrodomésticos, y una alacena donde siempre se había almacenado todo lo imaginable, incluyendo la lavadora y secadora de ropas. La luz fría de la cocina había iluminado de repente el desorden que sólo una mano masculina podía imponer. Por doquier había restos de bolsas, envases vacíos de hojalata, Y el cubo de desperdicios rebosante de restos de comidas. Hacía un mes que utilizaba cubiertos de material plástico, platos y copas desechables de cartón, cuando Miriam le hubo solicitado en forma descompuesta por teléfono primero, y días más tarde el pedante del abogado por escrito, la vajilla de porcelana francesa que ambos habían adquirido durante unas vacaciones en Europa. En un arrebato había embalado vajilla, cubiertos y cristalería y lo había remitido todo por expreso aéreo a la Florida. En otro cajón de madera junto a la fregadora automática se acumulaban diversos objetos de cocina y adornos que pensaba enviar a la ex para evitar otra asquerosa carta del insoportable abogado de ella. Encendió la cocinilla eléctrica colocando la sartén sobre ella, arrojó varias lonchas de tocineta y queso americano sobre el metal caliente, sobre los huevos no mezclados del todo, en informe masa medio blanca, medio amarilla. Se sirvió un vaso de jugo de naranja, mientras colocaba cuatro rebanadas de pan de trigo en la tostadora y esperó a que los huevos estuviesen cocinados. Lo sirvió todo, la masa de huevos, tocino y queso derretido sobre un platillo de cartón, Y se sentó a comer zambullendo dos tostadas en las yemas de los huevos. No satisfecho, abrió la nevera y extrajo mantequilla y conserva de fresa, con las que se confeccionó un emparedado. Una vez terminado, vertió agua en la cafetera automática. Le gustaba mucho el nombre de *Mister Coffee* con que la habían bautizado los fabricantes. Las tres tazas de café amargo acabaron por serenarlo. Eran las seis y media de la mañana. *Ahora una ducha y a trabajar algo mientras cesa la tormenta.* El timbre del teléfono sonó varias veces antes de que pudiera contestarlo.

—Entonces crees que el Decano suspenda las clases por el día de hoy. Gracias por avisarme, Harriet.

Un día encerrado entre la nieve y el vacío existente en la casa. Revisar los tests de los muchachos me tomará dos horas, ¿qué hago con el resto del tiempo: leer, oir música? ¿Hasta cuándo se puede continuar haciendo lo mismo? ¿Leer, recordar siempre a una u otra mujer? Nuestras vidas caminan soldadas a la mujer de cada época: la novia de estudiante, la esposa de la adultez, la amante para combatir el tedio. Siempre igual, un eterno recorrido en círculo sin vislumbre de salida. Se había vestido con lo primero que había encontrado a mano, unos pantalones viejos y descoloridos, un jersey gris con el emblema de la Universidad, y unas zapatillas de las que utilizaba para correr por los bosques aledaños al vecindario. Quiso asomarse al exterior, pero el gélido aire que descendía vertiginoso del noroeste lo obligó a desistir de semejante idea. Miró a través de la ventana que daba al patio trasero. El tablón donde habían colocado años atrás la cesta de cuerdas trenzadas para jugar baloncesto semejaba un gigantesco cono de helado. A ratos, cuando la ausencia del hijo varón lo mortificaba hasta lo insoportable, solía pasarse horas lanzando el balón desde diversos ángulos como si con el rito de las tiradas libres exorcisara la indeseada ausencia del hijo adolescente. Al final de tanto ejercicio, cansado y sudoroso, retornaba a la cocina a mitigar la sed con una botella de cerveza fría o una naranjada Gatorade para recuperar las sales minerales gastadas en el sudor.

Los copos golpeaban sin compasión el ya blanquecino espacio alrededor de la casa. *La vida blanca, sin capacidad vital. Vitalismo versus contemplación. Abandonarse a la meditación al estilo de cualquiera de las tantas filosofías orientales. El concepto de vida interior sin nada procedente del mundo material que empozoñe la pureza del alma, propiedad del Supremo Hacedor*, divagaba mientras observaba embobecido las partículas de hielo. Una tierna tristeza se había apoderado de él. No le importaba el fracaso con Miriam o quizás le importaba demasiado para enfrentarlo con valentía. Le preocupaba el tiempo perdido. Pensaba con los ojos bien abiertos sobre lo que había sido esa su vida en Cuba antes, ahora en Estados Unidos. Dióse cuenta que había existido marginado de ÉL y que en lo adelante tendría que purgar ese error, en tanto se consideraba uno de los elegidos. *Mi karma*, murmuró despacio. Salió sin apurarse al patio dispuesto a entregarse a la bendición que el cielo otorgaba en profusión sobre el tranquilo mundo material. Lloró en silencio, sin lágrimas, con los puños cerrados, descargando la tensión de los últimos meses, por el hijo amado, por la hija ausente, por los veinte años de vida familiar que desaparecían de su presente para quedar tan solo en viejas fotografías, en algún que otro sueño nocturno, o en las prístinas páginas de papel tiroteadas sobre la maquina de escribir un domingo de aburrimiento luego de tres o cuatro cervezas. La vida anterior no le pertenecía. En el aquí y ahora debía encontrarse a él, y a su razón de ser. La nevada cesó de pronto, mientras el sol dejaba escapar tímidos rayitos entre nubes que avanzaban formando figuras esponjosas impulsadas por un ligero viento juguetón. Y no sintió frío, ni calor al caer de rodillas en la nieve recitando entre dientes lo que parecía una plegaria. Cuando la policía pudo llegar por entre el metro y medio de nieve a recoger el cadáver del hombre, el teléfono sonaba cansado con el prolongado timbre de la larga distancia.

IRAIDA BUSTILLO

Nació en Guantánamo, Oriente. Graduada de Bachiller en Ciencias y Letras del Instituto de Guantánamo. Estudió idiomas en la Universidad de La Habana y en Louisiana State University. Graduada de la Escuela de Publicidad, Vedado, Habana. Obtuvo una maestría en Lenguas Romances de Hunter College y una maestría en Educación Bilingüe de Long Island University. Sus cuentos, poemas y ensayos críticos han aparecido en revistas académicas y publicaciones literarias de los Estados Unidos. Actualmente tiene en preparación un libro "Cuentos para niños y mayores".

ENTRE CABEZAS

Calle abajo caminaba Serenio dando traspiés como un trastornado. Miope y cabezón, entró sin darse cuenta en la Subasta Pública. Allí, expuestas en vidrieras relucientes, estaban las famosas cabecitas, cabezonas, cabecillas y cabezudas personalidades. El portero, amplia sonrisa, invitaba. Pasen señores, la puerta está abierta. Serenio casi tocaba el suelo pues su cabeza, más pesada de la cuenta, se le iba a menudo en la entrenada reverencia. Miraba a la mocha (se exhibía en la cuarta vidriera) que con su lacito al cuello y sonrisa *à la mode* incitaba al romance. ¡Qué golpe de suerte!, pensó, no hay palabras con qué agradecer a esta gente de la subasta la oportunidad que me brindan. Y se olvidó de su cita con el siquiatra, de su triste historia de enfermo deshauciado, de los magnánimos Sres. médicos cirujanos que después de costosas y largas intervenciones lo habían declarado poco menos que loco. Lo tuyo es mental, le dijeron con cariñosas palmaditas al hombro, y ¿por qué no vas a ver a un siquiatra? Una carta, membrete dorado, a modo de presentación al distinguido colega:

Remitimos este caso de acefalitis aguda, ya sabes, el vulgar "mal del tiempo". Síntomas: visiones, protuberancias y pesadi-

llas. Volumen excesivo en la cabeza, pronóstico negativo. El enfermo alega ver todas las noches un rostro ensangrentado y una bandeja. A lo que hemos podido palpar, ingiere diariamente grandes cantidades de alimentos putrefactos (basofia). El enfermo pregunta constantemente por el Dr. Welby, lo que reafirma nuestro diagnóstico de acefalitis galopante. Admitimos, sin embargo, que es un excelente conejillo.

En su primer examen a fondo de ojos, el siquiatra, porte distinguido y barbas blancas, advirtió presencias luminosas. Le habló también de innumerables "grisófagos", causantes de su debilidad mental. Por otro lado, se está produciendo una metamorfosis sanguínea que de no atajarla a tiempo, tendría desastrosas consecuencias. Tu sangre se está convirtiendo en agua poluta, porque si fuera agua pura no andarías siempre con la lengua afuera. Las protuberancias, aunque molesten, son buena señal, cuida que no se agrieten, son como fortalezas. Observo que la bandeja desafia la fuerza de gravedad, permanece siempre en el aire y alrededor de una cabeza o rostro sagrado. Sus vasos de sangre y agua pura jamás se derraman. En resumen, hay un evidente desequilibrio en el cuadro que me confirma la duplicación del proceso. Pero se puede intentar un rescate ... mmm ... por otra parte riesgoso. Cuidado con lo que comes. Ya sabes, nada podrido. Agua, sólo de manantial. Evita las botellas. Tu cabeza es un charquero. Tu salvación está en ese rostro al que tanto temes. Vuelve dentro de un mes. Au revoir. (Siempre se despedía a la francesa).

No volvió, tan entusiasmado estaba con la subasta y con la mocha. Todos gritaban, pujaban y empujaban a más y mejor. El subastador pidió un aplauso cerrado para el tejano que había pagado mil dólares por la huera. Yo querer la huera. Alguien le secreteó que tenía dueño y peluca. No importar a mí gustarme lo que no es mío, y daba unos saltos tan fenomenales que tumbó a dos o tres que le salieron al paso. Colocadita en su vidriera permanecía aún la mocha, esperando su turno. El subastador repetía una y otra vez: no me quedan más cabecillas, mañana te la consigo, tenemos la exclusiva y sí, sí, son pre-fabricadas. Música de fanfarria, presentación de la mocha: Esta que ven aquí señoras y señores, es la mocha, premio al mérito del Sr. Presidente, campeona invencible en competencias de relajamiento mental. ¿Quién da más, señores?, ¿quién da más?, ¿cuatrocientos?, ¿por esta preciosidad? Al enano cabezón también le gustaba, pero no pudo pujar más alto. Yo me la llevo aunque sea a gatas. Más gritos y más empujones, y Serenio con voz ronca subió la apuesta y se la llevó por quinientos dólares. ¡Pobre

Serenio! Con su cabeza bien envuelta e instrucciones para su mantenimiento, llegó a su casa lleno de gozo, prometiéndose momentos gloriosos de relajación mental. Ahora sí me libraré para siempre de mis dolores y pesadillas.

Cómo iba a sospechar que la mocha, prostituta de oficio, pertenecía a una cofradía de dudosa reputación, y que estaba comprometida hasta los huesos con el Sr. Presidente, jefe supremo de dicha organización y cuyas órdenes no se discutían. A las doce de la noche Serenio dormía (una cabeza en el velador y la otra en la almohada), cuando sintió que alguien le gritaba desaforadamente. ¡Cornudo, lárgate el cráneo que te voy a matar! Era el Sr. Presidente que, con su banda de forajidas, había invadido la habitación. ¡A él muchachas!, ¡qué no le quede ni un pelo de vivo! ¡Hay que dejarlo como el gallo de Morón! Como el gallo de Morón, como el gallo de Morón, contestaron las obsesas, y pusieron manos a la obra. Ya llevaban la mitad de la cabeza rala, cuando la antena del receptor contiguo captó precisa un sonido de alarma. El Sr. Presidente se tambaleó. ¡Maldito sangrón, por poco me parte un rayo! y explotó colérico. Rápido, huera, sube el volumen del traganíquel, prosigan al ritmo de *La Rigola*. Serenio pataleaba tratando de incorporarse. Aún se oía diáfano un click, click de señales. El Sr. Presidente no quería perder terreno y mandó a aplicar el procedimiento-tenazas. ¡Hasta que reviente! ¡Hay que trepanar! Desenchufó el receptor y llamó urgentemente a la Bailarina Hueca del Alí Babá. Tráete los velos y todos los hierros. (Esa le rompe el cráneo a cualquiera).

Llegó cabalgando en una nube negra, ondulando sus velos como lazos de cowboy. El Sr. Presidente le informó sobre su misión. Hay que vaciarlo, ya sabes que pago bien. Al son de la flautita comenzó la danza. En tres giros concéntricos desplomó al enfermo. Se abrieron tres inmensos surcos en la cabeza del condenado. Un descerebrado más, pero todavía no he acabado con él, me falta el hilo, dijo la Hueca flotando sus velos en rito fúnebre. Serenio yacía convulso en el piso, su cabeza agrietada despedía un fétido olor a sangre sucia. Este es de los que bailaba el son en un solo ladrillito. Hay que cambiar el ritmo. Con destreza profesional, lanzó al sondeo los siete velos, uno tras otro, puntas en arco para el engrampe, haló con fuerza y extrajo intacto en dimensión y color el hilo de la vida. la bailarina proclamó triunfante: ¡allá va eso, Sr. Presidente! Se oyó un estrépito de bandeja (un rostro se desdibujaba en sombras). ¡Brindemos señoras conjuradas! ¡Este hombre es esencialmente nuestro!

En el banquete de celebración, un Serenio mondo y lirondo, lacito al cuello y sonrisa a la mode, le comunicaba a todos los participantes: Estoy agradecidííiisimo.

JUAN CABALLERO

Nació en Camagüey, en 1921. Abogado de la Universidad de La Habana (1947), completó en Rutgers University los grados de MA y Ph.D., en 1970. Después de enseñar durante cinco años en Rutgers, se trasladó a "The University of West Florida", en Pensacola, donde trabaja como profesor desde 1967.

Ha publicado varios libros en España, Sudamérica y este país, y actualmente trabaja en una nueva edición crítica de La casa de Bernarda Alba, *en colaboración con Allen Josephs, así como en una colección de diez de sus cuentos.*

LLENO DE VIDA

De pronto se dio cuenta que de nada le valían ya la cualidades de persona decente que todos le reconocían, ni su casa, ni la comodidad de su suave habitación, ni la sala en la que ahora leía, rodeado de tantas cosas agradables que había acumulado con el esmero y la buena situación económica de los últimos años. La noticia, más que noticia información que acababa de leer, estaba ahí: con la pertinaz presencia de lo que no se puede cambiar aunque se quiera.

¿Por que tenía que haberse interesado en la lectura de estas revistas semicientíficas? ¿Por qué no leer cualquiera de los otros semanarios que también le ayudarían en su trabajo y que, además, le darían temas para hablar con más amenidad y hasta con más erudición en sus tantas —y a veces monótonas— reuniones sociales?

Pero la noticia estaba ahí con toda crudeza desde las primeras frases: "Los estudios e investigaciones en las escuelas de medicina de la Clínica Mayo y del Hospital de Monte Sinaí, demuestran que el lóbulo de la oreja revela si una persona tiene tendencias a sufrir infartos." Y la información continuaba dando detalles de cómo la existencia de una grieta en esa parte de la oreja es factor importantísimo para el diagnóstico de enfermedades de las arterias coronarias y de dolencias cardíacas.

Ya no tuvo que leer más. El cuidadoso orden de bella sala ya no importaba. Las sandalias que cómodamente se ajustaban a sus pies quedaron allí dispersas. Y la revista que por días tuvo con otras en un lugar exacto, voló al gesto violento de ponerse en pie. En otra ocasión hubiera apagado la lámpara al levantarse del sillón. Así era él de ordenado. Ahora nada importa. Le invadió la convicción de que la noticia le afectaba cruelmente. Impetuosamente se fue al baño. Tenía la imperiosa necesidad de verse en el espejo. Temblaba.

Al momento de haber leído las primeras frases de la información, un detalle, que había sido hasta entonces casi inconsciente, se plasmó en su mente con la fuerza de la realidad: las grietas, aquellas grietas. A veces había pensado que eran producto del tiempo, porque no creía haberlas tenido de niño. En fin, habían aparecido sin saber cómo ni cuándo, pero no le molestaban. ¡Hasta las había considerado necesarias en los largos y pulposos lóbulos de sus orejas! Se miró al espejo y efectivamente, ahí estaban. Empezaban en el borde inferior de la entrada del oído y se extendían hacia fuera y haca abajo como una raya que dividiera en dos el lóbulo de cada oreja. La más marcada y profunda era la de la derecha. Se tocó allí, suavemente. Repitió el movimiento. Notó la suavidad de la piel. Sintió miedo. Casi podía ver en el espejo los latidos de su corazón.

Nada revelaba en él que pudiese estar enfermo. La palidez que ahora mostraban sus mejillas era producto de la impresión que le había causado la lectura y de la realidad que ahora conscientemente contemplaba. Es más, siempre había tenido aquel color cobrizo. Abrió el botiquín donde habitualmente guardaba una de sus pistolas. Sin saber por qué, se la puso en la boca y sintió el semidulce sabor del metal. Muchas veces había hecho esto con sus armas de fuego. Hasta cuando salía a cazar. Se tocó suavemente el lóbulo de la oreja con la punta del cañón de la pistola. Como si se acariciara... Y al acariciarse, sonrió, porque en ese instante el recuerdo de ella lo bañó como un bálsamo. La vería la próxima semana...

Las visitas a Laredo, tan útiles y convenientes a su trabajo, eran además, lo único que le daba felicidad. El éxito en su empleo ya le había situado en el plano de seguridad económica que tanto había buscado. Si ésta no era mejor, no importaba. ¡Era tan agradable sentir el orgullo de ser el jefe de vendedores y saberse además el mejor vendedor de la compañía! Su vida social tampoco le importaba. Era una forma costosa de satisfacer su egoísmo y de compensar su inseguridad síquica, aunque implicara tener que mantenerse en contacto con gentes que creía absurdas y que a veces sentía que le despreciaban. Y si le aceptaban, era precisamente por lo que él odiaba poseer, aunque fuese el secreto de su exótica personalidad: sus marcadas características de mestizo y su ligero acento mexicano.

Pero en Laredo era distinto. La mayoría de los médicos de aquella zona eran sus amigos y muchos eran mexicanos. Nadie como él para comunicarse con ellos, dejarles la información de sus medicinas, explicar la validez de los productos de su compañía.

Y además, pasando la frontera, estaba ella. Ella, que representaba el huir de Houston y el reencontrarse con su origen, con su absoluta identidad.

La relación entre ellos había empezado cuando eran adolescentes y el amor tenía todavía la pureza que da la inocencia, cuando él, marchándose dio fin a todo. La vida lenta de aquel pueblo fronterizo y sucio le agobiaba, y ella comprendió el porqué de sus ambiciosos planes de futuro. Ella siempre comprendía.

Pasaron los años y cuando él volvió casado y se encontraron de nuevo, a ella no le importó nada más que su presencia y fue, desde entonces, su amante. Ella jamás le había pedido nada. ¿Por qué habría de hacerlo ahora, si siempre lo había querido?

Las calles que de niño le parecían sórdidas, tenían ahora un inexplicable encanto y se sentía unido a aquella raza por unos vínculos tan queridos como el recuerdo de sus muertos. El viejo mexicano que les alquilaba la habitación, los esperaba casi como se espera a los hijos y ellos sabían de su complicidad y de su cariño.

Volvió a mirarse y sonrió otra vez, pero ahora su gesto era de tristeza. Saltó una entrecortada carcajada de dolor y mientras regresaba a la sala reía de sí mismo. Leyó un poco más y el artículo repetía, como martillando, los mismos temas y añadiendo nuevos datos al respecto. ¡Sí! Era como para reírse de sí mismo: de su admiración por aquellas operaciones del corazón que tan a menudo se hacían en Houston; de las discordias entre los dos famosos cirujanos que tantas veces habían sido discutidas en el círculo de sus conocidos; de tocas aquellas maravillas científicas que, por ocurrir en *su* vecindad, él las consideraba como éxitos propios, personales. Houston no era sólo una ciudad limpia y rica que vertiginosamente se empinaba al cielo cada día más con nuevos edificios sino el centro científico que tanto admiraba y al que, presuntuosamente, él creía pertenecer. Hubiese querido ser un cirujano, pero ya que no lo era, se sentía contento de la posición que había logrado como vendedor de productos médicos. Era un buen trabajo y le acercaba a aquel medio.

Pero ahora la realidad le arrojaba a la cara lo absurdo de su vida y le destrozaba su orgullo. ¡Hasta sus amigos americanos se reirían cuando supieran que estaba enfermo del corazón! El, que tanto había cacareado la donación del suyo, seguro de que tal vez podría servir para ser transplantado algún día a un enfermo.

¡Se merecía el ridículo! — pensó. Se contemplaba ahora como un hipócrita y un interesado. Nada había habido de noble en aquel gesto. Cuando llenaba los papeles para la donación, había sentido la íntima satisfacción de que tenían que estar considerándolo un americano blanco. Ya sabía él que el número de donantes de origen mexicano era ínfimo, "por las supersticiones de los que él consideraba de raza inferior." Aunque era su propia raza.

Se echó a la cama. Ya no eran carcajadas, sino sollozos que fueron convirtiéndose en un amargo llanto que no cesó hasta que el sueño y el cansancio le rindieron.

Como de costumbre, la fiel sirvienta lo despertó. Aquella vieja que había traído de México hacía ya tantos años y que desde el divorcio mantenía la casa limpia y en el mismo perfecto orden, estaba ahora allí frente a él, trayéndole la acostumbrada taza de café.

El día le empezaba como una carga, como una etapa que no le interesaba vivir. La frases de costumbre de la vieja sólo le servían ahora para recordarle a su ex-mujer. "¡Tan ridícula como yo!" — pensó. "Era tan feliz cuando le decían que no parecía mexicana! Pero yo sabía que su pelo era teñido y que sus pezones eran casi negros. Los afanes de superación que la dominaron en todos estos años, tenían tanta vanidad como su gusto porque le llamaran "güera."

Decidió despedir a la criada. La pobre vieja no podía comprender la frialdad que ahora mostraba este hombre al decirle que no la necesitaba más.

Los días siguientes fueron de total abulia. El nuevo vendedor a quien estaba adiestrando, notaba con cierto desencanto cómo aquella casa que siempre había sido tan inmaculada se iba desordenando y llenando de mugre y cómo aquel hombre, antes tan elegante e impecable, se veía ahora desarreglado, desaliñado y sucio. Aceptó la explicación: "Se sentía mal." Pero aunque agradecía tener una llave para entrar en la casa hasta que se instalara definitivamente en Houston, dudaba ahora si sería una buena idea aceptar vivir allí alquilando una de sus habitaciones. Además, aunque admiraba mucho algunas de las cualidades de su jefe y lo estimaba, te molestaba el desprecio que siempre manifestaba por sus iguales, su constante rechazo a hablar en español y el énfasis que siempre ponía en decir que sus abuelos eran de Barcelona, cuando eran tan obvias sus cualidades físicas de mestizo.

El joven vendedor era su única visita. El estaba solo y el deseo de ir a Laredo iba disminuyendo... Como un rito, volvía a gustar el semidulce sabor de la pistola y repetidamente se contemplaba en el espejo. Al acariciar con la pistola el lóbulo de la oreja, ya no recordó su amor de Nuevo Laredo. Pensó cuán fácil sería acabar con todo, porque cada día era igual al anterior y, ¿de qué le servían? Se consideraba un fracaso, una absoluta negación...

Nadie oyó el disparo. Cuando el joven vendedor llegó, él se agitaba en convulsiones, en un charco de sangre, frente al baño. En el salón de espera del hospital, el joven permaneció durante varias horas. Dormitó a veces, fumó otras, abrió las viejas y manoseadas revistas repetidamente, sin darse cuenta, sin deseos de leer.

Entonces, como si fuesen llamados a un cita, empezaron a llegar otros. Se saludaban en voz baja. Se hablaban como si se vieran todos los días. Eran muchos, pero ninguno venía por su amigo. Pudo darse cuenta del gran cariño que todos sentían por el que estaba allá dentro y con cuánta ansiedad esperaban el resultado de la operación. ¡Cuán obvio el contraste con la situación de su jefe y amigo que estaba también allí dentro, tal vez muriendo con un tiro en el oído derecho y que, si no fuera por él, estaría completamente solo!

Mucho después, cuando ya creía que no podía esperar más, una enfermera le informó que su amigo había muerto hacia ya varias horas. Solamente comprendió por qué se habían demorado tanto en decírselo, cuando se presentó un médico que, dirigiéndose a los otros que esperaban les dijo que la operación había sido un éxito total. Hubo como un coro de alegría y cuando el murmullo se apagó, continuó oyéndose suavemente la voz del médico: "Nunca en mi larga experiencia con estas operaciones de transplantes, he contado con un corazón más vigoroso y sano que el de este mexicano. Con un corazón, digamos, más *lleno de vida.*"

LYDIA CABRERA

Nació en La Habana, en 1900. Hizo estudios en el Colegio Zapata de la Sociedad Económica de los Amigos del País y en la Escuela de San Alejandro de dicha ciudad. En París, donde residió entre 1922 y 1938, estudió pintura y se graduó en 1930 en L'Ecole du Louvre. Regresó a La Habana en 1938 y se dedicó a la investigación y estudio de temas del folclore afro-antillano. Ha dejado a su patria un insuperable legado con su obra de más de 22 títulos, resultado de más de 5 décadas de su labor etnográfica y antropológica, de fama internacional. Salió al exilio en 1960 y se radicó en Miami, ciudad donde falleció en 1991. Entre sus obras narrativas más reconocidas se cuentan: Cuentos negros de Cuba *(1940)* Por qué...Cuentos_negros de Cuba *(1948) y* Ayapá...Cuentos de Jicotea *(1971). Su obra cumbre sobre las tradiciones, ritos y creencias de los esclavos negros traídos a América es* El monte *(1954)*

LA VENGANZA DE JICOTEA

Jicotea odia a cuantos dotó la naturaleza con una hermosa estatura. Cuando veía al Elefante, inmenso, imponente como una montaña, inaccesible a su pequeñez, se decía el menguado:

—¡Qué chico y aplastado soy! Uúi, lo mataría, lo mataría!

Dio la casualidad que el Elefante tomó por costumbre ir a beber a un manantial que Jicotea había escogido para sumergirse en las horas de mayor calor. Un día Jicotea lo esperó sentado en su orilla, y antes de que éste hundiese en el agua la airosa trompa, le dijo así:

—Perdone, señor Elefante, que no le brinde de lo que voy a comer. ¡Me voy a comer un ojo! —y con ruidoso deleite saboreó lo que en realidad era una pelota de coco amasada con miel.

El Elefante era goloso.

—Parece que eso está muy rico...

—¿Rico? ¡Riquísimo, uúm! No hay nada más exquisito, ni más dulce que los propios ojos... Es verdad que esta comida Incomparable, digo, si usted no ha probado a lo que saben sus ojos, se paladea la primera vez con un poquito de dolor. Poco. Después no duele nada.

Se llevó la mano a la frente y le mostró otra pelota de coco —su otro ojo— que masticó aun con mayor satisfacción.

—¡Delicioso!

Como era sabio, el señor Elefante se dijo:

—¡Todos los días se aprende algo nuevo! —Y tuvo antojo de sus ojos.

—Ya que es usted tan diestro en sacarse los ojos, ¿podría sacarme uno para probar qué gusto tiene?

—Por supuesto..., pero es que soy tan bajo y es usted tan algo, ¡no los alcanzo!

—¡Arriba!

Jicotea tomó disimuladamente del suelo una cuchilla y dos bolas de dulce. El Elefante lo alzó con su trompa y lo depositó en su cabeza.

Con rapidez y maestría, Jicotea, haciendo palanca con la cuchilla, le arrancó un ojo y le metió en la boca el coco y la miel.

Sufrió, pero agradó al Elefante el dulce y apeteció más, a pesar del dolor:

—¡Dame otro ojo, Jicotea!

Tragó y ya no vio nada: todo era negro fuera de él y dentro de él. Llamó a Jicotea. Preguntaba:

—Después que uno se ha comido sus ojos, ¿qué sucede? ¡No veo nada! ¡Respóndeme! ¿Qué se hace? ¡Jicotea! ¡Jicotea!

Estaba solo. Cuanto más lo llamaba, más se espesaba la oscuridad. Furioso, dio trompazos a diestra y siniestra; pateó la tierra hasta que, rendido, quedó inmóvil en la digna actitud de un ciego gigantesco.

Una hora después, Juana Chibola, la Cabra, saludó al Elefante.

—Juana, ¿es de noche?

—Cómo pregunta su mercé si es de noche, con un sol que raja piedras?

Calló la Cabra, se apagaron sus pasos en la oscuridad.

El oído del Elefante se afinaba prodigiosamente. Cualquier sonido lejos, en la soledad, revestía una forma corpórea que trataba de imaginarse. la menudencia de un murmullo confuso que muy próximo parecía salir de la tierra, fijó su atención: un brote de palabras tímidas que tendría cada una el volumen de un grano de arena, fue el saludo fervoroso de un gusano que se deshacía en reverencia antes sus patas. El Elefante, que forzosamente siempre lo había ignorado por la diferencia de sus tallas respectivas, ahora lo oía, le respondía, se dirigía a él.

—Amigo, no te veo. Me he comido mis ojos. Si consintieras en prestarme los tuyos el tiempo de ir a mi manada y explicarle a mi mujer y a mis hijos lo que me ha sucedido, te lo agradecería mucho. Y te aconsejo que no se te ocurra nunca comerte los tuyos.

—Muy honrado, pero muy honrado, Señor Elefante. ¡Ya lo creo que se los presto! ¡Qué honor para mi estirpe! Téngalos de todo corazón.

Subió emocionado, contráctil, al rostro del Elefante. Se sacó sus ojos pequeñitos y, cuidadosamente, los depositó en las cuencas vacías del coloso.

Un pájaro carpintero que contemplaba esta escena desde la rama de un árbol cuya sombra se extendía hasta el borde del manantial, voló a auxiliar al gusano, porque las cavidades de los ojos del Elefante eran desproporcionadamente grandes para los ojos mínimos del gusano. Y fue preciso rellenar en derredor el espacio sobrante con piedrecillas y barro y fijarlos en medio —toc, toc, toc— sólidamente.

—¡Veo! Gracias. Mañana te los devolveré; ven aquí mismo a recogerlos.

Fiel a su palabra, como todo gran señor, al día siguiente volvió el Elefante con el menor de sus hijos, que en adelante sería su lazarillo.

A pocos pasos del manantial, a otros pocos del árbol, aguardaba el gusano, que no se había movido de allí. Pero fue como si sus ojos siempre hubiesen estado plantados en la cara augusta del Elefante, y jamás los recobraría. La carne granítica, intraspasable, los encerraba haciendo vanos tirones y forcejeos, mellando el pico del carpintero, que de nuevo voló a auxiliarlos, y el Elefante, al fin, tuvo que quedarse con los ojillos del Gusano.

Desde entonces, es honroso consuelo para el Gusano, condenado a ceguedad perpetua, recordar que la luz de sus ojos tan humildes le alumbra el mundo a esa majestuosa mole ambulante, fortaleza viviente, inexpugnable, de todas las criaturas admirado. En cambio, Jicotea, con burlarse de los ojos ridículamente pequeños del Elefante no logra desprestigiarlo. Su bajeza no deja de rendir el amargo tributo de una envidia impotente, a la grandeza del Elefante.

ROSA M. CABRERA

Nació en Camagüey, en 1918. Se doctoró en Filosofía y Letras en la Universidad de la Habana, en 1945. Fue Catedrática Titular de Español en el Instituto Pre-Universitario de Camagüey, hasta su salida de Cuba, en 1961. Actualmente es Profesora Emérita de la Universidad del Estado de Nueva York (SUNY), donde fue profesora durante 20 años. Entre sus muchas publicaciones hay que citar sus libro Julián del Casal: Vida y Obra *y su poemario* Versos míos.

EL MAESTRO

Hacía tiempo que se había cerrado la escuela. Cuando murió la Señorita Gúmer después de largos años de monótono ejercicio de su profesión, nadie en el pueblo echó de menos al deteriorado colegio, ni se pensó en buscar otro maestro.

Aquel pueblo era pequeño y apático: carecía de preocupaciones culturales y educativas, pero su habitantes parecían especialmente dotados para el comercio, la ganadería y todo tipo de transacciones utilitarias. A tal punto llegó la prosperidad de Bauca la Nueva, tal era el nombre del pueblecito, que varios bancos establecieron sucursales allí y las calles rebosaban de actividad comercial y movimiento ciudadano. La plaza principal era un hervidero humano, se hablaba de precios, de compras y de ventas. En los cafés, entre las espirales de humo de los habanos, casi podían leerse los signos de pesos que eran el objeto de las conversaciones.

Las familias, enteramente despreocupadas de la educación de sus hijos, les enseñaban en la casa los rudimentos de las letras y los números y, como ninguno de los baucanos se caracterizaba por su preparación, eran bien elementales los conocimientos que podían trasmitir. Las madres enseñaban a las niñas y las orientaban hacia las actividades domésticas, indispensables para los ventajosos casamientos que desde muy temprano empezaban a fraguar. Tan pronto los jóvenes se consideraban medianamente preparados, se lanzaban al torbellino económico del pueblo y unos en el comercio, otros en la banca o la ganadería, se hacían ricos y pasaban a incorporarse a los grupos de ricachones que discutían sus negocios en los cafés.

Consecuentemente, los libros fueron desapareciendo de los estanquillos y los periódicos y revistas languidecían en los kioscos de la estación de ferrocarril. Si alguien compraba algún diario era observado con curiosidad y se presumía que deseaba saber las cotizaciones de la bolsa o los precios del café. Hasta la política, tan discutida antes en los corrillos y las tertulias, sufrió los embates de la prosperidad y pasó a un arrinconado término. El alcalde y los oficiales del municipio eran hombres de negocios que "se sacrificaban" durante un año o dos para servir los intereses de sus amigos.

El pueblo, a su manera, era feliz. La pobreza parecía haberse ausentado definitivamente y la gente se sentía satisfecha, como cerdos alimentados opíparamente en un buen corral.

Un día de verano llegó un hombre extraño al pueblo. El forastero era delgado, alto y de rostro aguileño. Sus ojos, casi siempre serenos, relampagueaban ocasionalmente. Hacía mucho calor y el desconocido se sentó en la plaza mayor a leer un libro. La conmoción que despertó fue extraordinaria. Los niños se acercaban y trataban de mirar las páginas que el hombre hojeaba con suavidad reposada. Los hombres y las mujeres le miraban de lejos con sorpresa y asombro. Nadie había visto nunca a una persona leer en los bancos de aquella plaza.

Pronto se supo quién era el forastero. Fue a ver al alcalde y le explicó que era maestro y que le gustaría quedarse en el pueblo y trabajar en la escuela. Le contestaron que el colegio estaba cerrado desde hacía tiempo y que no hacía falta impartir enseñanza en él, que Bauca la Nueva estaba bien así. El desmedrado maestro replicó, poniendo fuego en sus ojos, que era increíble esa situación de incultura y que un pueblo civilizado no podía existir sin alguien que educara a los niños. Se caldeó la discusión y los argumentos se hicieron más intensos por ambas partes. Cuando tocó las cuerdas del orgullo ciudadano y de la comparación con las poblaciones vecinas, pareció conmoverse un poco la resistencia del alcalde. Prometió considerar el asunto y consultar con sus consejeros. Al otro día no se hablaba de otra cosa y para vergüenza de Banca la Nueva, debe señalarse que sólo unos pocos estaban en favor de abrir de nuevo la escuela. Decían: "Estamos muy bien así, ¿para qué necesitamos un maestro? o "Hemos prosperado sin escuela y a lo mejor el abrirla nos va a traer mala suerte."

Cuando el maestro fue a buscar el fresco de la plaza y abrió su libro para continuar la lectura, oyó los comentarios en alta voz y las burlas de los que fingían pasear para divertirse a su costa. Algunos decían que era absurdo haber venido a buscar empleo a Bauca la Nueva que no estaba buscando a nadie para reemplazar a la Señorita Gumer, otros afirmaban que era un pretencioso, que quería vivir a costa de los honrados ciudadanos que tanto trabajaban. Llegó a decirse que a lo mejor era un delincuente que estaba huyendo de la policía.

Fue creciendo el insidioso rumor y ya, al caer la tarde, cuando habían cerrado los comercios, la gente se acaloraba y discutía manoteando. Por fin una mujerona exclamó con voz hipócrita: "Creo que es un terrorista que ha venido al pueblo para adoctrinar a los niños y propagar el comunismo". Las mujeres y los hombres le hicieron coro y cada cuál vociferó las más absurdas ocurrencias. Alguien gritó a voz en cuello:

"¿Por qué no le echamos? ¡Saquémosle del pueblo cuanto antes"

Una turba furiosa se dirigió al banco donde estaba sentado el maestro y le acosó con gritos de "¡Fuera! ¡Fuera!"

Se levantó el maestro, cerró el libro y perseguido por aquella pandilla desaforada, empezó a caminar por una de las calles. Le siguieron por un rato, insultándole y llamándole, entre otras cosas, espía, anarquista, anticristo y una serie de epítetos por el estilo. Le tiraron piedras y zapatos que se descalzaban al seguirle.

Sin decir una palabra, el maestro apresuró sus pasos y llegó sin aliento a las afueras del pueblo. De allí, se volvió para mirar a la extraña turba que se había quedado atrás. Miró al pueblo con lástima y sonrió levemente. Pensó con pena en los pobres niños que se quedaban en aquel antro de ignorancia. Suspiró tristemente y una piedra, proyectil lanzado en la distancia, pasó cerca de su cabeza, como una despedida de Bauca la Nueva, próspera y satisfecha por la gracia de Dios.

GUILLERMO CABRERA INFANTE

Nació en Gibara, Oriente, en 1929. Estudió el bachillerato en La Habana, ciudad adonde se trasladó su familia. Abandonó sus estudios universitarios para dedicarse al periodismo. En 1951 fundó en La Habana la Cinemateca de Cuba *y fue jefe de redación de la revista* Carteles *desde 1957 a 1960. En l959 fundó* Lunes de Revolución, *semanario que dirigió hasta su clausura en 1961. En 1962 fue nombrado miembro del cuerpo Diplomático cubano y destinado a la embajada de Cuba en Bruselas. Allí permaneció hasta 1965, año en que renunció a su cargo, al distanciarse de la Revolución. Tras unos meses en España se trasladó a Londres, ciudad en la que vive actualmente. Ha ganado varios premios internacionales importantes por su obra narrativa, así como la beca Guggenheim. Su obra más afamada es la novela* Tres Tristes Tigres *(1967). Entre sus libros de cuentos hay que mencionar* Así en la paz com o en la guerra *(1968), y* Vista del amanecer en el trópico (1974).

META FINAL
(Copyright Guillermo Cabrera Infante, 1970)

Te equivocaste en un detalle me dijo Walter Socarrás, socarrón, para añadir socorrido, corrido, corriendo, corrigiendo, te equisbotaste. Lo que éste quería decir es que no era verdad lo que dije de La Estrella, el tercero en decirme que no era verdad lo que dije pero él no hablaba de la mentira de su vida sino de su muerte. No de su muerte sino de la muerte de La Estrella. A lo que Silvestre replicó cómo es posible, hay vidas inauténticas pero todas las muertes son auténticas. Y ahí se paró, dándose cuenta demasiado tarde para su ser de que no daba pie porque le había dado pie al muy cabrón de Socarrás para que dijera socorriendo, No todas las muertes son auténticas, Silverio. Hay muertes ortodoxas.

Pero tenía razón Walter Socarrás, de verdadero nombre Gualterio

Suárez, que es el marido de Gloria Pérez cuando ella se llama Cuba Venegas, ése que no sé si ustedes saben que es director de orquesta o un conductor como dicen sus peores amigos queriendo decir que éste está mejor en una guagua de pie cobrando el pasaje que orquestando un pasaje parado sobre el podium o podio o poyo o como se llame esa tribuna de gestos, salvado en el último rollo por el Difunto quien solía decir solito que en definitiva ir en guagua de pie, con aquello de la velocidad, los tumbos y las maneras de ser de los guagüeros no es más que estar sobre un podium que camina. Lo cierto es que Dobleve Ese es arreglista y él mismo dice de sí mismo en el mismo disco de plomo de La Estrella para el que debía de haber una goma de borrar sonidos, escribió él de él: "Walter Socarrás reclama, al lanzar este disco, el puesto de el mejor arreglista de América". Discóbolo que le da la razón a Cerpentier (o a la Condesa de Marlín, no sé: tal vez a los dos) cuando dijo que los cubanos estaban todos grisés, diciendo así quizás en francés que Cuba es una isla rodeada (por todas partes) por un mal de genios o genios del mar. Aunque Silvestre cuando él se llama Isla dice que las islas siempre terminan por (o al menos tratar de) dominar al continente, como el líquido que contiene una botella. A lo que el Diphunto respondía citando, recitando a las islas del Maregeo, a esa isla de Cretinos, creta, a Sí-cilia, a Ingalaterra y ultimadamente dijo El al Japón, conocido también como Nipón, Nihón o Imperio del Sol Na Siente.

Pero volviendo a dar vueltas a este disco o mejor a su envoltura o cuadratura del círculo donde se dicen o dice WalSoc cosas como éstas que hay que leerlas para creerlas y sic sic sic *La cadena de avocaciones que llega a cada amante de la música del acento auténtico de Cuba, lo lleva al público una voz de mujer, la de La Estrella. La Reina, la Monarca absoluta de la música cubana en todas sus manifestaciones. En las modalidades y estilos dentro de un mismo ritmo, en la expresión definitiva, en el alarde acentuado de una realidad indiscutida desde el ayer lejano al presente y, quizá en el futuro, hay una sola estrella: La Estrella* (del carajo! más que del pobre Gualterio Suárez que después de todo quizá no ha escrito esto porque interrogación lo permitiría Cuba cierra interrogación cierra paréntesis y punto y seguido. Pero sí fue WSeguro quien escribió lo que sigue sobre sí sobre la cubierta encubierta del disco "En este álbum Walter Socarrás hace un alarde inusitado del perfecto dominio que tiene sobre las distintas combinaciones orquestales imaginablemente (*así mismo!*) posibles y traza pautas en la orquestación moderna" *mierda, trazar pautas en la orquestación!* "Así vemos como logra magníficas combinaciones de cuerdas y metales, quintetos de trombones con piano, bajo y ritmo" para terminar diciendo que comillas actualmente dirige la orquesta de un lujoso Casino habanero para la cual hace los arreglos orquestales además de hacer los arreglos orquestales para otro fastuoso Casino siempre con c mayúscula cierra comillas y cogiendo al todo por el culo de la parte hace de la orquesta casino (no confundir por favor con la Orquesta casino de la playa) y convierte o se convierte a sí mismo en sus notas nada musicales en Walter Socarrás el dealer que orquesta, además de que me cago! TODOS grises. Hasta los casinos o Casinos. Cacasinos.

Estás equivocagado, me dijo Walter Socarrás en esa o esta ocasión. (O casino!) La Estrella no está enterrada en México, me dijo aunque no así sino con jota. No, le dije, le grité yo: NO? no, me respondió él, no está enterrada en México con jota. Entonces dónde pregunté yo interrogante. Ella no está enterrada en Méjico ni en ninguna parte. ¡Cómo! dije yo preguntando con signo de exclamación doble, por delante y por detrás, la palabra cogida, como el general Custer, entre flechas. Ella no está muerta entonces? Que NO está muerta!?! me dijo él interrogante asombrado aunque no estaba asombrado ni interrogante sino más bien arrogante, abrogante, atorrante. Está más muerta que el mar muerto me dijo y se rió. Lo que después de todo no es tan mal acorde, me dijo, no señor. Aunque sería mejor hacerlo un acorde invertido, muerto el mar, así y en este caso es un acorde perfecto o mayor si se dice muerta en el mar. Porque así es me dijo y me dijo mucho más.

La Estrella se murió de verdad en México y su secretario con el neceser hizo lo imposible por traerla a enterrar en Cuba, y ya se sabe lo que pasa cuando se hace lo imposible posible que todo termina en el caos. La cosa o el caos empezó cuando intentaron embalsamarla y unos amigos del amiguito de La Estrella buscaron al embalsamador adecuado de nombre Inocente Adecuado, que era el que tenía más fama en México porque no era otro (es decir que era el mismo) que el que embalsamó el caballo de Zapata. Pero resulta ser que este embalsamador Adecuado era ahora una momia él mismo, un viejo viejo pero muy viejo que apenas si veía a quien embalsamar y tal vez hasta había empezado a autoembalsamarse, y como todos los embalsamadores estaba bastante tocado o tal vez todo lo contrario: es decir, intocable. Lo cierto es que este taxidermista mexicano tenía la teoría de que la mejor manera de embalsamar es la natural, que no es tan desatinado como suena o como se lee sino que es más, porque este doctor en taxidermia de Oaxaca dice o decía o tal vez dice todavía (nunca se sabe cuando un embalsamador está del todo embalsamado), decía dice que la mejor tajidermia, así dijo, la hace la Madre Natura y ahí están los mamuts, dicen que dijo y los amigos del amiguito y el amiguito que no era otro que el necesario con su secreter se volvieron agitados para eludir el alud de mamuts, la estampida, antes de que el viejo tuviera tiempo de agregar "que aparecieron en Siberia" Y con esta confidencia más el suspiro aliviado de la concurrencia comenzó su conferencia con la inferencia de que era una teoría tomar en consideración por la congregación. En una palabra (que es un decir: ya verán) su texis era embalsamar a la gente tal y como están, es decir, muertas, pero sin destriparlas ni limpiar sus vísceras (que el viejo pronunciaba viseras) ni formolizarlas pero teniendo cuidado de colocarlas en una tartera de zinc ad hoc y echándoles encima celofán derretido pero no derretido al calor sino al frío, licuado, dijo el viejo, y con este plástico hacer un molde transparente rodeando al cadáver por todas partes menos por una que se llama tarta. Isla incorrupta en un mar de plástico, dijo el viejo. Sí, dijo un amigo entre los amigos, como la Bella Durmiente. Y para qué lo dijo porque el sectario recordó a La Estrella antes de haberla olvidado y se cubrió los ojos con una manita, así, como diciendo Que no quiero verla pero dijo Ay no! lo cual el viejo momificante puso punto final a su charla diciendo, Y eso es lo que cuesta, hijito, un ojo de la cara! Ahí no estaba el punto final de la charla sino un poco más adelante cuando el viejo dijo su precio, este taxidermista poniendo el taxis por delante de la dermia y ver que nadie tenía dinero suficiente siquiera para iniciar el proceso que después de todo era absoluta y totalmente experimental en el sentido de que, como decía el Dinfundido, es perimental toda tioría sin prajis. (Entre paréntesis) si los amigos de La Estrella no tenían dinero La Estrella misma no tenía mucho tiempo y ya se sabe que time is money como money is time y lo que es peor todavía y terrible: *time is time*:

De manera que, la momia aconsejó que después de todo él estaba por lo positivo, que era aquí lo natural y que tan bueno como el hielo plástico era el hielo verdadero y si no se podía conseguir hielo glaciar o siberiano el hielo aunque fuera seco hielo era y mejor que nada o que la Nada. Acto seguido le dio dos inyecciones de caballo (zapatista) de formol a La Estrella que estuvo allí de cuerpo presente todo el tiempo y recomendó (el viejo taxidérmico) que aceptaran la oferta de enviarla por mar, que después de todo el mar es salado y la sal cura. Además de ser el transporte marítimo mucho más barato, dijo. Y luego habló de la calma oceánica, del yodo, del aire puro y de cómo se gana perspectiva cuando uno se rodea de horizonte y se hace isla. Terminó. Pero antes, una mención comercial. Son diez pesos. Digo dólares, al cambio actual. Por la consulta. Ustedes la pasen bien.

El secresectario de La Estrella la embarcó por tren hasta Veracruz donde la caja o como dice el Gran Be no un ataúd sino un alud, un cataratafalco, el esféretro, donde sería embarcado rumbo a La Habana. La CompañíaNacionaldeTransporte Ese A había quedado en que en la aduana mexicana después que abrieran la caja para la inspección (ya ustedes saben: plata posible, el Sagrado Patrimonio Artístico de la Nación Azteca siendo saqueado seguro, mariguana que fumar) se le pondría más hieloseco, antes de cerrarlo claro está. Y en Ver-a-Cruz abrieron y cerraron el, el, el cajón sin más problema que el pequeño, casi insignificante, deleznable olvido de un adjetivo que, a quién se le va a ocurrir joven que haga daño que falte dígame usted. Es decir que enviaron a un mandadero a echarle hieloseco dentro y éste fue y compró hielo a secas en el bar de enfrente y lo regó bien por todas partes de la isla de acero macabro que tenía adentro la perla negra barrueca. Fue cuando le preguntaron (no a la perlada sino al pelado) si era hieloseco que dijo, Qué seco niqué seco. Pero tiene que ser hieloseco! Seco o mojado, joven, todo es hielo, y siguió echando el hielo, si bien frappé, alrededor del estuche de metal que encerraba la suma mortal de La Estrella. Luego cerró la caja y dijo que ya podían embarcarla gritando, Arriba con La Escarchada!

No sé si ustedes saben que cuando se dice que hace calor en Veracruz quiere decir que la olla del golfo hierve bajo el sol y que de la selva viene un vaho tórrido que convierte al puerto en agua a baño de maría, Ese día hizo calor en Veracruz y el barco estuvo atracado desde por la mañana con el ataúd con la Estrella encerrado en la bodega, una caja con hielo dentro de una marmita en agua a baño de maría cociéndose a fuego violento en la olla del golfo calentada a vaho selvático.

El barco zarpó a las quince dos puntos cero cero horas. Dos horas mar afuera el, hedor se sentía en todo el barco cubriendo todas las zonas de la rosa de los vientos fétidos y supieron que el barco era el centro universal de la peste. En sus entrañas encontraron la caja chorreando agua pútrida, soltando vapor hediondo, chirriando mefítica. El médico de a bordo declaró que no llegaría a La Habana y si llegaba el ataúd no llegaba el barco. La disyuntiva impresionó al capitán quien haciendo uso de sus prerrogativas navales rompió en pedazos el manifiesto de carga fúnebre y ordenó lo único posible, echarle el muerto a otro. En este caso al agua.

Izaron con gran trabajo la caja a cubierta y la dejaron sobre el puente mientras, en deferencia a su condición de mujer (la del cadáver no del féretro), buscaban una bandera cubana, con respeto a su condición de tal, con que cubrirla (la caja no el cadáver), acciones que fueron gestos innecesarios o sentimentales porque dentro de la caja no había un ciudadano cubano ni una mujer sino una increíble masa de carroña al vapor. Casi como quien dice carne asada. Para añadir grotesco al absurdo ocurrió que nadie a bordo sabía como era una bandera cubana, cosa nada extraña en un barco canadiense fletado por un armador griego que navega bajo bandera panameña con una tripulación compuesta de mexicanos, argentinos, un gallego, un liberiano, la morralla de siete continentes y cinco mares (o es al revés? la morralla de cinco mares y siete continentes?) más el capitán, polaco exilado y un polizón de Pernambuco nacido en la isla de Malta que nadie detectó hasta llegar el barco a Madeira. Finalmente, el capitán decidió o dictó que la bandera de Havana, así dijo, debía ser color habano ya que ese era el nombre y el color de un buen cigarro, y de la bodega trajeron un pedazo de lana color chocolate sucio en que envolvieron el ataúd, de acuerdo con la tradición marina. Pero todavía no lo echaron al mar.

Antes de hacerlo decidieron buscar lastre. Que lastre ni qué lastre! dijo uno de los mexicanos o el otro. No están viendo nomás que no hay cristiano que levante ese fardo! Se val fondo, dijo, predijo, al mero fondo que se va como van las arengas al mal! Le hicieron caso, siempre se hace caso al hiperbólico: en todo caso mucho más caso que al parabólico. Toda la tripulación, menos el capitán, el timonel y el polizón, tuvo que dar una mano y luego la otra para levantar el ataúd, mientras el mexicano decía, declaraba, gritaba, Quéles dije, quéles dije! Quéles dije, quéles dije! Quéles dije! Quéles dije!, varias veces y finalmente exclamo: ¡Qué les dije! justo antes de tropezar con un cabo, caer hacia delante, empujar al cocinero gallego en su caída que en la propia se aferró la caja al tiempo que también caía (como todos los cocineros gallegos cuando son empujados por detrás mientras llevan en andas un ataúd pesado a bordo de un barco de carga para echarlo a la mar porque hiede) hacia delante, logrando en su gestión cayente tumbar al primer andero y ambos servir de propulsor al cuerpo inerte convirtiéndolo gracias al impulso en proyectil y hacer que saliera disparado sobre cubierta mientras los demás anderos, en acción refleja tardía, agarraban primero aire hueco y finalmente lienzo vacío y todavía color habano entre las manos, mirando inútiles como la bala de lata envuelta en madera, el balón cuadrado, el misil inverso caía de regreso a la cubierta, cepillaba las planchas de hierro, se deslizaba libre y rompía la varanda del puente para volver a ser cohete segundos antes de decidir convertirse en torpedo y zambullir en arco de trayectoria y caer al agua con un ruido de barrigazo tan alto como la columna de doce metros de altura por cuatro de ancho que levantó agua, rocío y salitre hasta las caras aliviadas del peso y la responsabilidad de los anderos y su capitán mientras el marinero mexicano, en pie de nuevo y asomándose al agua, gritaba otra vez Quéles dije, jijos de la, quéles dije! Ay Chihuagua!

Ya se iban a ocupar sus puestos los miembros de la tripulación, a reparar el puente algunos, el capitán a fumar su pipa, el cocinero al caldero, cuando el silencio abrupto del mexicano entre dos Quélesdije! Qué les dije! les hizo volver la cabeza y luego los cuerpos respectivos hacia donde estaba éste mirando con la boca abierta debajo del arco de sus bigotes mejicanos. O séase, hacia el arco abierto debajo del barco. Vieron, como el mexicano, un poco después, un poco más, surgir primero un extremo oscuro y agorero y después todo el féretro como un submarino de madera, como un pez muerto y obsceno y no es verdad que bien narro? preguntó Socarrás, socarrando, mirando a Silvestre. Nadie le respondió ni nadie tuvo tiempo de hacerlo porque enseguida explicó, otrorrinelaringólogo, que evidentemente, así dijo, con el agua del hielo hecha vapor dentro del vapor se había hinchado la madera y ahora el estuche del féretro técnicamente era impermeable, navegante y flotaba. Es decir, dijo, era una nave del tiempo exterior.

Los mexicanos Quélesdije y su carnal y un estibador liberiano vieron en el ataúd flotante un castigo si no del cielo por lo menos del mar insultado, un seguro signo de mal agüero, la señal de la profecía y decidieron por su cuenta (y riegos) que había que hundir aquel navío satélite que insistía en navegar junto a su rampa de lanzamiento. Sin consultar con nadie empezaron a tirarle varias cosas, todas lanzables: un pedazo de varanda del puente roto hecha flecha, lanzas de trozos de madera del mismo origen, un zapato de baqueta, un huarache, un chorro de insultos, varias balas de saliva y finalmente su desesperación individual y colectiva y su odio ciego y mudo. Finalmente, alguien los socorrió trayendo una escopeta con que dispararle una, dos, varias descargas. Pero las balas (de plomo) o caían cerca o muy lejos y no daban nunca en blanco tan visible y oscuro o daban todas en diana si el blanco era el mar. Por fin un plomo pegó en el paquebote y rebotó hacia el agua, la madera no solo hecha impermeable sino también impenetrable. El capitán contagiado (ese no era su nombre, su nombre, completo, era capitán Jozef Teodor Achabowski, nacido en Korzeniev en la Ucrania Rusa, entonces bajo dominio polaco, el 3 de diciembre de 1857, por lo que contaría, mediante ábaco, con 101 años de edad, según el nuevocalendario. Su padre, un terrateniente de literarios gustos, fue exilado al norte de Prusia por participar en los movimientos por la independencia rusa del yugo polaco. Los padres de Achabowski murieron antes de que éste naciera, por lo que fue dado a luz por sus abuelos. Después de navegar muchos años por las aguas que rodean los continentes, decidió españolizar y apocopar su nombre por lo que era conocido ahora o antes, es decir en el momento en que ocurre esta historia como el Capitán José Acá o Capi Acá o Pepe el Poloco, pero esa es otra historia) decidió ordenar bajar un bote cuando vio a los tres en cuestión descendiendo en otro bote y dejó su orden sin efecto o con efecto retroactivo. Los mexicanos y el liberiano embarcaron con las hachas de incendio en mano y luego de alguna indecisión decidieron depositarlas en el fondo de la embarcación para remar, cuidando de que no quedaran filo abajo. Como el barco tuvo que aminorar la marcha para arriar el bote, cuando éste tocó agua ya el féretro les llevaba algunos largos de ventaja hacia la proa y se vieron obligados a remar duro y contra el viento, logrando con su pericia y esfuerzo disminuir la ventaja del ataúd bogante. Ya le estaban dando alcance a éste cuando un golpe de mar, el cambio de viento, la estela del barco, la corriente, el trópico de cáncer o el azar (o todas esas cosas juntas) hicieron que el ataúd barloventeara bruscamente, se volteara en redondo y embistiera al bote, abriéndole un boquete de tamaño regular antes de que nadie pudiera evitar el choque de los cuerpos y mucho menos descargar un golpe de hacha salvador o bueno para paralizar al agresor, y fue el bote el que hizo agua, se inclinó y se iba a pique entre el silencio del mar y los marinos. Silencio que duró poco porque otra embestida del ataúd raspó con un chirrido como un chillido triunfal la popa del bote que se hundía al mismo tiempo que los dos mexicanos nadaban con furia hacia el barco y el liberiano chapoteaba, tragaba agua, parecía que se ahogaba y finalmente nada también hasta el barco, ansiosamente. Los otros marineros no pudieron hacer otra cosa que recogerlos a los tres con cabos y salvavidas mientras el capitán Acá ordenaba, Llámenme a Ismaelillo el médico de abordo antes de volverse a ver alejándose a La Estrella en su tumba flotante que para él era un destino envidiable: el insumergible, el navío perfecto, el anti-Titanic o tal vez fuera el mito: un María Celeste de carne y hueso y madera, la holandesa errante, y fascinado la miró primero a ojo limpio de lobo de mar, después con ojos de marino, después con ojos sucios de llanto, después con su catalejo, después con su catarata y vio cómo la Nao se hacía Nada: primero fue ballena de madera y grasa, luego pez fúnebre, después cresta de ola negra, luego mosca de los ojos hasta que se la tragó la distancia y se perdió en el mar, en nuestra eternidad Silvestre, navegando viajando flotando en el Gulf Stream a 13 nudos por hora con rumbo nor-noroeste.

Eso fue lo que me nos contó Walter Ego antes de anunciar lo inevitable, que no era el anti-climax sino el clima, Y por ahí debe andar todavía, dándole la vuelta al globo, y añadió, Un matías pérez marino. Bueno, dijo Silvestre, una posdata es una forma de epitafio. O viceversa. Lo que es es un retoque dije yo. O séase, dijo Silvestre, permiso para un leve sobreasalto. Casar la verdad con el final. O como diría el Huno, un epitalafio.

Pero el verdadero epitafio, la epifania, la epifonema, la epístola, el epígrafe, el epigrama o la epítasis no la dijo el epifito ni el Epígono, sino menda. Cité, re-cité: Sicus Vita Finis Ita. Sólo que realmente pronuncié Si Cubita Finisita.

MANUEL CACHÁN

Nació en Marianao, La Habana, Cuba, en 1942. En 1961 salió de Cuba para Boal (Asturias), y después a Barcelona, hasta que en 1964 se trasladó a los E.U. Ha vivido en Nueva York, West New York (New Jersey), Orlando (Florida), New Orleans, Miami, Grand Forks (North Dakota), y Huntsville (Alabama). Ha escrito tres libro de cuentos: Cuentos políticos; Cuentos de aquí y de allá *y* Al son del tiple y el quiro. *En 1979 obtuvo su Maestría en la Universidad de Tulane, y en 1988 su Doctorado en Literatura Latinoamericana, también en Tulane. Alguno de sus artículos de crítica literaria han aparecido en* Explicación de textos literarios *y en* Revista Iberoamericana.

EL EMPLEO

No tuve tiempo de sentirme deprimido. Llevaba ya tantos años viviendo en Nueva York que la ciudad me parecía ser una visión apocalíptica sin sentido. Me lavé la cara y después de cepillarme los dientes y peinarme, bajé los cinco pisos del edificio. El anuncio en el periódico buscaba a un hombre capaz de levantar cajas muy pesadas y que supiera las regulaciones del correo. La dirección que se daba estaba cerca de casa, como a diez manzanas. Me llevó una eternidad llegar al viejo edificio, pintado en rojo, azul y blanco, en la calle cuarenta y seis y la novena avenida. En la esquina estaba la botica de Romualdo, al que había conocido desde mi llegada a Nueva York y que me vendía las medicinas sin receta. También en la misma cuadra, había varios restaurantes franceses donde nunca había comido. En las escaleras de algunos edificios dormían transeúntes envueltos en periódicos y cajas de cartón, que en aquella hora tan temprana de la mañana añoraban probablemente sueños inclusos.

El hombre que me atendió estaba vestido de Batman. Con antifaz, capa, y altas botas negras hechas de cuero argentino, y me preguntó inmediatamente qué quería. Le dije que venía por el asunto

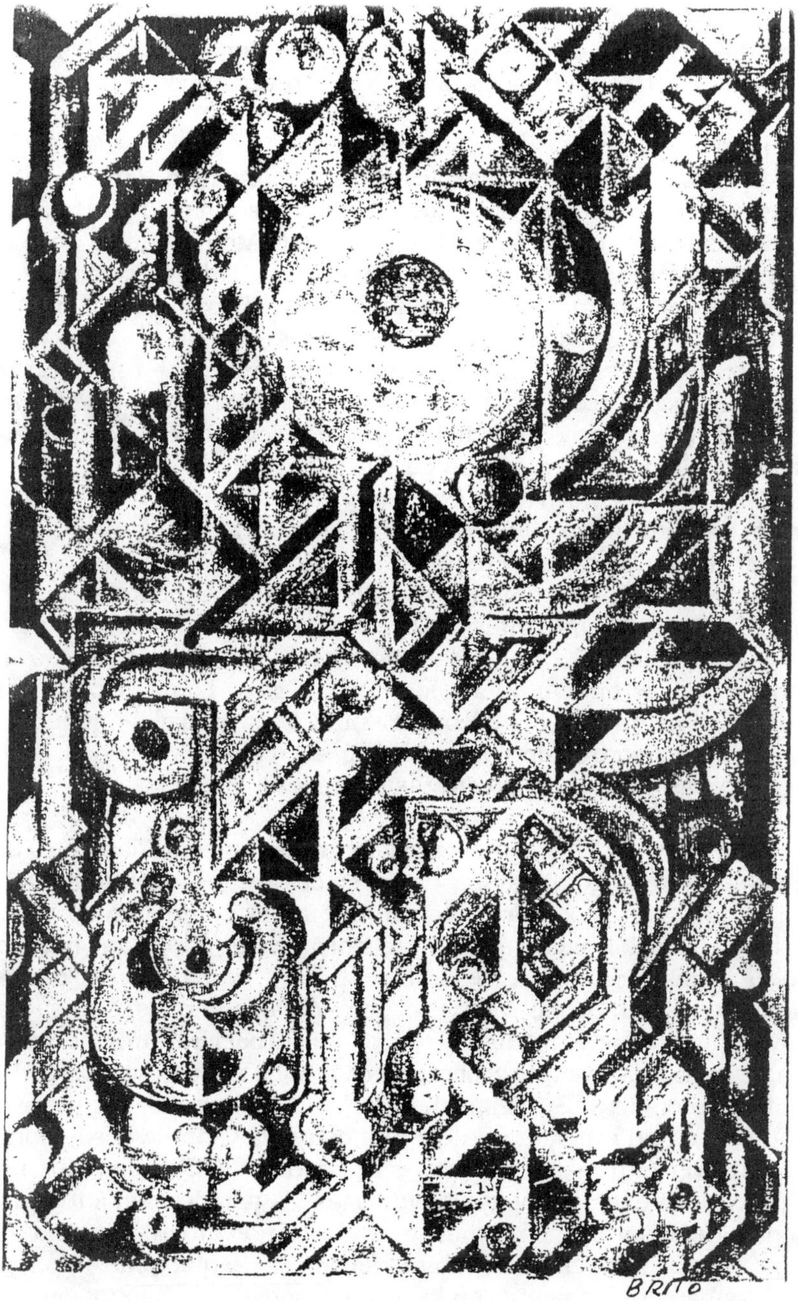
BRITO

de empleo. "Robin!" —le gritó a un muchachón, vestido como su nombre— "este señor viene por el empleo de Santa Claus..." "No señor", —le interrumpí inmediatamente— "yo vengo por el trabajo del mail'run".

—¡Ese es el trabajo de Santa Claus!...

Después, sin darme más explicaciones, le ordenó a Robin que me llevara a ver a Mr. Kent. Subimos en el ascensor de carga. En el segundo piso entró un joven vestido de Mickey Mouse que se apeó en el cuarto, y en el tercero subieron Spiderman, Pluto, y Daisy, que se bajaron en el quinto. Nosotros fuimos hasta el sexto. La oficina era espaciosa, llena de fotografías de Metrópolis, con un elegante vestíbulo donde una hermosa rubia, sentada en un ancho escritorio repleto de papeles, escuchaba una canción de rock, at ritmo de brazos y piernas. Nos atendió inmediatamente. Parecía no tener más de catorce años y mascaba ruidosamente un chiclet:

—Luisa, este señor viene por el empleo de Santa Claus... Sin mirarme, me indicó una silla y me invitó a sentarme.

—Mr. Kent estará aquí en quince minutos...

Luisa me trajo una planilla y comencé pacientemente a completarla. Además de preguntarme la edad, dirección, teléfono y otras cosas pertinentes al empleo, la planilla me pedía que explicara las razones por las que yo quería ser Santa Claus. Llamé a Luisa y le dije que yo no quería el empleo de Santa Claus, sino el de "mail'run.

—Es el mismo trabajo —me contestó sin más explicaciones.

—¿Contesto todas las preguntas en inglés?

—Of course...

—¡Ahí viene Mr. Kent! (Luis apagó el radio apresuradamente, tiró en el basurero la goma de mascar, y se compuso el vestido lo mejor que pudo)... Del ascensor principal (que no era el mismo en el que yo había subido) salió un hombre corpulento, alto, con gafas de gruesa armadura negra, vestido de traje y corbata azul, camisa blanca, y con un opaco sombrero, rojo, de alas anchas. Nos saludó muy cordialmente y me dirigió con cierta turbación a una oficina al final del pasillo. tuve que esperar otros quince minutos para que Mr. Kent me atendiera. Su despacho era bastante amplio. Me permitió sentarme en un butacón frente a una estrecha ventana desde donde se podía ver el inmenso edificio del periódico "El Planeta". En una esquina de la oficina, que tenía cubiertas las paredes con fotografías de presidentes y primeros ministros abrazando efusivamente a Mr. Kent, estaba una extraña cabina telefónica, pintada de rojo, que combinaba perfectamente con los otros objetos de la habitación.

—¿Qué experiencia tiene usted como Santa Claus?

Le quise decir que yo no quería ese trabajo, sino el del "mail'run", pero terminé diciéndole que no tenía ninguna experiencia. Se quitó las densas gafas negras y se me quedó mirando perturbado un instante, después comenzó a explicarme lo importante que era el trabajo de Santa Claus.

—El Sr. Dick Tracy, de nuestro Departamento de Seguridad, tendrá que hacerlas averiguaciones pertinente sobre su pasado... ¿Le importa?

—Por supuesto que no, Mr. Kent—le contesté—inclusive puedo darle nombre y direcciones de personas que pueden recomendarme bien...

—¿Quiénes?...

—Perry Mason, Joe Louis, Micky Mantle...

Se echó hacia atrás en la silla giratoria y nuevamente, esta vez en una forma más personal, se me quedó mirando efusivamente. Pensé que quería penetrarme con aquellos ojos verdosos que miraban más allá de la piel.

—Tengo que serle franco, nosotros nunca hemos tenido un Santa Claus de origen hispano; y la verdad, no sé si usted se sentirá cómodo en este trabajo...

—Créame, Mr. Kent, no lo defraudaré...

—Digame, ¿los hispanos creen en Santa Claus?

No le respondí enseguida. (¡Necesitaba tanto ese empleo! Una respuesta equivocada podría echármelo a perder!). Después traté inútilmente de imaginarme la brillantez incandescente de una piedra de Kripton. al fin, respiré, medio ahogado por la tensión, y le contesté sin más ambigüedades:

—Los que vivimos en Nueva York sí creemos...

—¿Y los otros?

—¿Los otros?

—Si, los de México, Puerto Rico, Cuba, Colombia, Perú, Venezuela, etc. etc. etc.

Me asombré antes sus conocimientos geográficos y le dije terminantemente que no.

—No...

—Entonces, ¿en qué creen?...

Aquellos ojos reanudaron en una forma profunda la auscultación de mi cuerpo. Después, tras un breve silencio, oí su voz monótona repetir lo que antes había escuchado muchísimas veces:

—No creo que este trabajo sea para usted...

—¿Por qué no?

Entonces, lo recuerdo claramente ahora, me ofreció toda una serie de explicaciones que encontré, como la ciudad, como la oficina, como su persona, extrañamente absurdas. Afuera ya la mañana, como todas las de Nueva York, se había hecho de unos cielos morados y oscuros que daban a los ruidos de la calle la pesadez ensordecedora de ambulancias y sirenas policíacas.

—Mr. Kent... ¿Le puede ser franco?

—Por favor, por favor... (Mr. Kent hablaba el inglés con un extraño acento que no pude ubicar inmediatamente en el planeta).

—Yo necesito mucho este trabajo... Llevo muchos años trabajando en un restaurante y no creo que pueda progresar más, además...

—Yo le comprendo muy bien, pero usted tiene también que comprender que nuestra compañía tiene necesidades que...

—Mr. Kent, si usted me da este trabajo yo le prometo que...

Los ojos del hombre frente a mí brillaron tan intensamente que se hicieron casi imperceptibles por los reflejos de la ciudad que emanaban de la ventana. Se pasó la lengua por los labios y esperó a que yo terminara:

—...yo le prometo Mr. Kent... —repetí, tenso, nervioso, (pensando en el color verde opaco de la piedra brillante de Kripton), sin saber cómo lo iría a tomar.

—¿Que me promete, hombre?

—Le prometo que si me da el empleo... no le diré a nadie que usted es Superman...

MARY CALLEIRO

Nace en Sagua La Grande. Las Villas. Ya a los 9 años gana premios en la escuela intermedia por trabajos de Composición e Historia. Más tarde se muda con su familia para La Habana, donde cursa el Bachillerato en el Instituto de Marianao y estudia Artes Dramáticas en la Universidad de La Habana. En 1962 obtuvo una beca por dos años en el Seminario de Dramaturgia en La Habana. En 1964 se traslada a Francia, país donde inicia el largo peregrinaje de su vida de exiliada política.

Con una vida colmada de inquietudes artísticas, se disciplina ante la necesidad de criar un hijo a quien alienta, forma y desarrolla. Ese esfuerzo culmina en la consagración del Bailarín Fernando Bujones, cuya magnífica carrera como astro mundial del Ballet Clásico, atestigua la labor tan especial, la visión y devoción de su madre.

Regresa a estados Unidos y radica años en Nueva York, donde publica su primer libro de poemas, Tiempo sin Regreso *(1978,* Distancia de un Espacio Prometido *(1985, y* Vagabunda *(1988),* Estudia y se gradúa de Periodismo *en Miami School of Continuing Studies,* University of Miami, *en 1984.*

SUEÑO DE UN NIÑO POBRE

Juanito había nacido en una iglesia protestante en un pequeño pueblito de la isla de Cuba, bajo el signo de Leo. Once hermanos mayores que él, que le enseñaron lo que la vida era fuera y dentro de su casa. Su niñez fue muy peculiar, fue feliz. Tenía a su favor varias circunstancias, una excelente memoria, una rica fantasía, y un deseo desesperante de saber y de vivir. A los cuarenta días de nacido una bomba explotó en la ventana donde estaba su cuna. Problemas estudiantiles y políticos se desarrollaban. Pero no había llegado el momento de partir Juanito. Porque lo único que le pasó fue que volvió en sí después de un rato, emitió un llanto, quizás por la canti-

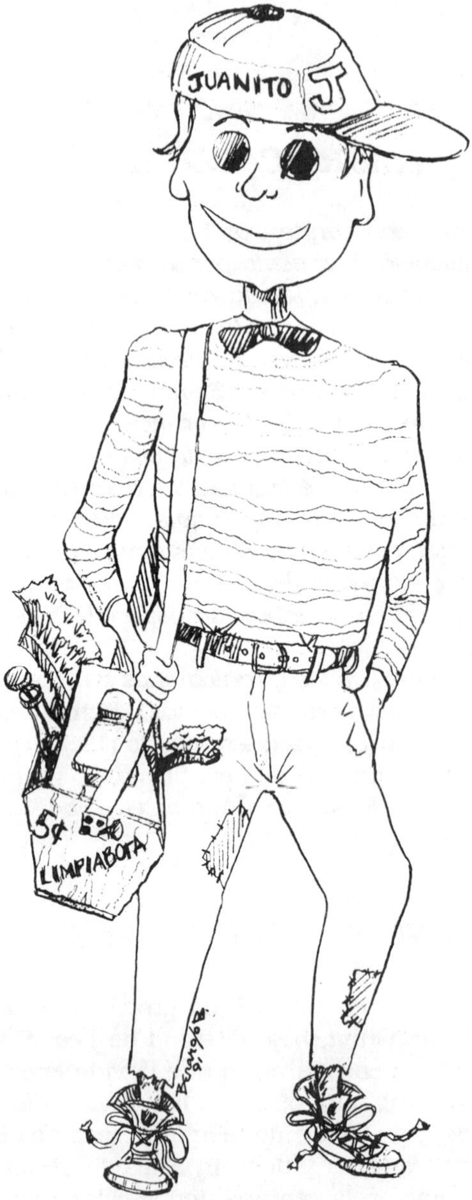
JUANITO
J
5¢
LIMPIABOTA

dad de gente y fotógrafos que había en la iglesia viendo y curioseando si al hijo del predicador lo habían matado. No fue así. Siguió viviendo y con más deseos aún. De niño, Juanito devoraba todo lo que le caía en las manos para leer. Le gustaban los cuentos árabes; *Las mil una noches* la leía con temor y viajaba en los sueños de príncipes y princesas. La mitología Griega le intrigaba y la Biblia le obligaba a conocerla y estudiarla.

Mientras su madre zurcía las medias de sus hermanos, le hacía que leyera capítulos de la Biblia y el Salmo 23. A Juanito le gustaba la historia de Jonás y su ballena. Nunca pudo entender cómo pudo vivir en el vientre de ese animal tres días. Eso lo hizo pensar que el ser humano puede vivir donde quiera, y por eso orientaba sus sueños a lo imposible. Por las tardes, después de la escuela, los días de verano tardaban en llegar la noche y como era costumbre en el pueblito se iba al parque. Allí se reunía con el grupo de amiguitos que jugaban a la quimbumbia, su juego preferido, hasta que le llamaban de nuevo a comer a las siete de la noche. Entonces se ponía a oír el episodio de Tamakum, el Vengador Errante; todos estaban fascinados con las aventuras de este personaje. Después por la noche sus hermanos mayores se iban al parque de la retreta donde los viejos músicos del pueblo tocaban. Los jóvenes daban vueltas hacia la izquierda y las muchachas hacia la derecha. En esas vueltas las miradas se cruzaban y los corazones se entregaban.

En esa época, Juanito estaba aprendiendo a silvar.

—No sé qué demonios me pasa que no me sale el chiflido—, le comentaba a su hermana Rosa.

—Por más que trato.— Su hermana reía y le trataba de enseñar pero por el momento parecía imposible. Esto lo enfurecía, quien después de un portazo se iba para la calle a jugar con sus amigos que eran los únicos seres humanos a quienes quería y podía confiar. Mientras en la casa, por ser el más pequeño, sus hermanos mayores abusaban de él, dándole algunos pescozones por ser bastante travieso.

Juanito recuerda que en su casa estaba prohibido decir malas palabras. pero un día cuando lo mandaron a buscar a su hermano mayor, para que trajera una libra de café de la bodega que trabajaba, su hermano Eddy, tenía trece años, cuando lo llamó, su hermano contestó... algo que Juanito nunca había oído decir. Cuando regresó y se lo dijo a su madre... "Eddy dice que no viene ahora y que no jodas..."

Desde luego, esto acabó en una tunda tremenda para él y otra para su hermano cuando regresó a casa. Desde ese día Juanito no olvidó la palabra. Dejó de pensar en ella por un tiempo, pero siempre se acordaba de la paliza que le sonaron por haberla dicho.

Un día preguntó a su madre, mientras su madre contaba la ropa sucia que le iban a dar al Chino que les lavaba...

—Mamá, ¿qué es ser un niño pobre?

Su madre lo miró con los ojos azules grandes que tenía y su voz suave se dejó oír...

—Un niño pobre es el que llora en silencio porque no tiene nada que comer, un niño pobre es el que no tiene juguetes, y sobre todo un niño pobre es aquel que no tiene quien lo acaricie, ni puede tener un sueño...

Esa explicación dejó bastante confundido a Juanito y recordó haber olvidado todo en lo que se refería a su niñez y sus diabluras, pero nunca olvidó todo lo que se refería a la explicación que su madre le dió acerca del niño pobre.

—Mamá, ¿me quieres por lo menos un poquito?

—Te quiero mucho, mucho Juanito...

Esa noche cuando Juanito se acostó pensó mucho, y unas de las cosas que pensó fue que tenía que trabajar muy duro para poder ayudar a todos los niños pobres del barrio y a su madre. Al otro día decidió venir temprano de la escuela para poder tener tiempo de trabajar. Aunque el mundo de la escuela era muy bueno, sobre todo cuando cantaban el himno nacional y ponía la bandera. Y en el recreo cuando alcanzaba el tiempo para jugar a las bolitas. Juanito era un experto. Tenía una puntería segura y casi nunca dejaba de volver a casa con los bolsillos llenos de bolitas. Aunque algunas veces hacía trampas a sus compañeros, pero por lo demás sólo una vez vino con un ojo morado. y lo regañaron en su casa y su hermana mayor le sonó un cocotazo que lo dejó aturdido.

—No me pegues, idiota!— fue la respuesta que le dió a su hermana mayor. —Ya hoy me pegaron tres veces.

—Claro, por lo travieso que eres...

—No es eso. Es como si nadie me quisiera y aprovechan para pegarme por cualquier cosa.

Rosa comenzó a sentir conmoverse su corazón de quince años. Juanito se daba cuenta y aprovechaba.

—Creo que lo mejor que hago es ahogarme en el río mañana.

—No digas tonterías...yo te quiero mucho.

—No me quieres. no. Si me quisieras no me dejarías que me lleve otra paliza hoy.

—Ya está oscureciendo y ya no va a haber tiempo de que hagas alguna travesura.

—Ya la hice...

—¿Qué fue?

—Me corté el pie, mira...

—¡Mi Dios! Tienes un corte casi como de tres dedos. ¿Cómo te hiciste eso Juanito,

—Me fajé, pero no se lo digas a mamá ni a nadie. No quiero que me peguen otra vez...

—Está bien. Pero, ¿qué fue lo que pasó?

—Traté de ganar dinero para los niños pobres y me robé unas manzanas y naranjas de la bodega de Jacinto...

—Juanito, eso no se hace, uno no roba para ayudar a nadie. Uno trabaja y logra hacer dinero honestamente para ayudar a otros.

—¿Qué cosa es honestamente?

—Trabajar con tus manos, hacer algo por ti mismo.

Juanito sonrió a Rosa, acababa de descubrir algo muy importante, sería limpiabotas y ganaría mucho dinero para ayudar a los niños pobres, a su mamá y a su hermana Rosa.

Al otro día, después de la escuela por la tarde vinieron los amigos de Juanito para invitarlo a jugar a las bolas, pero no pudieron encontrarlo.

—Mamá, me voy a limpiar zapatos y con el dinero voy a comprar muchas cosas a los niños pobres y también me compraré un traje de poeta...

Ese día Juanito cumplía seis años de edad. Su sueño era ser un gran limpiabotas.

ROLANDO CAMPINS

Nació en Palma Soriano, Oriente, en 1939. En 1959 vino a los Estados Unidos, donde residió hasta 1974, cuando se trasladó a España y a las Islas Canarias, donde reside actualmente. En Nueva York fue co-fundador de la revista La Nueva Sangre. *Su obra poética ha sido recogida en varias antologías en Estados Unidos y España. Entre sus varias publicaciones deben mencionarse los poemarios:* Vecindario *(1966).* Sonsonero Mulato *(1969),* Habitante de toda esperanza *(1969),* Arbol sin paraíso *(1971), y* El Iniciado *(1977). Ha recibido varios premios y distinciones literarias.*

VELORIO DE SANTO
(cuento costumbrista)

Santo era negro chulo. O por lo menos, eso decía la gente del barrio que lo conocía de cerca. Lo cierto es que sus negocios eran algo turbios y que, en asunto de faldas, siempre andaba "elebrestao".

Dinero, siempre tenía. Fumaba tabaco habano, bebía ron a pico 'e botella' y usaba desodorante americano, del más caro. Cuerpo de semental, casanova de pelo malo, su charla charlatana le granjeaba el afecto de cuantas criadas, niñeras, guaricandillas y otras cosas pasajeras se le pusieran a tiro. Así, a diario alardeaba de su extensa colección de bellezas en las que contaba, desde la negra patisamba, salamera, caliente y sensual; la negra lampusa amiga del escándalo; la cotunta o negra tinta de pura sangre negra; la negra de piel amarilla pecas rojas; la albina jocicúa; la javá, que es la blanca de pelo duro y malo por cuyas venas corre sangre negra; la negra colorá de piel broncínea; la negra fina con ancas de gallo de pelea; la ceniza; la mulata ojiverde cabos negros en cuyos pómulos se advierte algún rubor y a cuyas plantas caen los hombres blancos; la india de lácio pelo negro; la blanquita de pechos tentadores —alas de pájaros nocturnos expertos en vuelos ilícitos—; y, el blanco, apolíneo mancebo capitalino, suave, arrogante y espléndido.

Entre sus pocas virtudes se sumaban: la de no ser ladrón, y la de haber convivido con Araceli —su esposa— por más de doce años.

Araceli tenía un colmillo de oro y le faltaban seis muelas. Cuatro arriba y dos abajo. Con todo, era un poquito malalientosa, por lo que algunos vecinos le decían "Boca `e búcaro" al nombrarla —a sus espaldas, claro, que en su presencia todo eran encomios para sus virtudes, su gran aguante y su buen corazón. Tenía pues, fama de bella persona; aunque personalmente, y valga la paradoja, debió, a la repartición de caras, llegar la última. Era más fea que escupir en visita; más que pegarle a un padre. Cuando los feos madrugaron, ella estaba colando café. De haber dolido lo feo, en su casa no se hubiese podido dormir, de la gritería. Lo feo allí llegó y paró. Pero después de todo "para estar pegá a la batea como una yegua, y tener que aguantarle al negro toas sus cabronás", no necesitaba otra cara. (Aquí cabría decir que era tan fea como tan franca).

Vivían a dos cuadras de la carretera central, esquina Moncada, en una cuartería propicia a un derrumbe en épocas de lluvia, y rodeada de gente de toda calaña o como vulgarmente se decía: gente de aupa!

Apenas conocía ya los celos (Araceli). Habían pasado doce años —doce arrugas— y el disco estaba "rallao". A principios de su convivencia con Santo, y urgida por esa secreta esperanza de superstición que abunda en el ser humano en momentos de gran angustia, había quemado un calzoncillo de éste, tarde una noche en que se hallaba sola, y con tres escupitajos, un ensalme y un poco de mala voluntá; había enterrado aquellas cenizas cerca del río, donde la tierra es húmeda, "pa que no se le parara má y dejara de tar picotiando de flor en flor"; pero ahora se había acostumbrado, eran doce años —doce que iban pa trece— y, a fin de cuentas "ese noé jabón que se gajtá", por el contrario, hallaba cierta complacencia en conocer a la próxima "pelúa" que su Santico se trajera entre manos, y tal vez sentía una vaga piedad por ellas cuando, al verlas pasar por su puerta o escondida detrás de la ventana, interiormente se decía: Dió te coja confesá.

Santo era negro chulo. Era. Lo envenenó un mulato celoso que le dió a beber café caliente con raspadura de uña de gato. Gato barcino. Allí lo tendieron por la tarde, atándole un paño blanco desde la mandíbula inferior hasta el pelo afinado con pomada. Allí estaba el tenorio de barrio, terror de los maridos, hijo de Ochún, descendiente directo de Papá Montero. Allí estaba. Cuatro velas, el denso olor a velas. El tenorio de barrio. Las mujeres atareadas en quitar los cuadros de las paredes y todo objeto de adorno, en señal de luto. Terror de los maridos. La pared del cuarto contiguo, de cartón —hijo de Ochún— siendo desclavada para ampliar el local del velorio. Descendiente directo de Papá Montero. Allí estaba.

Llegaban trayendo sillas, taburetes, bancos y cajones donde sentarse, los vecinos que así pagaban respeto al difunto. Casi de golpe, un griterío desesperante y los curiosos que, se dejaban caer por allí para novelerear.

Era la tarde. Ya habían algunas coronas con cintas impresas en letras doradas. Era la tarde. Y fueron apareciendo, sin temor a Araceli a la que sabían inofensiva, todas las amiguitas y pretendientas del finado que, lloraban un llanto desgarrado entre frases independientes y sinceras —porque los negros lloran con todo el cuerpo o se callan, y en momentos de profunda pena, todos se unen en un griterío apretado y doloroso:

—Ay, que se murió Santico y no me dejó retrato!
—Ay, tan bueno y cariñoso que era!
—Ay, las cosita que te desía pa convenserte!
—Ay, tan relambío que era el muy degrasiao!
—Ay, que siempre olía a gente fina!
—Ya se acabó Santo. Ay, virgen...!
—No se lo lleven, no se lo lleven....!

Ahora se repartiría el chocolate caliente y las galletas con queso. El chocolate y el café. El café para las almas piadosas que asumieran la vigilia nocturna. Sudor. Sudor de llanto. Moscas. Los chiquillos que, automáticamente se recoge y se apoltronan en los asientos como ángeles amorfos. Los cuatro velones, largos como días de escuela. Las flores que huelen insistentes. Las lloronas que mugen incansables nunca importa por qué, cómo o por quién. Las "amigas" que lloran su vergüenza. Sudor. Las amantes sumidas en la pérdida, y Araceli, sudor, abochornada, infeliz, solitaria, presintiendo un futuro ciego, sacrificado a más no poder, sumando a su dolor de años la última penosa consecuencia.

Habian pasado varias horas desde el terrible suceso, el griterío primero y los corre-corres subsiguientes en tales casos. Ahora apenas se escuchaban los ayes roncos, secos, inconsolablemente cansados de los dolientes lamentándose infinitos, gimiendo a compás, a casi ritmo de clave: ay, ay, ay, ay-ay. Ay, ay, ay, ay-ay. Ritmo lento, de respiración cansada, como dirigido por una mano morbosa, inquietante e imponente a la par que ridículo. Ay, ay, ay, ay-ay. Alguien decía un"padrenuetro que tás en lo sielos!1 Y era de noche.

Afuera, en el patio de la cuartería, y a modo de matar lo depresivo del momento, se hacían los consabidos cuentos de velorio que terminaban con risotadas pegajosas las más de las veces, acompañados con repetidos palmeteos de euforia. No faltó quien improvisara décimas picantes a media voz, rodeado de un curioso mulaterío que olvidaba a Santo de cuerpo presente. Se oía, sin mucho esfuerzo, la típica monotonía de la tonada:

> "Yo no sé qué voy a hacer
> si tú no te determinas, (bis)
> a juntar tu con-que-orinas
> con el con-que-orino yo..."

A eso de la medianoche, con el sopor del día que se va, llegó, escondiendo la mirada bajo espejuelos calobares con armadura dorada, "el de Santiago", el blanquito de cabellos de oro que fumaba Chesterfield y hasta quién había llegado la noticia del acontecimiento, el cual, al ver a Santo tendido en una pobre caja oscura, se daba en el pecho y temblaba —como si le faltase la respiración— hasta irrumpir en un llanto fácil, frágil y descompasado que cambió el tono ambiental frío entonces.

Araceli alzó la cabeza alrededor de la cual colgaba una toalla, se sopló la nariz, y en sus pómulos nadie adivinó los golpes de su ira. A medida que habían ido llegando las comadres y vecinas, ella se había puesto de pié abrazándose a éstas con marcada, efusión, y renovando el llanto lastimero entre un: Ay, chica, tú que lo conosite y ahora lo ve aí tendio. Ay, qué dolor...! y, hasta a las otras concubinas del muerto había ella abrazado, unificándose en aquella hora trágica; pues estaba bien que su Santico preñara a cuanta negra se atravesara en su camino; que desgraciara a cuanta criada hubiera por esos mundos de Dió; que se le hubiese corrido por dos mese con la hija de Don Nicasio Polo, el atesabastidore; que le hubiese llevado a su mijma cama a más de una, colegiala ligera de cascos; pero que aquel blanco de Santiago de Cuba, que venía en su convertible rojo a sonsacarlo los domingos para bochorno de ella, tuviera el descaro de aparecerse allí en su propia casa... eso no!

Le dieron ganas de arrastrarlo como a perro hediondo, de ajotarlo de allí y decirle hasta barriguiverde, injuriándolo como se merecía, de haberle largado un: afeminado sucio! o, portándose fina, —pa que luego no digan— de decirle algo así como... esas cosa que se disen lo personajes de la Novela Parmolive: "Largo de aquí, intruso; es usté indirno de pisar esta misión" o "No le da vergüenza hacer agto de presencia en caso como este?".

Pero el corro de las lloronas, presintiendo un terrible desenlace, había reanudado su acompasado gemir ay, ay, ay, ay-ay como a modo de fondo y en un creccendo que pronto se convirtió en fortíssimo, y Araceli, sólo logró acercarse al de los cabellos de oro, e interrumpiendo sus desgajados gritos, profirió con voz dura y temblorosa: Mire blanco, aquí, o coge el compá, o se va a llorá a otra parte!

ANDRÉS CANDELARIO

Nació en Artemisa, en 1934. Salió al exilio en 1961 y se radicó en Puerto Rico, donde completó sus estudios universitarios. Escribe cuentos desde la adolescencia. Parte de su obra, mayormente inédita, ha aparecido en antologías, revistas y periódicos de Puerto Rico y Estados Unidos. Sus narraciones han sido premiadas, entre otros, por el Ateneo Puertorriqueño, la Universidad de Puerto Rico y en concursos internacionales auspiciados por el Círculo de Escritores y Poetas Iberoamericanos de New York y la Fundación Givré de Buenos Aires.

Actualmente es Catedrático Asociado de la Facultad de Ciencias Sociales de la Universidad de Puerto Rico, Recinto de Humacao. Ha publicado La vieja furia de los fusiles, *(Cuentos de la revolución cubana), 1990.*

LA VISITA

Jamás lo había visto en otra cosa que no fuera aquella sotana larga y espesa que batía continuamente con sus grandes zancadas. Hoy me pareció extraño verlo de traje, junto a los otros, los cachetes brillosos desbordando el cuello romano y el pañuelo repasando meticulosamente la frente y la nuca con ese gesto suyo que recuerdo, que no he olvidado a pesar de los años.

¿Por qué me preocupaba lucir "correcta" ante ellos a estas alturas? Parece estúpido, pero sentí que me median, que evaluaban la forma en que ponía la mesa y presentaba la comida. ¿Les habrá sorprendido que pueda hacer lo todo... tan bien? Siempre supe que para ellos era, como decir... un tanto irreal, demasiado etérea, perpetuamente entre libros y con aquella religiosidad mía tan desencarnada, tan... Tal vez fue culpa de mi madre o de Elvira, sumergidas siempre como estaban en aquella piedad dramática, puntillosa, sin resquicios, llena de jaculatorias y enormes escapularios franciscanos. Creo que él pensaba lo mismo. Siempre me trató como si me

Newark, N.J. (USA) Verano 1991 -Exilio-   Ilustración para el cuento "La Visita" de A. Candelario

fuera a romper, como si el viento pudiera quebrarme y disolverme en un especie de polvillo violeta.

Julio lució un poco amoscado durante la visita; atento sí, pero distante, tal vez en guardia. ¿Se sentiría observado como yo? ¿Evaluado? ¿Comparado? ¿Comparado con él? Sabía que pisaba terreno enemigo, resentía lo que me unía a ellos, lo que, en definitiva los había traido allí, a su casa, a su mesa. Sin embargo, sé que no me dirá nada, que no comentará nada, que esta noche, y quizás por dos o tres noches más, estaré así, de espaldas a mi, la cabeza perdida bajo la almohada, tal vez despierto, como yo...

Cuando abordaron el tema de la isla creí morirme. derramé el vino y de pronto no supe cómo manejar los cubiertos. El pobre Julio metió los ojos en el plato durante el resto del almuerzo. ¿Cómo se les ocurrió hablar del pasado si no había un solo poro de ese pasado que no estuviera saturado por la presencia de él de su respiración, de su manera particular de ver la vida, de asumirla? Era, después de todo, lo único que me unía a ellos, lo único que ponía una partícula de nuestras vidas en común y sin embargo, era una presencia innombrable, una sombra prohibida.

También ellos parecían sombras, restos reconstruidos de lo que fueron como esas fotos viejas que se mandan a retocar —un poco de luz aquí para aclarar la línea del pelo, un cuello blanco para una nueva corbata y el borde de la solapa brilloso como de lavandería y más arriba la piel cetrina sobre la vieja cartulina ahumada por los años. Eran ellos y no lo eran. Allí estaban los pómulos agudos de "Iñaqui", el puente corvo de la nariz de Monseñor y el arquitrabe de las quijadas de "Piri"; pero algo había empezado a ceder, a perder firmeza tras el entramado familiar de huesos y músculos y cartílagos. ¿Cómo lucirá él ahora? Julio respira acompasadamente pero sé que todavía no duerme, lo conozco. No puedo imaginarmelo viejo... ¿calvo tal vez? Tenía el pelo fino y suave. Tardé un siglo en acariciarle la cabeza, creo que lo hice sólo una vez en seis años, ya casi al final de aquel noviazgo como de libro-para-adolescentes-en-formación. Todo fue así desde el principio, irreal, demasiado "perfecto" para durar, para pasar la prueba de la vida. El tampoco parecía de este mundo: flaco, eléctrico, intenso, como quien está siempre a punto de un acto de heroísmo que no acaba de cuajar. Y luego, el asunto aquel de la pureza como una obsesión allí, en el centro de los dos, separándonos y uniéndonos al mismo tiempo, llenando las tarde de los domingos, la mano sobre la rodilla, clavada allí sin avanzar, atascada en los mil vuelos de las "paraderas", y aquellos besos inexpertos que nos dejaban confusos y culpables después de desatar dentro de nosotros las oscuras delicias del deseo. Julio, Julio, si supieras por dónde anda mi cabeza ahora, tan lejos de aquí, de esta cama donde reposas, ahí, de espaldas a mí, tal vez simulando que duermes, enfrentando quizás a ese fantasma que siempre ha estado entre nosotros, la sombra de él que no ha dejado de sobrevolarnos en todos estos años y que hoy reapareció, ominosa, con la visita de Monseñor y de los otros. Tu hombro sube y baja rítmicamente, pero sé que no duermes. Mañana todo esto parecerá un sueño mi Julio, y las caras de ellos se volverán a perder en la neblina del pasado, donde han estado siempre y volveré a sumergirme en el trabajo y en mis responsabilidades de madre buena y esposa fiel. Dios... ¿cómo hubiera sido hacer el amor con él? Mil veces lo he imaginado y otras tantas me lo he sacado de la cabeza como una mala semilla. Nunca abordamos ese tema. Estaba vedado, prohibido, como si nuestros cuerpos estuvieran ausentes, borrados, a pesar de aquella humedad íntima y dulce que descubría entre los muslos, un poco azorada, al final de aquellas tardes invernales de besos furtivos y caricias torpes. El amor romántico, las cartas encendidas, la espera en el amplio portal, arreglada y espectante, mientras él se acercaba sonriente con aquel traje gris de los días de invierno, todo eso era maravilloso; y los diálogos interminables sobre la vida y el mundo y el último libro de Fulton Sheen, y los horrores de la dictadura y la marcha de la guerra al otro extremo de la isla, y el frente que el "26" había abierto ya en el faldeo de Los Organos, todo eso, perfecto, pero aquel tema, jamás. Tal vez por eso tampoco hablábamos del matrimonio, porque ello implicaba lo otro, lo innombrable.

Lo nuestro era como una relación sin término, un romance por episodios que se alarga infinitamente, sin culminar como culminan las historias de amor en los viejos libros de cuentos ... y en la vida de todos los días. Nunca, nunca sentí la presión de su cuerpo contra el mío, caliente y palpitante. Si la hubiera sentido alguna vea lo recordaría, su quemadura estaría todavía ahí donde esta ahora el vacio de no haberla experimentado jamás. Ahora reconozco que era lo que más deseaba, aunque nunca me lo planté así abiertamente. Ahora lo acepto Dios, pero tan tarde. No ahora, hace años que lo sé, que lo siento. Tantas veces juntos, uno al lado del otro y aquella barrera allí, infranqueable, las manos crispadas, las miradas perdidas una en la otra y los labios desmañados, como de ciego, buscando la boca entreabierta, anhelantes, y la tenaza aquella sobre mi rodilla, casi mineral, petrificada, muerta, detenida por el terror, por la culpa, por la maldita culpa que nos destrozó, nos aniquiló, nos desencarnó, quizás para siempre... Julio, mi buen Julio, y tú tan paciente y yo todavía con tanto miedo. No sé cómo logré abrirme, cómo dejé que entraras en mi. Sin él, tal vez hubiera sido imposible; si, a pesar de todo, él me preparó en medio de la ignorancia, de las inhibiciones infinitas, de la terrible culpa; él me sacó de aquel atascadero de pánicos, de aquella aridez de los sentidos. Lo hizo sin saberlo ¿o sabiéndolo?, ahora no sé. Sólo sé que se fue de pronto, salió de casa aquella noche insólita en que me negué a seguir aquel juego doloroso que se había prolongado ya por seis largos años. Primero la entrega a aquel apostalado obsesionante que lo absorbía y al que se abrazó como un poseso posponiéndolo todo, trabajo, estudios y hasta la relación misma que estaba allí, como una nota al calce de la vorágine de la acción. Y después lo otro. Aquella noche, Dios, llegó feliz como un niño, en medio de la terrible secuela de la fallida invasión, huido del trabajo, clandestino, saltando de casa en casa, y dichoso, Dios, porque ahora sí tenía la tarea de su vida por delante, ahora decía que sí, que había llegado su momento, que locura Dios, y estaba radiante, los ojos encendidos, temblaba, Dios, de felicidad y yo allí, en aquella saleta que por tantos años nos había arropado, allí de pie, le dije, Dios, que se fuera... que no volviera...

Desde entonces todavía sueño que regresa. Que regresa al único sitio donde podemos encontrarnos, a ese lugar mítico donde el tiempo se ha detenido, donde todos los que nos fuimos un día, quizás para no regresar nunca, reencontramos los sueños perdidos, recuperamos la vieja atmósfera familiar, rescatamos la antigua casa de la niñez, la dulce memoria de la adolescencia; sí allá en el pasado y allá sigo aguardándolo, tras el viejo piano que suspira habaneras y danzas para él. Le sonrío desde el teclado, la falda marrón cubre la banqueta hasta el piso de antiguos mosaicos españoles; entra y no dice nada, no veo el título del libro que trae, aspiro una discreta fragancia de hombre, ataco "Fascinación" como una autómata, mientras mis moños chinos se deshacen entre sus dedos y la nuca se me incendia con una respiración ahogada; la melodía pierde fuerza, baja los tonos, se detiene un instante, recupera, avanza unos acordes, titubea, cesa definitivamente, se esfuma, se pierde por el pasillo en penumbras. El frío de los mosaicos es un dato lejano bajo mi espalda desnuda, mientras todo el peso del mundo cae sobre mi vientre y mis manos bajo su camisa descubren la dura geografía de sus hombros. Me muevo con trabajo. Una pierna de Julio, que al fin duerme, aplasta mis rodillas, la levanto suavemente y me deslizo fuera de la cama, mientras que la mano izquierda, alternándose en cada mejilla, ataja entre los dedos el jugo salobre de un sueño inconcluso...

FAUSTO CANEL

Nació en La Habana, donde hizo estudios de cine e ingeniería. Pertenece a la generación de cineastas que fundó el ICAIC y desde finales de los años 50 escribe crítica y reportajes sobre cine en revistas cubanas, norteamericanas y europeas. Dejó cuba en 1968 y residió durante 10 años en Francia y en España. Varias de sus películas han ganado premios internacionales. Su novela "Ni tiempo para pedir auxilio" está a punto de ser publicada por la Editorial Universal, de Miami, y ahora vive en Los Angeles, dónde prepara la versión cinematográfica de su libro.

MELOCOTÓN DEL NORTE
CLEOPATRA DEL CARIBE
(Fragmento)

El mediodía transcurrió en silencio, lento en la tibia brisa del trópico. Recuerdo que mi habitación daba al mar y que la gasa de la cortina filtraba el resplandor de la luz poderosa en el balcón. La piel de Kelly era un terciopelo suavizado por la sal, ("*melocotón del Norte*", me dije), y sus pecas color miel, realzadas, irritadas casi por el sol, la dibujaban como un encaje. Era agradable re-encontrar el sabor del mar en sus labios y en sus pechos hermosos, y también la frescura en su pelo entrelazado, salteado con la arena de la playa. En el silencio largo de aquella tarde se escucharon murmullos y susurros, quejidos de placer mutuo en el ronroneo del Atlántico —intercalados por el espasmo buscado, dominado, controlado hasta el colmo del placer: preciosa crispación al unísono.

Esa noche las hermosas coristas del cabaret del hotel se movieron por el escenario con la sensualidad de unos cuerpos que tenían fama de ser los más voluptuosos del Caribe. La mulata cubana, *bella como un eclipse*, conseguía su representación mejor en aquellas muchachas que formaban los cuerpos de baile de los espectáculos nocturnos. Cuando la mezcla de razas incluía sangre china—con

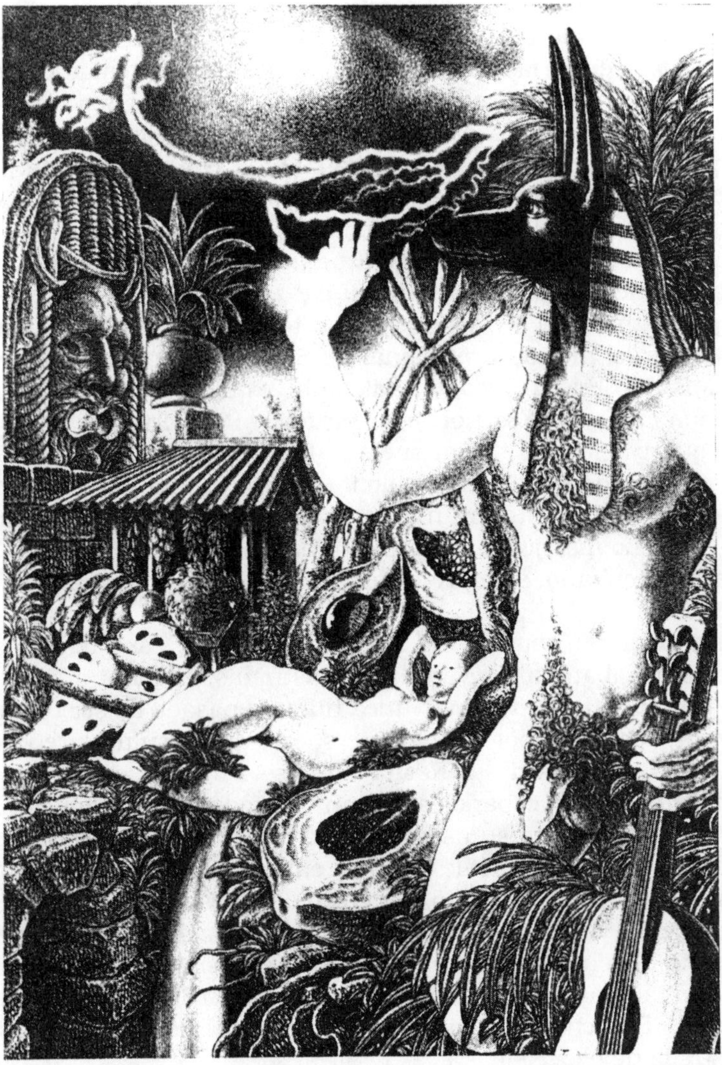

chinos solteros habían sustituido los españoles, en el siglo XIX, a los esclavos de las plantaciones de azúcar—a la mulata se le alisaba el pelo y se le rasgaban los ojos, adquiriendo enseguida el misterio y la delicadeza de las culturas asiáticas.

La orquesta dió un giro musical y los cuerpos increíbles desaparecieron por entre las cortinas. Uno de los protagonistas del espectáculo, vestido de frac, sombrero de copa, bastón y capa corta sobre los hombros, intentó sacar una fotografia del bolsillo interior de su chaqueta—al tiempo que terminaba su baile con una pirueta.

Se trataba de Enrique Santiesteban, un actor que se había hecho famoso interpretando *Tarzán* en la radio y que más tarde quiso crearse una imagen de hombre experimentado y consejero paternal de las quinceañeras. "*Bebe de mi copa, pequeña*", solía repetir en sus programas con su voz grave y su tono cursi. Con la politización comunista, el mundo profesional de Santiesteban se mudó a Caracas, Miami o Puerto Rico, y nadie subo explicar por qué el actor se quedaba en Cuba. Esa noche su pirueta se convirtió en un paso en falso que por foco lo tira al suelo al final de su baile—y la foto que había intentado sacar del bolsillo interior de su frac cayó al suelo.

—Se le cayó—gritó triunfante el otro protagonista, también de frac y mucho más joven. Era una improvisación, una *morcilla* típica del humor cubano, siempre obsesivo en la alusión sexual y el doble sentido.

Este segundo hombre era Armando Bianchi, caso curioso de la farándula habanera convertida al Castrismo. Bianchi era un antiguo *modelo* de la televisión. Nunca hubiese pasado de ser un figurón si no hubiese sido por el golpe de suerte que resultó su encuentro con una *vedette* famosa: Rosita Fornés—: uno de esos momentos del destino que los españoles llaman, sin rodeos, un *braguetazo*.

Bianchi quiso que su asociación con Rosita fuese lo que Desi Arnaz había sido para Lucille Ball y la empresa Desilú. Del brazo de la Fornés, Bianchi se convirtió en centro de Mi esposo favorito, un programa de televisión que era una copia aplatanada de *I Love Lucy*. De la noche—noches mediocres de modelaje insípido—a la mañana—con Rosita: una mujer todavía hoy de una belleza espectacular—, Armando Bianchi se convirtió joven, apuesto, elegante y triunfador, en estrella de televisión.

Bianchi esperó a que la sala dejase de reir para agacharse a recoger la fotografia que se le había caído a Santiesteban. Su mente buscaba el chiste que continuara la broma, cuando Santiesteban se le adelanto con una respuesta que resultó su revancha.

—Gracias por recogérmela—dijo.

Y la sala estalló en una explosión de risas. El director de la orquesta consideró oportuno el momento para atacar la canción cumbre de la revista.

Vestida con una ajustada sábana rosada, amarrada con cadenas doradas alrededor de la cintura—y una cobra adornando la tiara que llevaba en la cabeza—Rosita Fornés, la verdadera *estrella* de la noche, comenzó a cantar *Cleopatra*.

Los hombres de frac intentaron corearla y bailar a su alrededor, lo mejor que pudieron. De nuevo surgieron las coristas hermosas fingiéndose ahora esclavas egipcias. La orquesta levantó el volumen y el espectáculo alcanzó la apoteósis ingenua del *kitsch* amable y el exceso.

Kelly observaba perpleja, sin atreverse a juzgar. De pronto la orquesta se detuvo y Rosita, envuelto su cuerpo hermoso en su sábana de Cleopatra del Caribe, su pelo dorado cayéndole ondulado sobre los hombros, sus ojos grandes, su sonrisa amplia y sus pómulos altos, casi eslavos, realzados por la tiara, pronunció la frase que era el mensaje del espectáculo:

—¡Mira qué bueno! Estamos actuando para puro millonario—dijo. Y antes la fingida sorpresa de Santiesteban y de Bianchi agregó: ¡Millonarios en azúcar!

La audiencia brincó de júbilo en el colmo de la dicha: la dicha de una audiencia compuesta en un 90 por ciento por los campeones del corte cañero. Cada año, y en recompensa a sus esfuerzos, el régimen traía al Internacional a estos hombres de rostros curtidos y manos encallecidas por el machete, campesinos vestidos con nuevas e idénticas guayaberas blancas viajando en una caravana de ómnibus iguales. La industria azucarera nunca supo que hacer con estos obreros en los meses llamados de *tiempo muerto*.

—Fidel dice que para ellos se hace esta revolución, ¿no es cierto?—. Kelly gritaba por encima de la audiencia, igualmente entusiasmada.

No respondí. La muchacha me miró.

—¿Lo dudas?

—No. La revolución les asegura un salario todo el año, servicios médicos y una educación para sus hijos. Independientemente de su eficiencia.

La orquesta levantó el volumen y Rosita continúo con *Cleopatra*, y Santiesteban y Bianchi revolotearon a su alrededor, cargándola en sus brazos—con esfuerzo. Al final se quitaron la chistera en merecido homenaje. Millonarios en arrobas de caña y reyes por un dia en las fantasias de aquel espectáculo, los obreros agricolas aplaudieron más que nunca. Bianchi y Santiesteban saludaron una y otra vez, presentando a Rosita, que se inclinaba ante su público, amplio y profundo su escote generoso. También saludaron las coristas y el director de la orquesta. Cinco minutos duraron los aplausos.

El camarero llegó con la cuenta y le dí la cantidad exacta, sin propina.

—La propina degrada al trabajador—dije. Kelly no subo si bromeaba o hablaba en serio. Prefirió levantarse sin hacer comentarios.

En la puerta del cabaret nos encontramos con Alberto Alonso, cuñado de Alicia Martínez, más conocida por su nombre de casada: Alicia Alonso. Se lo presenté a Kelly, al tiempo que fingía envidia por su posición de coreógrafo del espectáculo.

—Nada me gustaría más que ocuparme de las coristas de este cuerpo de baile—dije—. O de los cuerpos de las coristas del baile.

Momentos más tarde caminamos hacia la conserjería cuando Kelly se detuvo. Se había percatado que las *boutiques* del hotel no sólo estaban vacías, sino que sus nombres habían sido sustituídos con chatos letreros pintados a mano.

—Es la nueva estética—dije—. Primero lo hicieron con las tiendas norteamericanas. Quitaron los letreros lumínicos con el nombre antiguo y lo sustituyeron con letreros pintados a mano sobre tablones de madera. El Woolworth, que los cubanos llamaban tensén se convirtió en la Unidad 233.

—De un dia para otro La Habana se transformó en una Polvorienta capital de Centro América. Un dia Fidel decidió que los letreros eran aburridos y que había que humanizarlos. A partir de entonces el Woolwortn se llama Unidad 233-Mártires del Moncada. ¡Como ese!

Le señalé el letrero que tenemos delante: Unidad 2136-Boris Santa Coloma.

Llegamos ante el conserje del hotel, que nos miró indiferente. Tomó de su casilla la llave de Kelly, la 127, y luego la mía, la 302. Con meticulosa eficiencia las entregó a cada cual. Enseguida se concentró en sus facturas, sin pronunciar palabra. Esta vez no hubo luz que se reflejara en su calva brillante.

Caminamos por el lobby oscuro y desierto hasta el ascensor. Kelly me beso y sonrió. Su rostro pecoso de pelirroja irlandesa se iluminó cuando se abrió la puerta automática. Le devolví el beso y entramos en la cabina. Apreté el botón del tercer piso. Ibamos a mi habitación como esa tarde—aquella hermosa tarde en la brisa cuida del trópico. Kelly se volteó para intentar leer en su precario español una nota pegada a una de las paredes metálicas: "Fidel, seguro, a los yanquis dale duro", decía la nota escrita a mano.

Justo en el instante en que la Puerta del ascensor comenzó a cerrarse, una silueta voluminosa surgió de la nada, me agarró por la muñeca, y en perfecto silencio me sacó del ascensor de un tirón — sin que Kelly, que seguía de espaldas, se percatara. El aparato partió. Reboté contra el muro del corredor en penumbras y de nuevo aquella mole me catapultó brutalmente contra una puerta. Pegué contra la madera y la puerta se abrió y el hombre me volvió a empujar, y tropecé atontado, y caí sobre una butaca, volcándola. Esta vez mi cabeza golpeó contra el suelo. Mis ojos tardaron medio segundo en enfocar. Entonces ví los enormes zapatos del hombre penetrando despacio en la pieza, al tiempo que la puerta se cerraba a sus espaldas.

Pasarían diez años antes de que volviese a ver a Kelly. Diez años antes de que pudiera contarle lo que a mí me ocurrió; diez años para que me contase su parte de esta historia.

ESTEBAN LUIS CÁRDENAS

Nació en Ciego de Avila, Camagüey, en 1945. Allí hizo sus primeros estudios. Cursó la Profesoral de Historia en la Universidad de La Habana. Desde su salida de Cuba se radicó en los Estados Unidos y colabora con poemas y cuentos en distintas revistas literarias. Recientemente ha publicado su poemario Cantos de Centinela *y prepara otro titulado* Ciudad Mágica. *Actualmente reside en Miami.*

PARÁBOLA

Pensaba algunas cosas relacionadas con una revolución, mientras bebía un poco de aguardiente de mi cantimplora.

A unos aproximados 35 metros, cubierto por un semi-círculo de hombres, que terminaba contra la suave ladera, había un joven de unos aproximados 15 ó 16 años. No podía vérsele, porque permanecía oculto en una pequeña hondonada, al pie de la colina. Era el último de una banda de 13, que había estremecido, con sus acciones clandestinas y guerrilleras, toda aquella zona de la Candelaria.

Ahora el jovencito estaba atrapado, sólo que nadie se atrevía a acercárcerle, pues para llegar a los 10 metros de la hondonada había que hacerlo a pecho descubierto y hasta donde sabíamos, al joven guerrillero debían quedarle, quizás, un par de balas en su fusil. Por lo menos, algo de eso había gritado en algún momento, cuando le pedimos que se rindiera. Había dicho que cuando le quedara una sola bala, ésa sería la suya, pero que nunca se rendiría, porque nosotros no éramos otra cosa que un bando de hijos de puta...Algo parecido.

Todo aquel asunto me parecía de una malsana ironía. Un adolescente, rodeado por medio centenar de hombres, los mantenía en jaque.

Yo, como Comisario Político del campamento de Lucha Contra Bandidos, reflexionaba, en ese momento, que lo más importante era mi cantimplora con aguardiente, pues cualquier resultado sería, de todos modos, lamentable.

El capitán Socorro, que era el jefe de todo aquello, se me acercó con rostro estirado. Era un hombre alto y fibroso, parecía tener una vaga ascendencia india. Observé sus ojos negros, especialmente brillantes en aquel momento, y supe que tramaba algo.

— ¿Qué piensas de todo esto? — me preguntó de sopetón.
— ¿De qué?
— Del cerco, del tiempo que está pasando. . . Es un sólo hombre, casi un niño, con un par de balas en un rifle semi-destartalado y no acabamos de capturarlo. ¿Qué van a pensar los campesinos? No le respondí de inmediato, sólo miré su uniforme verde olivo, sucio y particularmente sudado.

—No sé lo que pensarán los campesinos —dije.

El capitán Socorro me observó con sorna.

—Está bien, y tú, que no eres campesino. ¿Qué piensas tú?

Volví a demorar la respuesta y a mirar su uniforme. No tenía puesto los grados.

— Pienso que es un asunto dificil —le dije—, hay que atraparlo y no se le puede atrapar. . .

Socorro no me dejó terminar.

—Bueno, bueno, no tanto como eso, Si permanecemos aquí por tres días o una semana, él tendría que dormirse, además, le entraría hambre. . . Lo jodido radica en que es una desvergüenza que 50 milicianos estén obligados a esperar tres días o tres horas para atrapar a un contrarrevolucionario al que sólo le quedan dos tiros en un viejo fusil.

— Si, eso casi demostraría que somo incapaces.
— Y tú, entonces como político, ¿qué sugerirías?

Lo miré un momento a los ojos y luego me llevé la cantimplora a los labios. ¿Qué podía sugerir yo? Además, por su expresión, ya sabía que había hilvanado algún plan para terminar con la situación aquella. Por eso calculé que mis sugerencias u opiniones, no tendrían para él, la menor importancia. Lo que buscaba el agresivo capitán era, simplemente, mi complicidad, es decir, la justificación política de su plan, fuera éste cual fuese.

— El dijo que no se nos rendiría — afirmé y moví la cabeza en dirección a la ladera—, porque nosotros, usted, los otros, yo, éramos un atajo de hijos de puta. Eso quiere decir que a él habría que capturarlo. Sólo que nosotros no podríamos hacerlo pues cuando le quedara una bala, ésa sería para él, para su cabeza. . .supongo.

— Exacto — dijo el capitán —; según el sargento y uno de los soldados, sólo pueden quedarle dos balas. Hace falta que las gaste, ¿no crees tú?

— Sí, haría falta. Pero sólo gastará una en nosotros — argumenté preocupado, pues intuía hacia donde quería llevar el asunto.

— Bien, pues hay que obligarlo ya, para que la gaste.

— Si, sólo que habrá que arriesgarse a que alguien muera — dije, no obstante—. Parece, además, que tiene muy buena puntería y finalmente, si es consecuente con lo que gritó, sólo tendremos su cadáver.

El capitán Socorro me miró de esa manera indefinida y amenazadora a un mismo tiempo, como sólo saben y pueden hacer los capitanes revolucionarios. Calculo, además, que mis palabras debieron desagradarle bastante.

— Quiero que les hables a los hombres— me dijo con sequedad—. Es necesario que sepan que no queda otro remedio que terminar con esto.

— ¿Y qué debo decirles?

— Eso yo no lo sé — me respondió —; lo único que yo sé sobre lo que tienes que decir, es que debes explicarles, desde el punto de vista político, la necesidad de acabar con esta situación.

— ¿Ahora mismo?

— Sí, ahora mismo.

Se volvió y llamó al sargento para que se escogiera a seis hombres, que se encargarían de una operación peligrosa y él mismo le sugirió dos de los hombres.

Los seis milicianos y el sargento estuvieron enseguida frente a nosotros. Yo me había puesto de pie. Aunque ellos no pudieron darse cuenta, los observé con un poco de pena. Si no fuera porque ahora creo que es una forma estúpida, hasta cobarde, del cinismo, diría que sentí que aquellos pobres hombres creerían que estaban en guerra (cosa cierta) y que iban a cazar a un enemigo, cuando en realidad todo parecía indicar, desde hacía ya tiempo, que el enemigo no existía o, en todo caso eran ellos mismos (como los otros, convertidos por una circunstancia casual y una maniobra revolucionaria, en víctimas y verdugos de una tarea en donde las demarcaciones sólo dependían ya de la verdadera suerte. No recuerdo mis palabras, pero estoy seguros de que estuvieron bien expresadas, con las necesarias acentuaciones y, por supuesto, con las consabidas referencias al pueblo, la revolución y los campesinos.

— Muy bien — me dijo el capitán Socorro.

La media docena de hombres escogidos eran todos de la ciudad y se sintieron halagados, por una parte, y responsabilizados, por otra, de terminar de una vez con aquella molesta situación. Socorro le pidió al sargento que designara al jefe del improvisado pelotón y que le aconsejara un método adecuado para llegar hasta el enemigo.

En realidad, aún para un neófito como yo, en cuestiones de ataques o retiras, era evidente que no se podría llegar hasta el escondite del guerrillero sin poner, por los menos, un herido... Creo que pensé en un herido para poder sentirme un poco tranquilo.

El sargento y los seis milicianos se separaron de nosotros y bajo una mediana yagruma, se reunieron para precisar los detalles de la acción.

Serían sobre las 4 de la tarde y el sol me pareció más amarillo de costumbre a esa hora por aquellos lomeríos, a veces intrincados y secretos y, a veces repletos de acechanzas.

— Voy a avisarles a los compañeros — me advirtió el capitán y se alejó, con rumbo a donde se encontraba el resto de la tropa. Yo volví a sentarme y a beber de mi cantimplora.

Lo que siguió después no podría describirlo con precisión. En verdad no quise seguir los detalles. Bien sé que puede parecer insólito, pero hubiese sido inútil y de una cierta morbosidad. Me limité, pues, a escuchar —no me quedaba otro remedio— y oí las voces y los disparos, los gritos y aun el temblor del viento. Cuando todo terminó, en un momento de calma, vi acercarse al capitán Socorro. Avanzaba con aquel paso suyo decidido y autoritario. Cuando estuvo junto a mí, creí percibir una expresión satisfecha en sus ojos, entonces, vagamente turbios.

— Ya acabó todo— me dijo.

Yo continuaba sentado y había dejado de mirarlo.

—Sí— respondí después de un trago—. Ya lo sé.

Mató a Pablo, uno de los milicianos — me explicó con una voz sin matices— y luego se metió el cañón del rifle en la boca y todo terminó.

— Sí, me limité a decir—, el dijo que se mataría.

— De todos modos ya se acabó. Aunque tuvimos una baja, hemos vuelto a triunfar.

— Sí— dije, luego de una pausa—, hemos triunfado. Mis felicitaciones. Creo que Socorro me habló de algunas otras cosas, de los dos cadáveres, de un acto y de unas necesarias palabras mías a los campesinos y a la tropa, cuando se fuera a enterrar a Pablo, luego del entierro y una posible marcha o simbólica parada, que se produciría en el pueblo.

Yo me limité a escucharlo, pero no supe cuando se marchó. Nunca vi tampoco a ninguno de los dos cadáveres. Permanecí allí, sentado, bebiendo lentamente de mi importante cantimplora con aguardiente y pensando que las cosas siempre tienen un final, aun cuando para ello se reúnan los más diversos acontecimientos, en este caso, un adolescente de frente a la muerte y a la tarde y un miliciano queriendo cazar lo inatrapable, como si estuviera enfrentando las fintas de las mariposas.

LUIS ÁNGEL CASAS

Nació en La Habana, en 1928. Poeta, cuentista, novelista y miembro correspondiente de la Academia de la Legua Española. Entre sus varias publicaciones hay que mencionar: La tiniebla infinita *(1948),* Pepe del Mar y otros poemas *(1950),* El genio Burlón y otros poemas *(1959), la novela* Los músicos de la muerte *(1989),* Trece cuentos nerviosos/Narraciones burlescas y diabólicas *(1990). Es autor de la única versión rítmica de* El cuervo *de Poe, y de la única "versión homófona" de* Las Campanas, *también de Poe.*

EL OJO DE VIDRIO

Era difícil olvidar su rostro. le faltaba el ojo izquierdo, y la horrible cuenca vacía, por ese motivo, era doblemente siniestra.

El infeliz viejo no tenía más enemigo declarado que yo, y todo el mundo lo sabía. Así, pues, no podía matarlo impunemente, como deseaba, porque las sospechas recaerían inmediatamente en mí.

¿Qué hacer entonces?

Me dediqué a buscar uno que se le pareciera, para matarlo "por sustitución" y poder hallar, de ese modo insólito, alguna especie de alivio, sin despertar sospechas.

Hacía mucho, mucho tiempo que no nos veíamos. Yo había cambiado de localidad para evitar encontrarme con él y tener que matarlo siguiendo un impulso irresistible. Y mucho, mucho más tiempo transcurrió. Pero mi odio crecía con el tiempo, y ya no había espacio en mi corazón para tanto odio. Y a pesar del tiempo que nos separaba, yo seguía buscando infructuosamente uno que se le pareciera, para matarlo "por sustitución", pues... ¿de qué no es capaz una mente desquiciada como la mía?

Cierta vez, hallándome en el interior de una tienda, alguien se detuvo en la calle, frente al cristal de uno de los escaparates. o "vidrieras", para observar las muestras de los géneros que allí se vendían. Pude verlo bien, muy bien, a través del cristal, sin que él me viese a

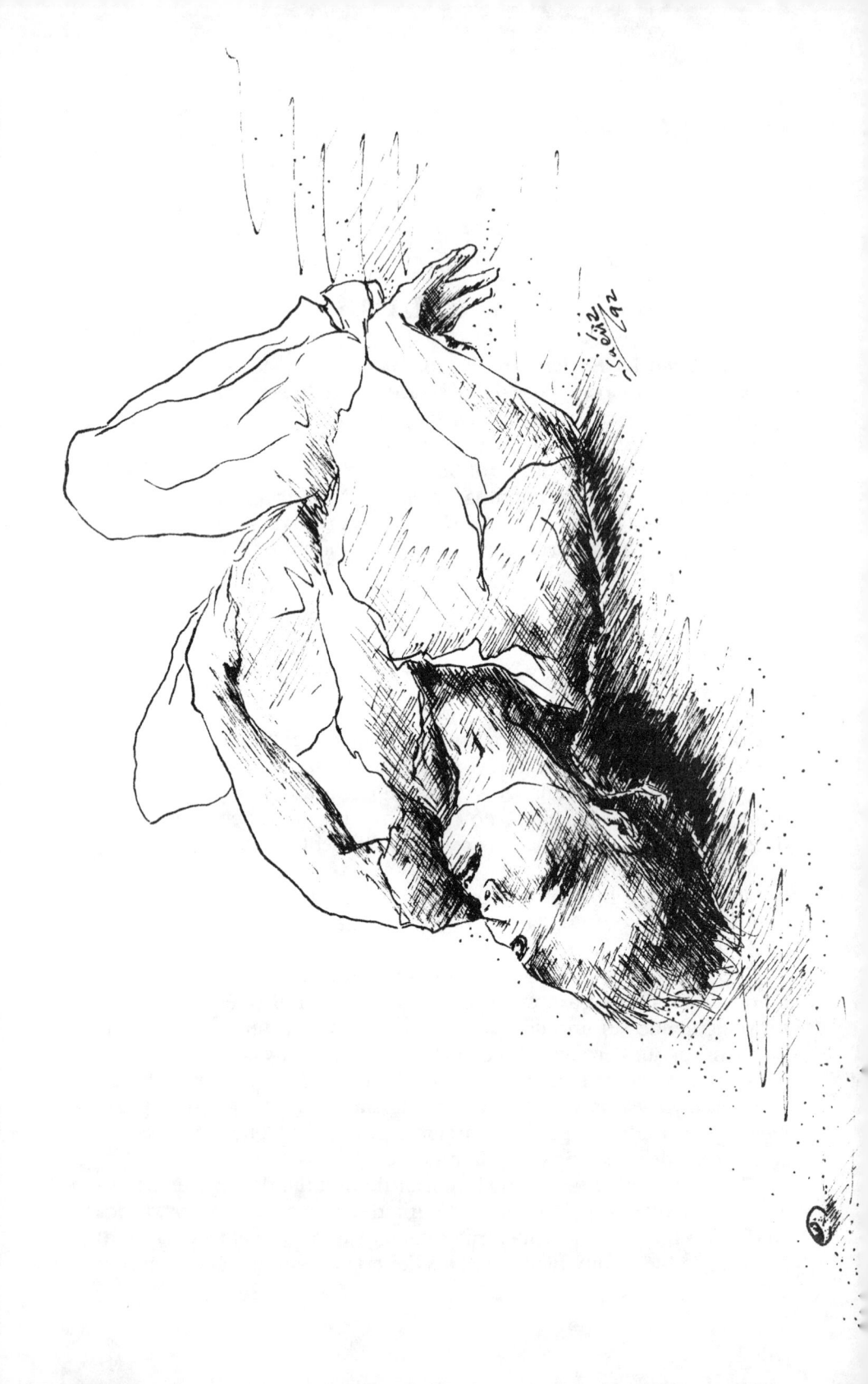

causa de la diferencia de luz. Era igual a quien yo odiaba. sólo que un poco más viejo, un poco más delgado, y no le faltaba ningún ojo.

No entró. Al retirarse, comencé a seguirlo cautelosamente! cautelosamente, durante mucho, mucho tiempo, hasta una solitaria callejuela. ¡Ah, la noche había caído entretanto, y ésa era mi oportunidad!

Lo maté. No explicaré cómo, pero lo maté. ¡Sí! ¡Lo maté, porque me pareció que se parecía al otro, y sólo por eso! Y cuando le di el golpe de gracia, rodó por el suelo un pequeño objeto de vidrio que tenía la forma a de un ojo humano. Sentí como si un sapo frío cayera de golpe sobre mi corazón. Entonces, rápidamente, miré hacia el rostro del cadáver: ¡le faltaba el ojo izquierdo, y la horrible cuenca vacía, por ese motivo, era doblemente, triplemente siniestra! ¡Desde el suelo, como si me mirara fijamente, con fijeza escalofriante, el ojo de vidrio parecía burlarse de mí sabiéndome irremisiblemente perdido y condenado a morir en la silla eléctrica!

CALVERT CASEY

Nació en Baltimore, Maryland (USA), en 1923, hijo de padre norteamericano y de madre cubana. Desde niño vivió en Cuba, donde se educó. Viajó extensamente por Europa y América, y residió mucho tiempo en Nueva York. Regresó a Cuba en l959 y comenzó una labor literaria y periodística así como a colaborar en las revistas Ciclón, Lunes de Revolución *y* Casa de las Américas. *Permaneció en Cuba hasta 1967, cuando salió del país con motivo de la traducción al polaco de su libro de cuentos* El Regreso. *Decidió no volver a Cuba y se radicó en Roma, ciudad donde se suicidó en 1969. Su último libro se tituló* Notas de un simulador *(1969).*

EN EL POTOSÍ

El dia amaneció de lluvia como yo quería. Cuando la gente del muelle empezó a escandalizar me tiré de la cama, entorne la persiana del balcón y miré al cielo que estaba de lo más lindo, plomizo y bajo. Como estaba lloviznando un poco la gente del muelle tenía que ir a estibar con las capas puestas. Qué descanso un día así, porque en Cuba siempre con este sol, dicen que los Difuntos traen agua y lloran por haber tenido que abandonar la tierra, pero eso debe ser un cuento. Ha habido años en que yo he tenido que salir bajo un sol que rajaba las piedras, con el paraguas, para poder estar todo el día en el cementerio. Después de un día entero recorriendo todo ese laberinto, he llegado a casa con una jaqueca espantosa, y he tenido que llamarla, y lo último que yo quiero es tener que llamarla. Sobre todo en Colón. Colón es inmenso. Y luego, el sol se va temprano ya en noviembre y yo he tenido que correr para poder leer las tumbas pegando casi los ojos al mármol, y sin tiempo para lavar una que otra lápida ni echar una ojeada a las cruces de la gente pobre. El Cementerio Chino no. El Cementerio Chino se recorre enseguida y el año que voy allá no me demoro nada y no me da jaqueca aunque haya sol porque como no puedo leer las inscripciones en chino, la visita termina enseguida. Los polacos no. A esos les da por escribir los nombres y las fechas en español y cosas de David y los salmos debajo de las estrellas con las seis puntas, y tengo que correr mucho para poder leerme todos los epitafios en aquel sol del cementerio hebreo de Guanabacoa. Si fueran como los chinos y escribieran los epitafios en polaco no tendría que apurarme para leerlos todos.

Pero qué linda estaba la bahía por la mañana, casi queriendo llover, pero sin llegar a llover, sólo lloviznando de vez en cuando. Me puse el traje, porque yo lo dejo para cuando apriete así el tiempecito y saqué el paraguas por si apretaba la lluvia. Cuando crucé la plazoleta miré hacia el balcón.

Ya ella había salido; yo sé cuando sale porque cierra la contrapuerta de adentro de la habitación que se ve por los cristales de los lados cuando está cerrada, y pasa la tranca del tiempo de España para los ciclones, con ese maldito miedo que tiene siempre a que le den un asalto y que le roben las prendas y el dinero que me pone como me pone, cuatro sortijas y dos pesos. Cuando está en el cuarto lo sé porque la contrapuerta está abierta, la deja así para poder mirar por el cristal a ver si me ve por casualidad. Hay días que me exaspera tanto que esté ahí que no quiero ni mirar para el balcón. Eso cuando no se pone a esperarme en el portón de abajo para verme salir o entrar y estar segura de que no me he ido. He estado mucho por mudarme pero no hay quien se mude y tengo que quedarme aquí en el cuarto, sabiendo que si me pasa algo la encargada se lo va a ir a decir para venir antes que nadie, del mismo modo que ella le ha dicho al del ascensor que si le pasa algo venga corriendo a decírmelo. Y con lo que le he pedido a Dios que el ascensor se trabe y se rompa para siempre, para que no pueda salir, pero el maldito ascensor de jaula del tiempo de España, el primero, no el primero no, el segundo que hubo en La Habana, no se rompe y si se rompe el polaco manda a buscar a un mecánico viejísimo como ella y lo arregla enseguida.

Miré bien cuando salí del edificio; no estaba tomando café en la cafetería y cuando doblé la esquina la cafetera esa que coge catarro en octubre y no se le quita hasta junio me dijo que había cogido la guagua temprano. Me tranquilicé, crucé despacio la calle y cogí la lancha para Regla. Seguramente se había ido a Colón o al Calvario, a ella le gusta ir el día de Difuntos al cementerio del Calvario porque es chiquito y puede recorrerlo todo. Ese es el único dia que no se anda tapando de la lluvia ni se queja ni dice que está vieja. Ese es el día en que se rejuvenece y se le quita toda esa vejez espantosa de encima.

Ya podía irme tranquilo porque además ella nunca iba a pensar que a mí se me iba a ocurrir irme al Potosi, que ella no ha visto más que una vez creo porque dice que no le gusta. Y si hubiera sabido que esa mañana yo iba a pagarle al hombre por el libro de mármol abierto con mi nombre y el de tía, porque el hombre me dijo que me lo iba a poner esa mañana. A tía sí que no me importa que la entierren allí. La pobre ha pagado todas las mensualidades y ya no se debe nada de la bóveda, muchas veces como ella es y tampoco quiere que la entierren en Colón con ella porque dice que no podría descansar. Y yo le dije a tía que yo la traía aquí si le pasaba algo y que ella me traía a mí sin que nadie se enterara si me pasaba a mí para que nunca pudiera saber donde estoy y que no me vigile más. Y cuando tía dice una cosa la cumple porque cuando se llevaron a mi hermana y regresó con el niño de una semana de nacido tía era la única que sabía quién era el hombre, pero como le había prometido a mi hermana no decírselo a nadie no se lo dijo, y cuando la recluyeron a la fuerza en Mazorra y le quitaron el niño tía tampoco le dijo a nadie quién era el hombre. Y aunque ella que quiere saberlo todo iba a ver a mi hermana a Mazorra todos los días de visita aunque sabía que la ponía peor cada vez que iba y le prometía que si le decía quién era el hombre no iba más a verla no pudo enterarse y Merci murió sin decir nada, nada de quién era el hombre. Y ella dice que le guardará toda la vida eso a mi hermana, que se haya muerto sin decirle quién era el hombre, porque a lo mejor podíamos sacarle por los menos los gastos de la enfermedad del niño, y todos esas medicinas tan caras que hubo que comprar y que todavía están ahí y yo sé que las guarda por si algún día alguna le sirve no tener que gastar. El entierro del niño, no, eso sí que no, porque el entierro del niño lo pagué yo que entonces estaba trabajando en la oficina porque el niño se murió antes de que me botaran y como yo tenía dinero y Merci me pidió antes de perder la razón que le pagara un entierro de primera al niño yo se lo pagué y me gasté un montón de dinero en un entierro muy lindo y así le di en la cabeza a ella, que protestaba de que se gastara tanto dinero en el chiquito.

Y que lindo estaba el Potosí esa mañana. La capilla huele un poco a humedad y a ratones cuando la abren esa mañana, porque no la abren más que una vez al año, pero cuando se ventila un poco da gusto sentarse allí entre las dos puertas de los lados. Para allá se ve el campo, que a mí me gusta tanto, de lo mas lindo, y para acá se ve Guanabacoa. Y en la carretera vieja hay unos árboles grandísimos. Como la bóveda está junto al muro yo le pedí al hombre que me sembrara un laurel que dan tanto fresco, o no, un laurel no porque un laurel me levanta la bóveda que salió tan cara porque el hombre me dijo que me la quería hacer de primera aunque se la fuéramos pagando a poco a poco. Pero bueno, que siempre lo que sea pero que siempre algo. Además como ella no va a venir nunca por aquí no mandará a cortar lo que el hombre siembre, con esa manía que tiene que dice que odio los árboles y las matas porque dan mosquitos. Pero no hay peligro porque ella se va a ir primero aunque espera que no, que yo primero. Pero por si acaso, como a ella le salen tan bien esas predicciones como cuando dijo que el niño no se salvaba y no se salvó, yo estoy aquí ya con la bóveda comprada y pagada y las matas que el hombre me dijo que me iba a sembrar para que siempre tengamos fresco.

Pues yo me distraje cuando entré porque siempre me gusta mirar en el Osario General que allí en el Potosí lo tienen abierto, y se ven los huesos desde arriba que les da el sol muy blancos y yo creo que por eso dejan abierto el Osario General para que los huesos se pongan blancos porque así se ven más bonitos, porque oscuros por la humedad de tantos y tantos años no se ven bonitos. De todas maneras lo que más me gusta del Potosí es que tienen abierto el Osario General y eso no pasa en ningún otro cementerio porque en ningún otro cementerio tienen abierto el Osario General.

Y además me demoré más todavía porque cuando entré en la capilla volví a copiar porque me gusta mucho lo que dice la lápida de mármol esa que uno tiene que pasarle por encima. Yo todos los años la copio toda y después rompo el papel por si ella viene algún día al cuarto no lo vaya a encontrar y se ponga a averiguar, porque como no hay ninguna lápida así en toda La Habana y ella lo averigua todo a lo mejor se pone a preguntar y llega a enterarse de que yo la copié en el Potosí y lo descubre todo. Pero yo ya no voy a volver nunca al Potosí y ya no me importa que ella se encuentre el papel, por eso no lo rompí y lo tengo aquí.

Y este año encontré otra lápida porque en vez de ir a la bóveda por donde siempre voy, como la capilla estaba abierta y ese día dicen misa y yo fui, cuando terminó salí por la derecha y encontré otra lápida que me gustó muchísimo porque el epitafio es de lo más raro y se lo hizo a un hijo sordomudo un padre sordomudo también y lo leí muchas veces y lo copié en la jaba. La lápida es de lo más extraña y apenas se entiende lo que dice, pero lo que me maravilla es lo que debe haber costado con toda esa orla de flores que le corre alrededor al epitafio, y aunque empezó a lloviznar otra vez pude copiarlo y ahora que ya no voy al Potosí y apenas salgo para no tropezarme con ella a cada rato lo miro.

Y lo que más me extrañó de la lápida, que estaba rota por una esquina y se veía que no habían enterrado a nadie allí desde que enterraron al hijo del sordomudo, es que había un hormiguero y las hormigas subían y bajaban, pero luego pensé que bajarían a otras tumbas pasando por entre los sordomudos.

Pues ya había pasado mucho rato en el problema de copiar las dos lápidas y la misa y una señora que me pidió que la ayudara a correr la losa de un panteón familiar de esos que uno baja y se sienta y conversa y pasa el rato porque son panteones antiguos de esos de nicho, porque los hombres con el corre corre de los Difuntos estaban muy ocupados y el hombre que la ayudaba siempre a moverla no estaba allí con el problema de los Difuntos y el corre corre de las flores y la gente que le remuerde la conciencia un día al año y van a limpiar las tumbas y ni siquiera pueden limpiarlas ellos mismos sino que tienen que llamar al hombre para que se las limpie y luego esa muchachería de que se llena el cementerio para ganarse ese día la peseta trayendo agua en las latas para los jarrones y quitándole la peseta al pobre hombre que ése es el único día que puede ganarse algo porque a veces no tienen ni qué comer porque él no es empleado del cementerio y yo a veces cuando voy y no lo veo le dejo caramelos sobre las tumbas para los hijos.

Y entonces me encontré al hombre que estaba de lo más sudado con el apuro de la gente que quiere poner todas las flores al mismo tiempo para irse pronto y le pregunté que si ya me había colocado el libro abierto de mármol sobre la bóveda y me dijo que sí que me lo había puesto el día anterior porque sabía que yo venía y que ese día iba a tener mucho trabajo y no iba a poder ponérmelo y me puse de lo más contento porque ya tenía mi bóveda y después que le pagué le pregunté que si había visto a mi tía porque mi tía sabe que yo estoy viniendo aquí muy seguido desde que compramos la bóveda y a veces viene la pobre y el hombre me dijo no, la que está ahí sentada en la bóveda no es su tía es su mamá.

INÉS DEL CASTILLO

Nació en Sagua de Tánamo, en 1927. En Cuba cursó sus estudios secundarios, y también en la Escuela de Educación de la Universidad de La Habana. Salió al exilio y se estableció en Nueva York, donde reside actualmente. Ha cultivado la poesía y varias de sus creaciones han sido premiadas en certámenes poéticos. Entre sus recientes publicaciones se encuentra el poemario Inmanencia de las cenizas *(1992).*

LA COMETA

La cometa se elevo con movimientos ondulantes como si retozara con en el viento. Las ráfagas del air la hicieron girar dando volteretas: bajaba, subía, serpentineaba, se mantuvo serena y ascendio de nuevo con más vigor, mientras la cola de nudillos y lazos pequeños saltaba ritmicamente, siguiendo el vaivén grácil del juguete.

Mateo contempló con emoción las piruetas trazadas en el aire y dijo: —¡Qué hermosa cometa me ha regalado el abuelo! Nunca tuve un juguete que me gustara tanto... Evoco —feliz— el momento en que su abuelo lo había llevado al ático para ofrecerle el precioso regalo. Apretó con fuerza el pedacito de madera y maniobrando con destreza hizo ceder la cuerda a la vez que saltaba jubiloso y perseguía el rumbo y las cabriolas de la cometa.

El sol caldea. El campo abierto parece más exuberante entre los altibajos y los cerros que se extienden alcanzando las montañas en la lejanía. Más acá, entre una arboleda de naranjos, emerge la casona blanca de techos rojizos de Don Gonzalo Castañeda.

En el portal de la casa, Don Zalo, como todos lo llaman, dirige las faenas del día. La voz vigorosa da órdenes a los peones y demás empleados de la finca con la autoridad y energía que revela la condición de amo.

Don Zalo está muy contento porque la noche anterior llego procedente de la ciudad su nieto de ocho años, Mateo. A Mateo le encanta pasar las vacaciones junto al abuelo. Hoy ha galopado en las ancas de Canelo, el caballo de Don Zalo, y después ha recorrido los alrededores tratando de igualar los saltos de Amenaza, el perro vigilante de la casa. Mateo es un niño robusto, vivaz y juguetón, tiene el pelo castaño y los ojos obscuros redondeados y preguntones.

—A comer, Mateo, llamó Don Zalo. Bajo los árboles la mesa rústica está lista para el almuerzo con frutas frescas y bandejas de pan y tortas de maiz recién horneadas; la carne de venado humea en el brasero del patio, esparciendo su olor apetitoso.

Después de comer, Don Zalo, tomó al niño de la mano diciéndole:

—Ven Mateo, vamos al ático, quiero darte un regalo que tengo para ti.

—¿Qué es, Abuelo?

—Es una sorpresa, ya lo verás.

Subieron hasta el final de la escalera y por una puerta pequeña entraron a un cuarto de techo angosto, con varias ventanas por donde se divisaba toda la finca. El abuelo sacó una caja grande y chata, la depositó en el piso del ático y extrajo de allí una cometa de forma rectangular construída de capas y papel. Uno de sus lados extremos formaba un triángulo, de cuyo ángulo central pendía una larga cola hecha de tirillas anudadas con muchos lazos diminutos de colores variados verdes, amarillos, rojos y azules. Cuatro estrellas plateadas y un sol rojo con rayos amarillos y tornasolados cubrían la arte superior del papel y por debajo tenía una cuerda atada fuertemente, muy larga y enrollada cuidadosamente a un pequeño trozo de madera.

—¡Qué linda cometa! Qué linda cometa —exclamó el niño saltando de gozo. No la cambio por ninguno de los juguetes que tengo en mi casa de la ciudad. Gracias abuelo.

Te enseñaré a manipular el hilo, es lo más importante, dijo Don Zalo. Vamos al campo.

—Vamos, abuelo, agregó Mateo y juntos salieron al campo abierto.

Ahora bajo el sol y el viento, la cometa brillaba ondulante con deleite para Mateo, que muy pronto había aprendido el manejo de la misma. Don Zalo observó a su nieto con amor y orgullo. Recordó sus años jóvenes, sus estudios de ingeniería y cómo se había decidido por el campo, atando su vida a aquellas prósperas tierras.

Ya no puedes volar más la cometa, Mateo, interrumpió el abuelo; recoge la cuerda; jugarás de nuevo mañana cuando sople viento favorable.

Regresaron a la casa. Amenaza se acodó en el portal, dormitaba aunque mantenía las orejas en perfecta atención. La tarde tibia y rojiza cedía a las sombras de la noche que ascendían lentas y copiosas hacia las cumbres.

Mateo se sentía feliz pero rendido de cansancio. Besó a su abuelo, subió a su cuarto y antes de acostarse colocó la cometa sobre una mesa frente a la ventana, desde su cama podría verla con la luz que se filtraba al clarear la noche. Saltó a la cama y a los pocos minutos sintió ruido cerca de la ventana. La cometa se movía, cobraba vida llegando hasta la cama. Las tirillas de la cola —extendidas— se le enredaban en las manos tirando de él con fuerza.

—Ven Mateo, vamos a jugar. No te duermas, no seas perezoso, vuela conmigo; te llevaré al espacio donde nacen las fuentes de la luz.

Mecido en la cometa, el niño volaba sobre los campos empujado por la brisa fresca y suave... Pronto dió las altas montañas quedarse muy lejos y paisajes desconocidos desfilaron ante él; las nubes semejaban espumas insensibles y la claridad era vibrante y diáfana. De pronto, la cometa cesó de volar y comenzó a extenderse. Se puso muy grande y al mismo tiempo cuatro estrellas luminantes la sostenían con firmeza en el espacio. Fueron apareciendo muchas estrellas diminutas, volaban a posarse en la cometa y con vibraciones, guiños y pasos de danza cantaban frente a Mateo:

—Bienvenido seas, Mateo. Somos las estrellas-niñas del universo y mientras tu duermes brillamos vistiendo la noche de luz y esplendor. Se escapaban y lentamente asomaron pequeños soles fosforescentes marchando en perfecto orden, como soldados:

—Somos los soles-niños de la luz y el calor y damos vida y fuerza al universo. Saludábanlo con rostros sonrientes y poco a poco se esfumaban en una densa obscuridad. De entre las sombras surgieron centenares de lunas vestidas con aros de brillante plata que se encendían y apagaban simultáneamente. Al centro apareció una luna mayor y dirigiéndose a Mateo, dijo:

—Yo soy amiga de los seres de la Tierra y hablo en nombre del reino de los astros. Somos muchos, diferentes e inmensamente grandes. Vivimos en perfecto balance y armonía, respetamos nuestras esferas celestes para que la paz exista siempre imperturbable en los arcos etereos y asi cumplir nuestra misión dando luz, calor, amistad y concordia al universo hasta la eternidad.

Las sombras regresaron. La cometa volvía a su tamaño normal y echaba a volar... Mateo percibió los reflejos de sus nuevos amigos ocultándose en la distancia.

Fuertes ráfagas de viento cruzaron la finca. Amenaza ladraba con espanto y corría por los alrededores de la casa. Don Zalo se levantó a cerrar las ventanas, yendo primero al cuarto de Mateo. El niño, sentado en la cama hablaba tratando de explicar el mensaje. El abuelo lo abrazó preguntándole.

—¿Estás soñando Mateo?

—No, no estoy soñando, abuelo. Miró hacia la ventana y preguntó: —¿Dónde esta mi cometa?

Abuelo y nieto fueron hacia la ventana bajo la luz de la luna, la cometa brillaba con reflejos extraños, trazaba grandes círculos y se alejaba con rapidez en alas del viento.

AMELIA DEL CASTILLO

Nació en Matanzas, aunque desde muy temprana edad residió en La Habana, ciudad donde llevó a cabo sus estudios primarios, secundarios y universitarios. Salió al exilio en 1960 y se radicó en Miami. Desde joven comenzó a cultivar la poesía y la narrativa, y ha obtenido diversos precios en certámenes literarios internacionales. Sus poemas han sido incluidos en antologías publicadas en España e Hispanoamérica. Entre sus libros deben mencionarse los poemarios Urdimbre *(1975),* Voces de silencio *(l978),* Cauce de tiempo *(1982) y* Agua y espejos *(1986). Ha cultivado el cuento y tiene un volumen inédito titulado* El Girasol y la Fuente.

SUPERSTICIÓN

Se subió a la madrugada como se sube a un tejado.

Blanqueaban las copas de los árboles y el asfalto de las calles aparecía aquí y allá como grises en fuga. Parpadeaban las luces en procesión cansina. Bostezaban las sombras.

Se estremeció el silencio con el ronquido de un camión mañanero y brillaron junto a las puertas los brochazos blancos de los litros de leche.

Encorvó el lomo y se estiró lamiéndose el hocico. Se estaba bien allí, subido a la madrugada, pero era el momento de deslizarse entre las botellas y, quizás... Se lamió de nuevo el hocico.

Fue casi un estallido. La leche, como de ubre colmada, corría de uno a otro escalón.

—¡Maldito gato!

El hocico, blanco y pegaJoso, se negaba a renunciar al festín. Dio al fin un salto, pero el golpe lo alcanzó hundiéndosele en el costillar. La mujer volvía a la carga. Era cuadrada, robusta. Pudo ver sus piernas rechonchas y los zapatos burdos, pesados, amenazantes. Se lamió rápidamente el costado sin lograr moverse. Indefenso, le enseñó los agudos dientes y el lomo erizado.

—Ah, pero también vas a amenazarme
Los ojos de la mujer eran saltones y rojizos. Uno de ellos visiblemente desviado.

La miró fijamente, con esa intensidad felina que se hace verde, amarilla, transparente.

Detrás de la mujer una tajada de luna parecía llamarlo. ¡Se estaba tan bien subido a la madrugada!

 La mujer, asustada, volvió la cabeza siguiendo su mirada. Fue entonces cuando la estremeció el maullido salvaje y la sombra negra que se perdió en el aire como una flecha disparada a la luna.

—¡El gato... El gato se ha subido a la luna! ¡Dios me ampare! -se persignó corriendo hacia la casa.

Resbaló al alcanzar los escalones húmedos de leche. El dolor de la pierna, apresada entre el canto rígido y el pesado cuerpo, la hizo estremecer de náusea y de frío. Buscó con la vista al gato, a la luna.

—¡Maldito gato negro!
Desde el tejado, lamiéndose el costado, la miraba fijamente.

>¿Por qué no había saltado antes? El hambre, la tentación de aquel charco de leche...¿Cómo iba a saber que la mujer era bizca?

El olor a pescado fresco le hizo acercarse temerariamente. La puerta de la cocina estaba abierta y, arqueando el lomo, se deslizó mimoso apretujándose a las paredes. Rengueaba de la pata izquierda, pero sabía prescindir de ella cuando el peligro lo acosaba. Se hizo un ovillo entre un saco de papas y una silla vieja. Los ojos, como dardos verdes, fijos en el fregadero lleno de pescado recién escamado.

>Si se fueran los hombres...

—Dicen que viene hoy a inaugurar las obras.
-Yo, ni sé, ni quiero saber nada.
-¿Qué te traes? Si lo digo es porque lo sabe hasta el gato.

>Pero ¿lo habían visto? Mejor se hacía el dormido...

El cuartel era un hervidero. Con más o menos disimulo comentaban los soldados la visita del día. En la cocina continuaba el diálogo.
—Si yo fuera él no saldría hoy de mi casa. Como están las cosas...
—Ya tendrán buen cuidado de ponerle una guardia de madre.

—Ni con eso. Yo, de aquí no me muevo; y menos siendo martes 13.

> Martes 13... Martes 13... Ya no le atraía
> el pescado. Podía saltar y... pero ¿y si
> le arreaban otra patada?

Se lamió el costado y la pata rengueante. Los dos hombres lo miraron sorprendidos.
—¿Por dónde entró ese gato?
-Martes 13 y un gato negro... ¡Pa su escopeta! Aquí me quedo aunque suelte los dedos pelando papas y escamando pescado.

La agitación era visible. Los hombres se agrupaban cuchicheando de política, gobernantes, lo de antes, lo de ahora... Las voces de las mujeres se hacían chillonas con la exaltación:
—Maricusa, ven, que por aquí van a pasar.
—Tú que sabes...
—Pues quédate allá, hija. Tú te lo pierdes, porque yo sé de buena tinta que por aquí pasan.
El gentío se iba aglomerando a lo largo de la calle principal. Una multitud de triángulos multicolores abanicaba el aire. Avanzaba la tarde. La brisa, sacudiendo las cuerdas, hacia chasquear los papelitos triangulares. El ruido fue creciendo en un extremo de la calle y como una ola de voces corrió hasta hacerse una histeria colectiva.

El gentío y el calor parecían achicar aún más el portal, pero era un refugio y se escurrió inadvertido hasta ovillarse detrás de una maceta arrinconada.

La avanzada de hombres se abría paso con gestos bruscos. Las miradas inquietas, vigilantes; el miedo disfrazado. Detrás, un automóvil. Más hombres, más miedo. Luego, el *jeep* con el líder de turno; y más hombres, y más miedo, y el pueblo fanatizado.

Allí estaba, al fin, como los otros: los de ayer y de hoy y de siempre. Erguido, impresionante, la mirada estrecha, la mano en alto saludando a uno y otro lado.

Una chiquillería uniformada repetía a gritos su lección.

Se acercaba la aparatosa comitiva abriéndose paso entre el gentío. Reventaba ahora el portal asaltado súbitamente. Cayó al suelo la maceta haciendo dibujos de barro y tierra. Corrió asustado, enloquecido, la pata izquierda en alto.

> Si puediera alcanzar la acera... Un salto
> más... No era de gatos eso de creer en
> martes 13...

Le llegó, agigantado, el ruido sordo de las ruedas. Zigzagueó el jeep ligeramente.

La mirada del hombre se hizo más estrecha. Saludo y sonrisa se perdieron en ella. Los más cercanos miraron con asco la sangre que les manchaba las ropas. Los de atrás rompían filas tratando de esquivar el amasijo rojo y negro. Se acercaban las gentes cerrando el círculo.

Una arruga se cruzó en el entrecejo del líder. Se dejó oir pidiendo con voz nerviosa que abrieran paso, que se hacía tarde, que había que inaugurar las obras...

Fue entonces cuando cayó bruscamente apretándose el pecho con las manos. La mirada se abrió un momento, aterrada. Balbuceó algo que se escapó en un hilo de sangre. Señaló no sabían qué.

Allí estaba, en el umbral de la muerte, haciéndole compañía.

ANGEL CASTRO MARTÍNEZ

Nació en Bolondrón, Matanzas, en 1930. Estudió Administración de Negocios en la Universidad de La Habana (1955). Posee doctorados en leyes de la universidad del Norte de Oriente (1958) y de la Habana (1961). En dicha ciudad fue profesor de la Universidad José Martí entre 1954 y 1959. Salió al exilio en 1962 para los Estados Unidos y fue profesor de Old Dominion University. Publicó varios libros, entre los que deben mencionarse, la novela Refugiados *(1969);* Cuentos del exilio cubano *(1970);* Cubano, go home! *(1972;* Cuentos yanquis *(1972) y* cuentos de Nueva York *(1973). Actualmente reside en la Florida.*

LAS FLORES... LAS FLORES

Miguel caminaba y caminaba por la ancha avenida Broadway, en la lengendaria ciudad de San Francisco, Estado de California. Paraba en uno y otro "night club", que a ambos lados de la ancha avenida tienen asiento. La policromía de luces y el bullicio de los jóvenes por la avenida le embriagaban; así llegó a la esquina de Broadway y a la avenida de Columbus. Se detuvo delante de un llamativo cartel lumínico que anunciaba con sus luces brillantes e intermitentes un bar hispano, su nombre, "El Cid". Decidió entrar, y ya adentro, la música latina y el bullicio de los jóvenes le aturdieron por un momento. Al poco rato se dirigió a una banqueta, se sentó, y pidió al camarero:

—Un Cuba Libre, por favor...

Su rostro se reflejaba umbrío en el amplio espejo colgante de la pared; allí, en el espejo, notó la cara de su más cercana acompañante. Era una mujer bella, de ojos de agua marina, pelo de oro, y vestida elegantemente. Le llamó la atención su mirada triste, de una tristeza honda, que casi le llegó al alma.

Terminó de libar su trago y la beldad rubia le dijo en un correcto español:

—Señor, ¿tiene usted una cerilla...?

—Sí, cómo no, con mucho gusto...
Elegantemente sacó de su bolsillo del saco una fosforera plateada, encendióla, y le dio candela al cigarrillo de su accidental compañera.
—Muchas gracias..., mi nombre es Evelyn...
—El mío es Miguel, soy cubano exiliado...
—Yo soy nativa de Arizona.
—Soy natural de Matanzas, Cuba...
Los dos iniciaron una conversación que se animó más y más. Miguel invitó a Evelyn a bailar al compás de la melodiosa música..., y entre tragos, baile y plática, la noche transcurría en el bullicioso bar. Eran ya cerca de las dos de la madrugada y en cumplimiento de la Ley del Estado de California, el bar estaba obligado a cerrar sus puertas a los parroquianos a las dos de la madrugada.
—Evelyn, si usted quiere, la invito a mi apartamento, allí tengo muchos discos de música latina y podríamos continuar conversando..., y bailando..., usted es encantadora.
—Con mucho gusto —respondió Evelyn.
Salieron y cerca de la esquina alquilaron un taxi:
—Al 210 Polk Street ordenó el joven.

A las cinco de la madrugada, Evelyn decidió retirarse:
—Tengo que tomar mi avión. El vuelo de Los Angeles está señalado para las siete de la mañana.
—Por favor, use mi teléfono y llame un taxi.
Pocos minutos después, Evelyn se despedía de Miguel.
—Por favor, anote aquí su dirección...
Evelyn tomó el lápiz y la libreta de direcciones y anotó en la sección de la letra F: "Miss Evelyn Freedin, 123 Main Street, Santa María, California.
—Gracias, Evelyn...
—Buenas noches, y buen viaje...

Al día siguiente, Miguel, entusiasmado por la inesperada conquista, y más aún por la belleza y gracia de la imprevista amiga, decidió enviarle un ramo de rosas rojas.
—Llamaré a un florista...
Tomó en sus manos el teléfono y llamó a la florería.
—Favor de enviar un ramo de rosas rojas, de las mejores..., para la señorita Evelyn Freedin, número 123 de Main Street, Santa María, California.
—Sí, caballero, lo enviaremos en seguida -respondió el empleado.
En un maravilloso éxtasis de emociones: el recuerdo del cuerpo

de Venus de Evelyn, su belleza blanca y rubia, su risa tan femenina, le mantuvieron en una especie de ensueño maravilloso.

El martes decidió visitar al florista y así lo hizo. Al llegar al puesto de flores, se dirigió resueltamente al dueño:
—Quisiera enviar otro ramo de flores a Evelyn Freedin..., soy el cliente del sábado... ¿Recuerda?
—Sí, señor..., pero joven..., prepárese a recibir una sorpresa.
—¡Una sorpresa! —respondió Miguel.
—Sí, joven, las flores que usted ordenó enviar a la señorita Evelyn Freedin fueron devueltas de Santa María. En Santa María no existe persona alguna con tal nombre.
—¡Increíble! ¡Esto es increíble!...
Y Miguel salió de la florería, caminando muy lentamente, mientras musitaba:
—¡Las flores..., las flores...!

NILDA CEPERO-LLEVADA

Desde muy joven se traslada con su familia a la ciudad de Boston en los Estados Unidos, donde hizo sus primeros estudios y se formó culturalmente. Años más tarde obtuvo su Licenciatura en Historia Universal en la Universidad Internacional de la Florida (FIU). Ha publicado poemas, artículos periodísticos y relatos en inglés y español en España y los Estados Unidos. Fue directora en Miami, de la revista cultural Pinos Nuevos *(1984-1985). Ha publicado en volumen titulado* De mi alma y a mi Pueblo *(1985). Actualmente es directora de la revista cultural bilingüe* Latino Stuff *(Esencia Latina).*

EL CEMENTERIO DE LA 139

Estaba abrumada por tantas noticias escalofriantes. Por eso, solamente sintonizaba música en el radio y nunca oía los reportes policíacos. Sin embargo, no importaba cuanto quería protegerme de aquella matanza, siempre existía una vecina ociosa que me mantenía informada, al llegar del trabajo, de los eventos sangrientos de la ciudad. —¿Oíste? —me decía al verme— mataron a dos hombres por asuntos de drogas—. Yo entraba en mi apartamento rápidamente dejándola atrás, pero ella seguía repitiendo las noticias como un boletín de última hora. Por eso, al fin, un día decidí alejarme de aquella pudrición y buscar la soledad que necesitaba.

El nuevo hogar estaba aislado y era tranquilo, de los pocos que aún quedaban en Miami —la Casablanca del Caribe, como algunos le llamaban—, una ciudad llena de bullicios y ritmos extranjeros, donde lo que se deseaba podía encontrarse al alcance de la mano. En mi refugio, cuando el sol alumbraba los campos por la mañana, se veían las diferentes tonalidades de las flores silvestres y, a veces, se llenaba el lugar con el aroma dulce de la vicaria. Cuando esto pasaba, casi podíamos saborear la miel. En las noches más calladas —y la mayoría eran así—, daba la impresión de que vivía en un camposanto, con la placidez y morbosidad de tal sitio.

Cuando llegue a la nueva casa, nadie vivía alrededor. Todo era mío: cada espiga, el puntiagudo diente de perro —que, al pisarlo, como algo terapeútico, proporcionaba placer con sus pinchazos en los pies—, las flores silvestres y los búhos. Especialmente el búho marrón, que me acompañaba en mis r*endez-vous* nocturnos. Al sacar la perra a pasear en noches de luna llena, me sentía dueña de aquello, porque no había nadie mas que yo, la perra, la flora y el ave. Yo sabía con certeza, porque lo sentía en mi piel, que, desde un pino australiano, sus enormes ojos amarillos me seguían con curiosidad. Parecía no poder decidir si la nueva residente era parte de aquel reino o una agregada vulgar. Igual que yo, él tenía su guarida allí. Nos comprendíamos perfectamente: yo respetaba su espacio y él se guardaba del mío. Compartíamos el mismo mundo, porque ambos deseabamos —necesitábamos— la tranquilidad que el campo ofrecía.

En esas noches llenas de resplandor, cuando salía con la perra, oía lo que imaginaba eran explosiones de escape de carros que parecían intentar arrancar. No obstante, cuando exploraba con curiosidad a mi alrededor, buscando lo que me resultaba obvio, no encontraba ningún automóvil, y sólo quedaba la quietud de la noche y el eco de aquel ruido que se repetía de cuando en cuando.

Usualmente en las mañanas, cuando salía con la perra otra vez, ya no veía al búho, pero sí a una bandada de auras, que daban vueltas como un carrusel sobre lo que me imaginaba era un animal muerto. A veces, durante las sequías, venía la quema, y las bellas espigas moradas se desplomaban con el calor. Entonces, en vez de oler las vicarias, se sentía el husmo de la carne podrida, ahora al fuego, en una gigantesca hoguera. Las auras se alejaban por varios días, hasta que la yerba crecía de nuevo y otro *picnic* se les proporcionaba.

Yo seguía sacando la perra por las madrugadas y volvía a oír, de vez en cuando, el mismo estruendo del escape de un carro que parecía fallar al ser acelerado. Pero no me podía quejar; esos ruidos eran mínimos comparados con aquellos de los que había huido.

Sin embargo, poco a poco, el campo se convertía en pueblo, llenándose de personas que, como yo, buscaban tranquilidad y seguridad. Ya no había donde vivir en la ciudad. La Pequeña Habana ahora estaba repleta con la nueva ola de refugiados de Centroamérica. Cerca de mi retiro ya empezaban a aparecer casas aquí y allá; aunque la suerte aún me sonreía, pues, todavía, el terreno frente a mi morada seguía vacio.

Un día —no recuerdo exactamente la fecha— me levanté muy temprano y oí el martillar de máquinas colosales que limpiaban mi selva vecina y trituraban las formaciones prehistóricas del diente de perro. Mi paz terminaba. Al salir con la perra, esta se aproximó al operario y comenzó a ladrar, era la primera vez que se enfrentaba tan directamente a un extraño.

Unas horas después que empezaron las excavaciones, cuatro carros policíacos investigaban la llamada de un capataz de la obra. Aparentemente, al comenzar a limpiar las tierras, habían tropezado con una realidad chocante, el siniestro almuerzo de las auras: varios cuerpos en diferentes estados de descomposición. De inmediato, el forense fue sumado al sitio para investigar, y los cuerpos, que todavía despedían un repugnante olor, fueron puestos en bolsas plásticas. Has tarde vi un coche que los transportaba a la morgue.

Curiosa y asombrada por la conmoción, me acerque al investigador que ya venía en mi dirección. Mientras conducía su interrogatorio, le pregunte quiénes podrían ser aquellos cuerpos que habían escogido mi hermosa guarida como pudridor. El policía apuntó que parecían ser asesinatos por causa de drogas. En una libreta de notas comenzó a tomar datos: quería saber si yo había visto u oido algo sospechoso.

—No —le dije—, solamente he oido, de cuando en cuando, los sonidos estruendosos del escape de un carro.

—Esos sonidos —me contesto con ironía— eran los disparos certeros de pandilleros que, sin usted saberlo, le hacían una visita nocturna.

Descubrí con pesar que aquel lugar en donde por varios años caminé en silencio, meditando en la liberación de la serenidad, no había sido más que un cementerio para esos condenados que nacen para desgraciar a otros. Sólo el búho sabía la verdad, pensé, sólo él tenía la respuesta de quienes habían cometido los crímenes. Ahora que la civilización había llegado hasta su puerta, él tendría que buscar otro asilo, como yo también haría—. Al búho no lo volví a ver.

Meses después volvió de nuevo la calma. Yo estaba ahora rodeada de casas y personas desconocidas. Las veces que me topaba cara a cara con los vecinos, sus indiferentes miradas me daban tristeza. No podía perdonar, que en aquel lugar donde me había compenetrado de manera profunda con la naturaleza, donde en tiempos anteriores las flores habían crecido bellamente, ahora, al llegar la civilización, dejaran de florecer.

Seguía saliendo a mis largas caminatas, pero muy tarde en la noche, cuando el rocío cubría la poca pradera que aún existía. Tenía la esperanza de volver a encontrarme con el búho. El me haría recordar mis momentos mas tranquilos y felices. Sin embargo, ahora sólo me enfrentaba con caminos abarrotados de pequeñas casas, automóviles y las cegadoras luces del alambrado público. Note que ya no volaban las auras, ya no formaban sus lentos círculos, se les habían acabado las comilatas.

—¡Quiero estar sola!, como lo había estado en tiempos atrás, pensaba al salir, ahora con cautela, más allá de la puerta. Pero !qué ironía!, ¿estuve alguna vez sola? Reflexioné. Al fin entendí que nunca lo había estado. Siempre existió un intruso de cuerpo rígido, con ojos desmesuradamente abiertos en manifestación de pánico, que miraba —sin ver— por entre la yerba. El búho, estaba segura, a su vez lo vigilaba a él.

Era de madrugada cuando decidí pasear la perra. La encaramé en el jeep y manejé varias millas hacia el sur, por Tamiami Trail. La noche estaba brillante y fresca. Yo buscaba alejarme de la congestión que ya era parte de mi vecindario. Esta vez escogí un lugar mas remoto para mi recorrido, casi a la orilla de The Everglades, cerca de la reservación india, donde aún se podía respirar la esencia de la noche. Advertí, sorprendida y con regocijo, que el búho también había hecho lo mismo. Nos miramos detenidamente y con reconocimiento. Sonreí. La civilización aún no había llegado allí, pensé con satisfacción. Pero, al rato, escuché muy cerca el sonido familiar de lo que un día imaginé eran los escapes de un carro.

Oí el batir de unas alas y, al mirar, sentí un peso indescriptible al descubrir al búho levantar vuelo y desaparecer en el horizonte...

ÁLVARO CISNEROS

Nació en Camagüey. Se graduó en 1942 de Contador de la Escuela Profesional de Comercio de La Habana y de Contador Público en la Universidad de esa ciudad, en 1947. Ha publicado artículos y cuentos en diversos diarios y revistas del exilio.

LA IDENTIDAD NACIONAL

Si Valle Hermoso hubiese sido una ciudad importante del país por su densidad de población, o un centro avanzado de cultura, o hubiera poseído peso específico en la economía de la nación, quizás habría merecido la atención de algún especialista que pudiese explicar las causas de la unanimidad delirante, espontánea y militante manifestada en las elecciones municipales que acababan de celebrarse. Pero Valle Hermoso sólo era poco más que un villorrio y lo que allí pudiese suceder, no constituía noticia de interés alguno.

Cualquier analista político hubiese sospechado e inmediatamente preguntado sobre los pormenores de la plataforma electoral ofrecida por el candidato para alcanzar, de esa forma arrolladora, la alcaldía del poblado y la respuesta le hubiese parecido más increíble aún: jamás existió programa político-electoral alguno; pero las formas democráticas, sin importar la calidad del entorno en que funcionen, a veces nos dan sorpresas inexplicables.

Entonces cabe la formulación de otra pregunta, ¿qué inclinó a la voluntad popular para elegir a Romualdo Encinoso como el nuevo alcalde? y aquí si hay una respuesta concreta, las motivaciones fueron dos: la admiración personal y la vanidad pueblerina.

Romualdo era el primer vecino en graduarse en la Universidad Nacional y desde ese momento personificó el orgullo de sus convecinos, a cuyos ojos, era la cumbre señera de la intelectualidad local.

La vanidad colectiva era de más fácil comprensión. Resultaba que entre Valle Hermoso y el cercano poblado de Pozo Redondo existía una vieja y tenaz rivalidad inexplicable, pues nadie sabía en qué se basaba, ni cuándo fue que se originó.

Revisando la historia de ambas localidades, encontramos el hecho de que el alcalde más distinguido que Pozo Redondo tuvo alguna vez fue Don Epifanio Urquiza, acaudalado dueño de un negocio de arriería y de quien la maledicencia afirmaba que los asuntos importantes los resolvía en su hogar, no por exceso de celo en sus funciones, sino para ocultar que su hija Cristobalina era quien redactaba, leía y hasta firmaba la documentación oficial, por ser Don Epifanio total y absolutamente analfabeto.

Y de esa forma, mientras a lo más alto que Pozo Redondo había podido subir fue en el huacal de un arriero, Valle Hermoso por su parte, podía ufanarse de tener por alcalde a un doctor en ciencias sociales y además arqueólogo, por si algo era necesario añadir.

El "encuentro y rescate de la identidad nacional" fue la idea central en el inevitable discurso de toma de posesión del novel alcalde, abordándose en el mismo además conceptos como derechos humanos, independencia política, economía de mercados y otros de parecida naturaleza.

Las salvas de aplausos que se sucedían al final de cada párrafo colocaron al orador en la falsa posición de creer que las mismas eran una tácita aceptación de estas ideas, sin comprender que la especulación en términos abstractos, sólo es privilegio de mentes cultivadas y la muchedumbre aplaudía porque Romualdo estaba "diciendo algo bonito", pero sin entender a cabalidad el contenido de la oración que se pronunciaba, y menos aún, eso que escuchaba de "identidad nacional".

Y así, sobre estas inciertas bases, comenzaba una nueva etapa en el destino de Valle Hermoso.

Una verdadera reacción en cadena de resultados negativos, fue causada por la primera disposición administrativa del alcalde. Todo comenzó cuando al local y los fondos destinados para la apertura de una escuela para Oficios, Artes y Moderna Tecnología Agrícola —vieja aspiración de la juventud del pueblo— se les dio un nuevo destino: la creación del Centro Arqueológico de Valle Hermoso.

No obstante, un resultado colateral a la creación del Centro, fue de alegría para la chiquillería del pueblo. Se inició una recogida en gran escala de cuanto hueso y piedra de forma extraña se pudiesen encontrar dentro de los límites municipales, premiándose a los mejores recolectores con medallas y diplomas como distinción. El Centro opinaba, por boca de su director, que era el mismo alcalde, que de esta forma se orientaba a las nuevas generaciones hacia la importancia de la búsqueda de su identidad. Además Romualdo afirmaba, que basado en sus estudios, en esa zona habitó una cultura autóctona, altamente desarrollada, y que era necesario darla a conocer al mundo.

Pero los proyectos más elevados a menudo chocan con las realidades del medio en que se pretenden llevar a cabo, y este sueño de Romualdo, casi de inmediato, se enfrentó con las quejas de las maestras de la escuela primaria, alarmadas por la creciente ausencia escolar y las protestas de las madres por la tardanza en el regreso al hogar y además por la suciedad y el estado de las ropas de sus hijos, al pasarse todo el día alegremente escarbando en los alrededores del pueblo.

Otra denuncia se hizo escuchar cuando los agricultores vieron invadidos sus predios por grupos de muchachos, que en número creciente cada día interrumpían las siembras y espantaban al ganado.

La decepción popular hizo su aparición cuando especialistas de la Universidad Nacional, urgentemente convocados por Romualdo, determinaron que el enorme inventario acumulado en el Centro, no tenía valor paleontológico alguno. Las piedras eran comunes a las existentes en la comarca, y ninguna alcanzaba trazos de alfarería histórica, y que los huesos no eran mas que restos de ganado vacuno y lanar. Fue entonces que alguien recordó que cuando aún no existía el viejo matadero, todavía en funciones, las reses eran sacrificadas por sus propios criadores, mayormente para consumo doméstico, en sus propios terrenos.

Como Romualdo dedicaba más tiempo a las actividades del Centro que a los de la propia alcaldía, por lógica, los servicios municipales comenzaron a deteriorarse a la vista de todos, comenzando con los de limpieza de las pocas calles existentes y la recogida de basuras, a tal punto, que los vecinos recurrieron a la quema, en sus patios, de los desechos acumulados, dando esto inicio a un problema propio de las colectividades regidas por gobiernos unipersonales e ineptos: el problema de la contaminación ambiental.

Cuando estas noticias llegaron a Pozo Redondo, la alegría de sus moradores, por las desventuras de Valle Hermoso, no se hizo esperar y el comentario general era "que preferían tener a un alcalde estúpido, pero cuerdo, que uno muy doctor, pero loco", y Don Evaristo Bandano, el juez municipal, comentó filosóficamente, con quienes lo escuchaban, "que tiene que ser muy triste el presente de una sociedad que se empeña en avanzar hacia el pasado haciendo retroceder al futuro".

Romualdo mientras tanto, se hacía insensible a las justificadas críticas y a los cada día mayores inconvenientes que la realidad colocaba en su camino, no rectificando, ni dándole otra perspectiva a la temática de la identidad. Era un personaje poseído de una obsesión compulsiva, por eso, cuando unos albañiles trabajando en la reparación de una casa contigua a la única iglesia del pueblo, accidentalmente tropezaron con una construcción abovedada de ladrillos de adobe, el alcalde ordenó una excavación a fondo, argumentando que los conquistadores construyeron las primeras iglesias sobre templos de religiones prehispánicas y que estábamos en presencia de un importante descubrimiento arqueológico "único en los anales del país".

Después de tres semanas de excavaciones, se pudo comprobar que la edificación encontrada estaba ausente de otras conexiones, y que era una obra aislada en sí, lo cual no convencía a Romualdo.

Así pudieron haber seguido los trabajos, hasta que un anciano sutilmente apuntó que su padre contaba que en ese lugar, hacía muchos años, existió una panadería llamada "El Figón de Filemón", por lo que la estructura abovedada correspondía al horno de la misma. Además Don Evaristo, el juez, pudo demostrar con actas y documentos de la época, que Valle Hermoso fue fundado más de dos siglos después de terminada la conquista, y que la iglesia, por su estilo arquitectónico, correspondía a una corriente urbanística más reciente.

La protesta mas vigorosa hasta entonces, se levantó en el pueblo cuando por motivos de las excavaciones y las lluvias, la nave central de la iglesia se desplomó, sepultando con su caída a la pila bautismal. Ceremonias como bautizos y bodas, programadas con sus fechas de celebración, tuvieron que ser suspendidas indefinidamente y la furia de novias y compadres pudo a duras penas aplacarse, cuando el cura párroco de Pozo Redondo permitió que el de Valle Hermoso oficiase en su iglesia, porque a pesar de todo, los odiados vallehermoseños eran también "nuestros hermanos en la Fe".

Días más tarde, conversando con Don Evaristo, el paciente juez, Romualdo abordó el tema de "las iniquidades de la conquista y la posterior colonización, que entre otras cosas, había hecho desaparecer los idiomas indígenas con la imposición del habla de Castilla" y apuntó la posibilidad de impartir conocimientos de nuestra supuesta lengua original en la escuela del poblado. Tras una pausa, Don Evaristo, que a menudo se le revelaba como poseedor de algo más que meros conocimientos legales, le desarrolló la tesis de que "la historia, para bien o para mal, es un fenómeno irreversible" y que frecuentemente olvidamos el hecho de que "vilipendiamos la conquista hablando en el idioma del conquistador". Dicho esto el juez respiró tranquilo, creyendo haber hecho desistir al alcalde de cometer una nueva extravagancia.

Pero Romualdo pensaba de otro modo, y al día siguiente convocó al ayuntamiento, compuesto de cuatro concejales honorarios y les hizo aprobar una moción cambiando el nombre de Valle Hermoso por el supuestamente primitivo de Ajiconal. Como medida paralela, a fin de forzar su cumplimiento, se le ordenó al encargado de correos que se devolviesen a sus remitentes toda correspondencia que no llevase el nuevo nombre del pueblo, el cual se les comunicaba con un cuño explicativo de la causa de la devolución.

Ahora el poblado se enfrentaba al problema del aislamiento del mundo exterior con una consecuencia económica funesta. Las ayudas monetarias procedentes del extranjero que habitualmente recibían los familiares de trabajadores migratorios cesaron de inmediato, y además el principal empleador y mayor generador de riqueza del lugar, que era una planta procesadora y empacadora de vegetales con destino a otros mercados, vio como los cheques de sus empleados, así como los remitidos a cosecheros independientes, para dar inicio a la próxima temporada de siembras, fueron los primeros en ser devueltos. Llegaba ahora al villorio un visitante indeseable: el hambre.

El cuadro que presentaba Valle Hermoso, ahora Ajiconal, era muy distinto al de la toma de posesión del alcalde en funciones. La alegría se convirtió en indignación y la esperanza en desengaño, por lo que de forma espontánea, el apacible poblado se sublevó con la furia incontenible con que se levantan los pueblos mansos, debido a una sucesión de hechos aislados como el escamoteo de la escuela, la destrucción de la iglesia, la burla y la posterior compasión de Pozo Redondo, la pestilencia general, la contaminación del ambiente, el aislamiento y por último la absoluta miseria. Estos fueron sin duda los motores que pusieron en marcha el levantamiento popular, el que pronto comenzó a tomar las orientaciones del juez, que predicaba moderación, pero que como hombre de leyes al fin, comprendía que "la voluntad del pueblo es suprema ley".

Y la voluntad del pueblo se cumplió a la postre, ahorcando al alcalde de una farola de la pequeña plaza del villorrio, frente a las ruinas de la iglesia, y a espaldas del busto de un héroe de la patria, nacido en el antiguo Valle Hermoso.

Cuando el cuerpo de Romualdo se estremecía con la soga al cuello, comenzando su agonía, su mente, atormentada y fanática, inició un raudo viaje hacia el pasado, hacia el punto de partida de todas las historias, y en torbellino delirante cruzaron su camino grupos irreconocibles y fantasmales, figuras etéreas de todas las razas conocidas, de todas las épocas del mundo, entre luces y sombras intermitentes y músicas de compases misteriosos.

Y cuando el remolino por el que descendía hasta el fondo de todos los comienzos terminó, coincidiendo esto con su muerte física, la inútil búsqueda de la identidad se cumplió para Romualdo, al encontrarse cara a cara con un anciano que lo observaba con los ojos enigmáticos y burlones; estaba al fin en presencia de nuestro padre arqueológico común: el viejísimo Hombre de Pekín.

DIOSDADO CONSUEGRA

Nació en Camagüey, en 1944. En su pueblo natal hizo los estudios primarios. Se graduó de Bachiller en el Instituto de Morón y después de otros estudios en la Universidad de La Habana, obtuvo el título de Licenciado en Letras de la Universidad Central de Las Villas. Salió de Cuba por la vía del Mariel en 1980. En E. U. cursó estudios en Long Island University, donde obtuvo una Maestría en Educación Bilingüe. Trabaja actualmente como maestro de enseñanza elemental. Cultiva la narrativa y entre sus libros publicados se encuentran las novelas Cicerona *(1983) y* La Resurrección de Las Tataguayas *(1985), así como los libros de relatos titulados* Lo que le pasó al espantapájaros *(1988) y* El emperador frente al espejo, *de reciente aparición.*

LA CASA NARANJA DE PORTALES BLANCOS

Había nadado otras veces, desde la playa, hasta los cayos frente al caserío marino. Esta vez nadó diferente. No fue como en los tiempos de su irrespetuosidad por el mar.

Cuando aquello, salía por las madrugadas, descalzo, con el saco a cuestas, alegre, cuando veía los gatos volar de un tejado a otro, cuando miraba las piedras de la calle brillar por la luna.

Llevaba el saco a cuestas, con el equipo de cazar submarino.

Eso era cuando aquello. Esta vez había bebido más ron de la cuenta y comenzaba a disfrutar de los tiempos de su segunda juventud.

Se despojó de la ropa, los zapatos y empezó a nadar en calzoncillos y empezó a divertirse con el avance fácil dentro del reinado del agua y a nadar y a nadar. Y en eso, le vino el mareo del ron agolpado en el cerebro y todas las fuerzas de sus, músculos empujándolo hacia el fondo del mar, el impulso de una ola emergida del agua oscura de la eternidad, y Yayo, el pescador, subido a ella, sin fuerzas para respirar, ni vista para ver, con la fatiga del alcohol y la muerte frente a la casa naranja de portales blancos, como si la casa le dijera adiós, como si de la casa salieran brazos de saludos desde sus ventanas, como si la casa fuera un barco lleno de turistas, prestos a saludar a la muerte. La casa frente a la costanera de la playa con la vela izada en chicha calma. Y él, con un brazo levantado de auxilio y con el otro sumergido en el agua, para detener el ahogo de su asfixia.

Las venas de las sienes se le dilataron, se le convirtieron en elásticos de acordeones.

Las venas estiradas y encogidas y listas a reventarse, los ojos de la misma manera, el agua salada quemándole las mucosas y todo el cuerpo engarrotado y vencido por el miedo.

Pensó en la casa naranja de portales blancos, en la vida, en las gaviotas aferradas a los picotillos de alimentos. Todo pensado en un chispazo de relámpago de su pensamiento.

Se aferró a la vida con toda las fuerzas de su miedo y con el dolor más agudo de su rigidez.

Se fue para el fondo.

Se dio cuenta que como único podría conservar la vida, era desarraigándose del concepto de lo rico de la existencia.

Así estuvo por espacio del tiempo necesario para despojarse del terror de morir ahogado y para desengarrotarse de las más agudas punzadas de sus músculos. Ya se había entregado a la idea de lo rico de la muerte cuando volvió, no sabe por qué milagro, a incorporarse sobre el lomo de las olas.

Nadó y nadó un buen rato hacia la casa naranja de portales blancos. No sabe cuánto nadó. Un segundo para un muerto de miedo dentro del mar, representa un siglo de la existencia. Una braza de agua de adelanto, tanto, como varios océanos de otros mares de distancia.

Cuando vio que el agua negra se tornaba azulada y transparente, dejo de nadar. Buscó el fondo con los pies. Sintió que el agua le llegaba a nivel del pecho, que estaba con los pies apoyados en la arena blanca.

Cuánto gusto sintió en el placer de vivir, Yayo, el pescador, y cuánta hermosura creyó haber encontrado en la casa cachitranca, envejecida por el mar, de color naranja y de portales blancos.

MIGUEL CORREA

Nació en 1956. Llegó a los Estados Unidos en el éxodo del Mariel. Se dio a conocer en el exilio y en la literatura cubana con la aparición de "Al Norte del Infierno" (1984). Ese mismo año fue galardonado con la beca CINTAS. Colaboró asiduamente en la revista MARIEl, y actualmente escribe para varias publicaciones internacionales. Su novela "Fragmentos del discurso", fue finalista del Concurso Letras de Oro (1987). El relato aquí incluido pertenece a un libro de cuentos en preparación.

HILDA

Con el tiempo, Hilda logró dominar el arte de transformar su fisonomía en muy pocos minutos. Era una lesbiana de 300 libras, varonil y sudorosa, que había optado vestir y vivir como un hombre desde que tuvo uso de razón. No le iba a tolerar a la naturaleza aquella equivocación genética. Lo asombroso en ella era la naturalidad con que imitaba a un hombre: de gestos amplios y masculinos, sus axilas empapadas en sudor bajo los soles de julio, el pelo cortado al rape y un tono de voz acorde con aquellos atributos. Como nunca le interesaron los comentarios pueblerinos, la gente empezó a olvidar que se trataba de una mujer. La llegaron a respetar cuando encabezó un movimiento guerrillero contra la dictadura en las montañas de Oriente.

Fue en la Sierra donde se percató de la necesidad de una barba en su rostro lampiño. Preparo extraños cocimientos que se untaba en la cara y sobre ésto se pegaba los pelos. Después pudo hacerse de una laca de fabricación suiza y con pelos de muertos se componía una barbita rala. Cuando, triunfante y plenipotenciaria, entró en la capital con la rebelión ganada, ya traía un nombre y grados militares: desde ese instante el mundo la conocería como el Comandante Fidel Castro.

MERCEDES CORTÁZAR

Nació en La Habana. Reside en los Estados Unidos desde 1961. Fue asesora literaria de la traducción al inglés de Paradiso *de José Lezama Lima, publicada por Farrar, Straus & Giroux, Nueva York, 1973. Ha publicado ensayos, relatos, poemas, críticas y reseñas literarias en inglés y castellano, en periódicos y revistas literarias de Estados Unidos, Europa y América Latina. Fundó en 1962, en Nueva York, con un grupo de poetas, la revista* Protesta, *primera revista literaria del exilio cubano y, más tarde,* La Nueva Sangre, *con un grupo de escritores cubanos y puertorriqueños. Sus creaciones poéticas han aparecido en varias antologías. Actualmente reside en Atlanta.*

SIEMPRE CONTIGO

Cuando Ixte se me acerca, su presencia me levanta en vilo. Su cuerpo emana una carga eléctrica que hace vibrar todo mi cuerpo con alto voltaje. Mi cuerpo no me pertenece, entonces, y no entiendo sus reacciones; es como si estuviera en una montaña rusa, sin ningún control de mis movimientos, emociones o pensamientos.

No soy yo la única persona que siente eso. Pertenezco a un grupo —el Club de París— que Ixte electrifica y mueve a su antojo; su mayor placer es desarmar, vencer en esa lucha física de emanaciones de su cuerpo ultra sexual. Ixte mata con sus miradas y resucita con sus sonrisas. Los demás existimos como seres individuales hasta que nos encontramos en su presencia, pues entonces pasamos a recibir sus influencias y a girar al ritmo de su luz.

Nunca he girado alrededor de nadie. He buscado a la Muerte incesantemente para definirme frente a ella y quitarle ese miedo que desmaya a los demás. No he temblado frente a la Muerte, sin embargo, Ixte ha sido un animal que no he podido enfrentar sin que el cuerpo me tiemble.

Busco ese temblor como si fuera una droga. Cuando mi cuerpo se estremece, la vida asciende a un nivel de plenitud en que todo se vuelve trascendental. Las palabras cobran tal intensidad que existen por sí mismas y revelan múltiples significados; las palabras pasan por un pasadizo de resonancias donde, aterrados, escuchamos las verdaderas palabras del Ser, aquéllas que tanto nos crean como nos diluyen.

El cuerpo de Ixte sigue las líneas de perfección clásica y su rostro es geométricamente perfecto. Ha estudiado la hermosura del Arte y se la ha apropiado como su derecho de pernada. Sin embargo, su estallante vitalidad introduce algo violento en la armonía de ese clasismo: es salvaje, animal. Sus ojos verdes brillan con la intensidad de una fiera en la noche de la jungla, y su forma absoluta de amar tiene una desesperación rapaz.

Ese nivel de exagerada rapiña crea Ixte alrededor de su persona, además de diversos y desaforados niveles metafóricos. Los crea sin querer, como una emanación de su erótico ser. Si el corazón tiene sed de plenitud y ansia de infinito horizonte, Ixte se convierte en su oquedad negra.

II

Ahora nos encontramos frente a frente en un piano bar. El encuentro es fortuito, aparentemente, porque nada es accidental en la vida de Ixte. Puedo estudiar su rostro, que me recibe con un gesto expansivo de incorporación. Si la fascinación de esa cara estribara en su belleza, todo sería muy simple, pero su belleza es el más sencillo de sus juegos de artificio.

Ixte me sonríe y decidimos sentarnos cerca del piano que vibra con los acordes románticos de un jazz.

—¡Qué extraño es todo! —me dice. —Tú eras la última persona que deseaba encontrar.

Esa descortesía, en su labios, suena como halago. Mis sentidos, conscientes del privilegio de percibir a Ixte en un momento de realidad, y no en el sueño de la memoria, se agudizan, se afinan al máximo para registrar su persona en todo su esplendor, sin que quede ninguna de sus dimensiones por ser advertidas, saboreadas y deglutidas con extrema gula. La increíble acumulación de información que llega atropelladamente a mi cerebro me precipita en un estado de estupor, de anonadamiento, que Ixte conoce tan bien y que, sutilmente, desprecia.

Ixte se levanta de súbito de la silla y puedo ver sus muslos tensos bajo el pantalón ajustado. Su torso, tostado por el sol, se revela incitantemente bajo la casi transparente camisa de vaquero. Se marcha entre los que bailan y regresa al rato con dos tragos. Pone un vaso frente a mí y se sienta a saborear el licor. Es típico de su personalidad no preguntar lo que quiero beber y traerme exactamente lo que deseo.

Tomo mi trago casi de un sorbo y me levanto de la mesa. Miro la pista, mientras Ixte se levanta y me precede en el movimiento de avanzar hasta el grupo que baila. El jazz se ha convertido en una canción brasileña que la cantante que toca el piano transforma en una caricia sensual.

Ixte baila en su acostumbrada forma brusca y animal, mientras el grupo de la pista se aparta para dejarle sitio. Bailo frente a este ser sin poder participar de su embriaguez de vida, de su vibración orgiástica de Amor y Sexo. Temo despertarme de repente y encontrarme en mi cama soñando con este baile y este piano bar: pero es realidad. Bailamos Me pierdo en sus ojos verdes y siento en mi misma piel el sudor que le corre por las sienes.

La música se torna hipnótica: "Siempre contigo, siempre contigo", repite la cantante, en portugués, con una voz grave que el micrófono hace rebotar contra las paredes.

Detrás de Ixte veo una figura que se acerca con algo brillante en la mano derecha. Aunque estamos en penumbra puedo reconocer a uno de los seres obsesionados por Ixte, uno de los miembros del Club de París. Se mueve mecánicamente al acercarse a nosotros y vislumbro, bajo el reflector rojo que nos ilumina desde el techo, la forma plateada de una pistola.

Sé de la obsesión de esta persona que apunta un revolver a la espalda de Ixte, y siento compasión. Busco, de nuevo, el verde de los ojos de Ixte que, al escucharse la detonación, paulatinamente van cediendo espacio al negro de la pupila dilatada. Mi único terror es que esa bala demente que nos dispara el amor se detenga en una de las costillas de Ixte, pero siento un amoroso alivio cuando el proyectil que ha atravesado su cuerpo penetra fácilmente en mi carne. Traspasado mi torso por la bala que ha hendido a Ixte, no tengo tiempo de lamentar no haber podido llevar el baile al jugueteo erótico de la cama. Siento gran piedad por quien nos dispara porque sé que sólo tendrá soledad hasta el fin de sus días; soledad más Ixte en su memoria.

Yo me llevo a Ixte conmigo, y me aferro al verde de sus ojos hasta que, sin poder evitarlo, me absorbe totalmente la tierna negrura de su pupila, precipitándome, de un golpe, en el abismo.

ARMANDO COUTO

Nace en La Habana, en 1918. Estudia la primaria en la escuela pública, la secundaria en el Instituto de La Habana y se gradúa de Doctor en Filosofía y Letras en la Universidad.

Escribe el primer cuento a los ocho años. Y lo sigue haciendo desde entonces en la radio primero, luego en la televisión, entrevistas y otros medios impresos. Fue especialista en guerra psicológica, en MASS MEDIA y tuvo gran experiencia en la valoración de contenido en revistas impresas y en programas para la TV. Periodista y publicitario.

Autor de LOS TRES VILLALOBOS, TAMAKÚN, LO QUE PASA EN EL MUNDO, etc, de éxito permanente en Cuba y Latinoamérica. Ha publicado "A Petición Popular" y "Florisardo, el séptimo elegido". Falleció en Miami en 1996.

GENTE QUE ENCUENTRO POR AHÍ

Después de comprar una barra de pan y de invitarme a comernos unos pastelitos de carne, Chiquitico Morales me hizo la siguiente confesión: hoy al levantarme, por esas cosas de los recuerdos, me pareció como si estuviera en el Miami de los años sesenta. con el pobrecito y alucinado Dr. Romero a mi lado."

Salimos de la panadería evocando al Dr. Romero, que fue siempre protegido de Chiquito en este destierro. Nos detuvimos a tomar café en grocery cercano. Y mientras bebía mi café, pensaba en los cambios tan radicales han sufrido ciertas personas en este Miami. Por ejemplo, allá en Cuba, Chiquitico era el abogado más joven del bufete del Dr. Romero. Hoy, es un carpintero rico y admirado en la ciudad. Lo que en Cuba fue hobby, aqui se convirtió en profesión muy lucrativa por cierto. Pensé también en el Dr. Romero, allá profesional muy respetado y aquí, un anciano delirante, vestido siempre de luto, porque había prometido "ante el altar de la patria, desenlutarme cuando Cuba sea libre." No pude dejar de pensar tampoco en Mesa y Mesa, LA VIBORA, abogado como el Dr. Romero, su enemigo desde Cuba y siempre buscándole la lengua en el exilio. Las burlas de LA VIBORA llegaban a oídos del Dr. Romero y el viejo abogado, orador, tribuno, poeta y maestro de la oración fúnebre en todo entierro en Miami, unas veces enrojecía de furia y otras decía en latín desdeñoso: "la mosca nunca alcanza al aguila" pero nadie lo entendía, porque solo él hablaba el latín.

Chiquito prendió un cigarrillo y me contó: "Cuando me levanté por la mañana, evoqué la página más triste del Dr. Romero. Resulta que estaba pronunciando uno de sus discursos patrióticos en un acto cívico. Era en la época de los doscientos partidos políticos, y del "pronto estaremos allá". Mesa y Mesa, por supuesto era miembro de un partido rival al que dirigía el Dr. Romero. En sus delirios, al Dr. Romero le había dado por descubrir INFILTRADOS y estaba seguro de que Mesa y Mesa era un agente pagado por el comunismo. Finalizando su discurso, el viejo abogado, llevado por su fervor, temblaba como si tuviera malaria y agitaba la mano como si fuera una visagra. Gritando casi y mirando acusador a su enemigo, afirmó: "pronto daré a conocer los nombres de los infiltrados que nos traicionan. ¡Aquí en este bolsillo está la lista de los traidores! ¡La lista que........
—La única lista que Ud. lleva encima es la de los terminales de Puerto Rico!— Le interrumpió Mesa y Mesa.

—¡Lo mato!— Gritó el Dr. Romero. Y saltó hacia su enemigo. Por suerte impedimos la pelea entre los dos viejos. Como el Dr. Romero no tenía el menor sentido del límite, al dia siguiente nos hizo un ruego a mí y a Candito. Tratamos de hacerle comprender que lo que nos proponía era ridículo, pero no lo convencimos, porque su reloj histórico se había detenido en el año treinta. De modo que acompañado de Candito fui a visitar a Mesa y Mesa y le dije:

—¡Carajo, no te burles por lo que te voy a decir! El viejo Dr. Romero te reta a duelo., y como el es el ofendido, ha elegido la espada como arma, con filo, contrafilo y punta. "El campo del honor"— carajo, no te rías — es el Everglades, a las seis de la mañana. Nosotros somos sus padrinos. ¿Qué le contestas al Dr. Romero? ¡Por el amor de Dios, esto es serio, de modo que no empieces con tus coñitas de siempre!

Contrariamente a lo que pensaba, Mesa y Mesa no se rió. Pero con ese brillo maligno que a veces tenían sus ojos me respondió así:
—Acepto el reto de ese viejo delirante, que no sabe que el duelo está más muerto que el sombrero de pajilla, siempre y cuando encuentren en Miami auténticas espadas.

Mesa y Mesa tenía razón. Los políticos de la vieja guardia olvidaron traer al destierro sus armas o las de sus antepasados. Y todos informaron el desventurado Dr. Romero que no podían ayudarlo en aquel trance. Entonces el viejo abogado visitó las casas de empeños de la ciudad y al fracasar, recorrió las tiendas de antigüedades. Sí, tenían espadas, pero a precios tan altos, que el viejo casi sufría vertigos al pensar que no podía comprarlas. Donde únicamente encontró espadas fue en las tiendas que alquilan disfraces y útiles para el teatro. Pero al examinarlas las rechazó, porque "son de hojalata, propias para una farsa teatral pero no para algo tan serio como un duelo en el que debo partirle el corazón a *La Víbora*."

Chiquitico apagó el cigarrillo y sonriendo con tristeza pero al mismo tiempo un poco burlón señalo: como ves, el duelo no se pudo celebrar por falta de armas.

—¿Por qué, si el Dr. Romero tenía tantas ganas de batirse no lo hizo a pistola?— Indagué

—Porque Mesa y Mesa fue campeón de tiro de pistola en el CLUB DE CAZADORES DEL CERRO, y el pobre viejo estaba tostado pero no tanto como para enfrentarse a un enemigo, capaz de meterle un balazo entre los dos ojos. Peor que conste que el Dr. Romero no se dio por vencido y afirmaba que cuando "regresemos a una ciudad civilizada como La Habana y menos materialista que Miami, se celebrará el duelo. De modo que el enfrentamiento no ha sido cancelado, ha sido simplemente aplazado, porque como todos sabemos, en cuestión de meses estaremos allá".

Chiquitico y yo emprendemos la marcha, callados, pensando en el largo rosario de años que es este destierro y en el Dr. Romero, que no pudo ver cumplido su sueño de batirse a espadas con su odiado enemigo Mesa y Mesa, *La Víbora*. Los dos, como otros muchos de aquella época de alucinaciones, sueños y esperanzas murieron y descansan ahora, uno en el cementerio de Flager y el otro, en el de Woodland Park.

ÁNGEL CUADRA LANDROVE

Nació en La Habana, en 1931. Poeta de obra amplia y reconocida. Se graduó de Doctor en Derecho en la Universidad de esa ciudad y fue Asesor Legal del Instituto de Músicos, Autores, Actores y Escritores. En 1959 publicó el libro Peldaño, *con sus primeros poemas. En 1964 no se le permitió salir del país para aceptar una beca del Instituto de Cultura Hispánica en Madrid. En 1967 trató de emigrar, pero fue arrestado y acusado de conspirar. Se le sentenció a 15 años de prisión, pero en 1976 fue puesto en libertad condicional. Cuando ese año apareció en el exilio su libro* Impromptus, *fue encarcelado nuevamente. En 1980, Amnistía Internacional lo acogió como prisionero de conciencia del mes. Fue puesto en libertad en 1982 y salió al destierro en 1985. Desde entonces radica en Miami, donde ha publicado varios poemarios y obtenido importantes premios literarios.*

EL PRESO QUE NO QUERÍA RECIBIR VISITA

La Cárcel de Guanajay, cerca del pueblo al que debe su nombre, fue construida durante los años de gobierno del Partido Auténtico, como reclusorio para mujeres por delitos comunes, y mantuvo esta condición (salvo contadísimas excepciones) durante el gobierno que cogió el poder en marzo del 52. Cárcel relativamente confortable por la índole de la misma, llegado que fue el proceso revolucionario —y dada la inclinación que el mismo tomó y la oposición política clandestina a que dió lugar—, se habilitó entonces para delitos políticos, yendo a parar allí decenas y decenas de mujeres, compañeras de adversidad que pasaron tristes momentos de estoicismo y dolor. Pero a finales de 1968 se convirtió en cárcel para hombres, y cientos de presos políticos fueron trasladados para la misma. Coincidiendo con el cambio del Ministro del Interior, la política penitenciaria tuvo una de sus variantes periódicas, y en aquella prisión las condiciones de vida carcelaria, durante algún tiempo, mejoraron un tanto. En especial se restableció el régimen de visitas de los familiares, las cuales acabaron por otorgarse mensualmente. La visita es el día de fiestas para el prisionero y único puente humano para tomar contacto con la vida normal. Los presos arreglan sus cosas, se visten con ropas más adecuadas —y con sonrisas— para ir al encuentro de los suyos.

—Elvio era un muchacho callado, tosco, de poca estatura y fuerte constitución física, que nunca salía a visita. Si se tocaba este asunto, el respondía que no quería y ... punto. Cortaba secamente la conversación. Muy contadas personas podían saber el conflicto interno que lo agobiaba y que, sin dudas, era la causa de su rostro prematuramente endurecido y su huraña actitud. Un día que tocaba salir al patio y estaba todo el personal fuera del edificio, tuve que regresar al mismo, y al pasar a lo largo del pasillo al que dan las puertas de las celdas, escuché algo así como un sollozo que venía desde el interior de una de aquellas. Indiscretamente me asomé... y allí estaba. Elvio, quien al verme ocultó con gesto rápido un papel que tenía en su mano. Hay momentos, en la cárcel como en la vida normal, en los que uno necesita darse en la confidencia, como una descompresión del espíritu que lleva mucho tiempo comprimido por algo. Sólo por esa especial ocasión pude saber la historia desgarradora que aquel joven me contó a mi primera pregunta. El papel que tenía en su mano era una carta de su madre, de la que nunca nos habló, como si no existiera. Esta le suplicaba a su hijo que le permitiera visitarle. Hacía ya alrededor de un año que su madre estaba insistiendo en esta suplica: y él no le respondió más que la primera carta y con una tajante negativa. Era después de casi ocho años de guardar prisión, que su madre comenzó a escribirle. Una lucha de odio y afecto había dentro de él. Odiaba a su madre, y le molestaba el que, a su pesar, un sentimiento opuesto, de amor de hijo contrarrestaba su repulsión por ella. Por eso, queriendo ser fiel a su juramento de no volver a verla jamás, ahogaba entre las manos de su voluntad el impulso involuntario de querer verla. No podía yo imaginar que algo tan imperdonable pudiera darse entre ellos dos... Y entonces me contó su historia.

—Elvio era el menor de dos hermanos que nacieron y vivían en la zona del Escambray, región montañosa en el centro de la isla de Cuba. A la muerte de su padre, el hermano mayor se hizo cargo del trabajo de su pequeña finca, ayudado por su madre y su hermano menor. Durante los años de la dictadura batistiana, ellos habían ayudado a los alzados de entonces que operaban por aquella zona. De ahí que un sentimiento de simpatía por la revolución, en inicio, era compartido por los tres. Pero adelantado el proceso revolucionario y dirigido éste posteriormente por el camino marxista-leninista por el que derivó, ocurrió en esta familia aquella lamentable polarización que a todos los niveles en Cuba se dio, sin término medio posible, de los que estaban a favor incondicionalmente y los que no lo estaban así y, por eso, eran estigmatizados con el calificativo generalizador de contrarrevolucionarios". La madre se hizo una apasionada activista de la revolución,y el hermano mayor, en desacuerdo con ésta, se encontró en el polo opuesto de la madre. En el medio, el hermano menor, muy jovencito, soportaba la tensión de dos fuerzas de cariño familiar que tiraban de él en opuestas direcciones. Mientras la madre se integró en las milicias revolucionarias del gobierno en la zona, el hermano se fue a integrar los grupos de alzados o guerrilleros que, en contra del gobierno, libraron en esa zona la más desigual, desesperante lucha de guerrillas que haya tenido lugar en Cuba. Ya el gobierno estaba poniendo en práctica la recogida de los campesinos y el cerco impenetrable de miles de soldados en la zona. Conocedor del terreno, el hermano alzado, ante la necesidad de mitigar el hambre tremenda y agenciarse otros medios imprescindibles en su dura situación, una noche en la que Elvio estaba solo en la casa llegó a misma confiando en su buen hermano, en busca de ayuda y acogida, las cuales encontró. Y esto se repitió durante algún tiempo, aprovechando la ausencia de la madre en sus labores revolucionarias, y a veces las horas de sueño de la misma. Pero ésta llegó a enterarse de estas incursiones de su hijo alzado y algún que otro compañero que, a veces, lo acompañaba y, cumpliendo un "deber revolucionario", lo puso en conocimiento del cuerpo de milicias del lugar. Las tropas regulares que allí operaban en la llamada por el gobierno "lucha contra bandidos", tendieron la correspondiente emboscada, la cual fue exitosa. Como consecuencia de ésto no sólo el guerrillero fue apresado, sino que el otro hermano fue detenido, alcanzándole indirectamente los efectos de la delación. De ahí que fueran más tarde juzgados, el uno por alzamiento y el otro por colaboración, y condenados el menor a diez años de cárcel y el mayor a la pena de muerte por fusilamiento, la cual se ejecutó.

—Elvio me relataba esta historia con los ojos vidriosos y haciendo grandes pausas en su narración. (Es muy difícil entender estas cosas; y la transformación que tiene que haberse operado en una persona para llegar a adquirir una nueva pasión tal que desplace desde su raíz, y lo sustituya, a un sentimiento tan natural y profundo como es el amor filial. Pensé en el hijo y en la madre, e imaginé el sentimiento de culpa de ésta y el posterior arrepentimiento que la hacia insistir por cartas a su hijo solicitándole que la recibiera, como la tabla última de salvación que suplicaba al único de quien la podía recibir). Y mientras yo inventaba algunas pobres razones de perdón para la inevitable y comprometedora respuesta de consejo que, a su pregunta, tendría yo que darle, sentí por reflejo, en la mía, la opresión que aquel muchacho sentía en su alma y los nudos internos que tendría que deshacer para poder perdonar.

—En los días posteriores a esta conversación, cada vez que me cruzaba con Elvio en el pasillo o en el patio, observaba yo que éste me hurtaba un poco la mirada al saludarme, y comprendí que su ser huraño y reservado sentía un poco de bochorno por el pudor de haber desnudado ante mí aquel rincón de su alma y de su vida que mantenía siempre oculto tras su rudeza exterior.

Algunas visitas de familiares pasaron. Un día, en la fecha de una de ellas, en el pasillo había la acostumbrada algarabía y movimiento de los presos que se preparaban para salir a la visita en el turno de la mañana. Al mezclarme en el pasillo con ellos, me topé con Elvio: estaba atildado, con su ropa limpia y un gesto ahora de camaradería al saludarme. El guardia, desde el vestíbulo iba llamando por orden alfabético a los que estaban en la lista que tenía en sus manos. Estos iban saliendo del edificio y, tras agolparse ante la puerta de entrada del salón de visitas, entraban uno a uno en el mismo. Desde mi ventana vi entrar aquel muchacho, transformado, que iba al encuentro de la única persona que lo podía ir a visitar. Elvio, al fin, había perdonado.

EMILIO C. CUETO

Nació en La Habana, en 1944. Estudió en el Colegio de Belén en dicha ciudad. De muy joven llegó al exilio. En los Estados Unidos continuó sus estudios y obtuvo el título de abogado. Ejerció dicha profesión por varios años en Nueva York. Ha llevado a cabo una extensa investigación sobre la gráfica colonial cubana y ha publicado varios trabajos sobre esta materia. Cultiva la poesía y ha compuesto un espectáculo musical-satírico-unipersonal, titulado "La Cuba de Antier", sobre la historia y las costumbres cubanas. Actualmente reside en Washington D. C.

BERMÚDEZ

A Bermúdez no se le paraba con nada. Ya había tratado muchos remedios, pero nananina. Y si algún día por casualidad lo lograba, entonces no se le bajaba. Controlar aquello, como es de suponer, se convirtió en una obsesión.

Pasaba semanas enteras a dieta de alfalfa y gofio, sólo para terminar como un desenfrenado, cuando la situación se volvía intolerable, hartándose de chicharrones, tasajo y natillas. Lo que, por supuesto, no ayudaba a parar el avance del colesterol. Y mucho menos a bajarlo.

Cuando alguien le comentó que el aceite de oliva era buenísimo, estuvo todo un mes rociando Sensat sobre cuanta cosa comía. Pero sólo logro" impregnar las cortinas y las alfombras de un penetrante aroma y se tuvieron que vaciar varias latas de atomizadores con fragancia de pino silvestre (o, al menos, así decía la etiqueta) para que se pudiera respirar en aquella casa. Además, no quedó más remedio que botar el forro del sofá, a pesar que era de nylon.

Otras veces le daba por correr alrededor del parque. Se había comprado un atuendo completo —con monograma de diseñador europeo y zapatillas profesionales— y así ataviado corría hasta soltar el bofe. Que era lo único que soltaba, pues, como después de la carrera se atracaba como un mulo, el colesterol seguía en su sitio.

Una tarde, mientras hacía la cola para pagar los víveres en el supermercado (dos libras de acelgas y un paquetico de obleas de avena sin sal), se puso a hojear uno de esos tabloides sensacionalistas que, por tacañería, no compraba. Un anuncio le llamo la atención:

DERVICHE DE SRI LANKA PROPONE METODO INTEGRAL
Y ARMONICO PARA OLVIDARSE DEL COLESTEROL

Bermúdez no sabía lo que era un Derviche. Ni estaba muy seguro de dónde quedaba Sri Lanka, pues no la mencionaban en la Geografía de Leví Marrero (y, además, a el le habían suspendido la asignatura en segunda convocatoria y la llevo de arrastre hasta quinto año). Pero necesitaba, de todas todas, olvidarse del colesterol y eso de "Método Integral y Armónico" le parecía serio, responsable y legítimo.

Esa misma noche, Bermudez tocaba a la puerta del Derviche.

Una joven con túnica color violeta y la cabeza afeitada al centro —debe ser de California, penso Bermúdez— lo invitó a unirse al grupo que meditaba con el Derviche. En el centro del salón había un señor de turbante violeta, en cuclillas, mirando hacia arriba. Bermúdez comprendió enseguida que ese debía ser el Derviche y también se puso a mirar al techo, donde habían pintado una enorme Alegoría del Universo —pajaritos, florecitas, arbolitos, ese tipo de cosa— y un cartel que proclamaba "Hay que Respetar la Armonía Integral".

Al sonido de una flauta, el Derviche se sentó en un cojincito y pasó a exponer su Teoría. "Mucho más de lo que se sospecha" —comenzó— "el cuerpo es un Todo Armónico, y sus partes, funciones y atributos están Integralmente intercomunicados. Los cinco sentidos trabajan todos en armonía y no son tan autónomos e independientes como parece a simple vista. En realidad, las funciones de los diferentes sentidos están entrelazadas a tal punto que las cosas que uno recibe por cualquiera de los sentidos afectan lo que se recibe por los otros. Y la mejor manera de entender esta interrelación armónica es refiriéndome, al fenómeno de la Saturación."

La Saturación" —prosiguió el Derviche— "se nos hace a todos evidente con la comida: hay un límite físico a lo que la gente puede comer, y más allá del cual el estómago dice: "Basta" (aunque no siempre de la misma manera)".

"Este mismo fenómeno de Saturación" —añadió— "ocurre con los otros sentidos, y aunque esto no es evidente a los hermanos no iniciados en la Teoría Armónica, también existen límites reales a lo que las personas pueden ver, oler, oir y tocar. Lo que pasa es que estos límites son más sutiles e imprecisos que los de la comida y no siempre se llega al Punto de Saturación. A no ser que se pretenda mirar directamente al sol o se encuentre uno cerca de un adolescente oyendo rock."

"La causa principal par la cual no se rebasan los puntos de saturación de los demás sentidos" —continuó con énfasis el Derviche— "es *precisamente* porqué en nuestra vida cotidiana ponemos límites a la comida. Claro, como todas las funciones del Cuerpo están armónicamente entrelazadas, entonces al limitar la comida se expande la capacidad del cuerpo para recibir otras "ingerencias" por los demás sentidos. La lógica nos obliga a concluir que lo contrario es igualmente cierto y de todo esto se desprende que si uno ejerce control sobre la cantidad de cosas que oye, mira, huele y toca entonces, al reducir las "ingerencias" por estos otros sentidos, se amplía la capacidad para comer, ya que TODO esta integrado. En conclusión, se puede lograr el Balance Armónico del cuerpo de esta manera Integral, controlando los factores olfativos, auditivos, palpatorios y visuales sin tener que dejarse obsesionar por las calorías, los carbohidratos o el colesterol."

El Derviche aclaro" su Teoría asignando un valor numérico a cada una de las "ingerencias" recibidas por cualquiera de los sentidos, puntuación que había sido asignada de acuerdo con la dificultad que tuviera el Cuerpo en entenderlas y/o procesarlas. Según la Teoría Armónica, el Cuerpo podía recibir un total de ingerencias diarias equivalente a 75. Y con tal que el cuerpo no sobrepasara los 75 puntos, permanecía armónicamente integrado. La armonía se rompía al exceder ese límite y los dolores de cabeza, golondrinos en las axilas, o colesterol alto, por citar sólo tres ejemplos, eran testimonio elocuente de que no se había respetado el límite de 75. Ahora bien, cómo dividir ese puntaje entre los diferentes sentidos era puramente un asunto de preferencia individual. Así, aquél a quien no le gustara leer, repartiría sus 75 puntos en forma distinta a como lo haría un desganado o un apasionado por la música.

Durante el receso, la chica violeta —que, por cierto, resultó ser de California— le ofreció a Bermúdez un Ecléar con crema chantilly y sirope de dulce de leche. Le explicó que eso era el equivalente a 7 puntos en la Escala Armónica Integral. Que, por supuesto, 7 puntos eran excesivos si se le asignaba al Gusto 15 puntos y 15 a cada uno de los otros cuatro Sentidos. Pero que si Bermúdez le reducía el puntaje a los otros Sentidos, entonces podía comer y comer y comer a su antojo sin preocuparse por el colesterol ni por ninguna otra función fisiológica usualmente asociada con los festines y las indigestiones.

Por el módico precio de $49.95 (más impuesto) el Derviche le entregó a Bermúdez el Manual de Armonía Integral en donde se consignaba el puntaje de las diferentes cosas que uno ve, escucha, huele, toca y come, a fin de que pudiera controlar sus ingerencias a 75 puntos por día.

Del Manual, en el que se encontraban detalladas infinidad de experiencias, con puntaje del 1 al 75 en orden ascendente, de complejidad asimilativa, extractamos la siguiente información:

CATEGORIA DE LAS INGERENCIAS	PUNTAJE EN LA ESCALA *ARMONICA INTEGRAL*
POR EL SENTIDO DEL OLFATO	
Jazmín de cinco hojas	1.5 puntos
Vol de Nuit de Guerlain	3 puntos
Maja de Mirurgia	7 puntos
Violeta Rusa de Agustín Reyes	11 puntos
Siete Potencias 4	4 puntos
POR EL SENTIDO DE LA VISTA	
Novelita de Corín Tellado	2 puntos
Poema de Jose Angel Buesa	3.5 puntos
Ensayo de Nietzche	16 puntos
Discurso de Raúl Castro	47 puntos
color violeta	1 punto
Adorno de Capodimonte	2.5 puntos
Oleo de Murillo	5 puntos
Acuarela de Wifredo Lam	18 puntos
Dibujo de Malevich	29 puntos
Filme de Andy Warhol	49 puntos
"Pieza" de Rauschemberg	74 puntos
POR EL SENTIDO DEL TACTO	
ropa de cama	1 punto
abrigo de visón	6 puntos
perro sato	21 puntos
Agua mala	27 puntos
Detergente con cloro	33 puntos
POR EL SENTIDO DEL OíDO	
Cha Cha Cha del Alardoso	2 puntos
Vals para piano de Chopin	9 puntos
Opera de Poulenc	27 puntos
Sinfonía de Penderecki	62 puntos

"Pieza" de Glass	71 puntos
POR EL SENTIDO DEL GUSTO	
Apio sin condimentos	1 punto
Tamal en Cazuela	7 puntos
Papas Rellenas	11 puntos
Frituras de bacalao	12 puntos
Melón de castilla	3 puntos
Buñuelos en Almíbar	9 puntos
Maltina con Leche Condensada	18 puntos
Yemas Dobles	21 puntos

Bermúdez llegó eufórico a su casa. Estaba seguro de haber encontrado la respuesta a sus ansiedades y comenzó inmediatamente a poner en práctica la Teoría Armónica.

Ante el asombro de Paula, su mujer (bueno, la mujer se llamaba Paulina pero Bermúdez nunca la llamaba así porque le recordaba el bidet), se sirvió una enorme bola de helado de caramelo con merenguitos. Eso sí, apagó el radio y la televisión y se metió en la cama para sólo tener que tocar la sábana y la almohada.

A la noche siguiente, Bermúdez se sentía el más feliz de los mortales. Fabada asturiana (9 puntos), Raviolis con Queso (11 puntos), Masitas de Puerco fritas con pure de malanga y mantequilla La Vaquita (7 puntos), Ensalada de Palmitos con mayonesa (4 puntos), Tocino de Cielo (5.5 puntos). Y todavía le quedaban 23 puntos (pues solamente había ingerido 15.5 puntos durante el día).

Encendió el tocadiscos y se puso a oir unas danzas de Lecuona (6 puntos) mientras leia un artículo de Selecciones (4 puntos). A la hora de dormir, notando que le sobraban 13 puntos, se disparó una generosa porción de queso crema con coco rallado (8 puntos) y un puñado de almendras garapiñadas (4 puntos). Se cuidó de reservar 1 punto para cuando rozara la ropa de cama. Durmió divinamente.

No así Paula, que estaba alarmadísima. Aunque Bermúdez le explicó lo del Derviche ("¿que" COÑO?" —dijo Paula) de Sri Lanka ("¡de dónde PUÑETA?" —dijo Paula) y de la Teoría Armónica ("¡Que"COMEMIERDERIA!" —dijo Paula) ella se asustó por el colesterol. Y su salud mental. Y los $49.95 (más impuesto). Y la cuenta del supermercado. Aunque no necesariamente en ese orden.

En el transcurso de las próximas semanas la tensión fue creciendo en la casa y ya Paula estaba a un paso de la histeria. Y es que cada día era el mismo espectáculo. Tan pronto como llegaba del Templo de la Armonía (que así se llamaba la casa del Derviche), Bermúdez se ponía unos guantes de seda (2 puntos), se colocaba unos algodoncitos en los oídos mientras se preparaba su banquete, y luego escuchaba el Caballero de la Rosa —en la versión instrumental de Mantovani, por supuesto— (6 puntos) o el Danubio Azul (4 puntos). Pero ya Paula se estaba cansando de los Valses de Viena. Y de aquella penumbra en la casa (los bombillos contaban por 1.5 puntos cada uno y había que ahorrar). Y de que tuvieron que regalar el gato (23 puntos). Y de los angelitos y las maticas que había dibujado en el techo del dormitorio para la meditación vespertina. Y de las paredes pintadas de morado (ella, que nunca había sido devota de San Lázaro). Y de tanto "¡Hola!" (3 puntos), pues habían cancelado la suscripción a "Cuadernos del Caribe" (7.5 puntos) y a "Arte Contemporáneo" (58 puntos). Inclusive al "Boletín de Antiguas Alumnas de la Escuela La Purísima", en Arroyo Apolo, que últimamente le había dado por publicar polémicos ensayos sobre la actualidad política en Europa Oriental (9.5 puntos).

Pero, sobre todo, ya Paula estaba harta de que le botaran su pomo de Agua de Florida (15 puntos). Si, era cierto que Bermúdez le había traído unos tubitos de muestra con emanaciones muy delicadas y que no estaban del todo mal (5 puntos), pero aunque Paula nunca había sido hembra de Domingo en La Polar sí le gustaban los olores dramáticos. Además, y para colmo de los colmos, era a ella a quien le tocaba fregar, pues Bermúdez no tocaba la Farola (33 puntos) ni con los guantes...

Mientras tanto, Bermúdez continuaba en su marchita, y a pesar de que ya había engordado 135 libras no se preocupaba. El seguía su Manual de Armonía Integral al pie de la letra y no se excedía de sus 75 puntos por día.

Una noche en que Bermúdez se encontraba solo (como todas las noches, dicho sea de paso, pues Paula salía a casa de los vecinos a conversar, a ver la televisión, a leer la prensa, a acariciar al gato, a pintarse las unas o a untarse agua de colonia), después de cenar antipasto, ternera cordon bleu con papas fritas, cake de mousse de albaricoque nueces, café irlandés —había dejado los peters y el turrón de yema para más tarde— Bermudez se instaló en su sillón, sacó un disco de Sarita Montiel (2.5 puntos) y se quedó dormido.

En cuanto Paula regresó de casa de la vecina sospechó que algo no andaba muy bien pues Bermúdez no le había ordenado, como hacía cada noche, que fuese inmediatamente al baño a quitarse el perfume. Evidentemente, algo no andaba muy bien: Bermúdez había reventado como un siquitraque.

Claro que era obvio lo que había sucedido. Bermúdez, que ya para estas alturas pesaba mas de 350 libras, había sufrido un paro cardíaco. Y, efectivamente, la autopsia revelo que Bermúdez había muerto por haber exagerado la nota. Que se había equivocado de disco y en vez de poner el Ultimo Cuplé había puesto el Ultimo Concierto para Cuerdas de Bela Bartok (67 puntos). El infarto había sido fulminante.

HUMBERTO DELGADO-JENKINS

Nació en Cárdenas, Matanzas, en 1939. Se graduó de bachiller en el Instituto de dicha ciudad. Entre 1959 y 1963 cursó estudios de Derecho y de Filosofía y Letras en la Universidad de La Habana. En agosto de este último año escapó de Cuba en una pequeña embarcación y se estableció en los Estados Unidos. Desde 1970 se dedicó a la enseñanza y obtuvo una Maestría en Artes (1971) en el Trinity College, de Hartford, Ct. Con posterioridad ha cursado estudios de post-grado en Universidades de la Florida y de Georgia. Ha contribuido con artículos de literatura a varias revistas especializadas y recientemente ha publicado el volumen de relatos Cuentos de tierra, agua, aire y mar *(1995). Actualmente reside en Clarkston, Georgia, y es profesor de lengua y literatura española en Dekalb College, en dicha ciudad.*

RUTA 26: ESPEJO RETROVISOR

José Antonio Perdomalio llegó esa mañana de octubre temprano, puntual, como siempre hacía, a su trabajo. Hacía años que manejaba un ómnibus de la ruta 26.

Perdomalio era un hombre bueno, tímido, serio, tranquilo; que en quince años de chofer, jamás había tenido un accidente, pero tenía un genio de siete suelas. Todo lo que tenía de bueno lo tenía de colérico cuando se disgustaba.

Perdomalio era soltero, pero le tenía la vista clavada a Zoraida, una mulata costurera con cuerpo de guitarra, que de lunes a viernes montaba en el ómnibus para ir desde su casa hasta la esquina de las calle Línea y G. Hacía ya mucho tiempo que por el espejo retrovisor, disfrutaba, mirando, Perdomalio los encantos físicos de Zoraida que siempre se sentaba en el mismo asiento. Pensó Perdomalio dos o tres veces decirle algo, pero no se atrevía. Casarse no, por ahora no; y se imaginó, con razón, desde el principio, que Zoraida no quería otra cosa que casorio. La verdad era que la hembra le gustaba, pero por ahora se contentaba con mirarse con ella. Zoraida le correspondía, cuando a través del espejo retrovisor cambiaban, durante los veinte minutos escasos que duraba su viaje, miradas encendidas.

En la *guagua* de Perdomalio montaba toda clase de gente. En varias ocasiones había tenido que parar en seco y llamar a la policía. Una vez, por una riña a mordidas y halones de pelo de dos mujeres celosas; otra vez por una pelea a las manos entre dos vendedores de loterías; otra, por una mujer que se le ocurrió empezar a dar a luz en la *guagua*; otra, por un viejo que se le antojó montar a un cachorro de león que amaestraba. En la *guagua* de Perdomalio montaba siempre un grupo de estudiantes de medicina que tenían por costumbre ir haciéndose maldades unos a otros. Un día, con la *guagua* llena y alguna gente de pie en el pasillo, uno de los estudiantes de medicina empujó el brazo a una muchacha rubia, también estudiante, cuando abría su cartera para pagar el pasaje. La cartera abierta cayó al piso, y de ella salió, rodando, el cuerpo de un pene enhiesto, enorme, de color hosco, cercenado por su base, que olía terriblemente a formol. La gritería de las mujeres y las risotadas de los hombres le hicieron parar en seco. En su vida había visto Perdomalio tamaño tan descomunal. Nadie quiso recoger el pene del piso y Perdomalio tuvo que llamar a la policía. En la *guagua* montaban también tres "rascabucheadores". Dos de ellos montaban cuando la guagua iba más llena, y parados en el pasillo, dentro de la multitud apelotonada, se dedicaban a toquetear, todo lo que podían, a las mujeres. Al otro "rascabucheador" le gustaba, sin embargo, ir sentado al lado de alguna mujer y aprovechar todo lo que podía. Por suerte para Pardomalio, y también para Zoraida, ninguno había coincidido con el tiempo en que ella hacía su viaje.

Esa mañana de octubre de Perdomalio amaneció de mal genio. Se le ocurrió ir, la noche anterior, a un mitin político. Para oír y ver mejor a los candidatos que prometían villas y castillas, se metió Perdomalio dentro de la multitud. Cuando llegó a su casa, ya tarde se encontró conque le habían robado la cartera con cincuenta pesos. Montó en cólera por un rato y tuvo que tomarse una pastilla para poder dormir.

—Si lo cojo con este cuchillo, lo mato. Si lo cojo con este cuchillo, lo mato. Si lo cojo...

Se durmió al fin Perdomalio mirando el matavaca que siempre llevaba consigo.

Como hacía de lunes a viernes, montó Zoraida a la *guagua* a las diez y cinco de la mañana. Su presencia alegró a Perdomalio cuando se cruzaron las primeras miradas por el espejo retrovisor. Perdomalio encontró a Zoraida más elegante que nunca esa mañana. ¡Qué mulata! ¡Qué cuerpo! ¡Qué ojos! Zoraida llevaba esa mañana un vestido blanco, seguramente hecho por ella, que le quedaba pintado.

La *guagua* iba casi vacía a esa hora. Eso era normal. En la esquina de las calles Línea y H paró la guagua Perdomalio en la parada oficial. Fue allí cuando subió un hombre de unos cuarenta años, alto, flaco, peinado al medio, de tez muy blanca y de grandes ojeras. El hombre vaciló por un momento antes de escoger el asiento, yendo a parar al asiento de Zoraida. Esta se corrió hacia el lado de la ventanilla para dar espacio al nuevo pasajero. El tipo era el "rascabucheador" solitario. Perdomalio pensó en parar la *guagua* y decirle a Zoraida que se cambiara de asiento, pero no se atrevió. Perdomalio siguió, atento, mirando por el espejo a Zoraida. Varias veces los ojos de ambos se encontraron. La *guagua* siguió su ruta recogiendo pasaje. Ya no había asiento vacío. Perdomalio vió a Zoraida de nuevo por el espejo retrovisor; no pudo encontrarle los ojos esta vez. El cuerpo de Zoraida se pegaba más y más a la ventanilla y en su cara había un gesto de estupor. Perdomalio iba montando en cólera. Comenzó a imaginar, con exactitud, lo que iba sucediendo a ras del asiento. El hombre con su mano encima de la rodilla de Zoraida, acariciándole, quizás, el muslo, ensuciándole su vestido blanco, quizás tratando de meter la mano y querer llegar a sabe Dios donde. El tipo, lo sabía Perdomalio, era de esos que trataba por un rato y cuando encontraba resistencia paraba por un tiempo para volver al ataque.

Miró otra vez por el espejo Perdomalio y vió la cara aterrorizada de Zoraida. Aprovechó una oportunidad que le dió el tráfico al llegar a la calle Paseo y paró la *guagua* en seco.

—Ahora vas a ver Hijo de Pu... tu tocarás a otras mujeres, pero a ésta no me la tocas.

Todo ocurrió tan rápido como el frenazo en seco de la *guagua*. El alarido de Zoraida hizo vibrar los cristales de las ventanillas. En el piso, con el matavaca encajado hasta el cabo en el vientre, cerraba los ojos el hombre peinado al medio; la sangre corría por el piso de la *guagua*, goteando desde el asiento.

Más tarde, en la estación de policia, el investigador de turno hacía preguntas a Zoraida.

—Dígame, ¡Y por qué fue que no hizo algo, dijo algo? ¿Por qué no...?

—Tenía mucho miedo, me habían dicho que Perdomalio era muy colérico. Yo no quería provocar...

—Está bien, —dijo el investigador— al menos tendremos un carterista menos de quien ocuparnos. Ese fue el tipo que robó treinta carteras anoche en el mitin político.

CARLOS A. DÍAZ

Nació en 1950. Es Licenciado en Literatura Hispanoamericana por la Universidad de La Habana. Reside en los Estados Unidos desde septiembre de 1980, cuando logró salir de Cuba con la Flotilla del Mariel.

En 1986 obtuvo la Beca Cintas, y fue doble finalista en el Concurso Letras de Oro, patrocinado por la Universidad de Miami, en los géneros de novela y poesía.

Ha publicado dos novelas, El jardín del tiempo *y* Balada gregoriana.

LAS PUERTAS DE LA NOCHE

Primero aparecieron los enanos con sus cabezas hidrocefálicas. Los enanos con sus testas enormes que recordaban patatas de un color cobre con ojos azulencos como gotas de océanos. Los enanos salidos de húmedas calles olientes a trigo podrido y espinas de peces. Los enanos aparecieron con sonajas y marugas. Después por un extremo de la calle salieron las rameras con abanicos de pavoreales y sombreros negros...

Era el día del *Opus*, el día que se desplazaba sobre los campos de cardos, el día que se iba soltando entre velámenes de polvo y un sol de miel madura casi de perlas.

Era el día de la partida en el muelle; las naos mostraban sus proas recién embreadas, sus mástiles cribados por oriflamas y las angostas cubiertas llenas de gajos de madreselvas, de mejoranas y yerbas buenas. Era la conquista, en el convento los jesuitas mataban un cordero y bebían su sangre espesa en cuernos de negros toros de la vieja península. Era la conquista. Los locos en el manicomio buscaban las piedras de la locura en las imágenes de los santos, las raíces hábiles del amor estaban en las casas públicas del puerto, donde una marinería frenética cataba las carnes de las moras en una vendimia sin mosto. De nuevo los enanos... de nuevo las meretrices cantaban versos de juglares y la catedral mayor de la gracia, lanzaba al viento badajos de cobre contra campanas de oro.

Y yo pintaba el mundo en la soledad del Emporio. Yo pintaba barcas que navegaban entre islotes de mandrágoras, pintaba catedrales de osamentas entre violines y ciervos. Yo pintaba un jardín con frutas blancas protegidas por espinas de fuego. Yo pintaba las puertas del paraíso en el pubis de una mujer pública, le pintaba pámpanos retorcidos en las ingles, le pintaba manzanas y naranjos en las cimas breves de sus pezones. Yo pintaba envuelto en el hedor del populacho que rompía las olas del silencio, que rasgaba los paños firmes de la noche en una algarabía de montes. La conquista...El grito popular tomaba la majestuosidad de un coral de Prez, tomaba el empaque de una misa del hombre armado, se desbordaba por los callejones sin salidas, por los techos de tejas que mostraban rosas de musgo y heridas de inviernos...

Yo pintaba sintiendo que todo era una locura, un hambre de especies, una sed de oro, una tara más para curar las llagas de la reina y el rey, de la reina y el rey que bostezaban en el trono un aburrimiento seco y frío, un aburrimiento que pedía al mundo plumas de tucanes, conchas de vera cruz, mantas de las indias, muslos de canelas, templos y más templos con jaguares y serpientes que se confundían en un jadeo de amor o de muerte, un jadeo de selvas y manantiales donde el oro tenía forma de mariposas, formas de tigres...Formas y más formas que yo pintaba contra un cielo desgajado, contra un mar que nos trajo semillas de girasoles, mazorcas de maíz, olor a hembras vírgenes...Pintaba un rey momo que mostraba las estaciones de un año venéreo, pintaba cornucopias donde las brujas tenían aires de bailarinas de rigodones. Pintaba y pintaba la muerte del Monctezuma desconocido, lo pintaba con su voz de arena, con sus delfines que luego supe que se llamaban toninas, lo pintaba entre arecas y nomeolvides, entre pájaros blancos porque aún se me escapaba el color, aquel color de metales batidos, aquel color que se pulverizaba sobre doce piedras y doce estrellas. Aquel color tan intenso que rompía la mirada firme, la mirada de los que llegaron con piojos y barba de azafrán y cutis blancos y casas flotantes, aquellos que llegaron de blancos y las indias les lavaban el sexo con algas y jazmines jíbaros, aquellos que supieron la verdad, la verdad insoslayable de que la historia se escribe sobre las costillas vivas de una mujer y el oleaje limpio de una hamaca. Ellos... los enanos y las meretrices danzaban en el puerto, se rompían las duelas de los toneles y el vino era amargo, un vinagre que sembraba en las gargantas detonaciones de pólvoras. No los quiero ver, cierro las ventanas y rompo el viejo espejo de Nogueiras, pinto en tinieblas como un profeta, pinto en los tonos de la peste, pinto con máscara y capa...Pinto las invertidas con las cabelleras enredadas en la tierra, con las cabelleras como manantiales que lamen los gajos de los jacintos, los pinto con las plantas de los pies a los cuatro vientos, pinto y pinto a los maricas con nalgas de unicornios, con pechos de pitonisas. Pinto doce arcángeles en lomos de toros, les pinto máscaras de barro y cascos de reyes magos, pinto las yerbas con dedos, con dedos que aprisionan manzanas que han sido sacadas del fondo de los vientres por una recua de viejas desdentadas que lavan una cruz de calatrava...

La conquista y salgo a la calle, salgo boqueando como un leviatán, salgo y me dirijo a la taberna del viejo Nogueiras. Pero él también salió para los ignotos mares, también él rompió su espejo de Murano, sus tenacillas de rizar las barbas. También él partió para el otro lado del mundo donde el amor crece en las ramas de los acanes, donde el amor se mastica como el pan, donde el amor es comer la sonrisa de los muslos, el calor de los pechos que tienen oro y esmeraldas tan grandes como los ojos de las moras. Nogueiras, te maldigo, porque bebo tu vino solitario que sabe a mármol de Carrara, te maldigo porque tendré que pintarte con tu yelmo y tus lagartos, porque tendré que pintarte bajo las sombras de la noche, cogiendo las monedas de oro que arrastró el sitio. Donde Monctezuma dejó de ser emperador de las selvas, donde los indios se acordaron que nacieron del hombre, y te pintaré Nogueiras sucio, amarillento como el pendón de Castilla, te juro que te pintaré entre enanos y perros, entre meretrices gordas como vacas, entre follaje de cuernos, entre un follaje de zarzas y llamas firmes como la espada de Dios si es que aún existe para que corte tu alma y la lance al mundanal mundo para dar de beber de tu sangre a los castrados...

Por eso bebo sin pagarte, por eso bebo sin pagarte, por eso ocupo en la soledad de esta taberna de pesadilla. Esta taberna acribillada de moscas. Esta taberna donde las arañas se agrupan en la batalla final del olvido, esta taberna donde mis voces se pierden por largos corredores, se pierden en nidos de tigres, en nidos de serpientes; y bebo en esta taberna donde el amor de ser tu amigo es un chorro de vino lanzado contra las arañas, la arañas que están haciendo el manto de Turín, que te están envolviendo maldito Nogueiras en un mar más azul que las cicatrices de los que perdieron sus miembros en tantas batallas y vocinglerías, en tantas escaramuzas en nombre de Dios y todos los santos. Te maldigo desde el fondo de las hostias, desde el fondo de los ovarios de las macarenas. Pero es inútil amigo, es inútil que grite que sólo soy un sucio pintor que mezla huevos y yemas para hacer una pintura que el tiempo repartirá en grietas, en islas donde todo lo que amé será un límite de hojas y caminos reales, donde todo lo que quise estará fragmentado en canales venecianos, en legajos y más legajos que mentirán en vida, que me pondrán de hinojos como un lebrel ante el rey que tanto odio y odiaré, el rey que se sopla la nariz en el manto del primer cortesano que le pase por delante. Me niego Nogueiras a que cuando tú vuelvas cargado de gloria y plumas escribas sobre mí, un memorial hundoso como ese mar que vas a cruzar, que escribas que me bautizaron con latines y aguas sacadas de aquel pozo medio podrido, aquel pozo que guardó nuestro secreto: ranas con sal, excrementos de ratas, y otras cosas más que me sonrojan el alma. Porque también tú te vas Noriegas de los palotes. ¿Qué se te perdió en la selva de la benemérita América? ¿Qué hembra te llenó el fuego de chispas? Ven... aquí está tu amigo, el pintor que mezclaba el sol con la luna y te mostraba al alba un niño manso hecho casi de azúcar de mazapán. Pero tú no volverás a poner tu mano clara en mi hombro, tú no volverás a criticarme la nariz demasiado larga de la amante del rey, tú no volverás; y siento maldito Nogueiras que esta España es un campo de cardos, un campo que tendré que cruzarlo si es que cruzar un campo de espinas vale la pena.

Ahora siento que se acerca el populacho, siento que las lenguas húmedas de las beatas hablan del milagrero país de Jauja donde hasta la mierda de los indios es de oro, ahora siento a las beatas rezar por sus imaginarios maridos, esperar hijos que jamás se lo hicieron como se deben hacer, contra la losa dura de la tierra, contra los misales como almohadas, sí, Nogueiras, porque los hijos han que hacerlos de puro firme sin espumas...

...Estoy borracho, por eso me dirijo a la bodega, desciendo por la estrecha escalera de caracol que siempre me recordó la entrada del infierno, desciendo y desciendo los sucios escalones que tienen el brillo de los lomos de los peces, desciendo entre el duro aire de la bodega, entre la brisa sin palmas que nace en el jerez, en el amontillado, en el dos cruces, en el revillajigedo, desciendo entre el paiforte con sus sabor a miel y hostia, entre el Martín de los hojaldres con su sabor a ciruelas de Valdespatria, desciendo hasta el fondo del colmo, catando los vinos y las sidras, catando la sangre el sudor de las hembras que en la noche hicieron el amor de pie sobre las uvas heladas. Desciendo sobre el vino que se hizo aguantando el peso de los muslos y el amor, desciendo hasta la vendimia del verano en que matamos aquel ciervo casi blanco, desciendo entre el ojo gacho de tu perro Ismael que ladraba imitando a las codornices...

...Este es el fondo del vino, la marea que es puro músculo de metal, metal que canta en la boca como una vihuela de Pascua. Aquí, desde el fondo de esta bodega miro al mundo y lo veo en tinieblas, desde este largo pasadizo con toneles de guardia. Camino a mi encuentro, camino sintiendo que estoy en el fondo de la gloria y es húmeda como el himen de una gacela, desde el fondo de esta bodega veo los ángeles lavar su alas en el clarete, veo las ninfas paganas bañarse en la espuma de los grifos abiertos. Porque abrí los grifos de la bodega, los abrí para sentir como los humores de la tierra me paren de nuevo, los abrí para sentir que floto en el sueño de esas América por la que tú dejaste la España de la rosa de azafrán y las ristras de ajos en la soledad del crepúsculo, Nogueiras... y siento que yo también parto hacia la América de los Monctezumas y los tucanes. Esa América que es tan verde que se confunde con el azul de la plata. Esa América de hembras de piernas largas como si en vez de muslos le estuvieran creciendo lirios. Esa América donde las hembras antes de hacer el amor se lavan los vientres con agua más clara que la bendita. Esa América donde comerás una hostia tan grande que será como comer el rostro de Dios. Y la india te dirá su nombre y será casabe y sentirás que dentro del amor hay un par de alas para ponérselo al recuerdo y dejarlo volar por los besos de esa india que frunce la boca, como pidiendo milagros cada vez que dice casabe o que pronuncia el nombre de esa fruta que nace entre lanzas, que será ananás piña anana o simplemente será como decir: estoy vivo mirando las olas del mar, ese mar largo y lleno de frutas y gajos que parecen Nogueiras que han dejado de ser océano para convertirse en un bosque, en un monte donde el cielo florece por tanto casabe o por tanto ananás...

Me voy, salgo de esta bodega que me llenó los poros de soles y lunas, salgo de este agujero que casi rompe con los recuerdos y me uno a los enanillos que se han puesto zancos y caminan por las calles asustando a los pájaros y los niños...Salgo y me uno a esa gentuza que toca las guitarras como si estuvieran desflorando una virgen, me uno a esos gritos que le arrancan al silencio caballos, que le arrancan al silencio soldados, que le arrancan al silencio flautas y ristras; y me uno a todos los que hoy dicen América, América y se persignan como si estuvieran llamando a Dios a gritos...

Con ellos monto en las naos que huelen a España, que huelen a chorizos, morcillas y sudor seco de castiza pelambre, me uno a los que muerden los limones árabes para salvarse en el trayecto del escorbuto, me uno a los que toman limonada vendidas por enanos y meretrices que ponen los ojos en blanco como si estuvieran siendo acariciadas por la piel de un conejo. Me uno y me pongo a soltar las jarcias llenas de gorriones, las mismas jarcias que se llenarán de mariposas, las mismas jarcias que dejarán que los peces voladores las criben como una oriflama en el día de todos los santos, me uno a tu nombre viejo Nogueiras; y desamarramos los cabos y untamos la brea y nos vamos de la España que tanto he pintado, la España del dobladillo tocando el polvo y el encaje del cuello duro y largo buscando las estrellas. Nos vamos, cruzando mares y quimeras que se hinchan como globos; tocando peces que tienen gajos de enebro en vez de espinas, nos vamos por este mar con sus calamares gigantes, con sus tiburones que siguen a las naos en busca de que caigan al agua piojos y hombres. Nos vamos y siento que desde aquí Nogueiras estamos robando a la eternidad el mejor color de mi cuadro. Por eso pinto en la cubierta, pinto sirenas con tetas como vacas y colas de codornices, pinto ruedas de fuego que ruedan sobre las olas, peces que navegan por las nubes, pinto conchas que de puro tocarlas se vuelven mariposas, pinto el rostro imaginado de ese Monctezuma: que tiene los rasgos de un profeta árabe, pinto montañas con formas de yedras, pinto sin parar; y siento que me voy acercando a esa América por la que tanto he pintado. Esa América donde el oro es casi polen, donde se pescan los peces con perlas doradas que casi recuerdan las lágrimas de la Pasión de la Virgen.

Ahora desciendo a la sentina, desciendo a ese mal olor marino de heces y espuma, desciendo donde los enanos juegan al tute y se reparten de antemano los imperios del anís, las selvas amazónicas con su cantar de cobos y flautas de barros, desciendo a esa vigilia del que cruza los límites, del que se adentra en una mala leyenda de un rey desgarrado por cuatro caballos torvos, de un rey que levantó en las islas una ciudad suave de adobes y le puso músculos a las puertas de oro, un rey que envolvía el miedo de su cuerpo en vírgenes que dejaban en la noche sobre los lechos una suave fosforescencia de visitación. Desciendo al fondo de la sentina donde el viejo Nogueiras escribe un tratado para descifrar tantos animales que luego encontrará en los muro de los templos, tantos animales con ángulos agudos, con entrantes y golfos donde la palabra amor aparece como un árbol con doce pequeñas plumas.

Aquí, en el fondo de esta nao que se estremece con los nácares del mar, pienso en la primera tierra que brotará, pienso en árboles turbios, en selvas inmensas donde el oro es una madera que crece a golpes de lluvia, un oro que abrirá las puertas de los torrenciales, que nos permitirá contar las indias como se cuentan las cuentas de un rosario.

Pobres enanos que piensan que el nuevo clima los hará crecer para así poder coger los frutos que dice la leyenda que cuando están verdes son de plata y cuando están maduros son de oro. La leyenda del buen Lulio, la leyenda del viejo Flamel que repartía el oro dentro de ruedas de panes como un remedo al magnífico padre nuestro del país de Jauja.

Aquí, desde el fondo de esta macilenta covacha donde la nitidez del océano es un rumor de ángeles, pinto el hedor de las ergástulas, la leyenda sin fe de los esclavos; sin saber que todo lo pintado por mí será una vil caricatura, será como un remiendo cuando de veras toquemos la tierra prometida, cuando de veras nuestros pies olviden el vaivén del mar, y hagamos la primera misa solemne, la primera sanción de fe ante un pueblo de pecadores, ante un pueblo de hembras magníficas que nos harán confundir los latines de gracias a Dios, que nos harán perder el sentido de tantas avemarías, de tantas measculpas, frente a la lujuriante floresta donde las hembras se muestran con sus jugos, donde las hembras tienen la altivez de las bestias, donde la carne se nos muestra en manantiales, en pechos duros como una bota de vino recién encontrada entre las láminas del trigo...

La conquista...la conquista... todo gira en pos de su nombre, todo estalla en sus fuego; y yo pinto un mar que no tiene límites, un mar donde las hembras y el oro caen en las mismas manos, un mar que cada vez es menos profundo, que cada vez late con menos pulso para darnos de golpe la muerte de las aguas...

En una cercana tierra donde el sol del maldito rey del aburrimiento no se pone más, donde los carlos y los fernandos venderán cabezas de monctezumas en finos y anchos linos de las Indias. Y el sol nunca se pondrá en sus dominios. Es verdad. Por eso yo, Hieronymus Bosch, pinto ahora que puedo las puertas de la noche.

MANUEL C. DÍAZ

Nació en 1942, en La Habana, donde hizo sus estudios. En dicha ciudad trabajó como Contador en varias dependencias oficiales, hasta que fue detenido en 1966 por tratar de abandonar el país a través de una embajada. Otra vez, en 1973, intenta la salida en balsa, pero al fracasar es vuelto a encarcelar. Lo indultan en 1979 y logra salir al exilio. Desde entonces reside en Miami. Ha escrito una novela titulada El año del ras de mar *(1993).*

LA CASONA

Hacía cuarenta años, once meses y catorce días que no había vuelto a ver nuestra antigua casa. De manera que cuando me encontré frente a su verja, pensé que estaba soñando. Yo había jurado no regresar a Cuba, y lo había repetido tantas veces que resultaba imposible que ahora me hallase, por mi propia voluntad, en las puertas viejas de nuestra vieja casona de La Víbora. Sí, tenía que ser un sueño porque no recordaba cómo había llegado hasta allí. No tenía conciencia de los preparativos del viaje, ni del vuelo desde Miami. Tampoco recordaba haber llegado al aeropuerto de Rancho Boyeros ni de haber vista la isla desde el aire, ni de haber sentido esa emoción que siempre me dijeron se experimentaba al regresar. Sólo sé que de repente estaba allí, sobrecogido por una agobiadora tristeza, y contemplando en silencio la casa donde había nacido. Nada parecía haber cambiado en ella: seguía siendo majestuosa a pesar del evidente deterioro. Era de dos plantas, con un pórtico de columnas dóricas en el centro mismo de su fachada, cuatro ventanas de cuerpo entero repartidas a ambos lados de la doble puerta, y una veranda grande que corría por el costado de la sombra hasta una pérgola de vegetación prodigiosa que se alzaba en el traspatio frente a una fuente de piedra. Había sido mandada a construir por mi abuelo en la parte más alta de La Loma del Mazo, justo cuando comenzaron los trabajos de adoquinar la Calzada de Jesús del Monte durante el gobierno de Menocal, en el mismo año en que el Emperador de Alemania le declaraba la guerra a Rusia, y Europa se hundía en los horrores de la Primera Guerra Mundial. En el sueño me sentí recordando cómo en los diáfanos días del verano podíamos, desde las habitaciones de la planta alta, divisar la farola del Morro y a los barcos mercantes entrando a la bahía con sus banderas desplegadas en la lejanía. Sí, claro que era un sueño, pues no supe cómo logré abrir la verja, ni cómo llegué hasta la puerta principal sin recorrer el camino de macádam que atravesaba los jardines. No recordaba haber visto los rosales de mi madre que trepaban sobre la cerca, ni los flamboyanes que yo había ayudado a plantar en mis primeras vacaciones escolares. Entonces fue cuando me ví en la saleta donde estaba el piano de mi hermana Raquel, que era donde solíamos reunirnos los domingos después del almuerzo para oírla tocar. Mis tías se sentaban en el sofacito, mamá y abuela en sus mecedoras, y nosotros en las butacas de mimbre que traíamos desde la sala. Era como si el tiempo no hubiese transcurrido: sobre el piano todavía estaba el portarretratos con las foto de toda la familia y las partituras de Lecuona y Caturla que Raquel solía interpretar. En una mesita al lado de la ventana estaba la lámpara de Tiffany que mi abuelo había comprado alguna vez en Nueva York, las revistas francesas que el consulado le enviaba todos los meses a mamá, y una cajita de música que la tía Ernestina había traído de París y en la que podían escucharse, si había silencio, cuatro valses austriacos diferentes. Sobre la butaca de la esquina ví el costurero de la abuela con dos bolas de estambres todavía ensertadas a las agujetas, y una mañanita colgando inconclusa de sus puntas. En la pared grande, donde descansaban los cuadros de la Virgen María y del Corazón de Jesús, y bajo el reloj de péndulo, estaba el radio de consola donde papá acostumbraba a oír la BBC de Londres cuando la Segunda Guerra Mundial. Todavía me parecía verlo pegado a la tela de la bocina escuchando a Winston Churchill, y repitiendo una frase que de tanto oír nunca olvidé: "We should never surrender". Se acercaba tanto al mueble para no perder ninguna de sus palabras, que el perrito de la RCA Victor parecía estar sentado en su cabeza. Sin darme cuenta seguí recorriendo la casa con la lentitud e intermitencia de los sueños: el pasillo que conducía al comedor estaba en brumas, y lo atravecé a tientas entre los cuadros con las fotos de los antepasados muertos que siempre ocuparon las dos paredes, y que ahora estaban cubiertos por un paño de fieltro gris con un crespón negro en el centro. La mesa estaba preparada como solían hacerlo para la cena de la Noche Buena, con la mantelería más fina y con la vajilla y los cubiertos que le habían traído a mi madre, desde Londres y como regalo de bodas, unos primos de Camagüey. Tuve la sensación de que el tiempo se revertía y creía que de un momento a otro comenzarían a llegar mis tíos y primos, y que toda la familia se sentaría a cenar después de los brindis como siempre habíamos hecho. Me tomé el trabajo de contar el número de sillas: treinta. La misma cantidad que siempre hubo en todas las navidades que pasamos juntos. Mi padre se sentaba en una de las cabeceras y mi abuelo Ricardo en la otra. Era una mesa gigantesca a la que se le adicionaban dos tablas en el centro para que cupiéramos todos, y que por un momento imaginé que estaba servida. Hasta sentí los olores de la cena: las guineas y el lechón asados, los frijoles negros y la yuca hervida con mojo, las ensaladas servidas con mucho aceite y vinagre, las castañas asadas y los turrones de Jijona y Alicante, y las yemas y mazapanes. A un lado del comedor estaba la biblioteca de mi padre, que yo recordaba como el lugar más importante de la casa, y al que todos consideraban casi como un santuario. Allí había leído mis primeros libros —Dumas y Salgari— en cuyas páginas descubrí un mundo de maravillosas fantasías que me hicieron creer, durante algún tiempo y según el capítulo, que yo era uno de los mosqueteros del Rey o un príncipe de la Malasia, para tormento de mis primos a quienes perseguí todo aquel verano en los predios del jardín. Sin embargo, cuando abrí la puerta no sentí el ambiente de aventura compartida de mis primeros héroes, sino aquella solemnidad académica que siempre sentí cuando entraba por las noches a despedirme de papá, y una presencia invisible que podía palparse en toda la habitación. Todavía se podía sentir el olor a pergamino en sus libreros, y el mismo frescor de bosques que siempre tuvo. Había un silencio de catedral abandonada que sobrecogía el ánimo, y aunque todo estaba en penumbras porque las cortinas estaban corridas, puede ver los diplomas y el juramento hipocrático colgados en la alta pared donde estaba la panoplia japonesa y el cuadro de Norman Rockwell con la niña disfrazada de enfermera. Y también ví, sobre el escritorio de nogal de mi padre, lo que quizás estaba buscando desde un principio en aquel sueño: mi viejo cofrecito de madera. El mismo que mi abuelo Ricardo me había tallado en su taller de la cochera, y en el que siempre guardé los tesoros de mi adolescencia. Quizás pude haber despertado en ese momento y nada habría sucedido, pero quise saber si todavía el cofre guardaba las cosas que un día pensé me acompañarían para siempre: los dos espuelas de mi gallo muerto, la armadura medieval en miniatura que me trajeron mis padres de Toledo, el diapasón de acero de mi guitarra española, y la destrozada violeta que una tarde me devolvió Antonieta entre las páginas de un olvidado poema. Cuando lo tomé en mis manos tuve la confusa certidumbre de que aquel sueño era algo más que un presagio sin importancia, y que de algún modo todo aquello estaba relacionado con la muerte, cuya ominosa autoridad podía sentirse sobre toda la casa de una manera sobrenatural. Me detuve un instante, justo en el momento de darle vuelta a la llavecita en la cerradura, pues un pánico pequeño se me fue adentrando en el pecho lentamente. Pensé entonces que lo mejor sería salirme del sueño, y recobrar al hacerlo, mi antigua condición de desterrado sin patria. Y es que yo había jurado no volver; se lo había repetido hasta el cansancio a los amigos que me preguntaban si algún día regresaría a La Habana.

Y no volví nunca, como lo había prometido. Dejé la isla en Octubre del sesenta y dos, casi en el momento en que cerraban todos los vuelos internacionales cuando la Crísis de los Misiles, y justo cuando la nación comenzaba a hundirse irremediablemente en la barbarie. Las grandes familias de antaño habían comenzado a irse desde que el huracán revolucionario azotó desde el oriente, y para cuando las vacas de la feria ganadera empezaron a cagarse en el hemiciclo sur del Capitolio Nacional, las pocas que quedaban se encerraron en sus mansiones creyéndose a salvo de la guardia roja que acababa de tomar el cielo por asalto. Al poco tiempo la revolución se declaró marxista en una tribuna improvisada en el cementerio de Colón, entre mausoleos y metralletas al aire, a sólo unos días del desembarco de los expedicionarios en Bahía de Cochinos. El día de mi partida, todavía el país andaba en pie de guerra y en la capital se aceleraban los preparativos para un eventual enfrentamiento con los Estados Unidos. Muchos años más tarde comprobé que aquella mañana, en los momentos en que yo abandonaba para siempre nuestra casona de La Víbora, en la oficina Oval de la Casa Blanca el presidente Kennedy veía por vez primera las fotos aéreas de los míseles atómicos que los aviones U-2 habían descubierto en Pinar del Río. En pocos días el mundo estaría al borde la catástrofe nuclear, pero como en aquel momento no lo sabíamos, mi única preocupación era que no me cancelaran en vuelo y que mi abuelo se acordase de limpiarme la pecera todas las semanas hasta que yo regresase. Cuando íbamos llegando al aeropuerto, vimos cómo los soldados comenzaban a emplazar baterías antiaéreas en los techos de los edificios principales, y cavaban trincheras en el perímetro de los hangares. Las milicias obreras controlaban los puntos de entrada y no permitían el paso de los automóviles. Tuve que despedirme de mi familia en los jardines de la Escuela Politécnica, y caminar casi un kilómetro arrastrando las maletas hasta la terminal, bajo el sol de invierno que parecía no haberse enterado que estábamos en plena temporada ciclónica, y sin la ayuda de los maleteros que también andaban jugando a la guerra disfrazados de soldados. Una miliciana joven que me revisó el equipaje encontró el misal nacarado de mi madre, y como tenía incrustaciones doradas me lo decomisó en nombre de la revolución y del pueblo, junto con las cartas y las fotos de Antonieta. Fue en aquel momento en que sentí odio por primera vez en mi vida. Lo supe inmediatamente porque mi primera reacción fue una cólera ciega contra aquella gente que me arrebataba lo que me pertenecía, y porque de repente vi como las manos me temblaban de rabia mientras trataba de colocar nuevamente en las maletas los calcetines, pantalones, camisas y calzoncillos que la miliciana había revolcado sobre la mesa con la eficacia de la gente acostumbrada a perpretar fechorías. Cuando la vi alejarse por un pasillo lateral de inacabables espejos y sentí que todavía la odiaba, comprendí que aquel sentimiento nuevo ya no me abandonaría nunca. La odié mientras estuve viendo el brillo del crucifijo en el misal confiscado y hasta que, impresica y remota, desapareció para siempre detrás de una puerta con mis cartas de amor bajo sus axilas sudadas. Atormentado por la pérdida de mis recuerdos y por los himnos revolucionarios que pasaban a todo volumen por el sistema de altavoces, entré al salón donde incomunicaban los viajeros en aquella época y me derrumbé en uno de sus asientos en un estado de total invalidez y desconcierto hasta que anunciaron la salida del vuelo con destino a Madrid. El avión de Iberia corrió por la reverberante pista dando tumbos hasta que, finalmente, despegó casi rozando los reflectores que habían instalado en los techos de la antigua fábrica de refrescos y del viejo cuartelito de Boyeros. Sólo entonces respiré aliviado, y sentí cómo el pavor de la víspera fue desapareciendo entre el vértigo del ascenso y la confusión de mis pensamientos. Siempre recordé las últimas y diminutas palmas que alcancé a divisar sobre Matanzas, y también el azul sereno de las aguas de Varadero que se fueron haciendo profundas mucho antes de que el Atlántico fuese una inmensa planicie bajo las nubes. Una señora gorda que viajaba a mi lado estuvo llorando de tristeza once horas seguidas, hasta que aterrizamos en el aeropuerto de Barajas. Fue allí que descubrí, oculta en el ceceo de los funcionarios de inmigración, la inmensidad de la aventura en la que acababa de embarcarme.

Mientras yo me sentía perdido en Madrid, sin saber por dónde comenzaba a vivir, mis abuelos habían permanecido en la vieja casona haciendo lo de siempre: cuidando de los jardines, limpiando las pajareras, dándole de comer a los perros y pensando que pronto regresaríamos. Con el tiempo los jardines se llenaron de hierba mala, los canarios se fueron muriendo en sus jaulas, los perros envejecieron de repente y nosotros no regresamos nunca jamás. En el año que el hombre pisó la luna, se murió mi abuela Emilia; lo recuerdo bien porque ya vivíamos en Miami, y yo miraba el alunizaje en la televisión cuando recibimos la llamada con la noticia. Le siguieron las tías solteronas que se habían quedado: Erundina la mayor, Ernestina la enfermera y Elvirita la menor. A los pocos meses murió también mi abuelo Ricardo: alguien lo encontró una mañana tirado en la cochera junto a su banco de carpintero, el martillo en su mano izquierda porque era zurdo, y un puñado de puntillas fuertemente apresadas en la comisura de sus labios. La muerte debió sorprenderlo en plena faena: sobre el banco quedó balanceándose un silloncito de niño con el mimbre desprendido, y en la mesa auxiliar un lata de cola endurecida. Ese mismo día, la revolución se apropió de la casa y la convirtió, algún tiempo después, en un Tribunal Revolucionario.

El miedo no me dejaba abrir el cofrecito. Quise salirme del sueño pero ya para entonces no pude. En ese momento escuché el remoto doblar de unas campanas que yo sabía no podían ser otras que las de la Iglesia de los Padres Pasionistas llamando a misa mayor. Era la iglesia en la que se habían casado mis abuelos y mis padres, y en la que todos nosotros habíamos hecho la primera comunión. La conocíamos desde mucho antes de visitarla por primera vez pues, cuando llovía, los muchachos solíamos mirar las viejas fotos del álbum familiar: la escalinata de la iglesia aparecía en todas las bodas y en todos los bautizos. Los novios se retrataban solos en el último rellano frente al portón principal, y los niños bautizados eran cargados por sus padrinos en el primer escalón, de manera que siempre apareciece en todo su gótico esplendor el rosetón de la fachada central. Cuando nos cansábamos de ver fotos de principios de siglo, nos sentábamos en el corredor grande que daba a la calle Heredia y mi abuela Emilia nos traía chocolate caliente y bizcochitos de anís hechos por ella. Jugábamos a las cartas hasta que oscurecía y la noche se nos echaba encima con el olor a lluvia de la tarde, y con la fragancia dulce de las gardenias del patio.

Las campanas seguían llamando a misa y yo pensaba en mi abuela. Recordaba nuestros paseos por entre las callejuelas de la Habana Vieja, y cómo me había ido enseñando en cada uno de sus muros un pedacito de historia. Llegábamos al Muelle de Luz en un tranvía que salía desde el paradero de La Víbora, y que bajando por toda la Calzada de Jesús del Monte rendía viaje en los embarcaderos de Regla y Casablanca. Entonces caminábamos hasta el palacio del Segundo Cabo desde donde podíamos divisar la Giraldilla que se alzaba en el Castillo de la Fuerza, en cuya explanada se había izado por primera vez la bandera cubana después de la guerra del noventa y ocho en un acto al que había asistido el Generalísimo Máximo Gómez, y que mi abuela recordaba por los festejos populares que se habían celebrado. Debajo de las barandas de los viejos edificios en la plaza de Armas, me señalaba la ruptura de las líneas en las fachadas barrocas, y el contrastante de las columnas árabes en los patios interiores de las casas más antiguas de la calle Tacón. Me puse a pensar cómo muchos años después, perdido en la inmensidad de las catedrales de Francia, y muerto de calor en la Gran Mezquita de Córdoba, recordé aquellos paseos. Fue entonces que sentí la presencia; miré hacia el comedor y allí estaba ella con su vestido blanco de encajes, colocando unos candelabros sobre el aparador y sacando de un estuchito de terciopelo malva los recordatorios de nuestras bautizos y comuniones. Debió haberme presentido pues se volteó y me sonrió. Yo sentí un miedo tremendo y comprendí que era el momento de salirme de aquella pesadilla; sólo que no sabía como hacerlo. Pensé que si esperaba los primeros resplandores del alba podría despertarme, y todo volvería a ser como antes. Me vería otra vez en mi casa de Miami, con mi esposa y mis hijos, me daría una ducha y me iría al trabajo. La cotidianidad de mi presente me pondría a salvo y todo sería un mal sueño. Sí, eso haría: pero antes de despertarme debía abrir el cofrecito. Yo recordaba perfectamente aquella tarde en que al regresar de la escuela mi abuelo me lo había regalado; me dió también la llavecita que lo abría y me dijo: "Toma para que nadie te robe tus sueños". Yo no entendí lo que me quiso decir en aquel momento, pero sin embargo, lo usé para guardar mis cosas mas valiosas: las espuelas, la armadura, el diapasón y la violeta. Cuando nos fuímos del país no pude llevarme el cofrecito, y se lo entregué a mi abuelo para que me lo guardara. Fuí hasta la cochera para que nadie me viera: "Abuelo, guárdame el cofre hasta que regrese". Lo tomó en sus menos y me dijo: "Aqui estará para cuando vuelvas". Pero yo jamás regresé; no quise volver a una ciudad que había sido convertida en un laberinto de albañales desbordados, y en dónde sus últimos habitantes parecian salidos de una espantosa corte de los milagros. Nunca quise regresar a una ciudad que había sido meticulosamente destruida para que no pudiésemos recuperarla nunca, y que ya no era la ciudad cálida y acogedora de mi adolescencia sino una gigantesca favela en la que aparecieron marismas donde hubo ríos, desbordados marabuzales donde hubo parques, áridas tierras donde hubo fértiles sembradíos, sórdidos basureros donde hubo hermosas avenidas, y en donde la antigua nacionalidad cubana fue sustituída por una civilización inimaginable que parecía abismarse en remotas noches de terror y barbarie. Los años pasaron pero yo nunca me olvidé del cofrecito. En algún sitio remoto de mi pensamiento quedaron agazapados —junto a las espuelas, la armadura, el diapasón y la violeta— los mejores días de mi vida.

En Madrid permanecí cinco años esperando reunirme con mis padres y hermanos que ya habían viajado a los Estados Unidos, nuestro destino final, Compartía un piso de la calle Atocha con otro cubano que esperaba igual que yo por la visa americana, y al que había conocido en el Jardín Botánico el primer domingo que me aventuré en la ciudad. Estaba solo como yo y se llamaba Arsenio Tacoronte; era alto y flaco, y sus grandes ojos negros le daban el mismo aire de desamparo que yo también acarreaba desde mi arribo. Juntos fuímos descubriendo a Madrid un poquito cada día, y juntos se nos fue metiendo en el alma para siempre. Caminábamos desde la estación de Atocha hasta la Plaza de Cánovas del Castillo, y le dábamos la vuelta en redondo a la fuente de Neptuno. Deslumbrados, seguíamos subiendo por el Paseo del Prado hasta la fuente de Apolo, y de ahí hasta la de Cibeles donde descansábamos. Continuábamos entonces por el Paseo de Recoletos hasta la Plaza de Colón, tratando de recobrar en el trayecto los recuerdos de una Habana remota y diferente, que la nostalgia se encargaría de idealizar con el tiempo. De tanto caminar la ciudad, se me rompieron los zapatos una tarde de septiembre en las escaleras del Monasterio de las Descalzas Reales; en el primer escalón largué una de las suelas que me dió pena recoger, y al dar la vuelta para marcharme, tratando de que nadie se diese cuenta, solté el tacón del otro zapato y me retiré cojeando de un modo insólito. Había estado esperando la visa por tanto tiempo que me había vuelto pobre sin darme cuenta, había sobrevivido sin calefacción varios inviernos madrileños, y había adquirido la fingida serenidad de la gente acostumbrada a esperar por el dinero de otros. Una tarde, mientras caminaba por el Parque del Retiro, tuve la certidumbre de que aquella tarde no volvería a repetirse nunca, y de que todo aquello ya pertenecía al pasado. La vida de repente pareció interminable, y por la súbita alegría de vivir que sentí en aquel instante supe, de un modo inequívoco, que mi visa había llegado a la embajada. Ví flotando en el lago un ramillete de flores negras, y en lugar de interpretarlas como un presagio siniestro, me reafirmé en la creencia de que pronto vería a mi familia. La tarde se nubló de repente, pero sin embargo, las aguas del lago siguieron siendo diáfanas y claras, y los botes resbalaron sobre las flores negras del ramillete que se había deshecho. Me despedí de Tacoronte un veintidós de diciembre de mil novecientos sesenta y siete, cuando Madrid se preparaba para las fiestas, y para un invierno que se anunciaba como el más duro en muchos años. Algunas noches antes soplaron los primeros vientos y las calles se volvieron desiertas por las brisas gélidas del norte que llegaron antes de tiempo. La tarde de mi partida los cafés al aire libre cerraron con las primeras ráfagas, en la Plaza Mayor había recogido las mesas desde por la mañana, y en Arcos de Cuchilleros estaban cerradas todas las tabernas. Cuando llegamos al aeropuerto comenzó a nevar; primero fueron unos copos diminutos y tiernos que parecían flotar en desconcierto antes de deshacerse sin tocar las aceras. Para cuando me presenté en el mostrador de Iberia estaba nevando como nunca había nevado en Madrid en muchos años, y en el vestíbulo de Barajas había un ambiente como de fiesta que me resultó incomprensible. La empleada de la aerolínea me lo explicó mientras revisaba mi pasaje: "Pascuas nevadas, Pascuas sagradas". Traté de sonreirle pero, una vez más en mi vida, la preocupación de que cancelaran el vuelo me lo impidió. Miré hacia donde estaba Tacoronte, le dije adiós con la mano, y lo encontré mas desamparado y triste que nunca. Pasaron los años y no volví a verlo jamás; supe que siguió esperando por su visa hasta que murió atropellado por un coche frente al Museo del Prado, al año exacto de mi partida.

Las campanas de la Iglesia de los Padres Pasionistas continuaban doblando sin cesar, mi abuela seguía mirándome fijamente, y yo permanecía inmóvil con el cofre entre las manos. Entonces fue que mi abuela Emilia entró en la biblioteca y me habló; su voz reposada y profunda tenía la tesitura que se le supone a la muerte: "No tengas miedo, abre tu cofrecito", me dijo. Sin pensarlo dos veces le dí una vuelta a la llave. El corazón me dió un vuelco: allí estaban las espuelas, la armadura, el diapasón y la violeta. Mira a mi abuela y le dije casi con alivio: "Ahora sí puedo despertar". Ella a su vez me miró con mucha lástima y me dijo: "Esto no es un sueño, mi hijo, es la muerte". No le contesté, yo sabía que tenía que ser un sueño pues había regresado a La Habana y yo había jurado no volver nunca. Entonces ella siguió hablando con una autoridad que parecía provenir de su permanencia en el más allá: "Tú nunca pudistes irte, enloqueciste de tristeza en esta casona", me dijo leyéndome el pensamiento. "Cuando los niños del barrio comenzaron a llamarte Paquito el loco, te encerraste aquí para siempre". "Y mi casa de Miami, y mi mujer y mis hijos, y mi vida en Madrid, y mis viajes por el mundo, y las catedrales y mezquitas visitadas?", pensé. "Sueños, todos sueños, fuiste el último de nosotros en morir en esta casona", me dijo y tomándome de la mano me acompañó por un camino de luz mientras me decía: "Ven, te hemos estado esperando todo este tiempo".

MARTA DOMÍNGUEZ DE FARIÑAS

Nacida en La Habana en 1946. Salió de Cuba en 1959 y desde 1960 reside en la ciudad de Miami, donde hizo sus estudios secundarios. Autodidacta, siempre ha sentido gran vocación por las letras y la creación literaria. Ha publicado ensayos, artículos y relatos. Actualmente trabaja en una novela escrita en inglés.

EL NUNCA HABÍA VISTO EL MAR

—"¡Julián! ¿Viene a qué?" La voz estentórea llegó a sus oídos ya cansados y acostumbrados a sentir la irritación constante de Arsenio.

—"Sí, ya voy, ya voy."

Pasaba su mano callosa y ajada por sobre los botones de la camisa. Quería estar seguro de que se había abotonado bien. Después pasó por sobre el bolsillo del lado izquierdo y habiendo descubierto el botón roto, sonrió complacido pues había pedido a Cora que le sacara su ropa de domingo. Cora le había protestado, que era una locura, que si la arena, que si el tren, que si aquí, que si allá. Pero en fin había accedido porque él insistió que una ocasión así no se daba todos los días y cómo se le iba a ocurrir a alguien que después de esperar ochentainueve años para ir a ver el mar, lo hiciera con otro autendo que no fuera el mejor que tenía.

Mientras se cercioraba que la camisa era la correcta, apretaba el bastón entre los dos pies. Había aprendido a sujetarlo así para poder utilizar las dos manos cuando hacía cuentos con los amigos. algunos tontos pensaban que porque estaba viejo había perdido facultades y era importante que supieran que él todavía sabía hacer cuentos e ilustrarlos como era debido, con las dos manos a un tiempo, agitando el aire según lo requiriera la intensidad de la acción. Eso sí, teniendo cuidado de no quemar a nadie con el tabaco.

Se había puesto su sombrero de paja y ya estaba liso para salir.

Con puntería segura pasó la mano por la vieja y amarilla foto que tenía pegada a la pared. Lo hacía siempre que entraba o salía del cuarto. Era una manía, una forma de saludarla, de no olvidarla. Angelina le miraba desde allí con su mirada moza. Cuando murió, hacía... ¿qué? ¡casi veinte años!, había cambiado todo su aspecto menos su mirada. Esa la conservaba igual, entre asombrada y dulce, igual que en la única fotografía que quedaba para su recuerdo. Cora había querido ponerla en un marco. Pero él se había opuesto rotundamente. allí estaba bien. Total, al único que le importaba era a él. Sabia exactamente, dependiendo de la hora del día, cómo le daba la luz al viejo retrato. Si se la ponían en un marco con cristal, ya no sería lo mismo. Le costaría trabajo imaginársela como lo hacía ahora, además, ¡con cristal!, perdería hasta el tino que ahora tenía pues levísimas arrugas del papel se habían ido marcando con el tiempo y él las conocía todas. Sabía, por ellas, si tocaba el pelo o los ojos o la boca de su mujer muerta.

—"¡Abuelo!" Cora le gritaba ahora. Ah, esta gente joven no entendía nada. Siempre andaban apurados, agitando. Se volvió a revisar bien para estar seguro de cómo lucía y salió al portal.

—"¡Caramaba, abuelo, yo pensé que de tanto hablar ayer se te habían quitado las ganas de ir! Con tantos cuentos que hiciste de todas las veces que por poquito vas y después no fuiste, yo pensé, na'abuelo decidió no ir."

—"¡Qué va, muchacha, qué va! Y qué, ¿ya está to' el mundo aquí?"

—"¡Caballero, miren éso! El abuelo parece que va pa' un baile." Ese era el biznieto, ése sí que no tenía na' en el cerebro, pensó el abuelo. Coro interrumpió su chachareo con la vecina para reprender a Luisito.

—"Luisito, ya está bueno, deja al abuelo tranquilo. Ve y busca a tu hermano que se va a quedar."

—"¡Vamos, vamos! Cora, Julián, Luisito, monténse que se nos va a ir el tren." Arsenio dirigía la excursión desde la camioneta que manejaba Manolo. No era de Manolo, claro, era del centro aquel donde ahora recolectaban las viandas. Pero el capataz —que ya no se llamaba así, tenía otro nombre que el nunca recordaba— se la prestaba los domingos para hacer algunas diligencias. Era como diez los que iban. Ellos cinco y los hijos de Maríita, la vecina. Eran las seis y media y el tren salía a las siete. Tenían que apurarse porque el tren salía del próximo pueblo y el camino no era muy bueno. Con tanta gente en la comioneta, el viaje sería más lento todavía. —"¡Cora! coge la bolsa de la comida y dale, móntate." Arsenio seguía dando órdenes.

Julián, un experto con su bastón, estaba ya subiendo. Los hijos de Mariíta le ayudaron a montarse. Estaba completo. Sombrero, tabaco en el bolsillo —lo que quedaba del de anoche lo tenía en la mano— fósforos, su ropa de domingo y su bastón.

Al fin subieron todos y Manolo echó a andar. Iban hablando todos al mismo tiempo. Julián distinguía por la voces a todo el mundo.

—"Oye cora, ¿y dónde está Luisito que no lo oigo?"

—"Abuelo, va alante con Manolo."

—"Ah, ¿y la chiquitica de María?"

—Está aquí, medio dormida. No te preocupes, abuelo, está todo el mundo. Yo tú mejor me preocupaba del calor que vas a pasar con esa ropa. No sé pa' qué eres tan cabezón. En vez de ponerte otra cosa, ¡hasta una trusa que te prestó tu amigo José! Tanto cosa y tanto jaleo con el mar y el mar, y total, no te vas a poder ni bañar."

Julián no le estaba haciendo caso. Estaba aburrido de oír las mismas cosas, de tratar de explicarse y de que no le entendieran. No sabía qué era lo que pasaba con los jóvenes, siempre pensaban que sus formas eran mejores que las de los viejos. Siempre estaban inventando cambiar las cosas...Pero bueno, bastante buena era Cora. Era la única nieta que vivía en el pueblo. Sus hijos, con los años se habían ido mudando. Sus nietos estaban casi todos casados y con hijos también. No sabía ni cuántos biznietos tenía ya. Cora era la única que no se había ido cuando su madre se había mudado. Estaba ya, para entonces, casada con Arsenio y él se había quedado solo en la casa. Fué entonces que se mudaron juntos. De éso hacía ya quince años.

—"Cora, ¡cuánto tiempo es el viaje en tren?"

—"Abuelo, te lo dije ayer más de cinco veces, son dos horas. dos Horas."

—"Sí, sí, dos hora...ahora serán como las menos cuarto...¿no? Ya debemos estar llegando."

Cora, haciendo un gesto de impaciencia, se había movido hacia el otro lado de la camioneta. Ella quería al abuelo y todo, pero cuando cogía esas boberías como el lío del mar, y el rollo con la fotografía, la volvía loca. Cada día estaba más caprichoso y había que hacer las cosas tratando de que él no se enterara porque sino metía el grito en el cielo. No lo había podido convencer de que se pusiera otra ropa hoy, pero con lo de la foto, cuando regresaran, ya sería demasiado tarde. Había dejado a Mariíta encargada de ponerla en el marquito que había conseguido. Total, si él ni veía, que más le daba. Eran puros caprichos de viejo. ¡Qué va!, buen embarque se había dado. Por coger la casa que estaba tan buena, se había tenido que meter al viejo todos estos años y ahora, no tenía a quien zumbárselo. Ciego, viejo y majadero, ni sus hijos lo querían cerca.

—"Abuelito, ya estamos llegando". Era Fernandito, el más chiquito de Cora. El pobre chiquillo no tenía ni con quien hablar en la casa. Cora con sus tormentos con el marido y la mujercita que se había echado; Arsenio con sus griterías y machanguerías para que ni le preguntaran nada, especialmente de sus correrías; Luisito que era igualito a su padre y se creía que era el rey....

—"Qué bueno. No quiero que perdamos el tren."

—"No abuelito, no te preocupes. Seguro que ni sale a tiempo, pero de todas formas ya casi estamos ahí."

Efectivamente, al rato, sintió que se alivió el polvo del camino. Ya estaban cerquita de la estación.

—"Caballero, to' el mundo pa' abajo. Ya llegamos." Arsenio seguía dirigiendo.

En el tumulto, casi lo dejan a él arriba pero Fernandito lo ayudó a bajar sin pedirle, como el resto del mundo siempre hacía, que botara su cabo de tabaco. Ahora sí que tenía que controlarse. No quería que nadie se diera cuenta de lo nervioso que estaba. ¡Quién se iba a imaginar que después de tantos años, al fin iba a ver el mar! Estaba tan ansioso que hubiera dado cualquier cosa por ir al baño, pero decidió no decir nada. Seguro que lo iban a regañar y además, el tren estaría por salir ya.

La algarabía de la estación era mucha. La gente hablaba alto y todos al mismo tiempo o por lo menos, así le llegaba a él aquella cacofonía. Sentía a dos de los muchachones de Mariíta hablando detrás de él, pero así y todo, hubiera preferido que alguien estuviera a su lado. Bien sabía que iban tan entretenidos, que quién sabe, hasta se podían olvidar de que él iba y hasta lo podían dejar allí. Realmente, no le importaba que lo fueran a dejar en la estación si fueran a otra parte, pero hoy...¡se perdería el único chance que tenía de ver el mar!

Al fin Fernandito se le acercó. —"Abuelo, ya vamos a montar." Qué bueno, ya podía respirar tranquilo porque seguro, seguro que a Fernandito no lo iban a dejar atrás. Se dejó guiar por el muchacho que lo acomodó en el tren y quien, diciéndole que volvía enseguida, le pidió le guardar el asiento de al lado. Puso su sombrero en el puesto contiguo y bastón en mano, listo para arrancar, esperó que Fernandito regresara.

Después de largos minutos, no sabía cuantos, el tren arrancó. Fernandito no había regresado y ya le había tenido que decir a varias personas que el asiento estaba ocupado. Uno no le creyó mucho y pensando que él era un viejo majadero, que sólo quería que no se le sentaran al lado, trató de coger el puesto de todas formas.

—"Compañero, coja el sombrero." ¡Ja!, "compañero", ahora la gente decía así, pero él los seguía llamando "caballeros" como era correcto. —"Está ocupado, caballero." El hombre seguía dándole el sombrero y hacía ademán de sentarse de todas formas. La suerte fué que tenía el bastón. Lo levantó en alto y juzgando que lo tenía cerca de la cabeza del atrevido, le repitió con voz muy seca —"Caballero, ya le dije que el asiento está ocupado." El "compañero" se convenció y lo dejó tranquilo no sin antes confirmar sus sospechas y mascullar por lo bajo —"¡Viejo malcriado!" No dudaba que mucha gente, incluyendo su familia, pensara éso de él. El mundo había cambiado tanto que, si su padre resucitara, se moriría rápidamente otra vez del susto. No había respeto, todo el mundo andaba corriendo y atropellándolo a uno. Hablaban diferente también. Las cosas simples tenían ahora unos nombres de tres palabras de largo, la finca de los Mendoza ahora se llamaba centro de colectivinosecuánto... pero bueno, el momento era demasiado importante para dejar agriar su humor por esas boberías. En fin de cuentas, lo importante era que ¡al fin iba a ver el mar!

Desde muy pequeño, desde que podía recordarse, él había querido ver el mar. En aquella época, ni hablar de tal tipo de diversión. Su padre no tenía tiempo de pensar en más nada que no fuera preocuparse por alimentarlos. De sol a sol trabajaba en el campo y él y sus hermanos ayudaban, según la edad, en todas las tareas arduas de aquella vida.

Vivían en un sitio, monte adentro, entre las montañas y él no conocía a nadie que hubiera ido a ver el mar. Cada vez que iban al pueblo y tenía chance de hablar con otros muchachos, sacaban el tema del mar. Lo fastidiaban mucho. Se reían de su curiosidad y él se daba cuenta que casi nadie le preocupaba mucho ése asunto. Esto no lo disuadía. Para él era algo muy importante, algo que nadie debía de dejar de ver y no le importaba que se burlaran.

Al fin, un día, un muchacho nuevo que recién había llegado de otro pueblo, le dijo que sí, que él había visto el mar. Le prometió, además, traerle una de esas revistas que tenían fotografías de lugares lejanos y donde venía una, de casi media página, le dijo, del mar. Pasó quince días revisando en su mente todos los detalles que le pudo sacar al muchacho sobre su visita al mar. Cada dos o tres días preguntaba a sus hermanos mayores, a su madre, a todos menos a su padre a quien no se atrevía, cuándo pensaban ellos que irían otra vez al pueblo. Tanta lata dió con el breve, que sus hermanos pensaron que andaba enamorado de alguna muchacha del pueblo. El ni los sacó del error. Si les decía que todo su apremio se debía a la fotografía, sabía que o no le creerían o lo fastidiarían más.

Cuando, al cabo de tres semanas, volvieron al pueblo, se escabulló rápidamente y se fué a buscar al nuevo amigo. Efectivamente, el muchacho le enseñó la revista prometida donde aparecía una generosa foto del mar. Aunque no era, ni con mucho, del tamaño de media página como el amigo le había dicho, era bastante grande y aunque estaba ajada y vieja, los detalles aparecían vívidos a sus soñadores ojos.

Recordaba ahora aquel instante, con casi la misma emoción que lo embargara tantos años atrás. Cómo insistió en que el amigo le comparara los colores de la naturaleza que los rodeaba con los colores que el otro había visto en el mar.

Si imaginación creció y voló. Armado con todos los detalles recopilados, podía cerrar los ojos y ver la espuma blanca y liviana, sentir las olas majestuosas estrellarse y deshacerse en la orilla, oler el punzante salitre, tocar la arena fina; podía ver el mar con los ojos de su mente y decidió que, definitivamente, era todo y más que lo soñado. Se prometió, aquel día, mientras regresaban a caballo a las montañas, que algún día iría a ver el mar.

Claro, la vida después le enseñó otras lecciones. Otras urgencias suplantaron un tanto su devoción por algo tan lejano y tan imposible. Conoció a Angelina quien vivía en un caserío cercano al sitio, y la indómita naturaleza, en sus manifestaciones más primarias, absorbieron los próximos años de su existencia. No demoraron mucho en casarse y cuando se vino a dar cuenta, ya tenía un montón de hijos y seguía amarrado a la penuria de la tierra.

Hizo de su vida lo mejor que pudo dado sus pocos y cortos recursos. No debía quejarse; había vivido en paz con los hombres y con su consciencia. Pero tampoco podía engañarse. En sus casi noventa años de bregar con la sobrevivencia, había habido sufrimientos de todos tipos y angustias que no quería ni recordar. Pero en los momentos más difíciles, cuando otros clamaban al cielo en busca de refugio, él sacaba su más antigua esperanza y pensaba en el mar.

—"Abuelito, ya estamos aquí. Despiértate, vamos." Fernandito lo zarandeaba. El vaivén cadencioso del tren había terminado con el estridente chillido de rueda sobre riel.

—"Y ¿qué, Julián, ¿ya está listo?" Era uno de los muchachos de Mariíta. —Sí m'hijo, sí, al fin voy a ver el mar." Chequeó el sombrero, el tabaco y con el bastón fuertemente agarrado, se dispuso a recorrer el último trecho del camino.

Bajaron todos y entre las órdenes de Arsenio y el retozo de los muchachos, echaron a andar. Tan pronto como salieron de la estación, un peculiar olor le llegó en la brisa. Había oído que estaban cerca y al caminar apenas una cuadra, ya había identificado el punzante olor a salitre que, allá en el medio del monte, tantas veces mitigó sus penas. Andaba rápido, a la par con Fernandito que encabezaba el grupo. El olor era más intenso y la brisa se hacía más fuerte y hubiera llegado solo a la orilla guiado, únicamente, con los sentidos de su cerebro.

Ya oía el suave rugir de las olas. Sus pies se hundían en la arena ardiente y su bastón seguía marcando el paso agitado hasta que lo rozó contra el borde de una ola que se desvanecía a sus pies.

—"Abuelo, vamos a cambiarnos, ¡espérate!"

Cora y los muchachos le gritaban, pero él no iba a cambiarse, él iba a sentarse allí, al filo del azul inmenso. Todo era como se lo había imaginado. El líquido extenso se mecía en sí mismo, las olas cruzaban, desde el horizonte a la orilla, con líneas blancas de clara espuma que, ya cansadas del largo viaje, morían allí, a su lado. Venían cargadas de azul y verde, coral y sal. Oía el chapoloteo de los muchachos que, irreverentes, interrumpían con su alborozo la perfecta armonía. El no quería tocarlo. El sólo quería verlo con sus ojos de antaño, con la luz perenne de antes que guardaba intacta en su ser. Lamentó no haber arrancado a Angelina de la pared de su cuarto y haberla traído aquí a ver el mar con él.

—"¡Abuelooo! ven a comer."

No contestó, no tenía hambre. El manjar más exquisito no habría suplantado el hambre de mar. Respiró profundo. Aspiró el salitre, la espuma, el azul y cuando estuvo seguro de no poder abarcar más, sus manos cedieron al fin. Como un último gesto, el inútil bastón, ya sin dueño, rodó silente, abandonado, por sobre la arena gris y mojada de la orilla.

Fernandito, profundamente afectado por la muerte del abuelo, guardaría el mito del mar como herencia. Grabó en su memoria los cuentos del viejo, cuentos que no entendía, porque tenía que ver con lo absurdo, con la esperanza y con los ojos del alma. Pocos años después, sumido en la agigantada soledad que el abuelo había detectado en él, rebelde e inconforme con la vida, se lanzó al mar en una balsa. En el momento supremo del miedo, cuando por única vez aquilató la envergadura de su aventura, recordó la complacida sonrisa con que había recibido la muerte su abuelo. Pero no encontró con los ojos de su alma la paciencia y el sosiego que habían guiado al abuelo a la orilla. Encontró, con sus sanas pupilas, la sobrecogedora extensión de las aguas turbias, el terror abrumador de las inmensas olas y el miedo, sólo el miedo, como único compás de sus motivos. Con su último suspiro ante la vida, distinguió al fin la diferencia. Comprendió que los ojos del alma pueden más que las pupilas, que el paisaje que por dentro se dibuja está compuesto de ingredientes de otro tipo y supo entonces que, con los ojos de su alma, tampoco él había visto el mar.

MANUEL DORTA DUQUE JR.

Nació en La Habana, en 1928. Hizo sus estudios primarios y secundarios en el Colegio de Belén, donde se graduó de Bachiller en 1947. Se doctoró en Derecho por la Universidad de La Habana en 1952 y obtuvo los premios nacionales Ricardo Dolz Arango y Angel C. Betancourt. Fue Abogado de Oficio de la Audiencia de Pinar del Rio. Ejerció por varios años como abogado en La Habana, hasta su salida al exilio en 1961, rumbo a Nueva York. Más tarde se trasladó a Puerto Rico y obtuvo su licencia de Abogado. Allí ejerció la profesión hasta su muerte en 1992. Publicó en Cuba varios libros en materia de Derecho. Entre sus publicaciones narrativas deben mencionarse: Charadas, *y* Alejandro (alias) Fidel. *Falleció en Pueto Rico, en 1992.*

CHARADA

Este cuento está dedicado a Juan Palacio, insurreccional valiente, que operó en la lucha contra Batista en las montañas de Pinar del Rio, con toda modestia y humildad, como si fuera un guerrillero franciscano.

Juan era blanco, pues existió otro héroe llamado también Juan Palacio, que era moreno. Muy delgadito, endeble, pero de singular coraje: Era mayor de edad que los otros luchadores y habitaba en Los Palacios. Había peleado en la guerra de España durante varios años del lado de la República y vino horrorizado con el comunismo, sus comisarios y la checa. Asi pasó con Masferrer y otros que pelearon del lado leal, y al final, la III Internacional se cansó de no mostrarse tal cual es.

Faltaba año y medio para que cayera Batista.

En una madrugada fui a desayunar a un restaurant de Los Palacios en la esquina que forman la carretera que conduce a la Central, llamada el entronque, y la Avenida Maceo. El café estaba pues, a la entrada del pueblo de Los Palacios. En la negra madrugada resplandecían las luces frías del restaurant y contrastaba con la oscuridad de las casas cercanas. Al entrar en el café, vi a Juan Palacio, delgado, de mediana estatura, con traje semimilitar, con tirantes por fuera y con espejuelos idénticos al Papa de ahora, que se murió tan rápido. Se parecía a Sandino. Palacio, me refiero.

Cuando uno se enfrenta a un ciudadano tan escudriñado por la policía, tiene que escoger entre dos alternativas: Hacerse que no lo ha visto y quedar como un cobarde. Verlo, saludarlo y quedar más tarde como un cobarde, por algún incidente que se provoque posteriormente. Así pasó en este caso.

Me senté en la mesa con Juan, que estaba solo en alma, llenando de leche un pedazo de pan lleno de mantequilla, que sumergía a intervalos en un vaso alto y ancho que le cubría el frente de la cara.

¿Qué tal Juan? y empezamos a hablar largo y tendido.

De pronto, tres carros Oldsmobiles, color olivo, con letreros del SIM, Servicio de Inteligencia Militar, frenaron con el chirrido típico que las gomas realizan si la detienen cuando traen una alta velocidad. Ya amanecía. Ya aclaraba.

Yo me quedé como si nada, exteriormente. Juan Palacio miró hacia el lado y siguió con su cachumbambé de leche y pan, pan y leche, indicando indiferencia.

Entraron varios soldados con ametralladoras de mano y nos rodearon, apuntando las armas para el suelo. Eso me dió mucha confianza en la seriedad de aquellos señores.

Yo estaba maldiciendo la hora en que había decidido venir al Café. Entonces se apareció Jacinto G. Menocal, el comandante de la zona del ejército de Batista, alumno de La Salle, torturador de cientos, de familia adinerada, hosco, serio, nada flaco, pero nada gordo. Sus polainas hasta las rodillas y su traje militar un poco arrugado, aunque limpio.

¿Qué tal Juan, ¿cómo estás? Bien. ¿Cómo está usted? Siéntese por favor. Gracias, Juan. (A mi no me saludó, lo que le agradecí en el alma). Mira Juan, he venido desde San Cristobal porque he recibido una confidencia de que andas armado con pistola y eso no te lo puedo permitir.

Así discutieron que no, que sí, que no, durante diez minutos por lo menos. "Bueno", dijo Juan alzando un poco la voz, no mucho, discretamente. "Comandante, si usted quiere mi pistola, tenga", dijo Juan sacándola de la cintura y apuntando para el pecho de Menocal. "Ahora bien, la tiene que coger por el cañón". Un movimiento de la mano de Juan y la pistola quedó montada, mirando en la dirección general de Menocal. Este quedó sin señales denotadoras de miedo alguno.

Esperó unos minutos y le dijo a la guardia: "Vámonos."

Juan encendió su pipa y comenzó a fumar. Después, si yo veía a Juan le huía como al demonio. Se alzó en las lomas. Más tarde, en el tiempo, Jacinto G. Menocal, se tuvo que esconder en un bohío humilde de la hacienda Dayaniguas, bohío cuyo techo ardía y estaba rodeado por Juan Palacio y su grupo armado.

Al poco rato, Menocal tuvo que salir del bohío ardiendo. Dio unos pasos hacia adelante, hacia la tropa irregular y cuando casi iba a comenzar un dialogo de rendimiento y paz, el sonido de los disparos de la pistola de Juan Palacio, ahogaron las palabras que algún ingenuo no se atrevió a pronunciar.

ALEIDA DURÁN

Nació en Matanzas, donde cursó estudios primarios y secundarios. Se graduó en la Escuela Normal para maestros de esa ciudad. Allí, por muchos años, ejerció como maestra de enseñanza primaria y media. También llevó a cabo estudios docentes en la Escuela de Pedagogía de la Universidad de La Habana. Desde hace más de dos décadas reside en Nueva Jersey, donde ejerce el periodismo; es columnista en español de varias publicaciones periódicas de los condados de Hudson y Bergen. También realiza actividades radiales.

LA VENGANZA

Densas nubes ocultaban la luna dejando el camino en una oscuridad casi absoluta. Embutido en un viejo chaquetón, camiseta de lana, y los extremos inferiores del pantalón de corduroy metidos dentro de unas gastadas botas, para protegerse mejor del frío, Jano Rocco caminaba de prisa, sorteando los desniveles del terreno que tan bien conocía.

A lo lejos se divisaba una leve y difusa claridad. Pronto el horizonte comenzaría a hacerse visible. Había salido del rancho poco antes de las 4 de la mañana y había avanzado ya una buena distancia.

Jano Rocco apretó el paso. Tenía que tomar posición en Cuatro Caminos, antes de que apuntara el día. Al pensar en el momento esperado, acarició el cañón del rifle colgado en su espalda, un movimiento reflejo. No podía fallar, se dijo.

El propósito había surgido, inesperado y violento, dos días antes. Exactamente la noche del sábado, cuando los hombres reunidos en la taberna habían comentado la próxima partida de Julián "El Bonitillo" Garibaldi.

"Parece que ha hecha plata trabajando en las tierras bajas y se va a correr fortuna a la Gran Ciudad. Oí que se va el lunes a primerita hora", comentó "El Barbudo", con un dejo de envidia en las palabras.

"No se irá", se dijo Jano. "¡No se irá!" El sabía muy bien de donde "El Bonitillo" había obtenido la plata. No precisamente del trabajo honrado en las tierras bajas, no. Se la había robado a Don Pedro Carreño cinco años antes, y la había guardado cuidadosamente buscando la oportunidad de disfrutarla un día.

Por eso había matado a Don Pedro, culpando a Sandor Rocco, su hermano mayor. Había mentido al asegurar haber escuchado el día anterior una fuerte discusión entre Sandor y el anciano, por cuestiones de dinero. Sandor nunca había discutido con su protector.

La claridad aumentaba lentamente. Era fácil predecir que la neblina cubriría la tierra hasta bien entrada la mañana. Mucho mejor para su plan. Sentía que había tomado la decisión correcta. Cuando Julián "El Bonitillo" Garibaldi llegara a Cuatro Caminos a esperar un vehículo que lo acercara al pueblo, él estaría ya esperándolo tras el grueso tronco del árbol, situado a unas 60 pies.

Estaba seguro de que ese era el plan de Garibaldi. No podía permitirse el lujo de alquilar un carromato que lo llevara directamente de la granja donde trabajaba, al pueblo, en donde tomaría el tren para la Gran Ciudad. Eso habría llamado la atención.

Tenía que usar los mismos medios que usaban los demás. Todos los hombres de las granjas vecinas iban en algún carromato hasta Cuatro Caminos y esperaban allí que algún vehículo de los que pasaban por el camino los llevara al pueblo. Cuando regresaban se bajaban allí a la espera de un carromato que los condujera a su granja.

Como era demasiada temprano y tenía prisa, seguramente Garibaldi, como él mismo, vendría a pie hasta Cuatro Caminos. Pero él se le había adelantado. Sin interés en ello era muy grande.

Jano pensó en su hermano. Fugitivo, trabajando tres días en un lugar y dos en otro para mantenerse; sin permanecer demasiado tiempo en ningún sitio por miedo a ser descubierto. Recorriendo por las noches los bares de la Gran Ciudad, con la esperanza de descubrir en una a Alano "El Cojo" Rosén, y obligarlo a regresar con él al pueblo, o a firmar una declaración ante un abogado.

Viviendo en un cuartucho inmundo, y comiendo apenas para subsistir, Sandor había logrado ahorrar para pagar, a un abogado. Era uno que tenía sus oficinas en un edificio que él había estado limpiando por una semana. Uno de los muchos trabajos que había realizado durante sus 5 años en la Gran Ciudad.

"No lo dudes, Jano, un día regresaré con el testimonio de "El Cojo", o con "El Cojo" mismo, y todo volverá a ser como antes", le había dicho Sandor dos años antes, la única vez que él había logrado escabullirse hasta la Gran Ciudad para verlo, siguiendo las instrucciones que su hermano le había hecho llegar con grandes precauciones.

La noche que asesinaron a Don Pedro Carreño, tres hombres habían visto salir del cobertizo de Don Pedro a un sujeto alto y fornido. Una gorra tejida y una bufanda le ocultaban el rostro. Lo mismo podía ser Julián "El Bonitillo" Garibaldi, que Sandor Rocco. Tenían casi la misma estatura, la misma complexión, el mismo cabello ensortijado y negro. Solo los ojos los diferenciaban a simple vista. Los de Garibaldi eran verde-amarillos, como los de los gatos; los de su hermano Sandor, negros.

Un solo testigo había visto claramente al asesino, porque había estado durmiendo una borrachera en un rincón del cobertizo. Allí había dejado olvidados una botella de licor medio vacía, y un viejo carnet con su fotografía. Pero Alano "El Cojo" Rosén había desaparecido. Había huido, nunca se supo como, mas ligero de lo que podía esperarse de un hombre con una pierna medio lisiada. Se había ocultado en la Gran Ciudad. Temía a El Bonitillo".

En pos de "El Cojo" se había ido Sandor poco después. A buscar al único hombre que podía limpiar su nombre, y permitirle llevar la vida decente que siempre había llevado. Y a ocultarse también. Era un perseguido.

Sandor, su único hermano, prácticamente lo había criado y lo había preparado para enfrentar la vida. El tenía 3 años, y Sandor 15, cuando los padres murieron en una crecida del río, mientras trabajaban en las tierras bajas.

Don Pedro Carreño le había dado trabajo a Sandor, aunque era un menor de edad. El salario que ganaba le permitió mantener el reducido rancho de los padres, en el que trabajaba cuando terminaba su labor en la gran hacienda de Don Pedro.

En uno y otro sitio, Jano andaba siempre por los alrededores, primero, jugando, después, aprendiendo lo que Sandor le enseñaba. Cuando Don Pedro Carreño fue asesinado, Jano tenía 13 años y estaba ya preparado para la caza.

"Nunca se sabe si un día te encontrarás solo y tendrás que defenderte de un animal salvaje, o matarlo para comer", le había dicho Sandor años antes. Su hermano mayor se había convertido en su héroe.

Y el héroe tuvo que dejarlo solo, por la sola culpa de Julián "EL Bonitillo" Garibaldi. Sandor nunca encontraría a Rosén. Tendría que arrastrar su vida por los barrios marginales de la Gran Ciudad, y envejecer y morir en ella.

Pero al menos él, Jano Rocco, no permitiría que "El Bonitillo" se riera de ellos, disfrutando una plata manchada de sangre. Ya él tenía 18 años y lo mismo podía derribar a una torcaza en pleno vuelo, que a un animal salvaje corriendo a través de la llanura ... que a un "Bonitillo" asesino, a 60 pies de distancia.

Jano prácticamente corrió el último tramo hasta llegar al viejo y ancho tronco. Ya era casi de día pero la neblina apenas le permitía distinguir Cuatro Caminos.

Jano se apostó primero, y escudriñó con la vista después. Poco a poco adaptó sus pupilas, para enfocar el punto en donde, seguramente, se pararía Caribaldi a esperar un vehículo.

¡Maldición! "El Bonitillo" estaba ya allí, envuelto en un abrigo oscuro; una mano hundida en el bolsillo, la otra cerrando el cuello del abrigo, y una pequeña maleta a su lado. ¡Claro! ¿Cómo no lo había pensado antes? El primer tren salía del pueblo a las 8:45 de la mañana y el barbudo de la taberna había dicho que Garibaldi se iría "a primerita hora de la mañana".

Si no se hubiera apresurado habría perdido para siempre la oportunidad de vengarse del granuja.

No podía entretenerse. En cualquier momento podría pasar un vehículo hacia el pueblo. Ya había oído el ruido del motor de dos o tres que habían pasado por el largo y polvoriento camino, en una u otra dirección.

Por fortuna "El Bonitillo" apenas se movía. Debía estar ensimismado en sus sueños de empezar a darse la gran vida. Jano levantó despacio el rifle y adaptó sus ojos a la mirilla, moviendo el arma hasta centrar el objetivo. Perfecto. Las espaldas de Garibaldi eran anchas.

A lo lejos se oía el ruido de un motor. Parecía de un vehículo grande que fuera en dirección al pueblo. Si fuera así, Garibaldi le haría señas, subiría, y desaparecería. Imposible esperar. ¡Ahora!, se dijo. Jano disparó al mismo centro de la espalda, buscando el corazón a través de ella. El hombre giró sobre sí mismo, como una bailarina a punto de comenzar la danza, y cayó en la pequeña hondonada detrás de él.

El ruido del motor se hizo más potente, y un gran camión de reparto pasó de largo. Jano escuchó de nuevo. No se oía nada más. Tendría tiempo de mirar por última vez el rostro odiado, y asegurarse de que Garibaldi estuviera bien muerto, antes de esperar él mismo un vehículo que lo llevara al pueblo. Allí tomaría el tren que lo conduciría a la Gran Ciudad, en donde se reuniría con Sandor.

Corrió hacia la hondonada y miró hacia abajo. Los ojos negros miraban fijamente al cielo encapotado. La mano ensangrentada, atravesada también por la bala, sostenía aún un grueso y corto pliego de papel.

Era la declaración que establecía la inocencia de Sandor Rocco, firmada par Alano Rosén.

VICENTE ECHERRI

Nació en Trinidad, Las Villas, en 1948. En dicha ciudad hizo sus estudios primarios y secundarios. También cursó estudios de Teología en el Seminario Evangélico de Matanzas, sin llegar a ordenarse. Salió de Cuba con rumbo a España en 1979. Desde 1980 se encuentra radicado en los Estados Unidos, donde labora como traductor y trabajador social. Cultiva la poesía, la narrativa corta y el ensayo periodístico. Entre sus publicaciones se cuentan los poemarios Luz en la piedra *(1985) y* Casi de memoria *(1985). Actualmente reside en Nueva Jersey.*

LA CORBATA MANCHADA

Había pasado revista a las corbatas que colgaban de su ropero y ninguna combinaba con el traje de verano que se había comprado para estrenar la estación.

Necesitaba una corbata nueva, de color entero, que contrastase con las rayas del traje y la delgada línea azul-gris de la tela. Una corbata roja, de seda, que completara cierto aire italianizante de la chaqueta, y "cayera" con discreta elegancia sin los abultamientos que suelen hacer las telas burdas.

En su mente la corbata había adquirido una forma ideal, platónica, antes de materializarse sobre el tablero de una tienda.

Imaginó que alguien, sin saberlo la había confeccionado en algún remoto taller mediterráneo, predestinándose con cada puntada; y otras manos la habían empacado, con el mismo inocente cuidado, entre otras miles, para hacerla llegar, movida por un designio superior, hasta la tienda donde había de encontrarla ese día.

Sería, sin duda, una corbata cara; pero, por una vez podría permitirse algún lujo. "No todo puede ser rigor", se dijo, haciendo suya la consigna con que un viejo amigo justificaba sus excesos, y repasó de una mirada los zapatos alineados en su armario, las docenas de calcetines, los sombreros, para disculpar la compra de los cuales también le había servido la muletilla de su amigo. Cuando pensaba en el dinero que había invertido en trapos, él, la misma persona que había alardeado alguna vez de no desear más que un par de *jeans* y vivir libremente en medio de sus libros, lo asaltaba la inmensa congoja de todas las concesiones infantiles que había hecho a su vanidad: tal vez un modo de adquirir disfraces para ocultar el desamparo.

Admiraba sinceramente a quienes habían alcanzado el éxito con una capital inicial de diez centavos, a los que se habían enfrentado a toda clase de privaciones para convertirse al fin en holgados empresarios capaces ahora de satisfacer sus antojos; a los que se sentaban a ajustar las cuentas de un magro presupuesto; a quienes trabajaban 16 horas diarias para ayudar a emigrar a un pariente o amigo; pero a todos los admiraba del mismo modo que a los campeones de natación, los jugadores de bolsa y los cirujanos eminentes, con la certidumbre de que no tenía la menor vocación para lo que consideraba desempeño de un oficio imposible. A su pesar se reconocía hedonista y perezoso, alguien que espera que todo le fuera concedido como un don, hasta el de la prudencia que un buen amanecer le haría despertar con el firme propósito de domesticar su ociosidad.

Rumbo a la tienda había tratado de rechazar los remordimientos que le producía el plan de hacer la compra. Por un momento se apaciguó con la determinación de que trataría de obtener un buen precio. Después se consoló pensando que de seguro no encontraría lo que buscaba, puesto que lo dominaba una idea fija y no se transaría por aproximaciones: se marcharía fatigado luego de una hora de exploración inútil.

Con este ánimo llegó a Bloomingdale's donde camisas, cintos y pañuelos, en conjuntos abigarrados y deslumbrantes, se interpusieron brevemente en su camino. Anhelaba encontrar la corbata de su imaginación y, al mismo tiempo, temía que comprarla fuera una cesión desmesurada a su capricho.

En grandes perchas, como pájaros tentadores, se amontonaban las corbatas: de punto, de sarga de lana, de algodón estampado, de crepé de China... Alguna que otra, por una remota semejanza con su ideal, merecía un breve vistazo que le afirmaba su convicción de seguir adelante. Se alejaba ya del último de los mostradores cuando, de repente, la vio. Alguien la había dejado a un lado después de examinarla y aún no la habían devuelto a su sitio. Le bastó una mirada para percatarse de que se trataba de su sueño, su sueño de corbata hecho realidad allí en un pedazo de tela roja. El tacto le confirmaba su primera emoción: una seda muy fina, sin brillo. El reverso mostraba un acabado de gran delicadeza rematado por un sello en el que se leía: "handmade in Italy" con la firma de la casa y el habitual "100% pure silk". El precio colgaba de un cartoncito: treinta dólares.

Su primera reacción fue dejarla. Tendría que haber en aquella tienda alguna otra corbata de parecida calidad y menor precio. Treinta dólares por una corbata era un escarnio a su propia situación económica, dar rienda suelta a una insensata vanidad que no tenía otro fin que la ruina.

Regresó a otras mesas donde había visto, de pasada, corbatas de seda cruda de color entero, con la esperanza de encontrar alguna que le conviniera a mejor precio. Halló, en efecto, una corbata roja que parecía, a primera vista, idéntica a la que un momento antes lo deslumbrara, sólo que de un tejido algo más grueso. Pero después de examinarla por un rato, se dio cuenta de que el color sufría un sutil adulterio: rojo con un leve acento a naranja, lo suficientemente visible como para restarle firmeza a la prenda. La imaginaba con su traje y se sentía humillado, le parecía una corbata vergonzosa.

Más de una vez había entrado en una tienda seducido por un objeto caro, el más caro, y, limitado por el dinero, había tenido que avenirse a comprar otro, no sin hacer algún arreglo imaginario que elevara su compra a la dignidad que originalmente no tenía. Una componenda que conocía muy bien y que ahora estaba a punto de repetir; pero algo se sublevó en su interior: hoy puedes comprártela, por esta vez concédetelo, no aceptes ese color feo que siempre te hará recordar la otra que pudo hacerte feliz, no dejes las grandes esperanzas por las pequeñas.

En un intento de conciliar las fuerzas que pugnaban en él, trató de encontrar entre las corbatas de seda cruda —marcadas a quince dólares— alguna que tuviera el color de aquélla que lo había deslumbrado; pero no tuvo suerte. Es todo lo que tenemos, le dijo obsequiosa la dependienta, tal vez la próxima semana. Regresó al sitio donde había dejado la otra corbata, sobresaltado por el pensamiento de que, por su dilación, la hubiesen vendido o se hubiese extraviado entre centenares de sus congéneres; pero allí estaba, con la fidelidad de las cosas predestinadas. La tomó y la llevó al otro departamento. Debía comprarla con su posible sustituta antes de decidirse.

La comparación consiguió desasosegarlo aún más: la corbata de mayor precio aniquilaba, por así decir, cualquier otra que quisiera rivalizar con ella. El precio era, sin embargo, el punto de la duda. Quince dólares por una corbata era bastante dinero, aunque no constituía una flagrante vanidad; pero pagar treinta dólares por un trapo que cuelga del cuello le resultaba monstruoso, un precio que alguien de sus ingresos no podría confesar sin cometer una impudicia. Este último pensamiento, no obstante, lo descartó como una flaqueza. Había venido a Bloomingdale's a comprarse una corbata para un traje que quería estrenarse al día siguiente, y se la compraría.

Pensó que las dependientas podrían ayudarlo a elegir, buen modo éste de trasferirles la responsabilidad de la acción, de hacer recaer sobre otro lo que ya amenazaba con perturbarle la conciencia. Puso las dos corbatas juntas y apeló el buen gusto de la empleada. ¡Esta!, dijo la chica apuntando a la más barata, pienso que es la que mejor le va con el traje que usted dice. El, de inmediato, rechazó los resultados del arbitraje. De nada vale que trabaje aquí, tiene mal gusto, tal vez haya querido deshacerse de un cliente molesto. Se dirigió a otra, una negra corpulenta que hacía su faena con evidentes aires de suficiencia, y repitió la pregunta ¡Desde luego que ésta!, y señaló a su favorita con un inequívoco ademán; y cuando él le aclaró que la otra muchacha había elegido la contraria; la negra repitió el veredicto con un tono condescendiente.

Pidió que la envolvieran aprisa, pues se le hacía tarde para llegar a la oficina; aunque en verdad lo impulsaba también un deseo de consumar el trato lo antes posible. La corbata era suya, reservada para él —se dio a imaginar— desde antes de la fundación del mundo; una especie de complemento místico que venía a su vida para cumplir una función catártica, a revestirse de una antigua dignidad que asociaba con los varones de su casa.

Recordaba ahora que esta corbata era idéntica a la que su tío prefería para los trajes de dril cien y que desde niño tenía para él todo un aire de prepotencia adulta. Una corbata roja que, necesariamente, exigía un corpachón de 240 libras, una chaqueta de talla cuarenta y seis, una gafas enormes y un puro gigantesco. Por muy viejo que a veces se sintiera, no se imaginaba portando aquellas prendas: siempre sería un niño para aquellas gafas o para aquel cigarro que parecía, en manos de su tío, un elegante signo de poder, y sólo imaginarse con ese atuendo lo hacía sentir ridículo, como si usurpara, en una mascarada, la natural solemnidad del hombre que había tiranizado su niñez. Sin embargo, ese hombre también había sido su modelo, alguien a quien siempre había tratado de imitar. Suyo, lo reconocía, era ese hábito de fruncir el entrecejo, o el ademán de unir el pulgar y el índice para hacer gestos admonitorios; de él también esa vocación por las palabras altisonantes, por los discursos que contuvieran algunas frases lapidarias, como suya era la manera de erguir los hombros o de acordonarse los zapatos. Por eso no pudo evitar recordarlo cuando, al día siguiente, intentaba anudarse la corbata. Esta vez quería hacerse el nudo Duque de Windsor", que nunca había logrado aprender bien, y el mismo que su tío intentara enseñarle mientras, oloroso a Imperial de Guerlain, terminaba de vestirse frente a su tocador: una vuelta así, otra por debajo... ¡nada!, hasta ese día el nudo, como un perfecto triángulo equilátero, había sido atributo del inaccesible mundo de los mayores.

No podría decir si lo había conseguido. Pensaba que le faltaba aún alguna de aquellas vueltas que las hábiles manos del tío hacían como cosa de rutina; pero el resultado se parecía bastante: una apariencia más convencional, aunque no necesariamente más ordinaria. La corbata, con algunas naturales arrugas en el nudo, era un trazo impecable en medio del pecho que le hacía sentir que acudía al imponente estado del tribunal desde donde el tío impartía justicia con mano de hierro.

En el trayecto, en los andenes del subway, en medio de la muchedumbre que abarrotaba el centro de la ciudad, y en la reunión a la que asitió notaba un discreto reparo de la gente en su atuendo; pero especialmente en la corbata, que parecía recién sacada de una revista de modas y adecuada, al parecer, para posar con ella.

En esa admiración que provocaba la corbata había, no obstante, algo impúdico que, por un momento, le hizo desear que todos los transeúntes llevaran corbatas italianas de seda roja y perfectamente anudadas como la suya; pero su vanidad le hacía notar, en cambio, el interminable desfile de funcionarios de banco, oficinistas, corredores de bolsa, negociantes de toda clase que se sucedían junto a él con trajes mal cortados y corbatas que los hacían parecer fugados del patíbulo que conservaran aún el lazo de la ejecución.

Parejo con la vergüenza de ser testigo de aquel desfile de esperpentos que destacaba su presunción, sentíase pomposo, como si de verdad perteneciera a esa clase elegida gratuitamente —que no por obra del talento, ni de la fortuna, ni del poder, pero llamada a esos privilegios como un derecho— para representar los arquetipos de la especie; el mismo sentimiento que debe animar a un brahmín con tres mil años de abolengo que transitase, seguro de sus fueros, por una calle comercial de Calcuta.

Con ese porte de perdonavidas había entrado en un resturante donde tres camareras, imaginando acaso una propina a la altura del empaque, se habían apresurado a recibirlo: aquí, señor, frente a la ventana, por si espera a alguien, ¿almuerza solo? Sin ver el menú, había pedido el plato más sencillo para asombro de las obsequiosas sirvientas. Desayunaba tarde: huevos, jamón, patatas fritas, tostadas, café con leche. Comía con un apetito que excedía la compostura que merecía su atuendo y que le hizo despachar la refacción en pocos minutos.

Terminaba de comer cuando advirtió la pequeña mancha en la corbata, una mancha que, por su color, por cierto brillo oscuro, no podía confundirse con una gota de agua caída al azar. Justo debajo del nudo era una afrenta, una mancha diminuta que convertía su elegancia de un momento antes en el descuido de un patán.

En el lavabo del restaurante se esforzaba en limpiar la corbata con agua y jabón, aplicados con delicadeza pero, al mismo tiempo, con una especie de frenesí contenido, de cólera, y, como lo sospechaba, la mancha no desapareció, sino que resultó orlada por una segunda menos oscura, pero bastante visible como para producirle una vergüenza irritante. Mientras trabajaba esa tarde, miraba de reojo la corbata como quien contempla una irreparable calamidad. Sus compañeros de trabajo, tan mal vestidos como los que había visto antes en la calle, no dieron muestras de reparar en la corbata, ni tampoco en la mancha; desde lejos podría haber pasado inadvertida.

No bien llegó a su casa esa noche, trató nuevamente de hacer desaparecer la mancha, esta vez valiéndose de una loción que aplicó con un vaporizador a la zona manchada y que frotó luego con un paño. El resultado se lo temía, la corbata tenía ahora tres manchas concéntricas, y la última, la que había producido la loción, llegaba hasta los bordes de la tela.

No quedaba otra alternativa que mandarla a limpiar, que confiar la corbata a las rudas manos de un lavandero que, por bien que supiera su oficio, la manipularía sin el cuidado que uno suelo poner en un objeto que se ama. Al amanecer la había llevado a una tintorería cercana con el presentimiento de quien realiza un ritual consagrado a la fatalidad.

Luego, en la tarde, se había marchado al campo para pasar el fin de semana con unos amigos. Durante el viaje la corbata manchada volvía a su mente una y otra vez con una recurrencia opresiva: se sentía castigado en la corbata, como si una ley universal transgredida se hubiese restablecido con su ruina.

En el curso de la visita se había obligado a comentar el tema: una nimia acción que le había hecho percibir, como antes en otros acontecimientos insignificantes de su vida, el imperio de lo sobrenatural. La corbata se tornaba para él en un talismán maléfico que lo distanciaba de la armonía que intuía en el cosmos.

Sus anfitriones, a quienes preguntara si alguna vez habían sentido la proximidad de ese misterioso designio, afirmaban el vínculo en base a asuntos más significativos (el sentimiento de haber predestinados a la libertad cuando todas las puertas parecían cerradas para ellos, la impresión de estar sujetos a una tarea específica a la que azares no provocados los empujaban); pero, no, nada tan trivial como una corbata, una corbata manchada. Elevar el rango de especulación metafísica la mancha de una corbata les parecía, insinuaron, una especie de mito kafkiano objeto de la literatura, propio más bien de un cuento.

En la semana que siguió, como el que se dispone a demorar la llegada de un castigo (o de una buena noticia), había ido aplazando de ir por la corbata, mientras se iba apoderando de su ánimo la convicción de que la corbata no le pertenecía por naturaleza, de que no se había incorporado a su ser, de que le era ajena, como ajena le fue siempre aquella otra que luciera su tío. Cuando, justamente una semana después, se decidió a ir en busca de la corbata, sabía que caminaba a encontrarse con un signo que restauraría el orden subvertido por su acción de comprársela.

Tal como la viera la primera vez sobre el mostrador de la tienda, tenía ante sí ahora la corbata —a la que habían logrado quitar las manchas— despojada de la especie de aliento vital del que dependiera su encanto. Usted sabe, se excusaba el lavandero, la seda es tan delicada, hice lo que pude. El color estaba ligeramente desteñido y el forro se había arrugado lamentablemente. La corbata no era más el complemento de un elegante, era un despojo.

Como si representara un papel conocido, le dio vuelta: la costura estaba intacta, y el quizo zafarla para intentar alisar el forro; pero así que haló la primera puntada, se sintió poseído de un furor creciente, ciego, bárbaro, contra el pedazo de tela que tenía entre las manos. En segundos, y ante el asombro de los lavanderos y de algunos clientes, la corbata se había convertido en unos cuantos jirones con que podía entretenerse un gato.

De regreso a casa, como si aquella grotesca retribución lo hubiera absuelto, sintióse animado de una extraña y súbita alegría.

RAFAEL ELI

Nació en la ciudad de La Habana, en 1952. Emigró a Puerto Rico, junto con sus padres, en el 1962, y allí cursó estudios secundarios. Completó estudios universitarios en la Universidad de Rutgers, en Nueva Jersey y en la Universidad de Tours en Francia. También obtuvo una maestría en administración comercial de la Universidad de Fordham en Nueva York, donde reside en el presente. Ha participado en talleres para escritores, ofrecidos por el Instituto de Escritores Latinoamericanos en Nueva York y escribe cuentos cortos tanto en español como inglés.

SZETL

Szetl era un pequeño pueblo hebreo o shtetl en la Rusia Blanca. Estaba bajo la jurisdicción gubernamental de la ciudad de Grodno, la más grande concentración urbana cercana y era por esto que se decía, en el dialecto local, que Szetl quedaba en Grodno Gubernia".

¿Cuán grande era Szetl en tamaño? ¿Cuál era su población? Pues, Szetl era relativamente grande en comparación con otros shtetls de la Rusia Blanca y tenía una población de, aproximadamente, 25,000 habitantes que, en efecto, le garantizaba un lugar de preponderancia sobre los otros shtetls colindantes de Shmiliensk, Volkonov y Zhodinsk. Es más, que Szetl ya había entrado de lleno en el siglo XX, su población estaba al tanto de todos los acontecimientos del gran teatro y la magnífica literatura yiddish proveniente de Varsovia y se podría hasta decir que ya Szetl no era verdaderamente un shtetl en mentalidad.

Antes del gran fuego que arrasó con el centro del pueblo en el año 33, Szetl se había convertido en un pequeño pueblo mítico lleno de escolares que estudiaban los grandes libros religiosos como el Talmud o el Mishná, provenientes de Vilna, la capital de Lituania, y de Byalistok, Lublin y Pinsk. Pero, la característica más sobresaliente del pueblo era la creatividad de sus pueblerinos. Hasta en Varsovia habían escuchado sobre las proezas artísticas y mentales de esa población szetlera, como se apodaban ellos mismos los unos a los otros cariñosamente, y los directores de film y teatro yiddish terminaron en pelearse por obtener contratos con los muy talentosos habitantes. Fueron tantos los que recibieron favorables contratos monetarios que quedó Szetl casi abandonada de la noche a la mañana, con sus luminosos seres esparcidos através del mundo de la farándula hebrea desde Varsovia hasta Nueva York.

En el centro del pueblo vacío, los elegantes edificios "Belle Epoque" de construcción relativamente reciente, quedaron obfuscados y tristes en medio de la planicie de "Vais Russland", como le llamaban los hebreos a la Rusia Blanca. Durante varios años, se mantuvo Szetl en pie através de grandes nevadas, tormentas de hielo y ataques organizados por jaurías de lobos feroces que atormentaban al bello pueblo que un día había intentado competir con la belleza de Paris y Praga y el alto nivel de educación de la Jerusalén de David y Salomón.

Cuando los habitantes de las poblaciones colindantes de Shmiliensk, Volkonov y Zhodinsk cayeron en cuenta de lo ocurrido, después de varios años de letargo causado por la pereza innata de sus pobladores, comenzó el gran éxodo hacia Szetl y se batían en las carreteras para ver quién llegaría primero a esa gran metrópolis abandonada y para reclamar como propias las grandes mansiones de la Quinta Avenida de Szetl, nombrada así en honor a aquella otra Quinta neoyorquina de la cual tanto habían oido hablar los ex-habitantes de Szetl através de la correspondencia de familiares que habían emigrado a lo que ellos le llamaban la "Goldene Medina", el sueño dorado que venía a ser la América.

Cuando convergieron todos los 40,000 habitantes de Shmiliensk, Volkonov y Zhodinsk en Szetl, quedaron asombrados de la magnificencia del pueblo y experimentaron lo mismo que los españoles al descubrir las grandes ciudades mayas abandonadas del Yucatán, cuan cubiertas de selva y corroídas por la interperie seguían brillando en la grandeza de la civilización precedente. Pero, el calibre mental de estos nuevos pobladores no lograba comprender las sensibilidades de aquella Chichen Itzá del este.

El pueblo agraviado en lo más profundo de su alma le declaró la guerra a estos nuevos ofendedores y de lo alto de las magníficas torres comenzaron a caer ladrillos que asesinaban a los bebés en sus coches y aplastaban a las madres desoladas. En las mansiones, familias enteras desaparecieron en las entrañas de las escalinatas de mármol de Carrara que se desplomaban bajo el insulto del peso irreverente de los nuevos invasores. Poco a poco, el pueblo se fue comiendo a aquellos ignorantes y terminó por comerse a sí mismo hasta que lo que quedó no fué ni la sombra de lo que había sido. Los pocos sobrevivientes de aquella hecatombe decidieron castigar al malvado pueblo y le prendieron fuego. Desafortunadamente, el fuego arrasó con todo y no han quedado ni actas, documentos, registros, inscripciones o anotaciones que puedan comprobar que, en aquel lugar y por un tiempo muy limitado en la historia humana, haya surgido y reinado la intelectualidad de espíritu y la belleza visual.

Lo que nadie podía imaginarse era, que al morir el pueblo, desaparecieran los grandes talentos de los habitantes originales pues, el pueblo había tenido un poder mágico e hipnotizante sobre sus hijos. De repente, los grandes actores y actrices oriundos del desafortunado poblado comenzaron a fallar en los escenarios de la Segunda Avenida en Nueva York y en los celebres teatros varsovianos, londinenses, bonaerenses, habaneros y demás donde los repertorios yiddish reinaban. Se les olvidaban las líneas, tropezaban y tumbaban muebles y causaban accidentes mortales. Diezmaron la población artística yiddish en menos de un mes debido a trágicas muertes en los escenarios, fuegos accidentales o simplemente despedidas causadas por la inutilidad de mantener actores de poca inspiración en obras que requerían el máximo de talento. El público se reviró y boicoteó los teatros con grandes pérdidas para los magnates que se enriquecían con las producciones.

Los ex-famosos actores y actrices no podían comprender lo que había sucedido y se sintieron impotentes y perdidos. Sin embargo, como si existiera un plan previsto por el destino, todos aquellos que habían dejado al adorado pueblo natal de Szetl, decidieron a la misma vez regresar desde los cuatro confines del mundo para reanudar sus vidas en aquel misterioso y espléndido pueblo que recordaban y de repente añoraban después de tantos años. Los barcos zarpaban desde bahías remotas en dirección a los pueblos bálticos de Riga, Danzig, Talinn y Leningrado con sus cargamentos humanos de szetleros desesperados y patrióticos. Al llegar a estos puertos, llenaban los trenes en dirección a Vilna y de ahí a Grodno para después abordar los escasos taxis que los llevarían a Szetl.

Algunos terminaban caminando, otros alquilaban caballos o le pagaban a los campesinos polacos y rusos del área para que los llevaran en carretas, cualquier cosa por llegar a la destinación adorada. Ni que esta peregrinación augurara la llegada del Mesías.

Pero los días de la grandeza de Szetl habían pasado y al regresar los hijos pródigos al pueblo incinerado quedaron espantados, muchos se suicidaron, otros perdieron la razón y se paseaban por los campos de trigo salvaje comiendo yerbas tal y como el rey de Babilonia en el cuento de Daniel. El destino les había robado la gloria y el futuro y de ahí en adelante serían individuos ordinarios como todos los otros de los shtetls cercanos. Y en los libros de historia hebrea, Szetl terminaría siempre conocido como un shtetl cualquiera.

Por lo menos, esto es lo que me cuenta mi abuelo a los 91 años y con la memoria envejecida en el Miami Beach del final de su vida. Muchas veces me ha costado trabajo entender lo que relata en su idioma, que viene a ser una mezcolanza de yiddish ininteligible e inglés y castellano pisoteados con fuerte acento de ruso y nunca he sabido si creerle o no, pero como siempre narra con tanta convicción, es por eso que se los cuento. Yo nací en Cuba y del mundo de los judíos en la Europa oriental sólo sé lo que he escuchado.

Mi abuelo nació en Szetl y vivió durante "la época de oro" relatada. Fue un gran actor en Vilna en su juventud y ganó premios equivalentes al Oscar de Hollywood interpretando papeles escritos especialmente para él por el gran Sholom Aleichem. Después de la gran desilusión experimentada al ver que perdía su arte y del retorno al pueblo consumido, se montó en el primer tren trans-europeo con dirección al Atlántico, atravesó el continente y zarpó en el primer barco de La Rochelle, en Francia con dirección hacia la América. Se bajo en la primera parada que vino a ser La Habana y vivió durante largos años en La Habana vieja, entre chinos y prostitutas trabajando como un sastre y zapatero pobre y ordinario. Finalmente, al reclamarlo sus hijos, terminó por salir de Cuba a mediados de la década de los sesenta y hoy día vive en un minúsculo efficiency studio en Collins Avenue y calle siete y apenas se mantiene con el seguro social que recibe del gobierno americano.

Dedicado a mi abuelo:
Abraham Mowszowics (1894-1991)

PEDRO ENTENZA ESCOBAR

Nació en La Habana, en 1932. Se graduó de Bachiller en Letras en el Colegio de Belén y en 1954 obtuvo su doctorado en Derecho en la Universidad de La Habana. Ejerció como abogado en esa ciudad hasta su salida al exilio en 1960. Después de una estadía en Puerto Rico, se radicó en los Estados Unidos, dedicado a la enseñanza de la literatura y a su labor creativa como narrador y poeta. Su primera novela titulada No hay aceras *(1969) fue publicada por la Editorial Planeta de Barcelona y ganó el premio* Villa de Torrelló *de ese mismo año. Falleció trágicamente en Washington D.C., en 1969. Dejó una novela inédita premiada, titulada* Penélope.

NO HAY ACERAS
(Fragmento)

--Ey, Raúl, viejo, qué se cuenta, mi hermano. Acabando, ¿eh?, acabando como siempre.
—Eh, aquiubo, Santiago.
—Señorita.
—Ah, mira, perdona, acá— mira a Julita —una amiga, acá— se vuelve a Santiago —un amigo.
—Mucho gusto, señorita. Y a ti se te ve muy bien, Raúl, compadre, esa calva te está matando.
—Y de ti ni se diga, estás lleno como un buey.
—No, si te digo que estás acabando, calvito.
Santiago le da una palmada a Raúl en la espalda y se dirige a Julita: —Joven, me parece que no oí su nombre.
Julita ha estado tomando el jugo y mirando alternativamente a ambos hombres.
—Julia Martínez.
—Santiago García, mucho gusto.— Apretón de manos. —Caramba, y su cara me parece conocida.

Intranquilidad de Julita. Se recupera: —Sí, muchos se confunden conmigo, parece que tengo una cara muy imitada.

Santiago tiene mojados la camisa y los pantalones. Entra una pareja, el hombre resbala y por poco se cae en el segundo escalón. Vienen con un paraguas abierto que chorrea.

—Ciérralo, que trae mala suerte.

Él cierra el paraguas con gesto de haber oído lo mismo otras cien veces. Van a sentarse en una de las mesas que están cerca de la entrada de 17. Julita escudriña a la mujer, que está en sus treinta y cinco. El hombre, no se sabe, tiene un cansancio de edad indeterminable. La mujer cruza las piernas y al hacerlo queda al descubierto un buen trozo del muslo derecho. Santiago lo nota y se dirige a Raúl y Julita.

—Bueno, ustedes perdonan, ¿eh?, tengo que saludar al que entró, que lo conozco del barrio. Mucho gusto, señorita.

—El gusto ha sido mío.

Raúl se sonríe. Raúl tiene un empaste de oro en una muela, el primer molar inferior de la izquierda según se le mira de frente. Tiene que reírse para que se le vea. Raúl ahora se ríe en clave de ja.

—Bueno, este Santiago es la candela.

—Y eso que está todo mojado.

De los álamos cae mitigada el agua a la acera. En el toldo suena a bofetadas la lluvia.

—A ver si acaba de escampar.— dice con tono impaciente la mujer del vestido azul floreado.

Queno y Patrocinio van en el penúltimo asiento del autobús.

—No seas bobo, compadre. Cuba se come a los yankis en los amatéurs, tú no ves que los yankis na más que piensan en ganar dólares y se meten a profesionales en seguida, pero aquí, nosotros, mira, compadre, si con el zurdito ese que pitchea como...

Patrocino interrumpe a Queno: —bueno, sí, las tira duro, pero un suponer que el zurdo se pone guail, y entonces ¿qué?, ¿a quién ponen?

—Un suponer, un suponer, pues no se va a poner guail, pa que usted vea.

—El problema es que los americanos se meten tremendo bistesote todos los días y aquí no hay ni carne de callo.

—Habla bajito, compadre, que me perjudica.

—Te perjudico de qué, a ver, ¿tú no dijiste que aquí había libertad?

—Libertad sí, compadre, pero tampoco es para estar insultando.

—Yo lo que le digo a usted es que aquí ya no queda ni pa donde amarrar la chiva, y si eso es insultar, que venga Dios y lo vea. Y ahora mire usted esta guagua.

—Pues, ¿qué tiene de malo esta guagua?

—Pues que está desbaratando de las ruedas al techo, ¿o es que no lo ves?

—No está ni mejor ni peor que antes. Y ya verás cuando las inglesas.

—Las inglesas las estamos esperando desde hace yo no sé cuantos meses y no acaban de llegar.

—Habla bajito, compadre, que me perjudica.

—Y un suponer, las guagas llegan, ¿y qué? Al mes el petróleo de mierda este las desbarata, en un mes acaba con ellas.

—Yo no sé por qué tengo que aguantar estas descargas, compadre, tú lo que eres un tremendo gusano. Mira, vamos a hablar de pelota otra vez, que por ahí vas por mal camino y va y te escachas.

Los otros dos hombres que habían estado bebiendo cerveza van en un asiento paralelo al pasillo. El ómnibus corre por San Lázaro abajo, a ambos lados edificios de tres o cuatro pisos, allá uno más alto: diez o doce pisos, más moderno que los otros, de los años 30, con el estilo de aquel tiempo: balcones que rematan en ángulos curveados, ventanas de ojo de buey, fachada limpia de cornisamento. La universidad ha quedado atrás, su escalinata se ve aún por la ventanilla trasera del autobús. San Lázaro es ancha, y el viento del sudeste se mete en el vehículo. Aire de agua. Los peatones se apuran en busca de refugio. Los nubarrones tapan el sol y se diluyen en aguacero.

—Y tenía que llover hoy por la mañana. A ver si escampa pa cuando lleguemos. La verdad es que el máximo está salao. Las tres últimas veces que ha metido un discurso le ha llovido, y eso que según dicen tiene un buen resguardo que le hizo un santero de Guanabacoa y que lo lleva siempre del cuello.— El hombre exhibe al hablar el espacio vacío de diente de su boca.

—Oye, ¿tú has visto al máximo de cerca?

—Hombre, viejo, el máximo y yo somos como hermanos. Figúrate que una vez hasta le salvé la vida.

La expresión del otro se anima: —¿Cómo fue eso?

—La cerveza estaba de bala.

Eructa. Le faltan dos de los dientes superiores. Se mueve mucho en el asiento y gesticula constantemente con las manos. El otro insiste:

—Oye, chico, qué tiene que ver la cerveza con lo del máximo.

—No, nada, viejo, pero me ha dado unas ganas de erutar de su madre. Bueno, pues como te iba diciendo, estábamos en un mitin de los Ortodoxos, fue ya hace algunos años, el máximo tendría como más o menos veinte años y ya tú sabes cómo era, sabes, muy lipidioso y gallito y quería siempre estar hablando; pues, viejo, va y entra un tipo que me lució sospechoso desde el primer momento, porque me parecía que lo había visto en una entrada a tiros que hubo por el Prado cuando mataron a Chucho el mexicanito, ¿te recuerdas?, bueno pues llega el punto ese y el máximo habla que te habla y no se da de cuenta de que el punto ha entrado, pero yo sí que me di de cuenta, y el tipo llega de jorocón, ¿comprendes? y me doy de cuenta de que trae pistola en el bolsillo de atrás junto al fondillo, y el tipo se levanta y le dice al máximo: "Tú mataste a mi hermano de espíritu, cabrón", y el tipo va a jalá por la pistola y yo que estoy al lado le meto un empujón y el tipo se cae y los de alrededor se echan a correr y el máximo se esconde por debajo de unas sillas. Al tipo se le cayó la pistola y voy y la recojo y le digo al tipo: "Mira, mejor te vas antes de que te ponga una fábrica de plomo en la jeta." Tú sabes como yo soy, ¿verdad?, que desde que se inventó la coba no me fajo con nadie, pero el tipo se apichinó y se fue echando un calcañal.

—Eso es un paquete.

El hombre que antes estaba impaciente por oír el relato ahora está enojado. El hombre es bajo y corpulento, tiene bigote y pelo negro, habla con acento español y encarama la ceja derecha, ceja gallega, espesa, robusta, erizada.

El hombre al que le faltan dientes muestra sorpresa: —¿Qué dice, hombre?

—Que lo que dices de que estabas en un mitin de los Ortodoxos no puede ser porque tú eras de la dictadura.

—No hombre; además, lo del mitin fue antes de la dictadura.

—Sigo sin creer nada de lo que me has dicho.

—Mira, gallego, por mi madre que es verdad.

Se besa el pulgar de la mano derecha, que ha puesto con el índice en forma de cruz. Patrocinio, varios asientos de atrás, con la carne que le bota a traición, se ha quedado dormido. Queno trata de cerrar la ventana, el agua le salpica, no puede cerrarla, se incorpora.

—Ey, aguanta en la siguiente, compañero. Y tú, Patro, vamos, compadre, despiértate.

HALL ESTRADA

Hall Estrada, nació en La Habana, en 1943. Es historiador de la música popular cubana. Vive en Miami desde 1983. Ha publicado Estudio de un libro, su autor y la órbita de ambos *(1981); también, muchos ensayos, artículos periodísticos y cuentos en Cuba, Jamaica, México, Colombia y los Estados Unidos. Ha obtenido galardones literarios en concursos de cuentos en Miami, París y New Jersey.*

Estrada tiene un libro de cuentos inédito (Viento azul) *y, en la actualidad, prepara dos obras:* Música y mentiras en Santiago de Cuba *(historia) y* Cambio de cabeza *(novela). Reside actualmente en Miami.*

ROMEO, JULIETA Y LA MUERTE

La Muerte, vestida de enfermera, avanza por el pasillo del hospital. Romeo, arrodillado junto al cuerpo de Julieta, llora inconsolable.
—¿Cómo fué? —pregunta la Muerte.
—No sé —dice Romeo—. Paseábamos felices por el lago. Yo iba remando y Julieta cantaba. De repente, ella dejó de cantar, se llevó la mano al pecho y cayó al fondo del bote. Los médicos diagnosticaron que había sido un ataque al corazón.
—¿Sufres?
—Por supuesto. Éramos más que felices. Habíamos hecho realidad nuestros sueños, y la vieja leyenda de Romeo y Julieta fue destruída por el amor que nos profesábamos. Nuestros nombres habían dejado de ser malditos. Sin embargo, la desgracia ha llegado a nuestros destinos, y ahora nuestra historia es muy parecida a la de aquéllos...
—En la otra historia Romeo también murió.
—Yo no moriré —protesta Romeo—. Estamos en una época diferente. Yo amaré el recuerdo de Julieta, pero asimismo trataré de seguir viviendo. Mi dolor es muy grande, y sé que el olvido demorará

en llegar. —Se yergue y mira a la Muerte, de frente—. Yo viviré porque esta historia ha terminado. No creo en el más allá, ni tampoco en que los muertos se reúnen. el tiempo borrará mi dolor y algún día volveré a amar. No será Julieta, pero existen muchos nombres de mujer.

La muerte sonríe. Va hasta la camilla, donde descansa el cuerpo de Julieta, y la observa, en silencio. La joven es hermosa. ¿Habría sido la otra Julieta tan bella como esta? Han pasado varios siglos y la Muerte no recuerda con exactitud a los personajes de la tragedia, transformada en leyenda, que luego un escritor hizo inmortal. Mas la Muerte sabe que la historia fue cierta, que aquellos jóvenes se amaron intensamente y que ella, la Muerte, cegó las vidas de ambos. Ahora, Julieta duerme el sueño de los justos, y Romeo sufre y vive. Porque los tiempos cambian y los conceptos de hoy no se parecen a los de ayer.

—Y si los muertos tuviesen una vida ulterior ¿te marcharías con ella? —pregunta la Muerte a Romeo.

—Eso no es verdad.

—¿Y si lo fuera?

El guarda silencio, pensativo. No se atreve a responder. ¿Hasta dónde llega su amor? ¿Sería él capaz de morir para reunirse de nuevo con Julieta? Detiene su mirada en el rostro hermoso, que reposa en la camilla del hospital. Sí, recapacita. El la ama, aunque ella esté muerta, y la seguirá amando. Desconoce cuánto durará su amor, pero también está convencido de que será por mucho tiempo. Si él estuviese seguro de que existe otra vida después de la muerte, llegaría hasta el suicidio, como aquel Romeo de la antigüedad.

—Sí —responde Romeo, con firmeza—. Con tal de reunirme con ella otra vez, yo sería capaz de cualquier cosa.

—Entonces, mátate —ordena la Muerte.

-¿Por qué? —interroga Romeo, sorprendido.

—Yo soy la Muerte —confiesa ella—. Yo conocí a los otros Romeo y Julieta y yo sé que ellos son felices en el más allá.

—¡Estás loca! —grita Romeo—. Tú eres una enfermera.

Ella sonríe, y su cara de mujer da comienzo a una transformación. Su piel empieza a destruirse, las cuencas de sus ojos se vacían y aparece el verdadero rostro de la Muerte: una calavera. Romeo se aterroriza, cae al suelo de rodillas, trata de decir algo y no puede.

—¿Me crees, ahora?

—Sí —balbucea él.

—¡Mátate!

—Mátame tú, si es que eres la Muerte.

—La Muerte no puede matar. Yo soy una mensajera del Destino.

Cada cual tiene libre albedrío para escoger su futuro. Yo sólo ejecuto las órdenes que recibo, y, a veces, aconsejo, guío. Mátate, y volverás a estar junto a ella. Mira —dice, y extiende su huesuda mano—. Aquí tienes un bisturí. Con él podrás lograr tu propósito.

Romeo, aterrorizado, no desvía sus ojos de la Muerte. No se atreve a tomar el instrumento quirúrgico. Ella se acerca todavía más al joven con el arma entre sus falanges descarnadas. Romeo, lentamente, acerca su mano. La Muerte deja caer el frío metal entre los dedos de él y después se aleja por el pasillo.

Romeo queda sólo, con el bisturí entre sus dedos. Se yergue de su posición, para luego acercarse a Julieta. Toca sus manos yertas. Besa sus me mejillas aún tersas. Comprende lo mucho que la ama, y piensa también que ambos serán felices en el más allá, en aquella vida ulterior adonde van los que abandonan el mundo de los vivos. Romeo levanta el arma y golpea su pecho con el acero homicida. Cierra los ojos y se dobla sobre sí mismo, para caer al suelo.

La Muerte regresa vestida de blanco, con la personalidad de la enfermera. Se acerca a Romeo, comprueba que está muerto, y entonces mira el cuerpo inerte que descansa en la camilla. Julieta abre los ojos.

—¿Qué ha sucedido? —pregunta la joven.

—Un ataque de catalepsia —responde la Muerte. Y se aleja de nuevo por el pasillo del hospital.

JORGE FEBLES

Nació en Cárdenas, Matanzas, en 1947. En dicha ciudad estudió en el Colegio de los Reverendos Padres Trinitarios hasta el segundo año de bachillerato. A fines de 1961 se marchó con su familia a Miami y luego a Iowa, donde terminó la escuela secundaria. En St. John's University, de Minnesota, estudió historia norteamericana y español. En 1975 se doctoró en literatura hispánica en la Universidad de Iowa. Desde 1980 es profesor de lengua, cultura y literatura hispanoamericana de Western Michigan University. Ha publicado artículos sobre literatura española, en general y literatura cubana, en particular, así como cuentos y poemas en diferentes revistas especializadas. Ha editado u volumen titulado Cuentos olvidados de Alfonso Hernández Catá.

DESENLACES: EL ENCIERRO

Voy caminando por una calle ancha y sinuosa, bordeada de arbustos cuadriculados, tilos y arces amarillentos. Cerca de una esquina veo a cuatro hombres vestidos con monos azules. Todos llevan pañoletas verdes al cuello y están encaramándose en un camión Ford casi desvencijado. Uno me grita lleno de pánico: "Cuidado. Escóndase. Mire que el encierro de Victorino está a punto de comenzar." Primero no entiendo bien. Luego me avispo y escrutino el horizonte buscando algún indicio de lo que va a ocurrir. No veo nada. Me doy vuelta, pero por atrás todo se me vuelve opaco. Entonces, al hacer girar la cabeza, descubro a mi izquierda una bocacalle imprevista. Al fondo de ella diviso una amplísima dehesa en la cual pastan varios toros mansos junto a un toraco descomunal. Comprendo en seguida que pronto habrá de abalanzarse sobre mí. Por eso, en lugar de huir hacia el camión que se me hace muy distante, prefiero ocultarme donde sea. Pero todo a mi alrededor son paredes inexpugnables, puertas cerradas, ventanas inaccesibles, árboles cuyas ramas se me fugan. Noto de repente unos arbustos y me meto en ellos, arañándome con las agujas de estos pinillos simétricos que me sirven de burladero cuando ya cobijado noto que el animal se me va viniendo encima a todo correr, pero luego detiene su embestida frente al endeble obstáculo que traspasará, si lo quiere, de un solo porrazo. Es colorado, ojo de perdiz, alto, largo, corniveleto, pesado como una rastra cargada de azúcar. Su mirar no se me presenta asesino, sin embargo, y pienso que de estarme quieto, de limitarme a observarlo bien callado, llegaremos a un entendimiento pacífico. Además, los del camión seguramente habrán de llamarlo, habrán de provocar alguna arrancada para que el encierro prosiga según conviene.

Seguimos paralizados los dos, nuestros ojos fijos en cada cual como si fuéramos espejos, hasta que, de repente, me sorprendo al discernir un niño de escasamente dos años que ha surgido a las espaldas del monstruo. Anda hacia él tan tranquilo este chiquillo pequeño, rollizo, de negro pelo ensortijado, torera tez gitana, sonrisa evanescente, mirar preciso, que lo imagino duende o aparición hasta que lo reconozco, hasta que me percato de que es mi hijo (Juanillo, o Lope, o Arturito, no sé bien), el gracioso bailarín que se acerca a la bestia roja, el niño pródigo a quien dejé dormido y seguro en casa hace apenas unos minutos, es él (Juanillo, o Lope, o Arturito) a quien ahora contemplo contemplado por el toro que se va volteando y se muestra confuso ante esta agresión diminuta. Presagia que su mundo insensible ha sido invadido por la sombra de una pesadilla frágil, la cual hay que arrancar de cuajo para vencerla y, sin meditarlo, gira con atlética brusquedad, abandonándome a mí que ahora quiero gritar a la figura pequeña ya amenazada pero todavía impávida, que quiero despabilar a chillidos para que se lance al suelo, para que no corra ni prosiga hacia adelante, para que se proteja la cabeza con las manos y me dé tiempo de tomar al bruto por la cola, de halarlo hacia los arbustos tras los cuales estoy como desfallecido y allí enredarle la cornamenta en las agujas, las ramas, el lodo, mi propia camisa humedecida por el miedo, pero ni el alarido estalla ni el gesto premeditado surge con la debida rapidez y el toro baja la testuz con despaciosa suavidad, apunta la cintura del niño con el pitón derecho y, sin darle espacio para una huida jamás insinuada en cualquier caso, lo levanta en vilo, lo suspende un instante en el aire y veo como la afilada punta del cuerno barrena hasta salir por la espalda de la criatura mientras un chorro de sangre brota por donde antes estaría la hebilla de su cinturón y le noto a él la mirada vidriosa y miro en los ojos del toro, azules de odio, de frío heredado, y voy a llorar horrizado cuando escucho a los del camión que vitorean y logro distinguir la exclamación de alguno: "Si por ése hemos de juzgar, bonito encierro es el que esta año nos ha mandado el Victorino."

DANIEL FERNÁNDEZ

Nació en La Habana, en 1947. Trabajó durante 10 años en los muelles de esa ciudad como bracero/estibador. Cursó cuatro años en la Escuela de Letras de la Universidad de La Habana; pero sus estudios fueron interrumpidos en mayo de 1978 cuando fue detenido y sancionado a 4 años de privación de libertad por haber escrito la novela La Vida Secreta de Truca Pérez *y otras obras antigubernamentales. En septiembre de 1979 fue indultado con un grupo de presos políticos. Viajó a EE.UU. en diciembre de ese mismo año. Reside en Miami, donde trabaja como traductor, astrólogo, cartomántico y escritor "free lance".*

AVE MARÍA

Si la Virgen volvía a aparecérsele a Ramiro, tendríamos que matarlo. Ya habíamos intentado todo lo posible para impedir que saliera, siempre sin ropas, a caminar por las calles, ofreciéndole a los asombrados transeúntes sus rosarios de semillas de corojo.

Primero lo amarramos al camastro en que dormía; pero apenas dijo: "Ave María Purísima", se elevó, con camastro y todo, hasta el techo de la habitación. Luego lo encerramos en una de las pocas celdas que habían quedado en pie en la cárcel del pueblo; pero al otro día todo el local amaneció lleno de rosas blancas. Por último, lo recluimos en el recién construido hospital del ejército; y le llevamos montones de semillas de corojo para que se entretuviera haciendo rosarios, a ver si se le quitaba la idea de salir a la calle en cueros. Afortunadamente, en el hospital los milagros se limitaron a un penetrante olor a rosas que invadía el lugar todos los días a las seis de la tarde.

Estábamos aterrorizados con tantos milagros, además, ya las gentes comenzaban a ponerse en el cuello sus rosarios de corojo, y hasta a rezar el Angelus al caer la tarde.

Aunque el Concejo de Reestructuración Patriótica tenía un programa estricto en el que se prohibía prácticamente todo lo que no

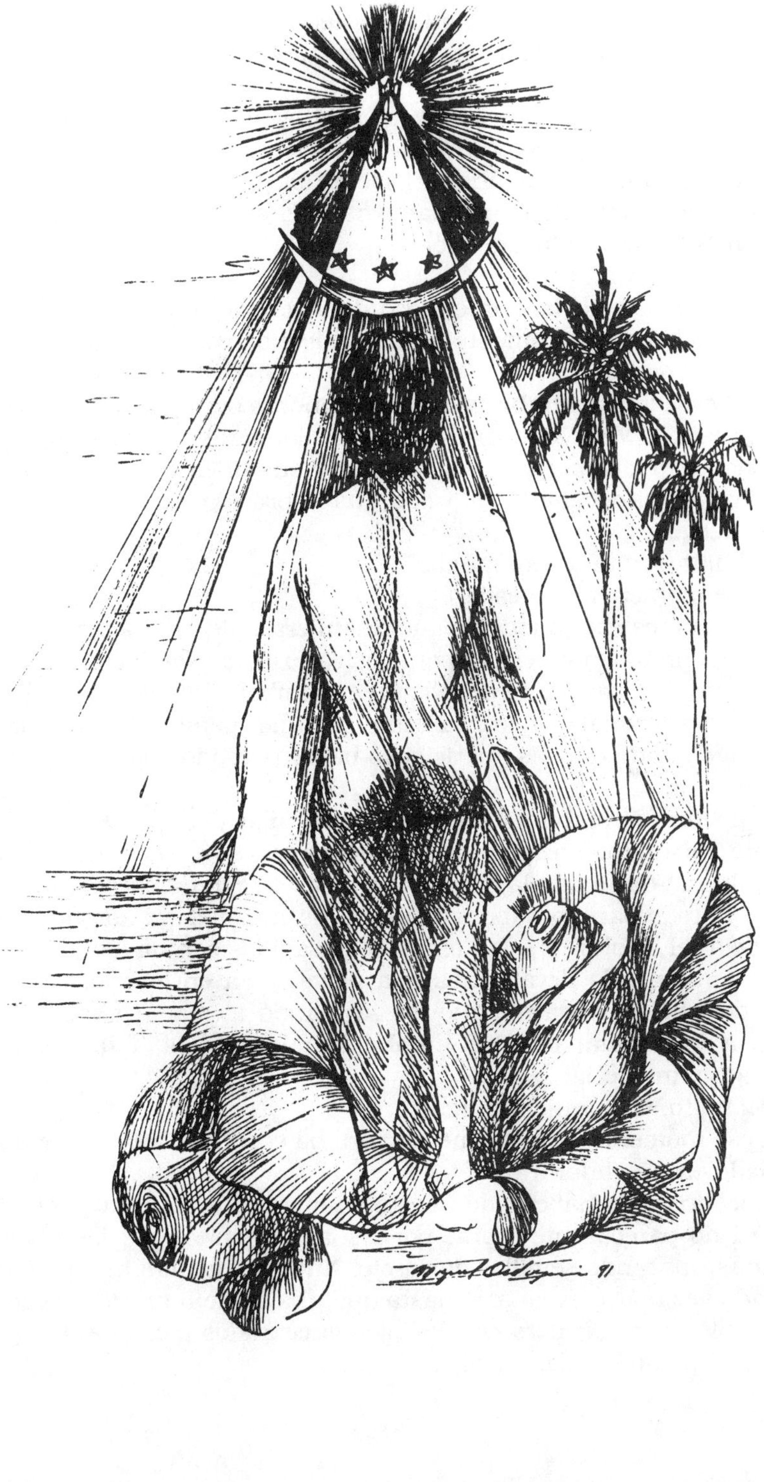

era obligatorio; entre sus infinitas ordenanzas y prohibiciones no había nada prescrito para las alucinaciones, los camastros voladores, y las lluvias de rosas.

Me encomendaron a mí el vigilar a Ramiro, y el convencerlo de que las rosas y la Virgen eran sólo producto de su imaginación. Utilicé todos los métodos retóricos, lógicos, silogísticos, y persuasivos; pero ante los más claros razonamientos, él siempre respondía con una sonrisa, y mirando a lo alto:

—La Señora va a volver.

Esta situación acabó con el poco de serenidad que me quedaba. Comencé a beber nuevamente, y con el alcohol, volvieron las pesadillas con mi madre:

"Aun viva, la arrastraba hasta las hogueras en que quemábamos a los muertos. Veía su cuerpo entre las llamas consumirse poco a poco, hasta que comenzaban a calcinarse sus huesos. Sin embargo, su rostro permanecía intacto, y con una impresión de dulzura inefable me decía:

—Mi hijito, yo te quiero mucho".

En ese momento me despertaba.

Aterrorizados con la idea de que produjeran disturbios populares, el Concejo finalmente permitió que los rosarios de semilla de corojo, convirtiéndolos, mediante un edicto, en símbolo egregio de la laboriosidad tradicional del artesanismo popular perenne". Poco después, en vista de que las apariciones habían cesado, decidieron soltar a Ramiro.

Mi misión fue entonces seguirlo por las playas desiertas, donde, siempre desnudo, recogía las semillas para sus rosarios. Ya no predicaba, ni decía que la Señora iba a volver. Sin embargo, a pesar de que ya todo parecía haber vuelto a la normalidad, yo no pude volver a dejar el alcohol, y seguí teniendo pesadillas con mi madre:

"A empujones la llevaba hasta la playa, y ya en la orilla, la iba cortando viva en pedazos, que iba arrojando al mar. Cuando sólo quedaba la cabeza, ella me miraba con unos ojos infinitamente amorosos y me decía:

—Mi hijito, yo te quiero mucho".

En ese momento siempre me despertaba con el corazón acelerado y bañado en un sudor frío.

Al mes justo de haber sido puesto en libertad, Ramiro dejó de comer. Ya no parecía interesarse por los largos paseos por las playas solitarias buscando semillas de corojo. Nuestras caminatas se hicieron cada vez más espaciadas, hasta que una tarde Ramiro se negó a salir. Pálido y débil; pero con los ojos encendidos con una luz que hacía tiempo no le veía, me dijo:

—La Señora va a volver.

Nunca supe si volvió a ver a la Virgen o no; porque esa misma noche lo mataron. al igual que en otras muchas ocasiones, aprovechando los momentos en que yo me debatía con mis pesadillas, esa noche Ramiro salió a caminar por la playa bajo una tormenta. Al otro día, en lugar de encontrarlo como de costumbre, con la mirada perdida y un morral lleno de semillas, sentado en el portal de la casa, me lo encontré a la orilla del mar, lleno de arena, puñaladas y mordidas de cangrejos.

Siguiendo órdenes del concejo, enterré su delgado y apuñaleado cuerpo detrás de nuestra casa. Ese día hubo un fuerte terremoto en la ciudad que echó por tierra nuevamente el hospital militar. Sólo quedó en pie la habitación en la que habíamos tenido encerrado a Ramiro. A la mañana siguiente, los altoparlantes de la esquinas volvieron a lanzar una prohibición contra los rosarios de corojo por ser un "baldón retroactuante contra la moral patriotizada acelerativa del futuro ingente".

El concejo me dio quince días de descanso pagado, quizá porque nunca creyeron que no había sido yo quien había matado a Ramiro. Ante su ausencia, estos días de descanso me resultaban muy largos. Deambulaba por la casa vacía sin saber que hacer. Revolvía sus viejas estampas de santos, sus morrales y sus libros de rezos; pero siempre terminaba bebiendo hasta que caía en profundo sopor de los que sólo salía para entrar en los horrores de las pesadillas con mi madre:

"Yo mismo la delataba por vender rosarios de corojo. La metía en una celda, donde lentamente la iban llenando de cadenas hasta que sólo su rostro era visible sobre el montón de hierros. Entonces me miraba con un cariño que me traspasaba, y me decía:

—Mi hijito, yo te quiero mucho".

Cuando me despertaba, sofocado y empapado en sudor, mi único consuelo era salir a caminar por las playas vacías en las que había acompañado a Ramiro.

Sin saber cómo, yo también comencé a llenar sus gastados morrales con semillas, y día terminé por sentarme desnudo en el portal a engarzar rosarios. Esta semilla operación no sólo me calmaba los nervios, sino que me traía a la memoria agradables recuerdos de Ramiro y sus ojos luminosos.

Dejé de ponerme ropas, y ahora pasaba las noches recogiendo corojos, y los días engarzando rosarios. Abandoné finalmente la bebida, y las pesadillas con mi madre se fueron haciendo menos frecuentes hasta que desaparecieron.

Una noche, después de un aguacero, caminaba por la húmeda

playa buscando semillas, cuando descubrí unas rosas blancas en la arena. Extrañado, me incliné a recogerlas; pero de pronto comenzaron a caerme rosas en las manos, en la cabeza, en todo el cuerpo. Me volví hacia lo alto y vi en el cielo encapotado un triángulo abierto por el que caía una incesante lluvia de rosas, y en medio de las rosas, el rostro amoroso de mi madre que me decía:

—Mi hijito, yo te quiero mucho. Yo soy la Virgen de la Caridad del Cobre.

FELIX FERNÁNDEZ

Nació en Oriente, en 1938. Se graduó en Bachiller en Camagüey. En la Universidad de La Habana estudió Derecho y Filosofía y Letras. Fue profesor de Derecho consular de dicha universidad, cargo al que renunció antes de su salida de Cuba. Desde muy joven cultivó la poesía y la cuentística. En el exilio ha realizado estudios en Madrid y en las universidades de New Hampshire y Harvard. Radicado en Boston, ejerció la enseñanza en el sistema escolar de dicha ciudad por más de 3 décadas.

EL FAROL

Era la hora del sueño; la ciudad escondía los juguetes; sólo el farol de la esquina, con su poca luz, alumbraba al hombre golpeado por la multitud enardecida:

¡Que muera! ¡Que muera el traidor....!

Mis manos flacas e impacientes se crispaban temblorosas en los barrotes de mi ventana. Eran muchos. Nada podía hacer. Tenía que esperar...

"Se anuncia mal tiempo, parte nublado, con lluvias diseminadas por el territorio nacional", "ahora continuaremos con nuestro programa de música popular".

Cuando por las últimas calles desaparecían los gritos de la turba, crucé la ventana y me dirigí al moribundo:

¡Perdónales, no saben lo que hacen!, dijo con voz triste y resignada.

Saqué de su bolsillo un sedoso pañuelo. Limpié la sangre de su rostro. Vi que sus facciones eran rústicas y sus ojos de un azul encantador. (¡Valía la pena tenerle por regalo! un nuevo padre, hermoso triste y perseguido!

Casi arrastrándonos pasamos la verja, después el traspatio hasta la zanja oculta de las altas gardenias. Era donde lloraba, en las tardes tristes, para que el alma no me viera. Volví a mi cuarto. Me sentía cansado y satisfecho, pero temía. No podía dormir; contaba las

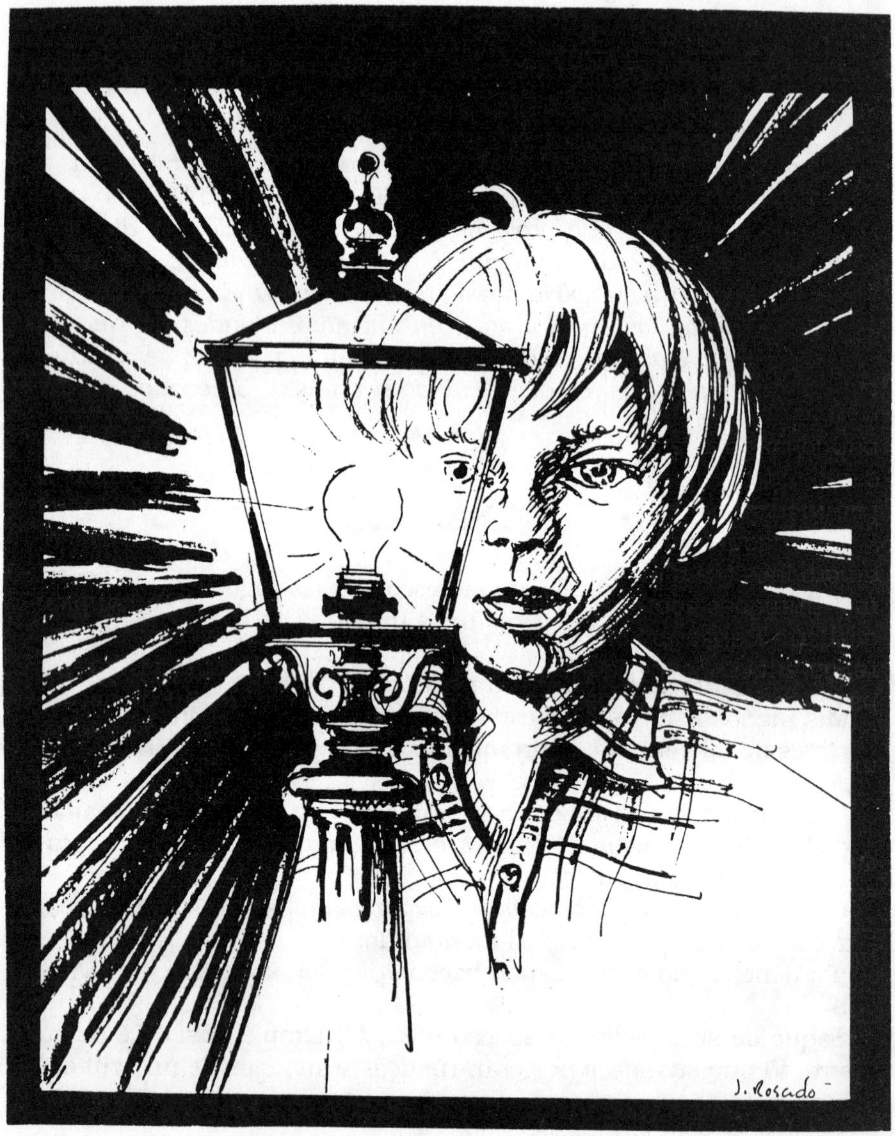
J. Rosado

figuras dibujadas por el farol de la esquina sobre la pared de ladrillos carcomidos...

"Queridos oyentes, nos despedimos del aire, con las últimas noticias, incluyendo la lista de fusilados por delitos contrarrevolucionarios..."

En un intervalo de lluvia, desperté. El grito de los niños, en la esquina me anunciaba que el día de reyes había llegado. Miré debajo de la cama automáticamente. Nada. Yo no quería ir a buscar regalos a aquel lugar donde me insultaban y me hablaban mal de mis padres. Además, ya los juguetes no eran tan buenos como antes...

De pronto, el zumbido de la sirena del carro policial, acalló el vocerío de todos y se detuvo en la misma esquina del farol.

¿Dónde está el fugitivo? preguntó un teniente, con barbas rojizas por el cigarro, bajándose del vehículo— A ver tú. ¿Sabes dónde está?

Mis manos vacías, se metieron nerviosamente en los bolsillos. No tenía juguetes este año. A mis padres, también los habían venido a buscar; los habían llevado a la pared de los traidores, según decían, donde no pueden verlos jamás. Pero a éste sí que no me lo iban a llevar. Sabía que era difícil encontrarle. Además me había besado diciéndome: ¡hijo mío!

Señores, les juro que tres hombres vinieron en un coche azul y se lo llevaron —les dije sin titubear.

Al poco rato se marcharon. Volvían los niños a la esquina con sus juguetes. Yo tenía el mejor de todos, el inesperado, el extraño moribundo, el escondido en el jardín.

El ama, extraña y brutal, con la que habían puesto a vivir se había marchado. Decían que iban a traer nuevos muchachos para la casa. Aproveché y llevé medicinas y los pocos alimentos que me asignaban para curar y alimentar a mi huésped.

Gracias hijo, muchas gracias —había ternura en su voz— toma esta dirección y avísale que me ayude; es de los míos...

Me recosté en su pecho ensangrentado y lloré. el guardaba silencio y agregó: —cuida de que no te vean.

Cuando salí del huerto y cerré la verja, sentí que algo crecía dentro de mis venas temblorosas, era algo más que valor, algo inexplicable.

Decididamente atravesé las calles hasta llegar al lugar. Pregunté por su nombre. Era él mismo. No había duda.

Yo no conozco a ese señor. No soy amigo de los traidores del pueblo —dijo, el que se suponía fuera su amigo, elevando el tono de la voz—. Yo estoy identificado con el gobierno —su voz era ya un grito— ¡Aquí, gendarmes! ¡Aquí, guardias! Aquí está la pista, seguidle! Por primera vez comprendí lo que significaba traidor. Me eché a correr; pero corrían tras de mí. Era la misma muchedumbre, la que vociferaba con sus mismos gritos ¡traidor, traidor! Mis fuerzas flaqueaban. En la esquina del farol me daban alcance. Sentí los golpes más duros y multiplicados. Los gritos me cortaban el tímpano. No iba a delatarlo...

Desde el fondo del jardín, se escuchó la voz del escondido: —Dejadlo cobardes, aquí estoy yo. ¿No véis que es un niño? Matadme si queréis, pero soltadle.

Sentí el peso de su cuerpo sobre mí, como para protegerme. Su cuerpo estaba caliente. La turba seguía golpeando e insultando.

Cuando se lo llevaron, ya se habían enfriado sus brazos sobre mis mejillas desangradas. Luego la noche; la poca luz del farol molestaba mis cansados ojos. Sentí sobre mis hombros dos patadas. Era el ama; rodeada de otros niños con caras tristes.

Anda, levántate gusano —dijo— eres de la misma calaña de tus padres...

No sé cómo pude llegar arrastrándome hasta mi cama; pero al fin, me acosté. La ventana con sus barrotes permanecía abierta. Me llegaban desde el jardín olores extraños a muerte, desamparo y soledad.

"Para mañana se anuncian cielos despejados y vientos monzónicos y ahora, empezaremos nuestros programa de música popular".

La ciudad se volvía a cubrir de silencios. Era la hora del sueño, dentro de mi angustia quería rezar. No podía recordar aquéllas que mis padres me habían enseñado. Me las habían prohibido. Mi boca sangraba de angustia y de dolor; saqué el pañuelo sucio y ensangrentado de mi fugaz compañero de reyes y me lo llevé a los labios. Recordé sus ojos azules y repetí como él: "Perdónales señor que no saben lo que hacen".

El farol, en la esquina, con su poca luz alumbraba la sangre cuagulada sobre la yerba...

ROBERTO G. FERNÁNDEZ

Nació en Sagua la Grande, Las Villas, en 1949. Siendo muy joven, salió al exilio en 1961 y se radicó con su familia en la Florida, donde completó sus estudios secundarios. En Florida Atlantic University obtuvo su Bachillerato (1970) y su Maestría (1973). En 1977 se doctoró en la Universidad Estatal de la Florida. Es profesor de literatura en la Universidad de Alabama del Sur. Cultiva la narrativa y ha publicado varios libros, entre ellos: Cuentos sin rumbo *(1975),* El Jardín de la Luna *(1976)* La Vida es un especial *(1983) y* La montaña rusa *(1984).*

ENTRE JUEGOS

La ciudad estaba rodeada. Las tropas avanzaban cada vez con más impetud y efectividad. El cielo se iba cubriendo poco a poco de un color metálico, comenzando a relampaguear metralla. En otra ocasión, el espectáculo aéreo hubiera sido digno de una postal.

Las bañeras estaban llenas de agua potable. El matrimonio se encontraba en el saloncito de arriba. Esta era la habitación más resguardada en aquel laberinto de cristales. Un disparo de mortero había caído precisamente en la planta baja, produciendo un boquete por donde se observaban las sillas mutiladas del comedor, el televisor sin pantalla, y los miles de pedazos de vidrio que sin duda pertenecían a las lámparas del recibidor. La familia ignoraba los sucesos de abajo, aunque habían oído el estruendo ensordecedor.

* * *

Sintonizó el radio portátil con intención de cerciorarse del avance, pero sin saber por qué lo apagó. Los partes del gobierno eran todos iguales "Nuestro glorioso ejercito ya ha establecido la calma. . . Todo está en orden. . . No existe una rebelión armada". Con que facilidad proclamaba él locutor el orden, cuando estaba lloviendo balas sobre él, su mujer y su hija.

* * *

La niña, nerviosa, preguntó a su madre qué era morir. Y por qué su padre mencionaba esa extraña palabra tantas veces. La mujer acariciándole los cabellos, le dió una explicación. La niña no llegó a comprenderla: "Morir, mi hijita, es como cuando se durmió tu pollito y no se despertó más.

—¿Y tú te mueres mamá?
— Sí. Yo también me muero.
Pero no hoy, ¿verdad?
No. No hoy.
Entonces, ¡podremos jugar a las muñecas!

* * *

Hacía más de una semana que se encontraban en aquel saloncito que iba adquiriendo aspecto de corral. Se retrataba en sus rostros el pavor a la eternidad— El pánico al cese de las actividades vitales—.

* * *

El hacía ademanes de querer salir de la guarida. No quería darle la impresión que sentía miedo. Sus nervios lo delataban a cada instante. Ella le quitó aquella carga de encima con un simple: "Quédate, nos haces falta". Se lo dijo por compasión. Para no destruir su hombría. Bien sabía que estaba asustado. Ella lo estaba también.

* * *

Oyeron ruidos de tanques que se deslizaban por las calles. La lucha se encarnecia, escuchándose los vivas de ambos bandos; entremezclados con gritos de dolor. La radio gubernamental trasmitía un programa especial de música clásica en honor al aniversario de bodas del primer mandatario.

* * *

Las raciones comenzaron a escasear y la niña hambrienta le suplicó a su madre que le diera su comida a la muñeca que había dejado en la sala. Ella encendió el reverbero Calentó una cazuela de agua con azúcar. El agua con azúcar se le daba a los puercos cuando estaban en ceba, o era a los pobres cuando no tenían con que vivir para que se contentaran. Trató de aclararse a quién se le daba el azúcar, pero se le olvidaba. Estaba agotada.

* * *

La atmósfera olía a pólvora. El saloncito impregnado de sudor sabía a gente. El la miró con ojos de deseo y ella le respondió con igual intensidad. La niña los miró sin comprender aquel juego. Al cabo de un rato, les preguntó si podía jugar 'el juego de los ojos'.

La iglesia comenzaba a repicar a muerto. ¿Sería posible que las tropas hubieran burlado las líneas de defensa del gobierno?

Iba cayendo la noche y la luz que se filtraba por los cristales que quedaban, se hacía más tenue. El se acercó tomándole una mano y comenzó a jugar con ella. Ella le pagó la caricia con una sonrisa. La niña tomó sus manos y comenzó a jugar con ellas, entrelazándolas. Se rió mucho, repitiendo a cada instante que le gustaba mucho vivir en el saloncito; y jugar a los ojos y a las manos. El estallido de una granada se oyó a lo lejos.

* * *

La habitación estaba a oscuras. La pequeña dormía profundamente. Ellos quisieron crear vida cuando se aproximaba la muerte. Los suspiros inundaban el recinto. Se hacían cada vez más fuertes hasta convertirse en bramidos de animales que trataban de asegurar la supervivencia de la especie en peligro. De pronto, la niña se despertó y absorta contempló a sus padres. Sin entender, se aproximó, tirándose sobre ellos mientras repetía: 'Así no vale, yo también quiero jugar este juego'.

La ciudad ardía de extremo a extremo. Las tropas habían vencido. Las fuerzas del gobierno se retiraban en desorden, mientras que la campana trataba de tocar a muerto, y el viento arreciaba impregnando las ruinas con olor a sangre vieja.

LEONARDO FERNÁNDEZ MARCANÉ

Nació en la Habana, en 1937. En 1960 se graduó de Abogado en la Universidad de esa ciudad y fue Canciller de Embajada hasta 1962. Después de su salida estudió en la Universidad de Puerto Rico hasta 1965, año en que se trasladó a los Estados Unidos. Más tarde obtuvo su Maestría (1967) y Doctorado (1974) en la Universidad Estatal de Nueva York, en Albany. Por 16 años fue profesor de literaturas hispánicas en el recinto de New Paltz de la Universidad Estatal de Nueva York. Ha sido profesor visitante en varias universidades norteamericanas de la Florida, California y Nueva Jersey. Entre sus libros y publicaciones deben mencionarse: El teatro de Tirso de Molina *(1972)*, Veinte Cuentistas cubanos *(1978)*, Cuentos del Caribe *(1979)*, Gautier y el Romanticismo *(1984). Actualmente reside en Miami.*

DESTELLOS...

¡Oscuridad! ¡Sombras que se agitan! y los truenos resonantes que retumban a lo lejos sin cesar. . . que se acercan ahora, nos envuelven, nos abandonan luego. . . se pierden en la distancia. . . el viento sopla repentinamente, se arremolina, ruge huracanado, destruye. . . los relámpagos deslumbran, el estampido de los truenos vuelve sobre nosotros, la tormenta, los rayos ciegan. . . súbitamente el silencio, otra vez el silencio, las tinieblas. . . la penumbra invade mis. . . ¡Qué débil me siento!, voy perdiendo las fuerzas, las pocas fuerzas que me quedan, poco a poco. . . estos dolores insoportables en los brazos, en todo mi cuerpo, estos escalofríos, ¡la fiebre que me consume! Me muero de sed, mis heridas me arden horriblemente. . . el dolor me paraliza, me aturde. esta vez sí estoy condenado. . .

Decían que cuando eras niño te salvaste de una mortal enfermedad, de una misteriosa enfermedad que nadie sabía curar. Pasó rápidamente, en una noche, un milagro. Tu madre siempre te lo recordaba, siempre te lo decía, sobre todo después que habías cometido alguna fechoría. . . se angustiaba, sollozaba y te repetía aquel prodigio. Hijo, sé un buen hombre, piensa que algo que nunca comprendimos te salvó de la muerte, te rescató aquella vez. . . quizás, quizás fue algo que te sucedió para tu bien. . . a lo mejor aquello pasó para que tú también hicieras el bien a otros. . . Sé bueno hijo. . .

¡Sé bueno!. . . ser bueno, ¡bueno! ¡Cómo vas a ser bueno. . . con la crianza que tuviste!, siempre hambre y miseria, ninguna educación, la pobreza, los harapos. . . la mala suerte siempre te persiguió. . . ¡qué perra vida! nunca conociste la escuela, ni el pan blanco, ni una cama suave. . . tuviste sólo desesperación, suciedad, horror. . . eres hijo del sacrificio, de la necesidad y el hambre. . .

Mi padre siempre me pegaba. . . ¡aprende a vivir! ¡Endurécete! aprende a aprovecharte de los demás, arrebata sus cosas, vive de los otros. . . usa la astucia en este mundo de lobos; ¡no seas cobarde, sé fuerte como una roca. . . las lágrimas son para las mujeres y los débiles!.

Sólo tu madre recordaba aquel día de tu curación, aquellos pobres viajeros que pasaron, aquel otro niño. . . y guardaba silencio, llorosa, muda. . . Después, la juventud, siempre desnudo entre andrajos malolientes: robar, matar, violar, huir como una bestia salvaje, al desierto, a la soledad, siempre acosado, perseguido por la "justicia". La ley, la justicia. . . palabras, palabras. . . nombres que se escapan de las manos como un puñado de arena. . . nunca hubo justicia para ti. . . oías la palabra en los labios de los poderosos, de los pudientes cuando te apresaban y te azotaban: "Aprende a respetar la ley. Obedece. . . doblégate. . . baja la cabeza. . . muerde el polvo. . .

Y dentro de mí todo hervía, me rebelaba más y más con cada golpe, con cada azote del látigo, con cada insulto mis entrañas rugían. . . y juraba venganza. . . venganza. . .

Vinieron entonces tiempos distintos, noticias de sucesos raros, de cosas misteriosas como aquélla que me salvó la vida de niño. . . de palabras que nunca había escuchado: Perdón, mansedumbre, misericordia, paz. . . ¡Bah!, ¡tonterías!, ¡basura!. . . mentiras. . . cuentos de viejas. . . ¡Nunca creí en esas cosas! ¡Nunca fueron ciertas!. . . ¡Lo que vale es aprovecharse como sea! Quemar, acuchillar, saquear, no dejar piedra sobre piedra. . . eso es lo que cuenta. . . lo que nos hace poderosos. . . Conociste la guarida de las bestias salvajes, los desiertos, las cavernas húmedas y frías. . . te persiguieron y te acosaron, te acorralaron, te abandonaron a las alimañas, a las serpientes venenosas y los escorpiones. . . Caminaste sobre rocas vivas, hirientes, los pies llagados. . . y el fango de los pantanos, de las ciénagas, pestilente, ardiente como un volcán. . . ¡Pero tuviste tu venganza. . . no te dieron un minuto de descanso, siempre huyendo. . . arrebataste lo que querías, asaltaste a los caminantes. . . incendiaste los graneros de los ricos y los cuarteles de los soldados. . . secuestraste a los poderosos violaste a sus mujeres sin oír sus súplicas, sin sentir sus lágrimas, sus ruegos de piedad, de misericordia!. . . Luego vinieron las rebeliones en masa, las represalias, las partidas que perseguían. . . la guerra a muerte. . . El día que me sorprendieron los soldados estaba dormido, cerca de la cueva. No pude escapar. . . todo sucedió tan rápido. . . tan rápido como este relampagueo de ahora. . . ¡casi no puedo ver ya! la tormenta sigue a mi alrededor. . . el viento frío me castiga. . . te lastima las heridas. . . te sientes muy débil. . . debes haber estado aquí muchas horas. . . en esta tortura. . . en este mismo tormento. . .

Casi no puedes respirar. . . oyes a tus compañeros. . . sus voces parecen lejanas, apagadas. . . ¡Cómo gritaba aquel desgraciado! Maldecía, y retorcía su cuerpo con violencia. . . insultaba desesperado, se contorsionaba de furia. . . Y ahora. . . todo parece tan remoto. . . tan alejado de nosotros. . . el otro pobre hombre es manso. . . o quizás fue el castigo que lo venció. . . las caídas y golpes del camino aquí. . . sus palabras te llegan como el eco profundo que oías en las montañas, como las voces del desierto. . . el trueno de las cascadas. . . el choque de las piedras en las avalanchas. . . el viento aullando entre los picos erizados. Ha sufrido mucho. . . se está muriendo. . . no protesta. . . las torturas lo han domado. . . los tormentos. . . no se queja. . . te mira serenamente, casi con ternura. . . ternura. . . ¡Nunca usé esa palabra antes!. . . ¡por qué la digo ahora!. . . debes estar delirando. . . el dolor te hace ver visiones. . . repites palabras. . . piensas. . . hablas sin saber lo que dices. . . bondad. . . paz. . . perdón. . . recuerdas a tu madre. . . ternura. . . compasión. . . ves. . . comprendes . . . el atormentado. . . mi madre. . . cansancio. . . fatiga. . . la verdad. . . paz. . . perdón...........

Y Dimas, el ladrón, se robó el cielo al borde de la muerte. . .

CARLOS F. FERNÁNDEZ ROCHA

Nació en La Habana, en 1945. Hizo estudios primarios en el Colegio de Belén de esa ciudad. Se trasladó con su familia a los Estados Unidos en 1961 y terminó sus estudios secundarios en el Colegio de Belén de Miami, en 1964. Obtuvo la Licenciatura en Filosofía de la Pontificia Universidad Católica Madre y Maestra de la República Dominicana, en 1970. También obtuvo en 1972 una Maestría en Estudios Latinoamericanos de la Universidad de California, Los Angeles. Con posterioridad, también cursó estudios de Post-grado en Caracas. Posee una amplia labor docente en Venezuela y la República Dominicana. Actualmente es catedrático y Director del Departamento de Prensa de la Pontificia Universidad Católica Madre y Maestra de este último país, donde reside actualmente. Realiza una amplia labor como productor y conductor de programas culturales en la radio y la televisión. Es columnista de varios periódicos locales. Algunas de sus creaciones han sido galordonadas en concursos literarios. Entre sus publicaciones deben mencionarse Lecturas dominicanas *(1970),* Visones de América *(1994) y* Cuentos y Poesías de Hispanoamérica *(1995).*

LA CASA

"El canto largo, la tarde triste"
"Figuras sobre un fondo desdibujándose"

La casa era una ruina secular. Paredes viejas organizadas científicamente, columnas dolménicas labradas con sílex, grandes y umbrosas habitaciones rituales con nichos y nidos y velas y camas. Una casa sombreada por innumerables mangos, mecida y estática en sus ramas, embriagada en el aroma de la fruta madura. Una sola sombra la habitaba, con cientos de años, siglos y polvo de ruinas bajo los párpados. Una sombra desdentada, de ojos hundidos y opacos, el corazón sincrónico y acolchado, lento. La cabeza nimbada y musical, las manos huesudas de éxodo, sumidas y consumidas permanentemente bajo un chal de cenizas.

En el centro, un patio. Un estanque de sol líquido rodeado de exclamaciones vegetales enervantes a los ojos. En efecto, la hierba avanzaba ordenada paralelamente hacia la fuentecilla central por entre las grandes piedras. "En este ajedrezado lo ví por primera vez. Vestía de negro, bastón elegante enraizado sólidamente en la manos por una punta y en la tierra por la otra. Un sombrero aprisionaba sus cabellos, ahora descubiertos y luminosos. Con paso tranquilo y confiado se detuvo ante mí clavados sus ojos en mis ojos. . ."

El sol comenzaba a caer. Retrocedía lentamente hacia la cocina dejando colmada la fuentecilla, henchidos los arbustos y hierbas indiferenciados; agotadas y agobiadas las viejas piedras. gozosamente se unían las sombras condesándose y esponjándose en las esquinas; acallando los últimos rumores callejeros de la tarde que se percibía como un jadeo. "Tomó mi mano y depositó brevemente sus labios. Nos miramos —largamente en silencio, fundiéndonos con la tarde procesional. Sentía su cuerpo cerca del mío, unido a la tierra, envolvente y estremecido, pendiente de mis ojos bajos. A cada parpadeo, parecía más inverosímil aquél instante, aquel paréntesis temporal suspendido y aún abierto. Recordé también, contemplando la punta metálica de tu bastón; los paseos por el parque, el viejo puente de hierro, el ancho río verde y sencillo, el aire espléndido de aquel pasadía en Constanza, los bailes-reuniones-conciertos-misa de doce, en que coincidíamos. Ojos dulces, labios sensuales, el hormigueo irreverente de mi vientre. . ."

Poco a poco, cada vez más rápidamente, el sol fué trepando por las paredes de la cocina hasta subir al techo —la hora más maravillosa del día—. Los pájaros: gorriones y palomas, volaban en círculos rápidos y concéntricos sobre los mangos y el tejado. En aquel momento se encendían las luces del parque, el viejo campanario da las seis; las risas filtradas por los pañuelos de hilo de las señoritas, los paseos audaces de los jóvenes que repetían una y otra vez circularmente la misma película sin fin: "La felicidad" —Joyería Atlántida— —Mueblería la Ideal— —el #59 (casa de tía Socorro y tío Pepe— —"Farmacia de Segura"— —La Iglesia de la Altagracia— la casa del cura don Anselmo— el local parroquial —La oficina del correos— —la casa del gobernador don Sixto— "El café francés —la ferretería — la dulcería de los suizos. . . "Cuántas veces paseamos por el parque del brazo. Nuestro noviazgo corrió como la pólvora. Paseamos dignos, hablando poco y saludando a todos. A las seis nos sentamos un rato en la dulcería; tu pides café, yo un refresco de frutas y unos pastelitos. Uno frente a otro, en silencio, sorbiendo las bebidas lentamente..."

Ya se callaron los gorriones y dejaron de tejer círculos las palomas. Todo es silencio y grillos. Un silencio personal que rodea la cabeza y ata la memoria a la fuentecilla, a una columna, a una esquina — cualquiera de la casa. Cada silencio distinto y hermoso. Silencios cálidos y húmedos; silencios llenos de ecos de pisadas antiguas guardadas con veneración. Silencio solemnes de las decisiones trascendentales y de los momentos trágicos. No hay nada lúgubre, no hay nada terrible o espantable. La anciana, sentada en su mecedora, los ojos insomnes, — las manos bajo el chal de ceniza. El balanceo acompasando el corazón y el pálpito de la noche niña.

"Nuestro patio pronto se llenó de risas, correteos, niñeras y solditos aguerridos. La fuentecilla era fuerte; el seto bosque; la tierra amasada, exquisito manjar; la vieja casita de las herramientas, casa de muñecas. El regocijo del sol se multiplicaba miles de veces en las pupilas de los niños. Y pasaron de los pantaloncitos cortos a los largos, de las baticas de hilo al fru-fru de los vestidos de fiestas..." Y la luna arpegiaba con su aliento líquido los mangos. Las hojas, planchuelas metálicas, adquieren de pronto la capacidad mimética de reproducir el color de las nubes y de las rosas en la penumbra. Y las viejas piedras se manchaban de luna y no se oía ya el canto de los pájaros y aún los grillos enmudecían...

"Todo pasó tan pronto... se fueron los hijos tal como vinieron, con una fiesta. Como para que la herida quedara así más disfrazada, para endulzar la agria soledad de la vejez. Luego, él también se fué. Cayó de espaldas despacio junto a la fuentecilla. Sus cabellos parecían almohada bajo la nuca. Cayó blandamente allí donde le ví por primera vez. Y me quedé sola. Tres horas pasé sentada en el suelo con los ojos cerrados junto a él. Hasta que se lo llevaron. Poco después se derrumbó parte de la cerca, las paredes rodaron hasta acomodarse bajo la sombra de los mangos. La cal de las paredes fué agrietándose y desmoronándose días a día, formando montoncitos y empellas en el piso."

La noche ya es una sola y grande. La luna se ha ocultada tras las nubes y la sombra llena, como antes el sol, la fuente, el patio entero. Entonces comenzaron las viejas piedras a contar historias de pasos y palabras, de besos y caricias. Comenzaron a declarar su testimonio con lágrimas de rocío y sal. "Luego sólo ha sido bordar y rebordar horas hasta hacerlas días y bordar unos con otros los días hasta hacerlos semanas y meses y años. Los recuerdos van amarillándose como nuestras fotografías. Presiento que pronto todo terminará; ya no es este el mismo patio de antes, ya no son estas las mismas piedras de antes; la fuentecilla — fuerte, vacía de risas y la caseta — casa de muñecas se desplomó no hace mucho silenciosamente. Ya no soy la misma. Quisiera que todo esto terminara tan cotidianamente como comenzó. Quisiera parar estos rugosos huesos, decir basta a la vida y fundirme con el ocaso del sol en la tarde. Decir basta a la vida y apagarme sencillamente como una brasa pequeña, escondida en el fondo de un nicho. . ."

Primero fué una esquina del tejado, se fué inclinando hasta perder el equilibrio y caer las tejas. Una a una diciendo su nombre hasta ahora nunca escuchado, caían creciendo en montón. Las maderas de las puertas y ventanas, de los muebles y las vigas del techo se hicieron polvo de repente y silenciosamente cayeron al suelo de escombros y volaron en nubes metiéndose por los oídos y la nariz de los vecinos aún muchas horas — después del alba. Finalmente todo quedó reducido a un montón horizontal de piedras y polvo. Un rugido de silencios fue convirtiéndose en luces hasta fugarse entre las nubes con el alba que lentamente corría detrás de la sombra.

TOMÁS FERNÁNDEZ-TRAVIESO

Nació en La Habana, en 1942. Participó activamente en el Directorio Revolucionario Estudiantil. El 27 de marzo de 1961 cae preso por posesión de armas. El 17 de abril del mismo año lo condenan a 30 años de prisión y 30 años de reclusión domiciliaria. Tenía 18 años. Cumplió 19 años de la condena.

En septiembre de 1969, en la prisión de Guanajay, escribe la obra Prometeo. *Se saca clandestinamente y se envía a Miami, en donde se presenta en marzo de 1976. Esto provoca la apertura de una nueva causa y la petición de 5 años adicionales.*

En noviembre de 1979, sale de Cuba para Caracas.

Obtuvo Maestría en Estudios Hispánicos en la Universidad Internacional de la Florida. Trabaja de maestro en el Programa Internacional de la Junta de Educación (School Board) del Condado de Dade.

REGRESO

Oí a las plañideras como lloraban alrededor de donde estaba acostado. Me montan en una camilla, entre calles y callejones hasta un almacén. Se habla de dinero: cuánto cuesta, cuánto tiempo. Al poco rato me tiran en una mesa, con un objeto afilado me abren el vientre desde la ingle a las costillas. Con habilidad de carnicero empiezan a vaciarme: intestinos y vísceras afuera. Cuando creo que acabaron unas manos ágiles me trastean en la nariz. Conocen bien el oficio. Me rompen el seno frontal y por las fosas nasales, poco a poco, con pinzas, me sacan el cerebro. Después un enjuague del vientre y cráneo por dentro con una cosa apestosa y me dejan tranquilo unos días, al sol, como un bacalao. De nuevo la mesa. Me vuelven a untar la sustancia apestosa y no me la quitan en varios días. Por ultimo, me limpian con perfume.

Llenaron la barriga y el pecho con estopa y me cosieron. Cruzaron mis manos sobre el pecho y fueron entizándome desde los pies hasta la cabeza muy apretado. Trajeron una capa con la forma de mi cuerpo. Me acostaron allí y me sacaron junto con el llanto de otras plañideras, no muy bien pagadas pues no lloraban tan bien. Fue largo el viaje, muchos bamboleos. Me suben por rampas inclinadas hasta depositarme tranquilo en algún lugar. Enseguida un estrépito de truenos, como piedras inmensas cayendo, cerrando puertas y laberintos. Después, silencio. Pasa mucho rato y me preocupa no oír mas nada. !Que pasa! Me molesta verme sin hacer ni que hagan algo conmigo, tanto tiempo. Y afuera, ¿Que estará sucediendo afuera? Trato de moverme.

* * *

Por un soleado jardín corre un niño con una flor de loto en la mano. Llega a la puerta blanca de una casa blanca gritando:

¡Mami, mira! para papi.

—Muy linda, pero papi no la necesita, el prefiere, higos, frutas...

—Pero mami, ¿No es linda?

—Si, preciosa.

—Entonces tiene que gustarle a papi.

—Le gustaría, pero no le hace falta. Estando en la casa de los dioses solo necesitan alimentarse para preparar el largo viaje por el río sagrado en la barca de Amón. En la otra orilla él nos esperará.

* * *

En las tinieblas de un sarcófago abierto comienzan a moverse las vendas sobre el pecho. Un dedo, como serpiente hambrienta entre cestas de huevos, aparta algunos pliegues. Sale una mano, ayuda a la otra a liberarse; ambas liberan los brazos que se desentumen tratando de abrazar las estrellas. Suben hasta el rostro y arrancan con violencia las vendas de la cara. Dos ojos saltan fuera del sarcófago, tras ellos un cuerpo se incorpora y de pie se acaba de quitar el disfraz de muerte. Mira en derredor: una sala amplia iluminada por un fino hilo de resplandor de algún respiradero. Las paredes y el techo hinchadas de jeroglíficos y pinturas multicolores. En una esquina del salón, apilados en desorden, una barca, un carro de guerra, baúles labrados de marfil y cristal... Sobre el piso: ataúdes, sarcófagos grandes y chiquitos de mármol, de piedra, de madera; todos con un rostro pintarrajeado en la tapa. Alrededor de ellos, como escoltándolos, estatuas de esclavos, de escribanos, de faraones.

* * *

En otra casa del Antiguo Egipto, dos viejecitos preparan una gran canasta con alimentos para depositarla en la tumba de su hijo, y su doble se alimente en la vida eterna.

—¿Le pusiste el paquetico de aceite?

—Si, esposo. No me lo preguntes más, también la torta y las frutas.

—¿Y el amuleto que compramos para él?
—Si, si, todo está. Vamos a prepararnos que el viaje es largo.
—¿Crees que nuestro hijo sea aceptado en el país de los dioses?
—Seguro, lo educamos para eso. Siempre hemos vivido preparándonos para el largo viaje en la barca de Amón y el disfrute con los dioses.

* * *

Nut, después de reconocer todo lo que le rodea se va angustiando poco a poco. Los oídos le silban por el silencio, no siente los latidos del corazón, porque la estopa no palpita. Esta solo. Se frota los ojos desesperado. Emite un grito gutural entre gemido y aullido que resuena a vacío en todas las paredes. Se lanza como una fiera al sarcófago mas cercano. Trata de abrir los cierres de la tapa. Los rompe con los dientes. Dentro, una momia con su libro de la muerte en el pecho. Lo lee Nut. Rompe todos los vendajes y aparece un rostro dormido:

—¡Akon, despierta!

Sin abrir los ojos la momia responde:

—Estamos muertos.

Nut lo deja y va hacia otro sarcófago. Repite la operación y llama:

—¡Tih, despierta!

Tih le responde:

—Déjame, que estamos muertos.

Nut lo deja y sigue abriendo ataúdes y entizados. Cuando acaba, agotado y como un loco, se para en medio de ellos:

—Tih, Akon, Seti, todos ¡Oiganme! ¿Por que no se levantan?

Desde todos los sarcófagos le responden abriendo los ojos:

—Estamos muertos. Esperamos la barca. El viaje por el río sagrado... El país de los dioses. . . El libro de los muertos.

Nut se tambalea con la ofensiva de respuestas. Casi a punto de llorar les trata de explicar:

—No estamos muertos. Estoy de pie, Mírenme. Estamos hablando.

La respuesta lúgubre de los pechos vacíos resuena en los sarcófagos:

—Nos vaciaron. Nuestras entrañas se pudren en los basureros. Mírate la cicatriz en el vientre.

Nut se toca el costurón de la ingle al pecho.

—¡No! No puede ser. Estoy de pie. Camino, Hablo. Río. ¡Míirenme!

De los sarcófagos algunos se asoman. Otros saltan, se paran. Se quitan las vendas. Los demás los imitan. Nut, contento, sigue hablándoles:

—Caminen. Muévanse. No duden.

* * *

A la casa blanca con puerta blanca llega una egipcia con una cesta en el brazo.

—Pasa Netis, que estoy preparando las cosas.

—Pero mujer, ¿todavía no estás arreglada. Se nos va a hacer tarde. ¿Que le tienes preparado? Yo llevo...

—Si, ya lo sé, me lo contaste ayer. ¡Muchacho! recoge las cosas y apúrate.

—Pues Khyo, tengo unos dulces magníficos, los compré especiales para los muertos. ¿Sabes con quien me encontré por el camino? Con Zita. Está gordísima...

—Espérate, Netis. ¡Muchacho! Recuérdate de traer algunas monedas para el sacerdote de Amón...

—Pues si, gordísima, y viene con una túnica con mil colorines. Ridiculísima... Me dijo que nos esperaba en el muelle y que...

—Espérate niño. ¿Ya pusiste todo en la cesta sagrada?

—Si, ¿puedo llevar la flor?

—¿Que flor dices?

—Figúrate Netis, quiere llevarle una flor a su padre.

—¡Ay, no!. Eso no puede ser. La ley no lo permite. Los sacerdotes dicen que no les hace falta. Lo necesario es la cesta sagrada. Pero, no hables mas y vamos ¡Vamos!.

Las dos mujeres y el niño bajan hacia la orilla del Nilo entre palmeras, burros y túnicas. Llegando al muelle ven a lo lejos una multitud que espera cruzar el río en los barquichuelos del Nilo para seguir camino hasta el valle de los muertos.

—Mira Khyo, al padre de Nut y a la tía de Tih. ¡Que gorda!.

Cuando se encuentran Netis saluda al grupo.

—¡Que bien está, Señora!.

—El Nilo, señora Netis, este año fue generoso con nosotros y la abundancia la reflejo en el rostro... ¡Qué triste esta fecha sagrada!.

Todos pusieron caras largas de circunstancia y dialogaron con otra entonación.

—El dios Amón junto con Rha nos observan como cumplimentamos la ofrenda a ellos que esperan el largo viaje en la barca real de Amón.

—Así dicen los libros...

—¿Saben? A la señora Ptea se le olvido poner el libro sagrado de los muertos en el sarcófago de su hijo. Cuando llegue ante la presencia del divino Horus no podrá ser juzgado porque el divino Horus no sabrá las buenas acciones de su hijo. Ni tan siquiera su nombre.

—¡Que pena!...

—Sí, la pobre señora esta desconsoladísima. Muy enferma. Los médicos dicen que tiene chacales en la cabeza y van a abrírsela para que salgan los malos espíritus y la dejen tranquila.

—Yo le compré a su marido un magnífico libro de los muertos en casa de Kava. Dicen que es el mejor que los hace y cuenta mejor las cosas hechas por los muertos...? Y tu?

Netis a lo lejos, ve a su amiga Zita y la llama. El grupo se olvida de lo que hablaban y admiran el vestido de Zita.

—Lo compré del último cargamento. Vino del país de Punt. Dicen que es tela tejida por sus mismísimos dioses.

—Yo tengo un collar. Lo tengo guardado para llevarlo a las fiestas de Isis.

* * *

Dentro de la pirámide las momias registraron todos los saloncitos: almacenes de tesoros, herramientas, alimentos e inscripciones funerarias. Todos se reúnen en el salón de los sarcófagos, silenciosos, intrigados, contentos y asustados como niños ante su primer juguete.

¿Qué haremos?

Nadie responde. Cada uno vuelve al rincón que más le atrajo a seguir investigando...

—¡Miren! ¡Corran! ¡Miren!

Por unos instantes por el respiradero estrecho y largo como el canon de un rifle, un rayo de luz dibuja un pequeño sol en la pared.

—¡El sol, el día!...

Sobre la arena del desierto la larga caravana sigue rumbo al valle de los muertos. En medio de una gran escolta de guardias con armas relucientes abriendo paso con golpes de lanza, de sacerdotes con vestidos blancos como la nieve y de mulos cargados, va el faraón a llevar la ofrenda a su hijo, también muerto en la guerra.

Nut, anoche por el respiradero vi las estrellas, estaban muy junto al extremo, casi las podía tocar.

—Que extraño Seti, desde que estamos en las entrañas de esta piedra, símbolo de muerte, de inercia, apreciamos más, tenemos más próximo, vivenciamos más las flores, las estrellas, la luz: en resumen, la vida.

—Entonces, crees que hay que morir para empezar a vivir...

* * *

En el valle de los muertos, las caravanas llegan y la muchedumbre se dirige a los diferentes monumentos, a los muertos y a los dioses. En cada pirámide, mastaba y tumba un soldado con cara de aburrido. Están en atención cuidando las ofrendas que han depositado los familiares. Los sacerdotes, como viandantes, regatean el precio de oraciones y amuletos "imprescindibles para la otra vida".

Se quema incienso. Se llora. Se grita. Hay broncas como en un mercado. Las caravanas se retiran antes de oscurecer.

Un niño queda rezagado, corre alejándose del grupo (cuando nadie lo ve) hacia un monumento. El soldado lo mira con asombro. El niño inocente le explica:

—Es para papá.

Y vuelve corriendo a alcanzar la caravana dejando sobre la cesta sagrada una flor de loto.

* * *

En el salón, las momias están ocupadas en inquietudes que desconocían: un faraón aprendiendo a usar un pico y una azada; un arriero de caravanas leyendo en las paredes con jeroglíficos las hazañas históricas. Un sacerdote meditando y conversando sobre la vida. Tih los llama a todos y pregunta:

—¿Que hacemos?

—Tenemos instrumentos

—Tenemos que hacer algo.

—¿Para que?

—Para salir

—¿Para que?

—Para crear

—Nos creen muertos. Se asustarán. Nadie nos recuerda.

—Tenemos que salir. ¡Vamos a destruir la Pirámide!.

Todos aceptan la idea aunque algunos la consideran estéril. Cada uno se señala su tarea. Unos con picos, otros con palas, otros arrastraban piedras. La pirámide palpita, vibra, se mueve. Las paredes del salón se van retirando de las mordidas de los picos que golpean como picos de pollos que quieren salir del cascarón para nacer. Un picazo de Akón empuja una piedra y abre una brecha. Un torrente de luz y aire los ciega y asfixia:

—¡Llegamos!

—¡El sol! !El aire!

* * *

En la casa blanca con puerta Netis y Khyo conversan emocionados el último acontecimiento que tenía a todos intranquilos y nerviosos:

—Imaginate, tenían que estar locos.

—Si, pero no sólo por querer destruir y saquear la pirámide; sino por lo que decían después.

—No sabia: ¿que decían?

—Pues cuando los cogen los guardias del valle de los muertos comenzaron a gritar que ellos eran muertos; pero que no estaban muertos.

—Eso es sacrilegio — afirma convencida.

—¡Ah! Netis y no has oído nada. Los traen prisioneros y en el muelle ya todos sabían algo y había mucha gente esperándolos. Cuando desembarcaron, uno de los ladrones de tumbas gritó a todos los reunidos un discurso que todos oyeron claramente. Aunque nadie entendió, lo que sí todos entendieron era que estaban locos y que eran sacrílegos. Dijo algo como "que habían vuelto a la vida", "que la muerte no es tal muerte", "que teníamos que resucitar, empezar a vivir porque vivíamos esclavos de la muerte", o algo así.

—¿Y dónde están?

—¿Qué tu crees?

—Ahi mismo el pueblo los apedreó; eran peligrosos para todos.

¿Sabes una cosa que extrañó a todos?

—¿Que?

—No sangraron, y todos tenían una larga cicatriz en el vientre.

—Mami, ¿sabes lo que soñé anoche?

Interrumpió el niño muy contento.

—Que papi se había convertido en una flor de loto lindísima, igualita que la que le llevé, que diga, que le quería llevar...

Animadamente corrigió el niño; pero su semblante se oscureció y continuo con voz triste...

—... pero después, una piedra grande, muy negra aplastó la flor.

RAMÓN FERREIRA.

Nació en 1921, en la aldea de Chantada, Galicia, España. Desde los ocho años vivió en Cuba, donde con dificultad pudo completar su educación, aunque nunca alcanzó a tener un título universitario. En 1946 vino a estudiar fotografía a los Estados Unidos. Vivió en Boston, donde permaneció por dos años. A su regreso a la Habana, se estableció como fotógrafo y comenzó a cultivar la narrativa y el género teatral. Ganó en 1950 el Premio Hernández Catá con su cuento "Bagazo". Después publicó, en 1951, su primer volumen de cuentos con el título de Tiburón y otros cuentos, *que mereció el Premio Nacional de Literatura. Salió al exilio en 1960 y se estableció en Puerto Rico, donde reside actualmente. Ha publicado dos volúmenes de relatos,* Los malos olores de este mundo *(1970) en México, y* Papá, cuéntame un cuento *(Miami, 1989). También una novela con título de* Más allá la isla *(Miami: 1991).*

PAPA, CUÉNTAME UN CUENTO

Es tarde muchacho. Es hora de dormir.
Hazme un cuento.
¿Qué quieres que te cuente?
Cuéntame de Cuba
Ya te conté.
No. Unas veces dices una cosa y otras veces dices otra.
Vamos, es hora de dormir. Cuando llega tu madre no le gusta encontrarte despierto.
Si me cuentas de Cuba no le digo que volviste a beber.
No es verdad.
Tú nunca dices verdad. Cuando hablas de Cuba siempre es diferente.
Depende.
No. Si fuera verdad siempre sería igual. ¿Era un paraíso?

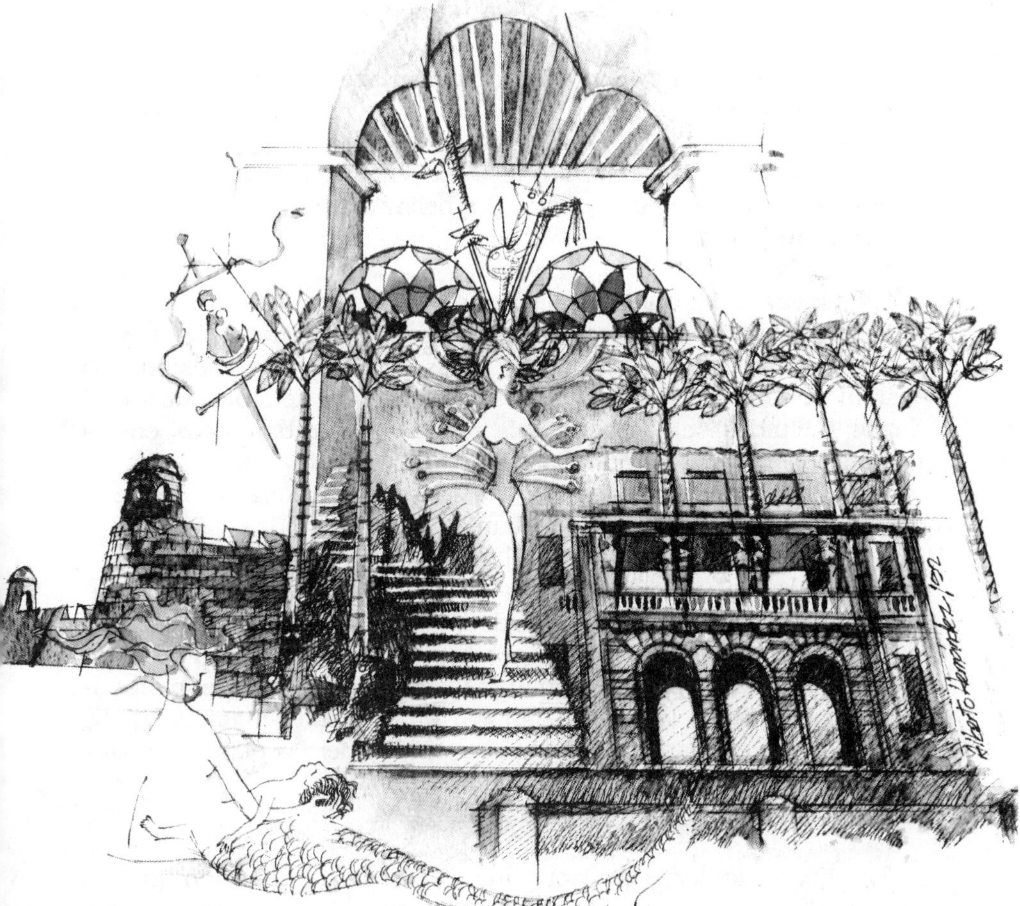

Ya te lo dije.
A veces dices que Cuba era un infierno.
Y algo más.
Dime cómo era de verdad.
¿Y te vas a la cama?
Sí
¿Y no le dices a tu madre que estuve bebiendo coca-cola?
Siempre me pregunta.
Ya ves, yo no. Nunca le pregunto lo que hace.
Anda, hazme el cuento.
¿De cuál de las Cubas quieres que te cuente?
De la bella. Cuando dices que Cuba era bella siento cosquillas aquí dentro y duermo sin soñar. ¿Era bella?
Claro que lo era.
Cuéntame.
Las playas, los montes, las fiestas...
Cuéntame de la Condesa. Tú le dijiste al vecino que en las fiestas de la Condesa llenaban la casa de flores. Y le dijiste que los criados vestían uniformes bordados y que los platos eran de oro y que cuándo los invitados se sentaban a la mesa encontraban joyas en los postres.
¿Yo dije eso?
Y que las flores las traían de Miami.
No me hagas reír.
¿Nosotros teníamos flores?
No. Nosotros vivíamos en la ciudad, pero si te asomabas al balcón podías ver el mar. ¿Quieres que te cuente de la avenida del malecón y de cómo en el invierno llegaban los vientos del norte y el mar saltaba por encima de la farola del Morro, y de cómo tu madre y yo nos íbamos hasta el Castillo de la Punta a ver romper las olas y a bañarnos de salitre?
No. Cuéntame de las fiestas de la Condesa.
La Condesa se murió.
Entonces cuéntame de Tropicana. Tú le dijiste al vecino que las muchachas eran las más bonitas del mundo. Mamá dice que eran malas. ¿Cómo pueden ser malas y bonitas?
Tendrás que preguntarle a tu mamá.
Ella no me dice.
Si me dejas refrescar el trago te lo digo yo.
¿No te vas a enfermar?
la coca-cola no enferma.
A veces te enfermas cuando bebes.
Cuando no digo la verdad.

Si me haces el cuento no me importa que bebas.
Qué listo eres, muchacho. ¿A quién habrás salido?
Dicen que a la abuela.
Tu madre insiste en lo contrario.
Mamá dice que me parezco al abuelo.
Porque era español.
¿Y tú eres español?
Yo soy cubano.
¿Y yo?
Tu naciste aquí.
¿Y qué soy yo?
Puertorriqueño.
¿Y mamá? ¿Qué es mamá?
No te lo puedo decir.
¿Por qué?
Es como el cuento de Cuba. Hay muchas versiones.
Entonces cuéntame de Tropicana. ¿Es verdad que las muchachas bajaban desnudas por escaleras de cristal?
Bajaban de los árboles, caminando por la música.
Por la música no se puede caminar
Después de unos tragos sí.
¿Ves? Te vas a enfermar.
Todavía.
No bebas más.
Si no bebo no puedo ver las muchachas caminando por la música.
No sigas. Eso no puede ser.
Eres muy chiquito para entender que las fiestas son del color del cristal con que se miran. Igual que la gente, o las revoluciones.
¿Batista era malo?
No sé.
¿Y Fidel?
Tampoco sé.
¿Entonces por qué te fuiste de Cuba?
Eso quisiera saber.
Mamá dice que te querías quedar.
Y ella se quería ir.
¿Por qué se quería ir?
Porque mataron un muchacho que llevaba el estandarte de la Virgen.
¿Quién lo mató?
Una bala:
¿Por qué?

Porque le dijeron que la Virgen lo iba a proteger.
Mamá me trae estampitas de la Virgen
Sí. Ahora se compran en la farmacia.
¿Tú la quieres?
¿A la Virgen?
A mamá ¿Quieres a mamá?
Todavía.
¿Y por qué la haces llorar?
Porque me pelea.
Te pelea cuando dices que Cuba era un paraíso. Mamá dice que te querías quedar porque tenías una amiga ¿Tenías una amiga?
Sí.
¿Para qué?
Para conversar.
¿Y no conversas con mamá?
Ella y yo hablamos. Lo que pasa es que hablamos a la vez.
Mamá dice que tu amiga tuvo la culpa. Que ella te metió en la revolución. ¿Hiciste revolución?
Eso pensé yo.
¿Y luchaste contra Fidel?
Primero contra Batista y luego contra Fidel.
¿Y ahora haces revolución?
Algo parecido:
¿Por qué?
Porque nunca se termina.
¿Y por qué hacías revolución si no conocías a Batista?
Sabía cómo era.
Dijiste que no. Que no sabías cómo era. Ni cómo era Batista ni cómo era Fidel.
Sabía cómo era yo.
Mamá dice que Batista era bueno y que el malo era Fidel.
Y a veces que el malo soy yo.
¿Quién es malo?
Vete tú a saber. Al principio tal vez nadie, porque al principio el mundo parece empezar con uno y nada este que no podamos prometer. Y las puertas están siempre abiertas y la casa llena de flores, la mesa puesta y en cada plato un regalo. Sí. Y la vida es una fiesta desfilando por escaleras de cristal. Al principio hasta tu madre bajó esa escalera, vestida solamente con el resplandor de un brillante en el ombligo, tan luminoso que era un traje de luz. Al principio fue así. Ella bajando del espacio y yo esperando, sabiendo que al final llegaría a la realidad de mis brazos y que para poder verla como era ten-

dría que quitarle el brillante del ombligo. Al principio ni Batista era malo ni Fidel era malo ni tu madre era lo que es hoy.

Te estás enfermando.

Hoy no me voy a enfermar, porque te estoy diciendo la verdad.

No bebas más.

Sólo un trago.

No quiero que te enfermes.

No me voy a enfermar.

Sí, te vas a enfermar y me vas a decir mentiras otra vez.

Verás que no. Verás como entre los dos averiguamos la verdad. Como era Cuba. Cómo era Batista y cómo era Fidel. Y cómo tu madre. Y cómo soy yo. ¿No es eso lo que quieres?

Sí.

Pues te diré, muchacho, y no te va a gustar.

No, papá. No.

Ya es tarde, muchacho, ya es tarde.

Sólo una cosa papá.

¿Una cosa?

Dime que Cuba era bella.

Ya te lo dije.

De verdad.

Ya hablamos de eso. Si, era bella.

Y dime que nunca fue un infierno.

A, vamos, quieres el cuento a tu manera.

Y que era verdad que la Condesa llenaba la casa con flores y los platos con regalos.

Pues, sí. Así era.

Y que las bailarinas eran buenas.

Está bien, está bien.

Y mamá... mamá la más buena y la más bella.

Mucho más.

Igual que Cuba.

Sí, sí, sí...

¿Como quién, papá? ¿Bella como quién?

Te diré. Verás, déjame pensar. Sí, tiene que haber alguien.

Una vez dijiste... una sirena.

¿Una sirena?

Sí. Que viven en el mar y que cantan sentadas en las rocas.

Y eso te gusta.

Más que nada.

Pues, sí, bella como una sirena, tocando la guitarra y retozando en la espuma del Caribe, radiante bajo el sol y oliendo a mar y a arrecife. Claro que era bella, tan bella que no era de este mundo. Y yo joven y sano y fuerte y lleno de ilusiones, y tan patriota que no podía contener las lunas cuando oía el himno nacional. Así era, muchacho, y nunca sabré por qué me fui. Tal vez tuve miedo de morir por mi libertad, o miedo de vivir sin ser libre, o miedo de que llegara este día, sí, este día, y pensé que si me iba a otro país nunca llegaría el día en que las puertas se cierran y las flores se marchitan y las joyas resultan falsas y las escaleras son de cemento y no van a ningún lado, y que una mujer sólo puede ser eso, mujer, y un hombre sólo eso, hombre, y las revoluciones sólo eso, revoluciones, porque el mundo es un escenario donde todos participamos a la vez y donde uno sólo oye lo que uno dice y nadie nos escucha, nadie que nos puede dar el pie que necesitamos para entendernos y mucho menos nos pueda decir en qué curva del camino se quedó, fija en nuestros recuerdos, negada a morir, la ilusión, esa ilusión que nos hizo vivir y nos trajo hasta aquí y que se fue quedando atrás, alejándose, alejándose, alejándose, hasta ser lo que es hoy, un espejismo inalcanzable que ya apenas si puedo reconocer y mucho menos decirte cómo era, cómo era de verdad.

No, Papá, no. No sigas.

Así era. Así es.

No llores.

Es la coca-cola.

No quiero que llores.

La coca-cola se me subió a la cabeza.

No llores. Ya no me importa.

¿No te importa?

Cuba no me importa. Pero si lloras tengo miedo y no puedo dormir. No. No me cuentes más y deja de llorar. ¿Ves, papá, ve. Lo juro. No te voy a preguntar más. Nunca. . . nunca. . . nunca.

SURAMA FERRER

Nació en Cuba y se trasladó a los Estados Unidos con su familia, en 1960. Su carrera literaria comenzó en La Habana, al obtener el premio de novela de la Universidad de La Habana, y luego del Ministerio de Educación con su novela "Romelia Vargas".

Obtuvo varias menciones en el Concurso de Cuentos "Hernández Catá" antes de recibir el máximo galardón con su cuento "El Grito".

Su libro de Relatos "El Girasol Enfermo" fue publicado en La Habana hacia el final de la década de 1950.

Aquí en los Estados Unidos continuó su carrera de profesora de Lengua y Literatura Española e Hispanoamericana en el nivel de College. Al mismo tiempo ha proseguido su carrera periodística en los periódicos El Sol de Texas, El Hispano *y últimamente en* La Prensa News, *del que es editora asociada. Su obra cuentística y poética, en varios libros inéditos, está en proceso de publicación.*

LA INVASIÓN DE LA ARENA

El Castillo del Morro se fue aclarando, como si su hermoso y antiguo color sepia sonrosado, con el moho negro de su peñasco, desapareciera.

Así lo pintó alguna vez en el pasado, el viejo Ponce, solamente blanco y amarillo.

Pero ahora, cuando yo lo miraba, el cielo también fue emblanqueciendo, parecido a la cabellera de una anciana. Yo vi cómo el mar, blanco y transparente bajaba rápidamente de nivel, y hacia el este, el Castillo de la Punta desapareció al igual que el orgulloso Paseo de Prado.

Un vastísimo páramo, todo en tonos claros, se extendía ante mi vista desorientada y a pesar del exceso de blanco, en mi mente no

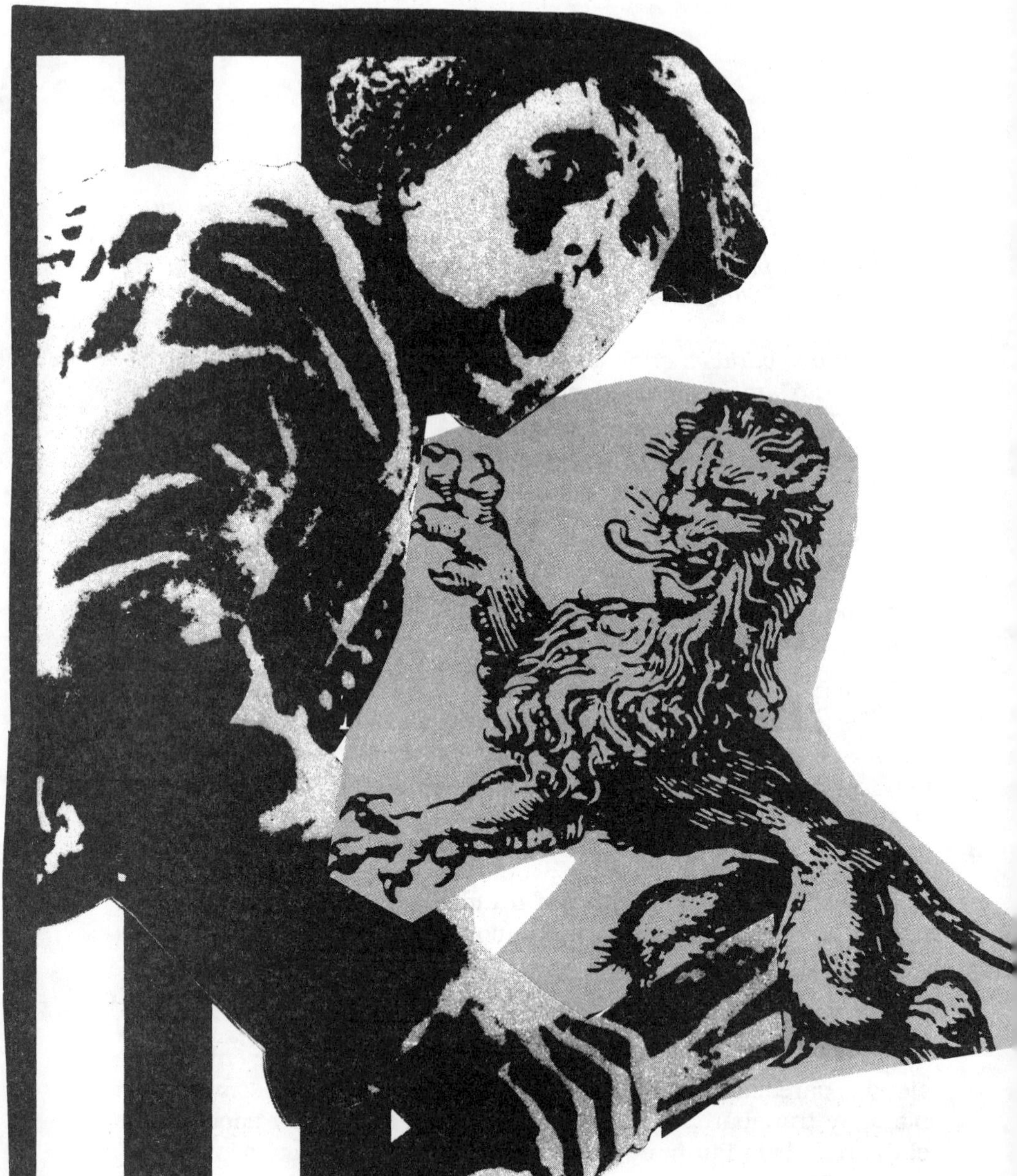

había resonado la alarma del pánico ni mi pecho había dejado de latir.

Una vaga preocupación se agitaba lentamente dentro de mi cuerpo, como si un exceso de emociones reclamara ante mí la presencia de alguna otra criatura.

Del mar, que descendía velozmente hacia su lecho, comenzó a salir una enorme sierpe de arena que se ensanchaba por momentos hasta convertirse en una marejada de millones de granos de arena, sin agua, sin cangrejos, sin espuma. Sólo arena y más arena.

Miraba hacia mis cuatro puntos cardinales y la oleada arena avanzaba por todos lados. El movimiento de millones, de miles y miles de millones de granos diminutos, amarillos, debía producir un sonido sordo y rasgueante, pero en el páramo acromático donde yo solamente me erguía como una reminiscencia de árbol, o de poste telegráfico, o de obstinación, ya no existía el sonido, ni el viento, ni el calor, ni al frío. Todo estaba detenido en un instante que podía tener siglos, o que podía desaparecer sin haber ocurrido.

La arena invadía implacablemente el espacio visible, sin perder nunca una dimensión de profundidad, que sin saber si existía o no, mi mente adivinada.

Se hacía profunda, espesa, ancha y alta. Pero siempre sobre ella, mis toscos pies seguían apareciendo, llevándome de un lugar a otro, en apreciación del horripilante fenómeno de la arena invadiendo totalmente mi trágico universo.

El Morro seguía allí, un poco enterrado, en sus aguas escasas, y en la avalancha de arena. El horizonte que antes yo contemplaba ensimismado, sabiendo que miles de incontables millones de metros cúbicos de agua se interponían entre la Península de la Florida y La Habana, ya no era un horizonte de agua, sino de arena, y lógicamente no se podría ir, rodando sobre la movediza superficie endurecida, hacia todos los puertos, si estos puertos aún existían. Buscando ávidamente alguna respuesta a lo que yo solo contemplaba, vi venir hacia mí a un hombre de camisa parda y cabellos erizados de color terroso; tenía grandes ojos verdes, casi fuera de las órbitas. Corría hacia mí como si hubiera salido de la calle de San Lázaro, pero yo notaba, sin que sus pasos se oyeran al correr, sin que su respiración se oyera, sin que de su boca saliera ningún sonido, que dentro de su camisa parda había una insoportable desesperación.

También sabía ya, sólo viéndolo venir hacia mí, que él sentía una desesperación igual o peor que la que ya comenzaba a invadirme. Aquel hombre reclamaba, con su boca abierta y sin voz, con la fuga de su cuerpo en alguna dirección que no alcanzaba, lo mismo que yo, pues él reclamaba una criatura, desde lo hondo de su ser, desde lo más interno y más oscuro de su naturaleza silenciada y silenciosa: una criatura.

La arena seguía extendiéndose, en una marejada más larga, hacia dentro, hacia la calle Neptuno, o hacia donde alguna vez estuvo la calle Neptuno.

Mirando hacia abajo observé que de pronto muchos granos de arena, se agrupaban como bajo un mandato uniforme a aglutinarse, formando peñascos de arena, grandes piedras amarillentas, que yo pude alzar entre las manos, para verlas mejor.

En fugaces instantes de formación, de pronto hubo miles de estas piedras y el nuevo fenómeno me pareció un símbolo de toda esta situación. Tomando algunos pedruscos, corrí hacia al hombre que deseaba acercarse a mí, con sus cabellos erizados y sus ojos fuera de las órbitas. Vi entonces que él corría sin desear mis preguntas, reclamando una criatura, con ese solo pensamiento como polo y guía de su existencia, si es que aún él existía. Yo corría hacia él ahora, para preguntarle, no por el mundo que perdíamos, sino por el mundo indescifrable que se avecinaba, que nos invadía.

El hombre corrió desaforadamente, pero al fin logré acercármele. Al exponer las piedras de arena en la palma de mis manos, su mente me ordenó ferozmente que no lo distrajera de su reclamo, de su obsesión de obtener una criatura a quien yo supe, sin que él hablara, él quería salvar, o intentaba salvar, a pesar de que no sabía dónde estaba esa criatura, ni dónde podría encontrarla. En su mente no había nada más que esa idea. Luego no pudo responder a mi silenciosa pregunta, al enseñarle las piedras amarillentas en mis manos.

De algo estoy seguro: por un momento, se desplazó de su mente la obsesión de la criatura y me comunicó como en un relámpago, que sentía el mismo horror que me embargaba, que él estaba en la misma situación que yo, y siguió corriendo, con aquel cabello espeluznante que me producía como un miedo de cenizas lívidas. Con las piedras amarillentas cayendo a mis pies, vi como el hombre seguía corriendo, con su mente ya fuera de toda sintonía con la mía.

La invasión de la arena continuaba. No podía percibir ni un sonido, ni yo podía emitir ningún sonido. No tenía dudas de que entre aquel hombre y yo se produjo un extraño diálogo sin palabras y sin sonidos, como un diálogo airado, como de pensamientos inmersos en una palpitación de terror.

Al seguirlo con la mirada percibí un casi imperceptible aliento de respuesta, como si el hombre, sin dejar de correr, lanzara una débil respuesta, algo semejante a dos palabras:

—Uranio, Pánico... Uranio, Pánico.

Podrían ser los pedruscos de arena ese "uranio" que dejó en la estela de su huída, el hombre de los ojos desorbitados? ¿Querría él decirme que asociado al "uranio" venía el "pánico" o que ese "pánico" era solamente el motor de su loca carrera? Yo sabía que la leve respuesta de dos palabras hería, como con un rasguño, la periferia de mi cerebro.

La arena avanzaba despiadadamente. El cielo no se diferenciaba nada de la línea donde sobresalía tímidamente el tope del faro del Castillo del Morro, y yo sabía que apenas quedarían unos pies de agua de mar rodeándolo.

Un mayor terror si cabe, se apoderó instintivamente de mi cerebro, que fue seguido por una reacción de defensa: debía esconderme, porque en el vacío, uniforme y deprimente panorama de arena, lo único diferente era yo.

El hombre desesperado ya había desaparecido del ámbito visible de mis pobres ojos de ser humano, e igualmente había desaparecido del ámbito mayor que podía imaginar mi percepción. Sin duda, sobre la arena, lo único viviente, o aparentemente viviente era yo. Otra criatura, mi igual, había desaparecido, no existía nada que definiera a un hombre, a un ser humano. Quizás, flotando, se había salvado de la marejada imparable de la arena, algún pensamiento olvidado, algún pensamiento latente y disperso, como el humo, en la blancura desconcertante del universo que se cernía sobre mi cabeza, atrapándome.

Debía sentir, al menos, unas vibraciones, porque si tenía la certeza de estar enteramente solo sobre las arenas que devoraban las distancias para apoderarse de la tierra, para dominar el horizonte, para tapiar las profundidades y las simas del mar, para cegar la realidad, no tenía, en cambio, la certeza de que fueran solo mis pensamientos los que nacían en mi y estuvieran elevándose al infinito, para no ser enterrados por la arena. Estaban allí, junto a mi, otros pensamientos, otras angustias que sin emitir ni un sonido, me anunciaron que algo peor se aproximaba. Busqué ansioso, con la vista, algún refugio. La invasión de la arena había formado montículos palpitantes a mi alrededor, subí al más alto con el mandato inminente de mi cerebro de buscar un escondrijo al instante, corroborando mi absoluta soledad e impotencia. Caminé pesadamente por las laderas del montículo y me arrastré entre sus arenas altas y resguardadas. Sentí la avidez de poder seguir mirando la invasión de la arena, para ver, cara a cara lo que ocurriera, y de seguro estaba yo marcado para que lo viera, porque lo que hubiera de suceder, en la invasión de la arena, me concernía.

Eran mi sonido, mis sensaciones, mi ritmo vital, mi especie, los que habían sido eliminados. Mi especie había sido desvanecida, con todas las demás especies organizadas para crear sonido, para disfrutar luces astrales, para practicar el movimiento. Si solamente quedaba yo, mutilado, mermado, disminuido, anulado por la invasión de la arena, al menos mi cerebro vibraba, y me invadía de pulsaciones que tenían un significado!

--Ahora, escóndete y yo estaba ya escondido.

Estando bajo las arenas del montículo, rodeado de dunas, recibí la orden de mirar fijamente hacia el Castillo del Morro. Sentía deseos de correr hacia el viejo Castillo, sintiendo claramente la idea fija:

--Mirar hacia El Morro.

Con la angustia de mis ojos arañados por la arena, bajo la fijación terrible del mandato, mi ansiedad crecía produciéndome estremecimientos atormentadores. Debía llegar ya lo que tenía que ocurrir. Sabía que seria terrible, que mi mente quedaría quizás, para siempre, en blanco, o al menos, inhabilitada para recibir o para emitir nada, Como un transmisor destrozado por un culatazo, o por una incandescencia de alto voltaje, Quería saber cuando llegaba el terror tan temido, por algún sonido, pero el silencio era tan absoluto que mis oídos se rompían al desintegrarse mis tímpanos. Lentamente sentí que iba dejando de ser lo que era, mis células tendían hacia la arena, hacia lo inorgánico; en un impulso inexorable que me producía como un dolor fatal, irresistible. Lentamente, toda la materia que era yo, anunciaba su transformación y las células del cerebro captaban y transmitían claramente, como un fluir electrizante de toda la materia hacia la arena, la fusión con la arena.

Mirando fijamente hacia El Morro, mientras esto me ocurría, se dibujó despacio, en la distancia, un tropel de formas en blanco y sepia y la poquísima agua que rodeaba al Castillo del Morro se estremeció como la espuma de un merengue, sin llegar a alzarse demasiado. No había ni siquiera el estallido del agua pisoteada, y sin embargo allá, se perfilaban formas enormes, de un colosal tropel de masas y yo percibí unas apretadas formaciones de elefantes blancos, de largas barbas y cabellos grises, y largos colmillos curvos blancos, apretados éstos, a otros elefantes, también blancos, con cabellos estriados de rojo, largos, punzantes, rodeándoles el cuello y bajando hasta sus patas de gigantescos paquidermos.

Corrían atropellándose, en un galopar extraño, apretándose unos a los otros, con las trompas elevadas, como torres de furia. Abrían la marcha enloquecida, empujados por los que venían detrás, que eran rojos, mucho mayores, corriendo como una manada fantasmal de mamuts, arrasando las antiguas piedras del venerable Castillo del Morro. La manada corría, viniendo de muy lejos, de las entrañas de fuego del planeta, de las nieves de muerte de los polos. Sobre la manada galopante de mamuts sentí que se elevaba un sentimiento oscuro de pánico, semejante al mío, al contemplarla en la marcha guerrera, moviendo frenéticas las bestias, sus curváceos colmillos y las alas peludas de sus orejas. Yo estaba pasmado, mudo, sabiendo que aquel extraordinario y anonadante espectáculo que mis ojos veían, nadie más podría contemplarlo. Me hundía en la arena, sintiendo el mandato:

—Escóndete, que no seas visto.

Y yo me escondía más y más en la arena, que me tragaba como en sorbos, con la manada de mamuts avanzando, sin que un solo sonido diera sentido a lo que mis ojos desorbitados veían. En un raudo instante ví una falange de bestias blancas, grises y rojas, trotando demenciales sobre las dunas cercanas. Simultáneamente, la palpitante oleada de arena surgió en remolinos pálidos envolviendo a la manada de mamuts que giraba sobre sí misma sin dirección, variando de rumbo, aplastando las dunas, y bajo la presión de sus patas mi último terror fue anulando toda la vibración de mi cerebro, con un final latido en las sienes, que nunca sonó porque la arena, con un vigoroso empuje casi humano, avanzó sobre mis brazos y mi cuello, ahogando el silente lamento del último hombre que era yo.

RAFAEL FERRER LUQUE

Nació en Santiago de Cuba. Realizó sus primeros estudios en escuelas públicas. Cursó el bachillerato en el Instituto de su ciudad natal. Desde muy joven escribió cuentos y artículos para periódicos locales. En 1974 llegó a Estados Unidos, vía España. Ha publicado el libro El vuelo de la golondrina. Narraciones de un Exiliado *y cerca de cien cuentos, artículos y ensayos. Ha ganado premios en concursos auspiciados por el Colegio Nacional de Periodistas del exilio.*

LA TRAMPA

Prisionero de la más cruel de las incertidumbres me quedé pensando. ¿Cómo salir de mis problemas? ¿Cómo salir adelante sin importarme mucho la vida, ni el mundo en que vivimos? Precisa una gran dosis de voluntad y de coraje para sobreponerse a los sentimientos. La depresión llega y el espíritu ya no sabe donde replegarse en el estrecho ámbito que el cuerpo lo proyecta. Por fin, ¿quién es el que manda? El espíritu o la carne? Por qué he de tener miedo? Por qué he de ser juguete de mis nervios? La mente, ¡oh, la mente! ¿Dónde esta la fuerza de la mente? No quise pensar más. Necesitaba acción, pero, dónde conseguirla si no sabía por donde empezar ni que hacer? De repente me vi frente a un hombre en un ángulo de la habitación donde tengo un enorme espejo rectangular. Me miraba con curiosidad, como se mira a un animal extraño. No le pregunté de qué manera había llegado hasta mis dominios privados. Necesitaba uno mas fuerte que yo. Que importa quien fuese. Comencé como comienzan todos los espíritus débiles: ¡Ey amigo, tal parece como si lo estuviera esperando". "Yo no soy su amigo —dijo el hombre— he venido porque usted inconscientemente me ha llamado. Yo no soy un amigo pero no soy un extraño. A ver, ¿cuál es su problema?" Mis problemas son muchos —le dije—. Y me quedé pensativo antes de contestar. "Un problema es un problema —me interrumpió— lo malo es que interfiera con otro. Ahí comienza el conflicto. No es necesario estar muy cerca de usted para advertir un ser triste y atormentado como si una pena muy honda le torturase. Usted está así porque ha olvidado la ley de la vida, porque ha desconocido los fundamentos de la existencia humana, porque ha dejado a un lado las actitudes vitales para convertirse en un muñeco de su propia fantasía, de su más íntima esperanza. Pudiera conocer mejor sus quejumbres, pero, por qué no me dice tan solo una parte? ¡Oh, le contesté preso de horrible pena —, no encuentro casa donde mudarme; las que aparecen cuestan una barbaridad; ésta me la quieren aumentar a un precio irracional, tengo tres hijos adolescentes. Mi mujer hace lo que puede, me apena ver como lucha. Yo no soy ya joven. En mi trabajo tengo problemas. Hay rumores de despidos. En el invierno pasamos frío, qué se puede esperar de una casa vieja y unos dueños inhumanos? Tenia muchos proyectos pero todos se han ido abajo por falta de ayuda moral y financiera. Me siento tan solo que mi soledad me pesa como si quisiera aplastarme. No le encuentro sentido a la vida. Las ayudas del gobierno son muy limitadas, y te exigen, te exigen: "Muéstrame tu pobreza" parece que te dicen, como si la pobreza no tuviera sus leyes y su dignidad. ¡Oh, amigo, me siento francamente entrampado. Me siento como si estuviera en una trampa de la que no se puede salir. Además, los amigos huyen del que nada tiene, del que nada puede ofrecer. Estoy en una trampa".

El hombre me miró con lástima. Luego empezó a sonreír de una manera cruel y burlona. "No has reparado —me dijo sin dejar de sonreír— que la vida es una trampa? Cual es la primera trampa en que el hombre cae en la vida? "Supongo que al nacer, ¿no? le contesté. "No —casi grito con desenfado— el hombre cae en la primera trampa desde el instante en que el salivazo más fuerte penetra en el óvulo expectante. Ahi comienza su entrampamiento. El que lo expeló quiso liberar sus ansias, su más antiguo deseo, y sólo consiguió entrampar a un ser para luego, como tú, quejarte y maldecir tu suerte porque no tuvo el suficiente coraje para enfrentar aquel gesto liberador. ¿De que te valió permanecer nueve meses en la más completa oscuridad alimentándote de la que te reprodujo, ¡nueve meses, una eternidad! donde pasaste por todos los estadios de la evolución hasta constituirte en un feto humano, para luego terminar brotando victorioso y lloriqueando como si presintieses que caías en otra trampa más cruel, cuanto más responsable y desolado resaltaría valerte por ti mismo y, sin el cordón umbilical de la cual dependías?

Yo no sabia qué contestar ni que argumentar. Sólo deseaba oír las palabras de aquel desconocido que se me antojaba muy conocido. Sin dejar de mirarme el hombre me preguntaba: "¿Querrías saber como sales de tu trampa verdad? ¡Ah, todos quisiéramos saberlo. En primer lugar —prosiguió— la soledad que padeces es sólo una enfermedad de la conciencia, quizá nacida de las injusticias que es en sí, una trampa. La realidad que te circunda no es más que tu propia realidad interior. Y querrías hacerme muchas preguntas sin embargo, las preguntas encierran generalidades. Es como si preguntaras adónde va el mundo, sin saber que el mundo no va a ningún lado. Que el mundo va adónde tiene que ir. La vida es una trampa física y moral, pero más que todo, espiritual, porque el hombre no sabe cómo salir de su animalidad consciente, desde la que podemos ver ese mundo con las ansias de la imaginación. ¿Qué quieres conquistar en la vida? Lo primero es saber en realidad qué es lo que quieres, sin que la vida destruya tu moral, porque no estamos preparados, la vida te destruirá si no la satisfaces. No has reparado que nadie puede zafarse de la trampa de la vida porque si así fuese el mundo se convertiría en un caos, es un escandaloso libertinaje, en un monstruoso asesinato?

Pero dime, amigo, ¿estamos todos atrapados en la misma trampa. ¿Es la trampa igual para todos? La trampa —enfatizó el hombre— es la misma pero no todos nos sentimos en la misma trampa. Pregúntale a los afortunados si ellos están exentos de las enfermedades, de las pasiones, de los vicios, de la vejez o de la muerte. Pregúntales quién esta libre de conflictos, de deseos o de codicias. Sin embargo, desde esa misma trampa puedes superarte, puedes prepararte como lo hicieron aquellos que el delito los llevó a la cárcel. Nos entrampa la ley ciega de la vida, el instinto zoológico, pero como animalidad consciente podemos razonar de cualquier manera pero dentro de esa trampa que es la vida. ¿No has reparado que hoy en día la cuarta parte del mundo está en guerra? El mundo está en una trampa. Tu misma inteligencia te ha entrampado. Tu ufanada civilización te ha entrampado. Porque no has podido zafarte de tu pobre animalidad complejizada, porque no has podido zafarte de tu propia ignorancia con nuevas búsquedas de la verdad, con una participación más directa con el mundo cósmico que reclama tu espíritu para tu propia armonía. La inteligencia humana no ha tomado el camino más correcto porque la inteligencia es tan compleja como la vida. Todo comienza en ti, en las ambiciones, en la supervivencia, en el instinto bélico, en ti está superarte, en ayudarte tu mismo esperando siempre mas lo malo que lo bueno de la vida. Si tuviste el valor de llegar al fondo de tu propio infierno, fácil te será llegar al fondo de tu propia gloria. Difícil es armonizar la vida de una nación, de un mundo entero dentro de las necesidades vitales de la gente. La vida no se puede predecir ni definir. Todo estímulo es impronosticable. Todo se reduce a las circunstancias, pero aun esas circunstancias tuvieron su precedente. Ante el acoso del hombre, qué somos? ante la tentación del poder, qué somos? Ante el apremio del deseo, qué somos? La felicidad, la comprensión, la amistad es para compartirla. Son el concurso inestimable de las circunstancias, el proceso natural de la continuidad de la vida, lo que nos hace cambiar nuestras actitudes, nuestras características, nuestros sentimientos. Que tu cárcel sea regocijante, no torturante. Pero tendrás que contar con que los demás presos sientan lo mismo que tú. ¿Cómo comprenderemos que el mundo ha caminado siempre hacia la complejidad? ¿Cómo comprenderemos que el conocimiento por el conocimiento es la más grande trampa que nos tiende la moral? ¿De qué vale vivir si no utilizas esos conocimientos para vivir? ¿Cuándo entenderemos que la acción tendrá que ser siempre racional y no irracional? Dejaremos de pensar en nuestra trampa cuando consideremos que hay trampas sublimes, si logramos acomodarnos en ella con amor y sabiduría, conformidad y coraje. El aceptar nuestra condición no nos hace esclavos; libres somos cuando aprendemos a descubrir nuestros propios valores y nuestra propia fantasía, nuestro ideal y, un renunciamiento a todo lo que no sea vivir con la esperanza de mejorar nuestra índole.

De repente el hombre enmudeció. Me miro con simpatía y tal vez con piedad. Sin pensarlo, casi inconsciente le grité: "Deme una razón, una sola para mis atolladeros, deme el sentido colosal de la vida. Yo quiero una respuesta, una respuesta concreta, no una teoría, yo quiero una respuesta a mi pobreza. "La pobreza es la ausencia de conmiseración de los hombres", dijo. Y fue en ese instante, en ese mismo instante, cuando el hombre desapareció por el espejo enorme que ocupa el espacio de un ángulo de mi humilde habitación...

EUGENIO FLORIT

Nació en Madrid, España, en 1903, de padre español y madre cubana. Hizo sus primeros estudios y parte del bachillerato en Cataluña. En 1918 se trasladó con su familia a La Habana, en donde terminó el bachillerato y estudió la carrera de Leyes, graduándose en 1926. Entró a trabajar en la Secretaría de Estado hasta 1940, año en que marchó a New York. Profesor de español en Barnard College y la Universidad de Columbia hasta 1969 en que se jubiló. Miembro de la Hispanic Society of America, de la Academia Norteamericana de la Lengua Española, correspondiente de la Real Academia de Madrid; correspondiente de la Academia de la Lengua de Chile, Doctor Honris Causa de la Florida International University. Autor de muchos libros de versos y algunos de prosa crítica. Desde 1982 reside en Miami.

CUENTO DE NAVIDAD

El ángel pequeñito, corre que te corre, mejor dicho, vuela que te vuela, llegó hasta Dios, que estaba leyendo su periódico.

—¡Señor! ¡... Señor!... pregunta...

—¿Qué quieres, hijo? — contestó el Señor, alzando los ojos de su diario.

—Señor... que me han dicho que allá abajo, allá, en Belén, vas a nacer en figura de niño esta noche, y yo quisiera...

—Vamos a ver, ¿qué es lo que quisieras? Anda, acaba.

—Pues que me dejaras bajar hasta allá, con los demás, que ya están preparándose...

—Es que tu eres pequeñín, y no vas a tener fuerzas para llegar allá abajo.

—Pero si es muy fácil, Señor. Me dejo caer, como los paracaidistas, y de vez en cuando abro las alas para no bajar demasiado aprisa, ¿no sabes?

—Sí lo sé, hijo. Pero es que, además, puedes perderte y como eres tan chico, tan chico, nadie te podría encontrar luego.

—Ay, Señor, déjame que no me pierdo. Y si me pierdo, ya me encontraran, y si no, con ponerme a volar poquito a poco, en un tiempito estoy aquí otra vez... Anda, Señor, déjame, que quiero verte vestido de niño.

El Señor dudó un ratito; se subió los espejuelos, que los tenía ya en la punta de nariz; se rascó la cabeza, y por fin:

—Bueno, te doy permiso para ir con los demás; pero no te separes de ellos, y sobre todo, háganle caso a Gabriel, que es el jefe de la excursión. ¿Me lo prometes?

—Sí, Señor. ¡Gracias!

Y el angelito chiquitín echó a correr —digo, echó a volar para juntarse con los otros, los ángeles mayorcitos, que ya estaban abriendo y cerrando las alas, en ejercicio para el gran viaje a la Tierra.

La noche se había puesto tan callada, que ni el viento se oía. Tan luminosa, que parecía toda ella cubierta de luna. No se sabe cómo, pero de la luz de cada estrella iba bajando un punto —casi como arañitas blancas colgadas de su hilo invisible; y luego, más, muchas más figuras por la luz ancha de la luna llena.

¿Dónde? ¿dónde? — se iban preguntado los ángeles. Y bajaban y subían por sus cuerdas de luz.

—Que sí, — que mira, que allá abajo.

—¿Dónde?

—En aquella casita...

—Que no es casita, que es un establo.

—¡Pues allá! ¡Vamos pronto!

Y reunidos los ángeles, sueltos ya de su rayo de luz, formaron como una nube ligerísima que se fue acercando más y más donde estaba Dios recién nacido. Y todos iban cantando. Voces sonoras de los grandotes, más pequeñas de los otros, y hasta una muy chica, como un hilo de cristal, del angel pequeñín, cansadito de su vuelo. Hasta que... bueno, hasta que todos juntos entonaron el himno que Gabriel les había enseñado.

"Gloria a Dios en las alturas, y paz en la tierra
a los hombres, de buena voluntad".

Cuando ya iba amaneciendo, todo el grupo de los ángeles empezó su regreso, y... a subir, a subir hasta la Gloria. Todos, menos el ángel pequeñito.

Y el Señor, allá arriba:

—¿Dónde lo dejaron? Ya lo dije, que se iba a perder. Pues vaya usted a saber dónde se habrá quedado. A ver, tú, baja otra vez, y a buscarlo.

Y vuelta el Señor a su periódico, y el ángel grande a bajar por la aurora.

(Entre tanto:

—¡Que yo no quiero irme, Señora! Que estoy muy bien aquí, cerca de ustedes, Que tengo tanto sueño, y que estoy tan cansado... Y que al lado del Niño Jesús voy a estar tan contento... Anda, Señora, déjame que me quede, ¿quieres?)

—Señora doña María, ¿no ha visto usted a un angelito chico? Sí, de los que bajamos esta noche. ¿No lo ha visto?

La Señora tenía una sonrisa, y San José miraba con los ojos alegres, y el Niño, dormidito, sonreía también.

—Pues no, no lo hemos visto. Pero dile al Señor, allá en la Gloria, que no se preocupe; que si se ha quedado por aquí, ya se lo mandaremos. Anda, sube a tu cielo.

Las alas del ángel grande, después de inclinarse en una reverencia, se agitaron, y ¡allá va! sin respuesta.

Y cuando se hubo ido, de debajo del manto de la Señora salieron los ojitos con sueño del ángel chiquitín que, ya confiado, se acostó sobre las pajas del suelo, encima de la almohada de sus alitas, cerca, muy cerca de Dios, que ya se había vestido de niño.

OFELIA S. FOX

Nacida en 1924, en La Habana. Cursó estudios en la Havana Business Academy. Publicó dos libros de versos: Lo soñado y lo conquistado; *y en 1962, bajo el pseudónimo de "Liansu," uno de los primeros libros acerca del exilio Cubano:* "Patria en Lágrimas. *Es autora de muchas obras de teatro que han ganado premios en centámenes literarios. Su trabajo literario incluye también cuentos, radio y una telenovela.*

VENANCIO

—¡Casimiro! ¡Dónde rayos se habrá metido ese muchacho! — Gregorio pasa los robustos dedos por entre su cabello canoso como para peinarlo con un gigantesco peine. Aún no son las seis de la mañana y lentamente el sol va secando los campos del rocio nocturno: un bajo desde el cielo para la tierra bendita. Los pajarillos abren sus alas y despiertan el cuerpo haciendo vibrar el plumaje para que el sol les acaricie. Los gallos entonan sus toque de diana. —¡Vieja! ¡Ya está el café?— Frente a la puerta de la cocina, ahora Gregorio se pasa las fuertes manos por la cara.
—¡Quién te aguanta a ti si te levantas y el café todavía no se ha colado!—
Se apresura a servirle el aromoso café carretero en una "Jicarita" que está brillosa y pulida por el papel de lija del tiempo. —¿Y Casimiro por dónde anda? Ahi vi los baldes con la leche esperando por Venancio. Espero que ese muchacho no se "desaparezca" cuando tenga que ayudarlo con las lecheras.—
—Ultimamente Venancio está llegando tarde. Cualquier día se le va a agriar la leche antes de llegar al pueblo con ella.—
Venancio es un hombrón de uno 50 años. Y casi le lleva 35 vendiendo leche en el pueblo. Su presencia anunciada por el son que cantan las dos lecheras que alegremente se balancean sobre las ancas de "Madaleno".
Llega Casimiro y con rapidez baja las lecheras vacías. Las coloca

a un lado y cuelga de las ancas del caballo otras, llenas de la fresca leche de vaca.

—¡Ay Casimiro! ¡Tengo una flojera en estos días! No sé si será un "andansio" o que diablos.—

—Pues oiga, yo creo que debe ir al boticario.—

—Esto que tengo lo mismo que vino se va.

—Oiga, no quiere un buche de café. La vieja lo acaba de hacer.

—No, que va. Tengo que "arriar" porque el nieto de los Gómez me debe estar esperando. Hasta que yo no le doy una vueltecita en mi caballo no se desayuna. ¿Qué te parece?— Y Venancio sonríe acomodándose el sombrero de guano. —Cuando siente el caballo sale corriendo y se para en el portal y empieza a gritarle a la abuela: "Ansio-chero" "Ansio-chero"—

—Óigame le ha recortado bien el nombre: de "Venancio el lechero" a "Ansio-chero"—

—¿Sabes una cosa, Casimiro? En estos días en que el andansio me tiene tumbao' salgo a repartir la leche por no dejar a Rafaelito esperando más que por los "kilos" que me busco. ¿Qué te parece?—

—¡Pues apúrese porque hoy si va a llegar tarde!—

—¡So, "Madaleno"! ¡Mira tú que lío me he busca'o, Casimiro!—

En la casa de los Gómez está la familia enfrascada en hacerle cuentos a Rafaelito tratando de convencerlo de que tome el desayuno. Pero, el niño actúa como "si con él no fuera". Vuelve la cabeza de un lado al otro esquivando el vaso de leche y la mano con la galleta untada de mantequilla. Serafina, la abuela paciente, cariñosa y con dulzura de miel, comenta con Cuca, la joven sirvienta:

—Pobrecito. Se ha acostumbrado al paseo que Venancio le da todos los días. La culpa la tenemos nosotros. ¡Y hoy yo no sé lo que le ha pasado a Venancio!—

—A lo mejor lo han demora'o los "inspectores" de sanidad.

—Ay, por Dios, pero ¿a quién se le ocurre "parar" a Venancio?

—Señora Serafina ¿usted se ha puesto a pensar qué pasa si Venancio no puede venir un dia de estos?—

—Yo creo que este muchacho despierta pensando en Venancio. Pero mire, mire, señora Serafina...Parece que Rafaelito oye algo. ¡Mírele la cara! ¡Y allá va "dispara'o" para el portal!— Y Serafina y Cuca corren tras Rafaelito hacia el portal de la amplia casa escuchando ya el rítmico canto de las lecheras que bailan colgadas de "Madaleno". Venancio se desmonta y como todos los días, Rafaelito se le acerca y alzando los pequeños brazos....

—Vamo...Vamo...Ansio chero—

—Un momentico. Déjame servirle la leche a tu abuela o se enoja conmigo. A ver, párese ahí, quietecito.—

—Ay, Venancio, tiene que hablar con Rafaelito, porque hasta que usted no viene no quiere comer nada.—

—Pue' eso no pue' ser. Ahora cuando me lo lleve a dar la vuelta vamos a hablar muy seriamente.—

Y habiendo llenado de leche el jarro que Cuca sostiene en sus manos, Venancio alza a Rafaelito en sus brazos. —Arre, "Madaleno"...arre...— Y así se alejan para el corto paseo. Han transcurrido dos o tres días y tan fiel como el sol, sale Venancio a repartir la leche y a cumplir con su más preciada obligación: darle una vuelta a Rafaelito montados en "Madaleno".

Una mañana, no sale el sol. Es una de esas mañanas grises en las que tal parece que se llora una gran pena en alguna parte del universo. Y Venancio no vino por la casa de los Gómez. Y Rafaelito no comió ese dia. Por largo rato repetía: "Ansio chero...Ansio chero". No lloró. Pero nadie pudo arrancarlo de su lugar de espera. Acurrucado tras la puerta, aguardaba el niño. No hubo manera de moverlo y allí, tirado en el suelo le rindió el cansancio y quedo dormido. Y asi dormido lo llevaron a su camita.

Al otro día despertó el niño y como siempre corrió a esperar a Venancio. Miró para un lado y para otro pero sus ojitos solo veían el camino largo que se perdía a su vista. Cuca y Serafina lo contemplan a unos pasos de él. —Ojalá que hoy venga Venancio.—

—Señora Serafina, no se desespere. Si Venancio no viene hoy Rafaelito seguro que come algo. Porque ayer no quiso probar "bocao" así que ya tiene que tener un hambre grandísima— De repente, Rafaelito empieza a aplaudir a la vez que dice con alegría: "Ansio chero...Ansio chero".

—¡Gracias, Dios mío! Seguro que Venancio viene por ahí—

—Yo no oí na'. Pero si el niño se ha puesto asi, seguro que ya viene cerca. Déjeme ir a buscar el jarro de la leche—

—¡No, no. Deja que primero le dé la vuelta a Rafaelito para que coma algo!— antes de que ambas estén en la acera Venancio llega frente a la casa montado en "Madaleno". Rafaelito que ha corrido a recibirlo se detiene en medio de su carrera y lentamente se acerca al lechero. Le mira de arriba a abajo. ¡Venancio y "Madaleno" son tan grandes para él! Sin desmontar — con la curtida mano apoyada en el pico de la verja dice algo a Rafaelito. Algo que las dos mujeres no alcanzan oír — y rápidamente da media vuelta y comienza a alejarse al son de las lecheras.

—¡Venancio! ¡Venancio! Oiga....— Serafina y Cuca no comprenden que ha pasado. Venancio ya se ha perdido de vista; sin volver la cabeza o contestar al llamado de la abuela. Y ahora ambas esperan, casi conteniendo la respiración, la reacción del niño.

—¡Por Dios! ¡Qué cosa la de Venancio! ¡Venir y no darle la vuelta al niño! ¡Y no me dio tiempo a decirle que ayer no quiso comer nada!— Rafaelito ha quedado mirando al camino que se lleva a Venancio y de repente da media vuelta y corre hacia la abuela.—Abuela...abuela...Dame leche y pan....—

Serafina toma a Rafaelito de la mano y ambos se dirigen a la cocina de la casa. La abuela no entiende nada pero la tranquilidad de que el niño haya pedido algo de comer es superior a su curiosidad. Es Cuca la que mueve la cabeza de un lado a otro. —¿Y porque Venancio no nos dejaría la leche?— Alejándose hacia la cocina, Serafina le contesta:

—Quién sabe, Cuca. A lo mejor viene más tarde. ¡Sabe Dios!
Ven, ven...vamos a prepararle el desayuno al niño!—

Y Rafaelito se desayuna y juega y duerme su siesta. Llega el atardecer. El abuelo, termina de leer sus periódico y empieza a cambiarse de ropa. Serafina, con una leve sonrisa.— ¿Vas a llevar a Rafaelito al puesto de los Chinos? ¡Hoy sí se ganó el helado! Porque Venancio pasó por aqui le dijo algo, pero no le dio la vuelta en el caballo...¡Y así y todo desayunó, almorzó y comió de lo mas bien! Por cierto que no nos dejó leche. Y yo lo llamé pero creo que no me oye.—

El abuelo la mira sorprendido.— ¿Que Venancio estuvo por aqui hoy? Yo creo que tú estás equivocada. Seguro que viste a otro lechero—

—¿Cómo voy a confundir a Venancio con otra persona?—
—Pues no saldría a repartir leche. Pero aquí sí estuvo.—
—Mira, vieja, Venancio no pudo venir por aqui hoy.—
—¡Como que no! Si hasta el niño lo vio y le decía como siempre: "Nancio chero". Cuca y yo lo vimos.

El abuelo baja la cabeza en silencio. No es religioso...pero hace la señal de la cruz y levanta los ojos para ver a su compañera. Le toma una mano que acaricia con ternura...

—Vieja, Venancio murió anoche. Hoy es su velorio.—

Serafina y Rafael quedan en silencio. Cuca, que de lejos ha oído la conversación abre la puerta de la calle y queda callada mirando la penumbra. Rafaelito, allá en su camita, duerme con placidez.

JOSÉ LORENZO FUENTES

Nació en la ciudad de Santa Clara, Las Villas, en 1928, donde realizó sus estudios primarios y secundarios. Allí trabajó en la Escuela de Periodismo y Artes Gráficas. Además de su dedicación a la literatura, ejerció la profesión de periodista como subdirector de la revista INRA y jefe de redacción del periódico El Mundo. Ha ganado el Premio Internacional de Cuentos "Hernández Catá" (1952) y el Premio Nacional de Novela (1967). Entre sus libros más conocidos deben mencionarse: El Vendedor de días *(1967) y su novela,* El sol, ese enemigo *(1962). Salió de Cuba en 1993 y reside actualmente en Miami.*

EL CIELO DEL GENERAL

Tras el golpe militar, provisionalmente incruento, el Tirano se deslizo a través de días y noches interminables durante las cuales se vio obligado a persuadir y a conmover, a correr de la fortaleza de Columbia a Palacio y de Palacio a la fortaleza de La Cabaña, a conversar y conversar hasta la necesidad de acudir al trago de ron para aclararse la voz, a reírle las gracias al nuevo embajador, a redactar decretos con su propia mano puesto que los hombres de uniforme que lo rodeaban eran una verdadera lástima de analfabetos, y a reunirse cada semana con los periodistas para declararle a la prensa que una vez restablecido totalmente el orden se convocaría a elecciones al amparo de la Constitución —"lo juro, palabra de hombre"— como si hubiera olvidado deliberadamente que el sagrado texto había sido sustituido a pocos minutos de la asonada por unos estatutos que le negaban toda capacidad de movimiento a quienes no estuvieran dispuestos a colaborar con él. Estaba tan alucinado con la nueva conquista del poder que, como en su juventud, realizaba todos los movimientos con matemática precisión. Apenas descabezaba un sueño de dos horas y ya se le veía de nuevo dando órdenes minuciosas y maldiciendo cuando su voluntad no se cumplía inmediatamente al pie de la letra. Pero sólo tres meses después el Tirano se percató, alarmado, de que ya no era el mismo de antes, puesto que una repentina dolencia, con los signos diagnósticos de una simple gripe —de ésas, muy frecuentes al romper el invierno, de las que él siempre se desprendió fácilmente con dos aspirinas— ahora lo mantenía con la espalda atornillada al lecho. Jarabes de vistosa etiqueta que eran verdaderos vomitivos al lado de los perfumados cocimientos de hojas de naranjo con los cuales su madre lo curaba de niño, le fueron suministrados a quien se sentía peor a cada momento, con aquellas sudoraciones en medio del delirio de la fiebre esquimal, como si estuviera sobre un témpano a la deriva, de cara a un cielo que no era su cielo, con el amuleto de un diente de caribú encerrado en la palma de la mano para hurtarle el cuerpo al fantasma de la miseria que lo perseguía en el fondo de los delirios de todas sus fiebres, provocados por una niñez tan rota como imaginaba que nadie la había padecido igual. Una tarde, en la que le pareció escuchar el canto de una siguapa dentro de su habitación, emergió del delirio con una extraña lucidez sobresaltada por el temor de haber envejecido cinco siglos en cinco minutos. Pidió un espejo de mano para mirarse y, en efecto, se vio las arrugas en las sienes plateadas que nunca se había visto, y las mejillas erosionadas por la ventisca del paso de los años durante una sola noche de cuarenta grados en las axilas. "Qué horror", pensó convencido de que nunca más se iba a acostumbrar a su nueva cara de anciano, decidido a no mirarse otra vez en el espejo aunque le dijeran que pronto estaría más fuerte que un toro. Durante las pocas horas en que lo acompañó la fragmentaria lucidez, y durante toda esa semana de no hacer nada en el lecho de enfermo, se daba unas veces a revisar página por página su colección de revistas viejas, donde estaba detenido el tiempo por el magnesio de las camaras de trípode, en cuyas fotografías sí era un toro de juventud el que embestía contra los acoquinados civiles que se echaban a un lado para que el ascendiera fácilmente al trono del poder ilimitado, y otras veces se daba a recordar que él había nacido en un pueblito con un toldo de cometas empinadas del alba al ocaso, donde el se pasaba el santo día mirándole el rabo a las despabiladas chiringas, llevando en papeles de envolver café la cuenta de las que ya no iban a volar más, de los pobres barriletes perseguidos por los gritos de "¡se fue a bolina!" de los abuelos que se sentaban en troncos de palma a mirar la fiesta de los papeles voladores, y pensando que las navajas de afeitar puestas en los nudos de las tiras de mosquiteros de los rabos kilométricos no olvidarían el viejo oficio de convertir papalotes en lentos pájaros moribundos que viajaban en la agonía tricolor del papel de vejiga hasta caer en los tejados de las casas mas próximas. Ahora, a tantos aguaceros de distancia, el Tirano se decía que si no fuera por las posibles risotadas a sus espaldas de ministros y ujieres —"que para el caso es lo mismo"— y por el benemérito brillo de las medallas de la guerrera en que estaba encorsetado, cualquier día de éstos iba a trepar por el enredo de tantas escaleras de caracol pintadas de verde hasta las mismas azoteas del Palacio Presidencial, pues para eso era el que mandaba, para echar a volar la cometa de franjas amarillas y negras que tenía en la imaginación desde los años remotos en que se vio obligado a abandonar el pasatiempo favorito para ponerse a vender tamales y tayuyos de puerta en puerta, para ponerse a pregonar en el parque los vasitos de garapiña de a tres centavos, todo para que su madre y sus tres hermanitos barrigones no se murieran literalmente de hambre en aquella casita de las afueras del pueblo, de techo de zinc, agobiada por el peso de las ramas de una enorme mata de mango, de dónde había escapado el padre sin dejar la menor noticia de su rastro, ni el rastro de la noticia de dónde pudiera averiguarse su paradero, íntimamente convencido del cuento de marinero en tierra que les hacía a sus hijos, para dormirlos, todas las noches, con la explicación de que aquel pueblito estaba rodeado del verde de una hierba tan fina que por allí se podía llegar descalzo hasta el fin del mundo.

Desde ese momento vivió acosado por las lamentaciones de una madre que no se atrevió nunca a llevar a otro hombre a la casa, pues si el marido regresaba intempestivamente la iba a moler a palos como si ella fuera una verdulera y no una madre dispuesta a defender hasta con las nalgas el presente de sus hijos, ya que del futuro tendría que encargarse el Elegguá que abre los caminos, aquel coco seco de ojos saltones puesto entre granos de maíz tostado detrás de la puerta, al que ella le encendía velas todas las noches. Pero también durante esa época le nació la idea de que cuando quisiera echarse una mujer, después que le salieran la barba y el bigote, tendría que ir a buscarla en otros sitios donde nadie le conociera el reverso de la medalla de los turbios relatos echados a rodar por los despalilladores de tabaco y los tratantes en ganado y los tarugos de los circos efímeros que pasaban por el pueblo, quienes estaban dispuestos a jurar que la contingencia de defender el presente a los hijos hasta con las nalgas de la espléndida mulata nunca fue una remota posibilidad hipotética sino la solución desesperada que la pobre encontró para encender el fogón y servir la mesa. Durante años pensó en la mujer de sus primeros sueños, que podía ser encontrada al final de aquellos raíles del ferrocarril sobre los cuales ahora trabajaba de fogonero, mirando desde la locomotora los apeaderos, las casitas de adobe que quedaban a sus espaldas, desde donde le decían adiós con las manos las muchachas que se acostumbraron a los tres pitazos del tren con que él las hacía asomarse a las ventanas, hasta que se dijo que ninguno de aquellos pueblitos miserables de la costa, mordidos por los cangrejos de los interminales manglares, era el lugar señalado para dejarle cuatro niños en el vientre a una mujer y luego salir corriendo como su padre, descalzo, por un césped que no conducía a ningún lugar.

Cuando se bajó en el andén de la estación de ferrocarril de La Habana y se interno en el dédalo de las primeras calles de la capital, el miedo a lo desconocido le heló la sangre en las venas. Pensó que nunca el corazón le había brincado tanto en el pecho como en esa ocasión. Pero se equivocaba. Su miedo a la vida era el mismo de siempre. Y si ahora, como otras veces, lograba sobreponerse al instintivo impulso de no seguir adelante con sus proyectos era por la certidumbre de que peor sería aun regresar por la cuerda floja del destino a la casita de techo de zinc y a la venta de los asitos de garapiña en el parque de aquel desteñido pueblito remoto dónde nació, cuyo pavimento —eso era lo único que de pronto recordaba— estaba pintado de blanco por las cagadas de los pájaros del atardecer. Sin embargo, a medida que atravesaba avenidas y observaba balcones, el blasón tallado en piedra de una casa señorial, arbotantes, todo lo que para el no eran mas que extravagancias arquitectónicas,el susto iba cediendo y era apenas el ruido de una mínima gotera cayendo en el silencio del corazón cuando se sintió completamente aturdido por el prodigio de nuevos cimborrios, belvederes y zócalos de mármol que le salían al paso. Durante el viaje desde su pueblo hasta la capital, mientras miraba desaforadamente por la ventanilla de un vagón de tercera clase, todos los sitios por donde pasó —mucho mayores que los que él conocía—,se le figuraron pueblos de fábula, con tiovivos en los solares yermos, y con portales donde la gente se arracimaba para escuchar melodías sacadas del rollo perforado de una pianola. Pero en La Habana vio lo que nunca había visto —ferreterías con anuncios luminosos, gimnasios, el león de bronce a la entrada del Paseo del Prado, los edificios con azoteas casi entre las nubes, las floristerías, la cúpula del Capitolio Nacional—, las cosas que no se cansaría de mirar ni en la cúspide de su poder, con el asombro campesino tan bien disimulado que muchas veces el edecán sintió deseos de preguntarle la causa de aquella grave preocupación que le molía los sesos, imaginando que la contemplación absorta, durante la que ni siquiera pestañeaba, la provocaba algún enredo en la balanza de pagos,alguna ruptura de relaciones con algún país de misteriosos climas que el solícito edecán buscaba en la cartografía de las arrugas del entrecejo del General.

Nunca soñó que su ascenso en la vida iba a ser tan meteórico. Seis meses después entraba en el ejercito de soldado raso, gracias a la recomendación de un teniente de artillería al que le hizo el favor de avisarle a tiempo que las ruedas de un auto que se acercaba a toda velocidad, al pasar por un charco de agua, podían levantar una cortina de fango que le estropeara las lustrosas botas. Y un año mas tarde, poco antes de ganarse el grado de sargento, la tropa a su lado no cesaba de preguntarse qué diablos le sucedía al indio de engolada voz de mando que estudiaba taquigrafía por las noches en lugar de darse la gran vida, como ellos, en el burdel de Pancracio, dónde olvidaban el agobio cuartelario entre los movimientos sísmicos de una docena de pelirrojas, y donde una mulata fondilluda bailaba hasta el alba la danza de los platanitos de Josephine Baker. Y cinco años después, tras dirigir la rebelión de los sargentos contra una oficialidad vencida por el peso de sus medallas decrépitas, ya era el jefe del Estado Mayor del ejército. La operación había sido fulminante y sorpresiva, pero cuando la oficialidad cayo en la cuenta de la enorme desgracia que significaba la pérdida del poder quiso oponer resistencia y se refugio en un hotel, desde donde exigió la capitulación de los insubordinados. Sin pensarlo dos veces, el antiguo fogonero dió ordenes de destruir el edificio a cañonazos. La hazaña le valió el cargo de presidente de la República. Mandó a confeccionar enseguida banderas de franjas amarillas y negras que desde ese momento serían el símbolo de todo su poder, y viéndolas flamear en lo alto de las fortalezas militares como los papalotes de su niñez, mirándolas aletear por encima de todos los tejados de las casas de un vecindario que no podía siquiera quejarse de haber perdido con aquellos trapos pintarrajeados los mejores pedazos del azul del cielo de una patria cada vez mas pequeña, gobernó el país a su antojo durante varios años, al cabo de los cuales convocó a elecciones pensando que iba a continuar en la poltrona presidencial por la voluntad del pueblo. Pero el resultado de las urnas le fue adverso. Ahora, de pronto, pudo escuchar en las calles, y a través de los canales de la televisión, las voces de quienes no se ocultaban ya para llamarlo asesino. Sintonizó la radio y escuchó, sin despegar los labios para proferir exclamaciones de asombro, con el ceño fruncido y las manos yertas, el múltiple relato de hombres del pueblo que atestiguaban que un niño de sólo seis meses de nacido había sido desollado vivo por un policía a las ordenes del Tirano. "Más que tirano es una víbora inmunda", aseveraba uno de los denunciantes. Por primera vez comprobaba la verdadera consistencia y alcance del odio acumulado contra él. Temeroso de perder la vida, sin arreglar las maletas, tomó el camino del exilio.

Aunque alardeaba de que podía estar hablando durante toda una vida de lo que vió y aprendió en su recorrido por la tierra de nadie de los que viven obligatoriamente fuera de su país, a su regreso a Cuba, seis años después, no pasó nunca de mencionar una cacería de patos en los pantanos de la Florida y la visita a una alucinante ciudad de California donde todo era de mentira: el vientre de celuloide de las jovencitas impúdicas, el cielo de estrellas de hojalata que podía tocarse con las manos, el agua de vidrio de una cascada estática, y un tigre de terciopelo, relleno de inocente paja, al que él fue aproximándose con el mayor descuido, convencido de que los feroces rugidos eran un artificio más de la ingeniosa juguetería, y continuó aproximándosele hasta que lo sobrevoló un zarpazo que de puro milagro no lo abrió en canal. Había vuelto al país al amparo de la promesa de respetarle la vida hecha por un nuevo gobernante que, en los fastos de su segundo año en procura de la concordia nacional, concedía la libertad a los prisioneros políticos, restituía el derecho a la huelga y permitía el regreso a la patria de los que demasiado habían purgado yerros y delitos —eran sus palabras— bajo cielos de niebla y cierzo. En medio de la desaforada ovación de las muchedumbres, ese mismo gobernante había anunciado también una voluntad de renuevo en la vida política de un país necesitado, según decía, de quedarse sin pícaros, truhanes, oportunistas, bergantes, rateros y bufones,pero dos años más tarde sucumbió a la desgracia del escándalo público provocado por las constantes francachelas en cierta habitación del Palacio presidencial, desde la cual muchas noches algún ministro circunspecto algún ujier que no se cansó de comentarlo en todas las esquinas, vió salir en tropel mujeres desnudas, deseosas de poner sus tetas al aire entre bustos de próceres y de multiplicar sus nalgas hasta el infinito en la pesadilla del Salón de los Espejos.

El Tirano, hasta entonces a la sombra de furtivos conciliábulos con gente de uniforme que le seguía siendo fiel, que en los cuarteles no ocultaba a la tropa la posibilidad real,inmediata, de ponerle coto al desorden, a la abulia —"a tanto abejeo de putas donde no debe ser"—consideró llegado su gran momento. Y una madrugada en la que ya no pudo resistir más al reclamo de la historia, entro de nuevo en el amarillo del pantalón de caqui no usado durante muchos años, devuelto por aquel caprichoso giro del destino; se puso la guerrera constelada de triángulos, rombos y poliedros de metal dorado—la Medalla del Mérito Militar y la Medalla del Mérito Naval, que pendían de una cinta tricolor—,aplacó el lacio pelo aindiado, ya nevado en las sienes, con la gorra de charolada visera bajo el escudo de la República, y llevándose la mano a la frente, unió sus talones imperiosos. "A las órdenes, General", resonaron uránimes las voces de quienes lo rodeaban.

Tras la asonada militar poco debió importarle la devastación fulminante del rostro durante una noche de fiebres de volcanes, puesto que el espejo de la bruja de Blancanieves de la gente que le era incondicional, sin necesidad de ser interrogado, respondía que no había otro tan varonil, tan apuesto y tan solicitado de mujeres como él en todas las satrapías del Caribe. Y sin embargo, demasiado preocupado a partir de ese momento por su cara de anciano y por su repentina incapacidad para empuñar él solo las riendas del poder, pensó en dar los pasos imprescindibles para atraer a su gobierno a los hombre más ilustres del país, a todos los que desde el primer momento se habían apartado con no desimulada repugnancia del fogonero que inundaba la diáfana atmósfera institucional con el humo negro de la locomotora castrense. "No hay que pensarlo tanto, que carajo", exclamó en el instante de decidir una reunión de su gabinete para dar la noticia.

—Muchachos, vengo a hablar de la concordia nacional, pero esta vez es en serio —comenzó diciendo—.La patria necesita de todos sus hijos, de todos los corazones, de todas las voluntades, de todas las inteligencias. También el porvenir de las futuras generaciones exige echar a un lado los idiotas resquemores que separan a los que, indisolublemente unidos, seríamos imperecedero ejemplo de sensatez.

Pensó que su discurso funcionaba y que en muchos años la elocuencia no había sido para él esa hembra fácil que ahora casi podía acariciar con las mismas manos de gesticular y gesticular mientras hablaba de los colores de la bandera, de los honores póstumos, del ejemplo de la historia, del héroe epónimo, del sacrificio hecho por los padres de la patria durante las dos guerras de independencia. Se sintió tan feliz jugando con las palabras que, en una brecha de su discurso, llegó hasta imaginarse en una caminata por las céntricas avenidas de la capital, sin guardia personal, sin un sólo agente de su policía secreta preocupado por la calidad del aire que él respiraba.

—En fin, me da lo mismo que sean de derecha o de izquierda —concluyo—. El caso es que empiecen a colaborar conmigo.

Los ministros hicieron un mínimo gesto para observarse de reojo pero, aconsejados por la prudencia, siguieron mirando por debajo de la larga mesa de caoba las punteras de las botas del General. Publio Leiseca, el titular de la cartera de Obras Públicas, tuvo en la punta de la lengua una frase: "Eso sería como echarle margaritas a los puercos, General. De todos modos sus enemigos siempre van a poner en tela de juicio los más sensibles dictados de su generoso corazón". Calculó que el reparo podía ofrecerlo envuelto en esa zalamería, pero aún así no se atrevió.

Al Tirano le bastó con escudriñar dos o tres rostros para percatarse de la situación.

—No se aterroricen, muchachos —comentó con aire paternal—. Dejen que funcione la democracia. Eso es bueno siempre que no me separe un milímetro del poder.

Pese a las diligencias de los ministros, que se afanaban día y noche en cumplir su encargo, al cabo de un mes pudo comprobar que los políticos de la izquierda no se habían movido de la izquierda, y que los de la derecha, seguramente engatusados por los de la izquierda, continuaban impertérritos en su inmovilidad desafiadora. Todo ese silencio por respuesta acabo de exasperar al Tirano que, durante horas, acarició la idea de dar marcha atrás en sus propósitos y demostrar que él podía ser el mismo de siempre, imponiendo el toque de queda, dando órdenes de allanar casas, de censurar la prensa, de amordazar a los inconformes, de llevar a la cárcel hasta el pipirigallo, de obligar a que el ejército y la policía mantuvieran en jaque a la población las veinticuatro horas del día, sin tomarse el cuidado de arrojar los cadáveres de sus enemigos a la bahía, como le aconsejaban, para ocultar las depredaciones siempre legítimas en quien está investido del poder, porque si él pensaba que las reglas del juego debían ser respetadas hasta las últimas consecuencias, lo correcto, lo justo, era dejar los cuerpos emasculados, con las huellas irrebatibles de la tortura, a la vista de todo el mundo, en las cunetas de las carreteras, en los solares yermos, en las proximidades de un cine, en el patio del Palacio de Justicia, para que nadie se llamara a engaño sobre la verdad de sus intenciones y como ejemplar escarmiento a los que aún estuvieran buscando como gallinas ciegas el resquicio de una oportunidad remota de hacerle oposición. Sin embargo, enseguida se percató que desechar los proyectos de la víspera era un modo de caer en la trampa ingenua de cazar tomeguines tendida por sus enemigos, que no abrían la boca precisamente para molestarlo, para irritarlo, para verlo montar en cólera, imaginando que él era el gran idiota del siglo y que en un momento de ofuscación iba a destruir con los pies lo hecho con la cabeza en momento de mucha lucidez, puesto que el colaboracionismo de los hombres más capaces del país no iba a poner en peligro la estabilidad del régimen ni a impedir que él siguiera inconmovible en la poltrona omnímoda que, a los sesenta y cuatro años, le servía entre otras cosas para muchas cosas que a los veinte años no pudo hacer en el prostíbulo de Pancracio, no porque le faltaran bragas para dormirse a todas las putas en una sola noche, sinó porque el tiempo lo necesitaba entonces para hacer voluntariosamente lo que hizo, para escalar a la suprema posición desde la cual, ahora, no había rubia, trigueña o pelirroja que se negara al patriótico requerimiento de apaciguar con secretos de alcoba a quien era capaz, según todos los rumores, de echar a rodar tres cabezas de sus adversarios políticos por cada descalabro amoroso que pudiera sufrir, infundio propalado por el mismo para crearse la imagen de macho insaciable que lo acompañó hasta el fin de sus días y que únicamente pusieron en entredicho los soldados rasos que lo conocieron treinta años atrás y seguían pensando, los muy cretinos, que la taquigrafía sólo fue un pretexto para ocultar debilidades inconfesables.

"Ah, caramba, eso tiene que ser", tartamudeó el Tirano al sentirse iluminado por el relámpago de la única explicación posible de aquel silencio tan unánime y tan vasto como una conspiración, súbitamente convencido de que el férreo círculo de la codicia de sus allegados había estado impidiendo que muchos de los deseosos de colaborar se acercaran a él. Sin darle paso a otra reflexión, llamó al edecán y le ordenó que convocara a sus ministros para las seis en punto de la tarde. "Es decir, dentro de una hora y cuarenta y cinco minutos, sin falta". Mientras pensaba que los ministros, por demasiado cuidar sus sinecuras estaban a punto de perderlas, se dijo que cualquiera de aquellos bribones sabía perfectamente quién era quien en el país, quién era capaz de seguir ciego y mudo a su llamado, y quién estaba demostrando ya, aunque fuera tímidamente, su disposición al diálogo. Cada vez más convencido de que para no perder la cartera de Hacienda, de Obras Públicas o de Relaciones Exteriores cualquiera de ellos, o todos juntos, de común acuerdo, habían estado torpedeándole la iniciativa feliz, llamó de nuevo al edecán para decirle que diera la noticia, junto con la convocatoria, de que había aceptado la renuncia de uno por uno de sus ministros, sin excepción, y que el nuevo gabinete se integraría a las seis de la tarde.

Proferida la orden, durante un buen rato se paseó de un lado a otro, las manos anudadas en la espalda. Como otras tantas veces en que las cosas no salían a su gusto, en que la cólera le aciclonaba el corazón, se sintió asaltado en oleadas por los recuerdos de la niñez, sobre todo por el recuerdo cada vez más punzante de la casita agobiada por el peso de las ramas de una enorme mata de mango, por el recuerdo del parque de aquel desteñido pueblito donde nació, cuyo pavimento —eso era de pronto lo más recordado— estaba pintado de blanco por las cagadas de los pájaros del atardecer. Escuchó: "Pero peor hubiera sido regresar por la cuerda floja del destino a la casita de techo de zinc y a la venta de los vasitos de garapiña". Bruscamente detuvo sus pasos pero se dió cuenta enseguida que no había escuchado la voz de otra persona, de alguien que estuviera junto a él, muy cerca de su oído, sino su propia voz que le hablaba con la inconfundible densidad de un sollozo.

Volvió a llamar al edecán.

—Si los ministros no me traen a las seis de la tarde la lista de los que van a colaborar conmigo, que se den por despedidos ¿Está claro?

—Sí, General.

—Ahora, a lo nuestro. Sígame.

Entró en su alcoba seguido del edecán. Con gestos nerviosos, abrió una gaveta de la cómoda. Al edecán le pareció escuchar un crujido de papeles hambrientos en el fondo de la gaveta.

Pasó de nuevo junto al edecán, sin mirarlo y lo sintió fofo y distante, y luego imaginó que lo seguía casi sin separar las suelas de sus zapatos del piso, con aceitados movimientos de animal en acecho. El edecán, que se había apartado para dejarlo pasar, le miró las espaldas y pensó: "Parece un camello en medio del desierto". Aturdido, avanzando a grandes trancos, el Tirano dejaba atrás los bustos de los próceres en sus zócalos intensos, los tapices y las mayólicas, la luz cenicienta del Salón de los Espejos, las sillas tapizadas con las que tropezó en un pasillo casi en penumbras. Atravesó otro salón y allí estaban frente a el, ofuscadores, los amplios ventanales de la terraza, bañados furiosamente por el sol.

Volvió el rostro y con una sola ojeada le midió al edecán el tamaño de su perplejidad.

—Vamos, no sea pendejo. Sígame.

Y sin esperar respuesta, saltó al primer peldaño y comenzó a subir por el enredo de tantas escaleras de caracol pintadas de verde rumbo a las azoteas del Palacio presidencial, y continuo subiendo sin mirar hacia abajo, mientras piaban los pájaros a su alrededor y el viento le inflaba la ropa, mientras escuchaba las torpes pisadas metálicas del edecán que trepaba tras él, malhumorado y jadeante, todavía sin comprender, el muy idiota, y no aminoró su ascenso mientras apretaba contra su pecho la bola de hilo y la cometa de franjas amarillas y negras que tenía en la imaginación desde los tiempos remotos de su niñez, mientras ganaba los últimos peldaños en el aire diáfano y se sentía cada vez más cerca del cielo radiante de las cuatro y media de la tarde de aquel miércoles increíble.

RAQUEL FUNDORA DE RODRÍGUEZ ARAGÓN

Nació en Bolondrón, Matanzas, en 1924. Estudió en Cuba y en los Estado Unidos. Es graduada de Administración de Negocios. Ha escrito varios volúmenes de poesías entre ellos. Nostalgia Inconsolable *(1973) y* El canto del viento *(1983). Ha recibido varios premios por sus creaciones literarias. Actualmente reside en Miami. Fue fundadora del grupo poético G.A.L.A. y ex Presidenta del Capítulo de Miami del* Círculo de Cultura Panamericano.

MILAGRO EN EL MAR...

Los últimos rayos del sol jugueteaban, caprichosamente, en la proa del bote anclado en el mar.

Llevábamos nueve horas tendidos en la arena bajo las uvas caletas que cubrían profusamente la playa desierta, aguardando ansiosamente la oscuridad protectora de la noche...

Junto a mí, Armando yacia aletargado. Mi pañuelo de cabeza que, como improvisado vendaje, estaba atado a su rodilla izquierda, mostraba secas manchas de sangre. Ya no sangraba... Afortunadamente, la herida sufrida por una de las balas disparadas alocadamente por los milicianos en la oscuridad de la noche, había sido superficial.

Observé un leve movimiento de hojas donde Alfredo y Pedro aguardaban, al igual que nosotros, el momento oportuno para abordar el bote. Tratando de controlar el temblor nervioso que a cada momento me estremecía, comencé a hilvanar en mi mente todo lo sucedido el día anterior, Diciembre 31 de 1958.

Armando y yo nos pasamos el día prendidos al aparato de radio, en busca de noticias. Las noticias que de vez en cuando daban eran escuetas. La situación en el país era muy tensa y, un silencio ominoso se cernía sobre el pueblo. El horrible presentimiento que hacia presa en mí se tornaba cada vez más intenso.

MILAGRO
en el Mar

Solamente hacía un mes y medio que Armando había salido electo Representante a la Cámara, después de dos exitosos períodos como Alcalde del pueblo. El júbilo en nuestra pequeña población parecía ser general... Hoy, todo eso me parecía un sueño... En estos últimos días, a medida que los rumores se propagaban sobre la lucha con los rebeldes en Oriente, y ahora, también en Las Villas, se notaba un cambio radical en la actitud de los que hasta hacía poco, eran nuestros amigos de toda la vida...

Poco antes de las cuatro de la mañana el timbre estridente del teléfono estremeció la casa... Su hermano lo llamaba desde la Habana para darle la asombrosa noticia: "El Presidente ha entregado el Gobierno al Presidente del Tribunal Supremo y la Jefatura del Ejército a un General, y partió para el exilio..."

Quedamos consternados. Sabíamos de buena fuente que Fidel y Raúl Castro, el Ché Guevara, y la mayoría del hasta ahora pequeño grupo de alzados, eran comunistas. Ahora sí que las torturas físicas y espirituales con su secuela de muerte, destrucción y miseria, características de los gobiernos comunistas, se cernían sobre nuestra amada Isla de Cuba y su pueblo...

De repente, escuchamos unos golpecitos suaves en la puerta del fondo. Llenos de aprensión miramos a través de las persianas. Era el Padre Francisco, el Cura Párroco de la Iglesia, que ya enterado de los acontecimientos, acudía en nuestro auxilio. Le habían llegado rumores que el populacho se agrupaba para atacar nuestra casa... Pocos minutos después llegaron Alfredo y Pedro en la camioneta del Padre Francisco, que venían dispuestos a huir con Armando.

"Vamos Armando—dijo Alfredo—hay que irse rápidamente, antes que llegue la turba que se ha formado en el otro lado del pueblo y dicen que vienen por ti. Ana que se quede en casa de sus padres, y nosotros tres nos vamos para Miami en mi barco que está en Playa Larga."

Armando palideció y, poniendo su brazo sobre mis hombros, dijo: "No me voy a nos ser que Ana vaya conmigo. Ella corre tanto peligro como yo."

Y así, bajo la protesta de Alfredo que, como viejo lobo de mar cree a pie juntillas que las mujeres en los barcos dan mala suerte, nos escondieron en la parte de atrás de la camioneta cubiertos por una lona, y partimos rumbo a Playa Larga... Por una esquinita, de la lona que levanté, le eché una última mirada a nuestra casa, y alcancé a ver el arbolito de navidad, que alegremente, iluminaba la sala... Dos gruesas lágrimas corrieron por mis mejillas y comencé a rezar...

Casi no había tráfico por la Carretera Central, lo cual nos permitió cubrir los setenta kilómetros que nos separaban del barco a toda velocidad. Cuando faltaba alrededor de medio kilómetro para llegar a nuestro destino, abandonamos la camioneta entre unos tupidos matorrales, a unos metros de la carretera, y comenzamos a caminar. De pronto un fuerte tiroteo interrumpió el silencio nocturno. De un automóvil que aparentemente —iba en persecución de otro que le precedía, salían disparos a granel ¡Ya comenzaba la cacería humana...!

Rápidamente nos lanzamos al suelo entre los matorrales y en silencio profundo aguardamos hasta que se acalló en la distancia el ruido de los motores. Armando me apretaba contra su pecho. Sentí algo húmedo en mis rodillas... Estaba herido y sangraba profusamente. Apresuradamente, Pedro le hizo un torniquete con mi pañuelo de cabeza y Alfredo, le dio un trago de la botella de ron que, junto con su cuchillo, era lo único que en la premura de la huída llevábamos con nosotros. Poco a poco la sangre se contuvo y seguimos caminando lentamente hasta alcanzar la playa.

Abrí los ojos volviendo al momento presente. La oscuridad había cubierto la playa y comenzamos, trabajosamente, a arrastrarnos hasta la orilla del mar. Ya en el agua, después de varias brazadas, llegamos al bote, donde Alfredo y Pedro nos ayudaron a abordarlo. Ellos comenzaron a remar. No encenderían el motor hasta tanto no hubiésemos avanzado lo suficiente para evitar ser oídos desde la costa. Al fin Pedro, considerando que ya nos habíamos alejado bastante, prendió el motor, cuyo ronroneo ejerció en mí una acción hipnótica y me quedé medio embelesada...

La oscuridad de la noche era profunda. Unos nubarrones se habían ido acercando y el mar comenzaba a alborotarse. De pronto, un fuerte viento del norte comenzó a soplar, las olas, cada vez más fuertes, sacudían el bote y lo elevaban a siete u ocho pies, para después dejarlo caer estrepitosamente, hacia lo que semejaba ser un profundo abismo y una lluvia torrencial comenzó a caer despiadadamente sobre los viajeros... Estaban a la deriva y parecía inminente que el pequeño bote zozobrara...

"¡Salación! ¡Salación!"—gritaba Alfredo—"Esa maldita mujer nos ha desgraciado." De pronto, Ana, que estaba aferrada a la banda de babor del bote, se arrodilló, con la mirada fija en el espacio...parecía que los ojos se le iban a salir de las órbitas. y extendiendo la mano, gritó con voz ronca: "El cuchillo, el cuchillo..." Alfredo, casi sin saber lo que hacía, se lo entregó. La mujer hizo tres cruces en el aire, sin apartar la vista del punto donde la tenía fija... "¡Mírenla!", "¡Mírenla!" ¡Es la Caridad del Cobre que ha venido a salvarnos...! Y acto seguido, cayó desmayada en el fondo del bote. Los hombres empezaron a rezar...la lluvia cesó como por encanto, amainó el viento y, el mar, semejaba un lago...así de quieto estaba...

Ana abrió los ojos. "Es un milagro"—dijo—"Era Ella. La Caridad del Cobre, que me sonreía y me indicó que hiciera las tres cruces con el cuchillo en el nombre del Padre Celestial".

Dando gracias a Dios y a la Caridad del Cobre por el milagro recibido, reanudaron el viaje. Varias horas después, arribaron a Miami...

Esa tarde, para asombro de los feligreses que estaban en la Iglesia de Gesu, tres hombres y una mujer, descalzos con la ropa arrugada y húmeda, y el rostro y los brazos fuertemente quemados por el sol y el salitre, entraron por la senda central de la iglesia y se postraron a los pies de la imágen de la Virgen de la Caridad del Cobre en acción de gracias...

Era el día dos de Enero de 1959.

IGNACIO R. M. GALBIS

Nació en La Habana, en 1931, graduándose de abogado en 1952, el más joven de su promoción. En 1961 marchó al exilio y se dedicó a la enseñanza, sin abandonar aficiones literarias muy tempranas. Obtuvo la licenciatura por la universidad de Mississippi y el doctorado por Syracuse. También cursó estudios superiores en Texas, Hartford y Middlebury. En 1971 obtuvo la plaza de profesor en la universidad de Maine. Ha sido profesor visitante en la universidad de California, filiales de Riverside, Davis e Irvine, así como en la del Sur de California. Entre sus obras más representativas se cuentan Unamuno: Tres Personajes Existenciales *(Barcelona, 1975);* Baroja: El Lirismo de Tono Menor *(New York, 1976). Su obra creativa incluye* Trece Relatos Sombríos *(1979) y* Como el Eco de un Silencio *(1984). Funge como director ejecutivo de "The Society of Basque Studies in America" y de la sociedad honorífica para estudiantes de español SiGMA DELTA PI.*

EL DUELO

La luz de magnesio de una luna llena enorme cae de plano sobre los dos, que nos miramos de lado con ojos inyectados de un odio feroz. ¡Y pensar que ayer éramos más que amigos, casi hermanos: Hasta que se coló en nuestras vidas esa hechicera que no sabemos de dónde salió.

Primero, fue Carlos quien me habló de ella. Yo apenas había notado la presencia al frente del bohío aislado de una chiquilla de piel muy morena con largas trenzas negras que se nos quedaba mirando cuando por las tardes regresábamos de la dura faena en la colonia de caña de don Joaquín. Después me fui dando cuenta de que mi amigo estaba loco por ella y no me sorprendió porque la joven tenía unos gestos voluptuosos y un movimiento de caderas que encalaban a cualquiera.

Al regresar con la puesta del sol, nos dábamos una ducha fría, nos cambiábamos de ropa y nos largábamos a la bodeguita del batey para jugar dominó hasta que nos tenían dispuesta la comida en la fonda de enfrente. Pero un día nos cansamos de esperar por Carlos y no llegó en toda la noche. Comentamos que habría tenido que tomar la guagua de las seis, que pasaba por Sagua, para sacar el giro bancario temprano por la mañana. Le remitía religiosamente a su madre una tercera parte de los jornales; gastándose el resto en la pensión, la fonda y esas visitas nocturnas a la ciudad. A ninguno de los macheteros nos quedaba un centavo después de esos gastos esenciales.

Pero no había ido a Sagua sino que había pasado la noche con la morenita, como descubrí cuando me puse a espiarlos. Entonces comencé a sentir el atractivo casi animal de la joven. Decidí probar mi suerte también. ¡Qué caray, aquella mujer no podía ser de Carlos solamente! Sus garzos ojos verdes me habían hipnotizado, y, aunque me sentía un poco canalla, di el primer paso.

Una tarde que sí sabía que mi amigo estaba en Sagua, me presenté todo afeitado, con mi mejor guayabera de hilo recién planchada, los pantalones de dril hacendado que guardaba para los saraos de los sábados en el batey y aquellos zapatos de dos colores de puntitos blancos que adquirí en la Habana en las pascuas. No hablamos una palabra de él aunque yo presentía que ella conocía de nuestra íntima amistad. Tampoco le caí mal porque me brindó mucho café y charlamos por varias horas. Al salir, apurando el último buchito, le dije: —¿Qué te parece si echamos un pie el domingo en el "Salón de los Villareños"? Me contestó afirmativamente con un meneo de la cabeza, de donde colgaban esas soberbias trenzas que le daban un aspecto de niña aunque los atributos físicos de mujer le sobraban.

Por supuesto que no le conté mis planes a Carlos mientras limpiábamos de malezas los matorrales entre las hileras de alta cañas ya lista para la molienda. El brazo de mi compañero se movía como una máquina. A pesar de que era menos alto que yo, tenía una musculatura formidable. Yo había ido a la escuela hasta el noveno grado, cuando la muerte de mis viejos me obligó a dejar los estudios, pero él no había pasado del quinto porque su padre murió entonces y debió buscarse este empleo para mantener a la viejecita que vivía en la Habana. Cuando me propuso jugar como siempre el domingo, encontré la excusa de que el lumbago no me dejaba tranquilo y pensaba comprar en la botica de Sagua un remedio nuevo de que habían hablado. Bien sabía que lo único que no se perdía Carlos eran esas partidas de dominó de guerrilla en la cantina del gallego Nicasio los días de fiestas. Eramos cinco los puntos fijos: el gallego, el negrito Remberto, Paco el canario, Carlos y yo. Siempre se turnaba de mirón uno de nosotros así que mi ausencia no perjudicaba.

Desde aquel domingo en adelante supe encontrar un pretexto parano estar presente. Nos citábamos la morenita y yo a la una en punto tras unos almácigos que bordeaban el camino y, al pasar la guagua, le hacíamos señas para que nos recogiera. De ese modo nadie en el pueblo se enteraba de nuestras escapadas. No es que me importara gran cosa pero no quería que mi amigo supiera de esto pues ella no se lo contaba de seguro.

Así pasaron varios meses de deliciosas aventuras dominicales porque siempre parábamos en alguna posada, para regresar caminando las cuatro leguas hasta el sitiecito acompañados del cantío de los gallos en las noches perladas de rocío. Ella apenas hablaba; era cómo una pantera en sus movimientos felinos y sicalípticos —palabrita que me gustó en la escuela—, mientras que yo me creía un semental, como los que criaba don Joaquín allá en la hacienda. En fin, dos criaturas elementales.

Pero esta tarde pasó algo que nos ha puesto a Carlos y a mí en una situación enteramente diferente. Justo cuando salimos del salón muy cogidos de manos se me aparece y me espeta:

—Mira, Julio, esto no puede seguir así. Esa mujer no es para compartirla tú y yo. Tenemos que dirimir esta cuestión como hombres. Ya tú no eres más mi hermano yo te mato o me matas a mí.

—Un momento, Carlos —le contesté engallándome delante de ella— Yo tampoco pretendo compartirla contigo y me joroba desde hace tiempo esta situación. Pero, si nos vamos a entrar a machetazos, que no sea aquí. ¿Te parece?

Ni él ni yo hemos sido llevados jamás al cuartel de la Guardia Rural por riñas o altercados, a pesar de que bebemos tanto ron como los demás. Será que somos contrarios al escándalo y los aspavientos que forman toda la gente aquí por cualquier cosa. Regresamos los tres en silencio al pueblo y seguimos de largo hasta el bohío de ella, allá entre el bosquecillo de eucaliptos y la basculadora de pesar la caña que llevan las carretas de bueyes. Ella camina entre los dos, unos pasos más atrás, como si estuviera un poco avergonzada de haber provocado todo este problema tan serio entre dos amigos que se llevaban tan bien.

La noche está cuajada de estrellas y la luna ilumina el camino como un reflector. Aquí y allá se oye, lejano, ladrar un perro; pero cuando no el silencio es total. ¡Cuánto me gusta a mí andar por las veredas a esta hora respirando el aroma de ese campo tropical; Pero ésta es distinta porque sabemos que en unos minutos sólo uno saldrá con vida de esta contienda entre guajiros por poseer una hembra que tal vez no se merece nuestra atención. La lujuria nos ha conducido a esto y hay que echar para adelante. El mugido de un sapo toro me saca de mi meditación y me doy cuenta de que estamos frente al bohío.

La mujer-niña se planta frenta a nosotros con los duros pechos marcándose más que nunca en la blusa descotada de hilo bordado. Con un brillo de fiera en los ojos nos dice con el deje especial de las orientales:

—Sé que esa sangre mala entre Uds. no tiene remedio ya. Seré del que sobreviva. —y con la misma se da media vuelta y abraza a Carlos con ardor de enamorada mientras que a mí, ni me mira.

Carlos y yo nos miramos como indecisos, y parece que pensamos lo mismo. A unos pasos hay un antiguo silo de granos abandonado. Dentro de él habrá oscuridad total y es mejor que no nos veamos las caras. Después de todo nuestra amistad se remonta a los días escolares y allí estudiamos que los siboneyes se batían en completa oscuridad para no tener ventaja ninguno de los combatientes. No somos indios pero la idea pasa por nuestra mente en este momento. Uno tiene que ser muy desalmado para matar al amigo viéndole la cara.

El tanque tiene dos puertas, una a cada lado por las que penetramos. Cerramos al unísono y éste es el último ruido que se escucha. Unos grillos saltan y mueven las alas pero pronto se callan. Aguzo el oído, que como todo hombre de campo es bueno, pero no logró percibir nada. Sin Zapatos los dos y en este suelo arenoso dificilmente podremos captar algo. Tiro hacia la derecha por instinto, pensando que él hará lo mismo. Levanto el machete a la altura del hombro y lo inclino hacia atrás. Si quiero ganar tengo que ser no sólo ligero sino fuerte porque Carlos, aunque es más bajo que yo, tiene brazos que parecen formados de cables de acero.

Pasan unos segundos que se antojan siglos. ¿Dónde andará el condenado? Me dan ganas de gritarle:

—¡Carlos, cabrón: Te tengo que arrancar el alma porque el hombre enamorado es como una bestia ... pero, en el fondo, no sé.

Me puso muy amoscado eso del beso que le dio a él. ¿Si lo quiere, por qué ha provocado esto entre nosotros? Empiezo a transpirar, lo que no me gusta nada porque el olor del sudor me puede delatar. Sé que no puede estar a más de diez pasos de mí por el diámetro del tanque. Pero, ¿dónde rayos está? No es que no sea cobarde pero pensar que de un momento a otro te pueden arrancar la cabeza de un tajo asusta al más pintado. Y no puedo quedarme parado en el mismo lugar porque esto le dará ventaja a él. Trato de controlar la respiración para que no me oiga; tampoco logro escuchar la de él y tiene que estar nervioso como yo. Ahora me corren las gotas por la espalda. ¡Maldito sudor! Se me erizan los pelos de la nuca porque sé que está aquí mismo frente a mí, y sin embargo no puedo percibirlo. Me parece sentir el golpe del filo del machete en el cuello aunque todavía no me haya tocado. ¡Esto es una verdadera tortura! ¡Ojalá me mate ya: Después de todo, ella lo prefiere a él pues de mí no se despidió enamorada como de él.

De súbito huelo una fragancia como de claveles detrás de mí, cambio la dirección del brazo y largo el machetazo con furia. La hoja hace impacto en algo a la altura del cuello de mi adversario, precisamente donde lo tenía medido, y se entierra veloz en una masa como de goma. Se me escapa de la mano el machete y siento un gemido a dos pasos de mí. Algo como "madre mía" se escapa de esa cosa que debe estar por el suelo.

Preso de una náusea terrible camino tambaleándome hasta donde debe estar la pared y, palpándola, llego al pestillo de la puerta. Cuando la abro, penetra un rectángulo alargado de luz plateada que ilumina directamente el lugar donde se ve un cuerpo desmadejado del que cuelga casi destroncada una cabeza sanguinolenta. Los otros miembros se mueven espasmódicamente como impulsados por una corriente eléctrica que se agota.

Afuera me espera bajo la luna la morenita con las trenzas sueltas y los brazos abiertos. Me pega un beso no solicitado en la boca y me murmura al oído:

—Ahora sabes por qué lo besé a él y no a ti, ¿verdad?

GILBERTO GÁLVEZ JORGE

Nació en Santa Clara, en 1955. Cursó sus estudios primarios en su ciudad natal, trasladándose a La Habana para continuar los estudios secundarios y preuniversitarios. En 1975, ingresa en la Universidad de La Habana, donde termina el quinto año de Medicina. Luego de visitar los países del Este de Europa, se exilió en Montreal, Canadá, donde ha publicado algunos poemas. Actualmente termina sus estudios médicos en la Universidad de Salamanca.

VIGILANCIA

Como de costumbre, nuestro jefe de vigilancia cada mes tocaba a la puerta de nuestras casas, pasándonos la comunicación de la guardia mensual del CDR. En el caso especial de Rolando, quien recibía la notificación, el día de su guardia no se presentaba dejándola de hacer. Por tal razón, Ramón, jefe de vigilancia se veía en la necesidad de ofrecerle una famosa charla de persuasión mes tras mes.

—Compañero Rolando, lleva ya varios meses sin hacer la guardia.

—No se preocupe que este mes le prometo realizarla.

—Bueno, Ud. siempre me hace el mismo cuento, para más tarde tener ausencia de la guardia. Recuerde que la guardia no es un juego.

—Oh, no dramatice compañero. Pierda cuidado, a partir de este mes me reintegro a las guardias.

—Está bien, confío en Ud. una vez más. Recuerde que este mes no me presentará excusa alguna. ¿Prometido?

—Estamos de acuerdo.

Terminó el diálogo con Rolando y Ramón partió convencido, pero el día de la guardia como de costumbre, la ausencia fue neta. Por tal razón, al día siguiente al pasar Ramón por el comité de zona, para recoger el reporte, se halló la repetida situación. De manera que comentó con el presidente:

Realmente el compañero Rolando Jiménez ha llegado al máximo del descaro con respecto a la guardia. No sé verdaderamente que método de persuasión emplear, los he agotado todos.

¿Has tratado de hacerle una crítica con su respectiva amonestación en la próxima reunión mensual que tenemos con todos nuestros cederistas?

—Es cierto, no había pensado en esa posibilidad.

De esta forma Ramón esperó la reunión mensual para darle un escarmiento. El ansiado día llegó, luego de haber abordado los diferentes puntos de la agenda, Ramón expresó:

—He dejado para lo último, hacer una crítica al compañero Rolando Jiménez, debido a que en repetidas ocasiones dicho compañero no hace la guardia mensual de los CDR. Hemos ya agotado todos los recursos de persuasión antes de recurrir a esta crítica en público. Pues es necesario sensibilizar al compañero en la importancia del significado que posee la vigilancia, tarea fundamental de los cederistas revolucionarios, al mismo tiempo, es un compromiso moral con la revolución. Vigilancia significa evitar la contrarevolución, garantizar nuestras conquistas, nuestra seguridad y el avance de la revolución socialista...

Así por un buen tiempo el responsable de vigilancia continuó hablando sobre la importancia de la vigilancia y al terminar preguntó:

Compañero Rolando. ¿Ha comprendido Ud. lo que significa la vigilancia y admite la crítica pública que se le hace?

—Sí, compañero Ramón.

¿Se compromete Ud. ante todos los caderistas presentes hacer la guardia mensual?

—Estoy de acuerdo en comprometerme.

—Bueno, hemos logrado que el compañero se haya comprometido ante todos en hacer su guardia. Creemos que ante este compromiso moral, le damos la oportunidad de hacerla esta misma noche.

—Pero, compañero Ramón, esta noche no puedo.

¿Cómo?

—Sí, déjelo para otro día. Mañana si es posible.

—No es posible, Ud. se ha comprometido y debe hacerla esta noche. ¿Es que aún no ha comprendido la importancia de la vigilancia?

Enfurecido Rolando le respondió:

—Yo he aceptado la crítica con su respectiva amonestación, al mismo tiempo he hecho un compromiso en hacer mi guardia, pero lo que no estoy de acuerdo con su capricho de hacerla esta misma noche.

—Compañero, yo creo que Ud. no ha entendido lo que significa la vigilancia, puesto que no habría puesto reparos de su parte en hacerla, esta noche.

—Mire, Ramón, yo sé mejor que Ud. lo que significa. Creo aun que el que no está bien claro del significado y de su importancia es Ud.

—¡Cómo! ¿Que Ud. dice? ¿Ud. está seguro? —Asombrado preguntó Ramón.

—Tan seguro estoy, que si Ud. supiera la importancia de la vigilancia, habría vigilado mejor en su propia casa a su mujer, evitando que le pegaran los cuernos. Así que Ud. no sabe vigilar, por lo tanto no me hable más de guardia y mucho menos de vigilancia.

Rolando se incorporó abandonando el local, dejando enmudecido y sorprendido a Ramón, mientras que el resto de los asistentes dejaron escuchar estruendosas carcajadas.

RAOUL GARCÍA IGLESIAS

Nació en Sagua la Grande (Las Villas), en 1924, donde completó sus estudios secundarios. Por dos años estudió Filosofía y Letras en la Universidad de la Habana, carrera que no terminó. Desde muy joven fue Director del Instituto de Sagua la Grande. Más tarde aprendió a volar y se hizo piloto rural. En 1960 salió al exilio y se estableció en Detroit, Michigan, donde trabajó como traductor y maestro de escuela. Después se trasladó a Miami, donde reside actualmente. Ha publicado varios volúmenes de cuentos y poemas, entre ellos, Chirrinero: Cuentos de aviación rural cubana (1975), Chirrinero, vuelo dos (1982), y Crónicas del porvenir (1980). Ha ganado varios premios por sus creaciones narrativas.

MARÍA CAMIÓN O MARY TRUCK O MERITROC

Lo impresionante de su enorme obesidad de ébano, era su andar opulento subiendo la calle de Clara Barton, donde yo vivía. Mecíase rítmica, cual una barca preñada, movida por isócronas olas de luz de la creciente mañana. En la mujer, dentro de su arca repleta que parece presentir diluvios inminentes, ella estaba ahíta de pensamientos mal acumulados, como maleta hecha de prisa pero sin ánimo de torpeza. Había algo de deidad primitiva en el círculo de su cara tersa, totalmente desposeída de flojeras, incapaz de mojigangas. Sus "pupilas" la llamaban María y cariñosamente "Madrina". Eso de Mary Truck (meritroc) era cosa de nordófilos pujones de la vecindad. Sus muchachas la calificaban como "nuestra Matrona". No hay mucha diferencia fonética pero la distancia es ética. Pues ser dueña de una casa de placer, puede considerarse como una madrina, sin tener que ser hada. Ella era la dueña de la menestra y sus chicas unas menestrales bien pagadas y mejor alimentadas. El madrinazgo cumplía financieramente, liquidando los por cientos gananciales so-

MARIA CAMION, joven.   Por Nelson Franco. Febrero de 1992.

"(le poète) me célébrait, du temps que j'etais belle!"

Ronsard, Sonnets pour Hélène (1578)

bre los sudores de la frente, los vientres y otros territorios de las faenas horizontales.

María era la propietaria de un fielato ribereño donde los escurridizos hombres de nombradía poblana pagaban impuestos de consumo y serventía sexual. Súmese a ello la consumición de comilonas y brebajes, la sobremesa bailada y bebida y lucrativas tareas seminales de medianoche. Todo en orden alegre, en cascabeleo discreto, casi europeo, donde la verborrea ruda y ruidosa estaba descalificada y prohibida. Era su casa —según sus palabras opulentas—"una casa decente".

Todos los vecinos miraban pasar aquella obesa, casi monumental mujer postvenusina (el recuerdo se me confunde con las pinturas del peruano Gilberto Urday) y se quedaban un rato contemplándola en silencio y con discreción. Venía empujando los aires con su masa de seriedad negrísima, sombrilla de sol, y la compañía de una de sus trabajadoras, una que era muy comedida, que iba muy bien arreglada disimulando su carga de tiempo y su tristeza en carmines y pintura labial sin estridencias. Era para ellas el diario viaje al mercado. Allá los achispados verduleros los carniceros sanguinosos, los fruteros jocundos y aguajirados se tomaban libertades humorísticas con ellas, pero sin pasar de ciertos límites impuestos por su habitual actitud de estricta comercialidad.

Yo sabía —a pesar de mis escasos años— que si ella hubiese podido recuperar su memoria completa, en una de aquellas ladeadas expresiones de cabeza, que arritmaba con el mover de sus enormes caderas y el vaivén masivo de sus pechos, ella recordaría a Pedro Aretino, su color distinto, sus secreteos de Torre Nona, sus andares de viejas adulaciones intrigantes y atractivas. Pero ella estaba encerrada en su cabeza de hoy, bien africana carabalí, y su tiempo era una caja sonora hermética que le pesaba en el centro de su color, de su forma y de su juicio; caja de ciertos caudales memorables que ella nunca podría abrir sin la llave de la muerte. En los mediodías sentía aquel encuentro de lo inexplicable con la rudimentaria interpretación de las horas de sus días presentes, Si no fuera por su ánimo y su deseo de lucro, se habría arrojado al río, cual un hipopótamo que se suicida. Hace ya mucho tiempo.

La favorecían algunos atenuantes. inverosímil como le parecía a ella misma, María tenía su "querido", Ella lo llamaba "mi novio". Un hombre joven, blanco rubianco de cuello toruno y antebrazos dobles, venido de familia aventajada, estudioso y bien enterado de libros, escuelas y prejuicios. Las "discípulas se lo goloseaban de lejos. Ella lo sabía. Pero de atreverse con él, hasta ahora, ni intento. El parecía arrobarse en su compañía de largas conversaciones medio ñáñigas. Y no rechazaba el papel moneda doblado y empaquetado cariñosamente para que no le faltara ni el corte de pelo ni la fuma. Para que se hiciera doctor de lo que quisiera, Ese sueño, ese absurdo para todos los demás, mantenía viva y oronda, más de lo que aparentaba su grasa y volumen, a esta María, que llamaban Camión, por su desplazamiento, por todo ese espacio que ocupaba en el aire del pueblo en el viento de la mañana, en el incomprensible letargo que es la vida pequeña de un poblado con ínfulas de ciudad.

Un día, mi amigo Marulo y yo, apenas en la docena de años, quisimos ver de cerca lo que imaginábamos de oídas, de los bisbiseos de la gente mayor. Marulo debió haber sido un condestable napolitano en los buenos tiempos de la milicia, conde de caballerizas. Sólo que estaba reducido de tamaño, pero transparentaba esa fuerza expresiva para traspasar tiempos delatando una encarnación desmemoriada. El fue quien me precedió y como que me llevaba de escudero.

La mañana se alzaba propicia, ¡Qué lindos aires movían los palmares; qué hermoso era ver el capricho de la brisa decembrina hacer oleadas en la yerba de guinea junto a las aguas del río, verde, o plateado con verde!

No se veía un alma por aquella larga acera de la casa de María. Eramos Marulo y yo, como dos niños peregrinos que el ángel de la guarda perdió de vista en las marañas de aquellas callejuelas de cascajo y verdolaga.

La puerta del comercio de María estaba entreabierta y se escuchaban conversaciones suaves y soñarreras. Una vocecita de mujer pequeña entonaba una canción irresponsable: "Quiéreme mucho, dulce amor mío..." Nosotros asomamos las cabezas con toda imprudencia y pavor. Nos quedamos clavados en aquel sardinel que era imprescindible para alcanzar la entrada, alta sobre el nivel de la acera. Maria nos había visto, sentada en su gran sillón de caoba. Su mirada no se perturbó ni su actitud denunció alguna molestia o sorpresa. Quedó mirándonos con seriedad, con la boca alargada con un trazo de ternura diestra. Esto impidió nuestro escape de bestezuelas horrorizadas.

Ahora Marulo temblaba como una brizna. Ya no era condestable napolitano sino marinero veneciano condenado al patíbulo, de paso por el Puente de los Suspiros, agonizando en su poca vida.

—Mira, Cuca, hay dos angelitos en la puerta. Y no tienen ala. Anda, niña, tráemelos, a ver lo que quieren esos palomitos. Cuca era la acompañante tristona —o pudibunda— en las visitas al mercado. La mujer vino hasta la entrada. Nosotros no podíamos movernos. El vientre me aullaba en un nudo, las manos me sudaban. Marulo, por su parte, era un pelele tan lleno de tan pocos años. La mujer triste —que ahora parecía como bonita o melancólica— se nos quedó mirando con alguna simpatía. Le sonaba la voz gangosa cuando nos dijo:

Vengan, entren, que María quiere hablar con ustedes. Entren, vamo, que aquí no se come a "naide".

Y entramos. Marulo me había arrebatado mi puesto de escudero. A su lado yo debo haber parecido altivo y desenfadado. Y me moría de ahogos y sudores.

La gran negra se nos quedó mirando mezclando la seriedad con una sonrisa final que estalló en carcajada.

¿Qué vienen a ver por aquí? Ustede son muy jovencito pa'andar por estos lugare. ¿Es que no van al colegio?

—Hoy no hay clases, dije yo sin pensarlo, como si se me salieran las palabras saltando por entre los dientes. Agregué:

—Es que hoy es siete de diciembre. Es día de luto. Porque murió el general Maceo...

Marulo cadavérico. Mis rodillas gelatinosas. Quería mirar a todas partes y no podía mover los ojos de la negra inmensa.

¿Qué es lo que ustede querían ver aquí... las mujere?

Ese "aquí" me cerró la garganta. Bajé los ojos al piso de mosaico criollo con dibujos vegetales; largas hojas verdes haciendo ruedas y en el centro una flor simétrica rosada y amarilla.

El dibujo se repetía a cada dos pasos. No sabía qué hacer con mis manos sudorosas.

Escuché la risueña obesidad de la mujer camión. Entendí que en su breve carcajada hablaba una ternura regalona. Sabía que nadie nos iba a comer allí.

—Cuca, enséñale los cuarto. Que lo vean todo. Que vayan aprendiendo; a estoj loj tendremo de cliente en unoj pocoj añoj.

La China que se vista y Berta que no hable. Anda, llévaloj...loj muy gorrioncitoj...

Cuca me tomó de la mano y al sentirla humedecida me la secó con el borde de su saya. Mi vergüenza era sanguínea, Mi existencia parecía desvanecerse en aquella otra mano de mujer de la vida.

Sentí un poco de asco, una impresión inexplicable de palabras referentes, de las que había oído en lugares abiertos; voces así como desinfectantes o azul de metileno o permanganato ¡Qué vergüenza sentía! ¡Si lo supiera mi madre!

Cuca nos llevó por los dormitorios. Vi mujeres que cosían a mano, que nos miraban, que leían, que nos tiraban besos descocados. Luego llegamos a donde estaba reposando la China desobediente. Cuando la vi desnuda, como después de hombre vería la Maja de

Goya o la Olympia de Manet, di un paso atrás, Nunca había visto una mujer en sus cueros natales. Marulo echó a correr como un gato y ganó la calle. Yo quedé alelado, sin poder quitarle la vista a aquellas formas marmóreas, abundosas lampiñas, misteriosamente simples y complicadamente hermosas. Me costó gran esfuerzo dejar caer la mirada sobre la oscuridad del bajo vientre. Esto me hizo un efecto violento. Sabía que allí estaba la mitad del mundo. Luego reposé los ojos atemorizados sobre aquellos pechos pequeños, redondos, afirmados como con la luz que los bañaba desde lo alto del postigo.

—Ven acá tesoro, me dijo la China, acércate...

—Déjalo se impuso Cuca, María no quiere nada de eso.

—No seas bruta, Cuca. Lo que quiero es verlo de cerca. Ven acá, nenito, déjame verte esos ojazoj tan negro...

Me solté de Cuca y fui hasta el borde de la cama. Me había arrastrado allí la fuerza de su entonación, el magnetismo de su carne que me atontaba el instinto doblegándose ante aquel imperio de la nudez. Cuca, al fin, sonreía.

La China me tomó las manos, con suavidad, con extraña dulzura.

—¿Por qué tiemblas así, hombrecito? Mírame, mírame toda. Y llevó mi mano izquierda a su seno derecho. Sentí aquel contacto elástico, blando y flexible, increíblemente mullido y sin embargo firme, erguido. Luego acercó mi cara a la suya y me besó en los labios delicadamente. Yo vagaba en un asombro blanco, sintiendo la asfixia del delirio.

Cuca me agarró fuerte y tiró de mi, sacándome de los brazos de la mujer, protegiéndome con gestos maternales.

—¡China eso no se hace, chica, ej un niño!

—No seas bruta, Cuca, es un hombre chiquito. Pero mejor te lo llevas, que me dan ganas de comérmelo a besos.

Me miraba con una intensidad que sólo comprendí años después.

Se cubrió las piernas y el vientre y se alzó sobre su codo izquierdo.

La volví a ver en el recuerdo, cuando contemplaba la estatua de Paulina Bonaparte, por Canova, en la Galería Borghese, siendo ya hombre y nostalgia.

Cuca me volvió a la sala y a María. La gran negra se quedó mirándome. Comprendió mi expresión y tuvo un gesto de desagrado:

—Ah, esa China... Ya viste las mujerej muchachito. No vuelvaj por aquí hasta que no te salga el bigote. Vete para tu casa que tú eres un niño bueno. Y hoy es día de duelo nacional. Y no le digaj a nadie que aquí estuvistej, que nadie te va a creé. ¿Esta ej una casa para hombre mayorej... ¿me entiende?

Asentí. Aún no me parecía que lograría la libertad. Pero Cuca me llevó a la puerta, siempre de la mano. Me acarició la cabeza y con su voz nasal enternecida murmuraba como para si misma:

—Quién tuviera un hijito como tú! ¡Cómo te llama?

Fue un nombre absurdo el que me vino a los labios nunca preconcebido, cual si alguien lo hiciera por mí en el apuro. Casi le grité:

—¡Cirilo!

La mañana me parecía pequeña para mi fuga ansiosa.

ALFONSO GARCÍA OSUNA GUTIÉRREZ

Nació en La Habana, en 1926. Cursó estudios secundarios en la Academia Baldor y estudió Leyes en la Universidad de La Habana, de donde se graduó en 1952. Fue Jefe de Despacho del Tribunal de Cuentas de la República de Cuba y partió al exilio en 1961. Colaboró con distintos poemas en varios periódicos de La Habana. Trabajó durante 18 años para el Estado de Nueva York, departamento de Labor y hoy se encuentra retirado y reside en Long Island, Nueva York.

EL VIEJO LÓPEZ

Lo que les cuento sucedió o no en Pinar del Rio, provincia occidental de Cuba... y digo que sucedió o no por aquello de que, como decía Calderón, todo en la vida es sueño; y cuando se lleva en las costillas treinta años de exilio, lo que aconteció antes de partir aparece ante nuestros ojos con todos los atributos de un verdadero sueño. Pero, bueno, vamos a dejarnos de disgresiones y volver a la narración.

El viejo López era un guajiro pinareño; seco y un poco arrugado, de corta estatura y derecho como una palma. Nadie sabía la edad del viejo López y él menos que nadie. Pero se decía que pasaba de los cien. Contaba anécdotas del tiempo de la colonia, de las guerras de independencia, de los primeros años de la República.

En cierta ocasión nos encontrábamos conversando en el portal de la casa de la finca y vimos aparecer por la carretera de San Diego a un viejecito jorobado, enjuto y débil que caminaba apoyándose en un bastón. Al llegar a la altura del portal, alzó el viejecito la vista y al reconocer al viejo López lo saludó cariñosamente: —"López, que tal, como está—; a lo cual contestó López: —"Muy bien, y tú"— ....Cuando el viejecito se hubo alejado un tanto se volvió el viejo López hacia nosotros y aclaró: —¿Ven ustedes a ese que va por la carretera?, pues a ese lo cargué yo"—.

Sí, era muy viejo el viejo López, más viejo que las palmas, casi tan viejo como la ceiba.

Se ocupaba en pequeños quehaceres o tareas de la finca. Ordeñaba las vacas, arreglaba cercas. Nadie lo obligaba hacer esas tareas. Hacía nó lo que podía sino lo que quería y casi siempre quería hacer más de lo que podía. Cada vez que se le insinuaba que debía llevar un muchacho para que lo ayudara, invariablemente contestaba: —"Yo no necesito a nadie, me basto y me sobro yo solo"—.

Se acostaba antes de la puesta del sol y se levantaba alrededor de las tres o las cuatro de la mañana. Se le oía trastear en la cocina buscando alimentos de la cena de la noche anterior que se comía sin calentar siquiera. Luego se colgaba su machete al cinto, tomaba el cubo de la leche y partía para los corrales a ordeñar las vacas. Vacas de la raza cebú que no eran nada fáciles de ordeñar pero que con él se comportaban como mansos corderos. Después de traer la leche, cogía su cartucho de grampas y montando en su caballo que era casi tan viejo como las palmas y por tanto mucho más joven que él, partía hacia los potreros a arreglar algún alambre de cerca o cortar algún poste para reemplazar otro podrido.

No tenía más reloj que el sol, el cual casi nunca le fallaba... y digo "casi" nunca por lo que aconteció una tarde en que nos hallábamos en el batey. Aún no había anochecido y vimos aparecer al viejo López que venía de su aposento enfurecido y colgándose el machete al cinto. Al enfrentarse con nosotros exclamó: —"Ya les he dicho a esos vagos que siempre me despierten antes de la salida del sol hoy no me despertaron"—. El aparcero que se encontraba en el grupo, al notar que López se disponía a emprender el camino hacia los corrales y temiendo que pudiera sucederle una desgracia si lo cogía la noche en el campo, lo hizo recapacitar explicándole que no era la salida del sol lo que estaba sucediendo, sino la puesta del astro rey. López, avergonzado y cabizbajo, pidió que lo disculparan y muy mohino regresó a su cuarto.

Era decidor de frases antológicas. Recuerdo que en una ocasión nos fuimos al potrero en busca de una puerca parida que se había escondido en un cayo de monte. Nuestros esfuerzos por encontrarla resultaban baldíos; ni los perros ni los monteros podían dar con ella. En ésto comenzó a llover y el viejo López comentó: —"Sigue la lloviznita y la puerca no aparece"—. No sabemos si la frase era suya propia o tomada del refranero popular, pero es a tal punto vigente y actual, que los exiliados cubanos podríamos repetirla hoy después de treinta años de "lloviznita". Un día, cortando un almácigo para poste de cerca, se dio un machetazo en el dedo gordo del pie. Herida profunda y fea. Nos ofrecimos a llevarlo al médico, pero López se negó rotundamente. Nos dijo que éso él se lo curaba sólo como había hecho tantas veces. Después nos explicó lleno de orgullo que su sangre nunca había sido vertida por mano ajena, sino siempre por propia mano, como el accidente que le había ocurrido en esta ocasión. Que su sangre por él vertida era restañable y la herida curable. Que si otro lo hubiera herido....bueno, ya —éso sería otra cosa. Cuando volvimos de La Habana un mes después, ya casi estaba curado. Se había cubierto la herida con una "mascada" de tabaco envuelta en un pañuelo de color indefinido.

Dejamos de ir a la finca por una temporada bastante larga y al volver nos enteramos de que el viejo López ya no se encontraba allí. No podíamos creerlo. López era la finca misma. Era la palma, el arroyo, el trozo de monte. No concebíamos que el viejo López pudiera vivir en otra parte.

Luego nos enteramos de lo acontecido. Su hija se lo había llevado para el pueblo, pues decía que ya estaba muy viejo para trabajar. El no había querido ir pero ella lo había obligado. Había muerto a los tres meses de estar en el pueblo.

Tal vez al desarraigarlo, al trasplantarlo, le partieron las raíces y, por primera vez, sangró por mano ajena y quizás eso le causó la muerte.... O tal vez fue que ya estaba demasiado viejo.

ALFONSO GARCÍA-OSUNA HIDALGO

Nació en la Habana, en 1953. Estudió la escuela primaria en el Colegio St. George de esa ciudad. Salió de Cuba al exilio desde muy joven, y estudió la secundaria y el bachillerato en Las Palmas de Gran Canaria, España. Desde hace años radica en Long Island (N.Y.). Obtuvo un doctorado en letras en el Centro de Estudios Graduados de la City University de Nueva York (1989). Actualmente es profesor en Kingsborough C. College (CUNY) y en Hofstra University. Ha publicado artículos y presentado trabajos sobre temas literarios españoles e hispanoamericanos.

EL NOVICIO

> No hay peor odio que el de la misma sangre [...] porque a nada se odia con más intensos bríos que a aquello a que uno se parece y uno llega a aborrecer el parecido.
> C.J. Cela, *La familia de Pascual Duarte*, 37.

Lázaro había tenido la oportunidad de asistir a las mejores escuelas, pero no lo había hecho. De todos modos sería igual. Su padre, su abuelo. Semilla de tan buenos tallos llegaría lejos en este mundo; su familia decidiría el curso de su vida.

Era casi un niño por aquellos años. Su abuelo se encontraba en el cénit del poder y la vida se movía a pasos seguros, predeterminados. Lázaro gozaba del amor y del respeto que su sangre exigía, y la paz reinaba en su espíritu....

Entonces, de pronto, llegaron ellos. ¿Quién los llamó? Odiaban hasta las piedras. Decían que su abuelo y su padre habían abusado de aquellos mismos que los respetaban, que reinaban por la injusticia. Lázaro no se lo podía imaginar. ¡Su ilustre abuelo! ¡Su padre!

Y había más. Decían que la vida no se estaba viviendo como debe ser: no se respiraba como se debía respirar; no se hablaba como se debía hablar; no se pensaba como se debía pensar; y otras mil co-

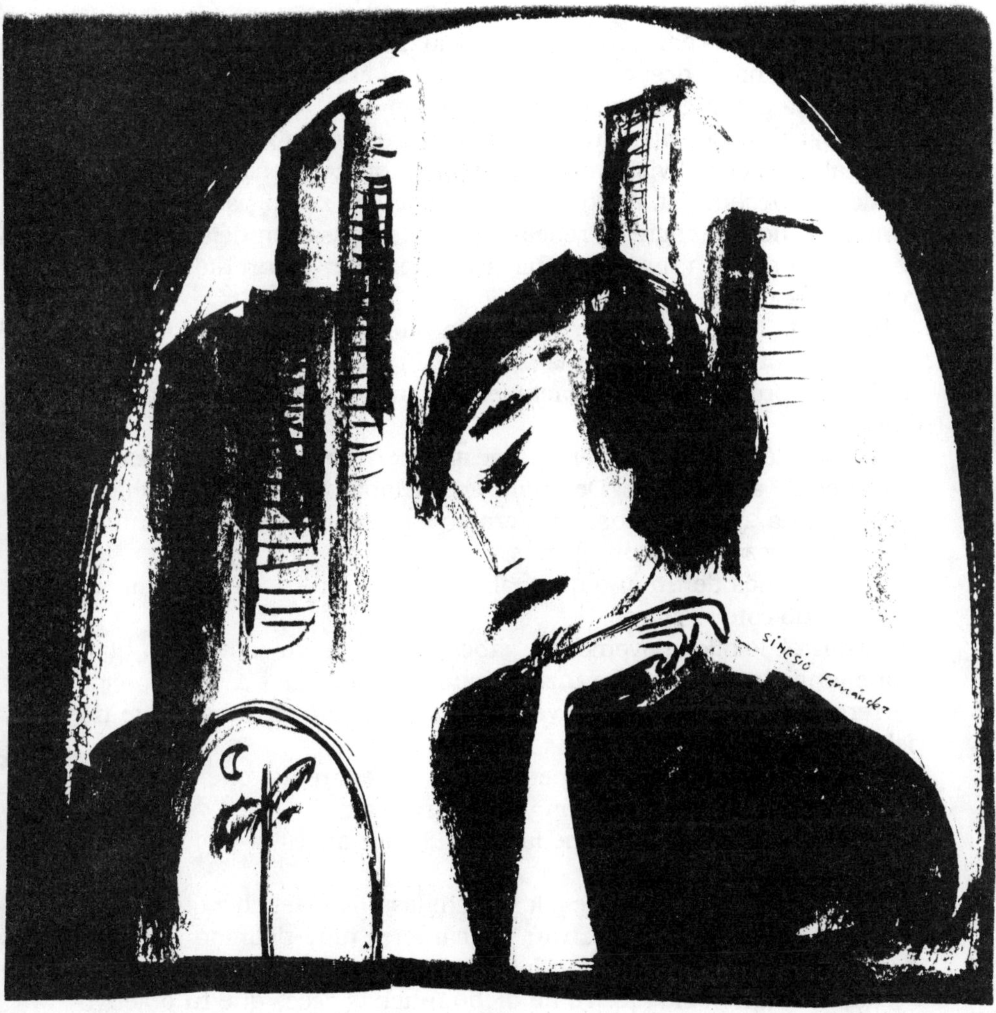
SINESIO Fernández

sas. Había que crear la vida de nuevo. Una nueva creación, un nuevo hombre y un nuevo dios, tangible y práctico esta vez, al cual adorar.

En efecto, comenzaron a cambiar las cosas de inmediato y con una velocidad inhumana. Lázaro, casi niño aún, lo vio todo, y todo lo confundía. Sin embargo, no tuvo dificultad en comprender la causa de la muerte prematura de su abuelo. Le dolía pensar que su padre ya no reinaría después de su abuelo, ni él después de su padre. Se acababa la antigua línea....

A pesar de todo, ellos querían que Lázaro fuera a la escuela. ¡A la escuela! Para dar el visto bueno a sus cambios y proclamar la justicia de sus hechos. Él, nieto de su abuelo e hijo de su padre. ¡Nunca jamás! Su noble sangre se rebelaba de sólo pensar en dejarse dominar de esa manera, en sucumbir a la adoración de un dios falso. Y era casi un niño.

Pero algo tenía que hacer. Ya había nacido. ¿Qué más daba que la Historia hubiera dado un vuelco tal? Era posible que ése fuera el verdadero propósito de su nacimiento, darle significado a una vida difícil.

Se decidió. Decidió hacerse maestro herrero, y así comenzaron sus años de aprendizaje. De ahora en adelante iba a darle significado a su vida.... o así pensaba. Pero se equivocaba, pues fue entonces que empezaron los problemas.

Hacía menos de un año que había estado con Enrique, su maestro, cuando este le intimó:

'Lazarito', le dijo suavemente, 'sabes que te quiero como a un hijo, y que tengo la mayor esperanza de que un día llegues a ser el mejor herrero. Por eso me molesta ver ciertas cosas en tu trabajo que no debían ser.'

Lázaro sentía un gran respeto por su maestro, así que sus palabras le causaron preocupación y un gran pesar.

'Maestro', contestó, 'dígame la causa de su molestia y haré lo imposible por aliviarla'.

'Cuando miro los azadones, los cuchillos, los machetes que forjas' continuó el maestro, 'muestran un carácter muy definido e individual. Simplemente no reflejan las lecciones que te he estado impartiendo con tanto cuidado. Te he dicho muchas veces que tu objetivo al forjar un machete ha de ser que sea un utensilio práctico y barato. ¿Para qué sirve un machete hermoso y estilizado si solamente unos pocos podrán adquirirlo? El machete tiene que estar a la disposición de todo aquél que lo necesite, no sólo de aquél que tenga dinero. Como van las cosas, pronto van a decir que tu maestro es

Eliseo y no yo.' Así concluyó su maestro; en su cara se intuía la tristeza y la decepción.

Decir que su trabajo se parecía mas bien al de un novicio de Eliseo era la crítica más seria que podía hacer el maestro. Lázaro se quedó pensando. Estaba de acuerdo en lo esencial con su maestro, pero algo había dentro de él, algo exclusivamente suyo que le impulsaba a forjar de cierta manera. Estaba más que seguro de que podría sacar machetes, azadones y cuchillos que fueran prácticos y baratos a la vez que hermosos. Así fue que se dio a experimentar sin tregua. Poco a poco fue llegando a su objetivo. Pero mientras más a su meta se acercaba, más sus machetes se diferenciaban de los del maestro. El lo sabía y se preocupaba, pero abrigaba la esperanza de que no se diera cuenta. Sin embargo....

'Maestro', comenzó a excusarse Lázaro, 'Ud. sabe que no imito a Eliseo. sólo intento forjar a mi manera.

'Mientes, hijo. Floja excusa me das. Todos los que me traicionan me dicen siempre lo mismo. Pero tú, Lázaro, ¡tú! ¡A mí que te quiero tanto!' Sometido a la intensa emoción, el maestro no pudo continuar. Después de varios segundos se compuso, se enderezó, y añadió en un tono que no admitía respuesta: 'si has optado por ser mi enemigo, no olvides nunca que un enemigo es un enemigo.'

Lázaro, lleno de temor, logró murmurar: 'pero maestro, yo nunca seré su enemigo.'

Enrique no quiso creerlo. Desde ese día se le hizo la vida imposible en el taller. En todo momento trataban de sofocar su incentiva, pero aún así cada machete, cada cuchillo, cada azadón que dejaba sus manos nacía impregnado de una calidad que no era la de su maestro. Era algo indudablemente suyo. A los ojos de su maestro, sin embargo, el trabajo de Lázaro recordaba cada día más a los productos del taller de Eliseo. El amor que le tenía a su novicio fue transformándose en odio, y por fin llegó a convertirse en enemistad. Las explicaciones de Lázaro en nada ayudaban. Sólo empeoraban la situación.

Cuanto duró este período difícil, Lázaro logró sobrevivir la cruel realidad de su noviciado escapando a su pasado. Gustaba recordar los hechos de su familia y de su nación según los había oído de su madre. Era como verlos con sus propios ojos. Cada noche soñaba con el Gran Iniciador, el sabio, el valiente. Gozaba especialmente reviviendo el último hecho heroico del gran hombre.

'Sumido en el oprobio y en la afrenta,' le había contado su madre, 'nuestra gente vivía dispersa y ofendida, sin ser dueña ni de su propia tierra. Morían miles bajo un yugo insoportable, y pronto se hizo evidente que desapareceríamos para siempre. Los viejos sabios consultaron los oráculos y concluyeron que el Espíritu de la tierra había sido ofendido. Se necesitaba una redención. Un hombre habría de sacrificarse a si mismo en expiación, sin influencias externas. Tendría que ser un voluntario cuyo único motivo fuera el amor a su Pueblo, de no ser así, el Espíritu no sería aplacado. Así hablaron los oráculos.

'Pasó mucho tiempo sin que un hombre diera paso adelante, y la gente moría. Fue entonces cuando el Gran Iniciador, el sabio, el valiente, reunió a su familia y con mucha emoción anunció sus intenciones.

'La noticia hizo eco en los cuatro costados de la tierra, y de todas partes se le enviaron mensajes y súplicas en el intento de disuadirlo. Una delegación lo vino a ver un día, diciéndole que no debía hacer lo que pretendía, que la gente lo necesitaba. Esto dijeron y mucho más, pero nada que dijeran podía disuadir al Gran Iniciador, el sabio, el valiente, conocedor de su destino histórico.

'Día triste cuando el hombre ilustre montó su caballo por última vez y cabalgó hacia la gloria. Ese día pasó de hombre a leyenda, de carne a símbolo, de pecador a mártir. La tristeza se apoderó de todos los corazones, y hubo muchos que simplemente dejaron de vivir, y como madera podrida y seca se los llevó el viento hacia el mar.

'Así se aplacó el Espíritu de la tierra, y nuestra gente cobró conciencia y se adueñó de lo que por derecho natural era suyo. Y de pronto llegaron ellos. ¿Quién los llamó? Proclamaban que el sacrificio había sido en vano y que sólo ellos podían llevar a cabo la labor de redención.' Así concluyó su madre, con voz triste.

Ya su madre había muerto, pero al recordar la historia la sentía como si viviera otra vez y él fuera el niñito que, recostado en su regazo, oía su dulce voz. Y se sentía aliviado al recordar que alguna vez la vida tuvo significado, que alguna vez hubo hombres que sabían serlo y un rey que sabía gobernar. Y que quizá algún día hubiera otro....

Estos pensamientos eran el único escape de Lázaro en los días difíciles de su aprendizaje. El maestro Enrique pronto llegó a odiarlo, y un buen día despidió al novicio. Sin el documento que certificara que el aprendizaje había sido completado, Lázaro no podía practicar, aunque bien sabía que poseía el conocimiento suficiente como para forjar tan bien como cualquiera, como para llegar a ser algún día un gran maestro. Así fue que vino a dar en el otro lado del río, llamando a la puerta del maestro Eliseo.

¡Ahá! Mira quién está aquí. Entra, hijo, entra. Bienvenido a mi casa. Te diré que no me sorprende tu llegada; ya sabrás que fui íntimo amigo de tu abuelo y de tu padre. En sus casas no había una herramienta, un arma ni un utensilio que no hubiera forjado yo. Además Enrique está enajenado, eso nadie lo duda. En fin, me alegro de que estés aquí; siempre he soñado con tener un novicio como tú. Conmigo todo será diferente, tendrás la libertad de forjar cualquier cosa exactamente como quieras. Libertad absoluta. Desde luego, ¿a quién se le ocurriría forjar un machete que no fuera duradero al igual que hermoso? La gente reconoce la calidad y está dispuesta a pagar por ella. ¿Por qué preocuparse de que cualquier indigente pueda permitirse el lujo de comprar nuestros productos, si no sabría qué hacer con ellos? Bienvenido seas, entra.'

Fue éste el recibimiento en la casa del maestro Eliseo, el enemigo mortal de Enrique, su antiguo maestro. Lázaro comprendió de inmediato que la libertad absoluta que le ofrecía su nuevo maestro traía consigo ciertas condiciones, pero le sedujo el concepto. Sin embargo, menos de un año había transcurrido cuando el maestro Eliseo, decepcionado, le pidió explicaciones. 'Te he dado tiempo suficiente como para echar por tierra todas esas porquerías con que Enrique te llenó la cabeza. Aparentemente no tienes prisa, o quizá no tengas la menor intención de cambiar tu.... Lo entiendo muy bien, mejor de lo que imaginas. Ésa es la excusa que dan todos los que pretenden traicionarme. No puedes estar en misa y en procesión: o conmigo o con Enrique, has de declararte ahora mismo.

Otra vez la vida se le hizo imposible a Lázaro. Pero, ¿qué iba a hacer? Si hubiera optado por no estudiar, por no pensar mucho en las cosas, quizá el mundo no sería tan inhóspito. Y todo debido a que en estos tiempos duros sólo bastaba con enredarse en las querellas familiares de dos viejos amargados para que se le negaran a uno su dignidad y sus derechos.

Enrique y Eliseo —según se rumoraba— eran hermanos gemelos. Gemelos idénticos. Ambos eran altos, habladores, atléticos, ambiciosos, inteligentes, trabajadores....

Se podía seguir enumerando hasta la saciedad las similitudes. Sin embargo estos gemelos eran los primeros en negar toda similitud y cualquier relación. Pretendían no conocerse a veces. '¿Es que no has estudiado geografia? ¿Cómo se puede confundir a alguien que vive en un lado del río con alguien que vive en el lado opuesto a noventa metros de distancia.... por lo menos? ¿Cómo es que no ves la diferencia entre el camino que lleva hacia adelante, hacia el futuro, y el que regresa al pasado?' Trata que trata, y Lázaro no veía la menor diferencia. Y los razonamientos no hacían más que exacerbar su confusión.

Lázaro los amaba a los dos, pero no sabía cómo decirles que no sentía el menor deseo de servir de árbitro en su querella familiar, que no quería quedar atrapado en medio de la línea de fuego, que sólo quería ser un herrero, un simple herrero, forjando los machetes a su manera y soñando con el Gran Iniciador, el sabio, el valiente, y con los tiempos de su abuelo, cuando la vida tenía sentido.

¿Sería mucho pedir? Lázaro no sabía la respuesta; sólo sabía que corrían tiempos difíciles, y que deseaba sobrevivir.

LORENZO GARCÍA VEGA

Nació en Jagüey Grande, Matanzas, en 1926. Se doctoró en Derecho y Filosofía y Letras en la Universidad de La Habana. En Cuba fue miembro del Consejo de Dirección de la revista Orígenes y Premio Nacional de Literatura. Trabajó como jefe de información de la revista Cuba de la UNESCO y fue subdirector del Centro Cubano de Investigaciones Literarias. Salió al exilio en 1968 y se radicó por varios años en Nueva York. Actualmente reside en Miami, dedicado a sus actividades literarias. Es miembro del consejo de redactores de la revista Escandalar. *Entre sus más recientes publicaciones deben mencionarse:* Ritmos acribillados *(1972);* Rostros del reverso *(1977);* Loa años de Orígenes *(1979) y* Poemas para penúltima vez *(1991).*

DONDE COMPRAR ES UN PLACER
(Collage con propinas)

¡Oiga!, gritaba mientras corría. Creí que se había metido dentro del automóvil, pero no, no se había metido en el automóvil, y ahora, detrás de mí, repetía su ¡oiga!, ¡Oiga!, tuve, pues, que darle a mi mano izquierda un giro de 180 grados para que, así el carro principal girara rápido y, por ello, también girara el carrito que llevaba con mi mano derecha. Soy zurdo y, como soy zurdo, llevo el carro grande con la mano izquierda, y el carrito con la derecha. O, dicho de otra manera (manera, quizá, más difícil de entender): soy zurdo para hacer girar la izquierda que conduce el carro grande y así poder acelerar el carrito que llevo con la derecha.

Es que (para que se entienda por lo que estoy diciendo) soy un bag boy (o sea, aunque tengo 63 años, soy un muchacho mandadero) del *Publix*, el Super-Mercado *where shopping is a pleasure*, o traducido: *donde comprar es un placer*).

Pero ¡Oiga!, seguía diciendo el Viejo. El Viejo que corría detrás de mí

Corría, mientras que yo, haciendo girar a los carritos, también corría, huyéndole.

Pues se trataba (y esto, lo siento, es difícil de transmitir al Lector) de un viejo cliente que, corriendo detrás de mí, pretendía darme una propina.

2

Pues de *tips* (o sea, de propinas) debe hablar este cuento. Porque, sin lugar a dudas, la prohibición de las propinas (no tips, please, repiten los cartelones del *Publix*) es asunto extremadamente humano y, en la convocatoria al XXV Premio de Cuentos Hucha de Oro, lo humano es puesto de relieve con las siguientes palabras: "el tema es totalmente libre si bien se considerará como mérito la circunstancia de que el cuento ponga de relieve alguna virtud o valor humano con un sentido de ejemplaridad". Así que creo haber dado en el blanco, ya que pregunto, ¿qué mejor ofrecimiento de un *valor humano con un sentido de ejemplaridad* puede haber que éste en que muestro, con un carro en la mano zurda y un carrito en la derecha, huyendo por la explanada que constituye el parqueo de un Super-Mercado de un viejo que, bramando sus ¡Oiga!, me persigue con el solo objeto de que, al aceptar su propina y desobedecer la prohibición del Publix, deje de ser un bag boy ejemplar.

Pero esto, este intento de cuento sobre el tip (o No Tip, como diría el Publix) me lleva, ineluctablemente, a lo autobiográfico. No puedo ser anecdótico, sin dejar de ser autobiográfico. Reconozco que esto es un defecto. Me temo que, quizá, un verdadero Narrador no necesita ser autobiográfico para llegar a contar un sucedido. Así que, quizá, no debería participar en la covocatoria al *XXV Premio de Cuentos Hucha de Oro*. Pero, ¡entiéndalo!, zurdo como soy, estoy huyendo de las propinas en una explanada donde hay noventa y cuatro grados de temperatura y, por lo tanto, es humano, y hasta casi ejemplar el que, olvidando mi condición de No-Narrador (*¡Quién pudiera ser un Narrador del Boom!*, me digo muchas veces, mientras seco el sudor de la frente y manejo el carrito por el parqueo del *Publix*), intente, con este Collage, conseguir el millón de pesetas de la *Hucha de Oro*. Pues...Es que, con mi carrito, gano cuatro dólares con cincuenta centavos la hora (esto, por supuesto, con los consiguientes descuentos) por lo que, no deja de ser humano soñar que, al utilizar cierto tiempo para hacer este Collage (un tiempo que ya, también, mido en horas del *Publix*), pueda conseguir el millón de pesetas de la *Hucha*.

¿Cuántas horas trabajadas en el carrito del Publix son necesarias para llegar a conseguir un millón de pesetas?

Pero, dejemos eso.

Digamos que para este cuento, el cuento del *tip* pienso mucho en M. Hulot. Sin duda, Hulot es un personaje para llevar el carrito del Publix. Su cortesía de autómata, su rigidez esquizoide, lo convierten en como Arquetipo para un hombre maduro, o para un anciano, que pretenda ser un *bag boy*. (Sólo hay que hacer un giro de la mano zurda con un carro del *Publix* para así sentirse, cenestésicamente, como el cómico francés)

Así pues, por lo tanto, como primera receta (pues este Collage, además de tratar de las propinas, es el Collage para hacer un cuento) está la prescripción de sentirse, cenestésicamente, como si se fuera M. Hulot.

Y sentirse así, en el trabajo, ya no es ninguna novedad para mí. En realidad, es lo habitual. Soy, en el Publix, una perfecta reproducción de Hulot: Mis inclinaciones, mis saludos al cliente, o mi susodicha manera de conducir el carrito, responden a las maneras del cómico francés. Y no es esto sólo en lo exterior. Sino que, repito, lo introyecto cenestésicamente.

En el Publix me siento como si mi cuerpo contuviese a un M. Hulot conductor de carritos.

Confieso que esto no carece de cierta sensualidad. Cada cual se las arregla como puede.

3

También en el *Publix* con el carrito, siento la cenestésica presencia de Caspar Hauser ("La historia de Caspar Hauser —decía Anaïs Nin— es mucho más bonita que la de Cristo"). Pero como, para *la hucha*, sólo debo escribir de tres a diez folios, y como, además, el horario del *Publix* con su carrito deja psíquicamente agotado, no voy a decir sobre Caspar Hauser.

4

Es como el caso de Elkin Caraza, un peruano. Raramente nos encontramos, pues Elkin tiene el turno vespertino, y yo casi siempre trabajo por la mañana. Pero en las ocasiones en que hemos coincidido, he podido saber perfectamente que, aunque nunca nos hemos dirigido la palabra, Elkin también se las arregla a través de la cenestesia.

Sí, no hay duda, Elkin Caraza debe ser un cenestésico.

Pero ¿Cómo lo sé? ¿Es que en el *Publix* he adquirido esa *Intuición* de la que hablaba Bergson?

No lo sé. No podría explicarlo.

Pero, aunque no lo sepa, me juego la cabeza a que Caraza, el peruano, anda metido, cuando maneja los carritos de su turno vespertino, en un juego cenestésico.

¡Si no hay más que verlo!

Elkin Caraza, que bien puede tener mi misma edad, si no es que tiene dos o tres años más que yo, emana un aura vallejeana. Pero no es que él tenga nada de indio, no. Elkin, más bien puede pasar por un caballero español que conduce carritos. Pero, ¡Eso sí!, en su prudentísima cortesía (una prudentísima cortesía que parece como esconderlo del público del *Publix*) y en sus gestos de personaje de película silente, no dejo de sospecharle a Caraza cierta afinidad con Vallejo.

¿Conocerá Elkin Caraza al poeta de *Trilce*?

Nadie sabe quién pueda ser un *bag boy* del *Publix*. ¡Quién sabe lo que pueda haber leído Elkin Caraza! Al fin y al cabo yo, que también soy un *bag boy*, en otra encarnación formé parte del Consejo de Redacción de aquella revista Orígenes que dirigía Lezama Lima.

5

En realidad, no hubiera debido trabajar en el *Publix*, sino en el *Winn Dixie*. Hay una razón estética. El Publix tiene como divisa el color plateado y el color verde (el delantal que me pongo para trabajar es verde) pero el *Winn Dixie* es blanco y rojo, y esto, en verdad, me alucina.

Me alucina, por ejemplo, ver cómo resplandece, a la caída de la tarde, el edificio del *Winn Dixie*. Lo violeta cae a pique, las sombras se densifican, y entonces, visto a cierta distancia, sobreviene lo que Lezama llamaría una *fiesta innombrable*: el espectáculo blanco (blanco lechada) de ese Super-mercado con sus lumínicas letras rojas: *Winn Dixie*.

¡Una fiesta innombrable! Una fiesta innombrable dentro de una Playa Albina. Pues tengo que hacer saber, para que este posible cuento con propinas y Hucha de Oro se materialice, que vivo en la Playa Albina.

Una Playa Albina es un centro de imantación, o es un Arquetipo, o es una alquímica materia prima de la imaginación. Es decir, una Playa Albina es el mandala por donde me deslizo. Mandala que, entre otras cosas, para mí cuenta con los siguientes elementos:

precipitado blanco y rojo del *Winn Dixie*,

plata y verde del *Publix*,
alucinatoria piscina de un híbrido Motel,
luz neón —en entrada de Motel— de sonrisa de gato sin gato,
musiquita del carrito de helados de unos nicaragüenses,
sofá abandonado en un terreno baldío,
cuatro idénticas filas con cuatro idénticas casas amarillas,
y, el sueño de un arenal que tiene un Kindergarten por esquina.

Todo esto que acabo de mencionar, por supuesto que pueda parecer un *trompe l'oeil*. Pero —¡no se deje engañar el lector!— todo esto que acabo de mencionar es mi real ambiente, mi Playa Albina. Ergo, todo esto forma parte también de mi vida con el carrito, forma parte de mi imaginación, forma parte de las propinas del *Publix*, y forma parte de este cuento que para la Hucha de Oro pretendo escribir.

6

En otra encarnación, en el cuarto de estudio de una casa en la calle Trocadero, me dijo José Lezama Lima:
—Esta *Cetrería del títere* contiene cuentos que son como la traducción al relato, de mi sistema Poético. Has querido narrar lo que yo digo de la Poesía. No está mal, puedes seguir así. Pero ahora estás con un gran riesgo: la influencia que mi literatura ejerce sobre ti. Desde ahora tienes que afrontar esto, y zafarte como puedas.

Lezama se refería a los cuentos (o no-cuentos) contenidos en mi libro Cetrería del títere. El libro se acababa de publicar.

Después..., después pasaron muchas cosas. Otra encarnación. Me zafé..., tal como, de cierta manera, me lo había recomendado Lezama. Escribí mis Años de Orígenes: libro en que narré mis diferencias con Lezama y con los origenistas, por lo que, después de esa publicación me volví invisible. Tan invisible, que hasta terminó, como he terminado, conduciendo el carrito del *Publix*.

Pero, aunque creo que me zafé, y aunque me he vuelto un invisible, conservo, de mi encarnación en el tiempo en que escribí los cuentos de la *Cetrería del títere*, este propósito que encontré expuesto en un ensayo de Robert Smithson:

"La reconstrucción en palabras, en un lenguaje 'ideal' de lo que los ojos ven, es una hazaña emprendida en vano. ¿Por qué no reconstruir lo que los ojos no pueden ver? Demos forma efimera a las perspectivas desunidas que envuelven una determinada obra de arte y desarrollemos una especie de 'antivisión' o visión negativa".

¡Una antivisión!, eso es lo que pretendo. Así como, continuando con Robert Smithson, he comprendido que "El intentar mirar los espejos se asemejaba a una partida de billar jugada debajo del agua".

O, volviendo al *Publix*, y volviendo a ese juego que me hace conducir el carro izquierdo (ya que, repito, soy zurdo) con la mano izquierda, y el carrito con la mano derecha, también me sigo encontrando con el susodicho Smithson en palabras que parecen recordar el Sistema Poético de Lezama:

"Dos sendas asimétricas que se reflejan una a otra pueden ser llamadas enantiomórficas si se sigue el ejemplo de aquellos otros dos enantiomorfos comunes -las manos derecha e izquierda. Los ojos son enantiomorfos. En teoría, la reproducción por escrito de un reflejo repite su realidad física, pero la correlación entre enantiomorfos realmente no es exacta. La mano derecha siempre es diferente de la izquierda".

Es decir, que aunque en otra encarnación escribí una *Cetrería del Títere* que según Lezama traducía, al relato, su visión, ahora, con el carrito del *Publix*, y pretendiendo ganar la *Hucha de Oro*, todavía creo que la escritura y la realidad son como dos sendas enantiomórficas. Por lo que, si voy a ser sincero, diría que lo que más me interesaría es escribir un relato en que yo (o Yo, con mayúscula de Autor), el Personaje del *Publix*, al conducir con su derecha un carrito, viera con su ojo derecho la dificultad para agarrar las imágenes, así como al conducir con la izquierda el carro grande, viera con el ojo izquierdo a un jugador de billar en el agua.

Pero, ¿por qué complico este Collage? ¿No estoy tratando de relatar lo ejemplarmente humano de un *bag boy* del *Publix* que huye de las propinas?

Es que soy absurdo. No me atengo a lo que verdaderamente debo contar. Por lo que, si sigo con este desorden, voy a perder la oportunidad de ganar la Hucha de Oro.

7

Pero el nudo central, el verdadero nudo de este cuento, es el hecho de que hace unos días, a las dos de la tarde y bajo temperatura de noventa y cuatro grados, fui sorprendido por Mr. Paul Rainer, Asistente del Manager, cogiendo propinas (¡Eran de veinticinco centavos!) de los clientes del Publix y, lo que es peor, cogiéndolas a pocos centímetros de la puerta principal de ese gran Centro Comercial.

Así que fui *ejemplarmente humano* al cometer un error, pero no fui *ejemplarmente humano* al desobedecer al Mandamiento del *Publix*. Por lo que, al instante, fui conducido a las oficinas del manager, Mr. Martinegas, un joven regordete y sonriente (como, por su edad, Martinegas bien puede ser mi hijo, se produce la curiosa situación de un *bag boy* que es como el padre de su Manager), que aunque en ese momento no estaba en el local, no dejaba, sin embargo, de estar presente a través de una fotografía de marco plateado (un plateado a lo *Publix*), donde él, Martinegas, con gesto comprensivo me recordó, no se por qué, la visión enantiamórfica de que habla Robert Smithson.

Miré, pues, la fotografía del Manager, y ante la irrealidad de esa imagen no pude menos que repetirme una frase anónima que dice: "Nada más preciso que una mancha para mostrar el sueño. Nada más preciso que una línea para mostrar la locura". Pero, de esta frase anónima me sacó la voz de un joven, Asistente del Asistente del Manager (ese joven puede ser mi nieto, así como el Asistente, al igual que el Manager, pueden ser mis hijos), quien, por no saber yo hablar inglés (llegué a los Estados Unidos hace veinte años, o sea, en 1970), me tradujo lo dicho por Mr. Rainer:

—El dice que ya lo ha visto cogiendo propinas— tradujo el Nieto.

—Es verdad— contesté yo, o sea, el Abuelo.

—El dice que usted ha firmado— volvió a traducir el Nieto.

—Si— contestó prestamente el Abuelo— firmé una declaración jurada en que me obligo a no recibir propinas.

—¿Entonces?— interrogó el Nieto.

—No he podido evitarlo— contestó el Abuelo, convertido en personaje del Teatro del Absurdo.

—Entonces, él le advierte que la próxima vea que se le vea con propinas será despedido— cortó el Nieto.

—All right- contestó el Abuelo que no sabe inglés.

8

Y colorín colorado, así termina este Collage. Pero ¿un Collage puede ser un cuento? Y, ¿si esto que he escito es un cuento, es un cuento ejemplarmente humano? No lo sé.

Pero, eso sí, y adviértalo bien el Lector, decir un conductor de carritos del Publix que él, en otra encarnación, fue un miembro del Consejo de Redacción de la revista Orígenes que, según Lezama, supo traducir, narrativamente, intuiciones de su Sistema Poético, puede ser una mentira más grande que una casa.

Y, ¿decir una mentira mas grande que una casa no es lo mismo que ser un buen cuentista? Ergo: el conductor de carritos del *Publix* no deja de ser un excelente cuentista.

RITA GEADA

Nació en Pinar del Río, en 1937. Tras finalizar su doctorado en Filosofía y Letras por la Universidad de La Habana, gana una beca de la O.E.A. para investigaciones literarias en la Universidad de Buenos Aires, y dos años después se traslada a los E.U., en 1963. Desde hace años es profesora titular de lengua y literatura en Southern Connecticut State University. Obtuvo la beca "Cintas" para escritura...creativa en l989 y, durante un verano, fue profesora visitante en el Centro de Humanidades de la Universidad de Yale.

Entre sus seis poemarios editados están Mascarada, *Premio "Carabela de Oro", 1969, de Barcelona y el reciente* Esa lluvia de fuego que nos quema.

Algunos de sus cuentos han aparecido en Alaluz, *de California y en el libro* Veinte cuentistas cubanos, *de Miami.*

LA CEGUERA CONTAGIOSA

Había una vez un príncipe que nació contrahecho y con el rostro deforme pero con exceso de vanidad por condición esencial. El padre prohibió todos los espejos en palacio y mandó a hacer uno especial que en lugar de reflejar al niño, tal cual era, le presentaba una hermosa figura y cara. En la confección de dicho espejo colaboraron los más ilustres sabios y magos del mundo, dirigidos por el mago Merlín que para ello hubo de salir de su cueva de Montesinos donde vivía desde hacía varios siglos. Para hacer dicho espejo milagroso fueron consultadas las teorías espaciales de Leonardo Da Vinci, las tablas de alquimia y los pergaminos en sánscrito de Melquíades que fueron rescatados de Macondo, de un Macondo inundado pero que se había salvado del Diluvio Universal.

En palacio no podía mencionarse para nada la deformidad del infante con peligro de muerte para aquél que hiciera la más leve alusión al caso. Así fue creciendo este príncipe protegido por la corte de

Uma '92

aduladores que siempre, ante él, elogiaban su elegancia y pretendido porte. Por su vanidad y por las muchas alabanzas que escuchaba, llegó a creerse el individuo más bello y mejor dotado del reino y así pasaba largas horas contemplándose en quel falso espejo, ataviado siempre con las más lujosas prendas de vestir y repitiéndose a sí mismo lo bien que lo había dotado la naturaleza.

Cuando llegó a la mayoría de edad, el gobierno, con todos sus asesores, los sabios y magos, anunció que el príncipe, por propios deseos, había decidido por primera vez presentarse ante la mirada de su pueblo. Se prepararon grandes festejos y se organizó todo de tal manera que no pudiera descubrirse la verdad respecto al príncipe el cual desfilaría ante su pueblo. Antes se leyó un bando, por el cual se daba a conocer la existencia latente de una epidemia llamada "la ceguera contagiosa" que, de producirse diezmaría a toda la población. Dicha terrible enfermedad, explicaban, se manifestaría haciendo ver, a los que la padecieran, solamente las apariencias de las cosas y no el plano real de las mismas. Sus primeros síntomas serían ver fealdad y deformación en el amado príncipe. Por lo tanto, anunciaban, aquél que no fuera capaz de reconocer la hermosura del futuro rey sería, de acuerdo con el diagnóstico de los sabios, un enfermo peligroso cuyo mal contagiaría a los habitantes del reino y por tanto sería hasta su muerte aislado en un calabozo. De más está aclarar que a esta enfermedad el gobierno le temía extraordinariamente pues podría propagarse rápidamente atentando, además, contra la estabilidad del reinado.

Como no había otro modo de disimular sus defectos, ni se había inventado aún la cirugía plástica, se esmeraron en maquillarlo con recinas extraídas del Árbol Rojo de la Cochinilla, importada de la tierra de los Mayas. Se trajo al mejor sastre de todo el reino para confeccionarle un atuendo hecho de las más ricas telas importadas de regiones lejanas.

Llegó, por fin, el día anhelado por el príncipe, el día en que vería satisfecha toda su vanagloria y vanidad ante sus vasallos, el día definitivo en que todo el reino se postraría a sus pies, lo celebrarían y aplaudirían como al hombre más apuesto y mejor dotado de todos los conocidos.

Primeramente saludó desde el balcón. Los aplausos y vivas impedían, en algunos momentos, escuchar su voz pomposa y retórica, llena de fatuidad y enfatismo, con la que de tanto querer decir no decía nada pues para nada le daba su cabeza rellena de tantas naderías. Después, el desfile donde iban cargándolo en andas obispos y embajadores. A su paso, unos hacían señas milenarias en el pecho y en la frente disimulando el desconcierto que les provocaba aquella presencia; otros, entre ellos los invitados foráneos, apretaban los párpados y escondían las cabezas como suelen hacer los avestruces y así simulaban también. Todos lo aclamaban y elogiaban pues tanta fama había traspasado las fronteras de su reino. Nadie, en fin, quería, llamar la atención pues cada cual, en su fuero interno, tenía haber sido atacado por la anunciada "ceguera contagiosa". Lo importante era fingir, no levantar sospechas pues corrían el peligro de ser señalados de poseer el mal. Además, ¿como cada uno podría saber si realmente estaba atacado por la enfermedad contagiosa?. ¿Quién, después de todo, iba a atreverse, con tan alto riesgo, a declarar lo que realmente veían sus ojos? Unos por unas razones, otros por las dudas y todos por el pánico, apludían o cuando más contemplaban en silencio. Así todos aceptaban, tacitamente, el engaño colectivo que cada vez crecía más y más. Desfilaba el heredero con todo su séquito, cuando de entre la compacta multitud se adelantó un joven que, por su aspecto y mirada, parecía de un siglo mucho más avanzado, diríase que era un adelantado de la Era de Acuario y, sin dudas, llegaba de tierras lejanas, desconocidas. Sus ojos destellaban profunda lucidez, su porte era distinguido, sin simulación y se identificó ante los guardias como un descendiente de los Atlántidas. Bajo el brazo llevaba un gran paquete ovalado envuelto en papel dorado. Era un regalo que debía entregar al príncipe en persona.

Ante el primer impedimento de los guardias, el príncipe, que alcanzó a entererarse de la visita, movido por la curiosidad y halagado por el interés del exótico regalo lo dejó aproximarse y ya frente, el joven expresó en la lengua que allí se entendía: "Excelentísimo e Ilustrísimo Príncipe Conipodio, descendiente directo del Conde Condecorado y de la Duquesa Caza Recomendaciones, amigo de los Convenientes y de la Atiza Intrigas, Futuro Monarca de las tierras Ovejunas y de sus estados adyacentes Ovejunitos, he venido de muy lejos, donde hablamos otro idioma y todos somos como hermanos, de una época y lugar donde trabajamos y oramos por un universo mejor. He recorrido distancias siderales con el presente, guiado siempre por mi padre el sol y por la Diosa de los Mares y de la Luz. Mi misión será cumplida al entregarle este regalo y abrirlo ante mí. Después retornaré adonde el aire es más puro.

Al abrir el paquete el príncipe, se enfrentó horrorizado a su imagen verdadera ahora sí reflejada en toda su realidad. Y a los gritos de ¡Abajo el farsante!, ¡Abajo todos los farsantes del reino, se sumaron otros y otros gritos, una masa compacta de gritos, el pueblo entero que dejó de llamarse "Fuente Ovejuna", todo el pueblo que engañado y sometido por siglos, se recuperaba ahora de la verdadera "ceguera contagiosa".

LOURDES GIL

Nació en La Habana, en 1951. Reside en los Estados Unidos desde 1961. Estudio Lenguas y Literaturas Hispánicas en la universidad de Fordham y en New York University. Fue co-directora de *Romanica*, revista literaria de esta institución, y de 1975 a 1982 de la revista *Lyra*. Tiene publicados los libros de poesia *Neumas*, *Manuscrito de la niña ausente*, *Vencido el fuego de la especie* y *Blanca aldaba preludia*. También ha publicado ensayos críticos en diversas revistas. Recibió la Beca Cintas en 1979 y en 1991.

CRÓNICAS DEL GHETTO

Para Antonio, estacionarse junto al parquímetro cómodamente situado frente a la puerta de su casa en la avenida Bergenline, es un deporte veraniego que luego dice extrañar mucho en los meses de este prolongado invierno del exilio.

Antonio piensa con lástima en aquellos pobres cubanos ignorantes de la existencia de este deporte magnífico conocido en la proverbial jerga del ghetto como "cubanacear". Esos seres que desconocen los detalles técnicos, los rigurosos ritos, las continuas prácticas, los enrevesados ejercicios que conlleva este juego, poco sospechan la emocioñ y el recato cuasi-místico que embarga a sus aficionados. Amateurs y profesionales llegan a enviciarse hasta tal punto, que solamente las esporádicas lluvias de agosto consiguen privarles de sus hazañas de parquímetro.

—Pararse a conversar con las bataholas y los zapatos de dos tonos ...darse un cafesazo mientras llegan las tiranas...

Los pensamientos de Antonio se asemejan a un warm-up. Los grandes ídolos del deporte le sirven de inspiracion:

—Bebé Rebozo cubanacea cuando se cansa de contar sus millones ... tiene un parquímetro de oro mandado a hacer especialmente para él ...

La despejada mente de Antonio, ancha y narcisista, logra arrancarle sonrisas de satisfaccion.

—Pero lo bueno hubiera sido cubanacear en el Malecón de La Habana ...

La nostalgia es parte del ritual:

— ...con mi guayabera y mis zapatos blancos ... la cadena y el llavero ...

El deporte del parquímetro no necesita de excavaciones arqueológicas que revelen un escondido origen:

—El Malecón ... ahí fue donde empezó todo esto el cafecito a tres kilos enfrente ... la mulatona castigando con su meneíto

Las muchachas del ghetto, con los ropajes que la moda les ha impuesto, en pleno furor de shorts y blusas de una cuarta de tela, paseantes fijas de Bergenline en las calurosas noches, son la inspiración misma, el efluvio del Malecón, la visión evocada por los Antonios aparcados en todas las esquinas y todos los parquímetros de Bergenline.

Antonio tiene 20 años; 16, 30. Es estudiante de secundaria, oficinista, universitario, comerciante, mecánico, factorizante. Para Antonio, ser cubano es mantener viva la llamarada del Malecón, repetir la costumbre ancestral del piropo, perpetuar el traje del chuchero habanero y su simpática lengua entrecortada en plena calle Bergenline. Sus zapatos blancos son el emblema nacional, más preciados para él que cualquiera de nuestras banderas. No importa que todo esté fuera de época, que vivamos en los Estados Unidos, que los zapatos de dos tonos se los llevara Gerardo Machado a la tumba. ¿Qué sabe Antonio de Machado o de Menocal, o si Batista se ponia guayabera cuando no estaba en Palacio?

Su enajenación social, su trágicamente práctico bilingüismo, son un drama soterrado, hondo, sepultado hace tres lustros en la patada angustiosa que le afincó en el aeropuerto de Miami.

Quizás Antonio logre amasar millones algún día, como su ídolo Bebé Rebozo. Quizas se convierta en Antonio del Pozo, productor supremo de un sainete presidencial en la Casa Blanca. Mientras tanto, se consuela del gran tajo histórico siendo un cubanito alegre y dicharachero, estacionado junto a su parquímetro de Bergenline-malecón, tomando su cafecito de treskilosveintecentavos, pensando filosóficamente en el grato placer del alisio de la Bahía transportado milagrosamente al Hudson, con el consentimiento unanime de miles de compatriotas. En medio de su parodia esquizoide, Antonio sigue dudando si su vida es el producto de un suceso fatal, o de un golpe de suerte.

ANTONIO GIRAUDIER

Nació en La Habana, en 1926. Se graduó de bachiller en el Colegio de Belén y de Doctor en Derecho en Universidad de La Habana. Desde joven se dedicó a las letras, la pintura y la música. Salió al exilio en 1962. Posee una extensa labor poética en español, inglés y francés. Fue editor de la revista Modern Images *de Illinois y por varios años crítico de poesía de la revista* Árbol de Fuego. *Entre sus muchos libros deben mencionarse.* Prosa y verso *(1962),* Rainswill *(1962),* Aceros guardados *(1966), y* Acorde y asombro *(1969). Falleció recientemente en Miami.*

DIÁLOGO IMAGINARIO ENTRE WALT WHITMAN Y EMILY DICKINSON

Un hombre caminaba por un apartado sendero, en algún lugar de la Nueva Inglaterra. Era un sendero de Otoño y era el mes de Octubre. Este hombre, era un anciano de barba blanca y su paso era asentado, bello, con un aire profético o un misterio agradable en su presencia, el cual se radiaba a través de todo ese apartado sendero. En el mismo momento y lugar, caminando hacia él, se iba acercando una delicada y tímida figura, una mujer, de modesta apariencia, con los ojos de una gacela, pero, sin embargo, con una especie de firmeza en sus pasos..... y finalmente, cuando ambos se encontraron frente a frente, el frescor y el sentir del aire elegante de Octubre registraron, en un sentido, una conversación muy íntima entre los dos seres.

Walt.—¿Tu eres Emily, verdad?
Emily.—Sí, ud. es el Sr. Whitman soldado osado del Universo.
Walt.—Tú me traes a un nivel de comprensión, que yo creo haber captado, pero, yo no recuerdo haber llegado a llenar ese rango. Sin embargo, yo sé que he abrazado el amor que ese nivel requiere.
Emily.—Sr. Whitman...qué extraño...yo, he oído de modales sin

gracia en sus escritos los cuales, nunca he leído, mas, yo siempre he sentido que no era así. Timidez mía: por no haberme apurado en esa aspecto. He sido débil muchas veces, pero al escuchar diversos comentarios oí profundamente un sonido de valentía en su alma que rimaba tal vez, con galantería, por entre las sacudidas y, las sorpresas que nos suceden. Y, esto, yo creo que lo interpretaría, ahora, como muchas maneras de alimentar la resistencia del individuo.

Walt.—Emily, niña, mujer. Yo debía haberte abrazado antes y yo debía haberte dado la ternura que he cantado para otros.

Emily.—Es extraño, le digo otra vez, que habiéndome sometido grandemente a un retiro, haya tenido, sin embargo, a través de mis añoranzas o de mis visiones, una débil visualización, y, no muy distante por cierto, de esa ternura que ud., abraza tan ampliamente.

Walt.—Tú, has estado de muchas maneras en mi corazón. En una forma de visión a través de otros, que buscan realizaciones desde sus propios ventanales, contando los días finales de cada estación. Visualizando a través de todo.

Emily.—Hay ahora una alegría dentro de mi, Sr. Whitman. Es una alegria tardía. Es algo diferente. Yo le escucho y siento que me encuentro ante visiones monumentales. Esto es una felicidad con la cual no he tropezado a menudo. Los miedos pasados no estan presentes. Una presencia de bondad dentro de mi interior parece estar atenta y alerta con buen oído a lo que ud., me dice. ¿Debo ver en esto, un deseo fraterno de mis versos hacia los suyos, en la misma vena de expresión, de literatura?

Walt.—Niña, de nuevo me traes a una atmósfera, a una amplitud, a una capacidad más alta, y, tú has extendido tu mano, en un sentido, pero, lo que yo quería significar era el haber podido tener un momento para traer a tu puerta algo que fuese por encima de un hilvanamiento de delicadas cenizas y de rosas que no han sido tocadas aún. Algo de color mas brillante, que pase por arriba de los substitutos que agotan y consumen nuestro tiempo. No es que tú no hayas sobrepasado la soledad pero, tal vez, el que hayas podido disminuir sus inevitables cargas.

Emily.—Ah...ud., sabe, claro que sí. Pero el "sobrellevar" ¿no es parte de su entrenamiento, en estos sentidos? Yo he pasado hacia el más alla con las alas del petirrojo o del águila, pero el santuario y el hogar de uno mismo, propio de uno, devuelve otra vez esas alas al nido, Sr. Whitman. Tal vez ese sea mi capítulo, mi circunstancia, o, ¿es que la ternura en el libro de su alma es un modo de ver, quizás, algunas casas parecidas y mas cálidas, para que las habite el corazón?

Walt.—La ternura crea ternura. Su casa es donde ud., es realmente querida. Eventualmente, así tendrá que ser.

Emily.—Entonces ¿ud. espera sostener la esperanza de esta manera? Ud., no me suena osado, como me fué dicho. Y si fuera osadía, yo creo que podría llamarse otra cosa, algo distinto, como la verdadera comprensión. La Compasión. La Universalidad. Serían esas, mejores palabras para explicarle.

Walt.—Emily, ¿no es cierto que la mirada del Otoño busca las primeras muestras de los aires de invierno que puedan alentar en su interior la esperanza, para un más pronto acercamiento de la lejana primavera? ¿No son las estaciones, un ejemplo de desarrollos, de desdoblamientos? ¿De los procesos de renovación? ¿De las esperanzas?

Emily.—Lo sé. Esto lo he observado muy bien.

Walt.—Conserva la fuerza de la Naturaleza y del Espíritu, las cuales tu respetas tanto. Pero siente, entonces, su beso y su abrazo, por un tiempo extendido. No te apures ni te apartes al principio de alguna lluvia de primavera ni evites sus leves saludos. Y lo mismo con los pedazos de la tarde que traen un florecimiento de la noche, un poema, a tu ventana, aunque ya sea tarde. Esto no te debilitará. No creo que dejarás el abrazo que tu puedas reconocer en esto. Yo creo que te quedarás mas tiempo, más tiempo con él.

Emily.—Sr. Whitman, yo creo que.....

Walt.—Ya es la hora del crepúsculo y me he alejado un poco, tal vez, de la casa en donde estoy pasando unos días. Soy un invitado allí y no conozco muy bien el lugar. Entonces, pués... debo comenzar mi camino hacia la casa mientras haya aun un poco de luz. Tengo mi bastón el cual me abre el sendero, como un farol. Es una ayuda a la visión de mis pobres ojos, así que ya debo de comenzar a irme.....ya debo irme.

Emily.—La luz. Ud., la maneja bien Sr. Whitman. Y la luz misma le ayudará en las sombras filtrándose a través de ramas y de hojas, con efectos parecidos a los de un encaje, para entretenerle en su camino y llevarle a salvo a su destino.

Walt.—Sí, a salvo.

Emily.—Oh, yo he visto y he dicho esto, calladamente, al mundo. De muchas maneras, tranquilamente. Sí, muchas veces, con visión y corazón. Sí, estos significados, así, como han llegado. Yo no he recibido realmente respuesta por estos mensajes, pero, yo sé, yo tengo certezas, Sr. Whitman.....Yo sé.

Walt.—Claro que sí. Pero dime ¿no tienes tú que irte, ahora? ¿Conoces el camino?

Emily.—Sí, yo, como que me escape hoy mismo hacia él. Y lo he visto antes muy claramente en mi mente. Así, que, no tendré ningún tropiezo en recordar o reencontrar mi camino. No queda muy lejos de donde estoy. Pero, déjeme darle las gracias Sr. Whitman. Esto ha sido algo especial para mi. Este entretiempo, lejos de mi casa. Este encuentro.....

Walt.—Entonces, niña, regresemos. Cada uno hacia su puesto. Y dejaremos que nuestros aires de libertad y nuestra visión de las estaciones nos digan el futuro. Pero, bien ya ha anochecido.....y tengo que irme, y, tu también.

Emily.—Buenas noches Sr. Whitman. Recuerde la luz filtrándose a través de las ramas y de las hojas.....

Walt.—Buenas noches, niña, centinela. Que siempre te vaya bien.

La noche cayó lentamente. Los dos seres regresaron a sus mundos. En el lugar donde se habían encontrado, dos estrellas aparecieron de repente, después de su partida. Pendidas quedaron allí y debe haber sido por un infinito ya que por largos tiempos, desde que esos seres se vieron, un pasante y otro pasante y otro y otro y otro, notaron constantemente la presencia de dos estrellas de bello y cálido brillo, cercanas una de la otra, allá arriba en el aire de las noches, como si estuvieran hablando, conversando. Y estos pasantes se lo contaron a mucha gente. Y todos los que pasaban por allí, buscaban el lugar de las dos estrellas. Y todos los que no pasaban por allí, imaginaban el lugar y las dos estrellas que pendían muy juntas una de la otra, como puntos de referencia. Y se ha dicho, que, aún en las noches brumosas se puede ver a las dos estrellas, allí, constantes y cálidas en su brillar, hablando, suavemente, eternamente.....

AMANDA GIRONELLY-JIMÉNEZ

Nació en Matanzas. Maestra normalista, pedagoga, profesora de Literatura y Lenguas del Instituto del Vedado en La Habana, Se exilió en 1972, vía España.

En 1974 arribó a los E.E.U.U. En 1979 obtuvo su maestría en la Universidad del Estado de California, en Los Angeles; en 1982 obtuvo con honores el doctorado en literatura en la Universidad de California, Irvine.

Desde niña dedicó todo su tiempo libre a la música, la pintura, el canto, el ballet y, posteriormente, a las letras. Ha publicado en varias gacetas literarias, Linden Lane y revistas de Miami.

EL ÚLTIMO VUELO

> "Hombre pequeñito... hombre pequeñito...
> suelta a tu canario que quiere volar...
> Alfonsina Storni

Y aunque tú distraídamente respondes con un gesto mis preguntas, yo sé que no me escuchas, porque cuando te endilgo dos párrafos y hago un silencio esperando tu respuesta, lo único que oigo es el lejano susurro del eco... Mi voz llega a la Montaña y rebota repitiendo los finales, y me siento tan ridícula y en grotesca posición, aquí de pie, mirando hacia la ventana abierta, a la montaña que me habla, y tu cabeza grandota interrumpiendo la única vista que aquí tiene luz y color y sonido y orejas, que a ti no te faltan para mi tortura, porque sé que cada una de mis palabras te entran por una y te salen por otra, y... porque no te interesa, es obvio, ni mis palabras, ni toda yo, un absurdo tonto que cometiste un día, una imaginación galopante que te echaste al lomo en un momento de deslumbramiento, un objeto que quisiste tener en casa para regalarte con algo exótico, fuera de serie en tu vida cerrada...

Si callara ya, me tiene harto, siempre hablando y quejándose y pidiendo imposibles. Le doy de todo, la traigo aquí para que se embriague con toda la imaginación que quiera, y así y todo persiste y persiste. Yo no quepo en su mundo ni quiero caber, y ella que quiere meterme en el embudo y empuja y empuja. Le he pagado sus caprichos, le he hecho religiosamente el amor, no la he tratado mal nunca. Soy justo: le ofrezco mi silencio para que ella vuele... porque de eso me habla, de que quiere volar, de que ahora no aguanta más la situación, de que el mundo... ¡Si eso no llega hasta aquí! De que cuando niña, soñaba que tenía alas... pobrecita, vive obsesionada con todo lo que no puede alcanzar...

Y me trajiste aquí para aislarme, para que no tuviera siquiera la ilusión barata del cine, o el teatro, o el ballet; para que no tuviera acceso a las bibliotecas que me ayudaban a olvidar que existes y no existes. Para negarme el papel y la tinta, porque siempre estás muy cansado para bajar a buscarlos. Odiabas mis poemas, sí, y mis diarios, porque ahí volaba también y me escapaba de ti en el pasado que no habías compartido. Tenías miedo de que yo te plantara un día con un otro sin forma siempre sospechado, cuya sombra te ponía de relieve como poca cosa...

Y allá se iba a volver loca, siempre de madrugada escribiendo esos papeluchos tontos, creyéndose escritora o pintora o cantante o escultora o bailarina o pianista... ¡Todo menos mi mujer!, yéndose con la pluma y el pincel adonde yo no podía seguirla, porque era como entrar en una casa de muchas puertas y no encontrar la salida, mientras ella volaba sobre mí riéndose de mi cabeza grande y mis orejas puntiagudas.

Y parabas las orejas cuando mencionaba a otro, porque entonces, sólo entonces, te sentía tambalear, y ponías atención, porque nadie podía tener nada, ni inteligencia ni personalidad ni atractivo ni llevar pantalones y lo otro que hay que tener, que no fueras tú, el único dueño del pajarito raro, el que metiste aquí para que te cantara la cantaleta diaria, que tú oyes resignado o distraído pero contento en el fondo, porque yo sé que mis palabras al vacío son para ti la prueba de que ya no tengo alas...

Y la traje aquí para que no se me enajenara, para apartarla de tanta actividad sin fruto, porque todo el tiempo hablaba de otros mundos, de volar, y ya me irritaba hasta ver un aeroplano en la televisión... pero aquí no ha parado y todos los días se levanta y me riega con su ducha de palabras, y cuando ya me sabe ahogado, abre las alas y sale al sol, y camina a la punta del abismo y contempla la montaña de enfrente, y le habla —¡Y se hablan!— con una misma voz, y un día temo que...

Pero sí las tengo... y ahora que te dejo y te abandono como todos los días en tu banco frente a la ventana, fabricando tus jaulas que nadie quiere, me siento feliz, porque tú no vas a compartir mi momento, porque hoy he decidido cambiar tu vació por el otro que me ama, el que está en el abismo, y hoy, al fin, de verdad y de verdad, voy a volar... El único vuelo que me has dejado... definitivo y sin retorno.

LUIS MARCELINO GÓMEZ

Nació en 1950, en Holguín, Oriente. Escribe desde los años sesenta. En 1963 su padre fue condenado a diez años de prisión por delitos contra el estado. En 1975 se graduó de médico. En 1978 ganó mención en un concurso provincial de cuento en Holguín y se radicó en La Habana. Entre los años 1980 y 82 realizó misión médica en Africa. En 1987 obtuvo el título de especialista en psiquiatría; el 15 de diciembre del mismo año, en viaje de La Habana-Madrid-Argel, con destino al Sahara, pidió asilo en España. Desde 1989 vive en Miami.

EL KIMBANDA.

> Parecerá que he muerto y no será verdad".
> A. de Saint-Exupéry: Le Petit Prince.

Al final supimos que la desconfianza del principio tenía sus razones, pero ya era tarde. ¿Qué otra cosa hubiéramos podido hacer?

Era un hombre de unos treinta años, enjuto y mestizo. Lo llamaron kimbanda, como a esos médicos tradicionales de las aldeas. Hablaba perfectamente el español pero por el acento no se podía advertir su origen. Generalmente suave en sus modales, en ocasiones parecía brusco. Tenía una cicatriz de herida puntiforme en el centro de la mejilla derecha y una hermosa voz de tenor. Muy culto, tan pronto conversaba de medicina como de historia o religión. El día de su llegada nos habló de serpientes.

Vivíamos en la villa de Kalandula a casi dos mil metros sobre el nivel del mar. La región tiene un clima agradable donde la excepción es un día de calor. Al amanecer las nubes deambulan a ras de tierra por los patios y las calles del poblado, y si abres una ventana penetran húmedas en la habitación. Al subir el sol, desaparecen dejando al descubierto un paisaje que, bajando por las laderas, se hace ocre y luego azul en una sabana que se extiende hasta los pies de las

"Piedras Negras de Pungo Andongo", en el horizonte. Nuestra casa tenía arcos, tejas de barro; un jardín de dalias y narcisos la circundaba. Allí estábamos cuando llegó.

El día que vino, caída la tarde, mientras tomaba nuestro café en el porche, comenzó a charlar hasta por los codos. Lo hizo en portugués y dijo no dominaba el dialecto de la región donde trabajábamos. Habló de las mordeduras de serpientes. Las había estudiado en sus viajes por la India, México y medio mundo que conocía. Que los venenos son líquidos, casi siempre amarillos. Las víboras grandes producen hasta cinco mililitros y pueden inyectarlo todo al morder, pero afortunadamente —agregó y un escalofrío que empezaba por la espalda se generalizaba, poniéndonos la carne de gallina—, no suelen hacerlo. Luego, tocándose instintivamente la mejilla derecha con un gesto, continuó con que producen un dolor intenso en la zona de la mordida. No calculamos después el tiempo que disertó sobre la inflamación, las causas de la muerte y el tratamiento que, según deberíamos hacer en nuestra área. Por último, concluyó: las mordeduras de la mamba africana y las serpientes pájaros han sido fatales. Cuando nos dirigimos a nuestras habitaciones cada uno pensaba que tendría que apartar con pies y manos a las cobras, y algunos soñaron con mordidas de ofidios nunca vistos y hasta se murieron para una resurrección de bostezos entre las nubes de otro día.

En la primera jornada de trabajo lo vi, desde lejos, hablando con sus pacientes, y me pareció lo hacia en el dialecto de éstos. Cuando me acerqué oí claramente la palabra musumbi y realmente hasta ese momento caía una lluvia pertinaz. Se me llenó la cabeza de dudas. Por la tarde escogió una parte del jardín de la cual se ocuparía personalmente y lo sembró de helechos recogidos en los bordes de las cataratas y la jungla. Por cierto, no le temía a los animales, a los precipicios ni a nada. Al comenzar su trabajo en el hospital, y desde entonces, lo llamaron kimbanda, por razones inexplicables para nosotros hasta ese momento.

El fin de semana atravesamos la villa y luego las aldeas para llegar hasta un pequeño salto de agua en el bosque. Se extasió mirando las casas de adobe y las mujeres con sus telas envueltas a los cuerpos. La Reina de Matamba Jinga Mbandi dejó su pie descalzo marcado en las rocas cuando llegaron los portugueses, contó, y tuve la impresión, mientras lo aseguraba, que vivía aquella historia de los reyes y reinas negros de siglos anteriores. Mucho tiempo después me pareció vivir en sueños lo que manifestó. Ahora, aunque me esfuerce, sólo recuerdo aquellas personas reunidas detrás de nosotros y que a una orden suya, desaparecieron. Después de aquel día dijo que con seguridad yo deliraba, pues lo único que vimos al volvernos fue el mismo paisaje, y que él no había hablado. Lo cierto es que, al regresar a casa, tenía una mordedura en la palma de la mano izquierda y esa noche se me presentaron fiebres muy altas. Los días que siguieron permanecí confuso y no esclarecí mi pensamiento hasta pasadas algunas semanas. Por esta fecha empezamos a sentir ruidos extraños durante la noche alrededor de la casa y al otro día encontrábamos siempre muchas huellas en todo el jardín, menos en el suyo.

Un amanecer lo sentí levantarse muy sutilmente. Fue solo hasta la aldea y estuvo rodeado de niños. Aunque lo seguimos, no escuchamos nada de lo que habló. Volvió, sin explicaciones, cuando desayunábamos. Estas salidas las repitió para reunirse siempre con los cazadores de la aldea. En la última se le sumaron al grupo mujeres y ancianos, y él los presidió junto al soba[1]. Esta vez nos acercamos lo suficiente como para saber que hablaba un kimbundo perfecto, pero la música de las marimbas y tambores se extendía entre las cubatas de barro sin dejar que aclaráramos detalles. Hablaron de elefantes, antílopes, leones y otros muchos animales y, por supuesto, de serpientes. De regreso, debatimos al respecto con él que, sin dilación, se encerró en su cuarto y lo escuchamos sollozar.

Luego al llegar el crepúsculo— esos atardeceres donde el sol es más rojo y grande que en ninguna otra región del mundo—, comenzó un ruido de pasos atronadores, los mismos que ya habíamos escuchado, pero mucho más bajos, en otras ocasiones alrededor de la casa; y que al salir nosotros dejaban de oírse quedando sólo las huellas. Lo que vimos nos dejó sin aliento, secas las gargantas y atemorizados, con un sin fin de pensamientos y sensaciones.

Se abrió la puerta de su cuarto, pero no era él quien lo ocupaba sino un hombre de muchos años, de barba larga y canosa. Usaba vestidos blancos como telas atadas a la cintura y llevaba brazaletes de serpientes que sacaban y metían sus lenguas bífidas. El traje dejaba la mitad de su pecho y un hombro descubierto; usaba sombrero de soba tejido con libras que formaban rombos. Iba descalzo.

Los animales no nos permitían salir. Un leopardo que no dejaba de rugir vigilaba la puerta de nuestros cuartos hasta que él apareció: entonces pudimos asomarnos. Guiaba la comitiva un antílope, el más grande y hermoso que hasta hoy he visto, con cuernos de por lo menos dos metros de longitud, que se arqueaban derramando un extraño brillo que alumbraba el camino. Luego, una pareja de leones movía su melena. Por fin él, sobre un elefante, iba escoltado de aquellos mismos animales que mencionara en la aldea entre el son de marimbas y tambores. Ellos también emprendieron vuelo tras él. A medida que se alejaban se desplomó la noche. Como alucinados, vimos el punto luminoso que empequeñeciendo se confundía con los astros.

Al día siguiente lo supimos. Desde hace tres siglos ocurre lo mismo: cada cien años aquel kimbanda mordido por una serpiente en la mejilla, permanece un tiempo entre nosotros. Luego asciende con su séquito. Y todos creen que habita una estrella.

1. Soba: antiguo jefe de Tribu africana, hoy de la aldea.

OSCAR GÓMEZ-VIDAL

Nació en Cienfuegos, en 1923. Se graduó de Doctor en Leyes y Licenciado en Derecho Diplomático y Consular en la Universidad de La Habana, en 1946. Exilado en los Estados Unidos en 1962, ha fungido de maestro del idioma y cultura hispana durante 23 años en Madera High School, así como en diversos "Colleges" del Valle de San Joaquín, California. Recibió su "Master of Arts" en la Universidad del Estado de California, Fresno, en 1970.

Ha publicado muchas obras, entre ellos Diez Cuentos de ciudad Amarga *(1975);* Sabes la noticia...Dios Llega Mañana *(1978). Falleció en California, en 1995.*

PADRE NUESTRO DE TODAS LAS NOCHES

FEDERICO CARVAJAL Y LUCIENTES se está muriendo de su propia muerte. Tal afirmación que parece un contrasentido podría dar lugar a entretenidas disquisiciones filosóficas para las cuales no hay tiempo ni paciencia pues el pueblo espera, tenso y regocijado, el sonido grave y broncíneo de sus viejas catedrales churrigurescas que hagan oficiales las noticias que ya proclaman radios y periódicos con anticipación, el inminente deceso del dictador.

Pero esta muerte se estira, se prolonga demasiado en un estado de coma que la ciencia médica transforma en puntos suspensivos a base de transfusiones y antibióticos mientras los miembros de la Junta, derechistas por convicción e izquierdistas por conveniencia historica, mudan de color y alardean de la fuerza que comienza a faltarles pues quedarse sin el déspota implica dejar el gobierno militar acéfalo.

La revolución es inevitable. Nadie sabe ciertamente si para bien o para mal pero para algo. Son ciento y cientos de madres viudas, de maridos desaparecidos, de hijos inmolados. Nadie puede detener aquel río de sangre enfurecida ni reponer los fondos públicos que el

"Benemérito" ha dilapidado ni pagar los millones de empréstito de la deuda exterior. Las guerrillas rojas, blancas y azules se han unificado por primera vez detrás del paisaje cobrizo de las montañas y ... todos esperan mientras Federico Carvajal y Lucientes se muere lentamente como gozándose en hacer esperar a la masa ciudadana, resistido a soltar sus canas y sus humores. La prensa nacional y extranjera está de cuerpo chismoso y presente en el Palacio Presidencial. Siempre es interesante saber por qué mueren los dictadores en la cama y no en una callejuela hedionda como cualquier hijo de vecino.

El Padre, nuestro Padre de todas las noches, también se muere. Lo llamo así para usar la "vox populis", no porque se trate de un prelado ni pertenezca a iglesia organizada alguna aunque guste usar sotana y Cristo de plata al cuello bajo sus barbas de un exótico color granate. Pero de esta muerte, nadie ni yo mismo supe nada hasta después, como tampoco nadie conoció en vida su nombre a no ser por el místico sobrenombre que le dedicaban en un largo murmullo de agradecimiento las numerosas víctimas que rescato de la tiranía y cuya prez comenzaba: "Padre nuestro de todas las noches ..." Porque esa peculiaridad tenía entre tantos otro misterios de su personalidad, que nunca se le vio de día y, como para contradecir la difundida superstición de que lo demoníaco es cómplice de la noche, alli estaba su santidad con abundante barba pelirroja en luna llena o menguante dispuesto a socorrer al menesteroso y arriesgar su vida por salvaguardar las existencias de los que se transformaban en blanco de los desafueros de Carvajal. Contrariamente, el sátrapa prefería las horas diurnas, de sol a sol miserable, para asomar su rostro lampiño, casi femenino, junto a los monumentos que él mismo hacia erigir a su memoria y nos dedicaba dos o tres horas diarias de discursos sobre los beneficios de su régimen.

Alguien oyó este diálogo hace unos diez años, mas o menos:

"-- Capitán, la guardia de Palacio se ha rendido. Las tropas del general Armentía se han pasado a las nuestras. El ex-Presidente ha sido detenido en la frontera. El golpe de estado ha sido un éxito.

— Muy bien sargento, pero la próxima vez que se dirija a mi tráteme de Coronel. Es una orden.

— Como usted mande, Capitán.

— ¡Cabo!... Arreste usted a este hombre. Y la próxima vez que me llame Capitán, fusilelo."

El Padre no hizo su aparición hasta cinco años más tarde, los suficientes para que los miembros mas ingenuos de la población no tuvieran duda alguna de que Carvajal y su Junta de títeres habían decidido convertir la República en una sucursal del infierno. Lo que sigue aconteció, para mayor dramatismo, en una noche de tormenta tropical en los umbrales de la residencia del Juez Valdivieso, el último de los magistrados honestos que aún merodeaba por los tribunales de justicia.

— Adelante Padre, adelante... pase usted, pero esta empapado... Acompáñeme a la biblioteca, por favor, allí podrá calentarse. Perdone si no recuerdo su nombre. Seguramente habrá venido a ver a mi esposa o a mi hija, ¿no?...Tome usted esta copita de brandy mientras les aviso.

— Vengo a verle usted, Dr. Valdivieso. Es urgente. Le quedan veinte minutos para abandonar su casa y huir a la frontera. Carvajal y su junta han dictado su prisión inmediata.

-- ¿Qué dice usted, Padre? ...

-- Le acusan de conspirar contra el régimen. Una carta suya a un miembro de las guerrillas fue interceptada en la correspondencia de su secretario.

-- Pero, ¡si yo no he escrito ninguna carta! ...

— Ya lo sé, pero su honestidad es un estorbo para el gobierno. Es necesario que huya al extranjero. Allí, con su renombre, podrá organizar la aposicíon... ¡No hay tiempo para discutir! Tome usted mi sotana para despistar a los que ya vigilan la casa. Le está esperando un auto. Yo me encargaré de avisar a sus familiares.

Así salvo la vida el juez Valdivieso. Con ayuda de los rebeldes cruzó la frontera y comenzó a estructurar la revolución en el exilio.

— Coronel Carvajal, los campesinos se niegan a organizarse en cooperativas estatales. Dicen que hasta ahora les ha ido muy bien con sus cooperativas independientes.

-- ¡Ah, desgraciados!... Después que les repartí la tierra de los propietarios del otro régimen. ¡Ahora verán! Hágame usted una lista de los líderes, Teniente Verdugo, y, a la noche, coge un grupo de la guardia secreta con traje de civiles y me sacan a las hijas de esos traidores y me las violan. Si no tienen hijas, se llevan al primogénito y me lo tiran por algún río. Luego, me difunde por la prensa oficial que los guerrilleros fueron los culpables. Los de aquí sabrán quién dió las ordenes y me temerán. Los del extranjero creerán otra cosa.

-- Lo que usted mande, Coronel.

El Padre organizó la mas espectacular huída en masa de líderes campesinos de la región. Tuvo que recurrir a la ayuda de Juan Pérez, el jefe de la banda de guerrillero mas sonada del país.

Juan Pérez, anciano poderoso, mestizo de facciones que parecían una talla pétrea, con su habitual badana de colores estridentes ciñéndole la frente, encara al Padre que sólo y montado en una mula acaba de ascender a su abrupto nido en las montañas.

-- Y ¿quien me asegura que lo que dice es verdad?... ¿Que no es usted otro cura más vendido al gobierno y una trampa todo ese cuento de una posible matanza de familias campesinas? ...

— En primer lugar, no soy un cura. En segundo, lo conozco bien, Juan Pérez. Sé que no es un peón mas de los rojos ni un bandido disfrazado de patriota sino un hombre sencillo complicado por las circunstancias. Sé que tiene un olfato especial para reconocer de qué lado sopla la justicia. Huela usted allá abajo porque en las faldas de aquella colina dejé a su hija Valentina custodiando al propio teniente Verdugo a quien el tirano le dio órdenes personales de iniciar la atrocidad que le dije.

A poco, los hombres de Juan Pérez traen a galope al teniente prisionero y a la hija del líder guerrillero. El militar, aterrado canta como una calandria. El Padre y Juan Pérez elaboran el plan de fuga que rescataría a los campesinos ante la propias narices de la guardia del sátrapa. Hubo su tiroteo, naturalmente, y sus bajas pero sin grandes consecuencias para los rebeldes. Desgraciadamente, el Padre cayó prisionero de los perseguidores pero como los soldados pensaron que se trataba de un sacerdote lo dejaron libre después de haberle propinado veinte azotes por sospechoso. Quizás le salvo la plegaria de sus protegidos: "Nuestro padre de todas las noches ..."

Para qué narrarles lo que todos saben o adivinan, los desvanes de Carvajal y su junta de asesinos durante los últimos años de desgobierno, el descrédito nacional e internacional de su régimen y de su sistema político. Del otro lado de la frontera, el ascenso moral y militar de sus opositores encabezados por el juez Valdivieso en el destierro y por Juan Pérez dentro del país. En cuanto al Padre, ¿quién no ha escuchado las tantísimas anécdotas con hinchazón de mito que circularon sobre sus apariciones nocturnas y sus heroicidades solitarias que marcan paulatinamente en la historia no escrita el derrumbe de la tiranía? Múltiples fueron las disquisiciones que se formularon sobre su verdadera identidad por patidarios y enemigos y todas fútiles. La exactitud de sus informaciones, la precisión en tiempo y oportunidad de su intervención en los momentos mas críticos, hizo suponer a los crédulos que poseía virtudes mágicas o divinas, y a los escépticos que se trataba de un espía infiltrado en la alta oficialidad del gobierno y hasta, quizás, un miembro de la Junta Militar del "Benemérito" que ambicionaba deshacerse del resto para monopolizar el poder.

Pero pasemos al final que ya nos cansamos de esta muerte de Carvajal que no encuentra puerto y olimos que algo podrido se traía la Junta con tanta demora en anunciar el fallecimiento y resultó que un ciudadano cualquiera que no pudo embridar sus nervios la emprendió a patadas con uno de los soldados que custodiaban el Palacio mientras gritaba:" ¡Qué se acabe de morir la hiena!" y le mataron a boca de jarro y vino otro a imitarlo y también lo mataron y vinieron otros más y cientos y se desbandó la sangre de los vivos y de los muertos y se metió el pueblo a saco en la mansión presidencial arrollando con cuanto encontraba, tirando muebles y soldados por los balcones, forzando su entrada en la alcoba del moribundo ... ¡qué ira no sacudió cuando en lugar de un Carvajal agonizante sólo encontramos un maniquí que habían compuesto y aderezado para que pareciera en cara y cuerpo al déspota! Cogimos al médico de cabecera que se había prestado a la farsa y le colgamos por los pies desde una de las ventanas del cuarto piso con la calva apuntando al vacío. Cuando se cansó de aullar le subimos para que confesara. Su historia no nos convenció del todo pero era la única que teníamos a mano y no nos costó más remedio que creerla. Supimos por sus balbuceos de un Carvajal enflaquecido y paranoico, consumido y ulceroso que en los últimos meses y a medida que la resistencia crecía y su poder menguaba se hundía más y más en las cavernas de la enajenación; de cómo día a día paseabase frenético por la ancha galería de espejos del Palacio gritándose a sí mismo en los cientos de reflejos : "¡Desgraciado! ¿Por qué quieres destruirme? ... ¡Yo soy yo, no tú! Anda ¡quítate la sotana y pelea como un hombre! ...'; de cómo la Junta no tuvo mas remedio que confinar a su benemérito a las mazmorras subterráneas del mismo Palacio mientras urdían un cambio de poderes y fingían públicamente la agonía del tirano; por último — y esto es lo que más trabajo no costó creer-- de como Carvajal, la noche anterior al asalto a Palacio, había conseguido trasponer los límites de su prisión siendo ejecutado por la guardia secreta en el intento de fuga.

Fuera verdad o no la historia, nunca se supo más del paradero de Carvajal y en cuanto al galeno no le pudimos arrancar otra sílaba porque alguien le apretó demasiado el torniquete y le sofocó.

Cuando salí a la calle, la cabeza me daba vueltas. El pueblo, desatado, cometía excesos, arrastraba por el asfalto a cuantos creía haber estado en complicidad con el régimen, le cortaban los testículos a los de la guardia secreta y los arrojaban a los perros que se habían tornado tan feroces como los hombres; quemaban casas y saqueaban establecimiento por el mero gusto de la destrucción. La capital ardió toda como una larga, impúdica fogata. Costó cuarenta y ocho horas restaurar a medias el orden gracias a la severidad de Juan Pérez, ahora convertido en jefe del Ejército Revolucionario.

No sé por qué curiosa morbosidad de la imaginación fingía yo, por mi mente, ser testigo de lo que no había narrado el médico y me veía contemplando a Carvajal rebotando por su circo de espejos, increpando a su propia imagen en el azogue: "¡Desgraciado! ¿Por qué quieres destruirme?..." ¿A quién podía referirse sino al Padre que noche a noche le había arrebatado el poder precipitándolo en la locura? ¿Y por qué le buscaba en los espejos?

La respuesta al enigma me vino de zopetón helándome la sangre. Desandé lo andado. Haciendo caso omiso del arrebato popular penetré de nuevo en la casa presidencial donde algunos vándalos destruían y saqueaban las pocas riquezas que habían quedado. Entré en la alcoba del tirano, cerré las puertas y asegurándome de que nadie me veía comencé a golpear las paredes y a tantear las molduras. Encontré lo que buscaba en el gran armario rococó donde Carvajal guardaba sus múltiples uniformes ahora razgados por la furia ciudadana. El armario tenía un doble fondo que se abría tirando de unos goznes disimulados en la decoración. Allí, en breve espacio, encontré un maletín de cuero negro. Lo abrí y revisé su contenido. Luego, tomé una de las chaquetas de Carvajal que colgaba en el armario y en ella envolví los objetos encontrados para hacerlos parecer a los ojos desconfiados como parte de un botín personal. Fingiéndome borracho, dando traspiés y gritando como un energumeno para pasar disimulado entre los frenéticos saqueadores del lugar, descendí por las escaleras de mármol y gané la calle.

En la primera oportunidad que tuve, me acerqué sigilosamente a unos de los edificios que ardía y, asegurándome de que nadie me observaba, tiré a las llamas el bulto en mis brazos. ¿Qué fue un acto de piedad?... Como ustedes quieran. Les juro que no lo hice por Carvajal el déspota sino por el otro, el de los espejos. Además, ¿que valor podía tener para nadie que no estuviera en el secreto lo que yo había encontrado?: una sotana de cura, un Cristo de plata y aquellas abundantes barbas granates de pelos falsos de un disfraz cualquiera. En voz baja para que nadie me oyera, repetí la letanía" "Padre nuestro de todas las noches..."

ANA HILDA GONZÁLEZ

Nació en Guanabacoa, en 1912. Cursó sus estudios primarios y secundarios en el Colegio Nuestra Señora del Sagrado Corazón de dicha ciudad. También estudió pintura y escultura en la Academia San Alejandro, e hizo estudios en La Universidad Nacional José Martí en la Habana. Salió al exilio en 1962 y se radicó con su esposo Carlos M. Raggi, en Troy, Nueva York, donde se dedicó a la enseñanza. Allí juntos fundaron, en 1963, el Círculo de Cultura Panamericano. *Más tarde, fundaron la revista* Círculo Poético, *en 1965, y desde ese año ha sido su editora. Sus poemas y cuentos han aparecido en diversas revistas literarias y antologías. En el exilio ha publicado* La sombra invitada *(1965). Falleció en Miami, en 1996.*

UN OJO EN LA NIEBLA.

La obscuridad era completa. El ruido del obús, allá, muy lejos, retumbaba como el trueno. Me rodeaban las tinieblas, pero yo sentía, yo veía sin luz, y sabía que estaba acompañado de montones de tierra y de los despojos de muchos hombres. En el hueco donde me guarecía, sentía calor; mis carnes comprobaban su abrigo. Pero un miedo profundo me retenía inmóvil, sin energía para gobernar mis miembros, clavados allí por la fuerza del instinto de conservación llevado gradualmente al máximo. Por los latidos de mi corazón sabía que estaba vivo. Por la inmovilidad de todo mi ser, me sospechaba muerto. ¿Sería ese estado de inconsciencia una de las formas de morir? Si era que estaba vivo, tendría que mantenerme en ese hueco por un tiempo.

Me enrosqué todo, como una ostra, sintiéndome parte de mi fusil, apretado a mi costado como un miembro más de mi persona. Tenía sabor a tierra, y sabor a sangre, entre los labios; mi boca ardía y mi aliento era jadeante. No me quedaba más remedio que mantenerme así; eran estos los resultados del terror, y de las inseguridades, y de la impotencia para la lucha que había vivido hasta entonces. Pero ahora yo no podía olvidar que tenía entre mis manos, apretado a mi costado, un fusil. Era una parte más de mi persona. Allá afuera, en toda la inmensidad que me rodeaba, había muertos, cadáveres en posiciones indescriptibles; sangre, huesos, despojos de esperanzas y pensamientos, como si no hubieran representado nunca nada. Mientras, allá, muy lejos, cada vez más lejos, seguía retumbando lo que yo quería pensar que fueran truenos.

Poco a poco fui levantando la cabeza, y puse mis ojos al nivel de la boca del hueco. Miré. Soledad y obscuridad. Un aire seco, maloliente, azotó una parte de mi rostro. Miré para ámbos lados. Estaba rodeado de cadáveres. La muerte había llegado desde arriba, y ahora, aquellos motores infernales se habían perdido en la lejanía. El peligro había pasado. Dí un salto, salí de mi refugio. Caminé con cuidado para no profanar con mis pasos aquellos cuerpos que tan pronto habían dejado de vivir.

Caminé, caminé. Algo me halaba de la mano, me obligaba a seguir un camino aunque yo *no quisiera*. Me halaba, me halaba.

Si no era que estaba amaneciendo yo, al menos, veía un poco de claridad entre los tintes obscuros de momentos antes. Me detuve junto a un árbol y me recosté en él. Sentí una sensación de paz. Elevé mis ojos al cielo y mentalmente, sin apenas mover los labios, en la oración más corta, pero la más profunda, pedí gracia para aquellos muertos y ayuda para mí. Eran unas pocas sílabas pero llevaban un mundo de sentimiento: "Dios mío, Dios mío."

Aquella fuerza que me alentaba a caminar, que me halaba del brazo, seguía imperando en los movimientos de mi cuerpo, y pese a que hubiera seguido recostado junto al árbol, proseguí caminando. Cada vez se aclaraba más el sendero, apenas se escuchaba aquel ruido como de truenos, cada vez era menos, hasta desaparecer. Ahora fue cuando pensé *si Yo era mi espíritu*, y si mi cuerpo se había quedado en el hueco. Porque lo que yo tenía ante mis ojos era fantástico. Al amanecer completamente, donde había reposado un cadáver, brotaba una flor; y todo aquel terreno lóbrego y aterrador de horas pasadas, ahora era un jardín: Tulipanes, rosas, lirios.

Lejos, había quedado el hueco, y para convencerme que estaba vivo tenía que regresar allí; pero, no podía, *me halaban, me halaban*.

El aire era ahora agradable, suave, si era que yo no vivía en mi forma carnal, esta sensación de mi ser me resultaba la mejor que había disfrutado. Si esto era la muerte, era bueno morir. Ahora el cielo tenía colores múltiples, las hojas de los árboles parecían alas de pájaros, y los pájaros parecían hojas que con más poderes que ellas, no quedaban abatidos contra el suelo. Sobre lo que, momentos antes, eran ruinas, ahora se levantaban monumentos y edificios gigantescos. Y todo tan rápido.

¿Era posible que esas piedras nuevas no se condolieran de las ruinas que yacían bajo ellas? ¿Y aquella ventana de aquel edificio que lucía clara y feliz, tras de sus cristales, no había alguien que prendiera en sus labios una oración como la mía: "Dios mío, Dios mío", por todos los que antes no eran tulipanes, ni eran lirios?.

Me halaban, me halaban. Niños, voces infantiles, perros que caminan rastreando la hierba en pos, quizás, de algún alimento. Los niños tienen las caras muy tristes. No parecen caras de niños. Hay un muro, y tras el muro el mar. Un olor salobre llega a mi olfato. ¿Que es eso movedizo que viene y se va?. Materia vidriosa, estática, fija, prisionera en el círculo. Aros que se achican y que se agrandan, unas veces lejanos, otras veces cerca. Giran rodando y al llegar saltan rompiéndose en lo alto para desvanecerse entre la niebla. Las argollas parten en distintos rumbos. La niebla obstaculiza el horizonte. Unas veces es más obscura que otras, pero siempre es niebla. Ahora un punto negro viene asomándose. Danza el punto entre cortinajes nebulosos. Tiembla en el medio del círculo como en el interior de un aterrorizado mundo. El punto negro viene girando, rodando, enseñando solo una cara. ¿Por qué no llega de frente?.

Me halan, me halan el brazo en forma violenta. El fusil cae al suelo mientras busco entre mis ropas algo de comer, para darle a los niños de las caras tristes. Hambre. Qué terrible, qué lóbrego es un pueblo con hambre. Una carita muy seria, muy pálida, se me acerca y me dice:

— Creí que eras mi papá.

— ¿Tu papá?, ¿Yo?.

— Anoche se lo llevaron preso. Con un fusil como el tuyo mató a un ruso.

La carita pálida lanzó un grito de espanto. ¿Fue el grito del niño o fue mío el grito?.

Unas manos rudas y bruscas se apretaron como garras sobre mi hombro. De mi brazo fue arrancada una vara larga, muy larga, con un pez escuálido enganchado en la punta, que me miraba con su ojo redondo, fijo y nublado, como los ojitos del niño triste. A mi lado, el dueño de aquellas manos como garras, montó su bota opresora sobre el muro, y pegó su cara a la mía para gritarme:

—¿No sabe que es contra la ley lo que hace?.

CELEDONIO GONZÁLEZ

Nació en La Esperanza (Las Villas), en 1923. En Cuba fue colono. Salió al exilio en 1961 y se estableció en Miami, donde se dedicó a hacer trabajo de traductor y adaptaciones para la radio. Reside actualmente en dicha ciudad. Tiene una amplia labor como novelista, cuentista y dramaturgo. Entre sus novelas se cuentan: Los primos *(1971),* La soledad es una amiga que vendrá *(1971),* Los cuatro embajadores *(1973),* El espesor de un gato ya cadáver *(1978), y* Que veinte años no es nada (1987).

EL CAPITÁN ERA INOCENTE.

Este relato no tuvo lugar en La Esperanza, pero este pueblo de raquíticas dimensiones tuvo mucho que ver con el mismo. En él vivió la familia de los Miguelez: Florinda y Manuel, fueron los padres, y de este matrimonio hubo seis hijos: Olimpia, Ela, Estrella, Tató, Adauto y Oscar.

Oscar se desapareció en Pennsylvania. Era profesor de matemáticas y daba clases particulares. Tato fue hasta hace poco gestador de pasaportes, oficio productivo en un pueblo del que todo el mundo, a pesar de quererlo, quería irse. Adauto murió y las hermanas eran amas de casa.

Estrella es la que nos concierne en este relato ya que contrajo nupcias con el Capitán de la Policía Nacional, Francisco (Pancho) Gómez Rojas, familiar cercano del famoso fusilado a la caída del antiguo régimen, Cornelio Rojas.

Gómez Rojas, fue destacado con el grado de teniente a La Esperanza. Era alto, delgado y con una tez blanquísima, el cabello rubio muy fino. Tenía aspecto de persona decente, como entonces se decía. Después fue ascendido a capitán y lo cambiaron de destino. Durante su estancia en el pueblo, nos vimos infinidad de veces, y siempre nos saludábamos con cautelosa cortesía. Cuando éso jamas supe de una actuación suya que traspasara los límites.

Los Miguelez, la familia de la esposa del capitán, tenían a Ursula Baluja para que ayudara a la madre en la crianza de la prole y vivía con ellos. Debo haberla conocido, pero no la recuerdo, y como en aquel entonces no habíamos hecho nuestros pininos literarios, es posible que al escuchar su nombre, de amplia prosapia macóndica, no me hubiese producido impacto alguno. Ahora, que tanto me fascinan, la hubiera recordado por toda la eternidad. La muerte de Ursula Baluja fue un hito en la vida misteriosa del capitán, como ya veremos más adelante. Los Miguelez, si la memoria no me es infiel, eran de baja estatura y piel muy blanca, las mujeres más interesantes que los hombres. Vivían en la calle Lleonart en una modesta casa y nunca supe a qué se dedicaba el padre. La madre, Florinda, debió ser delicada de salud y eso explica el injerto en la familia de Ursula. Todos sabemos cómo esos pueblos abandonados de la suerte son un poco milagrosos. Con la excepción de algunas familias, era indescubrible de qué vivían los demás. No había centrales azucareros, la tierra estaba muy dividida y no fue hasta los últimos tiempos que se vino a erigir la fabrica de conservas Pérez Galán. Esta industria y un despalillo de tabaco torpedeado por los comunistas con huelgas interminables que lo hicieron cerrar antes del ascenso de éstos al poder, eran las únicas fuentes de trabajo de aquel pueblo que tenía ocho cuadras de largo por ocho de ancho.

Gómez Rojas, era un hombre sumamente reservado y no quiero especular cómo es que conoció a Estrella Miguelez. Debió ser un noviazgo tradicional con vueltas en el parque y sillones a la vista de la madre. Pero de que fue un amor profundo lo que se estableció, no se puede dudar. Un amor de ésos que ya no vienen. Y a la continuación de esta historia vamos a ver con claridad el por qué. La Esperanza siguió viviendo su sueño soporífero a cuatro kilómetros del rio Sagua, mientras lo pudo hacer. No estaban lejos los sucesos que iban a encrespar el país. Y el pueblo a pesar de querer vivir al margen de la historia, sería también estremecido por los hechos que se aproximaban. Sus habitantes mas conspicuos vinieron a darse cuenta de que algo estaba pasando el día que las huestes del 26 de Julio en un acto de purificación revolucionaria, le dieron candela al Club Rancho Grande, prostíbulo con techo de guano y cuartos en hilera que habitaban las sacerdotisas del amor. Cualquier persona que haya vivido aquellos tiempos puede atestiguar el deterioro galopante de las relaciones humanas. La Esperanza no iba a ser la excepción a pesar de su diáfana vocación a subsistir ajena al resto del mundo. Fue entonces cuando el capitán Gómez Rojas dejó de saludarnos. Por suerte, a pesar de que el conflicto se iba agrandando, no existían bajas en el capítulo de los mártires para cuando feneciera la dictadura. Todo se había limitado a detenciones masivas por supuestos alijos de armas que nunca existieron y que sólo confirmaban el nerviosismo imperante. Cuando los hechos se hicieron más crudos, ascendieron a capitán a Gómez Rojas. Por esos tiempos hubo un muerto en Ranchuelo, un miembro de la familia Arniella, gente muy querida en la localidad. Se dijo que Gómez Rojas estaba implicado en el hecho. Quizás fueron sus subordinados o la maldicencia imperante, el caso es que éso se dijo y se habló de otro muerto, que se achacaba al capitán. Cuando cae el antiguo régimen, y sobre todo en los primeros días, no se podía dar un comino por la vida de Gómez Rojas. Hubiera caído en las manos de los fiscales psicópatas que implementaron la "justicia revolucionaria" y habría terminado sus días delante de un pelotón. Pero el capitán sabía esto lo mismo que nosotros y decidió no dejar a los enloquecidos fiscales congraciarse con su anatomía. Como muchos implicados con el gobierno saliente, Gómez Rojas, tomó las de villadiego. Según se dijo le había puesto el mar de por medio al rencor convertido en justicia. Se decía, cuando alguien lo recordaba, que se había ido por el puerto de Caibarién, y se agregaba que vivía en México. Lo que no se dijo entonces es que Estrella Miguelez, nunca había dejado su casa en Independencia 227, entre Toscano y San Pedro, en Santa Clara. Pasa el tiempo y muere Ursula Baluja. Aquí Estrella se gana el adjetivo de ingrata porque durante la enfermedad de quien la había criado, se niega a estar con ella una sola noche. Siempre se regresaba a Santa Clara al oscurecer, dando pie a las malas lenguas a pensar en un amante. Esta conducta pueblerina ayudó a Estrella de una manera decisiva. El 1 de agosto de 1989, Estrella Miguelez, llegó al Policlínico de la provincia acompañada de su amante que agonizaba, y que no era otro que el capitán, Francisco (Pancho) Gómez Rojas, su esposo. Este no había salido de Cuba nunca. La razón de su reaparición era que se estaba muriendo con un problema de próstata. Unicamente así saldría de su escondite de 29 años el ex militar del gobierno de Batista. Según el testimonio de Estrella que después vivió más de un año hasta su muerte en Miami, las autoridades cubanas la trataron con mucha delicadeza. De aquel hospital Gómez Rojas fue traslado a uno militar y allí, según ella, les fueron dispensados los cuidados necesarios. Se supo que en los primeros tiempos el oficial no se ocultó en su casa. Mas, a los pocos meses se mudó junto a su esposa y allí vivió enclaustrado por 29 años. Todos han mantenido un riguroso silencio sobre la identidad de los que lo protegieron al principio. Cuentan los amigos que Estrella les relató en la forma que atendía los problemas de salud de su esposo. Escuchaba atentamente los síntomas de éste y con esa información se iba al Policlínico y los relataba como si fueran propios. Hay versiones sobre un hueco en la pared y se habla también del aljibe como residencias temporales hasta que llegaba la noche. Lo que sí es seguro que tienen que haberse llevado muy bien, haberse amado mucho, para no enloquecer en aquel continuar de horas iguales, mientras el mundo seguía en su andar. La historia adquiere características memorables cuando Estrella cuenta la llegada al hospital de Seguridad del Estado y a la vista del moribundo capitán declaran que ellos sabían que éste era inocente. Gómez Rojas —según Estrella— fue parco hasta en sus últimos instantes, solamente contestó con una sonrisa. Al otro día de la llegada al hospital, el 2 de agosto de 1989 moría el capitán. Los funerales fueron celebrados inmediatamente y casi en secreto. No sabemos si tiene nombre la lápida sepulcral.

LUIS F. GONZÁLEZ CRUZ

Nació, en Cárdenas, en 1943. En el año 1960 se graduó de Bachiller en Ciencias en dicha ciudad. Realizó estudios de Pre-Médica en los Estados Unidos y en 1961 regresó a Cuba, donde continuó estudios en el Instituto de Medicina Tropical. En la Habana, durante un tiempo, fue profesor de Química. Comienza a desarrollar su vocación de escritor en el período entre 1961 y 1965, año éste en que sale al exilio para radicarse en Pittsburgh, donde en l968 obtuvo su Maestría. Más tarde completó estudios doctorales en la Universidad de Pittsburgh. Sus publicaciones, tanto las creativas como las de crítica literaria, han aparecido en diarios y revistas internacionales. Fue profesor en Pennsylvania State University y actualmente reside en Miami.

LÁZARO VOLANDO

Edelmira no podía dormirse. Oyó el reloj de la sala dar las dos, luego las tres. Aunque tardaría varias horas en amanecer, decidió levantarse sin hacer ruido, para no despertar a Marcial, y empezar a rallar el maíz para adelantarle a Silvia las tareas de la mañana. (Marcial le reprochaba estas cosas, le gustaba vivir en grande, le molestaba que ella se metiera en los quehaceres de las criadas, pero Edelmira se las arreglaba para no perderle pie ni pisada a la cocinera y pegarse al fogón). En este duermevela había decidido por fin levantarse, cuando por primera vez en toda la noche se quedó dormida.

No tendría más de dieciocho años. Lo miraba con terror pidiéndole perdón. Con un gesto le indicó al Capitán Sotavalle que se ocupara del asunto como de costumbre. Sotavalle desnudó al muchacho y mientras otros dos oficiales le sostenían los brazos y las piernas, con una navaja le cercenó de un tajo los testículos. La sangre le bajaba por las piernas, se escurría dentro de sus botas, comenzaba a desbordarse y a correr por el piso, a inundar el sótano de la "Cuarta Es-

tación". El jovencito gritaba y se revolvía en aquella sangre incontenible que había hecho a los oficiales ponerse a salvo en la escalera que conducía al Piso superior. Marcial al fin reconoció a su hijo y, después llevándose la mano a los testículos comprendió que era él quien sangraba.

No era la primera vez. Desde la muerte de Lazarito lo había visto encarnar en todo tipo de criaturas. A pesar del despertar en aquel sudor, en aquella angustia, sentía cierto alivio porque la realidad era menos cruel que los sueños. La muerte de Lazarito, una vez que se acostumbraron a la idea de la enfermedad, era previsible. Se habían tomado todas las precauciones. Poco a poco habían sufrido su muerte durante la enfermedad de más de un año. Cuando ésta por fin ocurrió, no había nada más que decir, entre pocas lágrimas se limitaron a concluir aquel episodio. Marcial se durmió de nuevo, pero volvió la pesadilla y esta segunda vez despertó su mujer con un grito sordo.

— Marcial, ¿qué te pasa?, ¿estás despierto? Otra pesadilla...
— Sí... Alcánzame el agua.
— ¿Qué estabas soñando? Yo casi no he dormido.
— Nada. No sé...
— ¿Adónde vas?
— Al baño.

Le dolía el estómago. Recordaba un dolor igual cuando lo operaron de apendicitis a los nueve años. Sacó del botiquín un sobre de sales efervescentes, lo vació en el vaso con agua que le había alcanzado Edelmira y lo apuró de un trago. Se sopló la nariz, orinó, palpó sus testículos y volvió a la cama. Edelmira lo esperaba casi desnuda. Se había descubierto y echado la sábana a los pies de la cama. Marcial tomó la sábana, se enroscó en ella y al poco rato comenzó a roncar. Desvelada sin remedio Edelmira se levantó. Estaba calzándose las zapatillas cuando sonó el teléfono. Algo importante sería, pues los timbrazos largos y repetidos sólo se producían cuando la llamada venía del centro telefónico de Ciudad Militar. Marcial despertó y Edelmira fue a contestar el teléfono.

— Oigo... Sí... sí, comandante, en seguida. *Marcial* —gritó—, para ti, de urgencia. El comandante Miranda. Algo serio...

Marcial corrió hacia donde estaba Edelmira y tomó el teléfono.

— Diga comandante... sí, por supuesto... No, esa noche sólo estaban el Ministro de Salubridad, el del Exterior y el hermano del de Hacienda... Claro que me pareció raro, pero siempre hace cosas así, ¿por qué?, ¿qué pasa?... ¿Cómo?... Usted está loco. No es posible... No hombre, le digo que no... ¿Cómo dice?... A las tres y veinticinco...

...No, cómo voy a tener puesto el radio a esa hora... ¿En la emisora de Ciudad Militar?... Por su madre, no me diga eso.

A Marcial se le aflojaron las piernas. Se dejó caer en el butacón con el receptor en la mano. Edelmira comprendió y se abrazó a su marido. El cuarto estaba todavía oscuro. Edelmira encendió la lámpara de pie que estaba junto a la mesita del teléfono.

— ¿Cómo dice, comandante?... No, lo que usted diga... Pero, ¿por qué no me avisaron antes?... Muy bien, espero el carro en quince minutos. Supongo que sí, que tendremos más seguridad saliendo del aeropuerto de Ciudad Militar... Nos vemos.

Edelmira corrió al cuarto de las niñas. Sabía lo que había que hacer. Marcial la siguió.

— Coge lo más esencial. Miranda, Ballester y dos o tres de la Fuerza nos esperan. Nos vienen a recoger.

— Huyó el Hombre, ¿verdad?

— Sí.

— Yo sabía que el muy hache pe nos iba a hacer la cagada tarde o temprano.

— Hay que salir en seguida. La noticia se ha dado sólo por la emisora de Ciudad Militar. Miranda cree que aún tenemos tiempo. El administrador del Casino pasará por nosotros en su propio carro para evitar sospechas. Hasta que la gente no se levante y den la noticia por la radio nacional no habrá dificultades. Pero parece que algún infiltrado dió el soplo y los rebeldes están bloqueando algunas carreteras.

Las niñas estaban rendidas. Empezaba a aclarar, la ventana del cuarto estaba abierta y la cortina descorrida. Edelmira despertó a las dos mayores y Marcial a la bebita. Las vistieron con lo que primero encontraron y salieron los cinco a tropezones del cuarto. Marcial volvió al suyo, se vistió como quiera y vació en un maletín el contenido de una caja fuerte empotrada detrás del cabezal de la cama. Edelmira dejó a las niñas sentadas en el sofá de la sala y volvió a su cuarto. Llenó una bolsa de lienzo con algunas cosas de maquillaje que cogió al azar de la coqueta. De la cómoda sacó algo de ropa. En otra maletica que tenía a mano en el closet guardó el portarretrato del hijito muerto sacada a los siete, en su última fiesta de cumpleaños, una cajita de metal que contenía sus joyas, unas medias y una caja de servilletas faciales. Tomó también un cenicero de cerámica y lo guardó con las demás cosas. Después, del chifonier de su marido sacó alguna ropa interior, varios pares de medias y camisas y lo puso todo en la maleta que él sostenía. Sin tiempo para más volvieron a la sala. Habían pasado dieciocho minutos desde la llamada de Miranda. El reloj de la sala empezó a dar campanadas.

Edelmira no las contó. Marcial esperaba tras la puerta de entrada. Las niñas se habían vuelto a dormir. Al fin oyeron que un vehículo se detenía frente a la casa. Edelmira les echó a las niñas una frazada por encima, abrió la puerta y salieron todos. En lugar del coche había venido una camioneta del Casino. Marcial abrió la portezuela trasera y todos entraron. La calle estaba desierta. La camioneta se perdió calle abajo.

Lázaro de nueve años. Tiene puesto el trajecito blanco de la primera comunión que nunca pudo estrenar; le queda demasiado entallado y muy corto. Ha crecido mucho. Va descalzo. Los pies se le empiezan a cubrir de una sangre oscura que resbala por sus piernas traspasando en su curso el pantalón) pero Lázaro sonríe. Marcial se inclina para limpiarle los pies con su pañuelo. La tarea es fácil, los pies no tocan el suelo. El niño, con la vela encendida avanza —flota— lentamente hacia el altar donde aguarda el Capitán Sotavalle disfrazado de cardenal (Marcial sabe que es un disfraz, conoce a Sotavalle demasiado bien).

La camioneta ha encontrado algunas calles cerradas. Habría sido inútil tratar de usar la influencia de Marcial para abrirse paso en un momento así cuando no se sabía a quién obedecían las órdenes de poner las barricadas. Aunque era dudoso que los rebeldes hubieran tomado ya algunas zonas, era posible que se hubieran organizado —si es que ya se había dado la noticia en la radio nacional— los grupos revolucionarios clandestinos. Marcial, Edelmira y las tres niñas permanecieron en la parte trasera de la camioneta hasta que ésta se detuvo. La portezuela fue abierta desde afuera. Era casi de día. Un hombre gordo y calvo le tendía la mano a Marcial.

— ¿Marcial Quintana?
— Sí. ¿Es usted...?
— Creo que será mejor que coja usted el timón. El tanque está lleno. Siga para Ciudad Militar. Yo me quedo. Si es cuestión de salvar el pellejo, yo no he hecho nada. Miranda los espera. Creo que será mejor que su mujer y sus hijas se queden detrás. Cuando iba a buscarlos oí tiroteo. Cuidado.

Marcial cogió el timón. Conocía el camino como la palma de su mano. Al bajar por la Avenida de los Presidentes oyó varias descargas, pero la avenida estaba solitaria y abierta al tráfico. Entraron en Ciudad Militar sin dificultad. La garita de la reja principal había sido abandonada. Al adentrarse vio a un grupo de soldados corriendo de un edificio a otro. Después, oyó disparos.

Tres Jeeps con unas banderas rojas y negras sobre las parrillas delanteras se movían también en dirección a la pista de aterrizaje por una calle paralela a la que había tomado Marcial. Los Jeeps, por algún motivo, se detuvieron frente a uno de los edificios a su derecha. Sin duda el avión que esperaba reconoció a los revolucionarios y precipitó la marcha. Cuando Marcial alcanzó la pista, el avión había llegado al final de la misma, daba vuelta, y se disponía a tomar velocidad para despegar. Para esto debía pasar frente al propio Marcial o quizá en el mismo punto donde él se encontraba ocurriera el despegue.

Marcial bajó de la camioneta, sacó a Edelmira y a sus hijas, tomó a una de las niñas de la mano y comenzó a correr hacia el avión seguido por Edelmira con la bebita cargada y arrastrando a la otra que se había quedado dormida de nuevo. Había esperanzas de que el piloto los viera y aguardara unos minutos, un minuto siquiera. Pero los Jeeps ahora se acercaban, comenzaban a disparar. Marcial sintió un escalofrío. Oyó las descargas cada vez más cerca. Notó que se enfriaba la mano que sostenía en la suya. Se volvió y vio a Lázaro, vestido de blanco, con el pantalón de la primera comunión manchado de sangre, flotando, pero aún sostenido por su mano. Sólo que ahora era cierto. El avión pasó frente a ellos tomando altura. Lázaro se desprendió de su mano, miró a su padre con una sonrisa. Su cara, sus manos, sus pies estaban tan blancos como el traje. Sólo la sangre creaba un contraste contra el cielo también blanco de aquel amanecer cegador. Su cuerpo, libre al fin, ascendía cada vez con más fuerza, con impulso propio. Movía las manos como diciendo adiós. Adquirió velocidad, altura. Marcial y Edelmira lo veían desaparecer sin decirse una palabra. Marcial no sentía el dolor. Entonces comenzó a caer una lluvia pesada, muy lenta, de un rojo inexplicable.

ILEANA GONZÁLEZ MONSERRAT

Nació en La Habana. Desde joven comenzó a escribir y fue finalista de un concurso a nivel nacional. Como no estaba integrada en la Juventud Comunista, el premio le fue negado. En su exilio en España supo que unos cuentos que le fueron confiscados en el aeropuerto de La Habana, se habían publicado como de autor anónimo.

Reside actualmente en California. Trabaja como Administradora en el gobierno de la Ciudad de Los Angeles, después de completar un Bachillerato en Psicología y una Maestría en Ciencias Políticas. Su primer libro en el exilio, "La Habana 1995," se publicó en 1991. Ahora trabaja en un libro de cuentos y en su primera novela.

INVENTARIO

Tocaron a la puerta. Era un militar. Era un soldado con un papel y un reproche.

"Vengo a hacer el inventario."

Para salir de Cuba hay que esperar que nos inventaríen las posesiones y el alma. Hay que esperar muchos meses, años tal vez, para que nos hagan la lista de los valores marchitos: una mesa, cuatro sillas, un adiós.

Qué extraño esto suena desde aquí, desde el Exilio. Yo, mirando atrás un tiempo y un dolor. Lo tenía olvidado, es bueno recordarlo, se aprecia más la libertad.

Así llego el militar cotizándome la mente. Torturándome despacio. Sus preguntas detalladas. Mirándolo todo. Ultrajando el espacio.

"Sí, pase." Temblorosamente accedí. Sentía miedo y alegría.

Miedo de la pérdida, de dejarlo todo. Alegría de alcanzar una esperanza.

"Tengo que anotarlo todo."

"Sí, claro, todo."

Uno,
dos,
tres,
cuatro.
Una lista larga y torpe.

El militar, un miliciano Castrista con su disfraz verde y su fracaso arrogante, quizás desee lo mismo. Irse de la Isla. Se nos está hundiendo encima.

"Pase, por favor."

Hombre sin honra, para que transite por mi casa. Así son los buitres de esta revolución apocalíptica.

"Pase, por favor, pase Señor."

Viene a contar mis miserias:
tres lámparas,
dos radios,
un lamento.

Y así, en la sala comenzó, con su lápiz y su poder mercenario, a escribir, describiendo lo indescriptible. Y lo miraba todo desde su altar. Desde lo alto, desde lo bajo.

"Ciudadana, si a la hora de la salida algo se ha roto, tiene que enseñar los destrozos.»

¿Los destrozos? pensé. Si los mira sin verlos! Los destrozos están colgados en todas partes, en las calles, en los rostros. En mi rostro.

"Sí, claro,....comprendo."

Hay que enseñar los pedazos, los pedazos de un desecho. Al menos, me iré con mi orgullo, que todavía está completo.

¡Ah, este gran militar! ¡El militar de los desechos!
cinco,
seis,
siete,
ocho....

Este miliciano, contrabandista de sentimientos, gana su sustento haciendo el recuento de mi vida:
un cenicero,
una medalla,
una leyenda.

Así, mirando fotografías por doquier supo de mi ayer. ¿Mi presente? Mi presente es la foto que está en mis ojos. Me voy de mi país para siempre. De donde nací, de donde lo supe todo. Me voy y no quiero irme. Tengo que hacerlo para poder seguir. No se debe vivir muerto. Lo dejo todo. Pero quieren que no deje de dejar nada.

...Y tengo miedo a lo nuevo. Empezar de nuevo. Y no puedo ni llevarme mis pedazos. Los pedazos del pasado:

unas tazas,
unos cuadros,
un criterio.

Sigue deambulando por mi casa, contando los significados de una familia. Camina marcando sus pasos. Pasos de la ocupación. Pero lo importante es "irnos". Y volver a empezar. Empezar en cualquier cosa, como cualquier cosa. Enterrarlo todo!

Dicen que los que se han ido no vuelven. ¡Ya ni recuerdan a Cuba! Yo la querré siempre. Mi recuerdo no será inventariado....

Nueve,
diez,
once,
doce.

Envuelta en mis pensamientos me habla el militar y no respondo. No lo entiendo. No lo oigo. Creo que es el miedo.

"Sí, sí". "Sí, compañero"

Sí, a todo lo que él diga. No puedo ofender al buitre que transita por mi hogar. Lo mira todo, lo anota todo, no borra nada. Me mira a los ojos, creo descifrar su odio por mi osadía...

¿Qué estará pensando?

"Ya terminé"

¡Ya terminó!

"Todo está en orden"

"Gracias"

¿Todo está en orden? Es el orden que organiza el miedo. Me dió un papel. Era mi copia. Lo doblé. Era como mi permiso a otro destino. Era mi destino.

Llegó a la puerta. Se iba de mi casa que ahora era su casa. Mi corazón aun late. El ladrón ya terminó su faena. Irá a otra casa a robar con su lápiz.

Entre tanto yo aquí, sola, mirando un papel que dice: Inventario. Todo descrito. Lo sencillo y lo aburrido:

una vajilla,
una sábana,
mi niñez.

Ya pronto me llegará también la salida. Y yo presentaré mi pena y este papel de inventario.

Si todo sigue "en orden", me dejaran salir. Saldré con el orden de este gran desorden. Ahora sólo queda esperar el día para poder irnos del abismo.

"¡Hasta nunca señor militante!"

Pronto vendrán los vecinos. A celebrar, a reír, a cantar. Y a envidiar. Algunos ya miran desde sus ventanas. Seguro vieron entrar al ladrón y anhelan ser robados.

La casa inventariada:
un reloj,
un sofá,
un símbolo.
La casa contada:
mis memorias,
mis criterios.
Mi casa ultrajada que está llena y vacía.

¡Pero... si estoy llorando? Y hay tantos que desean estar en mi lugar! De todas formas, cualquier lugar aquí es malo. Lo escogemos a medias. Irnos no queremos, quedarnos no podemos.

Al menos mi decisión está tomada. A partir de ahora van a contar mis pasos. A dónde voy y de dónde vengo. Mi vida ya está contada.

Así, una lágrima rodó y alcanzó el papel. ¡Aún las lágrimas no están inventariadas!

Salí a la puerta, tomé mi copia del inventario y la clavé en el viento.

"¡Mire, mire!" grité.

"¡Se le olvidó su último apunte!"

Y mi voz se la llevo el espacio.

Ahora mi lágrima se estaba secando, disolviéndose sobre el papel. ¡Que no se seque! pensé. ¡Que no se seque! rogué.

Oh no, que no se seque...hay que guardarlo todo.

Entonces bajé mi frente. Me volví. Entré despacio, despacio con mi ironía. Cerré la puerta. Ahora sola con mi papel. Supe que para el día de la salida de Cuba, las lágrimas volverían, y serían el final de este inventario.

LUIS GONZÁLEZ-DEL-VALLE

Nació en Santa Clara, Las Villas, en 1946. Su instrucción primaria la cursó en su ciudad natal. En 1961 salió, muy joven, al exilio. En 1965 completó sus estudios secundarios en los Estados Unidos. En 1968 finalizó su Bachillerato en la Universidad de Carolina del Norte (Wilmington). Obtuvo el doctorado en literatura española en la Universidad de Massachusetts. Su labor profesoral y de crítica literaria es amplia y conocida. Actualmente es profesor en la Universidad de Colorado y dirige varias revistas literarias especializadas. Entre sus libros deben mencionarse: La tragedia en el teatro de Unamuno, Valle Inclán y García-Lorca *(1975);* Luis Romero *(1979) y* El teatro de Federico García Lorca y otros ensayos *(1980).*

UN JUAN PÉREZ CUALQUIERA

¿Y qué es la realidad? La realidad es que estoy aquí solo. Solo es mejor que con los viejos. Ellos no me entenderían: "Te hemos dicho que evites problemas, estamos en un país extraño, estudia, supérate, evita malas compañías." Que compañías ni que ocho cuartos, lo quieren a uno encerrado cual una señorita; uno no es una mujer. Ella sí lo era. Por eso me gustaba. Que iba a saber yo que se iba a poner así. Y después viene el tipo ese diciendo "The reality of the case..." "Reality," ¿qué sabe él de esos? Que pronto se olvida de la traición de él, de todos, en la Bahía de Cochinos. No es que a mí me importe lo que hicieron, pero esa deuda nos la tienen que pagar; y no cabe duda que moralmente tenemos la razón. Moralmente hablando yo no debía haberme llegado a ella en esa forma, pero es que estaba tan buena. Uno es débil, todo son tentaciones. El carro lo tomé pues a todas les gusta ver su macho con el carrito, en fin, pura arrogancia ante las demás: "Mi novio maneja." Pero ella se quería hacer distinta: "Montaré hasta la tienda solamente." Tienda le iba a dar yo a ella. A mí con ese cuento; yo me dije "ese gato quiere queso," y por ello paré en el lago. Ella, "Qué haces, mi mamá me espera." Como si no lo supiera. Para qué recordar. Lo que importa es que nos deben mucho, y después nos dan una manito para hacerse los benefactores. La realidad es que estoy en un lío, y el tipo ése con su "The reality of the case is..." me está complicando. ¿Qué sabe él de la realidad? La realidad de la que me habla es la suya ¿Y la mía? Esa no me la pasa él, yo le cantaré las cuarentas. No es nada del otro mundo tomar prestado un carro. Lo de ella, eso fue entre nosotros dos. Yo a nadie le pregunto qué hace. Hipocresías no, hay que defenderse como uno puede. Y a mí con eso de realidad: ¿qué es la realidad? La realidad es que esto no es más que una cochina selva. Y este socio se cree el gran chulo con su "The reality of the case is..."

Y me pregunta:
¿su nombre? Juan Pérez
¿Edad? 17 años
¿Ocupación? Estudiante.
¿Dirección? _____
¿Con quién vive? Mis padres.
¿Sus nombres? _____

Al final me dice: "Explique su situación. ¿Qué pasó? Recuerde que yo hablo español, hábleme con confianza, yo sólo quiero ayudarlo." Ante esto pienso: "quiere ayudarme, ahora a jugar."

Como usted sabe me cogieron... Ella me enredó... Me pidió la ayudase a robarlo... Me atacó... Yo quise detenerla... Fue un accidente. ¡Ayúdeme! Yo soy un buen muchacho.... Mis pobres padres.... ¡Pasarle esto a mi familia en el destierro! ¡Cuán dura es la vida! ¿Cómo? Si, lo entiendo. Ya le digo que todo fue un accidente. Por Dios ¡créame! Pregunte a mis padres, yo soy un buen muchacho, con nadie me meto.

Ayer fue juzgado en la corte juvenil del condado de ... el joven Juan Pérez vecino de... Se le acusó de... Fue condenado por el juez a... Su abogado ha expresado su intención de apelar esta sentencia. Es nuestra opinión que el joven Juan Pérez es un muchacho bueno, aunque algo desorientado en esta espesura que es el Exilio.

ALBERTO GUIGOU

Nació en La Habana, en 1913. Se graduó de bachiller en el Instituto de esa ciudad en 1936 y de Contador Público en la Universidad de La Habana, en 1942. Desde joven intervino en política, y en 1931 estuvo exiliado en España. Fue dirigente comunista en Cuba, entre 1930 y 1934, año en que se separó del Partido. Con posterioridad fue fundador del Partido Auténtico y más tarde del Partido Ortodoxo. Después del triunfo de la revolución en 1959, fue nombrado Presidente de la Comisión de Reforma de los Seguros Sociales. Luego, fue designado Embajador en Italia, pero en desacuerdo con el régimen, se asiló en la Embajada del Brasil, en abril de 1960, de donde salió al exilio ese mismo año, para radicarse en Nueva York, donde reside actualmente. Entre sus publicaciones deben mencionarse la novela Días ácratas *(1981) y la obra teatral* Bruno *(1984)*

AJUSTICIAMIENTO

Por horas, hemos estado cabalgando, sin detenernos. Los caballos están sofocados. Les brilla el sudor bajo la luz de la Luna. Nos desmontamos, en la ladera de una pequeña colina. A nuestras espaldas está el incierto horizonte, que se levanta en un semicírculo rojo. Hemos producido como un sol devastador. Estamos muy lejos de él.

Sentados en el suelo, con las piernas cruzadas, hablamos en voz baja, como si nos pudieran oír. Cowboy dice que estamos en la búsqueda del traidor. Su determinacion es tan firme, como vaga es la mía y las de los otros camaradas, supongo. Pensaba que huíamos de nuestros enemigos. Lima, ni yo y muchos menos Alí, estamos para planear su captura. Es Cowboy quien lo pretende. Dice que vive cerca, que dejemos los caballos y caminemos para que no nos sientan. Oimos ladridos distantes. Es necesario que, Lima o yo, asumamos el mando. Alí ha dado más de lo que esperábamos. Esta agotado. Lima toma la iniciativa sobre lo que esto, pensando.

"¡Camaradas! Estamos ante la ejecución de una nueva acción, que requiere, como todas por simples que sean, planearse. Hay dos posibilidades. Una, que el traidor no esté en la casa. Tiene que saber del sabotaje y estará formando parte de la banda de asesinos o ausente por motivos desconocidos. En este caso, tendríamos que abandonar su búsqueda y ajusticiamiento y continuar nuestra huída. La otra posibilidad es que esté en la casa. Tan pronto nos vea, atacará. Tenemos que planear nuestros movimientos."

Cowboy nada dice. Alí se ha quitado el revólver y el machete, los ha colocado al lado de su rifle. Le pido que me cambie su machete que no lo ha usado y esta afilado como una navaja de afeitar. Me lo da. Se echa de espaldas a descansar, con la cabeza sobre sus manos entrecruzadas. Todo queda entre Lima y yo. Cowboy nos dará los informes necesarios. Se ha portado admirablemente durante el sabotaje. Sin embargo, ¿cómo ante esta acción de justicia revolucionaria, no de venganza? Discutimos quién debe llegar a preguntar por Soler. A Cowboy lo recibirían a tiros. Lima sucio, ensangrentado, con la barba crecida por tres días y el pelo hirsuto, sería lo mismo. Le digo, que no le abrirían, porque parece un forajido. '¿Y tú qué crees parecer?' me responde sin enojo. Tiene razón. Tengo la barba crecida igual que él y la cara arañada. Decidimos que sea yo quien llame a la cabaña y que Alí vaya cerca de mi, mientras Lima lo haga sin dejarse ver. Cowboy buscará una posición de tiro de su rifle, que nos cubra del ataque desde dentro de la cabaña del camino.

Al doblar la colina, se extiende una llanura como un mar de plata, sin límites, desolada. Un caballo sin jinete galopa hacia lo lejos. Bajo nuestra vista está la pequeña cabaña del traidor. Cuando estamos observándola, la luz interior se extingue. Alí y yo nos adelantamos. Lima y Cowboy nos siguen con sigilo.

A poca distancia de la cabaña un perro corre hacia nosotros ladrando, quizá saludándonos o por temor. La cabaña se ve más sólida de cerca. Será difícil forzar la entrada. Golpeo la puerta con la culata del revólver. No responden. Alí, con su revólver en la mano y la espalda pegada a la cabaña, vigila por lo que pudiera amenazarme. Insisto hasta que una voz de mujer responde: 'Un momento, un momento'. La luz de un quinqué vuelve a aparecer. Una mujer obesa entreabre la puerta. Pregunto por Soler.

"El no está aquí, mi hijito.", dice, con expresión tranquila aunque triste.

"¿Dónde lo puedo encontrar?"

"No le sé decir. Mi hijo ha perdido la cabeza con una mala mujer de Corral Alto. Hace días no lo veo."

Empujo la puerta. Saco el revólver. La mujer grita: '¡Ay! ¡Ay!', llevándose las manos al pecho y retrocediendo asustada. Alí ya está a mi lado, con su revólver apuntando y el rifle al hombro.

"Le juro que mi hijo no está aquí. ¿Para qué lo quieren?", pregunta angustiada.

"Para una información que necesitamos. Eso es todo. Es mejor para él que no se esconda."

La cabaña tiene dos piezas. En la que estamos que es grande, examino con la vista por si estuviera escondido. Veo un fogón de piedra con su chimenea, una mesa rústica, unos taburetes, un armario para ropas y una cama destendida. Le ordeno a Alí que abra el armario y vea en la chimenea y debajo de la cama. Lo hace y, antes de ordenárselo, pasa con cautela a la otra habitación. informa:

"Nadie escondido. Hay una mujer con un niño."

¿Nos habrá dicho la verdad? Oímos al perro ladrar. Buscaremos afuera, aunque no hay lugar donde esconderse. Escasos árboles. La tierra pedregosa es pobre de vegetación. Oigo a Lima gritar: 'Aquí lo tenemos'. Corremos a ellos. El perro con sus ladridos descubrió dónde estaba su amo. Lima sólo tuvo que levantar con el rifle la tapa que medio cubría el tanque. Lima y Alí están cerca de él. A unos doce pasos, lo encañono.

La madre me implora, con las manos plegadas como si estuviera rezando, para que por piedad, no le maten a su único hijo. Una muchacha tan bella, pero tan bella, que me hace pensar en Mandalay, está arrodillada, con un niño de meses, en los brazos; me mira con el rostro bañado de lágrimas. Es peor que ajusticiar a los soldados o darle un tiro en la nuca al traidor. La madre, que por gorda difícilmente podría arrodillarse, lo ha hecho. Para no caer al suelo o para conmoverme se abraza a mis piernas, a mis muslos. Siento las convulsiones de sus sollozos. El corazón me late, como en ningún momento durante el sabotaje o el ajusticiamiento de los soldados. Es otra prueba de dureza que tenemos que pasar. No quiero oír los ruegos desesperados de la madre, ni el llanto de la muchacha, ni ver al niño cuyo padre vamos a ajusticiar. Lima, 'sensible' como es, de modo suave, persuasivo, dice a Soler, llamándolo por su nombre, que lo único que queremos es que nos informe de algunos asuntos y que después podrá volver con su familia. Soler sabe que está mintiendo pero lo acepta. No quiere ver a su madre y a su mujer sufrir y, muchos menos, que la ejecución sea en presencia de ellas.

"Madre, cálmate. No se asusten. Ellos quieren que les muestre dónde se guarda algo que necesitan. Cálmense. Nada me pasará. Espérenme en la cabaña."

Un sentimiento, que no debía admitir, me hace comprenderlo. La compasión, por madre y su mujer, se sobrepone a la angustia por lo que espera de nosotros. Es un traidor, un renegado, pero conserva el coraje del militante que fue. Trato de mantenerme inconmovible. Lima no muestra inquietud, ni hostilidad. Alí nada ha dicho, ni nada expresa. La luz de la Luna es tan intensa, que nos descubre por completo los rostros... o las máscaras que cada uno llevamos sin saberlo.

"Déjenme calzar las botas en la cabaña."

Lima va a su lado, seguido de Alí. Colocó el revólver en el cinto y continúo inmóvil, con la vista por encima de las dos mujeres. La muchacha se levanta para ir al lado de su marido. Quiere ayudar a su suegra a levantarse. No puede con el niño en los brazos. Con energía la levantó sobre sus pies, para que se alejen de mí. A pasos cortos, apoyadas una en la otra, las veo encaminarse a la cabaña. Al llegar, Soler, Lima y Alí salen. La maldita luz de la Luna ilumina todo. No puedo volverme, sin que parezca que me he ablandado. No quiero ver ni oír lo que está sucediendo, que me hace tanto daño. El besa a su hijito. A su mujer la abraza y la besa. Por último a la madre, que tiene que separarla. Luce entero, digno. Ni por un momento revela la tragedia que está viviendo. Los tres se me unen y caminamos por el trillo hacia la colina. El perro que lo delató viene hacia él Lo mira por un momento, y después lo acaricia, apretándole la cabeza con las dos manos. La muchacha queda arrodillada, en la puerta de la cabaña, con las manos cubriendo su cara. La madre trata de caminar rápidamente para alcanzarnos, pero la pobre mujer es tan gruesa, que no puede correr sino dar pequeñísimos saltitos. Apuramos el paso. Al pasar cerca de un árbol se tira Cowboy, con su rifle en la mano. Para mi sorpresa, es Soler quien le dice, como quien nada tuviera que temer: 'Tenías que ser tú'. Cowboy tiene esa enigmática expresión, que uno nunca sabe lo que piensa o va a hacer. Nada dice ni hace. Al menos por el momento. Habrá que ver.

En silencio llegamos los cinco a los tres caballos. Lima o yo tenemos que llevar al traidor. Lima ordena a Cowboy que le ate las manos. Añado que por las muñecas y le deje las manos libres para que pueda agarrarse a mi cinto. Doy la instrucción sin pensar, que con ella, decidí llevarlo. Partimos hacia adelante. No retrocedemos... Adelante, porque estamos huyendo por la desierta llanura pedregosa... Pasamos cerca de la madre que llegó siguiéndonos, sofocada por la gordura y el dolor, y nos grita desesperada suplicante: 'No me lo maten... Es mi único hijo. Es mi hijito...' y corre detrás de los caballos, corre sin poder y cae. La veo con las manos tendidas hacia nosotros. Alguien tendrá que levantarla.

"No soy un traidor. Si lo fuese, hubiera llevado los soldados a la Cueva. Esas armas las llevé yo, desde la tienda de mi suegro, en Corral Alto, con ayuda de ese asesino que los guía. Ustedes son los ejecutores. No han sido crueles..." No quiero oirlo. Sus palabras penetran como espinas en mi carne.

Estamos otra vez huyendo, bajo el comando de Cowboy. ¿Cuándo vamos a ejecutarlo? Me siento incapaz de decidirlo. Cabalgamos despacio, porque los caballos están muy fatigados y no nos atrevemos a espolearlos, por la advertencia de Cowboy de que los reventaríamos.

Cabalgamos callados, bajo la intensa luz de la Luna, que nos hace más vulnerables. Cada uno con nuestros pensamientos... no se sabe dónde. Me siento muy cansado... conturbado. Ríos es un genio. ¿Fué por azar, que nos indicó que teníamos que colgar al traidor, cuando se llevó las manos al cuello? Quizá previó que no podríamos usar armas de fuego sin concitar a nuestros perseguidores. Si, deben estar locos de furia Cowley y sus asesinos de 'Patria o Muerte'. Es tan grande lo que hicimos que estremecería al Estado Mayor del Ejército, a toda la nación.

El sonido de un disparo distante nos hace detener. Otro disparo y Cowboy dice, que los han hecho desde la cabaña de Soler o próximo a ella.

"¡Camaradas, cometí un grave error. No requisé las armas", informo. En seguida Lima responde:

"No es tu error. Lo es nuestro. No lo pensamos cuando lo planeamos, ni se nos ocurrió después. Sobrestimamos nuestra seguridad."

Continuamos la marcha a pesar de la resistencia de los caballos. El mío, más por el sobrepeso. La fatiga de los caballos y los disparos que continúan con periódica secuencia, presagian dificultades mayores. Cowboy dice que hay que matar al traidor. Sí, tenemos que ajusticiarlo pero ¿dónde? ¿cómo? Ahora podemos menos dispararle un tiro en la cabeza. En la llanura sin confines que estamos atravesando no se ve un árbol donde ahorcarle. Mi caballo resiste dar un paso más. Está exhausto o enfermo. Cae de rodillas. Rápido me zafo de él y el traidor rueda y se levanta ágil. El caballo tendido en tierra, está echando espumas. El vientre se le infla y desinfla como un acordeón.

Lima, Cowboy y Alí se han desmontado. ¿Qué hacer? Lima está torvo, sombrío. Sus ojos azules son ahora negros y los tiene casi cerrados. Los ojos del traidor destellan odio.

"Van a asesinarme por el odio de mi suegro, que quería casar a mi mujer con un rico y por el de ése, que trató de violarla, donde la hizo ir, diciéndole que yo la esperaba..."

Antes de terminar, Cowboy le grita mentiroso y sigue gritándoselo, mientras lo amordazaba. No nos ha consultado. Le pega en la cara. Lo derriba, le da patadas. Sin pensarlo, agarro a Cowboy. Lo tumbo al suelo. Rodamos, pegándonos durísimo. Lima nos separa. Le dice a Cowboy: 'Nosotros ajusticiamos a nuestros enemigos, no los torturamos'. Cowboy mirándome con furia, dice que a mi no me han torturado, que por eso defiendo al traidor y montándose velozmente en su caballo lo enlaza, para arrastrarlo sobre las piedras... Saco el revólver y le grito: 'No te muevas' Cowboy se paraliza. "¡Suelta la soga! La deja caer. Le ordeno a Lima: véndale los ojos. Cowboy se quita el pañuelo rojo del cuello y se lo da a Lima, que venda a Soler. No sabemos, ni preguntamos para qué. Sólo tiene sobre el pecho la camiseta. Le atravesaré el corazón... Con el brazo firme como si fuera de acero, con todas mis fuerzas, giro, y de un solo tajo le corto la cabeza. Una ola de sangre tibia me empapa. El cuerpo decapitado cae. Vibra sin la cabeza. Lima está petrificado... Cowboy recoge la cabeza por el pelo y le da una patada como si fuera un balón. Alí se ha desplomado, entre las patas de los caballos.

JORGE GUITART

Nació en La Habana, en 1937. Se graduó de bachiller en el Colegio de La Salle del Vedado y cursó dos años de estudios en la Universidad de La Habana. Salió al exilio en 1962 y se radicó en los Estados Unidos. Obtuvo su Maestría (1970) y Doctorado (1973) en la Universidad de Georgetown, en Washington D.C. Actualmente es catedrático de español y lingüística en SUNY, Buffalo. Sus artículos y poemas han aparecido en diversas revistas especializadas. Entre sus publicaciones se cuentan. Markedness and a Cuban dialect of Spanish *(1976) y* La estructura fónica de la lengua castellana *(1980).*

EN LA CIUDAD DE BUFFALO

Son las nueve de la noche un día de febrero y estoy dando un paseo a pesar de que hace muchísimo frío. En la esquina me llama la atención una viejita que parece estar esperando la guagua. Parece muy muy vieja. Y no está vestida para el invierno. No tiene abrigo puesto. ¡En Buffalo, en febrero! Hace doce grados farenheit. Llega la guagua pero la viejita no se monta. Está como desorientada. Dice algo ininteligible pero que suena a español "¿La puedo ayudar, señora?", le digo en español. Me contesta algo que no entiendo y veo que está temblando. Le pregunto, "¿Para dónde va?" Me dice algo que suena muy calmado y muy lógico pero lo dice tan bajito que sigo sin entenderla. Noto que ahora está temblando más. Veo que hay un McDonald cerca. "¿Tiene frío?" le digo, "¿quiere venir al McDonald conmigo para que se caliente un poco?" Dice que si con la cabeza. Vamos al McDonald y nos sentamos. "¿Quiere un café o algo?" le digo. Té, me dice. Es lo primero que dice esa noche que puedo entender. La miro bien a la luz. Debe haber sido una mujer muy hermosa en su juventud. Todavía, a pesar de que obviamente es de edad muy avanzada, sigue teniendo una cara muy atractiva, de facciones armoniosas. "¿Ud. vive por aquí? Sonríe y dice algo incomprensible.

"¿Su dirección?" Lleva una cartera y me lo da. "¿Me permite?" le digo, abriendo la cartera. Dentro hay un sobre arrugado que dice "Leticia Mercado" y una dirección en la calle Virginia. "¿Ud. es Leticia Mercado?" Me dice que no. En la cartera hay una foto de tres muchachas jóvenes, todas lindísimas, y un muchacho, muy bien parecido. Se ve que es una foto antigua Por detrás, con una letra muy bonita dice, "Nosotras y Alberto. Ponce High School, 21 de mayo de 1920." Entran dos policías, un hombre y una mujer, y les pido que me ayuden. Le empiezan a hacer preguntas a la viejita. "La ponemos en la guagua de Main" dice la joven policía, que resulta ser hispana. Le explico que la viejita no se montó cuando llegó la guagua. El policía se pone a hablar por un microfonito. Unos minutos después llegan cuatro policías más, una ambulancia y dos paramédicos, que van empujando una camilla de ruedas. Uno de los empleados del McDonald le dice, "Oiga, ella puede caminar; no meta esa cosa aquí." El paramédico le responde iracundo, "Ud. haga su trabajo que yo hago el mío" y se pone a tomarle la presión a la viejita. Los paramédicos acuestan a la viejita en la camilla, le ponen una manta encima y se la llevan. Cuando van saliendo la viejita me dice, "Dios te bendiga, mijo", y luego una frase incomprensible. Me quedo en el McDonald tomando mi café, algo anonadado. Como a la media hora vuelve la joven policía hispana y me cuenta que la viejita está en el Erie County Medical Center, que han averiguado, y que se llama Rosa Mercado, y que vive en esa dirección de la Virginia. Al día siguiente voy a ver a Rosa en el hospital. Ahora se le puede entender todo lo que dice. Me cuenta muchas cosas y me entero que Leticia Mercado es su hermana, que se ahogó en la playa de Ponce el 22 de mayo de 1920 junto con su novio Alberto. Rosa Mercado vino por primera vez a Buffalo en 1923 a la edad de 22 años con su hermana Gloria, de 19. Gloria murió en el 79 de cáncer. "Leticia nunca viajó fuera de Puerto Rico" me cuenta Rosa. Rosa no se acuerda por qué estaba en la calle sin abrigo la noche que la conocí. Rosa Mercado, mi nueva amiga, cumple mañana 90 años.

ASELA GUTIÉRREZ KANN

Nació en La Habana, en 1915, ciudad donde hizo sus estudios hasta obtener un doctorado en Filosofía y Letras en su Universidad. Desde 1949, después de una estancia en Panamá, se radicó en los Estados Unidos, donde ha ejercido la docencia y realizado una intensa labor como traductora. Ha contribuído con artículos y relatos a revistas y diarios de Miami y de Los Angeles, California, ciudad donde reside actualmente. Ha publicado un libro de relatos con el título de Las pirañas y otros cuentos cubanos *(1972)*

MORIR DE VERAS

—¡Psss...Alberto! — le gritaron desde el SARATOGA. En el parque, la india Habana miraba el mar. Cruzó entre las máscaras y las marañas de serpentina y el pueblo que en el primer Carnaval de la Post-Revolución olvidaba penurias y traumas. Laura lo presentó a una estrafalaria mujer parada a su lado.

—Mi hijo el pintor...

—Carlota Font...Ya me dijo de usted y de su trabajo en la Cerámica de Santiago de las Vegas...

—Sí, de allá vengo, muy cansado por cierto. Me animé por ella.

La familiaridad con extraños era la especialidad de su madre— pensó Alberto. Sus lealtades fluctuaban angustiosamente entre ella, gregaria, parlera, excitable, y el padre espinoso, predecible, sin jugos. Criticaba en su mujer la manía de mudarse "para cambiar de ambiente". Algo inútil. Ella generaba la novedad. En la muchedumbre mal vestida por tres años de socialismo, se destacaba su ajuar de pana azul, perfecto para la noche de Febrero y el irreductible lujo de la noche caribe.

—Yo misma me coso— había explicado. La nueva amiga no dijo de que viejo baúl procedían el traje de "charmeuse" negro, las piedras del Rin, con apagones, y el moribundo zorro blanco. En su maquillaje "de época" resaltaban los párpados trágicos, a lo Raquel Meller, con emplastes de azul, y la boquita de corazón laqueado.

—Oye, tu hijo no se parece a ti tan rubia.

—No, se parece al padre, un isleño prieto, fuerte. Pero éste no engorda.

—Así está bien, cenceño como un bailarín.

—¿Te gusta el baile? — tuteó al joven, y se puso a bailar la conga en un ladrillo. Con los hombros echados hacia atrás, exhibía el pecho blanco criado en invernadero.

—¿Ustedes son ricos?

—¿Ricos nosotros?... Mi marido es sereno de una fábrica de gaseosas y Alberto estudió en San Alejandro con beca. El padre no quería, te advierto...Ese no aprecia "garabatos" ni nada.

—¿Me compras churros? — le pidió al ver pasar al churrero. Entonces notaron que la desconocida no llevaba bolso.

Desfiló una nueva comparsa. El público se agolpo en el contén. Más ansiosa que nadie, Carlota se trepó a una silla, masticando entretanto la azucarada golosina. Cuando el ambiente se calmó, quiso tener un sombrerito "pachanga".

—¡Ay no, chica, para eso no te doy! — protestó Laura. —Eso es para niños.

Pero al vendedor lo habían deslumbrado el oropel de utilería y los similiencantos de Carlota.

—No está vieja nada, y es linda...Tenga su pachanga, monada, yo se la regalo.

El mismo se la plantó en los rizos negros.

Carlota siguió desparramando atención. Los ojos centelleaban, atentos a todo, menos al desmayo de la fiesta al cabo de las horas. Para alargarla, inventó sed cuando Alberto habló de marcharse.

—Antes de la parada de la ruta 17 hay una guarapera — dijo Alberto, algo impaciente. — ¿Le conviene ese rumbo?

—Sí, vivo cerca.

Se abrieron paso entre el gentío que abarrotaba los portales del Palacio Aldama, hasta el puesto de refrescos. Al despedirse, Carlota le mencionó al joven una Santa Bárbara muy antigua, un legado de familia. Quería que se la reparase. —¿Puedes?

—Seguro, aquí tiene mi tarjeta...La esperamos pronto.

Desde la guagua, la mujer les pareció disminuir y apagarse aunque agitaba la mano. Parecía una muñeca sin cuerda, una tarlatana estrujada en el piso.

—Lo goza todo — dijo Alberto. —Por ella hubiéramos parrandeado

hasta mañana. Te gana en entusiasmo, porque tú no te atreviste a ponerte una "pachanga" como se te antojaba, y ella sí.
—Me dio vergüenza contigo...como a veces te inclinas a "él"...
Alberto le paso el brazo por el hombro. —Pero si a ti no te tumban los jarros de agua fría, ni a mí...Si vivo asombrado de nosotros!

Carlota llegó al sábado siguiente a la modesta casita del Cerro embellecida por dos almas acaudaladas. Ella se veía distinta, un poco más moderna, con las manos llenas con la imagen y otro paquete.
—Estas son fotos de cuando fui Reina de Belleza.
Las amarillentas fotos la retrataban pelada a lo "garçon", traje corto de "flapper", y largo collar.
—¿Recuerdan ese reinado? — preguntaba.
Pero Laura no estaba tan loca. -¿Cómo va a acordarse Alberto si no había nacido? Además, en el SARATOGA me dijiste tu edad, 42, y esto es de los años veinte. No comprendo.
—Ay, no me creen...Malos! — gimió Carlota.
Pero no hubo necesidad de consolarla. Enseguida conectó otra vez la euforia.
—Yo he tenido amantes ricos que me llevaron a viajar y me lo dieron todo. Ahora estoy con una hermana viuda, un verdadero limón. Por su gusto, ni saldría ni me arreglaría. ¿Y a ti te va bien con tu marido?
—No, no nos entendemos — admitió Laura. —Ultimamente él duerme en el trabajo y sólo viene a cambiarse y a traer para el diario... Mira que casualidad, por ahí viene.
El marido odiaba las visitas. Las resentía como extras que le robaban su oxígeno vital. Apenas le presentaron a Carlota, llevó al hijo aparte.
—¿De dónde salió "eso"?...Se parece a la muerta viva toda empolvada que se paseaba en coche por la calle Obispo cuando llegué a Cuba...Aunque está buena, ¿sabes? — le dijo de hombre a hombre, con miradas y gestos cómplices, para ganarse al hijo cada vez más distante.
Se unieron al resto. Carlota elogiaba las restauradas antigüedades que adornaban la casa. Luego se paró frente a la ventana que daba al jardín.
—¡Ay, mira, picuala, como en Nochebuena...Picuala manzana, qué rico huele!...No sé por qué dicen que uno está muerta...Como mi hermana. Por envidia, porque siempre fue corta de vida. Me pone flores en un búcaro debajo de mi retrato, y yo la dejo. Es su dinero, porque yo no tengo ni medio. Vine en la guagua sin pagar.

De pronto se volvió para el dueño de la casa.

—Ustedes los canarios son muy ardientes, verdad?... En Tenerife tuve uno que de tanto besarme se peló los labios en carne viva.

Hubo que reirse. El hombre, halagado en su machismo y a su pesar intrigado, saco dinero del bolsillo para Carlota que se inclinaba a hablarle al oído. Después ella no le hizo casi sino al artista absorto en raspar la Santa Bárbara.

—Chico, no te apures tanto...yo vuelvo en una semana. Y si no, vivo en Aguila 911, por donde está la Academia de Baile MARTE Y BELONA.

—¿Qué academia ni ocho cuartos, si eso ya desapareció? — soltó el isleño. —Y no es que yo fuese allí a buscar nada, pero vamos, los hombres sabemos.

En el atroz silencio que siguió, la boca de Carlota temblaba. Para disimular, Laura le preguntó por que andaba sin bolso.

—La otra noche no cogí bastante energía — dijo enigmáticamente, medio repuesta. —No me alcanzó para TODO. Regálame una, anda, y tus maquillajes usados, y esa lamparita color de sangre.

—Ay no, esa no. Es un recuerdo de mi prima la que se mató.

—¿Cómo?

—Se pegó fuego.

—La pobre! Apuesto que fue por un hombre. Por eso yo dejo siempre antes que me dejen. Como al último, un marinero. Qué genio se gastaba, mi madre! En Guanabo se enceló con uno que me miraba, y me arrastró a la orilla a pelearme y gritarme. Como me reí, se enfureció y me disparó en la frente. El me dio por muerta, pero yo me lavé las heridas así, ¿ven? — y recogía agua invisible y se la pasaba por la cara. ¡Ni una cicatriz me quedó!

La súbita risotada del isleño hizo gaguear a Carlota. Los otros, nada nuevos a la experiencia, crisparon las manos en el asiento.

—¿Y usted espera que creamos sus patrañas, cualquierilla mentirosa?...Vamos, hombre, que los tiros no se curan con agua. No nos haga tontos!

Carlota se demudó y empezó a temblar. Después, ciega de llanto, voló sin despedirse. Ni Alberto que corrió detrás logro alcanzarla.

—Bueno, estarás satisfecho — dijo Laura cuando se quedó sola con el marido. —Cualquiera diría que te gustó la mujer y te encelaste del marinero.

El contempló a Laura, viva hasta la impudicia, inalcanzada por desplantes, manotazos al altarito de las ilusiones, sutiles sabotajes...Laura era transformista de altura: podía cambiar la polenta a faisán y la estameña a brocado. Pero no sabía transformar sus brusquedades en ternezas y piropos. Por eso el hombre lloraba por dentro, porque a su modo la amaba. Abrumado por el contraste con su propia e irremediable carestía, se desahogo con una pachotada.

—Lo que es una fresca. O una muerta que sabe donde comar corriente. ¿Cómo no se pegó a mí?

—¿A ti que hielas hasta la risa? que eres como ella dijo de la hermana, corto de vida y largo en rigor... ¿Qué daño te hacía?

Al mes, Alberto tocó en el piso de Aguila. Por la verja a media escalera le dijo a la anciana de ojos recelosos y boca amarga.

—Traigo el encargo de Carlota. Como no lo reclama...

—Joven, no se burle. ¡Qué broma tan despiadada!

Se escondió por la casa. Pero en lo alto, en el vestíbulo, colgaba el retrato con el bucarito.

Alberto le preguntó al negro yerbero del puestecito del lado. —¿Conoce a la viejita de los altos?

—Sí, siempre me compra flores. La hermana me compraba también yerbas, para despojos. Esa "blanca" vivía siempre enredada con hombres...Un marinero la mató por celos, cuando el machadato.

Alberto recorrió de noche los cafés al aire libre. Entre billeteros, chivatos, afeminados, busconas y bohemios, un tuerto muy tiposo se acordaba bien.

—Por causa de ella Chelo la corista me sacó el ojo con un punzón.

—Carlota trae líos aun muerta — contó una parda fletera. Su colega "la guajira" dijo que en cambio a ella le daba suerte. Para el virtuoso vendedor de ATALAYA, esos rumores eran obra del diablo. Los muertos no salen.

—Eso creía yo hasta que la vi jaraneando con unos jóvenes y más viva que el azogue — alguien terció. —Carlota va a donde hay gente de sangre caliente. Por eso vino a estos carnavales.

Alberto no quería morir, ni en esta vida ni después. Bien pensado, Laura era la llama valiente amenazada en vano por una ráfaga cortante. En cambio con su padre hasta la luz moría en sus cuadros cuando él los miraba, desdeñoso de lo que no entendía. Y con él la gente moría de veras, de tediosa muerte, de equívocos "por tu bien te digo"...o de un pinchazo al globo frágil, como le paso a Carlota.

ALBERTO GUTIÉRREZ DE LA SOLANA

Nació en La Habana, donde llevó a cabo sus estudios hasta graduarse de Doctor en Derecho en la universidad, en 1941. Fundó la revista de jurisprudencia El Derecho Social al Día *y ejerció como abogado hasta 1960, año en que se marchó al exilio para radicarse en Nueva York. En 1967 se doctoró en Letras en la Universidad de Nueva York, en donde ha ejercido como catedrático de lengua y literatura hispanoamericana por cerca de treinta años. Sus artículos y ensayos han aparecido en muchas revistas internacionales especializadas. Cofundador del Círculo de Cultura Panamericano, es su Tesorero y Editor Asociado de su revista* Círculo. *Entre sus muchas publicaciones deben mencionarse:* Maneras de narrar: Contraste de Lino Novás Calvo y Alfonso Hernández-Catá *(1972);* Investigación y crítica literaria y lingüística cubana *(1978) y* Rubén Darío: Prosa y Poesía *(1979).*

¡ALABADO SEA BUDA!

En el glorioso Imperio de los Hombres Libres, bañado por las caudalosas aguas del Menam Chao Phraya, donde el arroz crece abundantemente como bendición celestial del gran Buda para regalo de sus infatigables y laboriosos habitantes, el sexto emperador de la cuarta dinastía reinante fue destronado por un aventurero que se proclamó emperador, cuyo nombre no se menciona porque no merece aparecer en la historia del Imperio de los Hombres Libres.[1]

Este usurpador dominó toda la nación durante más de treinta años. Se adueñó de los campos de arroz, de las minas de tungsteno y estaño, de los bosques de la dura, elástica e incorruptible teca, de la flota pesquera, de los copiosos productos de las pródigas tierras, de las artesanías de los hábiles y diligentes artífices y menestrales, en fin, de todas las riquezas naturales del país y de todas las crea-

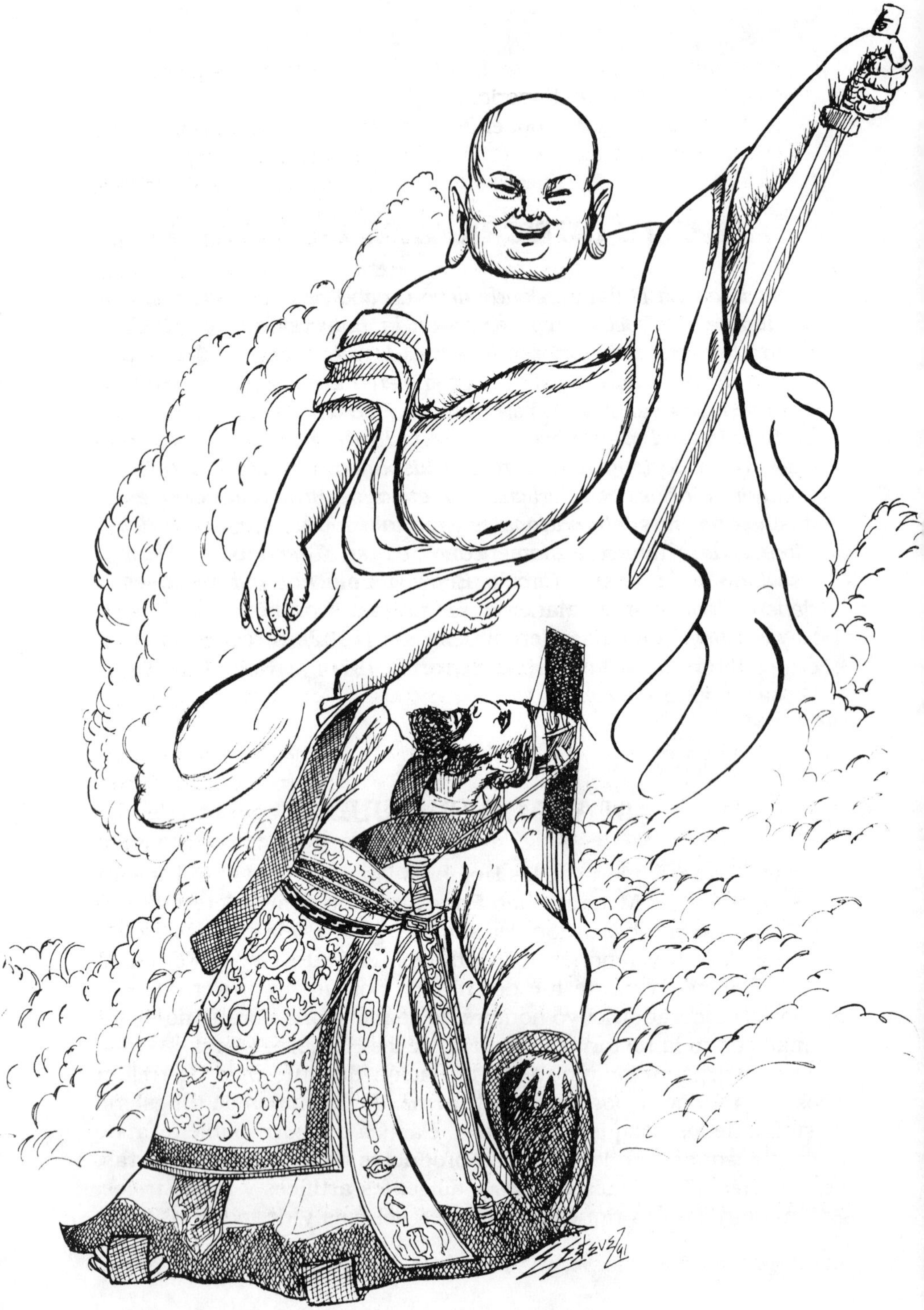

das por la inteligencia, el tesón y la industria de muchas generaciones de fieles súbditos del imperio.

Al principio de su gobierno, el usurpador ejecutó sumariamente a los miembros del régimen del emperador destronado. Después estableció un sistema de espías y delatores que le informaban de todo lo que se decía o se hacía en el imperio, y se castigó con la muerte o la cárcel a muchos hombres buenos e inocentes. Nadie podía salir del país o entrar en él sin su permiso. El pueblo estaba incomunicado, y no podía recibir noticias de los reinos vecinos. Los súbditos se mantenían en callada e infeliz sumisión porque tenían gran terror.

El usurpador adoctrinaba a los niños, desde la más tierna infancia, en la adoración de su persona y de su nueva religión materialista, impuesta por él en sustitución y en repudio de la del gran Buda.

El detentador del poder era arrogante e inepto, y su nuevo y falso sistema económico, político y religioso trajo prontamente la infelicidad al imperio. La nación se empobreció. Los campos de arroz estaban mustios. La pesca no rendía. Las minas producían muy poco. Los campesinos y artesanos trataban de huir a los reinos colindantes, pero muchos murieron en el riesgoso intento. El usurpador racionó los alimentos, la ropa, el calzado, el té. Racionó todo. Y prohibió que le rogaran a Buda para que enviara lluvias y buenas cosechas y felicidad, porque proclamó que Buda no existía. Pero Buda oía desde el Nirvana y preparaba su justiciera venganza para el traidor infiel.

No había justicia en el imperio porque el usurpador era la justicia. No había felicidad porque el usurpador decía que él era la felicidad. No había tranquilidad porque el terror del todopoderoso llegaba por las noches a los hogares y se robaba a los hombres buenos que no se resignaban a morir de hambre. No se respiraba porque la serpiente del espionaje traicionero se llevaba a los hombres libres que aspiraban a respirar el aire de la libertad. No se reclamaban los derechos porque los jueces de la sinrazón no aplicaban más ley que la injusticia del omnipotente emperador.

Todas las riquezas del país se habían perdido en los tristes treinta años de su imperio. Todas las propiedades habían pasado a sus manos en los dolorosos treinta años de su gobierno. Todos los derechos habían sido conculcados en los interminables treinta años de su usurpación.

El emperador era dueño de todo, pero el caos reinaba en la nación. El imperio iba a la deriva. El todopoderoso culpaba a los artesanos y a los campesinos por la falta de productividad en todo el imperio. Y culpaba a los funcionarios y empleados imperiales por no lograr que aquéllos rindieran más en su trabajo. Y culpaba a los reinos vecinos por no cooperar con él en sus empeños internos y externos.

Desesperado por la ruina de su imperio, un templado y delicioso día de primavera convocó solemne y urgentemente a sus asesores más ilustres y les ordenó que inmediatamente le explicaran la mejor manera de salvar al imperio de la bancarrota y de restablecer el prestigio nacional e internacional perdido. Uno a uno, ellos dieron respetuosa y tímidamente su opinión sobre las posibles fórmulas, pero no pudieron encontrar y convenir en una solución total redentora. El omnímodo gobernante se violentó, se mesó con furia las barbas, gesticuló frenéticamente, habló de traición, y ordenó la ejecución de sus asesores.

Esperando la ejecución en la cárcel, los asesores se confiaron sus más recónditos pensamientos, pues perdida la vida no tendrían ningún otro bien que proteger. Y pronto descubrieron que todos coincidían en un plan definitivo. Le enviaron un mensaje al soberano y le rogaron que suspendiera la ejecución y los recibiera en el Palacio Imperial para exponerle las medidas que salvarían el imperio, con la expresa condición de que si la solución no era perfecta, ellos serían ajusticiados inmediatamente.

El todopoderoso era un ególatra. Accedió y sonrió complacido, el terror era la única forma eficaz de gobernar. Y Buda, desde el Nirvana, con divina sabiduría y celestial paciencia, sonrió también con sus oblicuos ojillos.

Recibidos en el Palacio Imperial, los asesores hicieron todas las genuflexiones de rigor, y se acercaron al omnipotente para explicarle humilde y reverentemente el plan redentor. El más sabio de ellos, un anciano de lenguas barbas y voz mesurada por los años y los conocimientos, comenzó su peroración, y súbitamente los más jóvenes saltaron sobre el usurpador y lo estrangularon en un instante, porque en la cárcel, ante el peligro de muerte inminente, todos habían reconocido que la causa única del desequilibrio y la infelicidad existentes era el usurpador.

Y comenzó una nueva época de fructíferos logros, y la paz y la alegría reinaron entre todos los súbditos, y la tranquilidad se extendió a todos los confines del imperio, y el terror desapareció, y la ley fue severa pero justa y paternal, y los derechos fueron respetados y protegidos por la rectitud de la justicia, y ésta fue igual para todos, y Buda, complacido, envió oportunas lluvias y las cosechas fueron abundantes, y la riqueza inundó todo el país, y el nuevo emperador, respetuoso y temeroso de Buda, fue sabio, justo, bondadoso y justiciero, y la felicidad renació en todo el Imperio de los Hombres Libres.

¡Alabado sea Buda![2]

NOTAS

1. Escrito en una lengua desconocida, hallé este descolorido y antiquísimo manuscrito dentro de un viejo infolio. Tuve la intuición de que debería ser importante. Lo llevé a un colega que es especialista en lenguas y dialectos asiáticos, quien lo tradujo. He conservado la redacción original, con sus repeticiones, sus frases paralelas y su énfasis (probablemente a propósito, para recalcar ciertos hechos), con el fin de no variar el estilo del antiguo escritor oriental. Sólo he hecho ligeras modificaciones sintácticas que me parecieron que serían del gusto del lector contemporáneo. Como es un palimpsesto, existe la posibilidad de que se haya vuelto a escribir la historia después de asesinado el reiteradamente llamado "usurpador." Es evidente que éste es un trozo de un documento o un libro histórico más amplio, pues se hace referencia al sexto emperador de la cuarta dinastía, lo cual indica que el lector conocía quién era éste.

2. En otro trozo de manuscrito del mismo infolio, se explica que el "usurpador" siempre tenía como guardián que nunca se separaba de él a un feroz perro dogo o de presa, y que al mismo tiempo que los jóvenes asesores se abalanzaban sobre el emperador para estrangularlo, otros, que ya estaban preparados, acuchillaron con la rapidez del rayo al temible animal. Y que de este hecho histórico nació la frase—que se hizo popular—que dice: "muerto el perro se acabó la rabia." Por supuesto, esta frase no puede interpretarse en sentido literal, pues el fiel mastín no era el que padecía de rabia, sino su amo, el soberano, por lo que debe entenderse en sentido simbólico, para explicar metafóricamente que el tirano, aunque tenga título de emperador, rey, príncipe u otro cualquiera, no es más que un perro rabioso cuyo tiranicidio está justificado. Es irónico que el perro (noble, leal y constante compañero y ayuda del hombre) haya cargado con la denigrante frase que ha llegado hasta nuestros tiempos como pervivencia del trágico despotismo del "usurpador."

El manuscrito transcrito me ha hecho pensar mucho en Manuel González Prada y su artículo sobre el tiranicidio (*Bajo el oprobio*, París, 1933) donde afirma sin ambages:

> La sangre nos horroriza; pero si ha de verterse alguna, que se vierta la del malvado....
>
> Un prejuicio inveterado nos induce a execrar la supresión del tirano por medio del revólver, el puñal o la dinamita y a no condenar el derrocamiento de ese mismo tirano merced a una revolución devastadora y sangrienta. Quiere decir: el tirano puede asesinar al pueblo, más el pueblo no debe matar al tirano. Así no pensaban los antiguos al glorificar al tiranicida....
>
> El tiranicidio debe sustituir a la revolución...Que se concrete, que se personifique el castigo en los culpables. Esa es la equidad. Prender la guerra civil para derrocar a un dictador, vale como pegar fuego a un palacio para matar un ratón.

Estimo que González Prada pudo haber conocido el viejo infolio, por la siguiente oración de dicho artículo: "Se da muerte a un perro hidrófobo y a un felino escapado de su jaula ¿por qué no suprimir al tirano tan amenazador y temible como el felino y el perro?"

OTROS LIBROS PUBLICADOS POR EDICIONES UNIVERSAL:

COLECCION ANTOLOGÍAS:

252 POESÍA CUBANA CONTEMPORÁNEA, Humberto López Morales (Ed.)
3361-4 NARRADORES CUBANOS DE HOY, Julio E. Hernández-Miyares (Ed.)
4612-0 ANTOLOGÍA DEL COSTUMBRISMO EN CUBA, H. Ruiz del Vizo (Ed.)
6424-2 ALMA Y CORAZÓN (antología de poetisas hispanoamericanas), Catherine Perricone
006-2 POESÍA EN EXODO, Ana Rosa Núñez (Ed.)
007-0 POESÍA NEGRA DEL CARIBE Y OTRAS ÁREAS, Hortensia Ruiz del Vizo (Ed.)
008-9 BLACK POETRY OF THE AMERICAS, Hortensia Ruiz del Vizo (Ed.)
055-0 CINCO POETISAS CUBANAS (1935-1969), Ángel Aparicio (Ed.)
164-6 VEINTE CUENTISTAS CUBANOS, Leonardo Fernández Marcané (Ed.)
166-2 CUBAN CONSCIOUSNESS IN LITERATURE (1923-1974) (antología de ensayos y literatura cubana traducidos al inglés), José R. de Armas & Charles W. Steele (Editores)
208-1 50 POETAS MODERNOS, Pedro Roig (Ed.)
369-X ANTOLOGÍA DE LA POESÍA INFANTIL (las mejores poesías para niños), Ana Rosa Núñez (Ed.)
665-6 NARRATIVA Y LIBERTAD: CUENTOS CUBANOS DE LA DIÁSPORA, Julio E. Hernández-Miyares (Ed.)
685-0 LAS CIEN MEJORES POESÍAS CUBANAS, Edición de Armando Álvarez Bravo (Ed.)

Date Due

MAY 3 1997 FMP		
6/15/98	MJ	
FEB -7 2000	TMR	
JAN 2002		

UML 735